21
अनमोल कहानियाँ

प्रेमचंद

maple press

21 अनमोल कहानियाँ *by* Premchand

Published by

MAPLE PRESS PRIVATE LIMITED
office: A-63, Sector 58, Noida 201301, U.P., India
phone: +91 120 455 3581, 455 3583
email: info@maplepress.co.in
website: www.maplepress.co.in

Printed in 2025
India

ISBN: 978-93-50336-61-8

अनुक्रम

1. आँसुओं की होली 4
2. नमक का दारोगा 12
3. शतरंज के खिलाड़ी 22
4. बेटी का धन 34
5. बूढ़ी काकी 44
6. कफ़न 54
7. सोहाग का शव 63
8. सवा सेर गेहूँ 88
9. दारोगाजी 96
10. कप्तान साहब 105
11. मैकू 114
12. समर यात्रा 119
13. दो भाई 133
14. सुहाग की साड़ी 140
15. माता का हृदय 150
16. बड़े भाई साहब 160
17. ठाकुर का कुआं 170
18. मोटर के छींटे 174
19. मिस पद्मा 179
20. अनुभव 186
21. अन्धेर 194

आँसुओं की होली

नामों को बिगाड़ने की प्रथा न-जाने कब चली और कहाँ शुरू हुई।

इस संसारव्यापी रोग का पता लगायें तो ऐतिहासिक संसार में अवश्य ही अपना नाम छोड़ जाएँ। पंडित जी का नाम तो श्रीविलास था; पर मित्र लोग सिलबिल कहा करते थे। नामों का असर चरित्र पर कुछ न कुछ पड़ जाता है। बेचारे सिलबिल सचमुच ही सिलबिल थे। दफ्तर जा रहे हैं, मगर पाजामे का इजारबंद नीचे लटक रहा है। सिर पर फेल्ट-कैप है, पर लम्बी-सी चुटिया पीछे झांक रही है, अचकन यों बहुत सुन्दर है। न जाने उन्हें त्योहारों से क्या चिढ़ थी। दिवाली गुजर जाती पर वह भलामानस कौड़ी हाथ में न लेता। और होली का दिन तो उनकी भीषण परीक्षा का दिन था। तीन दिन वह घर से बाहर न निकलते। घर पर भी काले कपड़े पहने बैठे रहते थे। यार लोग टोह में रहते थे कि कहीं बचा फँस जाएँ मगर घर में घुस कर तो फौज़दारी नहीं की जाती। एक-आधा बार फँसे भी, मगर घिघिया-पुदिया कर बेदाग निकल गए।

लेकिन अबकी समस्या बहुत कठिन हो गई थी। शास्त्रों के अनुसार 25 वर्ष तक ब्रह्मचर्य का पालन करने के बाद उन्होंने विवाह किया था। ब्रह्मचर्य के परिपक्व होने में जो थोड़ी-बहुत कसर रही, वह तीन वर्ष के गौने की मुद्दत ने पूरी कर दी। यद्यपि स्त्री से कोई शंका न थी, तथापि वह औरतों को सिर चढ़ाने के हामी न थे। इस मामले में उन्हें अपना वही पुराना-धुराना ढंग पसंद था। बीबी को जब कस कर डांट दिया, तो उसकी मजाल है कि रंग हाथ से छुए। विपत्ति यह थी कि ससुराल के लोग भी होली मनाने आने वाले थे। पुरानी मसल है: "बहन अंदर तो भाई सिकंदर"। इन सिकंदरों के आक्रमण से बचने का उन्हें कोई उपाय न सूझता था। मित्र लोग घर में न जा सकते थे; लेकिन सिकंदरों को कौन रोक सकता है?

स्त्री ने आँख फाड़कर कहा- अरे भैया! क्या सचमुच रंग न घर लाओगे? यह कैसी होली है, बाबा?

सिलबिल ने त्योरियाँ चढ़ाकर कहा– बस, मैंने एक बार कह दिया और बात दोहराना मुझे पसंद नहीं। घर में रंग नहीं आएगा और न कोई छुएगा? मुझे कपड़ों पर लाल छींटे देखकर मचली आने लगती है। हमारे घर में ऐसी ही होली होती है।

स्त्री ने सिर झुकाकर कहा– तो न लाना रंग-संग, मुझे रंग लेकर क्या करना है। जब तुम्हीं रंग न छुओगे, तो मैं कैसे छू सकती हूँ। सिलबिल ने प्रसन्न होकर कहा– निस्संदेह यही साध्वी स्त्री का धर्म है।

'लेकिन भैया तो आने वाले हैं। वह क्यों मानेंगे?'

'उनके लिए भी मैंने एक उपाय सोच लिया है। उसे सफल बनाना तुम्हारा काम है। मैं बीमार बन जाऊँगा। एक चादर ओढ़ कर लेट रहूंगा। तुम कहना इन्हें ज्वर आ गया। बस, चलो छुट्टी हुई।'

स्त्री ने आँख नचाकर कहा– ऐ नौज; कैसी बातें मुँह से निकालते हो! ज्वर जाए मुद्दई के घर, यहाँ आये तो मुँह झुलस दूं निगोड़े का।

'तो फिर दूसरा उपाय ही क्या है?'

'तुम ऊपर वाली छोटी कोठरी में छिप रहना, मैं कह दूंगी, उन्होंने जुलाब लिया है। बाहर निकलेंगे तो हवा लग जाएगी।'

पंडित जी खिल उठे– बस, बस, यही सबसे अच्छा।

******

1389 होली का दिन है। बाहर हाहाकार मचा हुआ है। पुराने जमाने में अबीर और गुलाल के सिवा और कोई रंग न खेला जाता था। अब नीले, हरे, काले, सभी रंगों का मेल हो गया है और इस संगठन से बचना आदमी के लिए तो संभव नहीं। सिलबिल के दोनों साले मुहल्ले भर के मर्दों, औरतों, बच्चों और बूढ़ों का निशाना बने हुए थे। बाहर के दीवानखाने के फर्श, दीवारें, यहाँ तक की तसवीरें भी रंग उठी थीं। घर में भी यही हाल था। मुहल्ले की ननदें भला कब मानने लगी थीं। परनाला तक रंगीन हो गया था।

बड़े साले ने पूछा- क्यों री चम्पा, क्या सचमुच उनकी तबीयत अच्छी नहीं? खाना खाने भी न आये?

चम्पा ने सिर झुकाकर कहा– हाँ भैया, रात ही से पेट में कुछ दर्द होने लगा। डॉक्टर ने हवा में निकलने को मना कर दिया है।

जरा देर बाद छोटे साले ने कहा– क्यों जीजी जी, क्या भाई साहब नीचे नहीं आयेंगे? ऐसी भी क्या बीमारी है! कहो तो ऊपर जाकर देख आऊँ।

चम्पा ने उसका हाथ पकड़कर कहा– नहीं-नहीं, ऊपर मत जैयो! वह रंग-वंग न खेलेंगे। डॉक्टर ने हवा में निकलने को मना कर दिया है।

दोनों भाई हाथ मल कर रह गए।

सहसा छोटे भाई को एक बात सूझी, जीजा जी के कपड़ों के साथ क्यों न होली खेलें। वे तो बीमार नहीं हैं।

बड़े भाई के मन में यह बात बैठ गई। बहन बेचारी अब क्या करती? सिकंदरों ने कुंजियां उसके हाथ से लीं और सिलबिल के सारे कपड़े निकाल-निकाल कर रंग डाले। रुमाल तक न छोड़ा। जब चम्पा ने उन कपड़ों को आंगन में अलगनी पर सूखने को डाल दिया तो ऐसा जान पड़ा, मानो किसी रंगरेज ने ब्याह के जोड़े रंगे हों। सिलबिल ऊपर बैठे-बैठे यह तमाशा देख रहे थे, पर जबान न खोलते थे। छाती पर सांप-सा लोट रहा था। सारे कपड़े खराब हो गए, दफ्तर जाने को भी कुछ न बचा। इन दुष्टों को मेरे कपड़ों से न जाने क्या बैर था।

घर में नाना प्रकार के स्वादिष्ट व्यंजन बन रहे थे। मुहल्ले की एक ब्राह्मणी के साथ चम्पा भी जुटी हुई थी। दोनों भाई और कई अन्य सज्जन आंगन में भोजन करने बैठे, तो बड़े साले ने चम्पा से पूछा- कुछ उनके लिए 1390 रु० मानसरोवर भी खिचड़ी-विचड़ी बनायी है? पूड़ियाँ तो बेचारे आज खा न सकेंगे!

चम्पा ने कहा- अभी तो नहीं बनायी, अब बना लूंगी।

'वाह री तेरी अक्ल! अभी तक तुझे इतनी फिक्र नहीं कि वह बेचारे खायेंगे क्या। तू तो इतनी लापरवाह कभी न थी। जा निकाल ला जल्दी से चावल और मूंग की दाल।'

लीजिए, खिचड़ी पकने लगी। इधर मित्रों ने भोजन करना शुरू किया। सिलबिल ऊपर बैठे अपनी किस्मत को रो रहे थे। उन्हें इस सारी विपत्ति का एक ही कारण मालूम होता था, विवाह! चम्पा न आती, तो ये साले

क्यों आते, कपड़े क्यों खराब होते, होली के दिन मूंग की खिचड़ी क्यों खाने को मिलती? मगर अब पछताने से क्या होता है। जितनी देर में लोगों ने भोजन किया, उतनी देर में खिचड़ी तैयार हो गई। बड़े साले ने खुद चम्पा को ऊपर भेजा कि खिचड़ी की थाली ऊपर दे आये।

सिलबिल ने थाली की ओर कुपित नेत्रों से देखकर कहा– इसे मेरे सामने से हटा ले जाओ।

'क्या आज उपवास ही करोगे?'

'तुम्हारी यही इच्छा है, तो यही सही।'

'मैंने क्या किया। सबेरे से जुती हुई हूँ। भैया ने खुद खिचड़ी डलवायी और मुझे यहाँ भेजा।'

'हाँ, वह तो मैं देख रहा हूँ कि मैं घर का स्वामी नहीं। सिकंदरों ने उस पर कब्जा जमा लिया है, मगर मैं यह नहीं मान सकता कि तुम चाहतीं तो और लोगों के पहले ही मेरे पास थाली न पहुँच जाती। मैं इसे पतिव्रत धर्म के विरुद्ध समझता हूँ, और क्या कहूँ!'

'तुम तो देख रहे थे कि दोनों जने मेरे सिर पर सवार थे।'

'अच्छी दिल्लगी है कि और लोग तो समोसे और खस्ते उड़ायें और मुझे मूंग की खिचड़ी दी जाए। वाह रे नसीब!'

'तुम इसे दो-चार कौर खा लो, मुझे ज्यों ही अवसर मिलेगा, दूसरी थाली लाऊँगी।'

'सारे कपड़े रंगवा डाले, दफ्तर कैसे जाऊँगा? यह दिल्लगी मुझे जरा भी नहीं भाती। मैं इसे बदमाशी कहता हूँ। तुमने संदूक की कुंजी क्यों दे दी? क्या मैं इतना पूछ सकता हूँ?'

'जबरदस्ती छीन ली। तुमने सुना नहीं? करती क्या?'

'अच्छा, जो हुआ सो हुआ, यह थाली ले जाव। धर्म समझना तो दूसरी थाली लाना, नहीं तो आज व्रत ही सही।'

एकाएक पैरों की आहट पाकर सिलबिल ने सामने देखा, तो दोनों साले आ रहे हैं। उन्हें देखते ही बिचारे ने मुँह बना लिया, चादर से शरीर ढक लिया और कराहने लगे।

बड़े साले ने कहा– कहिए, कैसी तबीयत है? थोड़ी-सी खिचड़ी खा लीजिए।

सिलबिल ने मुँह बनाकर कहा- अभी तो कुछ खाने की इच्छा नहीं है।

'नहीं, उपवास करना तो हानिकर होगा। खिचड़ी खा लीजिए।'

बेचारे सिलबिल ने मन में इन दोनों शैतानों को खूब कोसा और विष की भांति खिचड़ी कंठ के नीचे उतारी। आज होली के दिन खिचड़ी ही भाग्य में लिखी थी! जब तक सारी खिचड़ी समाप्त न हो गई, दोनों वहाँ डटे रहे, मानो जेल के अधिकारी किसी अनशन व्रतधारी कैदी को भोजन करा रहे हों। बेचारे को ठूंस-ठूंस कर खिचड़ी खानी पड़ी। पकवानों के लिए गुंजाइश ही न रही।

******

दस बजे रात को चम्पा उत्तम पदार्थों का थाल लिए पतिदेव के पास पहुँची! महाशय मन ही मन झुंझला रहे थे। भाइयों के सामने मेरी परवाह कौन करता है। न जाने कहाँ से दोनों शैतान फट पड़े। दिन भर उपवास कराया और अभी तक भोजन का कहीं पता नहीं। बारे चम्पा को थाल लाते देखकर कुछ अग्नि शांत हुई। बोले- अब तो बहुत सबेरा है, एक-दो घंटे बाद क्यों न आयीं? चम्पा ने सामने थाली रखकर कहा- तुम तो न हारी ही मानते हो, न जीती। अब आखिर ये दो मेहमान आये हुए हैं, इनकी सेवा-सत्कार न करूँ तो भी तो काम नहीं चलता। तुम्हीं को बुरा लगेगा। कौन रोज आयेंगे।

'ईश्वर न करे कि रोज आयें, यहाँ तो एक ही दिन में बधिया बैठ गई।'

थाल की सुगंधमय, तरबतर चीज़ें देखकर सहसा पंडित जी के मुखारविंद पर मुस्कान की लाली दौड़ गई। एक-एक चीज़ खाते थे और चम्पा को सराहते थे, सच कहता हूँ, चम्पा; मैंने ऐसी चीज़ें कभी नहीं खायी थीं। हलवाई साला क्या बनायेगा। जी चाहता है, कुछ इनाम दूँ।

'तुम मुझे बना रहे हो। क्या करूँ जैसा बनाना आता है, बना लायी।'

'नहीं जी, सच कह रहा हूँ। मेरी तो आत्मा तक तृप्त हो गई। आज मुझे ज्ञात हुआ कि भोजन का सम्बंध उदर से इतना नहीं, जितना आत्मा से है। बतलाओ, क्या इनाम दूँ?'

'जो मांगू, वह दोगे?'

'दूंगा, जनेऊ की कसम खाकर कहता हूँ!'

'न दो तो मेरी बात जाए।'

'कहता हूँ भाई, अब कैसे कहूँ। क्या लिखा-पढ़ी कर दूँ?'

'अच्छा, तो मांगती हूँ। मुझे अपने साथ होली खेलने दो।'

पंडित जी का रंग उड़ गया। आँखें फाड़कर बोले- होली खेलने दूँ? मैं तो होली खेलता नहीं। कभी नहीं खेला। होली खेलना होता, तो घर में छिपकर क्यों बैठता।

'और के साथ मत खेलो; लेकिन मेरे साथ तो खेलना ही पड़ेगा।'

'यह मेरे नियम के विरुद्ध है। जिस चीज़ को अपने घर में उचित समझूँ उसे किस न्याय से घर के बाहर अनुचित समझूँ, सोचो।'

चम्पा ने सिर नीचा करके कहा- घर में ऐसी कितनी बातें उचित समझते हो, जो घर के बाहर करना अनुचित ही नहीं पाप भी है।

पंडित जी झेंपते हुए बोले- अच्छा भाई, तुम जीती, मैं हारा। अब मैं तुम से यही दान मांगता हूँ... 'पहले मेरा पुरस्कार दे दो, पीछे मुझसे दान मांगना', यह कहते हुए चम्पा ने लोटे का रंग उठा लिया और पंडित जी को सिर से पाँव तक नहला दिया। जब तक वह उठकर भागें उसने मुट्ठी भर गुलाल लेकर सारे मुँह में पोत दिया।

पंडित जी रोनी सूरत बनाकर बोले- अभी और कसर बाकी हो, तो वह भी पूरी कर लो। मैं जानता था कि तुम मेरी आस्तीन का साँप बनोगी। अब और कुछ रंग बाकी नहीं रहा?

चम्पा ने पति के मुख की ओर देखा, तो उस पर मनोवेदना का गहरा रंग झलक रहा था। पछता कर बोली- क्या तुम सचमुच बुरा मान गए हो? मैं तो समझती थी कि तुम केवल मुझे चिढ़ा रहे हो।

श्रीविलास ने काँपते हुए स्वर में कहा- नहीं चम्पा, मुझे बुरा नहीं लगा। हाँ, तुमने मुझे उस कर्तव्य की याद दिला दी, जो मैं अपनी कायरता के कारण भुला बैठा था। वह सामने जो चित्र देख रही हो, मेरे परम मित्र मनहरनाथ का है, जो अब संसार में नहीं है। तुमसे क्या कहूँ, कितना सरस, कितना भावुक, कितना साहसी आदमी था! देश की दशा देख-देख कर उसका खून जलता रहता था। 19-20 भी कोई उम्र होती है, पर वह

उसी उम्र में अपने जीवन का मार्ग निश्चित कर चुका था। सेवा करने का अवसर पा कर वह इस तरह उसे पकड़ता था, मानो सम्पत्ति हो। जन्म का विरागी था। वासना तो उसे छू ही न गई थी। हमारे और साथी सैर-सपाटे करते थे; पर उसका मार्ग सबसे अलग था। सत्य के लिए प्राण देने को तैयार, कहीं अन्याय देखा और भवें तन गईं, कहीं पत्रों में अत्याचार की खबर देखी और चेहरा तमतमा उठा। ऐसा तो मैंने आदमी ही नहीं देखा। ईश्वर ने अकाल ही बुला लिया, नहीं तो वह मनुष्यों में रत्न होता। किसी मुसीबत के मारे का उद्धार करने को अपने प्राण हथेली पर लिए फिरता था। स्त्री-जाति का इतना आदर और सम्मान कोई क्या करेगा? स्त्री उसके लिए पूजा और भक्ति की वस्तु थी। पाँच वर्ष हुए, यही होली का दिन था। मैं भंग के नशे में चूर, रंग में सिर से पाँव तक नहाया हुआ, उसे गाना सुनने के लिए बुलाने गया, तो देखा कि वह कपड़े पहने कहीं जाने को तैयार है। पूछा- कहाँ जा रहे हो?

उसने मेरा हाथ पकड़कर कहा- तुम अच्छे वक्त पर आ गए, नहीं तो मुझे जाना पड़ता। एक अनाथ बुढ़िया मर गई है, कोई उसे कंधा देने वाला नहीं मिलता। कोई किसी मित्र से मिलने गया हुआ है, कोई नशे में चूर पड़ा हुआ है, कोई मित्रों की दावत कर रहा है, कोई महफिल सजाए बैठा है। कोई लाश को उठाने वाला नहीं। ब्राह्मण-क्षत्रीय उस चमारिन की लाश कैसे छुएंगे, उनका तो धर्म भ्रष्ट होता है, कोई तैयार नहीं होता! बड़ी मुश्किल से दो कहार मिले हैं। एक मैं हूँ, चौथे आदमी की कमी थी, सो ईश्वर ने तुम्हें भेज दिया। चलो, चलें।

हाय! अगर मैं जानता कि यह प्यारे मनहर का आदेश है, तो आज मेरी आत्मा को इतनी ग्लानि न होती। मेरे घर कई मित्र आये हुए थे। गाना हो रहा था। उस वक्त लाश उठाकर नदी जाना मुझे अप्रिय लगा। बोला- इस वक्त तो भाई, मैं नहीं जा सकूंगा। घर पर मेहमान बैठे हुए हैं। मैं तुम्हें बुलाने आया था।

मनहर ने मेरी ओर तिरस्कार के नेत्रों से देखकर कहा- अच्छी बात है, तुम जाओ; मैं और कोई साथी खोज लूंगा। मगर तुमसे मुझे ऐसी आशा नहीं थी। तुमने भी वही कहा, जो तुमसे पहले औरों ने कहा था। कोई नई बात नहीं थी। अगर हम लोग अपने कर्तव्य को भूल न गए होते, तो आज

यह दशा ही क्यों होती? ऐसी होली को धिक्कार है! त्योहार, तमाशा देखने, अच्छी-अच्छी चीज़ें खाने और अच्छे-अच्छे कपड़े पहनने का नाम नहीं है। यह व्रत है, तप है, अपने भाइयों से प्रेम और सहानुभूति करना ही त्योहार का खास मतलब है और कपड़े लाल करने के पहले खून को लाल कर लो। सफेद खून पर यह लाली शोभा नहीं देती।

यह कहकर वह चला गया। मुझे उस वक्त यह फटकारें बहुत बुरी मालूम हुईं। अगर मुझमें वह सेवा-भाव न था, तो उसे मुझे यों धिक्कारने का कोई अधिकार न था। घर चला आया; पर वे बातें बराबर मेरे कानों में गूंजती रहीं। होली का सारा मजा बिगड़ गया।

एक महीने तक हम दोनों की मुलाकात न हुई। कॉलेज इम्तहान की तैयारी के लिए बंद हो गया था। इसलिए कॉलेज में भी भेंट न होती थी। मुझे कुछ खबर नहीं, वह कब और कैसे बीमार पड़ा, कब अपने घर गया। सहसा एक दिन मुझे उसका एक पत्र मिला। हाय! उस पत्र को पढ़कर आज भी छाती फटने लगती है।

श्रीविलास एक क्षण तक गला रुक जाने के कारण बोल न सके। फिर बोले- किसी दिन तुम्हें फिर दिखाऊँगा। लिखा था, मुझसे आखिरी बार मिल जा, अब शायद इस जीवन में भेंट न हो। खत मेरे हाथ से छूटकर गिर पड़ा। उसका घर मेरठ के जिले में था। दूसरी गाड़ी जाने में आधा घंटे की कसर थी। तुरंत चल पड़ा। मगर उसके दर्शन न बदे थे। मेरे पहुँचने के पहले ही वह सिधार चुका था। चम्पा, उसके बाद मैंने होली नहीं खेली, होली ही नहीं, और सभी त्योहार छोड़ दिए। ईश्वर ने शायद मुझे क्रिया की शक्ति नहीं दी। अब बहुत चाहता हूँ कि कोई मुझसे सेवा का काम ले। खुद आगे नहीं बढ़ सकता; लेकिन पीछे चलने को तैयार हूँ। पर मुझसे कोई काम लेने वाला भी नहीं; लेकिन आज वह रंग डालकर तुमने मुझे उस धिक्कार की याद दिला दी। ईश्वर मुझे ऐसी शक्ति दे कि मैं मन में ही नहीं, कर्म में भी मनहरन बनूँ।

यह कहते हुए श्रीविलास ने तश्तरी से गुलाल निकाला और उसे चित्र पर छिड़ककर प्रणाम किया।

नमक का दारोगा

जब नमक का नया विभाग बना और ईश्वरप्रदत्त वस्तु के व्यवहार करने का निषेध हो गया तो लोग चोरी-छिपे इसका व्यापार करने लगे। अनेक प्रकार के छल-प्रपंचों का सूत्रपात हुआ, कोई घूस से काम निकालता था, कोई चालाकी से। अधिकारियों के पौ-बारह थे। पटवारीगिरी का सर्वसम्मानित पद छोड़-छोड़कर लोग इस विभाग की बरकंदाजी करते थे। इसके दारोगा पद के लिए तो वकीलों का भी जी ललचाता था।

यह वह समय था जब अंग्रेजी शिक्षा और ईसाई मत को लोग एक ही वस्तु समझते थे। फारसी का प्राबल्य था। प्रेम की कथाएँ और श्रृंगार रस के काव्य पढ़कर फारसीदां लोग सर्वोच्च पदों पर नियुक्त हो जाया करते थे।

मुंशी वंशीधर भी जुलेखा की विरह-कथा समाप्त करके सीरी और फरहाद के प्रेम-वृत्तांत को नल और नील की लड़ाई और अमेरिका के आविष्कार से अधिक महत्व की बातें समझते हुए रोजगार की खोज में निकले।

उनके पिता एक अनुभवी पुरुष थे। समझाने लगे, बेटा! घर की दुर्दशा देख रहे हो। ऋण के बोझ से दबे हुए हैं। लड़कियाँ हैं, वे घास-फूस की तरह बढ़ती चली जाती हैं। मैं कगारे पर का वृक्ष हो रहा हूँ, न मालूम कब गिर पड़ूँ! अब तुम्हीं घर के मालिक-मुख्तार हो।

नौकरी में ओहदे की ओर ध्यान मत देना, यह तो पीर का मजार है। निगाह चढ़ावे और चादर पर रखनी चाहिए। ऐसा काम ढूँढना जहाँ कुछ ऊपरी आय हो। मासिक वेतन तो पूर्णमासी का चाँद है, जो एक दिन दिखाई देता है और घटते-घटते लुप्त हो जाता है। ऊपरी आय बहता हुआ स्रोत है जिससे सदैव प्यास बुझती है। वेतन मनुष्य देता है, इसी से उसमें वृद्धि नहीं होती। ऊपरी आमदनी ईश्वर देता है, इसी से उसकी बरकत होती है, तुम स्वयं विद्वान् हो, तुम्हें क्या समझाऊँ।

इस विषय में विवेक की बड़ी आवश्यकता है। मनुष्य को देखो, उसकी आवश्यकता को देखो और अवसर को देखो, उसके उपरांत जो उचित समझो, करो। गरज वाले आदमी के साथ कठोरता करने में लाभ ही लाभ है। लेकिन बेगरज को दाँव पर पाना जरा कठिन है। इन बातों को निगाह में बाँध लो यह मेरी जन्म भर की कमाई है।

इस उपदेश के बाद पिताजी ने आशीर्वाद दिया। वंशीधर आज्ञाकारी पुत्र थे। ये बातें ध्यान से सुनीं और तब घर से चल खड़े हुए। इस विस्तृत संसार में उनके लिए धैर्य अपना मित्र, बुद्धि अपनी पथप्रदर्शक और आत्मावलम्बन ही अपना सहायक था। लेकिन अच्छे शकुन से चले थे, जाते ही जाते नमक विभाग के दारोगा पद पर प्रतिष्ठित हो गए। वेतन अच्छा और ऊपरी आय का तो ठिकाना ही न था। वृद्ध मुंशीजी को सुख-संवाद मिला तो फूले न समाए। महाजन कुछ नरम पड़े, कलवार की आशालता लहलहाई। पड़ोसियों के हृदय में शूल उठने लगे।

जाड़े के दिन थे और रात का समय। नमक के सिपाही, चौकीदार नशे में मस्त थे। मुंशी वंशीधर को यहाँ आए अभी छह महीनों से अधिक न हुए थे, लेकिन इस थोड़े समय में ही उन्होंने अपनी कार्यकुशलता और उत्तम आचार से अफ़सरों को मोहित कर लिया था। अफ़सर लोग उन पर बहुत विश्वास करने लगे।

नमक के दफ्तर से एक मील पूर्व की ओर जमुना बहती थी, उस पर नावों का एक पुल बना हुआ था। दारोगाजी किवाड़ बंद किए मीठी नींद सो रहे थे। अचानक आँख खुली तो नदी के प्रवाह की जगह गाड़ियों की गड़गड़ाहट तथा मल्लाहों का कोलाहल सुनाई दिया। उठ बैठे।

इतनी रात गए गाड़ियाँ क्यों नदी के पार जाती हैं? अवश्य कुछ न कुछ गोलमाल है। तर्क ने भ्रम को पुष्ट किया। वरदी पहनी, तमंचा जेब में रखा और बात की बात में घोड़ा बढ़ाए हुए पुल पर आ पहुँचे। गाड़ियों की एक लम्बी कतार पुल के पार जाती देखी। डाँटकर पूछा– 'किसकी गाड़ियाँ हैं।'

थोड़ी देर तक सन्नाटा रहा। आदमियों में कुछ कानाफूसी हुई तब आगे वाले ने कहा– पंडित अलोपीदीन की।

'कौन पंडित अलोपीदीन?'

'दातागंज के।'

मुंशी वंशीधर चौंके। पंडित अलोपीदीन इस इलाके के सबसे प्रतिष्ठित जमींदार थे। लाखों रुपए का लेन-देन करते थे, इधर छोटे से बड़े कौन ऐसे थे जो उनके ऋणी न हों। व्यापार भी बड़ा लम्बा-चौड़ा था। बड़े चलते-पुरजे आदमी थे। अंग्रेज अफ़सर उनके इलाके में शिकार खेलने आते और उनके मेहमान होते। बारहों मास सदाव्रत चलता था।

मुंशी ने पूछा, गाड़ियाँ कहाँ जाएंगी? उत्तर मिला, कानपुर। लेकिन इस प्रश्न पर कि इनमें क्या है, सन्नाटा छा गया। दारोगा साहब का संदेह और भी बढ़ा। कुछ देर तक उत्तर की बाट देखकर वह जोर से बोले– क्या तुम सब गूंगे हो गए हो? हम पूछते हैं इनमें क्या लदा है?

जब इस बार भी कोई उत्तर न मिला तो उन्होंने घोड़े को एक गाड़ी से मिलाकर बोरे को टटोला। भ्रम दूर हो गया। यह नमक के ढेले थे।

******

पंडित अलोपीदीन अपने सजीले रथ पर सवार, कुछ सोते, कुछ जागते चले आते थे। अचानक कई गाड़ीवानों ने घबराए हुए आकर जगाया और बोले– महाराज! दारोगा ने गाड़ियाँ रोक दी हैं और घाट पर खड़े आपको बुलाते हैं।

पंडित अलोपीदीन का लक्ष्मीजी पर अखंड विश्वास था। वह कहा करते थे कि संसार का तो कहना ही क्या, स्वर्ग में भी लक्ष्मी का ही राज्य है। उनका यह कहना यथार्थ ही था। न्याय और नीति सब लक्ष्मी के ही खिलौने हैं, इन्हें वह जैसे चाहती हैं नचाती हैं। लेटे ही लेटे गर्व से बोले, चलो हम आते हैं। यह कहकर पंडितजी ने बड़ी निश्चिंतता से पान के बीड़े लगाकर खाए। फिर लिहाफ ओढ़े हुए दारोगा के पास आकर बोले, बाबूजी आशीर्वाद! कहिए, हमसे ऐसा कौन सा अपराध हुआ कि गाड़ियाँ रोक दी गईं। हम ब्राह्मणों पर तो आपकी कृपा-दृष्टि रहनी चाहिए।

वंशीधर रुखाई से बोले– सरकारी हुक्म।

पं० अलोपीदीन ने हँसकर कहा, हम सरकारी हुक्म को नहीं जानते और न सरकार को। हमारे सरकार तो आप ही हैं। हमारा और आपका तो

घर का मामला है, हम कभी आपसे बाहर हो सकते हैं? आपने व्यर्थ का कष्ट उठाया। यह हो नहीं सकता कि इधर से जाएँ और इस घाट के देवता को भेंट न चढ़ावें। मैं तो आपकी सेवा में स्वयं ही आ रहा था। वंशीधर पर ऐश्वर्य की मोहिनी वंशी का कुछ प्रभाव न पड़ा। ईमानदारी की नई उमंग थी। कड़ककर बोले– हम उन नमकहरामों में नहीं है जो कौड़ियों पर अपना ईमान बेचते फिरते हैं। आप इस समय हिरासत में हैं। आपको कायदे के अनुसार चलना होगा। बस, मुझे अधिक बातों की फुर्सत नहीं है। जमादार बदलूसिंह! तुम इन्हें हिरासत में ले चलो, मैं हुक्म देता हूँ।

पं० अलोपीदीन स्तम्भित हो गए। गाड़ीवानों में हलचल मच गई। पंडितजी के जीवन में कदाचित यह पहला ही अवसर था कि पंडितजी को ऐसी कठोर बातें सुननी पड़ीं। बदलूसिंह आगे बढ़ा, किन्तु रोब के मारे यह साहस न हुआ कि उनका हाथ पकड़ सके। पंडितजी ने धर्म को धन का ऐसा निरादर करते कभी न देखा था। विचार किया कि यह अभी उद्दंड लड़का है। माया-मोह के जाल में अभी नहीं पड़ा। अल्हड़ है, झिझकता है। बहुत दीनभाव से बोले– बाबू साहब, ऐसा न कीजिए, हम मिट जाएँगे। इज्जत धूल में मिल जाएगी। हमारा अपमान करने से आपके हाथ क्या आएगा। हम किसी तरह आप से बाहर थोड़े ही हैं।

वंशीधर ने कठोर स्वर में कहा– हम ऐसी बातें नहीं सुनना चाहते।

अलोपीदीन ने जिस सहारे को चट्टान समझ रखा था, वह पैरों के नीचे खिसकता हुआ मालूम हुआ। स्वाभिमान और धन-ऐश्वर्य की कड़ी चोट लगी। किन्तु अभी तक धन की सांख्यिक शक्ति का पूरा भरोसा था। अपने मुख्तार से बोले– लालाजी, एक हज़ार के नोट बाबू साहब की भेंट करो, आप इस समय भूखे सिंह हो रहे हैं।

वंशीधर ने गरम होकर कहा– एक हज़ार नहीं, एक लाख भी मुझे सच्चे मार्ग से नहीं हटा सकते।

धर्म की इस बुद्धिहीन दृढता और देव-दुर्लभ त्याग पर मन बहुत झुंझलाया। अब दोनों शक्तियों में संग्राम होने लगा। धन ने उछल-उछलकर आक्रमण करने शुरू किए। एक से पाँच, पाँच से दस, दस से पंद्रह और पंद्रह से बीस हज़ार तक नौबत पहुँची, किन्तु धर्म अलौकिक वीरता

के साथ बहुसंख्यक सेना के सम्मुख अकेला पर्वत की भांति अटल, अविचलित खड़ा था।

अलोपीदीन निराश होकर बोले– अब इससे अधिक मेरा साहस नहीं। आगे आपको अधिकार है।

वंशीधर ने अपने जमादार को ललकारा। बदलूसिंह मन में दारोगाजी को गालियाँ देता हुआ पंडित अलोपीदीन की ओर बढ़ा। पंडितजी घबड़ाकर दो-तीन कदम पीछे हट गए। अत्यंत दीनता से बोले– बाबू साहब, ईश्वर के लिए मुझ पर दया कीजिए, मैं पच्चीस हज़ार पर निपटारा करने का तैयार हूँ।

'असम्भव बात है।'

'तीस हज़ार पर?'

'किसी तरह भी सम्भव नहीं।'

'क्या चालीस हज़ार पर भी नहीं।'

'चालीस हज़ार नहीं, चालीस लाख पर भी असम्भव है।'

'बदलूसिंह, इस आदमी को हिरासत में ले लो। अब मैं एक शब्द भी नहीं सुनना चाहता।'

धर्म ने धन को पैरों तले कुचल डाला। अलोपीदीन ने एक हृष्ट-पुष्ट मनुष्य को हथकड़ियाँ लिए हुए अपनी तरफ आते देखा। चारों ओर निराश और कातर दृष्टि से देखने लगे। इसके बाद मूर्छित होकर गिर पड़े।

दुनिया सोती थी पर दुनिया की जीभ जागती थी। सवेरे देखिए तो बालक-वृद्ध सबके मुँह से यही बात सुनाई देती थी। जिसे देखिए वही पंडितजी के इस व्यवहार पर टीका-टिप्पणी कर रहा था, निंदा की बौछारें हो रही थीं, मानो संसार से अब पापी का पाप कट गया।

पानी को दूध के नाम से बेचने वाला ग्वाला, कल्पित रोजनामचे भरने वाले अधिकारी वर्ग, रेल में बिना टिकट सफर करने वाले बाबू लोग, जाली दस्तावेज बनाने वाले सेठ और साहूकार यह सब के सब देवताओं की भांति गर्दनें चला रहे थे।

जब दूसरे दिन पंडित अलोपीदीन अभियुक्त होकर कान्स्टेबलों के साथ, हाथों में हथकड़ियां, हृदय में ग्लानि और क्षोभ भरे, लज्जा से गर्दन

झुकाए अदालत की तरफ चले तो सारे शहर में हलचल मच गई। मेलों में कदाचित आँखें इतनी व्यग्र न होती होंगी। भीड़ के मारे छत और दीवार में कोई भेद न रहा।

किन्तु अदालत में पहुँचने की देर थी। पं० अलोपीदीन इस अगाध वन के सिंह थे। अधिकारी वर्ग उनके भक्त, अमले उनके सेवक, वकील-मुख्तार उनके आज्ञा पालक और अरदली, चपरासी तथा चौकीदार तो उनके बिना मोल के गुलाम थे।

उन्हें देखते ही लोग चारों तरफ से दौड़े। सभी लोग विस्मित हो रहे थे। इसलिए नहीं कि अलोपीदीन ने यह कर्म किया, बल्कि इसलिए कि वह कानून के पंजे में कैसे आए? ऐसा मनुष्य जिसके पास असाध्य साधन करने वाला धन और अनन्य वाचालता हो, वह क्यों कानून के पंजे में आए? प्रत्येक मनुष्य उनसे सहानुभूति प्रकट करता था।

बड़ी तत्परता से इस आक्रमण को रोकने के निमित्त वकीलों की एक सेना तैयार की गई। न्याय के मैदान में धर्म और धन में युद्ध ठन गया। वंशीधर चुपचाप खड़े थे। उनके पास सत्य के सिवा न कोई बल था, न स्पष्ट भाषण के अतिरिक्त कोई शस्त्र। गवाह थे, किंतु लोभ से डांवाडोल।

यहाँ तक कि मुंशीजी को न्याय भी अपनी ओर कुछ खिंचा हुआ दीख पड़ता था। वह न्याय का दरबार था, परंतु उसके कर्मचारियों पर पक्षपात का नशा छाया हुआ था। किंतु पक्षपात और न्याय का क्या मेल? जहाँ पक्षपात हो, वहाँ न्याय की कल्पना नहीं की जा सकती। मुकदमा शीघ्र ही समाप्त हो गया।

डिप्टी मजिस्ट्रेट ने अपनी तजवीज में लिखा, पं० अलोपीदीन के विरुद्ध दिए गए प्रमाण निर्मूल और भ्रमात्मक हैं। वह एक बड़े भारी आदमी हैं। यह बात कल्पना के बाहर है कि उन्होंने थोड़े लाभ के लिए ऐसा दुस्साहस किया हो। यद्यपि नमक के दरोगा मुंशी वंशीधर का अधिक दोष नहीं है, लेकिन यह बड़े खेद की बात है कि उसकी उद्दंडता और विचारहीनता के कारण एक भलेमानुस को कष्ट झेलना पड़ा। हम प्रसन्न हैं कि वह अपने काम में सजग और सचेत रहता है, किंतु नमक के मुकदमे की बढ़ी हुई नमक से हलाली ने उसके विवेक और बुद्धि को भ्रष्ट कर दिया। भविष्य में उसे होशियार रहना चाहिए।

वकीलों ने यह फैसला सुना और उछल पड़े। पं० अलोपीदीन मुस्कुराते हुए बाहर निकले। स्वजन बांधवों ने रुपए की लूट की। उदारता का सागर उमड़ पड़ा। उसकी लहरों ने अदालत की नींव तक हिला दी।

जब वंशीधर बाहर निकले तो चारों ओर उनके ऊपर व्यंग्यबाणों की वर्षा होने लगी। चपरासियों ने झुक-झुककर सलाम किए। किंतु इस समय एक कटु वाक्य, एक-एक संकेत उनकी गर्वाग्नि को प्रज्ज्वलित कर रहा था।

कदाचित इस मुकदमे में सफल होकर वह इस तरह अकड़ते हुए न चलते। आज उन्हें संसार का एक खेदजनक विचित्र अनुभव हुआ। न्याय और विद्वत्ता, लंबी-चौड़ी उपाधियाँ, बड़ी-बड़ी दाढ़ियाँ, ढीले चोगे एक भी सच्चे आदर का पात्र नहीं है।

वंशीधर ने धन से बैर मोल लिया था, उसका मूल्य चुकाना अनिवार्य था। कठिनता से एक सप्ताह बीता होगा कि मुअत्तली का परवाना आ पहुँचा। कार्य-परायणता का दंड मिला। बेचारे भग्न हृदय, शोक और खेद से व्यथित घर को चले। बूढ़े मुंशीजी तो पहले ही से कुड़बुड़ा रहे थे कि चलते-चलते इस लड़के को समझाया था, लेकिन इसने एक न सुनी। सब मनमानी करता है। हम तो कलवार और कसाई के तगादे सहें, बुढ़ापे में भगत बनकर बैठें और वहाँ बस वही सूखी तनख्वाह! हमने भी तो नौकरी की है और कोई ओहदेदार नहीं थे। लेकिन काम किया, दिल खोलकर किया और आप ईमानदार बनने चले हैं। घर में चाहे अंधेरा हो, मस्जिद में अवश्य दिया जलाएंगे। खेद ऐसी समझ पर! पढ़ना-लिखना सब अकारथ गया।

इसके थोड़े ही दिनों बाद, जब मुंशी वंशीधर इस दुरावस्था में घर पहुँचे और बूढ़े पिताजी ने समाचार सुना तो सिर पीट लिया। बोले- जी चाहता है कि तुम्हारा और अपना सिर फोड़ लूँ। बहुत देर तक पछता-पछताकर हाथ मलते रहे। क्रोध में कुछ कठोर बातें भी कहीं और यदि वंशीधर वहाँ से टल न जाता तो अवश्य ही यह क्रोध विकट रूप धारण करता। वृद्ध माता को भी दुःख हुआ। जगन्नाथ और रामेश्वर यात्रा की कामनाएँ मिट्टी में मिल गईं। पत्नी ने कई दिनों तक सीधे मुँह बात तक नहीं की।

इसी प्रकार एक सप्ताह बीत गया। संध्या का समय था। बूढ़े मुंशीजी बैठे-बैठे राम नाम की माला जप रहे थे। इसी समय उनके द्वार पर सजा हुआ रथ आकर रुका। हरे और गुलाबी परदे, पछहिए बैलों की जोड़ी, उनकी गर्दन में नीले धागे, सींग पीतल से जड़े हुए। कई नौकर लाठियां कंधों पर रखे साथ थे।

मुंशीजी अगवानी को दौड़े देखा तो पंडित अलोपीदीन हैं। झुककर दंडवत् की और लल्लो-चप्पो की बातें करने लगे– हमारा भाग्य उदय हुआ, जो आपके चरण इस द्वार पर आए। आप हमारे पूज्य देवता हैं, आपको कौन सा मुँह दिखावें, मुँह में तो कालिख लगी हुई है। किंतु क्या करें, लड़का अभागा कपूत है, नहीं तो आपसे क्या मुँह छिपाना पड़ता? ईश्वर निस्संतान चाहे रक्खे पर ऐसी संतान न दे।

अलोपीदीन ने कहा– नहीं भाई साहब, ऐसा न कहिए।

मुंशीजी ने चकित होकर कहा– ऐसी संतान को और क्या कहूँ?

अलोपीदीन ने वात्सल्यपूर्ण स्वर में कहा– कुलतिलक और पुरखों की कीर्ति उज्ज्वल करने वाले संसार में ऐसे कितने धर्मपरायण मनुष्य हैं जो धर्म पर अपना सब कुछ अर्पण कर सकें!

पं० अलोपीदीन ने वंशीधर से कहा– दरोगाजी, इसे खुशामद न समझिए, खुशामद करने के लिए मुझे इतना कष्ट उठाने की जरूरत न थी। उस रात को आपने अपने अधिकार-बल से अपनी हिरासत में लिया था, किंतु आज मैं स्वेच्छा से आपकी हिरासत में आया हूँ। मैंने हज़ारों रईस और अमीर देखे, हज़ारों उच्च पदाधिकारियों से काम पड़ा किंतु परास्त किया तो आपने। मैंने सबको अपना और अपने धन का गुलाम बनाकर छोड़ दिया। मुझे आज्ञा दीजिए कि आपसे कुछ विनय करूँ।

वंशीधर ने अलोपीदीन को आते देखा तो उठकर सत्कार किया, किंतु स्वाभिमान सहित। समझ गए कि यह महाशय मुझे लज्जित करने और जलाने आए हैं। क्षमा-प्रार्थना की चेष्टा नहीं की, वरन् उन्हें अपने पिता की यह ठकुरसुहाती की बात असह्य सी प्रतीत हुई। पर पंडितजी की बातें सुनी तो मन की मैल मिट गई।

पंडितजी की ओर उड़ती हुई दृष्टि से देखा। सद्भाव झलक रहा था। गर्व ने अब लज्जा के सामने सिर झुका दिया। शर्माते हुए बोले– यह

आपकी उदारता है जो ऐसा कहते हैं। मुझसे जो कुछ अविनय हुई है, उसे क्षमा कीजिए। मैं धर्म की बेड़ी में जकड़ा हुआ था, नहीं तो वैसे मैं आपका दास हूँ। जो आज्ञा होगी वह मेरे सिर-माथे पर।

अलोपीदीन ने विनीत भाव से कहा– नदी तट पर आपने मेरी प्रार्थना नहीं स्वीकार की थी, किंतु आज स्वीकार करनी पड़ेगी।

वंशीधर बोले– मैं किस योग्य हूँ, किंतु जो कुछ सेवा मुझसे हो सकती है, उसमें त्रुटि न होगी।

अलोपीदीन ने एक स्टाम्प लगा हुआ पत्र निकाला और उसे वंशीधर के सामने रखकर बोले– इस पद को स्वीकार कीजिए और अपने हस्ताक्षर कर दीजिए। मैं ब्राह्मण हूँ, जब तक यह सवाल पूरा न कीजिएगा, द्वार से न हटूंगा।

मुंशी वंशीधर ने उस कागज को पढ़ा तो कृतज्ञता से आँखों में आँसू भर आए। पं० अलोपीदीन ने उनको अपनी सारी जायदाद का स्थायी मैनेजर नियत किया था। छह हज़ार वर्षिक वेतन के अतिरिक्त रोजाना खर्च अलग, सवारी के लिए घोड़ा, रहने को बंगला, नौकर-चाकर मुफ्त। कम्पित स्वर में बोले– पंडितजी मुझमें इतनी सामर्थ्य नहीं है कि आपकी उदारता की प्रशंसा कर सकूं! किंतु ऐसे उच्च पद के योग्य नहीं हूँ।

अलोपीदीन हँसकर बोले– मुझे इस समय एक अयोग्य मनुष्य की ही जरूरत है।

वंशीधर ने गंभीर भाव से कहा– यों मैं आपका दास हूँ। आप जैसे कीर्तिवान, सज्जन पुरुष की सेवा करना मेरे लिए सौभाग्य की बात है। किंतु मुझमें न विद्या है, न बुद्धि, न वह स्वभाव जो इन त्रुटियों की पूर्ति कर देता है। ऐसे महान कार्य के लिए एक बड़े मर्मज्ञ अनुभवी मनुष्य की जरूरत है।

अलोपीदीन ने कलमदान से कलम निकाली और उसे वंशीधर के हाथ में देकर बोले– न मुझे विद्वत्ता की चाह है, न अनुभव की, न मर्मज्ञता की, न कार्यकुशलता की। इन गुणों के महत्त्व को खूब पा चुका हूँ। अब सौभाग्य और सुअवसर ने मुझे वह मोती दे दिया जिसके सामने योग्यता और विद्वत्ता की चमक फीकी पड़ जाती है। यह कलम लीजिए, अधिक सोच-विचार न कीजिए, दस्तखत कर दीजिए। परमात्मा से यही प्रार्थना है

कि वह आपको सदैव वही नदी के किनारे वाला, बेमुरौवत, उद्दंड, कठोर परंतु धर्मनिष्ठ दारोगा बनाए रखे।

वंशीधर की आँखें डबडबा आईं। हृदय के संकुचित पात्र में इतना एहसान न समा सका। एक बार फिर पंडितजी की ओर भक्ति और श्रद्धा की दृष्टि से देखा और काँपते हुए हाथ से मैनेजरी के कागज पर हस्ताक्षर कर दिए।

अलोपीदीन ने प्रफुल्लित होकर उन्हें गले लगा लिया।

शतरंज के खिलाड़ी

वाजिदअली शाह का समय था। लखनऊ विलासिता के रंग में डूबा हुआ था। छोटे–बड़े, अमीर–गरीब, सभी विलासिता में डूबे हुए थे। कोई नृत्य और गान की मजलिस सजाता था, तो कोई अफीम की पीनक ही के मजे लेता था। जीवन के प्रत्येक विभाग में आमोद-प्रमोद को प्राधान्य था। शासन विभाग में, साहित्य क्षेत्र में, सामाजिक व्यवस्था में, कला कौशल में, उद्योग–धन्धों में, आहार-विहार में, सर्वत्र विलासिता व्याप्त हो रही था। कर्मचारी विषय-वासना में, कविगण प्रेम और विरह के वर्णन में, कारीगर कलाबत्तू और चिकन बनाने में, व्यावसायी सुरमे, इत्र मिस्सी और उबटन का रोजगार करने में लिप्त था। सभी की आँखों में विलासिता का मद छाया हुआ था। संसार में क्या हो रहा है, इसकी किसी को खबर न थी। बटेर लड़ रहे हैं। तीतरों की लड़ाई के लिए पाली बदी जा रही है। कहीं चौसर बिछी हुई है। पौ बारह का शोर मचा हुआ है। कही शतरंज का घोर संग्राम छिड़ा हुआ है। राजा से लेकर रंक तक इसी धुन में मस्त थे। यहाँ तक कि फकीरों को पैसे मिलते तो वे रोटियाँ न लेकर अफीम खाते या मदिरा पीते। शतरंज, ताश, गंजीफा खेलने में बुद्धि तीव्र होती है, विचार शक्ति का विकास होता है, पेचीदा मसलों को सुलझाने की आदत पड़ती है, ये दलील जोर के साथ पेश की जाती थी। (इस सम्प्रदाय के लोगों से दुनिया अब भी खाली नहीं है।) इसलिए अगर मिर्जा सज्जाद अली और मीर रौशन अली अपना अधिकांश समय बुद्धि–तीव्र करने में व्यतीत करते थे, तो किसी विचारशील पुरुष को क्या आपत्ति हो सकती थी? दोनों के पास मौरूसी जागीरें थी, जीविका की कोई चिन्ता न थी। घर बैठे चखोतियाँ करते। आखिर और करते ही क्या? प्रातःकाल दोनों मित्र नाश्ता करके बिसात बिछाकर बैठ जाते, मुहरे सज जाते और लड़ाई के दाँव पेंच होने लगते थे। फिर खबर न होती थी कि कब दोपहर हुई कब तीसरा पहर, कब शाम। घर के भीतर से बार–बार बुलावा आता था– 'खाना तैयार है।' यहाँ से जवाब मिलता– 'चलो आते हैं, दस्तर ख्वान

बिछाओ।' यहाँ तक कि बावरची विवश होकर कमरे में ही खाना रख जाता था, और दोनों मित्र दोनों काम साथ-साथ करते थे। मिर्जा सज्जाद अली के घर में कोई बड़ा-बूढ़ा न था, इसलिए उन्हीं के दीवानखाने में बाजियाँ होती थी; मगर यह बात न थी कि मिर्जा के घर के और लोग उसके व्यवहार से खुश हों। घरवाली का तो कहना ही क्या, मुहल्ले वाले, घर के नौकर-चाकर तक नित्य द्वेषपूर्ण टिप्पणियां किया करते थे 'बड़ा मनहूस खेल है। घर को तबाह कर देता है। खुदा न करे किसी को इसकी चाट पड़े। आदमी दीन-दुनिया किसी के काम का नहीं रहता, न घर का न घाट का। बुरा रोग है यहाँ तक कि मिर्जा की बेगम को इससे इतना द्वेष था कि अवसर खोज-खोज कर पति को लताड़ती थीं। पर उन्हें इसका अवसर मुश्किल से मिलता था। वह सोचती रहती थीं, तब तक उधर बाजी बिछ जाती थी। और रात को जब सो जाती थीं, तब कहीं मिर्जा जी भीतर आते थे। हाँ नौकरों पर वह अपना गुस्सा उतारती रहती थीं- 'क्या पान मांगे हैं? कह दो आकर ले जाएँ। खाने की भी फुर्सत नही हैं? ले जाकर खाना सिर पर पटक दो, खाएं चाहे कुत्ते को खिलावें।' पर रूबरू वह कुछ न कह सकती थी। उनको अपने पति से उतना मलाल न था जितना मीर साहब से। उन्होंने उसका नाम मीर बिगाड़ू रख छोड़ा था। शायद मिर्जा जी अपनी सफाई देने के लिए सारा इल्जाम मीर साहब ही के सिर थोप देते थे।'

एक दिन बेगम साहिबा के सिर में दर्द होने लगा। उन्होंने लौंडी से कहा- जाकर मिर्जा साहब को बुला लो। किसी हकीम के यहाँ से दवा लाऐं। दौड़, जल्दी कर।

लौंडी गई तो मिर्जा ने कहा- चल, अभी आते हैं।

बेगम का मिजाज गरम था। इतनी ताब कहाँ कि उनके सिर में दर्द हो, और पति शतरंज खेलता रहे। चेहरा सुर्ख हो गया। लौंडी से कहा- जाकर कह, अभी चलिए नहीं तो वह आप ही हकीम के यहाँ चली जाएंगी।

मिर्जा जी बड़ी दिलचस्प बाजी खेल रहे थे, दो ही किश्तो में मीर साहब की मात हुई जाती थी, झुंझलाकर बोले- क्या ऐसा दम लबों पर है? जरा सब्र नहीं होता?

मीर- अरे, तो जाकर सुन ही आइए न। औरतें नाजुक-मिजाज होती हैं।

मिर्जा– जी हाँ, चला क्यों न जाऊँ। दो किश्तों में आपको मात होती है।

मीर– जनाब, इस भरोसे में न रहिएगा। वह चाल सोची है कि आपके मुहरे धरे रहें, और मात हो जाए। पर जाइए, सुन आइए, क्यों ख्वाहम-ख्वाह उनका दिल दुखाइएगा?

मिर्जा– इसी बात पर मात ही करके जाऊँगा।

मीर– मैं खेलूंगा ही नहीं। आप जाकर सुन आइए।

मिर्जा– अरे यार जाना ही पड़ेगा हकीम के यहाँ। सिर-दर्द खाक नहीं है, मुझे परेशान करने का बहाना है।

मीर– कुछ भी हो, उनकी खातिर तो करनी ही पड़ेगी।

मिर्जा– अच्छा, एक चाल और चल लूँ।

मीर– हरगिज नहीं, जब तक आप सुन न आवेंगे, मैं मुहरे में हाथ न लगाऊँगा।

मिर्जा साहब मजबूर होकर अन्दर गए तो बेगम साहब ने त्योरियाँ बदलकर लेकिन कराहते हुए कहा– तुम्हें निगोड़ी शतरंज इतनी प्यारी है! चाहे कोई मर ही जाए, पर उठने का नाम नहीं लेते! नौज, कोई तुम जैसा आदमी हो!

मिर्जा– क्या कहूँ, मीर साहब मानते ही न थे। बड़ी मुश्किल से पीछा छुड़ाकर आया हूँ।

बेगम– क्या जैसे वह खुद निखट्टू हैं, वैसे ही सबको समझते हैं? उनके भी बाल बच्चे हैं, या सबका सफाया कर डाला है!

मिर्जा– बड़ा लती आदमी है। जब आ जाता है, तब मजबूर होकर खेलना पड़ता है।

बेगम– दुत्कार क्यों नहीं देते?

मिर्जा– बराबर का आदमी है, उम्र में, दर्जे में, मुझसे दो अंगुल ऊँचे। मुलाहिजा करना ही पड़ता है।

बेगम– तो मैं ही दुत्कार देती हूँ। नाराज़ हो जाएँगे, हो जाएँ। कौन किसी की रोटियाँ चला देता है। रानी रूठेगी, अपना सुहाग लेंगी। हिरिया, बाहर से शतरंज उठा ला। मीर साहब से कहना, मियां अब न खेलेंगे, आप तशरीफ ले जाइए।

मिर्जा– हाँ–हाँ, कहीं ऐसा गजब भी न करना! जलील करना चाहती हो क्या? ठहर हिरिया, कहाँ जाती है!

बेगम– जाने क्यों नहीं देते? मेरे ही खून पिए, जो उसे रोके। अच्छा, उसे रोका, मुझे रोको तो जानूँ।

यह कहकर बेगम साहिबा झल्लायी हुई दीवानखाने की तरफ चली। मिर्जा बेचारे का रंग उड़ गया। बीवी की मिन्नतें करने लगे– खुदा के लिए, तुम्हें हजरत हुसैन की कसम। मेरी ही मैयत देखे, जो उधर जाए।

लेकिन बेगम ने एक न मानी। दीवानखाने के द्वार तक चली गईं। पर एकाएक पर पुरुष के सामने जाते हुए पाँव बंध गए। भीतर झांका, संयोग से कमरा खाली था; मीर साहब ने दो मुहरे इधर–उधर कर दिए थे और अपनी सफाई बताने के लिए बाहर टहल रहे थे। फिर क्या था, बेगम ने अन्दर पहुँचकर बाजी उलट दी; मुहरे कुछ तख्त के नीचे फेंक दिए, कुछ बाहर और किवाड़ अन्दर से बन्द करके कुंडी लगा दी। मीर साहब दरवाज़े पर तो थे ही, मुहरे बाहर फेंके जाते दिखे, चूड़ियों की झनक भी कान में पड़ीं। फिर दरवाज़ा बन्द हुआ, तो समझ गए बेगम बिगड़ गईं। घर की राह ली।

मिर्जा ने कहा– तुमने गजब किया।

बेगम– अब, मीर साहब इधर आये तो खड़े–खड़े निकलवा दूंगी। इतनी लौ खुदा से लगाते तो वली हो जाते! आप तो शतरंज खेलें और मैं यहाँ चूल्हे चक्की की फिक्र में सिर खपाऊं। बोलो, जाते हो हकीम के यहाँ कि अब भी ताम्मुल है।

मिर्जा घर से निकले तो हकीम के घर जाने के बदले मीर साहब के घर पहुँचे, और सारा वृतान्त कहा। मीर साहब बोले– मैंने तो जब मुहरे बाहर आते देखे तभी ताड़ गया। फौरन भागा। बड़ी गुस्सेवर मालूम होती हैं। मगर आपने उन्हें यों सिर पर चढ़ा रखा है, यह मुनासिब नहीं। उन्हें इससे क्या मतलब की आप बाहर क्या करते हैं। घर का इन्तजाम करना उनका काम है, दूसरी बातों से उन्हें क्या सरोकार?

मिर्जा– खैर, यह तो बताइए, अब कहाँ जमाव होगा?

मीर– इसका क्या गम? इतना बड़ा घर पड़ा हुआ है? बस यही जमे।

मिर्जा– लेकिन बेगम साहब को कैसे मनाऊँगा? जब घर पर बैठा रहता था तब तो वह इतना बिगड़ती थीं, यहाँ बैठक होगा तो शायद जिन्दा न छोड़ेंगी।

मीर– अजी बकने भी दीजिए, दो-चार रोज में आप ही ठीक हो जाएंगी। हाँ, आप इतना कीजिए कि आज से जरा तन जाइए!

******

मीर साहब की बेगम किसी अज्ञात कारण से उनका घर से दूर रहना ही उपयुक्त समझती थीं। इसलिए वह उनके शतरंज प्रेम की कभी आलोचना न करतीं; बल्कि कभी-कभी मीर साहब को देर हो जाती तो याद दिला देती थीं। इन कारणों से मीर साहब को भ्रम हो गया था कि मेरी स्त्री अत्यन्त विनयशील और गम्भीर है। लेकिन जब दीवानखाने में बिसात बिछने लगी और मीर साहब दिन भर घर में रहने लगे तो उन्हें बड़ा कष्ट होने लगा। उनकी स्वाधीनता में बाधा पड़ गई। दिन भर दरवाज़े पर झांकने को तरस जातीं।

उधर नौकरों में काना-फूसी होने लगी। अब तक दिन भर पड़े-पड़े मक्खियां मारा करते थे। घर में चाहे कोई आवे, चाहे कोई जाए, इनसे कुछ मतलब न था। आठों पहर की धौंस हो गई। कभी पान लाने का हुक्म होता, कभी मिठाई लाने का। और हुक्का तो किसी प्रेमी के हृदय की भांति नित्य जलता ही रहता था। वे बेगम साहब से जा-जाकर कहते– हुजूर, मियां की शतरंज तो हमारे जी का जंजाल हो गई! दिन भर दौड़ते-दौड़ते पैरौं में छाले पड़ गए। यह भी कोई खेल है कि सुबह को बैठे तो शाम ही कर दी। घड़ी-आधा घड़ी दिल-बहलाव के लिए खेल लेना बहुत है। खैर, हमें तो कोई शिकायत नहीं, हुजूर के गुलाम हैं, जो हुक्म होगा, बजा ही लावेंगे, मगर यह खेल मनहूस है। इसको खेलने वाला कभी पनपता नहीं, घर पर कोई न कोई आफत जरूर आती हैं। यहाँ तक कि एक के पीछे मुहल्ले के मुहल्ले तबाह हो जाते देखे गए हैं। सारे मुहल्ले में यही चर्चा होती रहती है। हुजूर का नमक खाते हैं। अपने आका की बुराई सुन-सुनकर रंज होता है। मगर क्या करें? इस पर बेगम

साहिबा कहतीं– मैं तो खुद इसको पसन्द नहीं करती, पर वह किसी की सुनते ही नहीं, क्या किया जाए?

मुहल्ले में भी दो–चार पुराने जमाने के लोग थे। वे आपस में भांति–भांति के अमंगल की कल्पनाएँ करने लगे– अब खैरियत नहीं है। जब हमारे रईसों का यह हाल है, तो मुल्क का खुदा ही हाफिज। यह बादशाहत शतरंज के हाथों तबाह होगी। आसार बुरे हैं।

राज्य में हाहाकार मचा हुआ था। प्रजा दिन–दहाड़े लूटी जाती थी। कोई फरियाद सुनने वाला न था। देहातों की सारी दौलत लखनऊ में खिंची चली आती थी, और वह वेश्याओं में, भांड़ों में और विलासिता के अन्य अंगों की पूर्ति में उड़ जाती थी। अंग्रेजी कम्पनी का ऋण दिन–दिन बढ़ता जाता थी। कमली दिन–दिन भींग कर भारी होती जाती थी। देश में सुव्यवस्था न होने के कारण वार्षिक कर भी न वसूल होता था। रेसिडेन्ट बार–बार चेतावनी देता था, पर यहाँ लोग विलासिता के नशे में चूर थे। किसी के कान में जूं न रेंगती थी।

खैर, मीर साहब के दीवानखाने में शतरंज होते महीने गुजर गए। नए–नए नक्शे हल किये जाते, नए–नए बनाये जाते, नित नई ब्यूह रचना होती; कभी–कभी खेलते–खेलते झौड़ हो जाती। तू-तू मैं-मैं तक की नौबत आ जाती। पर शीघ्र ही दोनों में मेल हो जाता। कभी–कभी ऐसा भी होता कि बाजी उठा दी जाती मिर्जा जी रूठकर अपने घर में जा बैठते। पर रातभर की निद्रा के साथ सारा मनोमालिन्य शान्त हो जाता था। प्रातःकाल दोनों मित्र दीवानखाने में आ पहुँचते थे।

एक दिन दोनों मित्र बैठे शतरंज की दलदल में गोते लगा रहे थे कि इतने में घोड़े पर सवार एक बादशाही फौज का अफ़सर मीर साहब का नाम पूछता हुआ आ पहुँचा। मीर साहब के होश उड़ गए। यह क्या बला सिर पर आयी! यह तलबी किस लिए हुई? अब खैरियत नहीं नज़र आती! घर के दरवाज़े बन्द कर लिए। नौकर से बोले– कह दो घर में नहीं हैं।

सवार– घर में नहीं, तो कहाँ हैं?

नौकर– यह मैं नहीं जानता। क्या काम है?

सवार– काम तुझे क्या बतालाऊँ? हुजूर से तलबी है– शायद फौज के लिए कुछ सिपाही मांगे गए हैं। जागीरदार है कि दिल्लगी? मोरचे पर जाना पड़ेगा तो आटे–दाल का भाव मालूम हो जाएगा।

नौकर– अच्छा तो जाइए, कह दिया जाएगा।

सवार– कहने की बात नहीं। कल मैं खुद आऊँगा। साथ ले जाने का हुक्म हुआ है।

सवार चला गया। मीर साहब की आत्मा काँप उठी। मिर्जा जी से बोले– कहिए, जनाब, अब क्या होगा?

मिर्जा– बड़ी मुसीबत है। कहीं मेरी भी तलबी न हो।

मीर– कम्बख्त कल आने को कह गया है।

मिर्जा– आफत है, और क्या! कहीं मोरचे पर जाना पड़ा तो बेमौत मरे।

मीर– बस, यही एक तदबीर है कि घर पर मिलें ही नहीं। कल से गोमती पर कहीं वीराने नें नक्शा जमे। वहाँ किसे खबर होगी? हजरत आकर लौट जाएँगे।

मिर्जा– वल्लाह, आपको खूब सूझी! इसके सिवा और कोई तदबीर नहीं है।

इधर मीर साहब की बेगम उस सवार से कह रही थीं–तुमने खूब धता बतायी।

उसने जवाब दिया–ऐसे गावदियों को तो चुटकियों पर नचाता हूँ। इनकी सारी अक्ल और हिम्मत तो शतरंज ने चर ली। अब भूलकर भी घर न रहेंगे।

******

दूसरे दिन से दोनों मित्र मुँह अंधेरे घर से निकल खड़े होते। बगल में एक छोटी–सी दरी दबाये, डिब्बे में गिलोरियां भरे, गोमती पार कर एक पुरानी वीरान मस्जिद में चले जाते, जिसे शायद नवाब आसफउद्दौला ने बनवाया था। रास्ते में तम्बाकू, चिलम और मदरिया ले लेते और मस्जिद में पहुँच, दरी बिछा, हुक्का भर शतरंज खेलने बैठ जाते थे। फिर उन्हें दीन–दुनिया की फिक्र न रहती थी। 'किस्त', 'शह' आदि दो–एक शब्दों

के सिवा मुँह से और कोई वाक्य नहीं निकलता था। कोई योगी भी समाधि में इतना एकाग्र न होता। दो पहर को जब भूख मालूम होती तो दोनों मित्र किसी नानबाई की दुकान पर जाकर खाना खा आते और एक चिलम हुक्का पीकर फिर संग्राम क्षेत्र में डट जाते। कभी-कभी तो उन्हें भोजन का भी ख्याल न रहता था।

इधर देश की राजनीतिक दशा में भयंकर हलचल मची हुई थी। लोग बाल-बच्चों को ले-ले कर देहातों में भाग रहे थे। पर हमारे दोनों खिलाड़ियों को इसकी जरा भी फिक्र न थी। वे घर से आते तो गलियों में होकर। डर था कि कहीं किसी बादशाही मुलाजिम की निगाह न पड़ जाए, नहीं तो बेगार में पकड़े जाएँ। हज़ारों रुपए सालाना की जागीर मुफ्त में ही हजम करना चाहते थे।

एक दिन दोनों मित्र मस्जिद के खंडहर में बैठे हुए शतरंज खेल रहे थे। मिर्जा की बाजी कुछ कमजोर थी। मीर साहब को किश्त पर किश्त दे रहे थे। इतने में कम्पनी के सैनिक आते हुए दिखाई दिए। यह गोरों की फौज थी जो लखनऊ पर अधिकार जमाने के लिए आ रही थी।

मीर साहब- अंग्रेजी फौज आ रही है; खुदा खैर करे!

मिर्जा- आने दीजिए, किश्त बचाइए। लो यह किश्त!

मीर- तोपखाना भी है। कोई पाँच हज़ार आदमी होंगे, कैसे जवान हैं। लाल बंदरों से मुँह हैं। सूरत देखकर खौफ मालूम होता है।

मिर्जा- जनाब, हीले न कीजिए। ये चकमें किसी और को दीजिएगा- यह किश्त!

मीर- आप भी अजीब आदमी हैं। यहाँ तो शहर पर आफत आयी हुई है, और आपको किश्त की सूझी है। कुछ खबर है कि शहर घिर गया तो घर कैसे चलेंगे?

मिर्जा- जब घर चलने का वक्त आएगा तो देखी जाएगी-यह किश्त, बस अब की शह में मात है।

फौज निकल गई। दस बजे का समय था। फिर बाजी बिछ गई। मिर्जा बोले- आज खाने का कैसे ठहरेगा?

मीर- अजी, आज तो रोजा है। क्या आपको भूख ज्यादा मालूम होती है?

मिर्जा– जी नहीं। शहर में जाने क्या हो रहा है?

मीर– शहर में कुछ न हो रहा होगा। लोग खाना खा–खाकर आराम से सो रहे होंगे। हुजूर नवाब साहब भी ऐशगाह में होंगे।

दोनों सज्जन फिर जो खेलने बैठे तो तीन बज गए। अब की मिर्जा की बाजी कमजोर थी। चार का बजर बज रहा था कि फौज की वापसी की आहट मिली। नवाब वाजिदअली शाह पकड़ लिए गए थे, और सेना उन्हें किसी अज्ञात स्थान को लिए जा रही थी। शहर में न कोई हलचल थी, न मार–काट। एक बूंद भी खून नहीं गिरा था। आज तक किसी स्वाधीन देश के राजा की पराजय इतनी शान्ति से, इस तरह खून बहे बिना न हुई होगी। यह अहिंसा न थी, जिस पर देवगण प्रसन्न होते हैं। यह कायरपन था जिस पर बड़े से बड़े कायर आँसू बहाते हैं। अवध के विशाल देश का नवाब बन्दी बना चला जाता था और लखनऊ ऐश की नींद में मस्त था। यह राजनीतिक अध:पतन की चरम सीमा थी।

मिर्जा ने कहा– हुजूर नवाब को जालिमों नें कैद कर लिया है।

मीर– होगा, यह लीजिए शह!

मिर्जा– जनाब, जरा ठहरिए। इस वक्त इधर तबीयत ठीक नहीं लगती। बेचारे नवाब साहब इस वक्त खून के आँसू रो रहे होंगे।

मीर– रोया ही चाहें, यह ऐश वहाँ कहाँ नसीब होगा? यह किश्त।

मिर्जा– किसी के दिन बराबर नहीं जाते। कितनी दर्दनाक हालत है।

मीर– हाँ, सो तो है ही, यह लो फिर किश्त! बस अब की किश्त में मात है। बच नहीं सकते।

मिर्जा– खुदा की कसम, आप बड़े बेदर्द हैं। इतना बड़ा हादसा देखकर भी आपको दु:ख नहीं होता। हाय, गरीब वाजिदअली शाह!

मीर– पहले अपने बादशाह को तो बचाइए, फिर नवाब का मातम कीजिएगा। यह किश्त और मात! लाना हाथ!

बादशाह को लिए हुए सेना सामने से निकल गई। उनके जाते ही मिर्जा ने फिर बाजी बिछा ली। हार की चोट बुरी होती है। मीर ने कहा– आइए नवाब के मातम में मरसिया कह डाले। लेकिन मिर्जा की राजभक्ति

अपनी हार के साथ लुप्त हो चुकी थी। वह हार का बदला चुकाने के लिए अधीर हो गए थे।

******

शाम हो गई। खंडहर में चमगादड़ों ने चीखना शुरू किया। अबाबीलें आ–आकर अपने घोंसलों में चिपटी। पर दोनों खिलाड़ी डटे हुए थे। मानो दोनों खून के प्यासे सूरमा आपस में लड़ रहे हों। मिर्जा जी तीन बाजियाँ लगातार हार चुके थे; इस चौथी बाजी का भी रंग अच्छा न था। वह बार–बार जीतने का दृढ़ निश्चय कर संभलकर खेलते थे; लेकिन एक न एक चाल ऐसी बेढब आ पड़ती थी जिससे बाजी खराब हो जाती थी। हर बार हार के साथ प्रतिकार की भावना और उग्र होती जाती थी। उधर मीर साहब मारे उमंग के गजले गाते थे, चुटकियां लेते थे, मानो कोई गुप्त धन पा गए हों। मिर्जा सुन–सुनकर झुंझलाते और हार की झेंप मिटाने कि लिए उनकी दाद देते थे। ज्यों–ज्यों बाजी कमजोर पड़ती थी, धैर्य हाथ से निकलता जाता था। यहाँ तक कि वह बात–बात पर झुंझलाने लगे। 'जनाब' आप चाल न बदला कीजिए। यह क्या कि चाल चलें और फिर उसे बदल दिया जाए। जो कुछ चलना है एक बार चल दीजिए। यह आप मुहरे पर ही क्यों हाथ रखे रहते हैं। मुहरे छोड़ दीजिए। जब तक आपको चाल न सूझे, मुहरा छुइए ही नहीं। आप एक-एक चाल आधा–आधा घंटे में चलते हैं। इसकी सनद नहीं। जिसे एक चाल चलने में पाँच मिनट से ज्यादा लगे, उसकी मात समझी जाए। फिर आपने चाल बदली? चुपके से मुहर वहीं रख दीजिए।

मीर साहब की फरजी पिटता था। बोले– मैंने चाल चली ही कब थी?

मिर्जा– आप चाल चल चुके हैं। मुहरा वहीं रख दीजिए– उसी घर में।

मीर– उसमें क्यों रखूँ? हाथ से मुहरा छोड़ा कब था?

मिर्जा– मुहरा आप कयामत तक न छोड़ें, तो क्या चाल ही न होगी? फरजी पिटते देखा तो धांधली करने लगे।

मीर– धांधली आप करते हैं। हार-जीत तकदीर से होती है। धांधली करने से कोई नहीं जीतता।

मिर्जा– तो इस बाजी में आपकी मात हो गई।

मीर– मुझे क्यों मात होने लगी?

मिर्जा– तो आप मुहरा उसी घर में रख दीजिए, जहाँ पहले रखा था।

मीर– वहाँ क्यों रखूँ? नहीं रखता।

मिर्जा– क्यों न रखिएगा? आपको रखना होगा।

तकरार बढ़ने लगी। दोनों अपनी–अपनी टेक पर अड़े थे। न यह दबता था, न वह। अप्रासंगिक बातें होने लगीं। मिर्जा बोले– किसी ने खानदान में शतरंज खेली होती तब तो इसके कायदे जानते। वो तो हमेशा घास छीला किए, आप शतरंज क्या खेलिएगा? रियासत और ही चीज़ है। जागीर मिल जाने ही से कोई रईस नहीं हो जाता।

मीर– क्या! घास आपके अब्बाजान छीलते होंगे। यहाँ तो पीढ़ियों से शतरंज खेलते चले आते हैं?

मिर्जा– अजी जाइए भी, गाजीउद्दीन हैदर के यहाँ बावर्ची का काम करते–करते उम्र गुजर गई। आज रईस बनने चले हैं। रईस बनना कुछ दिल्लगी नहीं।

मीर– क्यों अपने बुजुर्गों के मुँह पर कालिख लगाते हो– वे बावर्ची का काम करते होंगे। यहाँ तो बादशाह के दस्तर ख्वान पर खाना खाते चले आये हैं।

मिर्जा– अरे चल चरकटे, बहुत बढ़कर बातें न कर!

मीर– जबान संभालिए, वर्ना बुरा होगा। मैं ऐसी बातें सुनने का आदी नहीं। यहाँ तो किसी ने आँखे दिखायीं कि उसकी आँखें निकालीं। हैं हौसला?

मिर्जा– आप मेरा हौसला देखना चाहते हैं, तो फिर आइए, आज दो–दो हाथ हो जाए, इधर या उधर।

मीर– तो यहाँ तुमसे दबने वाला कौन है?

दोनों दोस्तों ने कमर से तलवारें निकाल लीं। नवाबी जमाना था। सभी तलवार, पेशकब्ज, कटार वगैरह बांधते थे। दोनों विलासी थे, पर कायर न थे। उनमें राजनीतिक भावों का अध:पतन हो गया था। बादशाह के लिए क्यों मरें? पर व्यक्तिगत वीरता का अभाव न था। दोनों ने पैतरे बदले, तलवारे चमकीं, छपाछप की आवाज़ें आईं। दोनों जख्मी होकर गिरे, दोनों

ने वहीं तड़प–तड़प कर जाने दीं। अपने बादशाह के लिए उनकी आँखों से एक बूंद आँसू न निकला, उन्होंने शतरंज के वजीर की रक्षा में प्राण दे दिए।

अंधेरा हो चला था। बाजी बिछी हुई थी। दोनों बादशाह अपने–अपने सिहांसन पर बैठे मानो इन वीरों की मृत्यु पर रो रहे थे। चारों तरफ सन्नाटा छाया हुआ था। खंडहर की टूटी हुई, मेहराबें गिरी हुई दीवारें और धूल–धूसरित मीनारे इन लाशों को देखतीं और सिर धुनती थीं।

बेटी का धन

बेतवा नदी दो ऊँचे कगारों के बीच इस तरह मुँह छिपाए हुई थी, जैसे निर्मल हृदयों में सरस और उत्साह की मद्धम ज्योति छिपी रहती है। इसके एक कगार पर एक छोटा-सा गाँव बसा है, जो अपने भग्न जातीय चिह्नों के लिए बहुत ही प्रसिद्ध है। जातीय गाथाओं और चिह्नों पर मर मिटने वाले लोग इस भग्न स्थान पर बड़े प्रेम और श्रद्धा के साथ आते और गाँव का बूढ़ा केवल सुक्खू चौधरी उन्हें उसकी परिक्रमा कराता और रानी के महल, राजा का दरबार और कुंवर के बैठके के मिटे हुए चिह्नों को दिखाता। वह एक उच्छवास लेकर रुंधे हुए गले से कहता– 'महाशय'! एक वह समय था कि केवटों को मछलियों के इनाम में अशर्फियां मिलती थीं। कहार महल में झाड़ू देते हुए अशर्फियां बटोर ले सकते थे। वेतवा नदी रोज बढ़कर महाराज के चरण छूने आती थी। यह प्रताप और यह तेज था, परन्तु आज इसकी यह दशा है। इन सुन्दर उक्तियों पर किसी का विश्वास जमाना चौधरी के वश की बात न थी, पर सुनने वाले उसकी सहृदयता तथा अनुराग के जरूर कायल हो जाते थे।

सुक्खू चौधरी उदार पुरुष थे, परन्तु जितना बड़ा मुँह था, उतना बड़ा ग्रास न था। तीन लड़के, तीन बहुएं और कई पौत्र-पौत्रियां थीं। लड़की केवल एक गंगाजली थी, जिसका अभी तक गौना नहीं हुआ था। चौधरी की यह सबसे पिछली संतान थी। स्त्री के मर जाने पर उसने इसको बकरी का दूध पिला-पिलाकर पाला था। परिवार में खानेवाले तो इतने थे, पर खेती सिर्फ एक हल की होती थी। ज्यों-त्यों कर निर्वाह होता था, परन्तु सुक्खू की वृद्धावस्था और पुरातत्व-ज्ञान ने उसे गाँव में वह मान प्रतिष्ठा प्रदान कर रक्खी थी, जिसे देखकर झगड़ू साहू भीतर-ही-भीतर जलते थे। सुक्खू जब गाँव वालों के समक्ष हाकिमों से हाथ फेंक-फेंककर बातें करने लगता और खंडहरों को घुमा-फिराकर दिखाने लगता था, तो झगड़ू साहू, जो चपरासियों के धक्के खाने के डर से करीब नहीं फटकते थे,

तड़प-तड़प कर रह जाते थे। अतः वे सदा उस शुभ अवसर की प्रतीक्षा करते रहते थे, जब सुक्खू पर अपने धन द्वारा प्रभुत्व जमा सकें।

2

इस गाँव के जमींदार ठाकुर जीतनसिंह थे, जिनकी बेगार के मारे गाँव वालों के नाकों में दम था। उस साल जब जिला मजिस्ट्रेट का दौरा हुआ और वह यहाँ के पुरातन चिह्नों की सैर करने के लिए पधारे, तो सुक्खू चौधरी ने दबी जबान से अपने गाँव वालों की दुःख कहानी उन्हें सुनाई। हाकिमों से वार्तालाप करने में उसे तनिक भी भय न होता था। सुक्खू चौधरी को खूब मालूम था कि जीतनसिंह से रार मचाना 'सिंह के मुँह में सिर' देना है। किन्तु जब गाँव वाले कहते थे कि चौधरी तुम्हारी यह मित्रता किस दिन काम आएगी! 'परोपकाराय सताम् विभूतयः!' तब सुक्खू का मिजाज आसमान पर चढ़ जाता था। घड़ी-भर के लिए वह जीतनसिंह को भूल जाता था। मजिस्ट्रेट ने जीतनसिंह से इसका उत्तर मांगा। उधर झगड़ू साहू ने चौधरी के इस साहसपूर्ण स्वामी-द्रोह की रिपोर्ट जीतनसिंह को दी। ठाकुर साहब जलकर आग हो गए। अपने कारिंदे से बकाया लगान की बही मांगी। संयोगवश चौधरी के जिम्मे इस साल का कुछ लगान बाकी था। कुछ तो पैदावार कम हुई, उस पर गंगाजली का ब्याह करना पड़ा। छोटी बहू नथ की रट लगाए हुए थी, वह बनवानी पड़ी। इन सब खर्चों ने हाथ बिलकुल खाली कर दिया था। लगान के लिए कुछ अधिक चिन्ता नहीं थी। वह इस अभिमान में भूला हुआ था कि जिस जबान में हाकिमों को प्रसन्न करने की शक्ति है। क्या वह ठाकुर को अपना लक्ष्य न बना सकेगी? बूढ़े चौधरी इधर तो अपने गर्व में निश्चिन्त थे और उधर उन पर बकाया लगान की नालिश ठुक गई। सम्मन आ पहुँचा। दूसरे दिन पेशी की तारीख पड़ गई। चौधरी को अपना जादू चलाने का अवसर न मिला।

जिन लोगों के बढ़ावे में आकर सुक्खू ने ठाकुर से छेड़छाड़ की थी, उनका दर्शन मिलना दुर्लभ हो गया। ठाकुर साहब के सहने और प्यादे गाँव में चील की तरह मंडराने लगे। उनके भय से किसी को चौधरी की परछाईं काटने का साहस न होता था। कचहरी यहाँ से तीन मील पर थी। बरसात

के दिन, रास्ते में ठौर-ठौर पानी और उमड़ी हुई नदियाँ, रास्ता कच्चा, बैलगाड़ी का निबाह नहीं, पैरों में बल नहीं, अतः अदमपैरवी में मुकदमा एकतरफा फैसला हो गया।

3

कुर्की का नोटिस पहुँचा, तो चौधरी के हाथ-पाँव फूल गए। सारी चतुराई भूल गई। चुपचाप अपनी खाट पर पड़ा-पड़ा नदी की ओर ताकता और मन में कहता– क्या मेरे जीते जी ही घर मिट्टी में मिल जाएगा? मेरे इन बैलों की सुन्दर जोड़ी के गले में आह! क्या दूसरों का जुआ पड़ेगा? यह सोचते-सोचते उसकी आँख भर आतीं। वह बैलों से लिपट कर रोने लगता, परन्तु बैलों की आँखों में क्यों आँसू जारी थे! वे नांद में मुँह क्यों नहीं डालते! क्या उनके हृदय पर भी अपने स्वामी के दुःख की चोट पहुँच रही थी?

फिर वह अपने झोंपड़े को विकल नयनों से निहारकर देखता और मन में सोचता– क्या हमको इस घर से निकलना पड़ेगा? यह पूर्वजों की निशानी क्या हमारे जीते-जी छिन जाएगी?

कुछ लोग परीक्षा में दृढ़ रहते हैं और कुछ लोग इसकी हलकी सी आंच भी नहीं सह सकते। चौधरी अपनी खाट पर उदास पड़े-पड़े घंटों अपने कुलदेव महावीर और महादेव को मनाया करता और उनका गुणगान गाया करता। उसकी चिन्ता दग्ध आत्मा को और कोई सहारा न था। इसमें कोई संदेह न था कि चौधरी की तीन बहुओं के पास गहने थे, पर स्त्री का गहना ऊख का रस है, जो पेरने से ही निकलता है। चौधरी जाति का ओछा पर स्वभाव का ऊँचा था। उसे ऐसी नीच बात बहुओं से कहते संकोच होता था! कदाचित् यह नीच विचार उसके हृदय में उत्पन्न ही नहीं हुआ था, किन्तु तीनों बेटे यदि जरा भी बुद्धि से काम लेते, तो बूढ़े को देवताओं की शरण लेने की आवश्यकता न होती। परन्तु यहाँ तो बात ही निराली थी। बड़े लड़के को घाट के काम से फुरसत न थी। बाकी दो लड़के इस जटिल प्रश्न को विचित्र रूप से हल करने के मंसूबे बाँध रहे थे।

मझले झींगुर ने मुँह बनाकर कहा– ऊँह! इस गाँव में क्या धरा है। जहाँ भी कमाऊँगा, वही खाऊँगा। पर जीतनसिंह की मूंछे एक–एक करके चुन लूंगा।

छोटे फक्कड़ ऐंठकर बोले– मूंछे तुम चुन लेना। नाक मैं उड़ा दूंगा। नककटा बना घूमेगा।

इस पर दोनों खूब हँसे और मछली मारने चल दिए।

इस गाँव में एक बूढ़े ब्राह्मण भी रहते थे। मन्दिर में पूजा करते और नित्य अपने यजमानों को दर्शन देने नदी पार जाते, पर खेवे के पैसे न देते। तीसरे दिन वह जमींदार के गुप्तचरों की आँख बचाकर सुक्खू के पास आये और सहानुभूति के स्वर में बोले– चौधरी! कल ही तक मियाद है और तुम अभी तक पड़े–पड़े सो रहे हो। क्यों नहीं घर की चीज़–वस्तु ढूंढ–ढांढकर किसी और जगह भेज देते? न हो समधियाने पठवा दो। जो कुछ बचा रहे, वही सही। घर की मिट्टी खोदकर थोड़े ही कोई ले जाएगा।

चौधरी लेटा था, उठ बैठा और आकाश की ओर निहारकर बोला– जो कुछ उसकी इच्छा है, होगा। मुझसे यह जाल न होगा।

इधर कई दिन की निरंतर भक्ति उपासना के कारण चौधरी का मन शुद्ध और पवित्र हो गया था। उसे छल–प्रपंच से घृणा उत्पन्न हो गई थी। पंडित जी इस काम में सिद्धहस्त थे, लज्जित हो गए।

परन्तु चौधरी के घर के अन्य लोगों को ईश्वरेच्छा पर इतना भरोसा न था। धीरे–धीरे घर के बर्तन–भाड़े खिसकाये जाते थे। अनाज का एक दाना भी घर में न रहने पाया। रात को नाव लदी हुई जाती और उधर से खाली लौटती थी। तीन दिन तक घर में चूल्हा न जला। बूढ़े चौधरी के मुँह में अन्न की कौन कहे, पानी की एक बूंद भी न पड़ी। स्त्रियां भाड़ से चने भुनाकर चबातीं और लड़के मछलियाँ भून–भूनकर उड़ाते; परन्तु बूढ़े की इस एकादशी में यदि कोई शरीक था तो वह उसकी बेटी गंगाजली थी। वह बेचारी अपने बूढ़े बाप को चारपाई पर निर्जल छटपटाते देख, बिलख–बिलख कर रोती।

लड़कों को अपने माता–पिता से वह प्रेम नहीं होता, जो लड़कियों को होता है। गंगाजली इस सोच–विचार में मग्न रहती कि दादा की किस भांति सहायता करूँ। यदि हम सब भाई–बहन मिलकर जीतनसिंह के पास

जाकर दया-भिक्षा की प्रार्थना करें, तो वे अवश्य मान जाएँगे; परन्तु दादा को कब यह स्वीकार होगा? वह यदि एक बड़े साहब के पास चले जाएँ तो सब कुछ बात-की-बात में बन जाए। किन्तु उनकी तो जैसे बुद्धि मारी गई है। इसी उधेड़बुन में उसे एक उपाय सूझ पड़ा, कुम्हलाया हुआ मुखारविंद खिल उठा।

पुजारी जी सुक्खू चौधरी के पास से उठकर चले गए थे और चौधरी उच्च स्वर से अपने सोए देवताओं को पुकार-पुकार बुला रहे थे। निदान गंगाजली उनके पास जाकर खड़ी हो गई। चौधरी ने उसे देखकर विस्मित स्वर में पूछा– क्यों बेटी! इतनी रात गए क्यों बाहर आई!

गंगाजली ने कहा– बाहर रहना तो भाग्य में लिखा है, घर में कैसे रहूं! सुक्खू ने जोर की हांक लगायी– कहाँ गए तुम कृष्ण मुरारी, मेरे दुःख हरो।

गंगाजली खड़ी थी, बैठ गई और धीरे से बोली– भजन गाते तो आज तीन दिन हो गए। घर बचाने का कुछ उपाय सोचा कि इसे यों ही मिट्टी में मिला दोगे? हम लोगों को क्या पेड़-तले रखोगे?

चौधरी ने व्यथित स्वर से कहा– बेटी मुझे तो कोई उपाय नहीं सूझता। भगवान जो चाहेंगे, होगा वेग चलो गिरधर गोपाल, काहे विलंब करो।

गंगाजली ने कहा– मैंने एक उपाय सोचा है, कहो तो कहूँ।

चौधरी उठकर बैठ गए और पूछा– कौन उपाय है बेटी?

गंगाजली ने कहा– मेरे गहने झगड़ू साहू के यहाँ गिरों रख दो। मैंने जोड़ लिया है। देने भर के रुपए हो जाएँगे।

चौधरी ने ठंडी साँस लेकर कहा– बेटी! तुमको मुझसे यह कहते लाज नहीं आती? वेद-शास्त्र में मुझे तुम्हारे गाँव के कुएं का पानी पीना भी मना है। तुम्हारी ड्योढ़ी में पैर रखने का निषेध है। क्या तुम मुझे नरक में ढकेलना चाहती हो?

गंगाजली उत्तर के लिए पहले ही से तैयार थी, बोली– मैं अपने गहने तुम्हें दिए थोड़े ही देती हूँ। इस समय लेकर काम चलाओ, चैत में छुड़ा देना।

चौधरी ने कड़ककर कहा– यह मुझसे न होगा।

गंगाजली उत्तेजित होकर बोली– तुमसे यह न होगा, तो मैं आप ही जाऊँगी। मुझसे घर की यह दुर्दशा नहीं देखी जाती।

चौधरी ने झुंझलाकर कहा– बिरादरी को कौन मुँह दिखाऊँगा?

गंगाजली ने चिढ़कर कहा– बिरादरी में कौन ढिंढोरा पीटने जाता है?

चौधरी ने फैसला सुनाया– जग हँसाई के लिए मैं अपना धर्म न बिगाड़ूंगा।

गंगाजली बिगड़कर बोली– मेरी बात नहीं मानोगे तो तुम्हारे ऊपर मेरी हत्या पड़ेगी। मैं आज ही बेतवा नदी में कूद पड़ूंगी। तुमसे चाहे घर में आग लगाते देखा जाए, पर मुझसे न देखा जाएगा।

चौधरी ने ठंडी सांस लेकर कातर स्वर में कहा– बेटी, मेरा धर्म नाश मत करो। यदि ऐसा ही है, तो अपनी किसी भावज के गहने मांगकर लाओ।

गंगाजली ने गंभीर भाव से कहा भावजों से कौन अपना मुँह नुचवाने जाएगा? उनको फिकर होती, तो क्या मुँह में दही जमा था, कहती नहीं?

चौधरी निरुत्तर हो गए। गंगाजली घर में जाकर गहनों की पिटारी लाई और एक-एक करके सब गहने चौधरी के अंगोछे में बाँध दिए। चौधरी ने आँख में आँसू भरकर कहा–हाय राम! इस शरीर की क्या गति लिखी है। यह कह कर उठे। बहुत सम्हालने पर भी आँखों में आँसू न छिपे।

4

रात का समय था। बेतवा नदी के किनारे-किनारे मार्ग को छोड़कर सुक्खू चौधरी गहनों की गठरी कांख में दबाए इस तरह चुपके-चुपके चल रहे थे, मानो पाप की गठरी लिए जाते हैं। जब वह झगड़ू साहू के मकान के पास पहुँचे, तो ठहर गए आँखों खूब साफ कीं जिसमें किसी को यह बोध न हो कि चौधरी रोता था।

झगड़ू साहू धागे की कमानी की एक मोटी ऐनक लगाए, बही-खाता फैलाए हुक्का पी रहे थे और दीपक के धुंधले प्रकाश में उन अक्षरों के पढ़ने की व्यर्थ चेष्टा में लगे थे, जिनमें स्याही की बहुत किफायत की गई थी। बार-बार ऐनक को साफ करते और आँख मलते, पर चिराग की बत्ती उकसाना या दोहरी बत्ती लगाना शायद इसलिए उचित नहीं समझते थे कि तेल का अपव्यय होगा। इसी समय सुक्खू चौधरी ने आकर कहा– जै रामजी!

झगड़ू साहू ने देखा। पहचान कर बोले– जय राम चौधरी! कहो, मुकदमे में क्या हुआ? यह लेन-देन बड़े झंझट का काम है। दिन-भर सिर उठाए छुट्टी नहीं मिलती।

चौधरी ने पोटली को खूब सावधानी से छिपाकर लापरवाही के साथ कहा– अभी तक तो कुछ नहीं हुआ। कल इजराय डिगरी होने वाली है। ठाकुर साहब ने न जाने कब का बैर निकाला है। हमको दो-तीन दिन की भी मुहलत होती, तो डिगरी न जारी होने पाती। छोटे साहब और बड़े साहब दोनों हमको अच्छी तरह जानते हैं। अभी इसी साल मैंने उनसे नदी-किनारे घंटों बातें कीं, किंतु एक तो बरसात के दिन, दूसरे एक दिन की भी मुहलत नहीं, क्या करता। इस समय मुझे रुपयों की चिंता है।

झगड़ू साहू ने विस्मित होकर पूछा– 'तुमको रुपयों की चिंता! घर में भरा है, वह किस दिन काम आवेगा।' झगड़ू साहू ने यह व्यंग्यबाण नहीं छोड़ा था। वास्तव में उन्हें और सारे गाँव को विश्वास था कि चौधरी के घर में लक्ष्मी महारानी का अखंड राज्य है।

चौधरी का रंग बदलने लगा। बोले– साहूजी! रुपया होता तो किस बात की चिंता थी? तुमसे कौन छिपावे? आज तीन दिन से घर में चूल्हा नहीं जला, रोना-पीटना पड़ा है। अब तो तुम्हारे बसाए बसूंगा। ठाकुर साहब ने तो उजाड़ने में कोई कसर न छोड़ी।

झगड़ू साहू जीतनसिंह को खुश रखना जरूर चाहते थे, पर साथ ही चौधरी को भी नाखुश करना मंजूर न था। यदि सूद-दर-सूद जोड़कर मूल तथा ब्याज सहज में वसूल हो जाए, तो उन्हें चौधरी पर मुफ्त का अहसान लादने में कोई आपत्ति न थी। यदि चौधरी के अफ़सरों की जान-पहचान के कारण साहूजी का टैक्स से गला छुट जाए, जो अनेकों उपाय करने, अहलकारों की मुट्ठी गरम करने पर भी नित्य प्रति उनकी तोंद की तरह बढ़ता ही जा रहा था, तो क्या पूछना! बोले– क्या कहें चौधरीजी, खर्च के मारे आजकल हम भी तबाह हैं। लेहने वसूल नहीं होते। टैक्स का रुपया देना पड़ा। हाथ बिलकुल खाली हो गया। तुम्हें कितना रुपया चाहिए?

चौधरी ने कहा– सौ रुपए कि डिगरी है। खर्च-वर्च मिलाकर दो सौ के लगभग समझो।

चौधरी अब अपने दाँव खेलने लगे। पूछा– तुम्हारे लड़कों ने तुम्हारी कुछ भी मदद न की। वह सब भी तो कुछ-न-कुछ कमाते हैं?

साहूजी का यह निशाना ठीक पड़ा। लड़कों की लापरवाही से चौधरी के मन में जो कुत्सित भाव भरे थे, वह सजीव हो गए। बोला– भाई, लड़के किसी काम के होते तो यह दिन ही क्यों देखना पड़ता? उन्हें तो अपने भोग-विलास से मतलब। घर-गृहस्थी का बोझ मेरे सिर पर है। मैं इसे जैसे चाहूँ संभालू। उनसे कुछ सरोकार नहीं, मरते दम भी गला नहीं छूटता। मरूंगा तो सब खाल में भूसा भराकर रख छोड़ेंगे। 'गृह कारज नाना जंजाला।'

झगड़ू ने दूसरा तीर मारा– क्या बहुओं से भी कुछ न बन पड़ा?

चौधरी ने उत्तर दिया– बहू-बेटे सब अपनी-अपनी मौज में मस्त हैं। मैं तीन दिन तक द्वार पर बिना अन्न-जल के पड़ा था, किसी ने बात तक भी नहीं पूछी। कहाँ की सलाह, कहाँ की बातचीत। बहुओं के पास रुपए नहीं, पर गहने तो वे भी मेरे बनवाए हुए। दुर्दिन के समय यदि दो-दो थान उतार देतीं, तो क्या मैं छुड़ा न देता? सदा यही दिन थोड़े ही रहेंगे।

झगड़ू समझ गए कि यह महज जबान का सौदा है और वह जबान का सौदा भूलकर भी न करते थे। बोले– तुम्हारे घर के लोग भी अनूठे हैं। क्या इतना भी नहीं जानते कि बूढ़ा रुपए कहाँ से लाएगा? अब समय बदल गया। या तो कुछ जायदाद लिखो या गहने गिरों रखो, तब जाकर कहीं रुपया मिले। इसके बिना रुपए कहाँ? इसमें भी जायदाद में सैंकड़ों बखेड़े पड़े हैं। सुभीता गिरों रखने में ही है। हाँ, तो जब घरवालों को इसकी कोई फिक्र नहीं, तो तुम क्यों व्यर्थ जान देते हो यही न होगा कि लोग हँसेंगे। यह लाज कहाँ तक निबाहोगे?

चौधरी ने अत्यंत विनीत होकर कहा– साहजी, यह लाज तो मारे डालती है। तुमसे क्या छिपा है? एक दिन था कि हमारे दादा-बाबा महाराज की सवारी के साथ चलते थे और अब एक दिन यह है कि घर की दीवार तक बिकने की नौबत आ गई है। कहीं मुँह दिखाने को भी जी नहीं चाहता। यह लो गहनों की पोटली। यदि लोकलाज न होती, तो इसे लेकर कभी यहाँ न आता। परन्तु यह अधर्म इसी लाज के निबाहने के कारण करना पड़ा है।

झगड़ू साहू ने आश्चर्य में होकर पूछा– यह गहने किसके हैं?

चौधरी ने सिर झुकाकर बड़ी कठिनता से कहा– मेरी बेटी गंगाजली के।

झगड़ू साहू विस्मित हो गए। बोले– अरे! राम-राम!

चौधरी ने कातर स्वर में कहा– डूब मरने को जी चाहता है।

झगड़ू ने बड़ी धार्मिकता के साथ स्थिर होकर कहा– शास्त्र में बेटी के गाँव का पेड़ देखना मना है।

चौधरी ने दीर्घ निःश्वास छोड़कर करुण स्वर में कहा– न जाने नारायण कब मौत देंगे। भाईजी! तीन लड़कियाँ ब्याहीं। कभी भूलकर भी उनके द्वार का मुँह नहीं देखा। परमात्मा ने अब तक तो टेक निबाही है, पर अब न जाने मिट्टी की क्या दुर्दशा होने वाली है।

झगड़ू साहू 'लेखा जौ-जौ, बखशीस सौ-सौ' के सिद्धांत पर चलते थे। सूद की एक कौड़ी भी छोड़ना उनके लिए हराम था। यदि महीने का एक दिन भी लग जाता, तो पूरे महीने का सूद वसूल कर लेते। परंतु नवरात्र में नित्य दुर्गापाठ करवाते थे। पितृपक्ष में रोज ब्राह्मणों को सीधा बांटते थे। बनियों की धर्म में बड़ी निष्ठा होती है। झगड़ू साहू के द्वार पर साल में एक बार भागवत पाठ अवश्य होता। यदि कोई दीन ब्राह्मण लड़की ब्याहने के लिए उनके सामने हाथ पसारता तो वह खाली हाथ न लौटता, भीख मांगने वाले ब्राह्मणों को, चाहे वह कितने ही संडे-मुसंडे हों, उनके दरवाज़े पर फटकार नहीं सुननी पड़ती थी। उनके धर्मशास्त्र में कन्या के गाँव के कुएँ का पानी पीने से प्यासा मर जाना अच्छा था। वह स्वयं इस सिद्धांत के भक्त थे और इस सिद्धांत के अन्य पक्ष-पाती उनके लिए महामान्य देवता था। वे पिघल गए; मन में सोचा, यह मनुष्य तो कभी ओछे विचारों को मन में नहीं लाया। निर्दय काल की ठोकर से अधर्म मार्ग पर उतर आया है, तो उसके धर्म की रक्षा करना हमारा कर्तव्य, धर्म है। यह विचार मन में आते ही झगड़ू साहू गद्दी से मनसद के सहारे उठ बैठे और दृढ़ स्वर से कहा– वही परमात्मा जिसने अब तक तुम्हारी टेक निबाही है, अब भी निबाहेगा। लड़की के गहने लड़की को दे दो। लड़की जैसी तुम्हारी है, वैसी ही मेरी भी है। यह लो रुपए, आज काम चलाओ। जब हाथ आ जाएँ, दे देना।

चौधरी पर इस सहानुभूति का गहरा असर पड़ा। वह जोर-जोर से रोने लगा। उसे अपने भावों की धुन में कृष्ण भगवान् की मोहिनी मूर्ति सामने

विराजमान दिखाई दी। वही झगड़ू जो सारे गाँव में बदनाम था, जिसकी खुद कई बार हाकिमों से शिकायत की थी, आज साक्षात् देवता जान पड़ता था। रुंधे हुए कंठ से गद्गद हो बोला– झगड़ू! तुमने इस समय मेरी बात, मेरी लाज, मेरा धर्म, कहाँ तक कहूँ, मेरा सब–कुछ रख लिया। मेरी डूबती नाव पार लगा दी। कृष्ण मुरारी तुम्हारे इस उपकार का फल देंगे और मैं तो तुम्हारा गुण जब तक जीऊंगा, गाता रहूंगा।

बूढ़ी काकी

बुढ़ापा बहुधा बचपन का पुनरागमन हुआ करता है। बूढ़ी काकी में जिह्वा-स्वाद के सिवा और कोई चेष्टा शेष न थी और न अपने कष्टों की ओर आकर्षित करने का, रोने के अतिरिक्त कोई दूसरा सहारा ही। समस्त इन्द्रियां, नेत्र, हाथ और पैर जवाब दे चुके थे। पृथ्वी पर पड़ी रहतीं और घर वाले कोई बात उनकी इच्छा के प्रतिकूल करते, भोजन का समय टल जाता या उसका परिणाम पूर्ण न होता अथवा बाज़ार से कोई वस्तु आती और न मिलती तो ये रोने लगती थीं। उनका रोना-सिसकना साधारण रोना न था, वे गला फाड़-फाड़कर रोती थीं।

उनके पतिदेव को स्वर्ग सिधारे कालांतर हो चुका था। बेटे तरुण हो-होकर चल बसे थे। अब एक भतीजे के अलावा और कोई न था। उसी भतीजे के नाम उन्होंने अपनी सारी सम्पत्ति लिख दी। भतीजे ने सारी सम्पत्ति लिखाते समय खूब लम्बे-चौड़े वादे किए, किन्तु वे सब वादे केवल कुली-डिपो के दलालों के दिखाए हुए सब्जबाग थे। यद्यपि उस सम्पत्ति की वार्षिक आय डेढ़-दो सौ रुपए से कम न थी तथापि बूढ़ी काकी को पेट भर भोजन भी कठिनाई से मिलता था। इसमें उनके भतीजे पंडित बुद्धिराम का अपराध था अथवा उनकी अर्धांगिनी श्रीमती रूपा का, इसका निर्णय करना सहज नहीं। बुद्धिराम स्वभाव के सज्जन थे, किंतु उसी समय तक जब कि उनके कोष पर आंच न आए। रूपा स्वभाव से तीव्र थी सही, पर ईश्वर से डरती थी। अतएव बूढ़ी काकी को उसकी तीव्रता उतनी न खलती थी जितनी बुद्धिराम की भलमनसाहत।

बुद्धिराम को कभी-कभी अपने अत्याचार का खेद होता था। विचारते कि इसी सम्पत्ति के कारण मैं इस समय भलामानुष बना बैठा हूँ। यदि भौतिक आश्वासन और सूखी सहानुभूति से स्थिति में सुधार हो सकता हो, उन्हें कदाचित् कोई आपत्ति न होती, परन्तु विशेष व्यय का भय उनकी सुचेष्टा को दबाए रखता था। यहाँ तक कि यदि द्वार पर कोई भला आदमी बैठा होता और बूढ़ी काकी उस समय अपना राग अलापने लगतीं तो वह

आग हो जाते और घर में आकर उन्हें जोर से डाँटते। लड़कों को बुड्ढों से स्वाभाविक विद्वेष होता ही है और फिर जब माता-पिता का यह रंग देखते तो वे बूढ़ी काकी को और सताया करते। कोई चुटकी काटकर भागता, कोई इन पर पानी की कुल्ली कर देता। काकी चीख़ मारकर रोतीं परन्तु यह बात प्रसिद्ध थी कि वह केवल खाने के लिए रोती हैं, अतएव उनके संताप और आर्तनाद पर कोई ध्यान नहीं देता था। हाँ, काकी क्रोधातुर होकर बच्चों को गालियाँ देने लगतीं तो रूपा घटनास्थल पर आ पहुँचती। इस भय से काकी अपनी जिह्वा कृपाण का कदाचित् ही प्रयोग करती थीं, यद्यपि उपद्रव-शान्ति का यह उपाय रोने से कहीं अधिक उपयुक्त था।

सम्पूर्ण परिवार में यदि काकी से किसी को अनुराग था, तो वह बुद्धिराम की छोटी लड़की लाडली थी। लाडली अपने दोनों भाइयों के भय से अपने हिस्से की मिठाई-चबैना बूढ़ी काकी के पास बैठकर खाया करती थी। यही उसका रक्षागार था और यद्यपि काकी की शरण उनकी लोलुपता के कारण बहुत महंगी पड़ती थी, तथापि भाइयों के अन्याय से सुरक्षा कहीं सुलभ थी तो बस यहीं। इसी स्वार्थानुकूलता ने उन दोनों में सहानुभूति का आरोपण कर दिया था।

2

रात का समय था। बुद्धिराम के द्वार पर शहनाई बज रही थी और गाँव के बच्चों का झुंड विस्मयपूर्ण नेत्रों से गाने का रसास्वादन कर रहा था। चारपाइयों पर मेहमान विश्राम करते हुए नाइयों से मुक्कियाँ लगवा रहे थे। समीप खड़ा भाट विरुदावली सुना रहा था और कुछ भावज्ञ मेहमानों की 'वाह, वाह' पर ऐसा खुश हो रहा था मानो इस 'वाह-वाह' का यथार्थ में वही अधिकारी है। दो-एक अंग्रेजी पढ़े हुए नवयुवक इन व्यवहारों से उदासीन थे। वे इस गंवार मंडली में बोलना अथवा सम्मिलित होना अपनी प्रतिष्ठा के प्रतिकूल समझते थे।

आज बुद्धिराम के बड़े लड़के मुखराम का तिलक आया है। यह उसी का उत्सव है। घर के भीतर स्त्रियां गा रही थीं और रूपा मेहमानों के लिए भोजन में व्यस्त थी। भट्ठियों पर कड़ाह चढ़ रहे थे। एक

में पूड़ियाँ-कचौड़ियां निकल रही थीं, दूसरे में अन्य पकवान बनते थे। एक बड़े हंडे में मसालेदार तरकारी पक रही थी। घी और मसाले की क्षुधावर्धक सुगंधि चारों ओर फैली हुई थी।

बूढ़ी काकी अपनी कोठरी में शोकमय विचार की भांति बैठी हुई थीं। यह स्वाद मिश्रित सुगंधि उन्हें बेचैन कर रही थी। वे मन-ही-मन विचार कर रही थीं, संभवतः मुझे पूड़ियाँ न मिलेंगीं। इतनी देर हो गई, कोई भोजन लेकर नहीं आया। मालूम होता है सब लोग भोजन कर चुके हैं। मेरे लिए कुछ न बचा। यह सोचकर उन्हें रोना आया, परन्तु अपशकुन के भय से वह रो न सकीं।

'आहा... कैसी सुगंधि है? अब मुझे कौन पूछता है। जब रोटियों के ही लाले पड़े हैं तब ऐसे भाग्य कहाँ कि भरपेट पूड़ियाँ मिलें?' यह विचार कर उन्हें रोना आया, कलेजे में हूक-सी उठने लगी। परंतु रूपा के भय से उन्होंने फिर मौन धारण कर लिया।

बूढ़ी काकी देर तक इन्ही दुखदायक विचारों में डूबी रहीं। घी और मसालों की सुगंधि रह-रहकर मन को आपे से बाहर किए देती थी। मुँह में पानी भर-भर आता था। पूड़ियों का स्वाद स्मरण करके हृदय में गुदगुदी होने लगती थी। किसे पुकारूं, आज लाडली बेटी भी नहीं आई। दोनों छोकरे सदा दिक दिया करते हैं। आज उनका भी कहीं पता नहीं। कुछ मालूम तो होता कि क्या बन रहा है।

बूढ़ी काकी की कल्पना में पूड़ियों की तस्वीर नाचने लगी। खूब लाल-लाल, फूली-फूली, नरम-नरम होंगीं। रूपा ने भली-भांति भोजन किया होगा। कचौड़ियों में अजवाइन और इलायची की महक आ रही होगी। एक पूड़ी मिलती तो जरा हाथ में लेकर देखती। क्यों न चलकर कड़ाह के सामने ही बैठूं। पूड़ियाँ छन-छनकर तैयार होंगी। कड़ाह से गरम-गरम निकालकर थाल में रखी जाती होंगी। फूल हम घर में भी सूंघ सकते हैं, परन्तु वाटिका में कुछ और बात होती है। इस प्रकार निर्णय करके बूढ़ी काकी उकड़ूं बैठकर हाथों के बल सरकती हुई बड़ी कठिनाई से चौखट से उतरीं और धीरे-धीरे रेंगती हुई कड़ाह के पास जा बैठीं। यहाँ आने पर उन्हें उतना ही धैर्य हुआ जितना भूखे कुत्ते को खाने वाले के सम्मुख बैठने में होता है।

रूपा उस समय कार्यभार से उद्विग्न हो रही थी। कभी इस कोठे में जाती, कभी उस कोठे में, कभी कड़ाह के पास जाती, कभी भंडार में जाती। किसी ने बाहर से आकर कहा– 'महाराज ठंडई मांग रहे हैं।' ठंडई देने लगी। इतने में फिर किसी ने आकर कहा– 'भाट आया है, उसे कुछ दे दो।' भाट के लिए सीधा निकाल रही थी कि एक तीसरे आदमी ने आकर पूछा– 'अभी भोजन तैयार होने में कितना विलम्ब है? जरा ढोल, मजीरा उतार दो।' बेचारी अकेली स्त्री दौड़ते-दौड़ते व्याकुल हो रही थी, झुंझलाती थी, कुढ़ती थी, परन्तु क्रोध प्रकट करने का अवसर न पाती थी। भय होता, कहीं पड़ोसिनें यह न कहने लगें कि इतने में उबल पड़ीं। प्यास से स्वयं कंठ सूख रहा था। गर्मी के मारे फुंकी जाती थी, परन्तु इतना अवकाश न था कि जरा पानी पी ले अथवा पंखा लेकर झले। यह भी खटका था कि जरा आँख हटी और चीज़ों की लूट मची। इस अवस्था में उसने बूढ़ी काकी को कड़ाह के पास बैठी देखा तो जल गई। क्रोध न रुक सका। इसका भी ध्यान न रहा कि पड़ोसिनें बैठी हुई हैं, मन में क्या कहेंगीं। पुरुषों में लोग सुनेंगे तो क्या कहेंगे। जिस प्रकार मेंढक केंचुए पर झपटता है, उसी प्रकार वह बूढ़ी काकी पर झपटी और उन्हें दोनों हाथों से झटक कर बोली– ऐसे पेट में आग लगे, पेट है या भाड़? कोठरी में बैठते हुए क्या दम घुटता था? अभी मेहमानों ने नहीं खाया, भगवान को भोग नहीं लगा, तब तक धैर्य न हो सका? आकर छाती पर सवार हो गई। जल जाए ऐसी जीभ। दिन भर खाती न होती तो जाने किसकी हांडी में मुँह डालती? गाँव देखेगा तो कहेगा कि बुढ़िया भरपेट खाने को नहीं पाती तभी तो इस तरह मुँह बाए फिरती है। डायन न मरे न मांचा छोड़े। नाम बेचने पर लगी है। नाक कटवा कर दम लेगी। इतना ठूंसती है न जाने कहाँ भस्म हो जाता है। भला चाहती हो तो जाकर कोठरी में बैठो, जब घर के लोग खाने लगेंगे, तब तुम्हें भी मिलेगा। तुम कोई देवी नहीं हो कि चाहे किसी के मुँह में पानी न जाए, परन्तु तुम्हारी पूजा पहले ही हो जाए।

बूढ़ी काकी ने सिर उठाया, न रोईं न बोलीं। चुपचाप रेंगती हुई अपनी कोठरी में चली गईं। आवाज़ ऐसी कठोर थी कि हृदय और मस्तिष्क की सम्पूर्ण शक्तियाँ, सम्पूर्ण विचार और सम्पूर्ण भार उसी ओर आकर्षित हो गए थे। नदी में जब कगार का कोई वृहद् खंड कटकर गिरता है तो

आस-पास का जल समूह चारों ओर से उसी स्थान को पूरा करने के लिए दौड़ता है।

3

भोजन तैयार हो गया है। आंगन में पत्तलें पड़ गईं, मेहमान खाने लगे। स्त्रियों ने जेवनार-गीत गाना आरम्भ कर दिया। मेहमानों के नाई और सेवकगण भी उसी मंडली के साथ, किंतु कुछ हटकर भोजन करने बैठे थे, परन्तु सभ्यतानुसार जब तक सब-के-सब खा न चुकें कोई उठ नहीं सकता था। दो-एक मेहमान जो कुछ पढ़े-लिखे थे, सेवकों के दीर्घाहार पर झुंझला रहे थे। वे इस बंधन को व्यर्थ और बेकार की बात समझते थे।

बूढ़ी काकी अपनी कोठरी में जाकर पश्चात्ताप कर रही थी कि मैं कहाँ-से-कहाँ आ गई। उन्हें रूपा पर क्रोध नहीं था। अपनी जल्दबाजी पर दुख था। सच ही तो है जब तक मेहमान लोग भोजन न कर चुकेंगे, घर वाले कैसे खाएंगे। मुझसे इतनी देर भी न रहा गया। सबके सामने पानी उतर गया। अब जब तक कोई बुलाने नहीं आएगा, न जाऊँगी।

मन-ही-मन इस प्रकार का विचार कर वह बुलाने की प्रतीक्षा करने लगीं। परन्तु घी की रुचिकर सुवास बड़ी धैर्य-परीक्षक प्रतीत हो रही थी। उन्हें एक-एक पल एक-एक युग के समान मालूम होता था। अब पत्तल बिछ गई होगी। अब मेहमान आ गए होंगे। लोग हाथ पैर धो रहे हैं, नाई पानी दे रहा है। मालूम होता है लोग खाने बैठ गए। जेवनार गाया जा रहा है, यह विचार कर वह मन को बहलाने के लिए लेट गईं। धीरे-धीरे एक गीत गुनगुनाने लगीं। उन्हें मालूम हुआ कि मुझे गाते देर हो गई। क्या इतनी देर तक लोग भोजन कर ही रहे होंगे। किसी की आवाज़ सुनाई नहीं देती। अवश्य ही लोग खा-पीकर चले गए। मुझे कोई बुलाने नहीं आया है। रूपा चिढ़ गई है, क्या जाने न बुलाए। सोचती हो कि आप ही आवेंगीं, वह कोई मेहमान तो नहीं जो उन्हें बुलाऊँ। बूढ़ी काकी चलने को तैयार हुईं। यह विश्वास कि एक मिनट में पूड़ियाँ और मसालेदार तरकारियां सामने आएंगीं, उनकी स्वादेन्द्रियों को गुदगुदाने लगा। उन्होंने मन में तरह-तरह के मंसूबे बांधे– पहले तरकारी से पूड़ियाँ खाऊँगी, फिर दही और शक्कर से,

कचौरियां रायते के साथ मजेदार मालूम होंगी। चाहे कोई बुरा माने चाहे भला, मैं तो मांग-मांगकर खाऊँगी। यही न लोग कहेंगे कि इन्हें विचार नहीं? कहा करें, इतने दिन के बाद पूड़ियाँ मिल रही हैं तो मुँह झूठा करके थोड़े ही उठ जाऊँगी।

वह उकड़ूं बैठकर सरकते हुए आंगन में आईं। परन्तु हाय दुर्भाग्य! अभिलाषा ने अपने पुराने स्वभाव के अनुसार समय की मिथ्या कल्पना की थी। मेहमान-मंडली अभी बैठी हुई थी। कोई खाकर उंगलियां चाटता था, कोई तिरछे नेत्रों से देखता था कि और लोग अभी खा रहे हैं या नहीं। कोई इस चिंता में था कि पत्तल पर पूड़ियाँ छूटी जाती हैं किसी तरह इन्हें भीतर रख लेता। कोई दही खाकर चटकारता था, परन्तु दूसरा दोना मांगते संकोच करता था कि इतने में बूढ़ी काकी रेंगती हुई उनके बीच में आ पहुँची। कई आदमी चौंककर उठ खड़े हुए। पुकारने लगे– 'अरे, यह बुढ़िया कौन है? यहाँ कहाँ से आ गई? देखो, किसी को छू न दे।'

पंडित बुद्धिराम काकी को देखते ही क्रोध से तिलमिला गए। पूड़ियों का थाल लिए खड़े थे। थाल को ज़मीन पर पटक दिया और जिस प्रकार निर्दयी महाजन अपने किसी बेइमान और भगोड़े कर्जदार को देखते ही उसका टेंटुआ पकड़ लेता है उसी तरह लपक कर उन्होंने काकी के दोनों हाथ पकड़े और घसीटते हुए लाकर उन्हें अंधेरी कोठरी में धम से पटक दिया। आशारूपी वटिका लू के एक झोंके में विनष्ट हो गई।

मेहमानों ने भोजन किया। घरवालों ने भोजन किया। बाजे वाले, धोबी, चमार भी भोजन कर चुके, परन्तु बूढ़ी काकी को किसी ने न पूछा। बुद्धिराम और रूपा दोनों ही बूढ़ी काकी को उनकी निर्लज्जता के लिए दंड देने का निश्चय कर चुके थे। उनके बुढ़ापे पर, दीनता पर, हत्ज्ञान पर किसी को करुणा न आई थी। अकेली लाडली उनके लिए कुढ़ रही थी।

लाडली को काकी से अत्यंत प्रेम था। बेचारी भोली लड़की थी। बाल-विनोद और चंचलता की उसमें गंध तक न थी। दोनों बार जब उसके माता-पिता ने काकी को निर्दयता से घसीटा तो लाडली का हृदय ऐंठकर रह गया। वह झुंझला रही थी कि हम लोग काकी को क्यों बहुत-सी पूड़ियाँ नहीं देते। क्या मेहमान सब-की-सब खा जाएँगे? और यदि काकी ने मेहमानों से पहले खा लिया तो क्या बिगड़ जाएगा? वह काकी के पास

जाकर उन्हें धैर्य देना चाहती थी, परन्तु माता के भय से न जाती थी। उसने अपने हिस्से की पूड़ियाँ बिल्कुल न खाईं थीं। अपनी गुड़िया की पिटारी में बन्द कर रखी थीं। उन पूड़ियों को काकी के पास ले जाना चाहती थी। उसका हृदय अधीर हो रहा था। बूढ़ी काकी मेरी बात सुनते ही उठ बैठेंगीं, पूड़ियाँ देखकर कैसी प्रसन्न होंगीं! मुझे खूब प्यार करेंगीं।

4

रात को ग्यारह बज गए थे। रूपा आंगन में पड़ी सो रही थी। लाडली की आँखों में नींद न आती थी। काकी को पूड़ियाँ खिलाने की खुशी उसे सोने न देती थी। उसने गुड़ियों की पिटारी सामने रखी थी। जब विश्वास हो गया कि अम्मा सो रही हैं, तो वह चुपके से उठी और विचारने लगी, कैसे चलूँ। चारों ओर अंधेरा था। केवल चूल्हों में आग चमक रही थी और चूल्हों के पास एक कुत्ता लेटा हुआ था। लाडली की दृष्टि सामने वाले नीम पर गई। उसे मालूम हुआ कि उस पर हनुमान जी बैठे हुए हैं। उनकी पूंछ, उनकी गदा, वह स्पष्ट दिखलाई दे रही है। मारे भय के उसने आँखें बंद कर लीं। इतने में कुत्ता उठ बैठा, लाडली को ढाढ़स हुआ। कई सोए हुए मनुष्यों के बदले एक भागता हुआ कुत्ता उसके लिए अधिक धैर्य का कारण हुआ। उसने पिटारी उठाई और बूढ़ी काकी की कोठरी की ओर चली।

5

बूढ़ी काकी को केवल इतना स्मरण था कि किसी ने मेरे हाथ पकड़कर घसीटे, फिर ऐसा मालूम हुआ कि जैसे कोई पहाड़ पर उड़ाए लिए जाता है। उनके पैर बार-बार पत्थरों से टकराए तब किसी ने उन्हें पहाड़ पर से पटका, वे मूर्छित हो गईं।

जब वे सचेत हुईं तो किसी की जरा भी आहट न मिलती थी। समझी कि सब लोग खा-पीकर सो गए और उनके साथ मेरी तकदीर भी सो गई। रात कैसे कटेगी? राम! क्या खाऊं? पेट में अग्नि धधक रही है। हा! किसी ने मेरी सुधि न ली। क्या मेरा पेट काटने से धन जुड़ जाएगा? इन लोगों को इतनी भी दया नहीं आती कि न जाने बुढ़िया कब मर जाए? उसका

जी क्यों दुखावें? मैं पेट की रोटियाँ ही खाती हूँ कि और कुछ? इस पर यह हाल। मैं अंधी, अपाहिज ठहरी, न कुछ सुनूँ, न बूझूँ। यदि आंगन में चली गई तो क्या बुद्धिराम से इतना कहते न बनता था कि काकी अभी लोग खाना खा रहे हैं फिर आना। मुझे घसीटा, पटका। उन्ही पूड़ियों के लिए रूपा ने सबके सामने गालियाँ दीं। उन्हीं पूड़ियों के लिए इतनी दुर्गति करने पर भी उनका पत्थर का कलेजा न पसीजा। सबको खिलाया, मेरी बात तक न पूछी। जब तब ही न दीं, तब अब क्या देंगे?

यह विचार कर काकी निराशामय संतोष के साथ लेट गई। ग्लानि से गला भर-भर आता था, परन्तु मेहमानों के भय से रोती न थीं।

सहसा कानों में आवाज़ आई– 'काकी उठो, मैं पूड़ियाँ लाई हूँ।' काकी ने लाडली की बोली पहचानी। चटपट उठ बैठीं। दोनों हाथों से लाडली को टटोला और उसे गोद में बिठा लिया। लाडली ने पूड़ियाँ निकालकर दीं।

काकी ने पूछा– 'क्या तुम्हारी अम्मा ने दी है?'

लाडली ने कहा– 'नहीं, यह मेरे हिस्से की हैं।'

काकी पूड़ियों पर टूट पड़ीं। पाँच मिनट में पिटारी खाली हो गई। लाडली ने पूछा– 'काकी पेट भर गया।'

जैसे थोड़ी-सी वर्षा ठंडक के स्थान पर और भी गर्मी पैदा कर देती है उस भांति इन थोड़ी पूड़ियों ने काकी की क्षुधा और इच्छा को और उत्तेजित कर दिया था। बोलीं– 'नहीं बेटी, जाकर अम्मा से और मांग लाओ।'

लाडली ने कहा– 'अम्मा सोती हैं, जगाऊंगी तो मारेंगीं।'

काकी ने पिटारी को फिर टटोला। उसमें कुछ खुर्चन गिरी थी। बार-बार होंठ चाटती थीं, चटखारे भरती थीं।

हृदय मसोस रहा था कि और पूड़ियाँ कैसे पाऊं। संतोष-सेतु जब टूट जाता है तब इच्छा का बहाव अपरिमित हो जाता है। मतवालों को मद का स्मरण करना उन्हें मदांध बनाता है। काकी का अधीर मन इच्छाओं के प्रबल प्रवाह में बह गया। उचित और अनुचित का विचार जाता रहा। वे कुछ देर तक उस इच्छा को रोकती रहीं। सहसा लाडली से बोलीं– 'मेरा हाथ पकड़कर वहाँ ले चलो, जहाँ मेहमानों ने बैठकर भोजन किया है।'

लाडली उनका अभिप्राय समझ न सकी। उसने काकी का हाथ पकड़ा और ले जाकर झूठे पत्तलों के पास बिठा दिया। दीन, क्षुधातुर, हत्ज्ञान बुढ़िया पत्तलों से पूड़ियों के टुकड़े चुन-चुनकर भक्षण करने लगी। ओह.. दही कितना स्वादिष्ट था, कचौड़ियां कितनी सलोनी, खस्ता कितने सुकोमल। काकी बुद्धिहीन होते हुए भी इतना जानती थीं कि मैं वह काम कर रही हूँ, जो मुझे कदापि न करना चाहिए। मैं दूसरों की झूठी पत्तल चाट रही हूँ। परन्तु बुढ़ापा तृष्णा रोग का अंतिम समय है, जब सम्पूर्ण इच्छाएं एक ही केन्द्र पर आ लगती हैं। बूढ़ी काकी में यह केन्द्र उनकी स्वादेन्द्रिय थी।

ठीक उसी समय रूपा की आँख खुली। उसे मालूम हुआ कि लाडली मेरे पास नहीं है। वह चौंकी, चारपाई के इधर-उधर ताकने लगी कि कहीं नीचे तो नहीं गिर पड़ी। उसे वहाँ न पाकर वह उठी तो क्या देखती है कि लाडली जूठे पत्तलों के पास चुपचाप खड़ी है और बूढ़ी काकी पत्तलों पर से पूड़ियों के टुकड़े उठा-उठाकर खा रही है। रूपा का हृदय सन्न हो गया। किसी गाय की गरदन पर छुरी चलते देखकर जो अवस्था उसकी होती, वही उस समय हुई। एक ब्राह्मणी दूसरों की झूठी पत्तल टटोले, इससे अधिक शोकमय दृश्य असंभव था। पूड़ियों के कुछ ग्रासों के लिए उसकी चचेरी सास ऐसा निष्कृष्ट कर्म कर रही है। यह वह दृश्य था जिसे देखकर देखने वालों के हृदय काँप उठते हैं। ऐसा प्रतीत होता मानो ज़मीन रुक गई, आसमान चक्कर खा रहा है। संसार पर कोई आपत्ति आने वाली है। रूपा को क्रोध न आया। शोक के सम्मुख क्रोध कहाँ? करुणा और भय से उसकी आँखें भर आईं। इस अधर्म का भागी कौन है? उसने सच्चे हृदय से गगन मंडल की ओर हाथ उठाकर कहा– 'परमात्मा, मेरे बच्चों पर दया करो। इस अधर्म का दंड मुझे मत दो, नहीं तो मेरा सत्यानाश हो जाएगा।'

रूपा को अपनी स्वार्थपरता और अन्याय इस प्रकार प्रत्यक्ष रूप में कभी न दिख पड़े थे। वह सोचने लगी– 'हाय! कितनी निर्दय हूँ। जिसकी सम्पत्ति से मुझे दो सौ रुपया आय हो रही है, उसकी यह दुर्गति। और मेरे कारण। हे दयामय भगवान! मुझसे बड़ी भारी चूक हुई है, मुझे क्षमा करो। आज मेरे बेटे का तिलक था। सैंकड़ों मनुष्यों ने भोजन पाया। मैं उनके इशारों की दासी बनी रही। अपने नाम के लिए सैंकड़ों रुपए व्यय

कर दिए, परन्तु जिसकी बदौलत हज़ारों रुपए खाए, उसे इस उत्सव में भी भरपेट भोजन न दे सकी। केवल इसी कारण तो, वह वृद्धा असहाय है।'

रूपा ने दिया जलाया, अपने भंडार का द्वार खोला और एक थाली में सम्पूर्ण सामग्रियाँ सजाकर बूढ़ी काकी की ओर चली।

आधी रात जा चुकी थी, आकाश पर तारों के थाल सजे हुए थे और उन पर बैठे हुए देवगण स्वर्गीय पदार्थ सजा रहे थे, परन्तु उसमें किसी को वह परमानंद प्राप्त न हो सकता था, जो बूढ़ी काकी को अपने सम्मुख थाल देखकर प्राप्त हुआ। रूपा ने कंठारुद्ध स्वर में कहा– 'काकी उठो, भोजन कर लो। मुझसे आज बड़ी भूल हुई, उसका बुरा न मानना। परमात्मा से प्रार्थना कर दो कि वह मेरा अपराध क्षमा कर दें।'

भोले-भोले बच्चों की भांति, जो मिठाइयां पाकर मार और तिरस्कार सब भूल जाता है, बूढ़ी काकी वैसे ही सब भुलाकर बैठी हुई खाना खा रही थी। उनके एक-एक रोंए से सच्ची सदिच्छाएं निकल रही थीं और रूपा बैठी स्वर्गीय दृश्य का आनन्द लेने में निमग्न थी।

कफ़न

झोपड़े के द्वार पर बाप और बेटा दोनों एक बुझे हुए अलाव के पास और अन्दर बेटे की जवान बीवी बुधिया प्रसव-वेदना से पछाड़ खा रही थी। रह-रहकर उसके मुँह से ऐसी दिल हिला देने वाली आवाज़ निकलती थी, कि दोनों कलेजा थाम लेते थे। जाड़े की रात थी, प्रकृति सन्नाटे में डूबी हुई, सारा गाँव अन्धकार में लीन हो गया था।

घीसू ने कहा– मालूम होता है, बचेगी नहीं। सारा दिन दौड़ते ही गया, जरा देख तो आ।

माधव चिढ़कर बोला– मरना ही है तो जल्दी मर क्यों नही जाती? देखकर क्या करूँ?

'तू बड़ा बेदर्द है बे! साल-भर जिसके साथ सुख-चैन से रहा, उसी के साथ इतनी बेवफाई!'

'तो मुझसे तो उसका तड़पना और हाथ-पाँव पटकना नहीं देखा जाता।'

चमारों का कुनबा था और सारे गाँव में बदनाम। घीसू एक दिन काम करता तो तीन दिन आराम करता। माधव इतना कामचोर था कि आधे घंटे काम करता तो घंटे भर चिलम पीता। इसीलिए उन्हें कहीं मजदूरी नहीं मिलती थी। घर में मुट्ठी भर अनाज भी मौजूद हो, तो उनके लिए काम न करने की कसम थी। जब दो-चार फाके हो जाते तो घीसू पेड़ पर चढ़कर लकड़ियां तोड़ लाता और माधव बाज़ार में बेच आता। जब तक वह पैसे रहते, दोनों इधर-उधर मारे-मारे फिरते। गाँव में काम की कमी न थी। किसानों का गाँव था, मेहनती आदमी के लिए पचास काम थे। मगर इन दोनों को उस वक्त बुलाते, जब दो आदमियों से एक का काम पाकर भी संतोष कर लेने के सिवा और कोई चारा न होता। अगर दोनों साधू होते, तो उन्हें सन्तोष और धैर्य के लिए, संयम और नियम की बिल्कुल जरूरत न होती। यह तो इनकी प्रकृति थी। विचित्र जीवन था इनका! घर में मिट्टी के दो-चार बर्तन के सिवा और कोई सम्पत्ति नहीं थी। फटे चीथड़ों

से अपनी नग्नता को ढांके हुए जीये जाते थे। संसार की चिंताओं से मुक्त! कर्ज से लदे हुए। गालियाँ भी खाते, मार भी खाते, मगर कोई गम नहीं। इतने कि वसूली की बिल्कुल आशा ना रहने पर भी लोग इन्हें कुछ न कुछ कर्ज दे देते थे। मटर, आलू की फसल में दूसरों के खेतों से मटर या आलू उखाड़ लाते और भून-भूनकर खा लेते या दस-पाँच ईखें उखाड़ लाते और रात को चूसते। घीसू ने इसी आकाश-वृत्ति से साठ साल की उम्र काट दी और माधव भी सपूत बेटे की तरह बाप के ही पद चिन्हों पर चल रहा था, बल्कि उसका नाम और भी उजागर कर रहा था। इस वक्त भी दोनों अलाव के सामने बैठकर आलू भून रहे थे, जो कि किसी खेत से खोद लाए थे। घीसू की स्त्री का तो बहुत दिन हुए देहांत हो गया था। माधव का ब्याह पिछले साल हुआ था। जबसे यह औरत आई थी, उसने इस खानदान में व्यवस्था की नींव डाली थी और इन दोनों बे-गैरतों का दोजख भरती रहती थी। जब से वह आई, यह दोनों और भी आराम तलब हो गए थे। बल्कि कुछ अकड़ने भी लगे थे। कोई कार्य करने को बुलाता, तो निर्ब्याज भाव से दुगनी मजदूरी मांगते। वही औरत आज प्रसव-वेदना से मर रही थी और यह दोनों शायद इसी इंतजार में थे कि वह मर जाए, तो आराम से सोयें।

घीसू ने आलू छीलते हुए कहा- जाकर देख तो, क्या दशा है उसकी? चुड़ैल का फिसाद होगा और क्या! यहाँ तो ओझा भी एक रुपया मांगता है!

माधव को भय था कि वह कोठरी में गया, तो घीसू आलू का एक बड़ा भाग साफ कर देगा। बोला- मुझे वहाँ जाते डर लगता है।

'डर किस बात का है, मैं तो यहाँ हूँ ही।'

'तो तुम्हीं जाकर देखो न।'

'मेरी औरत जब मरी थी, तो मैं तीन दिन तक उसके पास से हिला तक नहीं और फिर मुझसे लजाएगा कि नहीं? जिसका कभी मुँह नही देखा, आज उसका उधड़ा हुआ बदन देखूँ। उसे तन की सुध भी तो न होगी। मुझे देख लेगी तो खुलकर हाथ-पाँव भी न पटक सकेगी!'

'मैं सोचता हूँ, कोई बाल बच्चा हुआ, तो क्या होगा? सोंठ, गुड़, तेल, कुछ भी तो नहीं है घर में!'

'सब कुछ आ जाएगा। भगवान् दे तो! जो लोग अभी एक पैसा नहीं दे रहे हैं, वो ही कल बुलाकर रुपए देंगे। मेरे नौ लड़के हुए, घर में कभी कुछ न था, भगवान ने किसी न किसी तरह बेड़ा पार ही लगाया।'

जिस समाज में रात-दिन मेहनत करने वालों की हालात उनकी हालात से कुछ अच्छी न थी और किसानों के मुकाबले में वो लोग, जो किसानों की दुर्बलताओं से लाभ उठाना जानते थे, कहीं ज्यादा सम्पन्न थे, वहाँ इस तरह की मनोवृत्ति का पैदा हो जाना कोई अचरज की बात नहीं थी। हम तो कहेंगे, घीसू किसानों से कहीं ज्यादा विचारवान था और किसानों के विचार-शून्य समूह में शामिल होने के बदले बैठक बाजों की कुत्सित मंडली में जा मिलता था। हाँ, उसमें यह शक्ति न थी कि बैठकबाजों के नियम और नीति कि पालन करता। इसलिए जहाँ उसकी मंडली के और लोग गाँव के सरगना और मुखिया बने हुए थे, उस पर सारा गाँव उंगली उठाता था। फिर भी उसे यह तस्कीन तो थी ही, कि अगर वह फटेहाल है तो उसे किसानों की-सी जी-तोड़ मेहनत तो नहीं करनी पड़ती और उसकी सरलता और निरीहता से दूसरे लोग बेजा फायदा तो नहीं उठाते।

दोनों आलू निकाल-निकालकर जलते-जलते खाने लगे। कल से कुछ नहीं खाया था। इतना सब्र न था कि उन्हें ठण्डा हो जाने दें। कई बार दोनों की जबान जल गई। छिल जाने पर आलू का बाहरी हिस्सा बहुत ज्यादा गरम न मालूम होता, लेकिन दोनों दांतों के तले पड़ते ही अन्दर का हिस्सा जबान, हलक और तालू जला देता था और उस अंगारे को मुँह में रखने से ज्यादा खैरियत तो इसी में थी कि वो अन्दर पहुँच जाएँ। वहाँ उसे ठण्डा करने के लिए काफी सामान था। इसलिए दोनों जल्द-जल्द निगल जाते। हालांकि इस कोशिश में उनकी आँखों से आँसू निकल आते।

घीसू को उस वक्त ठाकुर की बरात याद आई, जिसमें बीस साल पहले वह गया था। उस दावत में उसे जो तृप्ति मिली थी, वो उसके जीवन में एक याद रखने लायक बात थी और आज भी उसकी याद ताजा थी।

बोला- वह भोज नहीं भूलता। तबसे फिर उस तरह का खाना और भरपेट नहीं मिला। लड़की वालों ने सबको भरपेट पूड़ियाँ खिलाई थीं, सबको!

छोटे-बड़े सबने पूड़ियाँ खायीं और असली घी की! चटनी, रायता, तीन तरह के सूखे साग, एक रसेदार तरकारी, दही, चटनी, मिठाई, अब

क्या बताऊँ कि उस भोग में क्या स्वाद मिला, कोई रोक-टोक नहीं थी, जो चीज़ चाहो, मांगो, जितना चाहो खाओ। लोगों ने ऐसा खाया, ऐसा खाया, कि किसी से पानी न पिया गया। मगर परोसने वाले हैं कि पत्तल में गरम-गरम गोल-गोल सुवासित कचौड़ियां डाल देते हैं। मन कहता है कि नहीं चाहिए, पत्तल को हाथ से रोके हुए हैं, मगर वह हैं कि दिए जाते हैं और जब सबने मुँह धो लिया, तो पान इलायची भी मिली। मगर मुझे पान लेने की कहाँ सुध थी! खड़ा हुआ न जाता था। झटपट अपने कम्बल पर जाकर लेट गया। ऐसा दिल दरियाव था वह ठाकुर!

माधव ने पदार्थों का मन ही मन मजा लेते हुए कहा- अब हमें कोई ऐसा भोजन नहीं खिलाता।

'अब कोई क्या खिलायेगा। वह जमाना दूसरा था। अब तो सबको किफायत सूझती है। शादी-ब्याह में मत खर्च करो। क्रिया-कर्म में मत खर्च करो। पूछो, गरीबों का माल बटोर-बटोर कर कहाँ रखोगे? बटोरने में तो कमी नहीं है। हाँ, खर्च में किफायती सूझती है।'

'तुमने बीस-एक पूड़ियाँ खायी होंगी?'

'बीस से ज्यादा खायी थी!'

'मैं पचास खा जाता!'

'पचास से कम मैंने भी न खायी होगी। अच्छा पट्ठा था। तू तो मेरा आधा भी नहीं है।'

आलू खाकर दोनों ने पानी पिया और वहीं अलाव के सामने अपनी धोतियां ओढ़कर पाँव पेट पर डाले सो रहे। जैसे दो बड़े-बड़े अजगर गेदुलियां मारे पड़े हो।

और बुधिया अभी तक कराह रही थी।

2

सबेरे माधव ने कोठरी में जाकर देखा, तो उसकी स्त्री ठण्डी हो गई थी। उसके मुँह पर मक्खियां भिनक रही थीं। पथरायी हुई आँखें ऊपर टंगी हुई थीं। सारी देह धूल से लथपथ हो रही थी। उसके पेट में बच्चा मर गया था।

माधव भागा हुआ घीसू के पास आया। फिर दोनों जोर-जोर से है-है करने और छाती पीटने लगे। पड़ोस वालों ने यह रोना-धोना सुना, तो दौड़े हुए आये और पुरानी मर्यादा के अनुसार इन अभागों को समझाने लगे।

मगर ज्यादा रोने-पीटने का अवसर न था। कफ़न और लकड़ी की फिक्र करनी थी। घर में तो पैसा इस तरह गायब था, जैसे चील के घोसले में मांस!

बाप-बेटे रोते हुए गाँव के जमींदार के पास गए। वह इन दोनों की सूरत से नफरत करते थे। कई बार इन्हें अपने हाथों से पीट चुके थे। चोरी करने के लिए, वादे पर काम पर न आने के लिए। पूछा– क्या है बे घिसुआ, रोता क्यों है? अब तो तू कहीं दिखलाई भी नहीं देता! मालूम होता है, इस गाँव में रहना नहीं चाहता।

घीसू ने ज़मीन पर सिर रखकर आँखों में आँसू भरे हुए कहा– सरकार! बड़ी विपत्ति में हूँ। माधव की घर-वाली गुजर गई। रात-भर तड़पती रही सरकार! हम दोनों उसके सिरहाने बैठे रहे। दवा-दारू जो कुछ हो सका, सब कुछ किया, पर वह हमें दगा दे गई। अब कोई एक रोटी देने वाला भी न रहा मालिक! तबाह हो गए। घर उजड़ गया। आपका गुलाम हूँ, अब आपके सिवा कौन उसकी मिट्टी पार लगायेगा। हमारे हाथ में जो कुछ था, वह सब तो दवा दारू में उठ गया। सरकार की ही दया होगी तो उसकी मिट्टी उठेगी। आपके सिवा किसके द्वार पर जाऊँ!

जमींदार साहब दयालु थे। मगर घीसू पर दया करना काले कम्बल पर रंग चढ़ाना था। जी में तो आया, कह दें, चल, दूर हो यहाँ से। यों तो बुलाने से भी नहीं आता, आज जब गरज पड़ी तो आकर खुशामद कर रहा है। हरामखोर कहीं का, बदमाश! लेकिन यह क्रोध या दण्ड का अवसर न था। जी में कुढ़ते हुए दो रुपए निकालकर फेंक दिए। मगर सांत्वना का एक शब्द भी मुँह से न निकला। उसकी तरफ ताका तक नहीं। जैसे सिर का बोझ उतारा हो। जब जमींदार साहब ने दो रुपए दिए, तो गाँव के बनिए-महाजनों को इंकार का साहस कैसे होता? घीसू जमींदार का ढिंढोरा भी पीटना जानता था। किसी ने दो आने दिए, किसी ने चार आने। एक घंटे में घीसू और माधव बाज़ार से कफ़न लाने चले। इधर लोग बांस-वांस काटने लगे।

गाव की नर्म दिल स्त्रियां आ-आकर लाश देखती थीं और उसकी बेबसी पर दो बूंद आँसू गिराकर चली जाती थीं।

3

बाज़ार में पहुँचकर, घीसू बोला– लकड़ी तो उसे जलाने भर की मिल गई है, क्यों माधव!

माधव बोला– हाँ, लकड़ी तो बहुत है, अब कफ़न चाहिए।

'तो चलो कोई हल्का-सा कफ़न ले लें।

'हाँ, और क्या! लाश उठते-उठते रात हो जाएगी। रात को कफन कौन देखता है!'

'कैसा बुरा रिवाज है कि जिसे जीते-जी तन ढांकने को चीथड़ा भी न मिले, उसे मरने पर नया कफ़न चाहिए।'

'कफ़न लाश के साथ जल ही तो जाता है।'

'क्या रखा रहता है! यही पाँच रुपए पहले मिलते, तो कुछ दवा-दारू कर लेते।

दोनों एक दूसरे के मन की बात ताड़ रहे थे। बाज़ार में इधर-उधर घूमते रहे। कभी इस बजाज की दुकान पर गए, कभी उस दुकान पर! तरह-तरह के कपड़े, रेशमी और सूती देखे, मगर कुछ जंचा नहीं। यहाँ तक कि शाम हो गई। तब दोनों न-जाने किस दैवी प्रेरणा से एक मधुशाला के सामने जा पहुँचे और जैसे पूर्व-निश्चित व्यवस्था से अन्दर चले गए– वहाँ जरा देर तक दोनों असमंजस में खड़े रहे– फिर घीसू ने गड्डी के सामने जाकर कहा– साहूजी, एक बोतल हमें भी देना। उसके बाद कुछ चिखौना आया, तली हुई मछली आई और बरामदे में बैठकर शांतिपूर्वक पीने लगे। कई कुज्जियां ताबड़-तोड़ पीने के बाद सुरूर में आ गए। घीसू बोला– 'कफ़न लगाने से क्या मिलता? आखिर जल ही तो जाता। कुछ बहू के साथ तो न जाता।' माधव आसमान की तरफ देखकर बोला, मानो देवताओं को अपनी निष्पाप्ता का साक्षी बना रहा हो– 'दुनिया का दस्तूर है, नहीं लोग बाम्नों को हज़ारों रुपए क्यों दे देते हैं? कौन देखता है, परलोक में मिलता है या नहीं!'

'बड़े आदमियों के पास धन है, फूंके हमारे पास फूंकने को क्या है!'

'लेकिन लोगों को जवाब क्या दोगे? लोग पूछेंगे नहीं, कफ़न कहाँ है?'

घीसू हँसा– 'अबे, कह देंगे कि रुपए कमर से खिसक गए। बहुत ढूंढा, मिले नहीं– लोगों को विश्वास नहीं आएगा, लेकिन फिर वही रुपए देंगे।' माधव भी हँसा– इन अनपेक्षित सौभाग्य पर बोला– 'बड़ी अच्छी थी बेचारी! मरी तो खूब खिला पिला कर!'

आधी बोतल से ज्यादा उड़ गई। घीसू ने दो सेर पूड़ियाँ मंगायी। चटनी, आचार, कलेजियां– शराबखाने के सामने ही दुकान थी। माधव लपककर दो पत्तलों में सारे सामान ले आया। पूरा डेढ़ रुपया खर्च हो गया। सिर्फ थोड़े से पैसे बच रहे। दोनों इस वक्त इस शान से बैठे पूड़ियाँ खा रहे थे जैसे जंगल में कोई शेर अपना शिकार उड़ा रहा हो। न जवाबदेही का खौफ था, न बदनामी की फिक्र। इन सब भावनाओं को उन्होंने बहुत पहले ही जीत लिया था।

घीसू दार्शनिक भाव से बोला– 'हमारी आत्मा प्रसन्न हो रही है तो क्या उसे पुन्न न होगा?'

माधव ने श्रद्धा से सिर झुकाकर तस्दीक की– 'जरूर-से-जरूर होगा। भगवान, तुम अंतर्यामी हो। उसे बैकुंठ ले जाना। हम दोनों हृदय से आशीर्वाद दे रहे हैं। आज जो भोजन मिला वह कहीं उम्र-भर न मिला था।' एक क्षण के बाद मन में एक शंका जागी। बोला– 'क्यों दादा, हम लोग भी एक न एक दिन वहाँ जाएँगे ही?'

घीसू ने इस भोले-भाले सवाल का कुछ उत्तर न दिया। वह परलोक की बातें सोचकर इस आनंद में बाधा न डालना चाहता था।

'जो वहाँ हम लोगों से पूछे कि तुमने हमें कफ़न क्यों नहीं दिया तो क्या कहेंगे?'

'कहेंगे तुम्हारा सिर!'

'पूछेगी तो जरूर!'

'तू कैसे जानता है कि उसे कफ़न न मिलेगा? तू मुझे ऐसा गधा समझता है? साठ साल क्या दुनिया में घास खोदता रहा हूँ? उसको कफ़न मिलेगा और बहुत अच्छा मिलेगा!'

माधव को विश्वास न आया। बोला– 'कौन देगा? रुपए तो तुमने चट कर दिए। वह तो मुझसे पूछेगी। उसकी मांग में सिन्दूर तो मैंने डाला था।'

घीसू गरम होकर बोला– 'मैं कहता हूँ, उसे कफ़न मिलेगा, तू मानता क्यों नहीं?'

'कौन देगा, बताते क्यों नहीं?'

'वही लोग देंगे, जिन्होंने अबकी दिया। हाँ, अबकी रुपए हमारे हाथ न आएंगे।'

ज्यों-ज्यों अंधेरा बढ़ता था और सितारों की चमक तेज होती थी, मधुशाला, की रोनक भी बढ़ती जाती थी। कोई गाता था, डींग मारता था, कोई अपने संगी के गले लिपट जाता था। कोई अपने दोस्त के मुँह में कुल्हड़ लगाए देता था। वहाँ के वातावरण में सुरूर था, हवा में नशा। कितने तो यहाँ आकर एक चुल्लू में मस्त हो जाते थे। शराब से ज्यादा यहाँ की हवा उन पर नशा करती थी। जीवन की बाधायें यहाँ खींच लाती थीं और कुछ देर के लिए यह भूल जाते थे कि वे जीते हैं कि मरते हैं। या न जीते हैं, न मरते हैं। और यह दोनों बाप बेटे अब भी मजे ले-लेकर चुसकियां ले रहे थे। सबकी निगाहें इनकी ओर जमी हुई थीं। दोनों कितने भाग्य के बलि हैं! पूरी बोतल बीच में है।

भरपेट खाक़र माधव ने बची हुई पूड़ियों का पत्तल उठाकर एक भिखारी को दे दिया, जो खड़ा इनकी ओर भूखी आँखों से देख रहा था। और देने के गौरव, आनंद और उल्लास का अपने जीवन में पहली बार अनुभव किया।

घीसू ने कहा– 'ले जा, खूब खा और आशीर्वाद दे। बीवी की कमायी है, वह तो मर गई। मगर तेरा आशीर्वाद उसे जरूर पहुँचेगा। रोएं-रोएं से आशीर्वाद दो, बड़ी गाढ़ी कमायी के पैसे हैं!'

माधव ने फिर आसमान की तरफ देखकर कहा– 'वह बैकुंठ में जाएगी दादा, बैकुंठ की रानी बनेगी।'

घीसू खड़ा हो गया और उल्लास की लहरों में तैरता हुआ बोला– 'हाँ बेटा, बैकुंठ में जाएगी। किसी को सताया नहीं, किसी को दबाया नहीं। मरते-मरते हमारी जिन्दगी की सबसे बड़ी लालसा पूरी कर गई। वह न

बैकुंठ जाएगी तो क्या मोटे-मोटे लोग जाएँगे, जो गरीबों को दोनों हाथों से लूटते हैं और अपने पाप को धोने के लिए गंगा में नहाते हैं और मंदिरों में जल चढ़ाते हैं?'

श्रद्धालुता का यह रंग तुरंत ही बदल गया। अस्थिरता नशे की खासियत है। दुःख और निराशा का दौरा हुआ।

माधव बोला– 'मगर दादा, बेचारी ने जिन्दगी में बड़ा दुःख भोगा। कितना दुःख झेलकर मरी!'

वह आँखों पर हाथ रखकर रोने लगा, चीखें मार-मारकर।

घीसू ने समझाया– 'क्यों रोता है बेटा, खुश हो कि वह माया-जाल से मुक्त हो गई, जंजाल से छूट गई। बड़ी भाग्यवान थी, इतनी जल्द माया-मोह के बन्धन तोड़ दिए।'

और दोनों खड़े होकर गाने लगे– 'हठगिनी क्यों नैना झम्कावे! ठगिनी!'

पियक्कड़ों की आँखें इनकी ओर लगी हुई थीं और वे दोनों अपने दिल में मस्त गाये जाते थे। फिर दोनों नाचने लगे। उछले भी, कूदे भी। गिरे भी, मटके भी। भाव भी बनाए, अभिनय भी किये और आखिर नशे से मदमस्त होकर वहीं गिर पड़े।

सोहाग का शव

मध्यप्रदेश के एक पहाड़ी गाँव में एक छोटे-से घर की छत पर एक युवक मानो संध्या की निस्तब्धता में लीन बैठा था। सामने चन्द्रमा के मलिन प्रकाश में ऊँची पर्वतमालाएँ अनन्त के स्वप्न की भांति गम्भीर रहस्यमय, संगीतमय, मनोहर मालूम होती थीं, उन पहाड़ियों के नीचे जल-धारा की एक रूप रेखा ऐसी मालूम होती थी, मानो उन पर्वतों का समस्त संगीत, समस्त गाम्भीर्य, सम्पूर्ण रहस्य इसी उज्ज्वल प्रवाह में लीन हो गया हो। युवक की वेशभूषा से प्रकट होता था कि उसकी दशा बहुत सम्पन्न नहीं है। हाँ, उसके मुख से तेज और मनस्विता झलक रही थी। उसकी आँखो पर ऐनक न थी, न मूंछें मुड़ी हुई थीं, न बाल संवारे हुए थे, कलाई पर घड़ी न थी, यहाँ तक कि कोट के जेब में फाउन्टेन पेन भी न था। या तो वह सिद्धान्तों का प्रेमी था, या आडम्बरों का शत्रु।

युवक विचारों में मौन उसी पर्वतमाला की ओर देख रहा था कि सहसा बादल की गरज से भयंकर ध्वनि सुनाई दी। नदी का मधुर गान उस भीषण नाद में डूब गया। ऐसा मालूम हुआ, मानो उस भयंकर नाद ने पर्वतों को भी हिला दिया है, मानो पर्वतों में कोई घोर संग्राम छिड़ गया है। यह रेलगाड़ी थी, जो नदी पर बने हुए पुल से चली आ रही थी।

एक युवती कमरे से निकलकर छत पर आई और बोली– आज अभी से गाड़ी आ गई। इसे भी आज ही वैर निभाना था।

युवक ने युवती का हाथ पकड़कर कहा– प्रिये! मेरा जी चाहता है; कहीं न जाऊँ; मैंने निश्चय कर लिया है। मैंने तुम्हारी खातिर से हामी भर ली थी, पर अब जाने की इच्छा नहीं होती। तीन साल कैसे कटेंगे।

युवती ने कातर स्वर में कहा– तीन साल के वियोग के बाद फिर तो जीवनपर्यन्त कोई बाधा न खड़ी होगी। एक बार जो निश्चय कर लिया है, उसे पूरा ही कर डालो, अनंत सुख की आशा में मैं सारे कष्ट झेल लूंगी।

यह कहते हुए युवती जलपान लाने के बहाने से फिर भीतर चली गई। आँसुओं का आवेग उसके काबू से बाहर हो गया। इन दोनों प्राणियों के

वैवाहिक जीवन की यह पहली ही वर्षगांठ थी। युवक बम्बई-विश्वविद्यालय से एम.ए. की उपाधि लेकर नागपुर के एक कॉलेज में अध्यापक था। नवीन युग की नई-नई वैवाहिक और सामाजिक क्रांतियों ने उसे लेशमात्र भी विचलित न किया था। पुरानी प्रथाओं से ऐसी प्रगाढ़ ममता कदाचित् वृद्धजनों को भी कम होगी। प्रोफेसर हो जाने के बाद उसके माता-पिता ने इस बालिका से उसका विवाह कर दिया था। प्रथानुसार ही उस आँख-मिचौनी के खेल में उन्हें प्रेम का रत्न मिल गया। केवल छुट्टियों में यहाँ पहली गाड़ी से आता और आखिरी गाड़ी से जाता। ये दो-चार दिन मीठे स्वप्न के समान कट जाते थे। दोनों बालकों की भांति रो-रोकर बिदा होते। इसी कोठे पर खड़ी होकर वह उसको देखा करती, जब तक निर्दयी पहाड़ियां उसे आड़ में न कर लेतीं। पर अभी साल भी न गुजरने पाया था कि वियोग ने अपना षड्यंत्र रचना शुरू कर दिया। केशव को विदेश जाकर शिक्षा पूरी करने के लिए एक वृत्ति मिल गई। मित्रों ने बधाइयां दी। किसके ऐसे भाग्य हैं, जिसे बिना मांगे स्वभाग्य-निर्माण का ऐसा अवसर प्राप्त हो। केशव बहुत प्रसन्न था। वह इसी दुविधा में पड़ा हुआ घर आया। माता-पिता और अन्य सम्बंधियों ने इस यात्रा का घोर विरोध किया। नगर में जितनी बधाईयाँ मिली थीं, यहाँ उससे कहीं अधिक बाधाएं मिलीं। किन्तु सुभद्रा की उच्चाकांक्षाओं की सीमा न थी। वह कदाचित् केशव को इन्द्रासन पर बैठा हुआ देखना चाहती थी। उसके सामने तब भी वही पति सेवा का आदर्श होता था। वह तब भी उसके सिर में तेल डालेगी, उसकी धोती छांटेगी, उसके पाँव दबायेगी और उसके पंखा झलेगी। उपासक की महत्त्वाकांक्षा उपास्य के ही प्रति होती है। वह उसको सोने का मन्दिर बनवायेगा, उसके सिंहासन को रत्नों से सजाएगा, स्वर्ग से पुष्प लाकर भेंट करेगा, पर वह स्वयं वही उपासक रहेगा। जटा के स्थान पर मुकुट या कौपीन की जगह पिताम्बर की लालसा उसे कभी नहीं सताती। सुभद्रा ने उस वक्त तक दम न लिया जब तक केशव ने विलायत जाने का वादा न कर लिया, माता-पिता ने उसे कंलकिनी और न जाने क्या-क्या कहा, पर अन्त में सहमत हो गए। सब तैयारियाँ हो गईं। स्टेशन समीप ही था। यहाँ गाड़ी देर तक खड़ी रहती थी। स्टेशनों के समीपस्थ गाँव के निवासियों के लिए गाड़ी का आना शत्रु का धावा

नहीं, मित्र का पदार्पण है। गाड़ी आ गई। सुभद्रा जलपान बनाकर पति का हाथ धुलाने आई थी। इस समय केशव की प्रेम-कातर आपत्ति ने उसे एक क्षण के लिए विचलित कर दिया। हा! कौन जानता है, तीन साल में क्या हो जाए! मन में एक आवेश उठा। कह दूं, प्यारे मत जाओ। थोड़ी ही खायेंगे, मोटा ही पहनेंगे, रो-रोकर दिन तो न कटेगें। कभी केशव के आने में एक-आध महीना लग जाता था, तो वह विकल हो जाया करता थी। यही जी चाहता था, उड़कर उनके पास पहुँच जाऊँ। फिर ये निर्दयी तीन वर्ष कैसे कटेंगें! लेकिन उसने कठोरता से इन निराशाजनक भावों को ठुकरा दिया और काँपते कंठ से बोली– जी तो मेरा भी यही चाहता है। जब तीन साल का अनुमान करती हूँ, तो एक कल्प-सा मालूम होता है। लेकिन जब विलायत में तुम्हारे सम्मान और आदर का ध्यान करती हूँ, तो ये तीन साल तीन दिन से मालूम होते हैं। तुम तो जहाज़ पर पहुँचते ही मुझे भूल जाओगे। नये-नये दृश्य तुम्हारे मनोरंजन के लिए आ खड़े होंगे। यूरोप पहुँचकर विद्वानों के सत्संग में तुम्हें घर की याद भी न आयेगी। मुझे तो रोने के सिवा और कोई धंधा नहीं है। यही स्मृतियाँ ही मेरे जीवन का आधार होंगी। लेकिन क्या करूँ, जीवन की भोग-लालसा तो नहीं मानती। फिर जिस वियोग का अंत जीवन की सारी विभूतियां अपने साथ लायेगा, वह वास्तव में तपस्या है। तपस्या के बिना तो वरदान नहीं मिलता।

केशव को भी अब ज्ञात हुआ कि क्षणिक मोह के आवेश में स्वभाग्य निर्माण का ऐसा अच्छा अवसर त्याग देना मूर्खता है। खड़े होकर बोले– रोना-धोना मत, नहीं तो मेरा जी न लगेगा।

सुभद्रा ने उसका हाथ पकड़कर हृदय से लगाते हुए उनके मुँह की ओर सजल नेत्रों से देखा ओर बोली– पत्र बराबर भेजते रहना।

सुभद्रा ने फिर आँखों में आँसू भरे हुए मुस्कुराकर कहा– देखना विलायती मिसों के जाल में न फंस जाना।

केशव फिर चारपाई पर बैठ गया और बोला– तुम्हें यह संदेह है, तो लो, मैं जाऊँगा ही नहीं।

सुभद्रा ने उसके गले में बांहे डालकर विश्वास-पूर्ण दृष्टि से देखा और बोली– मैं दिल्लगी कर रही थी।

'अगर इन्द्रलोक की अप्सरा भी आ जाएँ, तो आँख उठाकर न देखूं। ब्रह्मा ने ऐसी दूसरी सृष्टि की ही नहीं।'

'बीच में कोई छुट्टी मिले, तो एक बार चले आना।'

'नहीं प्रिये, बीच में शायद छुट्टी न मिलेगी। मगर जो मैंने सुना कि तुम रो-रोकर घुली जाती हो, दाना-पानी छोड़ दिया है, तो मैं अवश्य चला आऊँगा। ये फूल जरा भी कुम्हलाने न पाये।'

दोनों गले मिलकर बिदा हो गए। बाहर सम्बंधियों और मित्रों का एक समूह खड़ा था। केशव ने बड़ों के चरण छुए, छोटों को गले लगाया और स्टेशन की ओर चले। मित्रगण स्टेशन तक पहुँचाने गए। एक क्षण में गाड़ी यात्री को लेकर चल दी।

उधर केशव गाड़ी में बैठा हुआ पहाड़ियों की बहार देख रहा था; इधर सुभद्रा भूमि पर पड़ी सिसकियां भर रही थी।

2

दिन गुजरने लगे। उसी तरह, जैसे बीमारी के दिन कटते हैं। दिन पहाड़, रात काली बला। रात-भर मनाते गुजरती थी कि किसी तरह भोर होता, तो मनाने लगती कि जल्दी शाम हो। मैके गई कि वहाँ जी बहलेगा। दस-पाँच दिन परिवर्तन का कुछ असर हुआ, फिर उनसे भी बुरी दशा हुई, भाग कर ससुराल चली आई। रोगी करवट बदलकर आराम का अनुभव करता है।

पहले पाँच-छह महीनों तक तो केशव के पत्र पंद्रहवें दिन बराबर मिलते रहे। उसमें वियोग के दुःख कम, नये-नये दृश्यों का वर्णन अधिक होता था। पर सुभद्रा संतुष्ट थी। पत्र लिखती, तो विरह-व्यथा के सिवा उसे कुछ सूझता ही न था। कभी-कभी जब जी बेचैन हो जाता, तो पछताती कि व्यर्थ जाने दिया। कहीं एक दिन मर जाऊँ, तो उनके दर्शन भी न हों।

लेकिन छठे महीने से पत्रों में भी विलम्ब होने लगा। कई महीने तक तो महीने में एक पत्र आता रहा, फिर वह भी बंद हो गया। सुभद्रा के चार-छह पत्र पहुँच जाते, तो एक पत्र आ जाता; वह भी बेदिली से लिखा हुआ। काम की अधिकता और समय के अभाव के रोने से भरा हुआ। एक वाक्य भी ऐसा नहीं, जिससे हृदय को शांति हो, जो टपकते हुए दिल

पर मरहम रखे। हा! आदि से अन्त तक 'प्रिये' शब्द का नाम नहीं। सुभद्रा अधीर हो उठी। उसने यूरोप-यात्रा का निश्चय कर लिया। वह सारे कष्ट सह लेगी, सिर पर जो कुछ पड़ेगी सह लेगी; केशव को आँखों से देखती रहेगी। वह इस बात को उनसे गुप्त रखेगी, उनकी कठिनाइयों को और न बढ़ायेगी, उनसे बोलेगी भी नहीं! केवल उन्हें कभी-कभी आँख भरकर देख लेगी। यही उसकी शांति के लिए काफी होगा। उसे क्या मालूम था कि उसका केशव उसका नहीं रहा। वह अब एक दूसरी ही कामिनी के प्रेम का भिखारी है।

सुभद्रा कई दिनों तक इस प्रस्ताव को मन में रखे हुए सोती रही। उसे किसी प्रकार की शंका न होती थी। समाचार-पत्रों के पढ़ते रहने से उसे समुद्री यात्रा का हाल मालूम होता रहता था। एक दिन उसने अपने सास-ससुर के सामने अपना निश्चय प्रकट किया। उन लोगों ने बहुत समझाया; रोकने की बहुत चेष्टा की; लेकिन सुभद्रा ने अपना हठ न छोड़ा। आखिर जब लोगों ने देखा कि यह किसी तरह नहीं मानती, तो राजी हो गए। मैकेवाले समझाकर हार गए। कुछ रुपए उसने स्वयं जमा कर रखे थे, कुछ ससुराल में मिले। माँ-बाप ने भी मदद की। रास्ते के खर्च की चिंता न रही। इंग्लैंड पहुँचकर वह क्या करेगी, इसका अभी उसने कुछ निश्चय न किया। इतना जानती थी कि परिश्रम करने वाले को रोटियों की कहीं कमी नहीं रहती।

विदा होते समय सास और ससुर दोनों स्टेशन तक आए। जब गाड़ी ने सीटी दी, तो सुभद्रा ने हाथ जोड़कर कहा- मेरे जाने का समाचार वहाँ न लिखिएगा। नहीं तो उन्हें चिंता होगी ओर पढ़ने में उनका जी न लगेगा।

ससुर ने आश्वासन दिया। गाड़ी चल दी।

3

लंदन के उस हिस्से में, जहाँ इस समृद्धि के समय में भी दरिद्रता का राज्य है, ऊपर के एक छोटे से कमरे में सुभद्रा एक कुर्सी पर बैठी है। उसे यहाँ आये आज एक महीना हो गया है। यात्रा के पहले उसके मन में जितनी शंकाएं थी, सभी शान्त होती जा रही हैं। बम्बई-बंदरगाह में जहाज़ पर जगह पाने का प्रश्न बड़ी आसानी से हल हो गया। वह अकेली औरत

न थी जो योरोप जा रही हो। पाँच-छह स्त्रियां और भी उसी जहाज़ से जा रही थीं। सुभद्रा को न जगह मिलने में कोई कठिनाई हुई, न मार्ग में। यहाँ पहुँचकर और स्त्रियों से संग छूट गया। कोई किसी विद्यालय में चली गई; दो-तीन अपने पतियों के पास चलीं गईं, जो यहाँ पहले आ गए थे। सुभद्रा ने इस मुहल्ले में एक कमरा ले लिया। जीविका का प्रश्न भी उसके लिए बहुत कठिन न रहा। जिन महिलाओं के साथ वह आई थी, उनमें कई उच्च-अधिकारियों की पत्नियाँ थीं। कई अच्छे-अच्छे अंग्रेज घरानों से उनका परिचय था। सुभद्रा को दो महिलाओं को भारतीय संगीत और हिन्दी-भाषा सिखाने का काम मिल गया। शेष समय में वह कई भारतीय महिलाओं के कपड़े सीने का काम कर लेती है। केशव का निवास-स्थान यहाँ से निकट है, इसीलिए सुभद्रा ने इस मुहल्ले को पसंद किया है। कल केशव उसे दिखाई दिया था। ओह! उन्हें 'बस' से उतरते देखकर उसका चित्त कितना आतुर हो उठा था। बस यही मन में आता था कि दौड़कर उनके गले से लिपट जाए और पूछे- क्यों जी, तुम यहाँ आते ही बदल गए। याद है, तुमने चलते समय क्या-क्या वादे किये थे? उसने बड़ी मुश्किल से अपने को रोका था। तब से इस वक्त तक उसे मानो नशा-सा छाया हुआ है, वह उनके इतने समीप है! चाहे रोज उन्हें देख सकती है, उनकी बातें सुन सकती है; हाँ, स्पर्श तक कर सकती है। अब यह उससे भागकर कहाँ जाएँगे? उनके पत्रों की अब उसे क्या चिन्ता है। कुछ दिनों के बाद सम्भव है वह उनके होटल के नौकरों से जो चाहे, पूछ सकती है।

संध्या हो गई थी। धुएं में बिजली की लालटेनें रोती आँखों की भांति ज्योतिहीन-सी हो रही थीं। गली में स्त्री-पुरुष सैर करने जा रहे थे। सुभद्रा सोचने लगी- इन लोगों को आमोद से कितना प्रेम हैं, मानो किसी को चिन्ता ही नहीं, मानो सभी सम्पन्न हैं, जब ये ही लोग इतने एकाग्र होकर सब काम कर सकते हैं। जिस समय जो काम करते हैं जी-जान से करते हैं। खेलने की उमंग है, तो काम करने की भी उमंग है और एक हम हैं कि न हँसते हैं, न रोते हैं, मौन बने बैठे रहते हैं। स्फूर्ति का कहीं नाम नहीं, काम तो सारे दिन करते हैं, भोजन करने की फुरसत भी नहीं मिलती, पर वास्तव में चौथाई समय भी काम में नहीं लगते। केवल काम करने का बहाना करते हैं। मालूम होता है, जाति प्राण-शून्य हो गई है।

सहसा उसने केशव को जाते देखा। हाँ, केशव ही था। कुर्सी से उठकर बरामदे में चली आई। प्रबल इच्छा हुई कि जाकर उनके गले से लिपट जाए। उसने अगर अपराध किया है, तो उन्हीं के कारण तो। यदि वह बराबर पत्र लिखते जाते, तो वह क्यों आती?

लेकिन केशव के साथ यह युवती कौन है? अरे! केशव उसका हाथ पकड़े हुए है। दोनों मुस्करा-मुस्करा कर बातें करते चले जाते हैं। यह युवती कौन है?

सुभद्रा ने ध्यान से देखा। युवती का रंग सांवला था। वह भारतीय बालिका थी। उसका पहनावा भारतीय था। इससे ज्यादा सुभद्रा को और कुछ न दिखाई दिया। उसने तुरंत जूते पहने, द्वार बन्द किया और एक क्षण में गली में आ पहुँची। केशव अब दिखाई न देता था, पर वह जिधर गया था, उधर ही वह बड़ी तेजी से लपकी चली जाती थी। यह युवती कौन है? वह उन दोनों की बातें सुनना चाहती थी, उस युवती को देखना चाहती थी उसके पाँव इतनी तेज से उठ रहे थे मानो दौड़ रही हो। पर इतनी जल्दी दोनों कहाँ अदृश्य हो गए? अब तक उसे उन लोगों के समीप पहुँच जाना चाहिए था। शायद दोनों किसी 'बस' पर जा बैठे।

अब वह गली समाप्त करके एक चौड़ी सड़क पर आ पहुँची थी। दोनों तरफ बड़ी-बड़ी जगमगाती हुई दुकानें थीं, जिनमें संसार की विभूतियां गर्व से फूली उठी थी। कदम-कदम पर होटल और रेस्ट्रां थे। सुभद्रा दोनों ओर नेत्रों से ताकती, पग-पग पर भ्रांति के कारण मचलती कितनी दूर निकल गई, कुछ खबर नहीं।

फिर उसने सोचा– यों कहाँ तक चली जाऊँगी? कौन जाने किधर गए। चलकर फिर अपने बरामदे से देखूं। आखिर इधर से गए हैं, तो इधर से लौटेंगे भी। यह ख्याल आते ही वह घूम पड़ी और उसी तरह दौड़ती हुई अपने स्थान की ओर चली। जब वहाँ पहुँची, तो बारह बज गए थे। और इतनी देर उसे चलते ही गुजरा! एक क्षण भी उसने कहीं विश्राम नहीं किया।

वह ऊपर पहुँची, तो गृह-स्वामिनी ने कहा– तुम्हारे लिए बड़ी देर से भोजन रखा हुआ है।

सुभद्रा ने भोजन अपने कमरे में मंगा लिया पर खाने की सुधि किसे थी! वह उसी बरामदे में उसी तरफ टकटकी लगाये खड़ी थी, जिधर से केशव गया।

एक बज गया, दो बजा, फिर भी केशव नहीं लौटा। उसने मन में कहा– वह किसी दूसरे मार्ग से चले गए। मेरा यहाँ खड़ा रहना व्यर्थ है। चलूँ, सो रहूं। लेकिन फिर ख्याल आ गया, कहीं आ न रहे हों।

मालूम नहीं, उसे कब नींद आ गई।

4

दूसरे दिन प्रातःकाल सुभद्रा अपने काम पर जाने को तैयार हो रही थी कि एक युवती रेशमी साड़ी पहने आकर खड़ी हो गई और मुस्कुराकर बोली– क्षमा कीजिएगा, मैंने बहुत सबेरे आपको कष्ट दिया। आप तो कहीं जाने को तैयार मालूम होती हैं।

सुभद्रा ने एक कुर्सी बढ़ाते हुए कहा– हाँ, एक काम से बाहर जा रही थी। मैं आपकी क्या सेवा कर सकती हूँ?

यह कहते हुए सुभद्रा ने युवती को सिर से पाँव तक उसी आलोचनात्मक दृष्टि से देखा, जिससे स्त्रियां ही देख सकती हैं। सौंदर्य की किसी परिभाषा से भी उसे सुन्दरी न कहा जा सकता था। उसका रंग सांवला, मुँह कुछ चौड़ा, नाक कुछ चिपटी, कद भी छोटा और शरीर भी कुछ स्थूल था। आँखों पर ऐनक लगी हुई थी। लेकिन इन सब कारणों के होते हुए भी उसमें कुछ ऐसी बात थी, जो आँखों को अपनी ओर खींच लेती थी। उसकी वाणी इतनी मधुर, इतनी संयमित, इतनी विनम्र थी कि जान पड़ता था किसी देवी का वरदान हो। एक-एक अंग से प्रतिमा विकीर्ण हो रही थी। सुभद्रा उसके सामने हलकी एवं तुच्छ मालूम होती थी। युवती ने कुर्सी पर बैठते हुए कहा– 'अगर मैं भूलती हूँ, तो मुझे क्षमा कीजिएगा। मैंने सुना है कि आप कुछ कपड़े भी सीती है, जिसका प्रमाण यह है कि यहाँ सीविंग मशीन मौजूद है।'

सुभद्रा– मैं दो लेडियों को भाषा पढ़ाने जाया करती हूँ, शेष समय में कुछ सिलाई भी कर लेती हूँ। आप कपड़े लाई हैं।

युवती– नहीं, अभी कपड़े नहीं लाई। यह कहते हुए उसने लज्जा से सिर झुकाकर मुस्कुराते हुए कहा– बात यह है कि मेरी शादी होने जा रही है। मैं वस्त्राभूषण सब हिंदुस्तानी रखना चाहती हूँ। विवाह भी वैदिक रीति से ही होगा। ऐसे कपड़े यहाँ आप ही तैयार कर सकती हैं।

सुभद्रा ने हँसकर कहा– मैं ऐसे अवसर पर आपके जोड़े तैयार करके अपने को धन्य समझूंगी। वह शुभ तिथि कब है?

युवती ने सकुचाते हुए कहा– वह तो कहते हैं, इसी सप्ताह में हो जाए; पर मैं उन्हें टालती आती हूँ। मैंने तो चाहा था कि भारत लौटने पर विवाह होता, पर वह इतने उतावले हो रहे हैं कि कुछ कहते नहीं बनता। अभी तो मैंने यही कहकर टाला है कि मेरे कपड़े सिल रहे हैं।

सुभद्रा– तो मैं आपके जोड़े बहुत जल्द दे दूंगी।

युवती ने हँसकर कहा– मैं तो चाहती थी आप महीनों लगा देतीं।

सुभद्रा– वाह, मैं इस शुभ कार्य में क्यों विघ्न डालने लगी? मैं इसी सप्ताह में आपके कपड़े दे दूंगी, और उनसे इसका पुरस्कार लूंगी।

युवती खिलखिलाकर हँसी। कमरे में प्रकाश की लहरें-सी उठ गईं। बोली– इसके लिए तो पुरस्कार वह देंगे, बड़ी खुशी से देंगे और तुम्हारे कृतज्ञ होंगे। मैंने प्रतिज्ञा की थी कि विवाह के बंधन में पड़ूंगी ही नहीं; पर उन्होंने मेरी प्रतिज्ञा तोड़ दी। अब मुझे मालूम हो रहा है कि प्रेम की बेड़ियां कितनी आनंदमय होती है। तुम तो अभी हाल ही में आई हो। तुम्हारे पति भी साथ होंगे?

सुभद्रा ने बहाना किया। बोली– वह इस समय जर्मनी में हैं। संगीत से उन्हें बहुत प्रेम है। संगीत का ही अध्ययन करने के लिए वहाँ गए हैं।

'तुम भी संगीत जानती हो?'

'बहुत थोड़ा।'

'केशव को संगीत से बहुत प्रेम है।'

केशव का नाम सुनकर सुभद्रा को ऐसा मालूम हुआ, जैसे बिच्छू ने काट लिया हो। वह चौंक पड़ी।

युवती ने पूछा– आप चौंक कैसे गईं? क्या केशव को जानती हो?

सुभद्रा ने बात बनाकर कहा– नहीं, मैंने यह नाम कभी नहीं सुना। वह यहाँ क्या करते हैं?

सुभद्रा को ख्याल आया, क्या केशव किसी दूसरे आदमी का नाम नहीं हो सकता? इसलिए उसने यह प्रश्न किया। उसी जवाब पर उसकी जिंदगी का फैसला था।

युवती ने कहा– यहाँ विद्यालय में पढ़ते हैं। भारत सरकार ने उन्हें भेजा है। अभी साल-भर भी तो आए नहीं हुआ। तुम देखकर प्रसन्न होगी। तेज और बुद्धि की मूर्ति समझ लो। यहाँ के अच्छे-अच्छे प्रोफेसर उनका आदर करते हैं। ऐसा सुन्दर भाषण तो मैंने किसी के मुँह से सुना ही नहीं। जीवन आदर्श है। मुझसे उन्हें क्यों प्रेम हो गया है, मुझे इसका आश्चर्य है। मुझमें न रूप है, न लावण्य। ये मेरा सौभाग्य है। तो मैं शाम को कपड़े लेकर आऊँगी।

सुभद्रा ने मन में उठते हुए वेग को संभालकर कहा– अच्छी बात है।

जब युवती चली गई, तो सुभद्रा फूट-फूटकर रोने लगी। ऐसा जान पड़ता था, मानो देह में रक्त ही नहीं, मानो प्राण निकल गए हैं वह कितनी निःसहाय, कितनी दुर्बल है, इसका आज अनुभव हुआ। ऐसा मालूम हुआ, मानो संसार में उसका कोई नहीं है। अब उसका जीवन व्यर्थ है। उसके लिए अब जीवन में रोने के सिवा और क्या है? उनकी सारी ज्ञानेंद्रियां शिथिल-सी हो गई थीं मानो वह किसी ऊँचे वृक्ष से गिर पड़ी हो। हा! यह उसके प्रेम और भक्ति का पुरस्कार है। उसने कितना आग्रह करके केशव को यहाँ भेजा था? इसलिए कि यहाँ आते ही उसका सर्वनाश कर दें?

पुरानी बातें याद आने लगी। केशव की वह प्रेमातुर आँखें सामने आ गईं। वह सरल, सहज मूर्ति आँखों के सामने नाचने लगी। उसका जरा सिर धमकता था, तो केशव कितना व्याकुल हो जाता था। एक बार जब उसे फसली बुखार आ गया था, तो केशव घबराकर पंद्रह दिन की छुट्टी लेकर घर आ गया था और उसके सिरहाने बैठा रात-भर पंखा झलता रहा था। वही केशव अब इतनी जल्द उससे ऊब उठा! उसके लिए सुभद्रा ने कौन-सी बात उठा रखी। वह तो उसी को अपना प्राणाधार, अपना जीवन धन, अपना सर्वस्व समझती थी। नहीं-नहीं, केशव का दोष नहीं, सारा दोष इसी का है। इसी ने अपनी मधुर बातों से अन्हें वशीभूत कर लिया है। इसकी विद्या, बुद्धि और वाकपटुता ने ही उनके हृदय पर विजय पायी है।

हाय! उसने कितनी बार केशव से कहा था, मुझे भी पढ़ाया करो, लेकिन उन्होंने हमेशा यही जवाब दिया, तुम जैसी हो, मुझे वैसी ही पसन्द हो। मैं तुम्हारी स्वाभाविक सरलता को पढ़ा-पढ़ा कर मिटाना नहीं चाहता। केशव ने उसके साथ कितना बड़ा अन्याय किया है! लेकिन यह उनका दोष नहीं, यह इसी यौवन-मतवाली छोकरी की माया है।

सुभद्रा को इस ईर्ष्या और दु:ख के आवेश में अपने काम पर जाने की सुध न रही। वह कमरे में इस तरह टहलने लगी, जैसे किसी ने जबरदस्ती उसे बन्द कर दिया हो। कभी दोनों मुट्ठियां बंध जातीं, कभी दाँत पीसने लगती, कभी ओंठ काटती। उन्माद की-सी दशा हो गई। आँखों में भी एक तीव्र ज्वाला चमक उठी। ज्यों-ज्यों केशव के इस निष्ठुर आघात को सोचती, उन कष्टों को याद करती, जो उसने उसके लिए झेले थे, उसका चित्त प्रतिकार के लिए विकल होता जाता था। अगर कोई बात हुई होती, आपस में कुछ मनोमालिन्य का लेश भी होता, तो उसे इतना दु:ख न होता। यह तो उसे ऐसा मालूम होता था कि मानो कोई हँसते-हँसते अचानक गले पर चढ़ बैठे। अगर वह उनके योग्य नहीं थी, तो उन्होंने उससे विवाह ही क्यों किया था? विवाह करने के बाद भी उसे क्यों न ठुकरा दिया था? क्यों प्रेम का बीज बोया था? और आज जब वह बीच पल्लवों से लहराने लगा, उसकी जड़ें उसके अन्तस्तल के एक-एक अणु में प्रविष्ट हो गईं, उसका रक्त उसका सारा उत्सर्ग वृक्ष को सींचने और पालने में प्रवृत्त हो गया, तो वह आज उसे उखाड़ कर फेंक देना चाहते हैं। क्या हृदय के टुकड़े-टुकड़े हुए बिना वृक्ष उखड़ जाएगा?

सहसा उसे एक बात याद आ गई। हिंसात्मक संतोष से उसका उत्तेजित मुख-मण्डल और भी कठोर हो गया। केशव ने अपने पहले विवाह की बात इस युवती से गुप्त रखी होगी! सुभद्रा इसका भंडाफोड़ करके केशव के सारे मंसूबों को धूल में मिला देगी। उसे अपने ऊपर क्रोध आया कि युवती का पता क्यों न पूछ लिया। उसे एक पत्र लिखकर केशव की नीचता, स्वार्थपरता और कायरता की कलई खोल देती। उसके पांडित्य, प्रतिभा और प्रतिष्ठा को धूल में मिला देती। खैर, संध्या-समय तो वह कपड़े लेकर आयेगी ही। उस समय उससे सारा कच्चा चिट्ठा बयान कर दूंगी।

5

सुभद्रा दिन-भर युवती का इन्तजार करती रही। कभी बरामदे में आकर इधर-उधर निगाह दौड़ाती, कभी सड़क पर देखती, पर उसका कहीं पता न था। मन में झुंझलाती थी कि उसने क्यों उसी वक्त सारा वृत्तांत न कह सुनाया।

केशव का पता उसे मालूम था। उस मकान और गली का नम्बर तक याद था, जहाँ से वह उसे पत्र लिखा करता था। ज्यों-ज्यों दिन ढलने लगा और युवती के आने में विलम्ब होने लगा, उसके मन में एक तरंगी-सी उठने लगी कि जाकर केशव को फटकारे, उसका सारा नशा उतार दे, कहे– तुम इतने भंयकर हिंसक हो, इतने महान धूर्त हो, यह मुझे मालूम न था। तुम यही विद्या सीखने यहाँ आये थे। तुम्हारे पांडित्य की यही फल है! तुम एक अबला को जिसने तुम्हारे ऊपर अपना सर्वस्व अर्पण कर दिया, यों छल सकते हो। तुममें क्या मनुष्यता नाम को भी नहीं रह गई? आखिर तुमने मेरे लिए क्या सोचा है। मैं सारी जिंदगी तुम्हारे नाम को रोती रहूँ! लेकिन अभिमान हर बार उसके पैरों को रोक लेता। नहीं, जिसने उसके साथ ऐसा कपट किया है, उसका इतना अपमान किया है, उसके पास वह न जाएगी। वह उसे देखकर अपने आँसुओं को रोक सकेगी या नहीं, इसमें उसे संदेह था और केशव के सामने वह रोना नहीं चाहती थी। अगर केशव उससे घृणा करता है, तो वह भी केशव से घृणा करेगी। संध्या भी हो गई, पर युवती न आई। बत्तियां भी जलीं, पर उसका पता नहीं।

एकाएक उसे अपने कमरे के द्वार पर किसी के आने की आहट मालूम हुई। वह कूदकर बाहर निकल आई। युवती कपड़ों का एक पुलिंदा लिए सामने खड़ी थी। सुभद्रा को देखते ही बोली– क्षमा करना, मुझे आने में देर हो गई। बात यह है कि केशव को किसी बड़े जरूरी काम से जर्मनी जाना है। वहाँ उन्हें एक महीने से ज्यादा लग जाएगा। वह चाहते हैं कि मैं भी उनके साथ चलूं। मुझसे उन्हें अपनी थीसिस लिखने में बड़ी सहायता मिलेगी। बर्लिन के पुस्तकालयों को छानना पड़ेगा। मैंने भी स्वीकार कर लिया है। केशव की इच्छा है कि जर्मनी जाने के पहले हमारा विवाह हो जाए। कल संध्या समय संस्कार हो जाएगा। अब ये कपड़े मुझे आप जर्मनी से लौटने पर दीजिएगा। विवाह के अवसर पर हम मामूली कपड़े

पहन लेंगे। और क्या करती? इसके सिवा कोई उपाय न था, केशव का जर्मन जाना अनिवार्य है।

सुभद्रा ने कपड़ों को मेज पर रखकर कहा– आपको धोखा दिया गया है।

युवती ने घबराकर पूछा– धोखा? कैसा धोखा? मैं बिलकुल नहीं समझती। तुम्हारा मतलब क्या है?

सुभद्रा ने संकोच के आवरण को हटाने की चेष्टा करते हुए कहा– केशव तुम्हें धोखा देकर तुमसे विवाह करना चाहता है।

'केशव ऐसा आदमी नहीं है, जो किसी को धोखा दे। क्या तुम केशव को जानती हो?'

'केशव ने तुमसे अपने विषय में सब-कुछ कह दिया है?'

'सब-कुछ।'

'मेरा तो यही विचार है कि उन्होंने एक बात भी नहीं छिपाई?'

'तुम्हें मालूम है कि उसका विवाह हो चुका है?'

युवती की मुख-ज्योति कुछ मलिन पड़ गई, उसकी गर्दन लज्जा से झुक गई। अटक-अटक कर बोली– हाँ, उन्होंने मुझसे... यह बात कही थी।

सुभद्रा परास्त हो गई। घृणा-सूचक नेत्रों से देखती हुई बोली– यह जानते हुए भी तुम केशव से विवाह करने पर तैयार हो।

युवती ने अभिमान से देखकर कहा– तुमने केशव को देखा है?

'नहीं, मैंने उन्हें कभी नहीं देखा।'

'फिर, तुम उन्हें कैसे जानती हो?'

'मेरे एक मित्र ने मुझसे यह बात कही है, वह केशव को जानता है।'

'अगर तुम एक बार केशव को देख लेतीं, एक बार उससे बातें कर लेतीं, तो मुझसे यह प्रश्न न करती। एक नहीं, अगर उन्होंने एक सौ विवाह किये होते, तो मैं इनकार न करती। उन्हें देखकर मैं अपने को बिलकुल भूल जाती हूँ। अगर उनसे विवाह न करूं, तो फिर मुझे जीवन-भर अविवाहित ही रहना पड़ेगा। जिस समय वह मुझसे बातें करने लगते हैं, मुझे ऐसा अनुभव होता है कि मेरी आत्मा पुष्प की भांति खिली जा रही है। मैं उसमें प्रकाश और विकास का प्रत्यक्ष अनुभव करती हूँ। दुनिया

चाहे जितना हँसे, चाहे जितनी निन्दा करे, मैं केशव को अब नहीं छोड़ सकती। उनका विवाह हो चुका है, वह सत्य है; पर उस स्त्री से उनका मन कभी न मिला। यथार्थ में उनका विवाह अभी नहीं हुआ। वह कोई साधारण, अर्द्धशिक्षिता बालिका है। तुम्हीं सोचो, केशव जैसा विद्वान्, उदारचेता, मनस्वी पुरुष ऐसी बालिका के साथ कैसे प्रसन्न रह सकता है? तुम्हें कल मेरे विवाह में चलना पड़ेगा।

सुभद्रा का चेहरा तमतमाया जा रहा था। केशव ने उसे इतने काले रंगों में रंगा है, यह सोचकर उसका रक्त खौल रहा था। जी में आता था, इसी क्षण इसको दुत्कार दूँ, लेकिन उसके मन में कुछ और ही मंसूबे पैदा होने लगे थे। उसने गंभीर, पर उदासीनता के भाव से पूछा– केशव ने कुछ उस स्त्री के विषय में नहीं कहा?

युवती ने तत्परता से कहा– घर पहुँचने पर वह उससे केवल यही कह देंगे कि हम और तुम अब स्त्री और पुरुष नहीं रह सकते। उसके भरण-पोषण का वह उसके इच्छानुसार प्रबंध कर देंगे, इसके सिवा वह और क्या कर सकते हैं। हिन्दू-नीति में पति-पत्नी में विच्छेद नहीं हो सकता। पर केवल स्त्री को पूर्ण रीति से स्वाधीन कर देने के विचार से वह ईसाई या मुसलमान होने पर भी तैयार हैं। वह तो अभी उसे इसी आशय का एक पत्र लिखने जा रहे थे, पर मैंने ही रोक लिया। मुझे उस अभागिनी पर बड़ी दया आती है, मैं तो यहाँ तक तैयार हूँ कि अगर उसकी इच्छा हो तो वह भी हमारे साथ रहे। मैं उसे अपनी बहन समझूंगी। किंतु केशव इससे सहमत नहीं होते।

सुभद्रा ने व्यंग्य से कहा– रोटी-कपड़ा देने को तैयार ही हैं, स्त्री को इसके सिवा और क्या चाहिए?

युवती ने व्यंग्य की कुछ परवाह न करके कहा– तो मुझे लौटने पर कपड़े तैयार मिलेंगे न?

सुभद्रा– हाँ, मिल जाएँगे।

युवती– कल तुम संध्या समय आओगी?

सुभद्रा– नहीं, खेद है, अवकाश नहीं है।

युवती ने कुछ न कहा। चली गई।

6

सुभद्रा कितना ही चाहती थी कि समस्या पर शांतचित्त होकर विचार करे, पर हृदय में मानो ज्वाला-सी दहक रही थी! केशव के लिए वह अपने प्राणों का कोई मूल्य नहीं समझी थी। वही केशव उसे पैरों से ठुकरा रहा है। यह आघात इतना आकस्मिक, इतना कठोर था कि उसकी चेतना की सारी कोमलता मूर्छित हो गई! उसका एक-एक अणु प्रतिकार के लिए तड़पने लगा। अगर यही समस्या इसके विपरीत होती, तो क्या सुभद्रा की गरदन पर छुरी न फिर गई होती? केशव उसके खून का प्यासा न हो जाता? क्या पुरुष हो जाने से ही सभी बातें क्षम्य और स्त्री हो जाने से सभी बातें अक्षम्य हो जाती हैं? नहीं, इस निर्णय को सुभद्रा की विद्रोही आत्मा इस समय स्वीकार नहीं कर सकती। उसे नारियों के ऊँचे आदर्शों की परवाह नहीं है। उन स्त्रियों में आत्माभिमान न होगा? वे पुरुषों के पैरों की जूतियां बनकर रहने में ही अपना सौभाग्य समझती होंगी। सुभद्रा इतनी आत्माभिमान-शून्य नहीं है। वह अपने जीते-जी यह नहीं देख सकती थी कि उसका पति उसके जीवन का सर्वनाश करके चैन की बंशी बजाए। दुनिया उसे हत्यारिनी, पिशाचिनी कहेगी, कहे- उसको परवाह नहीं। रह-रहकर उसके मन में भयंकर प्रेरणा होती थी कि इसी समय उसके पास चली जाए, और इसके पहले कि वह उस युवती के प्रेम का आनन्द उठाए, उसके जीवन का अन्त कर दे। वह केशव की निष्ठुरता को याद करके अपने मन को उत्तेजित करती थी। अपने को धिक्कार-धिक्कार कर नारी सुलभ शंकाओं को दूर करती थी। क्या वह इतनी दुर्बल है? क्या उसमें इतना साहस भी नहीं है? इस वक्त यदि कोई दुष्ट उसके कमरे में घुस आए और उसके सतीत्व का अपहरण करना चाहे, तो क्या वह उसका प्रतिकार न करेगी? आखिर आत्म-रक्षा के लिए ही तो उसने यह पिस्तौल ले रखी है। केशव ने उसके सत्य का अपहरण ही तो किया है। उसका प्रेम-दर्शन केवल प्रवंचना थी। वह केवल अपनी वासनाओं की तृप्ति के लिए सुभद्रा के साथ प्रेम-स्वांग भरता था। फिर उसका वध करना क्या सुभद्रा का कर्तव्य नहीं?

इस अन्तिम कल्पना से सुभद्रा को वह उत्तेजना मिल गई, जो उसके भयंकर संकल्प को पूरा करने के लिए आवश्यक थी। यही वह अवस्था है, जब स्त्री-पुरुष के खून की प्यासी हो जाती है।

उसने खूंटी पर लटकती हुई पिस्तौल उतार ली और ध्यान से देखने लगी, मानो उसे कभी देखा न हो। कल संध्या-समय जब आर्य-मंदिर में केशव और उसकी प्रेमिका एक-दूसरे के सम्मुख बैठे हुए होंगे, उसी समय वह इस गोली से केशव की प्रेम-लीलाओं का अन्त कर देगी। दूसरी गोली अपनी छाती में मार लेगी। क्या वह रो-रो कर अपना अधम जीवन काटेगी?

7

संध्या का समय था। आर्य-मंदिर के आंगन में वर और वधू इष्ट-मित्रों के साथ बैठे हुए थे। विवाह का संस्कार हो रहा था। उसी समय सुभद्रा पहुँची और बरामदे में आकर एक खम्भे की आड़ में इस भांति खड़ी हो गई कि केशव का मुँह उसके सामने था। उसकी आँखों में वह दृश्य खिंच गया, जब आज से तीन साल पहले उसने इसी भांति केशव को मंडप में बैठे हुए आड़ से देखा था। तब उसका हृदय कितना उछ्वासित हो रहा था। अंतस्तल में गुदगुदी-सी हो रही थी, कितना अपार अनुराग था, कितनी असीम अभिलाषाएं थीं, मानो जीवन-प्रभात का उदय हो रहा हो। जीवन मधुर संगीत की भांति सुखद था, भविष्य उषा-स्वप्न की भांति सुन्दर। क्या यह वही केशव है? सुभद्रा को ऐसा भ्रम हुआ, मानो यह केशव नहीं है। हाँ, यह वह केशव नहीं था। यह उसी रूप और उसी नाम का कोई दूसरा मनुष्य था। अब उसकी मुस्कुराहट में, उनके नेत्रों में, उसके शब्दों में, उसके हृदय को आकर्षित करने वाली कोई वस्तु न थी। उसे देखकर वह उसी भांति निःस्पंद, निश्चल खड़ी है, मानो कोई अपरिचित व्यक्ति हो। अब तक केशव का-सा रूपवान, तेजस्वी, सौम्य, शीलवान, पुरुष संसार में न था; पर अब सुभद्रा को ऐसा जान पड़ा कि वहाँ बैठे हुए युवकों में और उसमें कोई अन्तर नहीं है। वह ईर्ष्याग्नि, जिसमें वह जली जा रही थी, वह हिंसा-कल्पना, जो उसे वहाँ तक लाई थी, मानो एकदम शांत हो गई। विरक्ति हिंसा से भी अधिक हिंसात्मक होती है। सुभद्रा की हिंसा-कल्पना में एक प्रकार का ममत्व था। उसका केशव, उसका प्राणवल्लभ, उसका

जीवन-सर्वस्व और किसी का नहीं हो सकता। पर अब वह ममत्व नहीं है। वह उसका नहीं है, उसे अब परवाह नहीं, उस पर किसका अधिकार होता है।

विवाह-संस्कार समाप्त हो गया, मित्रों ने बधाइयां दीं, सहेलियों ने मंगलगान किया, फिर लोग मेजों पर जा बैठे, दावत होने लगी, रात के बारह बज गए; पर सुभद्रा वहीं पाषाण-मूर्ति की भांति खड़ी रही, मानो कोई विचित्र स्वप्न देख रही हो। हाँ, जैसे कोई बस्ती उजड़ गई हो, जैसे कोई संगीत बन्द हो गया हो, जैसे कोई दीपक बुझ गया हो।

जब लोग मंदिर से निकले, तो वह भी निकले, तो वह भी निकल आई; पर उसे कोई मार्ग न सूझता था। परिचित सड़कें उसे भूली हुई-सी जान पड़ने लगीं। सारा संसार ही बदल गया था। वह सारी रात सड़कों पर भटकती फिरी। घर का कहीं पता नहीं। सारी दुकानें बन्द हो गईं, सड़कों पर सन्नाटा छा गया, फिर भी वह अपना घर ढूंढती हुई चली जा रही थी। हाय! क्या इसी भांति उसे जीवन-पथ में भी भटकना पड़ेगा?

सहसा एक पुलिसमैन ने पुकारा– मैडम, तुम कहाँ जा रही हो?

सुभद्रा ने ठिठक कर कहा– कहीं नहीं।

'तुम्हारा स्थान कहाँ है?'

'मेरा स्थान?'

'हाँ, तुम्हारा स्थान कहाँ है? मैं तुम्हें बड़ी देर से इधर-उधर भटकते देख रहा हूँ। किस स्ट्रीट में रहती हो?'

सुभद्रा को उस स्ट्रीट का नाम तक न याद था।

'तुम्हें अपने स्ट्रीट का नाम तक याद नहीं?'

'भूल गई, याद नहीं आता।'

सहसा उसकी दृष्टि सामने के एक साइन बोर्ड की तरफ उठी, ओह! यही तो उसकी स्ट्रीट है। उसने सिर उठाकर इधर-उधर देखा। सामने ही उसका डेरा था। और इसी गली में, अपने ही घर के सामने, न-जाने कितनी देर से वह चक्कर लगा रही थी।

8

अभी प्रातःकाल ही था कि युवती सुभद्रा के कमरे में पहुँची। वह उसके कपड़े सी रही थी। उसका सारा तन-मन कपड़ों में लगा हुआ था। कोई युवती इतनी एकाग्रचित होकर अपना श्रृंगार भी न करती होगी। न-जाने उससे कौन-सा पुरस्कार लेना चाहती थी। उसे युवती के आने की खबर न हुई।

युवती ने पूछा– तुम कल मंदिर में नहीं आईं?

सुभद्रा ने सिर उठाकर देखा, तो ऐसा जान पड़ा, मानो किसी कवि की कोमल कल्पना मूर्तिमयी हो गई है। उसकी उप-छवि अनिंद्य थी। प्रेम की विभूति रोम-रोम से प्रदर्शित हो रही थी। सुभद्रा दौड़कर उसके गले से लिपट गई, जैसे उसकी छोटी बहन आ गई हो, और बोली– हाँ, गई तो थी।

'मैंने तुम्हें नहीं देखा।'

'हाँ, मैं अलग थी।'

'केशव को देखा?'

'हाँ देखा।'

'धीरे से क्यों बोली? मैंने कुछ झूठ कहा था?

सुभद्रा ने सहृदयता से मुस्कुराकर कहा– मैंने तुम्हारी आँखों से नहीं, अपनी आँखों से देखा। मुझे तो वह तुम्हारे योग्य नहीं जंचे। तुम्हें ठग लिया।

युवती खिलखिलाकर हँसी और बोली– वाह! मैं समझती हूँ, मैंने उन्हें ठगा है।

एक बार वस्त्राभूषणों से सजकर अपनी छवि आईने में देखो तो मालूम हो जाएगा।

'तब क्या मैं कुछ और हो जाऊँगी।'

'अपने कमरे से फर्श, तस्वीरें, हांड़ियां, गमले आदि निकालकर देख लो, कमरे की शोभा वही रहती है!'

युवती ने सिर हिलाकर कहा– ठीक कहती हो। लेकिन आभूषण कहाँ से लाऊँ। न-जाने अभी कितने दिनों में बनने की नौबत आये।

'मैं तुम्हें अपने गहने पहना दूंगी।'

'तुम्हारे पास गहने हैं?'

'बहुत। देखो, मैं अभी लाकर तुम्हें पहनाती हूँ।'

युवती ने मुँह से तो बहुत 'नहीं-नहीं' किया, पर मन में प्रसन्न हो रही थी। सुभद्रा ने अपने सारे गहने पहना दिए। अपने पास एक छल्ला भी न रखा। युवती को यह नया अनुभव था। उसे इस रूप में निकलते शर्म तो आती थी; पर उसका रूप चमक उठा था। इसमें संदेह न था। उसने आईने में अपनी सूरत देखी तो उसकी सूरत जगमगा उठी, मानो किसी वियोगिनी को अपने प्रियतम का संवाद मिला हो। मन में गुदगुदी होने लगी। वह इतनी रूपवती है, उसे उसकी कल्पना भी न थी।

कहीं केशव इस रूप में उसे देख लेते; वह आकांक्षा उसके मन में उदय हुई, पर कहे कैसे। कुछ देर के बाद लज्जा से सिर झुकाकर बोली– केशव मुझे इस रूप में देखकर बहुत हँसेंगे।

सुभद्रा– हँसेंगे नहीं, बलैया लेंगे, आँखें खुल जाएंगी। तुम आज इसी रूप में उसके पास जाना।

युवती ने चकित होकर कहा– सच! आप इसकी अनुमति देती हैं!

सुभद्रा ने कहा– बड़े हर्ष से।

'तुम्हें संदेह न होगा?'

'बिल्कुल नहीं।'

'और जो मैं दो-चार दिन पहने रहूँ?'

'तुम दो-चार महीने पहने रहो। आखिर, पड़े ही तो हैं!'

'तुम भी मेरे साथ चलो।'

'नहीं, मुझे अवकाश नहीं है।'

'अच्छा, लो मेरे घर का पता नोट कर लो।'

'हाँ, लिख दो, शायद कभी आऊँ।'

एक क्षण में युवती वहाँ से चली गई। सुभद्रा अपनी खिड़की पर उसे इस भांति प्रसन्न-मुख खड़ी देख रही थी, मानो उसकी छोटी बहन हो, ईर्ष्या या द्वेष का लेश भी उसके मन में न था।

मुश्किल से, एक घंटा गुजरा होगा कि युवती लौटकर बोली– सुभद्रा क्षमा करना, मैं तुम्हारा समय बहुत खराब कर रही हूँ। केशव बाहर खड़े हैं। बुला लूँ?

एक क्षण, केवल एक क्षण के लिए, सुभद्रा कुछ घबड़ा गई। उसने जल्दी से उठकर मेज पर पड़ी हुई चीज़ें इधर-उधर हटा दीं, कपड़े करीने से रख दिए। उसने जल्दी से उलझे हुए बाल संभाल लिए, फिर उदासीन भाव से मुस्कुराकर बोली– उन्हें तुमने क्यों कष्ट दिया। जाओ, बुला लो।

एक मिनट में केशव ने कमरे में कदम रखा और चौंककर पीछे हट गए, मानो पाँव जल गया हो। मुँह से एक चीख निकल गई। सुभद्रा गम्भीर, शांत, निश्चल अपनी जगह पर खड़ी रही। फिर हाथ बढ़ाकर बोली, मानो किसी अपरिचित व्यक्ति से बोल रही थी, आइये मिस्टर केशव, मैं आपको ऐसी सुशील, ऐसी सुन्दरी, ऐसी विदुषी रमणी पाने पर बधाई देती हूँ।

केशव के मुँह पर हवाइयां उड़ रही थीं। वह पथ-भ्रष्ट-सा बना खड़ा था। लज्जा और ग्लानि से उसके चेहरे पर एक रंग आता था, एक रंग जाता था। यह बात एक दिन होने वाली थी अवश्य, पर इस तरह अचानक उसकी सुभद्रा से भेंट होगी, इसका उसे स्वप्न में भी गुमान न था। सुभद्रा से यह बात कैसे कहेगा, इसको उसने खूब सोच लिया था। उसके आक्षेपों का उत्तर सोच लिया था, पत्र के शब्द तक मन में अंकित कर लिए थे। ये सारी तैयारियाँ धरी रह गईं और सुभद्रा से साक्षात् हो गया। सुभद्रा उसे देखकर जरा सी नहीं चौंकी, उसके मुख पर आश्चर्य, घबराहट या दुःख का एक चिह्न भी न दिखाई दिया। उसने उसी भांति उससे बात की; मानो वह कोई अजनबी हो। यहाँ कब आई, कैसे आई, क्यों आई, कैसे गुजर करती है; यह और इस तरह के असंख्य प्रश्न पूछने के लिए केशव का चित्त चंचल हो उठा। उसने सोचा था, सुभद्रा उसे धिक्कारेगी; विष खाने की धमकी देगी। निष्ठुर, निर्दय और न-जाने क्या-क्या कहेगी। इन सब आपदाओं के लिए वह तैयार था; पर इस आकस्मिक मिलन, इस गर्वयुक्त उपेक्षा के लिए वह तैयार न था। वह प्रेम-व्रतधारिणी सुभद्रा इतनी कठोर, इतनी हृदय-शून्य हो गई है? अवश्य ही इसे सारी बातें पहले ही मालूम हो चुकी हैं। सब से तीव्र आघात यह था कि इसने अपने सारे आभूषण इतनी उदारता से दे डाले, और कौन जाने वापस भी न लेना चाहती हो।

वह परास्त और अप्रतिम होकर एक कुर्सी पर बैठ गया। उत्तर में एक शब्द भी उसके मुख से न निकला।

युवती ने कृतज्ञता का भाव प्रकट करके कहा– इनके पति इस समय जर्मनी में है।

केशव ने आँखें फाड़कर देखा, पर कुछ बोल न सका।

युवती ने फिर कहा– बेचारी संगीत के पाठ पढ़ाकर और कुछ कपड़े सीकर अपना निर्वाह करती है। वह महाशय यहाँ आ जाते, तो उन्हें उनके सौभाग्य पर बधाई देती।

केशव इस पर भी कुछ न बोल सका, पर सुभद्रा ने मुस्कुराकर कहा– वह मुझसे रूठे हुए हैं, बधाई पाकर और भी झल्लाते। युवती ने आश्चर्य से कहा– तुम उन्हीं के प्रेम में यहाँ आईं, अपना घर-बार छोड़ा, यहाँ मेहनत-मजदूरी करके निर्वाह कर रही हो, फिर भी वह तुमसे रूठे हुए हैं? आश्चर्य!

सुभद्रा ने उसी भांति प्रसन्न-मुख से कहा– पुरुष-प्रकृति ही आश्चर्य का विषय है, चाहे मि. केशव इसे स्वीकार न करें।

युवती ने फिर केशव की ओर प्रेरणा-पूर्ण दृष्टि से देखा, लेकिन केशव उसी भांति अप्रतिम बैठा रहा। उसके हृदय पर यह नया आघात था। युवती ने उसे चुप देखकर उसकी तरफ से सफाई दी। केशव, स्त्री और पुरुष, दोनों को ही समान अधिकार देना चाहते हैं।

केशव डूब रहा था, तिनके का सहारा पाकर उसकी हिम्मत बंध गई। बोला– विवाह एक प्रकार का समझौता है। दोनों पक्षों को अधिकार है, जब चाहे उसे तोड़ दें।

युवती ने हामी भरी। सभ्य-समाज में यह आन्दोलन बड़े जोरों पर है।

सुभद्रा ने शंका की। किसी समझौते को तोड़ने के लिए कारण भी तो होना चाहिए?

केशव ने भावों की लाठी का सहारा लेकर कहा– जब इसका अनुभव हो जाए कि हम इस बन्धन से मुक्त होकर अधिक सुखी हो सकते हैं, तो यही कारण काफी है। स्त्री को यदि मालूम हो जाए कि वह दूसरे पुरुष के साथ...

सुभद्रा ने बात काटकर कहा– क्षमा कीजिए मि. केशव, मुझमें इतनी बुद्धि नहीं कि इस विषय पर आपसे बहस कर सकूं। आदर्श समझौता वही है, जो जीवन-पर्यन्त रहे। मैं भारत की नहीं कहती। वहाँ तो स्त्री पुरुष की लौंडी है, मैं इग्लैंड की कहती हूँ। यहाँ भी कितनी ही औरतों से मेरी बातचीत हुई है। वे तलाकों की बढ़ती हुई संख्या को देखकर खुश नहीं होतीं। विवाह का सबसे ऊँचा आदर्श उसकी पवित्रता और स्थिरता है। पुरुषों ने सदैव इस आर्दश को तोड़ा है, स्त्रियों ने निबाहा है। अब पुरुषों का अन्याय स्त्रियों को किस ओर ले जाएगा, नहीं कह सकती।

इस गम्भीर और संयत कथन ने विवाद का अन्त कर दिया। सुभद्रा ने चाय मंगवायी। तीनों आदमियों ने पी। केशव पूछना चाहता था, अभी आप यहाँ कितने दिनों रहेंगी। लेकिन न पूछ सका। वह यहाँ पंद्रह मिनट और रहा, लेकिन विचारों में डूबा हुआ। चलते समय उससे न रहा गया। पूछ ही बैठा– अभी आप यहाँ कितने दिन और रहेंगी?

'सुभद्रा ने ज़मीन की ओर ताकते हुए कहा– कह नहीं सकती।'

'कोई जरूरत हो, तो मुझे याद कीजिए।'

'इस आश्वासन के लिए आपको धन्यवाद।'

केशव सारे दिन बेचैन रहा। सुभद्रा उसकी आँखों में फिरती रही। सुभद्रा की बातें उसके कानों में गूंजती रहीं। अब उसे इसमें कोई सन्देह न था कि उसी के प्रेम में सुभद्रा यहाँ आई थी। सारी परिस्थिति उसकी समझ में आ गई थी। उस भीषण त्याग का अनुमान करके उसके रोयें खड़े हो गए। यहाँ सुभद्रा ने क्या-क्या कष्ट झेले होंगे, कैसी-कैसी यातनाएँ सही होंगी, सब उसी के कारण? वह उस पर भार न बनना चाहती थी। इसलिए तो उसने अपने आने की सूचना तक उसे न दी। अगर उसे पहले मालूम होता कि सुभद्रा यहाँ आ गई है, तो कदाचित् उसे उस युवती की ओर इतना आकर्षण ही न होता। चौकीदार के सामने चोर को घर में घुसने का साहस नहीं होता। सुभद्रा को देखकर उसकी कर्तव्य-चेतना जागृत हो गई। उसके पैरों पर गिरकर उससे क्षमा मांगने के लिए उसका मन अधीर हो उठा; वह उसके मुँह से सारा वृत्तांत सुनेगा। यह मौन उपेक्षा उसके लिए असह्य थी। दिन तो केशव ने किसी तरह काटा, लेकिन ज्यों ही रात के दस बजे, वह सुभद्रा से मिलने चला। युवती ने पूछा– कहाँ जाते हो?

केशव ने बूट का लेस बांधते हुए कहा– जरा एक प्रोफेसर से मिलना है, इस वक्त आने का वादा कर चुका हूँ?

'जल्द आना।'

'बहुत जल्द आऊँगा।'

केशव घर से निकला, तो उसके मन में कितनी ही विचार-तरंगें उठने लगीं। कहीं सुभद्रा मिलने से इनकार कर दे, तो? नहीं ऐसा नहीं हो सकता। वह इतनी अनुदार नहीं है। हाँ, यह हो सकता है कि वह अपने विषय में कुछ न कहे। उसे शांत करने के लिए उसने एक कथा की कल्पना कर डाली। ऐसा बीमार था कि बचने की आशा न थी। उर्मिला ने ऐसी तन्मय होकर उसकी सेवा-सुश्रुषा की कि उसे उससे प्रेम हो गया। कथा का सुभद्रा पर जो असर पड़ेगा, इसके विषय में केशव को कोई संदेह न था। परिस्थिति का बोध होने पर वह उसे क्षमा कर देगी। लेकिन इसका फल क्या होगा? क्या वह दोनों के साथ एक-सा प्रेम कर सकता है? सुभद्रा को देख लेने के बाद उर्मिला को शायद उसके साथ रहने में आपत्ति हो। आपत्ति हो ही कैसे सकती है! उससे यह बात छिपी नहीं है। हाँ, यह देखना है कि सुभद्रा भी इसे स्वीकार करती है कि नहीं। उसने जिस उपेक्षा का परिचय दिया है, उसे देखते हुए तो उसके मन में संदेह ही जान पड़ता है। मगर वह उसे मनायेगा, उसकी विनती करेगा, उसके पैरों पड़ेगा और अंत में उसे मनाकर ही छोड़ेगा। सुभद्रा से प्रेम और अनुराग का नया प्रमाण पाकर वह मानो एक कठोर निद्रा से जाग उठा था। उसे अब अनुभव हो रहा था कि सुभद्रा के लिए उसके हृदय में जो स्थान था, वह खाली पड़ा हुआ है। उर्मिला उस स्थान पर अपना आधिपत्य नहीं जमा सकती। अब उसे ज्ञात हुआ कि उर्मिला के प्रति उसका प्रेम केवल वह तृष्णा थी, जो स्वादयुक्त पदार्थों को देखकर ही उत्पन्न होती है। वह सच्ची क्षुधा न थी। अब फिर उसे सरल सामान्य भोजन की इच्छा हो रही थी। विलासिनी उर्मिला कभी इतना त्याग कर सकती है, इसमें उसे संदेह था।

सुभद्रा के घर के निकट पहुँचकर केशव का मन कुछ कातर होने लगा। लेकिन उसने जी कड़ा करके जीने पर कदम रखा और क्षण में सुभद्रा के द्वार पर पहुँचा, लेकिन कमरे का द्वार बंद था। अंदर भी प्रकाश

न था। अवश्य ही वह कहीं गई है, आती ही होगी। तब तक उसने बरामदे में टहलने का निश्चय किया।

सहसा मालकिन आती हुई दिखाई दी। केशव ने बढ़कर पूछा– आप बता सकती हैं कि यह महिला कहाँ गई हैं?

मालकिन ने उसे सिर से पाँव तक देखकर कहा– वह तो आज यहाँ से चली गईं।

केशव ने हकबकाकर पूछा– चली गईं! कहाँ चली गईं?

'यह तो मुझसे कुछ नहीं बताया।'

'कब गईं?'

'वह तो दोपहर को ही चली गई?'

'अपना असबाब लेकर गईं?'

'असबाब किसके लिए छोड़ जाती? हाँ, एक छोटा-सा पैकेट अपनी एक सहेली के लिए छोड़ गई हैं। उस पर मिसेज केशव लिखा हुआ है। मुझसे कहा था कि यदि वह आ जाएँ, तो उन्हें दे देना, नहीं तो डाक से भेज देना।'

केशव को अपना हृदय इस तरह बैठता हुआ मालूम हुआ जैसे सूर्य का अस्त होना। एक गहरी सांस लेकर बोला–

'आप मुझे वह पैकेट दिखा सकती हैं? केशव मेरा ही नाम है।'

मालकिन ने मुस्कुराकर कहा– मिसेज केशव को कोई आपत्ति तो न होगी?

'तो फिर मैं उन्हें बुला लाऊँ?'

'हाँ, उचित तो यही है!'

'बहुत दूर जाना पड़ेगा!'

केशव कुछ ठिठकता हुआ जीने की ओर चला, तो मालकिन ने फिर कहा– मैं समझती हूँ, आप इसे लिए ही जाइये, व्यर्थ आपको क्यों दौड़ाऊं। मगर कल मेरे पास एक रसीद भेज दीजिएगा। शायद उसकी जरूरत पड़े!

यह कहते हुए उसने एक छोटा-सा पैकेट लाकर केशव को दे दिया। केशव पैकेट लेकर इस तरह भागा, मानो कोई चोर भागा जा रहा हो। इस पैकेट में क्या है, यह जानने के लिए उसका हृदय व्याकुल हो रहा था।

इसे इतना विलम्ब असह्य था कि अपने स्थान पर जाकर उसे खोले। समीप ही एक पार्क था। वहाँ जाकर उसने बिजली के प्रकाश में उस पैकेट को खोल डाला। उस समय उसके हाथ काँप रहे थे और हृदय इतने वेग से धड़क रहा था, मानो किसी बंधु की बीमारी के समाचार के बाद मिला हो।

पैकेट का खुलना था कि केशव की आँखों से आँसुओं की झड़ी लग गई। उसमें एक पीले रंग की साड़ी थी, एक छोटी-सी सेंदुर की डिबिया और एक केशव का फोटो-चित्र के साथ ही एक लिफाफा भी था। केशव ने उसे खोलकर पढ़ा। उसमें लिखा था।

'बहन मैं जाती हूँ। यह मेरे सोहाग का शव है। इसे टेम्स नदी में विसर्जित कर देना। तुम्हीं लोगों के हाथों यह संस्कार भी हो जाए, तो अच्छा।

तुम्हारी,

सुभद्रा,

केशव मर्माहत-सा पत्र हाथ में लिए वहीं घास पर लेट गया और फूट-फूट कर रोने लगा।

सवा सेर गेहूँ

किसी गाँव में शंकर नाम का एक कुरमी किसान रहता था। सीधा-सादा गरीब आदमी था, अपने काम-से-काम, न किसी के लेने में, न किसी के देने में। छक्का-पंजा न जानता था, छल-प्रपंच की उसे छूत भी न लगी थी, ठगे जाने की चिन्ता न थी, ठगविद्या न जानता था, भोजन मिला, खा लिया, न मिला, चबेने पर काट दी, चबेना भी न मिला, तो पानी पी लिया और राम का नाम लेकर सो रहा। किन्तु जब कोई अतिथि द्वार पर आ जाता था तो उसे इस निवृत्तिमार्ग का त्याग करना पड़ता था। विशेषकर जब साधु-महात्मा पदार्पण करते थे, तो उसे अनिवार्यतः सांसारिकता की शरण लेनी पड़ती थी। खुद भूखा सो सकता था, पर साधु को कैसे भूखा सुलाता, भगवान् के भक्त जो ठहरे!

एक दिन संध्या समय एक महात्मा ने आकर उसके द्वार पर डेरा जमाया। तेजस्वी मूर्ति थी, पीताम्बर गले में, जटा सिर पर, पीतल का कमंडल हाथ में, खड़ाऊं पैर में, ऐनक आँखों पर, सम्पूर्ण वेष उन महात्माओं का-सा था जो रईसों के प्रासादों में तपस्या, हवागाड़ियों पर देवस्थानों की परिक्रमा और योग-सिद्धि प्राप्त करने के लिए रुचिकर भोजन करते हैं। घर में जौ का आटा था, वह उन्हें कैसे खिलाता। प्राचीनकाल में जौ का चाहे जो कुछ महत्त्व रहा हो, पर वर्तमान युग में जौ का भोजन सिद्ध पुरुषों के लिए दुष्पाच्य होता है। बड़ी चिन्ता हुई, महात्माजी को क्या खिलाऊँ। आखिर निश्चय किया कि कहीं से गेहूं का आटा उधार लाऊँ, पर गाँव-भर में गेहूं का आटा न मिला। गाँव में सब मनुष्य-ही-मनुष्य थे, देवता एक भी न था, अतएव देवताओं का खाद्य पदार्थ कैसे मिलता। सौभाग्य से गाँव के विप्र महाराज के यहाँ से थोड़ा-सा मिल गया। उनसे सवा सेर गेहूं उधार लिया और स्त्री से कहा कि पीस दे। महात्मा ने भोजन किया, लम्बी तानकर सोये। प्रातःकाल आशीर्वाद देकर अपनी राह ली।

विप्र महाराज साल में दो बार खलिहानी लिया करते थे। शंकर ने दिल में कहा, सवा सेर गेहूं इन्हें क्या लौटाऊं, पंसेरी बदले कुछ ज्यादा

खलिहानी दे दूंगा, यह भी समझ जाएँगे, मैं भी समझ जाऊँगा। चैत में जब विप्रजी पहुँचे तो उन्हें डेढ़ पंसेरी के लगभग गेहूं दे दिया और अपने को उऋण समझकर उसकी कोई चरचा न की। विप्रजी ने फिर कभी न मांगा। सरल शंकर को क्या मालूम था कि यह सवा सेर गेहूं चुकाने के लिए मुझे दूसरा जन्म लेना पड़ेगा।

******

सात साल गुजर गए। विप्रजी विप्र से महाजन हुए, शंकर किसान से मजूर हो गया। उसका छोटा भाई मंगल उससे अलग हो गया था। एक साथ रहकर दोनों किसान थे, अलग होकर मजूर हो गए थे। शंकर ने चाहा कि द्वेष की आग भड़कने न पाये, किन्तु परिस्थिति ने उसे विवश कर दिया। जिस दिन अलग-अलग चूल्हे जले, वह फूट-फूटकर रोया। आज से भाई-भाई शत्रु हो जाएँगे, एक रोयेगा, दूसरा हँसेगा, एक के घर मातम होगा तो दूसरे के घर गुलगुले पकेंगे, प्रेम का बंधन, खून का बंधन, दूध का बंधन आज टूटा जाता है। उसने भगीरथ परिश्रम से कुल-मर्यादा का वृक्ष लगाया था, उसे अपने रक्त से सींचा था, उसको जड़ से उखड़ता देखकर उसके हृदय के टुकड़े हुए जाते थे। सात दिनों तक उसने दाने की सूरत तक न देखी। दिन-भर जेठ की धूप में काम करता और रात को मुँह लपेटकर सो रहता। इस भीषण वेदना और दुस्सह कष्ट ने रक्त को जला दिया, मांस और मज्जा को घुला दिया। बीमार पड़ा तो महीनों खाट से न उठा। अब गुजर-बसर कैसे हो?

पाँच बीघे के आधे रह गए, एक बैल रह गया, खेती क्या खाक होती! अन्त को यहाँ तक नौबत पहुँची कि खेती केवल मर्यादा-रक्षा का साधन-मात्र रह गई, जीविका का भार मजूरी पर आ पड़ा। सात वर्ष बीत गए, एक दिन शंकर मजूरी करके लौटा, तो राह में विप्रजी ने टोककर कहा– शंकर, कल आकर के अपने बीज-बेंग का हिसाब कर ले। तेरे यहाँ साढ़े पाँच मन गेहूं कबके बाकी पड़े हुए हैं और तू देने का नाम नहीं लेता, हजम करने का मन है क्या?

शंकर ने चकित होकर कहा– मैंने तुमसे कब गेहूं लिए थे जो साढ़े पाँच मन हो गए? तुम भूलते हो, मेरे यहाँ किसी का छटांक-भर न अनाज है, न एक पैसा उधार।

विप्र– इसी नीयत का तो यह फल भोग रहे हो कि खाने को नहीं जुड़ता।

यह कहकर विप्रजी ने उस सवा सेर गेहूं का जिक्र किया, जो आज के सात वर्ष पहले शंकर को दिए थे। शंकर सुनकर अवाक रह गया। ईश्वर मैंने इन्हें कितनी बार खलिहानी दी, इन्होंने मेरा कौन-सा काम किया? जब पोथी-पत्र देखने, साइत-सगुन विचारने द्वार पर आते थे, कुछ-न-कुछ 'दक्षिणा' ले ही जाते थे। इतना स्वार्थ! सवा सेर अनाज को अंडे की भांति सेकर आज यह पिशाच खड़ा कर दिया, जो मुझे निगल जाएगा। इतने दिनों में एक बार भी कह देते तो मैं गेहूं तौलकर दे देता, क्या इसी नीयत से चुप साध बैठे रहे? बोला– महाराज, नाम लेकर तो मैंने उतना अनाज नहीं दिया, पर कई बार खलिहानों में सेर-सेर, दो-दो सेर दिया है। अब आप आज साढ़े पाँच मन मांगते हैं, मैं कहाँ से दूंगा?

विप्र– लेखा जौ-जौ, बखसीस सौ-सौ, तुमने जो कुछ दिया होगा, उसका कोई हिसाब नहीं, चाहे एक की जगह चार पसेरी दे दो। तुम्हारे नाम बही में साढ़े पाँच मन लिखा हुआ है; जिससे चाहे हिसाब लगवा लो। दे दो तो तुम्हारा नाम छेक दूं, नहीं तो और भी बढ़ता रहेगा।

शंकर– पांडे, क्यों एक गरीब को सताते हो, मेरे खाने का ठिकाना नहीं, इतना गेहूं किसके घर से लाऊँगा?

विप्र– जिसके घर से चाहे लाओ, मैं छटांक-भर भी न छोडूंगा, यहाँ न दोगे, भगवान के घर तो दोगे।

शंकर काँप उठा। हम पढ़े-लिखे आदमी होते तो कह देते 'अच्छी बात है, ईश्वर के घर ही देंगे; वहाँ की तौल यहाँ से कुछ बड़ी तो न होगी। कम-से-कम इसका कोई प्रमाण हमारे पास नहीं, फिर उसकी क्या चिन्ता।' किन्तु शंकर इतना तार्किक, इतना व्यवहार-चतुर न था। एक तो ऋण वह भी ब्राह्मण का बही में नाम रह गया तो सीधे नरक में जाऊँगा, इस ख्याल से ही उसे रोमांच हो गया। बोला– महाराज, तुम्हारा जितना होगा यहीं दूंगा, ईश्वर के यहाँ क्यों दूं, इस जनम में तो ठोकर खा ही रहा हूँ, उस जनम के लिए क्यों कांटे बोऊं? मगर यह कोई नियाय नहीं है। तुमने राई का पर्वत बना दिया, ब्राह्मण हो के तुम्हें ऐसा नहीं करना

चाहिए था। उसी घड़ी तगादा करके ले लिया होता, तो आज मेरे सिर पर इतना बड़ा बोझ क्यों पड़ता। मैं तो दे दूंगा, लेकिन तुम्हें भगवान के यहाँ जवाब देना पड़ेगा।

विप्र– वहाँ का डर तुम्हें होगा, मुझे क्यों होने लगा। वहाँ तो सब अपने ही भाई-बन्धु हैं। ऋषि-मुनि, सब तो ब्राह्मण ही हैं; देवता ब्राह्मण हैं, जो कुछ बने-बिगड़ेगी, संभाल लेंगे। तो कब देते हो?

शंकर– मेरे पास रक्खा तो है नहीं, किसी से मांग-चांगकर लाऊँगा तभी न दूंगा!

विप्र– मैं यह न मानूंगा। सात साल हो गए, अब एक दिन का भी मुलाहिजा न करूंगा। गेहूं नहीं दे सकते, तो दस्तावेज लिख दो।

शंकर– मुझे तो देना है, चाहे गेहूं लो चाहे दस्तावेज लिखाओ; किस हिसाब से दाम रखोगे?

विप्र– बाज़ार-भाव पाँच सेर का है, तुम्हें सवा पाँच सेर का काट दूंगा।

शंकर– जब दे ही रहा हूँ तो बाज़ार-भाव काटूंगा, पाव-भर छुड़ाकर क्यों दोषी बनूं।

हिसाब लगाया तो गेहूं के दाम 60 रु० हुए। 60 रु० का दस्तावेज लिखा गया, 3 रु० सैंकड़े सूद। साल-भर में न देने पर सूद की दर ढाई रुपए सैंकड़े। आठ आने का स्टाम्प, चार आने दस्तावेज की तहरीर शंकर को ऊपर से देनी पड़ी।

गाँव भर ने विप्रजी की निन्दा की, लेकिन मुँह पर नहीं। महाजन से सभी का काम पड़ता है, उसके मुँह कौन आये।

******

शंकर ने साल भर तक कठिन तपस्या की। मीयाद के पहले रुपए अदा करने का उसने व्रत-सा कर लिया। दोपहर को पहले भी चूल्हा न जलता था, चबेने पर बसर होती थी, अब वह भी बंद हुआ। केवल लड़के के लिए रात को रोटियाँ रख दी जातीं! पैसे रोज का तंबाकू पी जाता था, यही एक व्यसन था जिसका वह कभी न त्याग कर सका था। अब वह व्यसन भी इस कठिन व्रत की भेंट हो गया। उसने चिलम पटक

दी, हुक्का तोड़ दिया और तमाखू की हांडी चूर-चूर कर डाली। कपड़े पहले भी त्याग की चरम सीमा तक पहुँच चुके थे, अब वह प्रकृति की न्यूनतम रेखाओं में आबद्ध हो गए। शिशिर की अस्थिभेदक शीत को उसने आग तापकर काट दिया। इस संकल्प का फल आशा से बढ़कर निकला। साल के अन्त में उसके पास 60 रु० जमा हो गए। उसने समझा पंडितजी को इतने रुपए दे दूंगा और कहूंगा महाराज, बाकी रुपए भी जल्द ही आपके सामने हाजिर करूंगा। 15 रु० की तो और बात है, क्या पंडितजी इतना भी न मानेंगे! उसने रुपए लिए और ले जाकर पंडितजी के चरण-कमलों पर अर्पण कर दिए। पंडितजी ने विस्मित होकर पूछा- किसी से उधार लिए क्या?

शंकर- नहीं महाराज, आपके असीस से अबकी मजूरी अच्छी मिली।

विप्र- लेकिन यह तो 60 रु० ही हैं!

शंकर- हाँ महाराज, इतने अभी ले लीजिए, बाकी मैं दो-तीन महीने में दे दूंगा, मुझे उरिन कर दीजिए।

विप्र- उरिन तो जभी होगे जबकि मेरी कौड़ी-कौड़ी चुका दोगे। जाकर मेरे 15 रु० और लाओ।

शंकर- महाराज, इतनी दया करो; अब सांझ की रोटियों का भी ठिकाना नहीं है, गाँव में हूँ तो कभी-न-कभी दे ही दूंगा।

विप्र- मैं यह रोग नहीं पालता, न बहुत बातें करना जानता हूँ। अगर मेरे पूरे रुपए न मिलेंगे तो आज से 3 रु० सैंकड़े का ब्याज लगेगा। अपने रुपए चाहे अपने घर में रक्खो, चाहे मेरे यहाँ छोड़ जाओ।

शंकर- अच्छा जितना लाया हूँ उतना रख लीजिए। मैं जाता हूँ, कहीं से 15 रु० और लाने की फिक्र करता हूँ।

शंकर ने सारा गाँव छान मारा, मगर किसी ने रुपए न दिए, इसलिए नहीं कि उसका विश्वास न था, या किसी के पास रुपए न थे, बल्कि इसलिए कि पंडितजी के शिकार को छेड़ने की किसी की हिम्मत न थी।

******

क्रिया के पश्चात् प्रतिक्रिया नैसर्गिक नियम है। शंकर साल-भर तक तपस्या करने पर भी जब ऋण से मुक्त होने में सफल न हो सका तो

उसका संयम निराशा के रूप में परिणत हो गया। उसने समझ लिया कि जब इतना कष्ट सहने पर भी साल-भर में 60 रु॰ से अधिक न जमा कर सका, तो अब और कौन सा उपाय है जिसके द्वारा इसके दूने रुपए जमा हों। जब सिर पर ऋण का बोझ ही लादना है तो क्या मन-भर का और क्या सवा मन का। उसका उत्साह क्षीण हो गया, मेहनत से घृणा हो गई। आशा उत्साह की जननी है, आशा में तेज है, बल है, जीवन है। आशा ही संसार की संचालक शक्ति है। शंकर आशाहीन होकर उदासीन हो गया। वह जरूरतें जिनको उसने साल-भर तक टाल रखा था, अब द्वार पर खड़ी होने वाली भिखारिणी न थीं, बल्कि छाती पर सवार होने वाली पिशाचनियां थीं, जो अपनी भेंट लिए बिना जान नहीं छोड़तीं। कपड़ों में चकत्तियों के लगने की भी एक सीमा होती है। अब शंकर को चिट्ठा मिलता तो वह रुपए जमा न करता, कभी कपड़े लाता, कभी खाने की कोई वस्तु। जहाँ पहले तमाखू ही पिया करता था, वहाँ अब गांजे और चरस का चस्का भी लगा। उसे अब रुपए अदा करने की कोई चिन्ता न थी मानो उसके ऊपर किसी का एक पैसा भी नहीं आता। पहले जूड़ी चढ़ी होती थी, पर वह काम करने अवश्य जाता था, अब काम पर न जाने के लिए बहाना खोजा करता।

इस भांति तीन वर्ष निकल गए। विप्रजी महाराज ने एक बार भी तकाजा न किया। वह चतुर शिकारी की भांति अचूक निशाना लगाना चाहते थे। पहले से शिकार को चौंकाना उनकी नीति के विरुद्ध था। एक दिन पंडितजी ने शंकर को बुलाकर हिसाब दिखाया। 60 रु॰ जो जमा थे वह मिनहा करने पर अब भी शंकर के जिम्मे 120 रु॰ निकले।

शंकर– इतने रुपए तो उसी जन्म में दूंगा, इस जन्म में नहीं हो सकते।

विप्र– मैं इसी जन्म में लूंगा। मूल न सही, सूद तो देना ही पड़ेगा।

शंकर– एक बैल है, वह ले लीजिए और मेरे पास रक्खा क्या है।

विप्र– मुझे बैल-बधिया लेकर क्या करना है। मुझे देने को तुम्हारे पास बहुत कुछ है।

शंकर– और क्या है महाराज?

विप्र– कुछ है, तुम तो हो। आखिर तुम भी कहीं मजूरी करने जाते ही हो, मुझे भी खेती के लिए मजूर रखना ही पड़ता है। सूद में तुम हमारे

यहाँ काम किया करो, जब सुभीता हो मूल को दे देना। सच तो यों है कि अब तुम किसी दूसरी जगह काम करने नहीं जा सकते जब तक मेरे रुपए नहीं चुका दो। तुम्हारे पास कोई जायदाद नहीं है, इतनी बड़ी गठरी मैं किस एतबार पर छोड़ दूं। कौन इसका जिम्मा लेगा कि तुम मुझे महीने-महीने सूद देते जाओगे। और कहीं कमाकर जब तुम मुझे सूद भी नहीं दे सकते, तो मूल की कौन कहे?

शंकर– महाराज, सूद में तो काम करूंगा और खाऊँगा क्या?

विप्र– तुम्हारी घर वाली है, लड़के हैं, क्या वे हाथ-पाँव कटा के बैठेंगे। रहा मैं, तुम्हें आधा सेर जौ रोज कलेवा के लिए दे दिया करूंगा। ओढ़ने को साल में एक कम्बल पा जाओगे, एक मिरजई भी बनवा दिया करूंगा, और क्या चाहिए। यह सच है कि और लोग तुम्हें छः आने देते हैं लेकिन मुझे ऐसी गरज नहीं है, मैं तो तुम्हें रुपए भरने के लिए रखता हूँ।

शंकर ने कुछ देर तक गहरी चिन्ता में पड़े रहने के बाद कहा– महाराज यह तो जन्म-भर की गुलामी हुई।

विप्र– गुलामी समझो, चाहे मजूरी समझो। मैं अपने रुपए भराये बिना तुमको कभी न छोड़ूंगा। तुम भागोगे तो तुम्हारा लड़का भरेगा। हाँ, जब कोई न रहेगा तब की बात दूसरी है।

इस निर्णय की कहीं अपील न थी। मजूर की जमानत कौन करता, कहीं शरण न थी, भागकर कहाँ जाता, दूसरे दिन से उसने विप्रजी के यहाँ काम करना शुरू कर दिया। सवा सेर गेहूं की बदौलत उम्र-भर के लिए गुलामी की बेड़ी पैरों में डालनी पड़ी। उस अभागे को अब अगर किसी विचार से संतोष होता था तो यह था कि वह मेरे पूर्व-जन्म का संस्कार है। स्त्री को वे काम करने पड़ते थे, जो उसने कभी न किये थे, बच्चे दानों को तरसते थे, लेकिन शंकर चुपचाप देखने के सिवा और कुछ न कर सकता था। वह गेहूं के दाने किसी देवता के शाप की भांति यावज्जीवन उसके सिर से न उतरे।

******

शंकर ने विप्रजी के यहाँ 20 वर्ष तक गुलामी करने के बाद इस दुस्सार संसार से प्रस्थान किया। 120 अभी तक उसके सिर पर सवार थे।

पंडितजी ने उस गरीब को ईश्वर के दरबार में कष्ट देना उचित न समझा, इतने अन्यायी, इतने निर्दयी न थे। उसके जवान बेटे की गरदन पकड़ी। आज तक वह विप्रजी के यहाँ काम करता है। उसका उद्धार कब होगा; होगा भी या नहीं, ईश्वर ही जाने।

पाठक! इस वृत्तांत को कपोल-कल्पित न समझिए। यह सत्य घटना है। ऐसे शंकरों और ऐसे विप्रों से दुनिया खाली नहीं है।

दारोगाजी

कल शाम को एक जरूरत से तांगे पर बैठा हुआ जा रहा था कि रास्ते में एक और महाशय तांगे पर आ बैठे। तांगे वाला उन्हें बैठाना तो न चाहता था, पर इनकार भी न कर सकता था। पुलिस के आदमी से झगड़ा कौन मोल ले। यह साहब किसी थाने के दारोगा थे। एक मुकदमे की पैरवी करने सदर आये थे। मेरी आदत है कि पुलिस वालों से बहुत कम बोलता हूँ। सच पूछिए, तो मुझे उनकी सूरत से नफरत है। उनके हाथों प्रजा को कितने कष्ट उठाने पड़ते हैं, इसका अनुभव इस जीवन में कई बार कर चुका हूँ। मैं जरा एक तरफ खिसक गया और मुँह फेरकर दूसरी ओर देखने लगा कि दारोगाजी बोले– जनाब, यह आम शिकायत है कि पुलिस वाले बहुत रिश्वत लेते हैं; लेकिन यह कोई नहीं देखता कि पुलिस वाले रिश्वत लेने के लिए कितने मजबूर किये जाते हैं। अगर पुलिस वाले रिश्वत लेना बन्द कर दें तो मैं हलफ से कहता हूँ, ये जो बड़े-बड़े ऊँची पगड़ियों वाले रईस नज़र आते हैं, सब-के-सब जेलखाने के अन्दर बैठे दिखाई दें। अगर हर एक मामले का चालान करने लगें, तो दुनिया पुलिस वालों को और भी बदनाम करे। आपको यकीन न आयेगा जनाब, रुपए की थैलियां गले लगाई जाती हैं। हम हज़ार इनकार करें, पर चारों तरफ से ऐसे दबाव पड़ते हैं कि लाचार होकर लेना ही पड़ता है।

मैंने उपहास के भाव से कहा– जो काम रुपए लेकर किया जाता है, वही काम बिना रुपए लिए भी तो किया जा सकता है।

दारोगाजी हँसकर बोले– वह तो गुनाह बेलज्जत होगा, बंदापरवर। पुलिस का आदमी इतना कट्टर देवता नहीं होता और मेरा ख्याल है कि शायद कोई इंसान भी इतना बेलौस नहीं हो सकता? और सींगों के लोगों को भी देखता हूँ, मुझे तो कोई देवता न मिला...

मैं अभी इसका कुछ जवाब दे ही रहा था कि एक मियां साहब लम्बी अचकन पहने, तुर्की टोपी लगाये, तांगे के सामने से निकले। दारोगाजी ने उन्हें देखते ही झुककर सलाम किया और शायद मिजाज शरीफ पूछना

चाहते थे कि उस भले आदमी ने सलाम का जवाब गालियों से देना शुरू किया। जब तांगा कई कदम आगे निकल आया, तो वह एक पत्थर लेकर तांगे के पीछे दौड़ा। तांगे वाले ने घोड़े को तेज किया। उस भलेमानुस ने भी कदम तेज किये और पत्थर फेंका। मेरा सिर बाल-बाल बच गया। उसने दूसरा पत्थर उठाया, वह हमारे सामने आकर गिरा। तीसरा पत्थर इतनी जोर से आया कि दारोगाजी के घुटने में बड़ी चोट आई; पर इतनी देर में तांगा इतनी दूर निकल आया था कि हम पत्थरों की मार से दूर हो गए थे। हाँ, गालियों की मार अभी तक जारी थी। जब तक वह आदमी आँखों से ओझल न हो गया, हम उसे एक हाथ में पत्थर उठाए, गालियाँ बकते हुए देखते रहे।

जब जरा चित्त शान्त हुआ, मैंने दारोगाजी से पूछा– यह कौन आदमी है, साहब? कोई पागल तो नहीं है?

दारोगाजी ने घुटने को सहलाते हुए कहा– पागल नहीं है साहब, मेरा पुराना दुश्मन है। मैंने समझा था, जालिम पिछली बातें भूल गया होगा। वरना मुझे क्या पड़ी थी कि सलाम करने जाता।

मैंने पूछा– आपने इसे किसी मुकदमे में सजा दिलाई होगी?

'बड़ी लम्बी दास्तान है जनाब! बस इतना ही समझ लीजिए कि इसका बस चले, तो मुझे जिन्दा ही निगल जाए।'

'आप तो शोक की आग को और भड़का रहे हैं। अब तो वह दास्तान सुने बगैर तस्कीन न होगी।'

दारोगाजी ने पहलू बदलकर कहा– अच्छी बात है, सुनिए। कई साल हुए, मैं सदर में ही तैनात था। बेफिक्री के दिन थे, ताजा खून, एक माशूक से आँख लड़ गई। आमदरत शुरू हुई। अब भी जब उस हसीना की याद आती है, तो आँखों से आँसू निकल आते हैं। बाजारू औरतों में इतनी हया, इतनी वफा, इतनी मुरव्वत मैंने नहीं देखी। दो साल उसके साथ इतने लुत्फ से गुजरे कि आज भी उसकी याद करके रोता हूँ। मगर किस्से को बढ़ाऊंगा नहीं, वरना अधूरा ही रह जाएगा। मुख्तसर यह कि दो साल के बाद मेरे तबादले का हुक्म आ गया। उस वक्त दिल को जितना सदमा पहुँचा, उसका जिक्र करने के लिए दफ्तर चाहिए। बस, यही जी चाहता था कि इस्तीफा दे दूं। उस हसीना ने यह खबर सुनी, तो उसकी जान-सी निकल गई। सफर

की तैयारी के लिए मुझे तीन दिन मिले थे। ये तीन दिन हमने मंसूबे बांध ने में काटे। उस वक्त मुझे अनुभव हुआ कि औरतों को अक्ल से खाली समझने में हमने कितनी बड़ी गलती की है। मेरे मंसूबे शेखचिल्ली के-से होते थे। कलकत्ते भाग चलें, वहाँ कोई दुकान खोल दें, या इसी तरह कोई दूसरी तजवीज करता। लेकिन वह यही जवाब देती कि अभी वहाँ जाकर अपना काम करो। जब मकान का बन्दोबस्त हो जाए, तो मुझे बुला लेना। मैं दौड़ी चली आऊँगी। आखिर जुदाई की घड़ी आई। मुझे मालूम होता था कि अब जान न बचेगी। गाड़ी का वक्त निकला जाता था और मैं उसके पास से उठने का नाम न लेता था। मगर मैं फिर किस्से को तूल देने लगा। खुलासा यह कि मैं उसे दो-तीन दिन में बुलाने का वादा करके रुखसत हुआ। पर अफसोस! वे दो-तीन दिन कभी न आये। पहले दस-पाँच दिन तो अफ़सरों से मिलने और इलाके की देखभाल में गुजरे। इसके बाद घर से खत आ गया कि तुम्हारी शादी तय हो गई; रुखसत लेकर चले आओ। शादी की खुशी में उस वफा की देवी की मुझे फिक्र न रही। शादी करके महीने-भर बाद लौटा, तो बीवी साथ थी। रही-सही याद भी जाती रही। उसने एक महीने के बाद एक खत भेजा; पर मैंने उसका जवाब न दिया। डरता रहता था कि कहीं एक दिन वह आकर सिर पर सवार न हो जाए; फिर बीवी को मुँह दिखाने लायक भी न रह जाऊँ।

साल भर के बाद मुझे एक काम से सदर आना पड़ा। उस वक्त मुझे उस औरत की याद आई; सोचा, जरा चलकर देखना चाहिए, किस हालत में है। फौरन अपने खत न भेजने और इतने दिनों तक न आने का जवाब सोच लिया और उसके द्वार पर जा पहुँचा। दरवाज़ा साफ-सुथरा था, मकान की हालत भी पहले से अच्छी थी। दिल की खुशी हुई कि इसकी हालत उतनी खराब नहीं है, जितनी मैंने समझी थी। और, क्यों खराब होने लगी। मुझ जैसे दुनिया में क्या और आदमी ही नहीं हैं। मैंने दरवाज़ा खटखटाया। अंदर से वह बंद था। आवाज़ आई, 'कौन है?'

मैंने कहा- वाह! इतनी जल्द भूल गईं, मैं हूँ, बशीर...

कोई जवाब न मिला, आवाज़ उसी की थी, इसमें शक नहीं, फिर दरवाज़ा क्यों नहीं खोलती? जरूर मुझसे नाराज़ है। मैंने फिर किवाड़ खटखटाये और लगा अपनी मुसीबतों का किस्सा सुनाने। कोई पन्द्रह मिनट

के बाद दरवाज़ा खुला। हसीना ने मुझे इशारे से अन्दर बुलाया और चट किवाड़ बन्द कर लिए। मैंने कहा– मैं तुमसे मुआफी मांगने आया हूँ। यहाँ से जाकर मैं बड़ी मुश्किल में फँस गया। इलाका इतना खराब है कि दम मारने की मुहलत नहीं मिलती।

हसीना ने मेरी तरफ न देखकर ज़मीन की तरफ ताकते हुए कहा– मुआफी किस बात की? तुमसे मेरा निकाह तो हुआ न था। दिल कहीं और लग गया, तो मेरी याद क्यों आती। मुझे तुमसे कोई शिकायत नहीं। जैसा और लोग करते हैं, वैसा ही तुमने किया। यही क्या कम है कि इतने दिनों के बाद इधर आ तो गए। रहे तो खैरियत से?

'किसी तरह जिंदा हूँ।'

'शायद जुदाई में घुलते-घुलते यह तोंद निकल आई है। खुदा झूठ न बुलवाये, तब से दूने हो गए।'

मैंने झेंपते हुए कहा– यह सारा बलगम का फिसाद है। भला मोटा मैं क्या होता। उधर का पानी निहायत बलगमी है। तुमने तो मेरी याद ही भुला दी।

उसने अबकी मेरी ओर तेज निगाहों से देखा और बोली– खत का जवाब तक न दिया, उलटे मुझी को इलजाम देते हो। मैं तुम्हें शुरू से बेवफा समझती थी और तुम वैसे ही निकले। बीवी लाये और मुझे खत तक न लिखा?

मैंने ताज्जुब से पूछा– तुम्हें कैसे मालूम हुआ कि मेरी शादी हो गई?

उसने रुखाई से कहा– यह पूछकर क्या करोगे? झूठ तो नहीं कहती। बेवफा बहुत देखे, लेकिन तुम सबसे बढ़कर निकले। तुम्हारी आवाज़ सुनकर जी में तो आया कि दुत्कार दूं; लेकिन यह सोचकर दरवाज़ा खोल दिया कि अपने दरवाज़े पर किसी को क्या जलील करूं।

मैंने कोट उतारकर खूंटी पर लटका दिया, जूते भी उतार डाले और चारपाई पर लेटकर बोला– लैली, देखो, इतनी बेरहमी से न पेश आओ। मैं तो अपनी खताओं को खुद तस्लीम करता हूँ और इसीलिए अब तुमसे मुआफी मांगने आया हूँ। जरा अपने नाजुक हाथों से एक पान तो खिला दो। सच कहना, तुम्हें मेरी याद काहे को आती होगी। कोई और यार मिल गया होगा।

लैली पानदान खोलकर पान बनाने लगी कि एकाएक किसी ने किवाड़ खटखटाये। मैंने घबराकर पूछा– यह कौन शैतान आ पहुँचा?

हसीना ने होंठों पर उंगली रखते हुए कहा– यह मेरे शौहर हैं। तुम्हारी तरफ से जब निराश हो गई, तो मैंने इनके साथ निकाह कर लिया।

मैंने त्योरियाँ चढ़ाकर कहा– तो तुमने मुझसे पहले ही क्यों न बता दिया, मैं उलटे पाँव लौट न जाता, यह नौबत क्यों आती। न जाने कब की यह कसर निकाली।

'मुझे क्या मालूम कि यह इतने जल्द आ पहुँचेंगे। रोज तो पहर रात गए आते थे। फिर तुम इतनी दूर से आये थे, तुम्हारी कुछ खातिर भी तो करनी थी।'

'यह अच्छी खातिर की। बताओ; अब मैं जाऊँ कहाँ?'

'मेरी समझ में खुद कुछ नहीं आ रहा है। या अल्लाह! किस अजाब में फँसी।'

इतने में उन साहब ने दरवाज़ा खटखटाया। ऐसा मालूम होता था कि किवाड़ तोड़ डालेगा। हसीना के चेहरे पर एक रंग आता था, एक रंग जाता था। बेचारी खड़ी काँप रही थी। बस, जबान से यही निकलता था, 'या अल्लाह, रहम कर।'

बाहर से आवाज़ आई– अरे, तुम क्या सरेशाम से सो गईं? अभी तो आठ भी नहीं बजे। कहीं साँप तो नहीं सूंघ गया। अल्लाह जानता है, अब और देर की, तो किवाड़ चिड़वा डालूंगा।

मैंने गिड़गिड़ाकर कहा– खुदा के लिए मेरे छिपने की कोई जगह बताओ। पिछवाड़े कोई दरवाज़ा नहीं?

'ना!'

'संडास तो है?'

'सबसे पहले वह वहीं जाएँगे।'

'अच्छा, वह सामने कोठरी कैसी है?'

'हाँ, है तो, लेकिन कहीं कोठरी खोलकर देखा तो?'

'क्या बहुत डबल आदमी है?'

'तुम जैसे दो को बगल में दबा ले।'

'तो खोल दो कोठरी। वह ज्यों ही अन्दर आयेगा, मैं दरवाज़ा खोलकर निकल भागूंगा।'

हसीना ने कोठरी खोल दी। मैं अन्दर जा घुसा। दरवाज़ा फिर बन्द हो गया।

मुझे कोठरी में बन्द करके हसीना ने जाकर सदर दरवाज़ा खोला और बोली– क्यों किवाड़ तोड़े डालते हो? आ तो रही हूँ।

मैंने कोठरी के किवाड़ों के दराजों से देखा। आदमी क्या पूरा देव था। अन्दर आते ही बोला– तुम सरेशाम से सो गई थीं!

'हाँ, जरा आँख लग गई थी।'

'मुझे तो ऐसा मालूम हो रहा था कि तुम किसी से बातें कर रही हो।'

'वहम की दवा तो लुकमान के पास भी नहीं।'

'मैंने साफ सुना। कोई-न-कोई था जरूर। तुमने उसे कहीं छिपा रखा है।'

'इन्हीं बातों पर तुमसे मेरा जी जलता है। सारा घर तो पड़ा है, देख क्यों नहीं लेते।'

'देखूंगा तो मैं जरूर ही, लेकिन तुमसे सीधे-सीधे पूछता हूँ, बतला दो, कौन था?'

हसीना ने कुंजियों का गुच्छा फेंकते हुए कहा– और कोई था तो घर ही में न होगा। लो, सब जगह देख आओ। सुई तो है नहीं कि मैंने कहीं छिपा दी हो।

वह शैतान इन चकमों में न आया। शायद पहले भी ऐसा ही चरका खा चुका था। कुंजियों का गुच्छा उठाकर सबसे पहले मेरी कोठरी के द्वार पर आया और उसके ताले को खोलने की कोशिश करने लगा! गुच्छे में उस ताले की कुंजी न थी। बोला– इस कोठरी की कुंजी कहाँ है?

हसीना ने बनावटी ताज्जुब से कहा– अरे, तो क्या उसमें कोई छिपा बैठा है? वह तो लकड़ियों से भरी पड़ी है।

'तुम कुंजी दे दो न।'

'तुम भी कभी-कभी पागलों के-से काम करने लगते हो। अंधेरे में कोई सांप-बिच्छू निकल आये तो। ना भैया, मैं उसकी कुंजी न दूंगी।'

'बला से साँप निकल आयेगा। अच्छा ही हो, निकल आये। इस बेहयाई की जिन्दगी से तो मौत ही अच्छी!'

हसीना ने इधर-उधर तलाश करके कहा– न जाने उसकी कुंजी कहाँ रख दी। ख्याल नहीं आता।

'इस कोठरी में तो मैंने और कभी ताला नहीं देखा।'

'मैं तो रोज लगाती हूँ। शायद कभी लगाना भूल गई हूँ, तो नहीं कह सकती।'

'तो तुम कुंजी न दोगी?'

'कहती तो हूँ इस वक्त नहीं मिल रही है।'

'कहे देता हूँ, कच्चा ही खा जाऊँगा।'

अब तक तो मैं किसी तरह जब्त किये खड़ा रहा। बार-बार अपने ऊपर गुस्सा आ रहा था कि यहाँ क्यों आया। न-जाने यह शैतान कैसे पेश आये। कहीं तैश में आकर मार ही न डाले। मेरे हाथों में तो कोई छुरी भी नहीं। या खुदा! अब तू ही मालिक है। दम रोके हुए खड़ा था कि एक पल का भी मौका मिले, तो निकल भागूं; लेकिन जब उस मरदूद ने किवाड़ों को जोर से धमधमाना शुरू किया, तब तो रूह ही फना हो गई। इधर-उधर निगाह डाली कि किसी कोने में छिपने की जगह है, या नहीं। किवाड़ के दराजों से कुछ रोशनी आ रही थी! ऊपर जो निगाह उठाई, तो एक मचान-सा दिखाई दिया। डूबते को तिनके का सहारा मिल गया। उचककर चाहता था कि ऊपर चढ़ जाऊँ कि मचान पर एक आदमी को बैठे देखकर उस हालत में मेरे मुँह से चीख निकल गई। यह हजरत अचकन पहने, घड़ी लगाये, एक खूबसूरत साफा बांधे, उकड़ूं बैठे हुए थे। अब मुझे मालूम हुआ कि मेरे लिए दरवाज़ा खोलने में हसीना ने इतनी देर क्यों की थी। अभी इनको देख ही रहा था कि दरवाज़े पर मूसल की चोटें पड़ने लगीं। मामूली किवाड़ तो थे ही, तीन-चार चोटों में दोनों किवाड़ नीचे आ रहे और वह मरदूद लालटेन लिए कमरे में घुसा। उस वक्त मेरी क्या हालत थी, इसका अंदाज आप खुद कर सकते हैं। उसने मुझे देखते ही लालटेन रख दी और मेरी गर्दन पकड़कर बोला– अच्छा, आप यहाँ तशरीफ रखते हैं। आइए, आपकी कुछ खातिर करूं। ऐसे मेहमान रोज कहाँ मिलते हैं।

यह कहते हुए उसने मेरा एक हाथ पकड़कर इतने जोर से बाहर की तरफ ढकेला कि मैं आंगन में औंधे जा गिरा। उस शैतान की आँखों से अंगारे निकल रहे थे। मालूम होता था, उसके होंठ मेरा खून चूसने के लिए बढ़े आ रहे हैं। मैं अभी ज़मीन से उठने भी न पाया था कि वह कसाई एक बड़ा-सा तेज छुरा लिए मेरी गरदन पर आ पहुँचा; मगर जनाब, हूँ पुलिस का आदमी। उस वक्त मुझे एक चाल सूझ गई। उसने मेरी जान बचा ली, वरना आज आपके साथ तांगे पर न बैठा होता। मैंने हाथ जोड़कर कहा– हुजूर, मैं बिलकुल बेकसूर हूँ। मैं तो मीर साहब के साथ आया था।

उसने गरजकर पूछा– कौन मीर साहब?

मैंने जी कड़ा करके कहा– वही, जो मचान पर बैठे हुए हैं। मैं तो हुजूर का गुलाम ठहरा, जहाँ हुक्म पाऊँगा, उनके साथ जाऊँगा। मेरी इसमें क्या खता है?

'अच्छा, तो कोई मीर साहब मचान पर भी तशरीफ रखते हैं?'

उसने मेरा हाथ पकड़ लिया और कोठरी में जाकर मचान पर देखा। वह हजरत सिमटे-सिमटाये, भीगी बिल्ली बने बैठे थे। चेहरा ऐसा पीला पड़ गया था, गोया बदन में जान ही नहीं। उसने उनका हाथ पकड़कर एक झटका दिया, तो आप धम-से नीचे आ रहे। उनका ठाठ देखकर अब इसमें कोई शुबहा न रहा कि वह मेरे मालिक हैं। उनकी सूरत देखकर उस वक्त तरस के साथ हँसी आती थी।

'तू कौन है बे?'

'जी, मैं... मेरा मकान, यह आदमी झूठा है, यह मेरा नौकर नहीं है।'

'तू यहाँ क्या करने आया था?'

'मुझे यही बदमाश (मेरी तरफ देखकर) धोखा देकर लाया था।'

'यह क्यों नहीं कहता कि मजे उड़ाने आया था। दूसरों पर इल्जाम रखकर अपनी जान बचाना चाहता है, सुअर? ले, तू भी क्या समझेगा कि किसके पाले पड़ा था।'

यह कहकर उसने उसी तेज छुरे से उन साहब की नाक काट ली। मैं मौका पाकर बेतहाशा भागा, लेकिन 'हाय-हाय' की आवाज़ मेरे कानों में आ रही थी। इसके बाद उन दोनों में कैसी छनी, हसीना के सिर पर क्या

आफत आई, इसकी मुझे कुछ खबर नहीं। मैं तब से बीसों बार सदर आ चुका हूँ, पर उधर भूलकर भी नहीं गया। यह पत्थर फेंकने वाले हजरत वही हैं, जिनकी नाक कटी थी। आज न-जाने कहाँ से दिखाई पड़ गए और मेरी शामत आई कि उन्हें सलाम कर बैठा। आपने उनकी नाक की तरफ शायद ख्याल नहीं किया।

मुझे अब ख्याल आया कि उस आदमी की नाक कुछ चिपटी थी। बोला– हाँ, नाक कुछ चिपटी तो थी। मगर आपने उस गरीब को बुरा चरका दिया।

'और करता ही क्या?'

'जरूर दबा लेते; मगर चोर का दिल आधा होता है। उस वक्त अपनी-अपनी पड़ी थी कि मुकाबला करने की सूझती। कहीं उस रमझल्ले में धर लिया जाता, तो आबरू अलग जाती और नौकरी से अलग हाथ धोता।'

'मगर अब इस आदमी से होशियार रहना पड़ेगा।'

इतने में चौक आ गया और हम दोनों ने अपनी-अपनी राह ली।

कप्तान साहब

जगत सिंह को स्कूल जाना कुनैन खाने या मछली का तेल पीने से कम अप्रिय न था। वह सैलानी, आवारा, घुमक्कड़ युवक था। कभी अमरूद के बागों की ओर निकल जाता और अमरूदों के साथ माली की गालियाँ बड़े शौक से खाता। कभी दरिया की सैर करता और मल्लाहों को डोंगियों में बैठकर उस पार के देहातों में निकल जाता। गालियाँ खाने में उसे मजा आता था। गालियाँ खाने का कोई अवसर वह हाथ से न जाने देता। सवार के घोड़े के पीछे ताली बजाना, एक्कों को पीछे से पकड़ कर अपनी ओर खींचना, बूढ़ों की चाल की नकल करना, उसके मनोरंजन के विषय थे। आलसी काम तो नहीं करता; पर दुर्व्यसनों का दास होता है, और दुर्व्यसन धन के बिना पूरे नहीं होते। जगतसिंह को जब अवसर मिलता घर से रुपए उड़ा ले जाता। नकद न मिले, तो बरतन और कपड़े उठा ले जाने में भी उसे संकोच न होता था। घर में शीशियां और बोतलें थीं, वह सब उसने एक-एक करके गुदड़ी बाज़ार पहुँचा दी। पुराने दिनों की कितनी चीज़ें घर में पड़ी थीं, उसके मारे एक भी न बचीं। इस कला में ऐसा दक्ष और निपुण था कि उसकी चतुराई और पटुता पर आश्चर्य होता था। एक बार बाहर ही बाहर, केवल कार्निसों के सहारे अपने दो-मंजिला मकान की छत पर चढ़ गया और ऊपर ही से पीतल की एक बड़ी थाली लेकर उतर आया। घर वालों को आहट तक न मिली।

उसके पिता ठाकुर भक्त सिंह अपने कस्बे के डाकखाने के मुंशी थे। अफ़सरों ने उन्हें शहर का डाकखाना बड़ी दौड़-धूप करने पर दिया था; किन्तु भक्तसिंह जिन इरादों से यहाँ आये थे, उनमें से एक भी पूरा न हुआ। उलटी हानि यह हुई कि देहातों में जो भाजी-साग, उपले-ईंधन मुफ्त मिल जाते थे, वे सब यहाँ बंद हो गए। यहाँ सबसे पुराना घरांव था। न किसी को दबा सकते थे, न सता सकते थे। इस दुरवस्था में जगतसिंह की हथलपकियां बहुत अखरतीं। उन्होंने कितनी ही बार उसे बड़ी निर्दयता से पीटा। जगतसिंह भीमकाय होने पर भी चुपके से मार खा लिया करता

था। अगर वह अपने पिता के हाथ पकड़ लेता, तो वह हिल भी न सकते; पर जगतसिंह इतना सीनाजोर न था। हाँ, मार-पीट, घुड़की-धमकी किसी का भी उस पर असर न होता था।

जगतसिंह ज्यों ही घर में कदम रखता; चारों ओर से कांव-कांव मच जाती, माँ दुर-दुर करके दौड़ती, बहने गालियाँ देने लगतीं; मानो घर में कोई सांड घुस आया हो। घर वाले उसकी सूरत से जलते थे। इन तिरस्कारों ने उसे निर्लज्ज बना दिया था। कष्टों के ज्ञान से वह निर्द्वन्द्व-सा हो गया था। जहाँ नींद आ जाती, वहीं पड़ रहता; जो कुछ मिल जाता, वही खा लेता।

ज्यों-ज्यों घर वाले को उसकी चोर-कला के गुप्त साधनों का ज्ञान होता जाता था, वे उससे चौकन्ने होते जाते थे। यहाँ तक कि एक बार पूरे महीने-भर तक उसकी दाल न गली। चरस वाले के कई रुपए ऊपर चढ़ गए। गांजे वाले ने धुआंधार तकाजे करने शुरू किए। हलवाई कड़वी बातें सुनाने लगा। बेचारे जगत का निकलना मुश्किल हो गया। रात-दिन ताक-झांक में रहता; पर घात न मिलती थी। आखिर एक दिन बिल्ली के भागों छींका टूटा। भक्तसिंह दोपहर को डाकखाने से चले, तो एक बीमा-रजिस्ट्री जेब में डाल ली। कौन जाने कोई हरकारा या डाकिया शरारत कर जाय; किंतु घर आये तो लिफाफे को अचकन की जेब से निकालने की सुधि न रही। जगतसिंह तो ताक लगाये हुए था ही। पैसे के लोभ से जेब टटोली, तो लिफाफा मिल गया। उस पर कई आने के टिकट लगे थे। वह कई बार टिकट चुराकर आधे दामों पर बेच चुका था। चट लिफाफा उड़ा दिया। यदि उसे मालूम होता कि उसमें नोट हैं, तो कदाचित् वह न छूता; लेकिन जब उसने लिफाफा फाड़ डाला और उसमें से नोट निकल पड़े तो वह बड़े संकट में पड़ गया। वह फटा हुआ लिफाफा गला-फाड़कर उसके दुष्कृत्य को धिक्कारने लगा। उसकी दशा उस शिकारी की-सी हो गई, जो चिड़ियों का शिकार करने जाए और अनजान में किसी आदमी पर निशाना मार दे। उसके मन में पश्चात्ताप था, लज्जा थी, दुःख था, पर उसे भूल का दंड सहने की शक्ति न थी। उसने नोट लिफाफे में रख दिए और बाहर चला गया।

गरमी के दिन थे। दोपहर को सारा घर सो रहा था; पर जगत की आँखों में नींद न थी। आज उसकी बुरी तरह कुंदी होगी। इसमें संदेह न

था। उसका घर पर रहना ठीक नहीं, दस-पाँच दिन के लिए उसे कहीं खिसक जाना चाहिए। तब तक लोगों का क्रोध शांत हो जाता। लेकिन कहीं दूर गए बिना काम न चलेगा। बस्ती में वह क्रोध दिन तक अज्ञातवास नहीं कर सकता। कोई न कोई जरूर ही उसका पता देगा और वह पकड़ लिया जाएगा। दूर जाने के लिए कुछ न कुछ खर्च तो पास होना ही चहिए। क्यों न वह लिफाफे में से एक नोट निकाल ले? यह तो मालूम ही हो जाएगा कि उसी ने लिफाफा फाड़ा है, फिर एक नोट निकाल लेने में क्या हानि है? दादा के पास रुपए तो हैं ही, झक मारकर दे देंगे। यह सोचकर उसने दस रुपए का एक नोट उड़ा लिया; मगर उसी वक्त उसके मन में एक नई कल्पना का प्रादुर्भाव हुआ। अगर ये सब रुपए लेकर किसी दूसरे शहर में कोई दुकान खोल ले, तो बड़ा मजा हो। फिर एक-एक पैसे के लिए उसे क्यों किसी की चोरी करनी पड़े! कुछ दिनों में वह बहुत-सा रुपया जमा करके घर आ जाय तो लोग कितने चकित हो जाएँगे!

उसने लिफाफे को फिर निकाला। उसमें कुल दो सौ रुपए के नोट थे। दो सौ में दूध की दुकान खूब चल सकती है। आखिर मुरारी की दुकान में दो-चार कढ़ाव और दो-चार पीतल के थालों के सिवा और क्या है? लेकिन कितने ठाट से रहता है। रुपयों की चरस उड़ा देता है। एक-एक दाँव पर दस-दस रुपए रख देता है, नफा न होता, तो वह ठाट कहाँ से निभाता? इस आनंद-कल्पना में वह इतना मग्न हुआ कि उसका मन उसके काबू से बाहर हो गया, जैसे प्रवाह में किसी के पाँव उखड़ जाएँ और वह लहरों में बह जाए।

उसी दिन शाम को वह बम्बई चल दिया। दूसरे ही दिन मुंशी भक्तसिंह पर गबन का मुकदमा दायर हो गया।

2

बम्बई के किले के मैदान में बैंड बज रहा था और राजपूत रेजिमेंट के सजीले सुंदर जवान कवायद कर रहे थे, जिस प्रकार हवा बादलों को नए-नए रूप में बनाती और बिगाड़ती है, उसी भांति सेना नायक सैनिकों को नए-नए रूप में बना बिगाड़ रहा था।

जब कवायद खतम हो गई, तो एक छरहरे डील का युवक नायक के सामने आकर खड़ा हो गया। नायक ने पूछा– क्या नाम है? सैनिक ने फौजी सलाम करके कहा– जगतसिंह।

'क्या चाहते हो?'

'फौज में भरती कर लीजिए।'

'मरने से तो नहीं डरते?'

'बिलकुल नहीं। राजपूत हूँ।'

'बहुत कड़ी मेहनत करनी पड़ेगी।'

'इसका भी डर नहीं।'

'अदन जाना पड़ेगा।'

'खुशी से जाऊँगा।'

कप्तान ने देखा, बला का हाजिर-जवाब, मनचला, हिम्मत का धनी जवान है, तुरंत फौज में भरती कर लिया। तीसरे दिन रेजिमेंट अदन को रवाना हुआ। मगर ज्यों-ज्यों जहाज़ आगे चलता था, जगत का दिल पीछे रह जाता था। जब तक ज़मीन का किनारा नज़र आता रहा, वह जहाज़ के डेक पर खड़ा अनुरक्त नेत्रों से उसे देखता रहा। जब वह भूमि-तट जल में विलीन हो गया तो उसने एक ठंडी सांस ली और मुँह ढांप कर रोने लगा। आज जीवन में पहली बार उसे प्रियजनों की याद आई। वह छोटा-सा कस्बा, वह गांजे की दुकान, वह सैर-सपाटे, वह सुहृद-मित्रों के जमघट आँखों में फिरने लगे। कौन जाने, फिर कभी उनसे भेंट होगी या नहीं। एक बार वह इतना बेचैन हुआ कि जी में आया, पानी में कूद पड़े।

3

जगतसिंह को अदन में रहते तीन महीने गुजर गए। भांति-भांति की नवीनताओं ने कई दिन तक उसे मुग्ध किये रखा; लेकिन पुराने संस्कार फिर जागृत होने लगे। अब कभी-कभी उसे स्नेहमयी माता की याद आने लगी, जो पिता के क्रोध, बहनों के धिक्कार और स्वजनों के तिरस्कार में भी उसकी रक्षा करती थी। उसे वह दिन याद आया, जब एक बार वह बीमार पड़ा था। उसके बचने की कोई आशा न थी, पर न तो पिता को

उसकी कुछ चिन्ता थी, न बहनों को। केवल माता थी, जो रात की रात उसके सिरहाने बैठी अपनी मधुर, स्नेहमयी बातों से उसकी पीड़ा शांत कर रही थी। उन दिनों कितनी बार उसने उस देवी को नित्य रात्रि में रोते देखा था। वह स्वयं रोगों से जीर्ण हो रही थी; लेकिन उसकी सेवा-शुश्रूषा में वह अपनी व्यथा को ऐसे भूल गई थी, मानो उसे कोई कष्ट ही नहीं। क्या उसे माता के दर्शन फिर होंगे? वह इसी क्षोभ और नैराश्य में समुद्र-तट पर चला जाता और घण्टों अनंत जल-प्रवाह को देखा करता। कई दिनों से उसे घर पर एक पत्र भेजने की इच्छा हो रही थी, किंतु लज्जा और ग्लानि के कारण वह टालता जाता था। आखिर एक दिन उससे न रहा गया। उसने पत्र लिखा और अपने अपराधों के लिए क्षमा मांगी। पत्र आदि से अन्त तक भक्ति से भरा हुआ था। अंत में उसने इन शब्दों में अपनी माता को आश्वासन दिया था। 'माता जी, मैने बड़े-बड़े उत्पात किये हैं, आप लोग मुझसे तंग आ गए थे, मैं उन सारी भूलों के लिए सच्चे हृदय से लज्जित हूँ और आपको विश्वास दिलाता हूँ कि जीता रहा, तो कुछ न कुछ करके दिखाऊँगा। तब कदाचित आपको मुझे अपना पुत्र कहने में संकोच न होगा। मुझे आशीर्वाद दीजिए कि अपनी प्रतिज्ञा का पालन कर सकूं।'

यह पत्र लिखकर उसने डाकखाने में छोड़ा और उसी दिन से उत्तर की प्रतीक्षा करने लगा; किंतु एक महीना गुजर गया और कोई जवाब न आया। उसका जी घबड़ाने लगा। जवाब क्यों नहीं आता? कहीं माता जी बीमार तो नहीं हैं? शायद दादा ने क्रोध-वश जवाब न लिखा होगा? कोई और विपत्ति तो नहीं आ पड़ी?

कैम्प में एक वृक्ष के नीचे कुछ सिपाहियों ने शालिग्राम की एक मूर्ति रख छोड़ी थी। कुछ श्रद्धालु सैनिक रोज उस प्रतिमा पर जल चढ़ाया करते थे। जगतसिंह उनकी हँसी उड़ाया करता; पर आप वह विक्षिप्तों की भांति प्रतिमा के सम्मुख जाकर बड़ी देर तक मस्तक झुकाये बैठा रहा। वह इसी ध्यानावस्था में बैठा था कि किसी ने उसका नाम लेकर पुकारा, यह दफ्तर का चपरासी था और उसके नाम की चिट्ठी लेकर आया था। जगतसिंह ने पत्र हाथ में लिया, तो उसकी सारी देह काँप उठी। ईश्वर की स्तुति करके उसने लिफाफा खोला ओर पत्र पढ़ा। लिखा था– तुम्हारे दादा को

गबन के अभियोग में पाँच वर्ष की सजा हो गई। तुम्हारी माता इस शोक में मरणासन्न है। छुट्टी मिले, तो घर चले आओ।

जगतसिंह ने उसी वक्त कप्तान के पास जाकर कहा– हुजूर, मेरी माँ बीमार है, मुझे छुट्टी दे दीजिए।

कप्तान ने कठोर आँखों से देखकर कहा– अभी छुट्टी नहीं मिल सकती।

'तो मेरा इस्तीफा ले लीजिए।'

'अभी इस्तीफा नहीं लिया जा सकता।'

'मैं अब एक क्षण भी नहीं रह सकता।'

'रहना पड़ेगा। तुम लोगों को बहुत जल्द लाम पर जाना पड़ेगा।'

'लड़ाई छिड़ गई! आह, तब मैं घर नहीं जाऊँगा? हम लोग कब तक यहाँ से जाएँगे?'

'बहुत जल्द, दो ही चार दिनों में।'

4

चार वर्ष बीत गए। कैप्टन जगतसिंह का-सा योद्धा उस रेजीमेंट में नहीं है। कठिन अवस्थाओं में उसका साहस और भी उत्तेजित हो जाता है। जिस मुहिम में सबकी हिम्मत जवाब दे जाती है, उसे सर करना उसी का काम है। हल्ले और धावे में वह सदैव सबसे आगे रहता है, उसकी त्योरियों पर कभी मैल नहीं आता; उसके साथ ही वह इतना विनम्र, इतना गंभीर, इतना प्रसन्नचित्त है कि सारे अफ़सर और मातहत उसकी बड़ाई करते हैं, उसका पुनर्जीवन-सा हो गया। उस पर अफ़सरों को इतना विश्वास है कि अब वे प्रत्येक विषय में उससे परामर्श करते हैं। जिससे पूछिए, वही वीर जगतसिंह की विरुदावली सुना देगा– कैसे उसने जर्मनों की मैगजीन में आग लगायी, कैसे अपने कप्तान को मशीनगनों की मार से निकाला, कैसे अपने एक मातहत सिपाही को कंधे पर लेकर निकल आया। ऐसा जान पड़ता है, उसे अपने प्राणों का मोह नहीं, मानो वह काल को खोजता फिरता हो!

लेकिन नित्य रात्रि के समय, जब जगतसिंह को अवकाश मिलता है, वह अपनी छोलदारी में अकेले बैठकर घरवालों को याद कर लिया करता

है। दो-चार आँसू की बूंदे अवश्य गिरा देता है। वह प्रतिमास अपने वेतन का बड़ा भाग घर भेज देता है और ऐसा कोई सप्ताह नहीं जाता जब कि वह माता को पत्र न लिखता हो। सबसे बड़ी चिंता उसे अपने पिता की है, जो आज उसी के दुष्कर्मों के कारण कारावास की यातना झेल रहे हैं। हाय! वह कौन दिन होगा, जब कि वह उनके चरणों पर सिर रखकर अपना अपराध क्षमा करायेगा और वह उसके सिर पर हाथ रखकर आशीर्वाद देंगे?

5

सवा चार वर्ष बीत गए। संध्या का समय है। नैनी जेल के द्वार पर भीड़ लगी हुई है। कितने ही कैदियों की मियाद पूरी हो गई है। उन्हें लिवा जाने के लिए उनके घरवाले आये हुए हैं; किन्तु बूढ़ा भक्तसिंह अपनी अंधेरी कोठरी में सिर झुकाये उदास बैठा हुआ है। उसकी कमर झुककर कमान हो गई है। देह अस्थि-पंजर-मात्र रह गई है। ऐसा जान पड़ता है, किसी चतुर शिल्पी ने एक अकाल-पीड़ित मनुष्य की मूर्ति बनाकर रख दी है। उसकी भी मियाद पूरी हो गई है; लेकिन उसके घर से कोई नहीं आया। आये कौन? आने वाला था ही कौन?

एक बूढ़ा किन्तु हृष्ट-पुष्ट कैदी ने आकर उसका कंधा हिलाया और बोला– कहो भगत, कोई घर से आया?

भक्तसिंह ने कंपित कंठ-स्वर से कहा– घर पर है ही कौन?

'घर तो चलोगे ही?'

'मेरा घर कहाँ है?'

'तो क्या यहीं पड़े रहोगे?'

'अगर ये लोग निकाल न देंगे, तो यहीं पड़ा रहूंगा।'

आज चार साल के बाद भगतसिंह को अपने प्रताड़ित, निर्वासित पुत्र की याद आ रही थी। जिसके कारण जीवन का सर्वनाश हो गया; आबरू मिट गई; घर बरबाद हो गया, उसकी स्मृति भी असह्य थी; किन्तु आज नैराश्य और दुःख के अथाह सागर में डूबते हुए उन्होंने उसी तिनके का सहारा लिया। न-जाने उस बेचारे की क्या दशा हुई। लाख बुरा है, तो भी अपना लड़का है। खानदान की निशानी तो है। मरूंगा तो चार आँसू तो

बहायेगा; दो चुल्लू पानी तो देगा। हाय! मैंने उसके साथ कभी प्रेम का व्यवहार नहीं किया। जरा भी शरारत करता, तो यमदूत की भांति उसकी गर्दन पर सवार हो जाता। एक बार रसोई में बिना पैर धोये चले जाने के दंड में मैंने उसे उलटा लटका दिया था। कितनी बार केवल जोर से बोलने पर मैंने उसे तमाचे लगाये थे। पुत्र-सा रत्न पाकर मैंने उसका आदर न किया। उसी का दंड है। जहाँ प्रेम का बन्धन शिथिल हो, वहाँ परिवार की रक्षा कैसे हो सकती है?

6

सवेरा हुआ। आशा का सूर्य निकला। आज उसकी रश्मियां कितनी कोमल और मधुर थीं, वायु कितनी सुखद, आकाश कितना मनोहर, वृक्ष कितने हरे-भरे, पक्षियों का कलरव कितना मीठा! सारी प्रकृति आशा के रंग में रंगी हुई थी; पर भक्तसिंह के लिए चारों ओर घोर अंधकार था।

जेल का अफ़सर आया। कैदी एक पंक्ति में खड़े हुए। अफ़सर एक-एक का नाम लेकर रिहाई का परवाना देने लगा। कैदियों के चेहरे आशा से प्रफुल्लित थे। जिसका नाम आता, वह खुश-खुश अफ़सर के पास जाता, परवाना लेता, झुककर सलाम करता और तब अपने विपत्तिकाल के संगियों से गले मिलकर बाहर निकल जाता। उसके घरवाले दौड़कर उससे लिपट जाते। कोई पैसे लुटा रहा था, कहीं मिठाइयां बांटी जा रही थीं, कहीं जेल के कर्मचारियों को इनाम दिया जा रहा था। आज नरक के पुतले विनम्रता के देवता बने हुए थे।

अन्त में भक्तसिंह का नाम आया। वह सिर झुकाये आहिस्ता-आहिस्ता जेलर के पास गए और उदासीन भाव से परवाना लेकर जेल के द्वार की ओर चले, मानो सामने कोई समुद्र लहरें मार रहा हो। द्वार से बाहर निकलकर वह ज़मीन पर बैठ गए। कहाँ जाएँ?

सहसा उन्होंने एक सैनिक अफ़सर को घोड़े पर सवार, जेल की ओर आते देखा। उसकी देह पर खाकी वरदी थी, सिर पर कारचोबी साफा। अजीब शान से घोड़े पर बैठा हुआ था। उसके पीछे-पीछे एक फिटन आ रही थी। जेल के सिपाहियों ने अफ़सर को देखते ही बन्दूकें संभाली और लाइन में खड़े हाकर सलाम किया।

भक्तसिंह ने मन में कहा– एक भाग्यवान वह है, जिसके लिए फिटन आ रही है; और एक अभागा मैं हूँ, जिसका कहीं ठिकाना नहीं।

फौजी अफ़सर ने इधर-उधर देखा और घोड़े से उतरकर सीधे भक्तसिंह के सामने आकर खड़ा हो गया।

भक्तसिंह ने उसे ध्यान से देखा और तब चौंककर उठ खड़े हुए और बोले– अरे! बेटा जगतसिंह!

जगतसिंह रोता हुआ उनके पैरों पर गिर पड़ा।

मैकू

कादिर और मैकू ताड़ीखाने के सामने पहुँचे; तो वहाँ कांग्रेस के वालंटियर झंडा लिए खड़े नज़र आये। दरवाज़े के इधर-उधर हज़ारों दर्शक खड़े थे। शाम का वक्त था। इस वक्त गली में पियक्कड़ों के सिवा और कोई न आता था। भले आदमी इधर से निकलते झिझकते। पियक्कड़ों की छोटी-छोटी टोलियां आती-जाती रहती थीं। दो-चार वेश्याएं दुकान के सामने खड़ी नज़र आती थीं। आज यह भीड़-भाड़ देखकर मैकू ने कहा- बड़ी भीड़ है बे, कोई दो-तीन सौ आदमी होंगे।

कादिर ने मुस्कुराकर कहा- भीड़ देखकर डर गए क्या? यह सब हुर्र हो जाएँगे, एक भी न टिकेगा। यह लोग तमाशा देखने आये हैं, लाठियां खाने नहीं आये हैं।

मैकू ने संदेह के स्वर में कहा- पुलिस के सिपाही भी बैठे हैं। ठेकेदार ने तो कहा था, पुलिस न बोलेगी।

कादिर- हाँ बे, पुलिस न बोलेगी, तेरी नानी क्यों मरी जा रही है। पुलिस वहाँ बोलती है, जहाँ चार पैसे मिलते हैं या जहाँ कोई औरत का मामला होता है। ऐसी बेफजूल बातों में पुलिस नहीं पड़ती। पुलिस तो और शह दे रही है। ठेकेदार से साल में सैंकड़ों रुपए मिलते हैं। पुलिस इस वक्त उसकी मदद न करेगी तो कब करेगी?

मैकू- चलो, आज दस हमारे भी सीधे हुए। मुफ्त में पियेंगे वह अलग, मगर हम सुनते हैं, कांग्रेस वालों में बड़े-बड़े मालदार लोग शरीक हैं। वह कहीं हम लोगों से कसर निकालें तो बुरा होगा।

कादिर- अबे, कोई कसर-वसर नहीं निकालेगा, तेरी जान क्यों निकल रही है? कांग्रेस वाले किसी पर हाथ नहीं उठाते, चाहे कोई उन्हें मार ही डाले। नहीं तो उस दिन जुलूस में दस-बारह चौकीदारों की मजाल थी कि दस हज़ार आदमियों को पीटकर रख देते। चार तो वहीं ठंडे हो गए थे, मगर एक ने हाथ नहीं उठाया। इनके जो महात्मा हैं, वह बड़े भारी फकीर हैं! उनका हुक्म है कि चुपके से मार खा लो, लड़ाई मत करो।

यों बातें करते-करते दोनों ताड़ीखाने के द्वार पर पहुँच गए। एक स्वयंसेवक हाथ जोड़कर सामने आ गया और बोला– भाई साहब, आपके मजहब में ताड़ी हराम है।

मैकू ने बात का जवाब चांटे से दिया। ऐसा तमाचा मारा कि स्वयंसेवक की आँखों में खून आ गया। ऐसा मालूम होता था, गिरा चाहता है। दूसरे स्वयंसेवक ने दौड़कर उसे संभाला। पाँचों उंगलियों का रक्तमय प्रतिबिम्ब झलक रहा था।

मगर वालंटियर तमाचा खाकर भी अपने स्थान पर खड़ा रहा। मैकू ने कहा– अब हटता है कि और लेगा?

स्वयंसेवक ने नम्रता से कहा– अगर आपकी यही इच्छा है, तो सिर सामने किये हुए हूँ। जितना चाहिए, मार लीजिए। मगर अंदर न जाइए।

यह कहता हुआ वह मैकू के सामने बैठ गया।

मैकू ने स्वयंसेवक के चेहरे पर निगाह डाली। उसकी पाँचों उंगलियों के निशान झलक रहे थे। मैकू ने इसके पहले अपनी लाठी से टूटे हुए कितने ही सिर देखे थे, पर आज की-सी ग्लानी उसे कभी न हुई थी। वह पाँचों उंगलियों के निशान किसी पंचशूल की भांति उसके हृदय में चुभ रहे थे।

कादिर चौकीदारों के पास खड़ा सिगरेट पीने लगा। वहीं खड़े-खड़े बोला– अब, खड़ा क्या देखता है, लगा कसके एक हाथ।

मैकू ने स्वयंसेवक से कहा– तुम उठ जाओ, मुझे अन्दर जाने दो।

'आप मेरी छाती पर पाँव रखकर चले जा सकते हैं।'

'मैं कहता हूँ, उठ जाओ, मैं अन्दर ताड़ी न पीऊंगा, एक दूसरा ही काम है।'

उसने यह बात कुछ इस दृढ़ता से कही कि स्वयंसेवक उठकर रास्ते से हट गया। मैकू ने मुस्कुराकर उसकी ओर ताका। स्वयंसेवक ने फिर हाथ जोड़कर कहा– अपना वादा भूल न जाना।

एक चौकीदार बोला– लात के आगे भूत भागता है, एक ही तमाचे में ठीक हो गया!

कादिर ने कहा– यह तमाचा बच्चा को जन्म-भर याद रहेगा। मैकू के तमाचे सह लेना मामूली काम नहीं है।

चौकीदार– आज ऐसा ठोंको इन सबों को कि फिर इधर आने का नाम न लें।

कादिर– खुदा ने चाहा, तो फिर इधर आयेंगे भी नहीं। मगर हैं सब बड़े हिम्मती। जान को हथेली पर लिए फिरते हैं।

2

मैकू भीतर पहुँचा, तो ठेकेदार ने स्वागत किया– आओ मैकू मियां! एक ही तमाचा लगाकर क्यों रह गए? एक तमाचे का भला इन पर क्या असर होगा? बड़े लतखोर हैं सब। कितना ही पीटो, असर ही नहीं होता। बस आज सबों के हाथ-पाँव तोड़ दो; फिर इधर न आयें।

मैकू– तो क्या और न आयेंगे?

ठेकेदार– फिर आते सबों की नानी मरेगी।

मैकू– और जो कहीं इन तमाशा देखने वालों ने मेरे ऊपर डंडे चलाये तो!

ठेकेदार– तो पुलिस उनको मार भगायेगी। एक झड़प में मैदान साफ हो जाएगा। लो, जब तक एकाध बोतल पी लो। मैं तो आज मुफ्त की पिला रहा हूँ।

मैकू– क्या इन ग्राहकों को भी मुफ्त?

ठेकेदार– क्या करता, कोई आता ही न था। सुना कि मुफ्त मिलेगी तो सब धंस पड़े।

मैकू– मैं तो आज न पीऊंगा।

ठेकेदार– क्यों? तुम्हारे लिए तो आज ताजी ताड़ी मंगवायी है।

मैकू– यों ही, आज पीने की इच्छा नहीं है। लाओ, कोई लकड़ी निकालो, हाथ से मारते नहीं बनता।

ठेकेदार ने लपक कर एक मोटा सोंटा मैकू के हाथ में दे दिया, और डंडेबाजी का तमाशा देखने के लिए द्वार पर खड़ा हो गया।

मैकू ने एक क्षण डंडे को तौला, तब उछलकर ठेकेदार को ऐसा डंडा रसीद किया कि वहीं दोहरा होकर द्वार में गिर पड़ा। इसके बाद मैकू ने पियक्कड़ों की ओर रुख किया और लगा डंडों की वर्षा करने। न आगे देखता था, न पीछे, बस डंडे चलाये जाता था।

ताड़ीबाजों के नशे हिरन हुए। घबड़ा-घबड़ा कर भागने लगे, पर किवाड़ों के बीच में ठेकेदार की देह बिंधी पड़ी थी। उधर से फिर भीतर की ओर लपके। मैकू ने फिर डंडों से आवाहन किया। आखिर सब ठेकेदार की देह को रौंद-रौंद कर भागे। किसी का हाथ टूटा, किसी का सिर फूटा, किसी की कमर टूटी। ऐसी भगदड़ मची कि एक मिनट के अन्दर ताड़ीखाने में एक चिड़िये का पूत भी न रह गया।

एकाएक मटकों के टूटने की आवाज़ आई। स्वयंसेवक ने भीतर झांककर देखा, तो मैकू मटकों को विध्वंस करने में जुटा हुआ था। बोला– भाई साहब, अजी भाई साहब, यह आप गजब कर रहे हैं। इससे तो कहीं अच्छा कि आपने हमारे ही ऊपर अपना गुस्सा उतारा होता।

मैकू ने दो-तीन हाथ चलाकर बाकी बची हुई बोतलों और मटकों का सफाया कर दिया और तब चलते-चलते ठेकेदार को एक लात जमा कर बाहर निकल आया।

कादिर ने उसको रोक कर पूछा– तू पागल तो नहीं हो गया है बे? क्या करने आया था, और क्या कर रहा है।

मैकू ने लाल-लाल आँखों से उसकी ओर देखकर कहा– हाँ अल्लाह का शुक्र है कि मैं जो करने आया था, वह न करके कुछ और ही कर बैठा। तुममें कूवत हो, तो वालंटरों को मारो, मुझमें कूवत नहीं है। मैंने तो जो एक थप्पड़ लगाया। उसका रंज अभी तक है और हमेशा रहेगा! तमाचे के निशान मेरे कलेजे पर बन गए हैं। जो लोग दूसरों को गुनाह से बचाने के लिए अपनी जान देने को खड़े हैं, उन पर वही हाथ उठाएगा, जो पाजी है, कमीना है, नामर्द है। मैकू फिसादी है, लठैत, गुंडा है, पर क़मीना और नामर्द नहीं हैं। कह दो पुलिस वालों से, चाहें तो मुझे गिरफ्तार कर लें।

कई ताड़ीबाज खड़े सिर सहलाते हुए, उसकी ओर सहमी हुई आँखों से ताक रहे थे। कुछ बोलने की हिम्मत न पड़ती थी। मैकू ने उनकी ओर देखकर कहा– मैं कल फिर आऊँगा। अगर तुममें से किसी को यहाँ देखा तो खून ही पी जाऊँगा! जेल और फांसी से नहीं डरता। तुम्हारी भलमनसी इसी में है कि अब भूलकर भी इधर न आना। यह कांग्रेस वाले तुम्हारे दुश्मन नहीं है। तुम्हारे और तुम्हारे बाल-बच्चों की भलाई के लिए ही तुम्हें पीने से रोकते हैं। इन पैसों से अपने बाल-बच्चों की परवरिश करो, घी-दूध

खाओ। घर में तो फाके हो रहे हैं, घर वाली तुम्हारे नाम को रो रही है, और तुम यहाँ बैठे पी रहे हो? लानत है इस नशेबाजी पर।

मैकू ने वहीं डंडा फेंक दिया और कदम बढ़ाता हुआ घर चला। इस वक्त तक हज़ारों आदमियों का हुजूम हो गया था। सभी श्रद्धा, प्रेम और गर्व की आँखो से मैकू को देख रहे थे।

समर यात्रा

आज सवेरे से ही गाँव में हलचल मची हुई थी। कच्ची झोपड़ियां हँसती हुई जान पड़ती थीं। आज सत्याग्रहियों का जत्था गाँव में आयेगा। कोदई चौधरी के द्वार पर चंदोवा तना हुआ है। आटा, घी, तरकारी, दूध और दही जमा किया जा रहा है। सबके चेहरों पर उमंग है, हौसला है, आनन्द है। वही बिंदा अहीर, जो दौरे के हाकिमो के पड़ाव पर पाव-पाव भर दूध के लिए मुँह छिपाता फिरता था, आज दूध और दही के दो मटके अहिराने से बटोर कर रख गया है। कुम्हार, जो घर छोड़ कर भाग जाया करता था, मिट्टी के बर्तनों का अटम लगा गया है। गाँव के नाई-कहार सब आप ही आप दौड़े चले आ रहे हैं। अगर कोई प्राणी दुखी है, तो वह नोहरी बुढ़िया है। वह अपनी झोपड़ी के द्वार पर बैठी हुई अपनी पचहत्तर साल की बूढ़ी सिकुड़ी हुई आँखों से यह समारोह देख रही है और पछता रही है। उसके पास क्या है, जिसे लेकर कोदई के द्वार पर जाए और कहे- मैं यह लाई हूँ। वह तो दानों को मुहताज है।

मगर नोहरी ने अच्छे दिन भी देखे हैं। एक दिन उसके पास धन, जन सब कुछ था। गाँव पर उसी का राज्य था। कोदई को उसने हमेशा नीचे दबाये रखा। वह स्त्री होकर भी पुरुष थी। उसका पति घर में सोता था, वह खेत में सोने जाती थी। मामले-मुकदमे की पैरवी खुद ही करती थी। लेना-देना सब उसी के हाथों में था लेकिन वह सब कुछ विधाता ने हर लिया; न धन रहा, न जन रहे। अब उनके नामों को रोने के लिए वही बाकी थी। आँखों से सूझता न था, कानों से सुनाई न देता था, जगह से हिलना मुश्किल था। किसी तरह जिंदगी के दिन पूरे कर रही थी और उधर कोदई के भाग उदय हो गए थे। अब चारों ओर से कोदई की पूछ थी, पहुँच थी। आज जलसा भी कोदई के द्वार पर हो रहा है। नोहरी को अब कौन पूछेगा। यह सोचकर उसका मनस्वी हृदय मानो किसी पत्थर से कुचल उठा। हाय! मगर भगवान उसे इतना अपंग न कर दिया होता, तो आज झोंपड़े को लीपती, द्वार पर बाजे

बजवाती; कढ़ाव चढ़ा देती, पूड़ियां बनवाती और जब वह लोग खा चुके होते; तो अंजुली भर रुपए उनको भेंट कर देती।

उसे वह दिन याद आया जब वह बूढ़े पति को लेकर यहाँ से बीस कोस महात्मा जी के दर्शन करने गई थी। वह उत्साह, वह सात्विक प्रेम, वह श्रद्धा, आज उसके हृदय में आकाश के मटियाले मेघों की भांति उमड़ने लगी।

कोदई ने आकर पोपले मुँह से कहा– भाभी, आज महात्मा जी का जत्था आ रहा है। तुम्हें भी कुछ देना है।

नोहरी ने चौधरी को कातर भरी हुई आँखों से देखा। निर्दयी मुझे जलाने आया है। नीचा दिखाना चाहता है। जैसे आकाश पर चढ़कर बोली– मुझे जो कुछ देना है, वह उन्हीं लोंगो को दूंगी। तुम्हें क्यों दिखाऊं!

कोदई ने मुस्कुराकर कहा– हम किसी से कहेगें नहीं, सच कहते हैं भाभी, निकालो वह पुरानी हांड़ी! अब किस दिन के लिए रखे हुए हो। किसी ने कुछ नहीं दिया। गाँव की लाज कैसे रहैगी?

नोहरी ने कठोर दीनता के भाव से कहा– जले पर नमक न छिड़को, देवर जी! भगवान ने दिया होता, तो तुम्हें कहना न पड़ता। इसी द्वार पर एक दिन साधु-संत, जोगी-जती, हाकिम-सूबा सभी आते थे; मगर सब दिन बराबर नहीं जाते!

कोदई लज्जित हो गया। उसके मुख की झुर्रियां मानो रेंगने लगीं। बोला– तुम तो हँसी-हँसी में बिगड़ जाती हो भाभी! मैंने तो इसलिए कहा था कि पीछे से तुम यह न कहने लगो– मुझसे तो किसी ने कुछ कहा ही नहीं।

यह कहता हुआ वह चला गया। नोहरी वहीं बैठी उसकी ओर ताकती रही। उसका वह व्यंग्य सर्प की भांति उसके सामने बैठा हुआ मालूम होता था।

2

नोहरी अभी बैठी हुई थी कि शोर मचा--जत्था आ गया। पश्चिम में गर्द उड़ती हुई नज़र आ रही थी, मानो पृथ्वी उन यात्रियों के स्वागत में

अपने राज-रत्नों की वर्षा कर रही हो। गाँव के सब स्त्री-पुरुष सब काम छोड़-छोड़ कर उनका अभिवादन करने चले। एक क्षण में तिरंगी पताका हवा में फहराती दिखाई दी, मानो स्वराज्य ऊँचे आसन पर बैठा हुआ सबको आशीर्वाद दे रहा है।

स्त्रियां मंगल-गान करने लगीं। जरा देर में यात्रियों का दल साफ नज़र आने लगा। दो-दो आदमियों की कतारें थीं। हर एक की देह पर खद्दर का कुर्ता था, सिर पर गांधी टोपी, बगल में थैला लटकता हुआ, दोनों हाथ खाली, मानो स्वराज्य का आलिंगन करने को तैयार हों। फिर उनका कण्ठ-स्वर सुनाई देने लगा। उनके मरदाने गलों से एक कौमी तराना निकल रहा था, गर्म, गहरा, दिलों में स्फूर्ति डालने वाला–

एक दिन वह था कि हम सारे जहाँ में फर्द थे,
एक दिन यह है कि हम-सा बेहया कोई नहीं।
एक दिन वह था कि अपनी शान पर देते थे जान,
एक दिन यह है कि हम-सा बेहया कोई नहीं।

गाँव वालों ने कई कदम आगे बढ़कर यात्रियों का स्वागत किया। बेचारों के सिरों पर धूल जमी हुई थी, ओंठ सूखे हुए, चेहरे कुंभलाए; पर आँखों में जैसे आजादी की ज्योति चमक रही थी।

स्त्रियां गा रही थीं, बालक उछल रहे थे और पुरुष अपने अंगोछों से यात्रियों को हवा कर रहे थे। इस समारोह में नोहरी की ओर किसी का ध्यान न गया, वह अपनी लठियां पकड़े सबके पीछे सजीव आशीर्वाद बनी खड़ी थी उसकी आँखें डबडबायी हुई थीं, मुख से गौरव की ऐसी झलक आ रही थी मानो वह कोई रानी है, मानो यह सारा गाँव उसका है, वे सभी युवक उसके बालक है। अपने मन में उसने ऐसी शक्ति, ऐसे विकास, ऐसे उत्थान का अनुभव कभी न किया था।

सहसा उसने लाठी फेंक दी और भीड़ को चीरती हुई यात्रियों के सामने आ खड़ी हुई, जैसे लाठी के साथ ही उसने बुढ़ापे और दुःख के बोझ को फेंक दिया हो! वह एक पल अनुरक्त आँखों से आजादी के सैनिकों की ओर ताकती रही, मानो उनकी शक्ति को अपने अंदर भर रही हो, तब वह नाचने लगी, इस तरह नाचने लगी, जैसे कोई सुन्दरी नवयौवना प्रेम और उल्लास के मद से विह्वल होकर नाचे। लोग दो-दो, चार-चार

कदम पीछे हट गए, छोटा-सा आंगन बन गया और उस आंगन में वह बुढ़िया अपना अतीत नृत्य-कौशल दिखाने लगी। इस अलौकिक आनन्द के रेले में वह अपना सारा दुःख और संताप भूल गई। उसके जीर्ण अंगों में जहाँ सदा वायु को प्रकोप रहता था, वहाँ न जाने इतनी चपलता, इतनी लचक, इतनी फुरती कहाँ से आ गई थी! पहले कुछ देर तो लोग मजाक से उसकी ओर ताकते रहे; जैसे बालक बंदर का नाच देखते हैं, फिर अनुराग के इस पावन प्रवाह ने सभी को मतवाला कर दिया। उन्हें ऐसा जान पड़ा कि सारी प्रकृति एक विराट व्यापक नृत्य की गोद में खेल रही है।

कोदई ने कहा– बस करो भाभी, बस करो।

नोहरी ने थिरकते हुए कहा– खड़े क्यों हो, आओ न जरा देखूं, कैसा नाचते हो!

कोदई बोले- अब बुढ़ापे में क्या नाचूं?

नोहरी ने रुककर कहा– क्या तुम आज भी बूढ़े हो? मेरा बुढ़ापा तो जैसे भाग गया। इन वीरों को देखकर भी तुम्हारी छाती नहीं फूलती? हमारा ही दुःख-दर्द हरने के लिए तो इन्होंने यह परन ठाना है। इन्हीं हाथों से हाकिमों की बेगार बजायी है, इन्हीं कानों से उनकी गालियाँ और घुड़कियां सुनी हैं। अब तो उस जोर-जुलुम का नाश होगा। हम और तुम क्या अभी बूढ़े होने जोग थे? हमें पेट की आग ने जलाया है। बोलो ईमान से यहाँ इतने आदमी हैं, किसी ने इधर छह महीने से पेट-भर रोटी खायी है? घी किसी को सूंघने को मिला है! कभी नींद-भर सोये हो! जिस खेत का लगान तीन रुपए देते थे, अब उसी के नौ-दस देते हो। क्या धरती सोना उगलेगी? काम करते-करते छाती फट गई। हमीं हैं कि इतना सहकर भी जीते हैं। दूसरा होता, तो या तो मार डालता, या मर जाता। धन्य है महात्मा और उनके चेले कि दीनों का दुःख समझते हैं, उनके उद्धार का जतन करते हैं और तो सभी हमें पीसकर हमारा रक्त निकालना जानते हैं।

यात्रियों के चेहरे चमक उठे, हृदय खिल उठे। प्रेम की डूबी हुई ध्वनि निकली–

एक दिन था कि पारस थी यहाँ की सरज़मीन,
एक दिन यह है कि यों बे-दस्तोपा कोई नहीं।

3

कोदई के द्वार पर मशालें जल रही थीं। कई गाँवों के आदमी जमा हो गए थे। यात्रियों के भोजन कर लेने के बाद सभा शुरू हुई। दल के नायक ने खड़े होकर कहा–

भाइयों, आपने आज हम लोगों का जो आदर-सत्कार किया, उससे हमें यह आशा हो रही है कि हमारी बेड़ियां जल्द ही कट जाएंगी। मैंने पूरब और पश्चिम के बहुत से देशों को देखा है और मैं तजरबे से कहता हूँ कि आप में जो सरलता, जो ईमानदारी, जो श्रम और धर्मबुद्धि है, वह संसार के और किसी देश में नहीं। मैं तो यही कहूंगा कि आप मनुष्य नहीं, देवता हैं। आपको भोग-विलास से मतलब नहीं, नशा-पानी से मतलब नहीं, अपना काम करना और अपनी दशा पर संतोष रखना। यह आपका आदर्श है, लेकिन आपका यही देवत्व, आपका यही सीधापन आपके हक में घातक हो रहा है। बुरा न मानिएगा, आप लोग इस संसार में रहने के योग्य नहीं। आपको तो स्वर्ग में कोई स्थान पाना चाहिए था। खेतों का लगान बरसाती नाले की तरह बढ़ता जाता है, आप चूं नहीं करते। अमले और अहलकार आपको नोचते रहते हैं, आप जबान नहीं हिलाते। इसका यह नतीजा हो रहा है कि आपको लोग दोनों हाथों लूट रहे हैं; पर आपको खबर नहीं। आपके हाथों से सभी रोजगार छिनते जाते हैं, आपका सर्वनाश हो रहा है, पर आप आँखें खोलकर नहीं देखते। पहले लाखों भाई सूत कातकर, कपड़े बुनकर गुजर करते थे। अब सब कपड़ा विदेश से आता है। पहले लाखों आदमी यहीं नमक बनाते थे। अब नमक बाहर से आता है। यहाँ नमक बनाना जुर्म है। आपके देश में इतना नमक है कि सारे संसार का दो सौ साल तक उससे काम चल सकता है, पर आप सात करोड़ रुपए सिर्फ नमक के लिए देते हैं। आपके ऊसरों में, झीलों में नमक भरा पड़ा है, आप उसे छू नहीं सकते। शायद कुछ दिनों में आपके कुओं पर भी महसूल लग जाए। क्या आप अब भी यह अन्याय सहते रहेंगे?

एक आवाज़ आई– हम किस लायक हैं?

नायक– यही तो आपका भ्रम हैं। आप ही की गर्दन पर इतना बड़ा राज्य थमा हुआ है। आप ही इन बड़ी-बड़ी फौजों, इन बड़े-बड़े अफ़सरों

के मालिक हैं; मगर फिर भी आप भूखों मरते हैं, अन्याय सहते हैं। इसलिए कि आपको अपनी शक्ति का ज्ञान नहीं। यह समझ लीजिए कि संसार में जो आदमी अपनी रक्षा नहीं कर सकता, वह सदैव स्वार्थी और अन्यायी आदमियों का शिकार बना रहेगा! आज संसार का सबसे बड़ा आदमी अपने प्राणों की बाजी खेल रहा है। हज़ारों जवान अपनी जानें हथेली पर लिए आपके दु:खों का अंत करने के लिए तैयार हैं। जो लोग आपको असहाय समझकर दोनों हाथों से आपको लूट रहे हैं, वह कब चाहेंगे कि उनका शिकार उनके मुँह से छिन जाए। वे आपके इन सिपाहियों के साथ जितनी सख्तियां कर सकते हैं, कर रहे हैं; मगर हम लोग सब कुछ सहने को तैयार हैं। अब सोचिए कि आप हमारी कुछ मदद करेंगे? मरदों की तरह निकल कर अपने को अन्याय से बचायेंगे या कायरों की तरह बैठे हुए तकदीर को कोसते रहेंगे? ऐसा अवसर फिर शायद कभी न आये। अगर इस वक्त चूके, तो फिर हमेशा हाथ मलते रहिएगा। हम न्याय और सत्य के लिए लड़ रहे हैं; इसलिए न्याय और सत्य ही के हथियारों से हमें लड़ना है। हमें ऐसे वीरों की जरूरत है, जो हिंसा और क्रोध को दिल से निकाल डालें और ईश्वर पर अटल विश्वास रखकर धर्म के लिए सब कुछ झेल सकें! बोलिए आप क्या मदद कर सकते हैं?

कोई आगे नहीं बढ़ता। सन्नाटा छाया रहता है।

4

एकाएक शोर मचा– पुलिस! पुलिस आ गई!!

पुलिस का दारोगा कांस्टेबिलों के एक दल के साथ आकर सामने खड़ा हो गया। लोगों ने सहमी हुई आँखों और धड़कते हुऐ दिलों से उनकी ओर देखा और छिपने के लिए बिल खोजने लगे।

दारोगाजी ने हुक्म दिया– मारकर भगा दो इन बदमाशों को?

कांस्टेबलों ने अपने डंडे संभाले; मगर इसके पहले कि वे किसी पर हाथ चलायें, सभी लोग हुर्र हो गए! कोई इधर से भागा, कोई उधर से। भगदड़ मच गई। दस मिनट में वहाँ गाँव का एक आदमी भी न रहा। हाँ, नायक अपने स्थान पर अब भी खड़ा था और जत्था उसके पीछे बैठा

हुआ था; केवल कोदई चौधरी नायक के समीप बैठे हुए थिर आँखों से भूमि की ओर ताक रहे थे।

दारोगा ने कोदई की ओर कठोर आँखों से देखकर कहा– क्यों रे कोदइया, तूने इन बदमाशों को क्यों ठहराया यहाँ?

कोदई ने लाल-लाल आँखों से दारोगा की ओर देखा और जहर की तरह गुस्से को पी गए। आज अगर उनके सिर गृहस्थी का बखेड़ा न होता, लेना-देना न होता तो वह भी इसका मुँहतोड़ जवाब देते। जिस गृहस्थी पर उन्होंने अपने जीवन के पचास साल होम कर दिए थे; वह इस समय एक विषैले सर्प की भांति उनकी आत्मा में लिपटी हुई थी।

कोदई ने अभी कोई जवाब न दिया था कि नोहरी पीछे से आकर बोली– क्या लाल पगड़ी बांधकर तुम्हारी जीभ ऐंठ गई है? कोदई क्या तुम्हारे गुलाम हैं कि कोदइया-कोदइया कर रहे हो? हमारा ही पैसा खाते हो और हमीं को आँखें दिखाते हो? तुम्हें लाज नहीं आती?

नोहरी इस वक्त दोपहरी की धूप की तरह काँप रही थी। दारोगा एक क्षण के लिए सन्नाटे में आ गया। फिर कुछ सोचकर औरत के मुँह लगना अपनी शान के खिलाफ समझकर कोदई से बोला– यह कौन शैतान की खाला है, कोदई! खुदा का खौफ न होता तो इसकी जबान तालू से खींच लेता।

बुढ़िया लाठी टेककर दारोगा की ओर घूमती हुई बोली– क्यों खुदा की दुहाई देकर खुदा को बदनाम करते हो। तुम्हारे खुदा तो तुम्हारे अफ़सर हैं, जिनकी तुम जूतियां चाटते हो। तुम्हें तो चाहिए था कि डूब मरते चिल्लू भर पानी में! जानते हो, यह लोग जो यहाँ आये हैं, कौन हैं? यह वह लोग है, जो हम गरीबों के लिए अपनी जान तक झोंकने को तैयार हैं। तुम उन्हें बदमाश कहते हो! तुम जो घूस के रुपए खाते हो, जुआ खेलते हो, चोरियां करवाते हो, डाके डलवाते हो; भले आदमियों को फंसा कर मुट्ठियां गरम करते हो और अपने देवताओं की जूतियों पर नाक रगड़ते हो, तुम इन्हें बदमाश कहते हो!

नोहरी की तीक्ष्ण बातें सुनकर बहुत-से लोग जो इधर-उधर दबक गए थे, फिर जमा हो गए। दारोगा ने देखा, भीड़ बढ़ती जाती है, तो अपना हंटर लेकर उन पर पिल पड़े। लोग फिर तितर-बितर हो गए। एक हंटर नोहरी

पर भी पड़ा उसे ऐसा मालूम हुआ कि कोई चिनगारी सारी पीठ पर दौड़ गई। उसकी आँखों तले अंधेरा छा गया, पर अपनी बची हुई शक्ति को एकत्र करके ऊँचे स्वर से बोली– लड़कों क्यों भागते हो? क्या नेवता खाने आये थे। या कोई नाच-तमाशा हो रहा था? तुम्हारे इसी लेंड़ीपन ने इन सबों को शेर बना रखा है। कब तक यह मार-धाड़, गाली-गुप्ता सहते रहोगे।

एक सिपाही ने बुढ़िया की गरदन पकड़कर जोर से धक्का दिया। बुढ़िया दो-तीन कदम पर औंधे मुँह गिरा चाहती थी कि कोदई ने लपककर उसे संभाल लिया और बोला– क्या एक दुखिया पर गुस्सा दिखाते हो यारो? क्या गुलामी ने तुम्हें नामर्द भी बना दिया है? औरतों पर, बूढ़ों पर, निहत्थों पर, वार करते हो, वह मरदों का काम नहीं है।

नोहरी ने ज़मीन पर पड़े-पड़े कहा– मर्द होते तो गुलाम ही क्यों होते! भगवान! आदमी इतना निर्दयी भी हो सकता है? भला अंग्रेज इस तरह बेदरदी करे तो एक बात है। उसका राज है। तुम तो उसके चाकर हो, तुम्हें राज तो न मिलेगा, मगर रांड-मांड में ही खुश! इन्हें कोई तलब देता जाए, दूसरों की गरदन भी काटने में इन्हें संकोच नहीं!

अब दारोगा ने नायक को डांटना शुरू किया– तुम किसके हुक्म से इस गाँव में आये?

नायक ने शांत भाव से कहा– खुदा के हुक्म से।

दारोगा– तुम रिआया के अमन में खलल डालते हो?

नायक– अगर तुम्हें उनकी हालत बताना उनके अमन में खलल डालना है तो बेशक हम उसके अमन में खलल डाल रहे हैं।

भागने वालों के कदम एक बार फिर रुक गए। कोदई ने उनकी ओर निराश आँखों से देखकर काँपते हुए स्वर में कहा– भाइयों इस बखत कई गाँव के आदमी यहाँ जमा हैं? दारोगा ने हमारी जैसी बेआबरुई की है, क्या उसे सहकर तुम आराम की नींद सो सकते हो? इसकी फरियाद कौन सुनेगा? हाकिम लोग क्या हमारी फरियाद सुनेंगे। कभी नहीं। आज अगर हम लोग मार डाले जाएँ, तो भी कुछ न होगा। यह है हमारी इज्जत और आबरू? थुड़ी है इस जिंदगी पर!

समूह स्थिर भाव से खड़ा हो गया, जैसे बहता हुआ पानी मेंड़ से रुक जाए। भय का धुआं जो लोगों के हृदय पर छा गया था, एकाएक हट गया।

उनके चेहरे कठोर हो गए। दारोगा ने उनके तेवर देखे, तो तुरन्त घोड़े पर सवार हो गया और कोदई को गिरफ्तार करने का हुक्म दिया। दो सिपाहियों ने बढ़कर कोदई की बांह पकड़ ली। कोदई ने कहा– घबड़ाते क्यों हो, मैं कहीं भागूंगा नहीं। चलो, कहाँ चलते हो?

ज्योंही कोदई दोनों सिपाहियों के साथ चला, उसके दोनों जवान बेटे कई आदमियों के साथ सिपाहियों की ओर लपके कि कोदई को उनके हाथों से छीन लें। सभी आदमी विकट आवेश में आकर पुलिस वालों के चारों ओर जमा हो गए।

दारोगा ने कहा– तुम लोग हट जाओ वरना मैं फायर कर दूंगा। समूह ने इस धमकी का जवाब 'भारत माता की जय!' से दिया और एक-एक दो-दो कदम और आगे खिसक आये।

दारोगा ने देखा, अब जान बचती नहीं नज़र आती है। नम्रता से बोला– नायक साहब, यह लोग फसाद पर अमादा हैं। इसका नतीजा अच्छा न होगा!

नायक ने कहा– नहीं, जब तक हममें एक आदमी भी यहाँ रहेगा, आपके ऊपर कोई हाथ न उठा सकेगा। आपसे हमारी कोई दुश्मनी नहीं है। हम और आप दोनों एक ही पैरों के तले दबे हुए हैं। यह हमारी बद-नसीबी है कि हम आप दो विरोधी दलों में खड़े हैं।

यह कहते हुए नायक ने गाँव वालों को समझाया– भाइयों, मैं आपसे कह चुका हूँ यह न्याय और धर्म की लड़ाई है और हमें न्याय और धर्म के हथियार से ही लड़ना है। हमें अपने भाइयों से नहीं लड़ना है। हमें तो किसी से भी लड़ना नहीं है। दारोगा की जगह कोई अंगरेज होता, तो भी हम उसकी इतनी ही रक्षा करते। दारोगा ने कोदई चौधरी को गिरफ्तार किया है। मैं इसे चौधरी का सौभाग्य समझता हूँ। धन्य हैं वे लोग जो आजादी की लड़ाई में सजा पायें। यह बिगड़ने या घबड़ाने की बात नहीं है। आप लोग हट जाएँ और पुलिस को जाने दें।

दारोगा और सिपाही कोदई को लेकर चले। लोगों ने जयध्वनि की– 'भारतमाता की जय।'

कोदई ने जवाब दिया– राम-राम भाइयों, राम-राम। डटे रहना मैदान में। घबड़ाने की कोई बात नहीं है। भगवान सबका मालिक है।

दोनों लड़के आँखों में आँसू भरे आये और कातर स्वर में बोले– हमें क्या कहे जाते हो दादा!

कोदई ने उन्हें बढ़ावा देते हुए कहा– भगवान का भरोसा मत छोड़ना और वह करना जो मरदों को करना चाहिए। भय सारी बुराइयों की जड़ है। इसे मन से निकाल डालो, फिर तुम्हारा कोई कुछ नहीं कर सकता। सत्य की कभी हार नहीं होती।

आज पुलिस सिपाहियों के बीच में कोदई को निर्भयता का जैसा अनुभव हो रहा था, वैसा पहले कभी न हुआ था। जेल और फांसी उसके लिए आज भय की वस्तु नहीं, गौरव की वस्तु हो गई थी! सत्य का प्रत्यक्ष रूप आज उसने पहली बार देखा मानो वह कवच की भांति उसकी रक्षा कर रहा हो।

5

गाँव वालों के लिए कोदई का पकड़ लिया जाना लज्जाजनक मालूम हो रहा था। उनकी आँखों के सामने उनके चौधरी इस तरह पकड़ लिए गए और वे कुछ न कर सके। अब वे मुँह कैसे दिखायें! हर एक मुख पर गहरी वेदना झलक रही थी जैसे गाँव लुट गया!

सहसा नोहरी ने चिल्लाकर कहा– अब सब जने खड़े क्या पछता रहे हो? देख ली अपनी दुर्दशा, या अभी कुछ बाकी है! आज तुमने देख लिया न कि हमारे ऊपर कानून से नहीं लाठी से राज हो रहा है! आज हम इतने बेशरम हैं कि इतनी दुर्दशा होने पर भी कुछ नहीं बोलते! हम इतने स्वार्थी, इतने कायर न होते, तो उनकी मजाल थी कि हमें कोड़ों से पीटते। जब तक तुम गुलाम बने रहोगे, उनकी सेवा-टहल करते रहोगे, तुम्हें भूसा-कर मिलता रहेगा, लेकिन जिस दिन तुमने कंधा टेढ़ा किया, उसी दिन मार पड़ने लगेगी। कब तक इस तरह मार खाते रहोगे? कब तक मुर्दों की तरह पड़े गिद्धों से अपने आपको नोचवाते रहोगे? अब दिखा दो कि तुम भी जीते-जागते हो और तुम्हें भी अपनी इज्जत-आबरू का कुछ ख्याल है। जब इज्जत ही न रही तो क्या करोगे खेती-बारी करके, धर्म कमाकर? जीकर ही क्या करोगे? क्या इसीलिए जी रहे हो कि तुम्हारे बाल-बच्चे

इसी तरह लात खाते जाएँ, इसी तरह कुचले जाएँ? छोड़ो यह कायरता! आखिर एक दिन खाट पर पड़े-पड़े मर जाओगे। क्यों नहीं इस धरम की लड़ाई में आकर वीरों की तरह मरते। मैं तो बूढ़ी औरत हूँ, लेकिन और कुछ न कर सकूंगी, तो जहाँ यह लोग सोयेंगे वहाँ झाडू तो लगा दूंगी, इन्हें पंखा तो झलूंगी।

कोदई का बड़ा लड़का मैकू बोला– हमारे जीते-जी तुम जाओगी काकी, हमारे जीवन को धिक्कार है! अभी तो हम तुम्हारे बालक जीते ही हैं। मैं चलता हूँ उधर! खेती-बारी गंगा देखेगा।

गंगा उसका छोटा भाई था। बोला– भैया तुम यह अन्याय करते हो। मेरे रहते तुम नहीं जा सकते। तुम रहोगे, तो गिरस्ती संभालोगे। मुझसे तो कुछ न होगा। मुझे जाने दो।

मैकू– इसे काकी पर छोड़ दो। इस तरह हमारी-तुम्हारी लड़ाई होगी। जिसे काकी का हुक्म हो वह जाए।

नोहरी ने गर्व से मुस्कुराकर कहा– जो मुझे घूस देगा, उसी को जिताऊंगी।

मैकू– क्या तुम्हारी कचहरी में भी वही घूस चलेगा काकी? हमने तो समझा था, यहाँ ईमान का फैसला होगा!

नोहरी– चलो रहने दो। मरती दाई राज मिला है तो कुछ तो कमा लूं।

गंगा हँसता हुआ बोला– मैं तुम्हें घूस दूंगा काकी। अबकी बाज़ार जाऊँगा, तो तुम्हारे लिए पूर्वी तमाखू का पत्ता लाऊँगा।

नोहरी– तो बस तेरी ही जीत है, तू ही जाना।

मैकू– काकी, तुम न्याय नहीं कर रही हो।

नोहरी– अदालत का फैसला कभी दोनों फरीक ने पसन्द किया है कि तुम्हीं करोगे?

गंगा ने नोहरी के चरण छुए, फिर भाई से गले मिला और बोला– कल दादा को कहला भेजना कि मैं जाता हूँ।

एक आदमी ने कहा– मेरा भी नाम लिख लो भाई–सेवाराम।

सबने जय-घोष किया। सेवाराम आकर नायक के पास खड़ा हो गया।

दूसरी आवाज़ आई– मेरा नाम लिख लो–भजनसिंह।

सबने जय-घोष किया। भजनसिंह जाकर नायक के पास खड़ा हो गया।

भजनसिंह दस-पाँच गाँवों में पहलवानी के लिए मशहूर था। यह अपनी चौड़ी छाती ताने, सिर उठाए नायक के पास खड़ा जो हुआ, तो जैसे मंडप के नीचे एक नये जीवन का उदय हो गया।

तुरंत ही तीसरी आवाज़ आई– मेरा नाम लिखो-घूरे।

यह गाँव का चौकीदार था। लोगों ने सिर उठा-उठाकर उसे देखा। सहसा किसी को विश्वास न आता था कि घूरे अपना नाम लिखायेगा।

भजनसिंह ने हँसते हुए पूछा– तुम्हें क्या हुआ है घूरे?

घूरे ने कहा– मुझे वही हुआ है, जो तुम्हें हुआ है। बीस साल तक गुलामी करते-करते थक गया।

फिर आवाज़ आई– मेरा नाम लिखो–काले खां।

वह जमींदार का सहना था, बड़ा ही जाबिर और दबंग। फिर लोगों को आश्चर्य हुआ।

मैकू बोला– मालूम होता है, हमको लूट-लूटकर घर भर लिया है, क्यों?

काले खां गम्भीर स्वर में बोला– क्या जो आदमी भटकता रहे, उसे कभी सीधे रास्ते पर न आने दोगे भाई। अब तक जिसका नमक खाता था, उसका हुक्म बजाता था। तुमको लूट-लूट कर उसका घर भरता था। अब मालूम हुआ कि मैं बड़े भारी मुगालते में पड़ा हुआ था। तुम सब भाइयों को मैंने बहुत सताया है। अब मुझे माफी दो।

पाँचो रंगरूट एक दूसरे से लिपटते थे, उछलते थे, चीखते थे, मानो उन्होंने सचमुच स्वराज्य पा लिया हो और वास्तव में उन्हें स्वराज्य मिल गया था। स्वराज्य चित्त की वृत्तिमात्र है। ज्योंही पराधीनता का आतंक दिल से निकल गया, आपको स्वराज्य मिल गया। भय ही पराधीनता है निर्भयता ही स्वराज्य है। व्यवस्था और संगठन तो गौण है।

नायक ने उन सेवकों को सम्बोधित करके कहा– मित्रों! आप आज आजादी के सिपाहियों में आ मिले, इस पर मैं आपको बधाई देता हूँ। आपको मालूम है, हम किस तरह लड़ाई करने जा रहे हैं? आपके ऊपर तरह-तरह की सख्तियां की जाएंगी, मगर याद रखिए, जिस तरह आज आपने मोह और लोभ का त्याग कर दिया है, उसी तरह हिंसा और क्रोध

का भी त्याग कर दीजिए। हम धर्म संग्राम में जा रहे हैं। हमें धर्म के रास्ते पर जमा रहना होगा। आप इसके लिए तैयार हैं!

पाँचों ने एक स्वर में कहा– तैयार हैं!

नायक ने आशीर्वाद दिया– ईश्वर आपकी मदद करे।

6

उस सुहावने-सुनहले प्रभात में जैसे उमंग घुली हुई थी। समीर के हलके-हलके झोकों में प्रकाश की हल्की-हल्की किरणों में उमंग सनी हुई थी। लोग जैसे दीवाने हो गए थे। मानो आजादी की देवी उन्हें अपनी ओर बुला रही हो। वही खेत-खलिहान, बाग-बगीचे हैं, वही स्त्री-पुरुष हैं पर आज के प्रभात में जो आशीर्वाद है, जो वरदान है, जो विभूति है, वह और कभी न थी। वही खेत-खलिहान, बाग-बगीचे, स्त्री-पुरुष आज एक नई विभूति में रंग गए हैं।

सूर्य निकलने के पहले ही कई हज़ार आदमियों का जमाव हो गया था। जब सत्याग्रहियों का दल निकला तो लोगों की मस्तानी आवाज़ों से आकाश गूंज उठा। नये सैनिकों की विदाई, उनकी रमणियों का कातर धैर्य, माता-पिता का आर्द्र गर्व, सैनिकों के परित्याग का दृश्य लोंगों को मस्त किये देता था।

सहसा नोहरी लाठी टेकती हुई आकर खड़ी हो गई।

मैकू ने कहा– काकी, हमें आशीर्वाद दो।

नोहरी– मैं तुम्हारे साथ चलती हूँ बेटा! कितना आशीर्वाद लोगे?

कई आदमियों ने एक स्वर से कहा– काकी, तुम चली जाओगी, तो यहाँ कौन रहेगा?

नोहरी ने शुभकामना से भरे हुए स्वर में कहा– भैया, जाने के तो अब दिन ही है, आज न जाऊँगी, दो-चार महीने बाद जाऊँगी। अभी आऊँगी, तो जीवन सफल हो जाएगा। दो-चार महीने में खाट पर पड़े-पड़े जाऊँगी, तो मन की आस मन में ही रह जाएगी। इतने बालक हैं, इनकी सेवा से मेरी मुकुत बन जाएगी। भगवान करे, तुम लोगों के सुदिन आयें और मैं अपनी जिंदगी में तुम्हारा सुख देख लूं।

यह कहते हुए नोहरी ने सबको आशीर्वाद दिया और नायक के पास जाकर खड़ी हो गई।

लोग खड़े देख रहे थे और जत्था गाता हुआ जाता था।

एक दिन यह है कि हम-सा बेहया कोई नहीं।

नोहरी के पाँव ज़मीन पर न पड़ते थे; मानो विमान पर बैठी हुई स्वर्ग जा रही हो।

दो भाई

प्रातःकाल सूर्य की सुहावनी सुनहरी धूप-में कलावती दोनों बेटों को जांघों पर बैठा दूध और रोटी खिलाती थी। केदार बड़ा था, माधव छोटा। दोनों मुँह में कौर लिए, कई पग उछल-कूदकर फिर जांघों पर आ बैठते और अपनी तोतली बोली में उस प्रार्थना की रट लगाते थे, जिसमें एक पुराने सुहृदय कवि ने किसी जाड़े के सताए हुए बालक के हृदयोद्‌गार को प्रकट किया है-

'दैव-दैव, घाम करो, तुम्हारे बालक को लगता जाड़ा।'

माँ उन्हें चुमकारकर बुलाती और बड़े-बड़े कौर खिलाती। उसके हृदय में प्रेम की उमंग थी और नेत्रों में गर्व की झलक। दोनों भाई बड़े हुए। साथ-साथ गले में बांहें डाले खेलते थे। केदार की बुद्धि चुस्त थी, माधव का शरीर। दोनों में इतना स्नेह था कि साथ-साथ पाठशाला जाते, साथ-साथ खाते और साथ-साथ ही रहते थे।

दोनों भाइयों का ब्याह हुआ। केदार की बहू चम्पा अमित भाषिणी और चंचला थी। माधव की बहू श्यामा सांवली सलोनी, रूपराशि की खान थी। बड़ी ही मृदुभाषिणी, बड़ी ही सुशीला और शांत स्वभाव थी।

केदार चम्पा पर मोहे और माधव श्यामा पर रीझे। परन्तु कलावती का मन किसी से न मिला। वह दोनों से प्रसन्न और दोनों से अप्रसन्न थी। उसकी शिक्षा-दीक्षा का बहुत अंश इस व्यर्थ के प्रयत्न में व्यय होता था कि चम्पा अपनी कार्यकुशलता का एक भाग श्यामा के शांत स्वभाव से बदल ले।

दोनों भाई संतानवान हुए। हरा-भरा वृक्ष खूब फैला और फलों से लद गया! कुत्सित वृक्ष में केवल एक फल दृष्टिगोचर हुआ, वह भी कुछ पीला-सा मुरझाया हुआ। किन्तु दोनों अप्रसन्न थे। माधव को धन-सम्पत्ति की लालसा थी और केदार को संतान की अभिलाषा। भाग्य की इस कूटनीति ने शनैः-शनैः द्वेष का रूप धारण किया, जो स्वाभाविक था।

श्यामा अपने लड़कों को संवारने-सुधारने में लगी रहती; उसे सिर उठाने की फुरसत नहीं मिलता थी। बेचारी चम्पा को चूल्हे में जलना और चक्की में पिसना पड़ता। यह अनीति कभी-कभी कटु शब्दों में निकल जाती। श्यामा सुनती, कुढ़ती और चुपचाप सह लेती। परन्तु उसकी यह सहनशीलता चम्पा के क्रोध को शांत करने के बदले और बढ़ाती। यहाँ तक कि प्याला लबालब भर गया। हिरन भागने की राह न पाकर शिकारी की तरफ लपका। चम्पा और श्यामा समकोण बनाने वाली रेखाओं की भांति अलग हो गई। उस दिन एक ही घर में दो चूल्हे जले, परन्तु भाइयों ने दाने की सूरत न देखी और कलावती सारे दिन रोती रही।

2

कई वर्ष बीत गए। दोनों भाई जो किसी समय एक ही पालथी पर बैठते थे, एक ही थाली में खाते थे और एक ही छाती से दूध पीते थे, उन्हें अब एक घर में, एक गाँव में रहना कठिन हो गया। परन्तु कुल की साख में बट्टा न लगे, इसलिए ईर्ष्या और द्वेष की धधकी हुई आग को राख के नीचे दबाने की व्यर्थ चेष्टा की जाती थी। उन लोगों में अब भ्रातृ-स्नेह न था। केवल भाई के नाम की लाज थी। माँ अब भी जीवित थी, पर दोनों बेटों का वैमनस्य देखकर आँसू बहाया करती। हृदय में प्रेम था, पर नेत्रों में अभिमान न था। कुसुम वही था, परंतु वह छटा न थी।

दोनों भाई जब लड़के थे, तब एक को रोते देख, दूसरा भी रोने लगता था। तब वे नादान, बेसमझ और भोले थे। आज एक को रोते हुए देख, दूसरा हँसता और तालियाँ बजाता! वह समझदार और बुद्धिमान हो गए थे।

जब उन्हें अपने-पराये की पहचान न थी। उस समय यदि कोई छेड़ने के लिए एक को अपने साथ ले जाने की धमकी देता, तो दूसरा ज़मीन पर लोट जाता, और उस आदमी का कुर्ता पकड़ लेता। अब यदि एक भाई को मृत्यु भी धमकाती, तो दूसरे के नेत्रों में आँसू न आते। अब उन्हें अपने-पराये की पहचान हो गई थी।

बेचारे माधव की दशा शोचनीय थी। खर्च अधिक था और आमदनी कम। उस पर कुल-मर्यादा का निर्वाह। हृदय चाहे रोए, पर होंठ हँसते रहें।

हृदय चाहे मलिन हो, पर कपड़े मैले न हों। चार पुत्र थे, चार पुत्रियां और आवश्यक वस्तुएँ मोतियों के मोल। कुछ पाइयों की जमींदारी कहाँ तक सम्हालती? लड़कों का ब्याह अपने बस की बात थी, पर लड़कियों का विवाह कैसे टल सकता था? दो पाई ज़मीन पहली कन्या के विवाह की भेंट हो गई। उस पर भी बाराती बिना भात खाए आंगन से उठ गए। शेष दूसरी कन्या के विवाह में निकल गई। साल बाद तीसरी लड़की का विवाह हुआ, पेड़-पत्ते भी न बचे। हाँ, अबकी डाल भरपूर थी। परंतु दरिद्रता और धरोहर में वही सम्बन्ध है, जो मांस और कुत्ते में।

3

इस कन्या का अभी गौना न हुआ था कि माधव पर दो साल के बकाया लगान का वारंट आ पहुँचा। कन्या के गहने गिरो (बंधक) रखे गए। गला छूटा। चम्पा इसी समय की ताक में थी। तुरंत नए-नए नातेदारों को सूचना दी, तुम लोग बेसुध बैठे हो, यहाँ गहनों का सफाया हुआ जाता है। दूसरे दिन एक नाई और दो ब्राह्मण माधव के दरवाज़े पर आकर बैठ गए। बेचारे के गले में फांसी पड़ गई। रुपए कहाँ से आएं? न ज़मीन, न जायदाद, न बाग, न बगीचा। रहा विश्वास, वह कभी का उठ चुका था। अब यदि कोई संपत्ति थी, तो केवल वही दो कोठरियां, जिनमें उसने अपनी सारी आयु बितायी थी और उनका कोई ग्राहक न था। विलंब से नाक कटी जाती थी। विवश होकर केदार के पास आया और आँखों में आँसू भरे बोला– भैया, इस समय मैं बड़े संकट में हूँ, मेरी सहायता करो।

केदार ने उत्तर दिया– मद्धू! आजकल मैं भी तंग हो रहा हूँ, तुमसे सच कहता हूँ।

चम्पा अधिकारपूर्ण स्वर से बोली– अरे तो क्या इनके लिए भी तंग हो रहे हैं? अलग भोजन करने से क्या इज्जत अलग हो जाएगी?

केदार ने स्त्री की ओर कनखियों से ताककर कहा– नहीं, नहीं, मेरा यह प्रयोजन नहीं था। हाथ तंग है तो क्या, कोई न कोई प्रबंध किया ही जाएगा।

चम्पा ने माधव से पूछा– पाँच बीस, से कुछ ऊपर ही पर गहने रखे थे न? माधव ने उत्तर दिया– हाँ! ब्याज सहित कोई सवा सौ रुपए होते हैं।

केदार रामायण पढ़ रहे थे। फिर पढ़ने में लग गए। चम्पा ने तत्व की बातचीत शुरू की– रुपया बहुत है, हमारे पास होता, तो कोई बात न थी, परंतु हमें भी दूसरे से दिलाना पड़ेगा और महाजन बिना कुछ लिखाए-पढ़ाए रुपया देते नहीं।

माधव ने सोचा, यदि मेरे पास कुछ लिखाने-पढ़ाने को होता, तो क्या और महाजन मर गए थे, तुम्हारे दरवाज़े क्यों आता? बोला– लिखने-पढ़ने को मेरे पास है ही क्या? जो कुछ जगह-जायदाद है, वह यही घर है।

केदार और चम्पा ने एक दूसरे को मर्मभेदी नयनों से देखा और मन-ही-मन कहा– क्या आज सचमुच जीवन की प्यारी अभिलाषाएं पूरी होंगी? परंतु हृदय की यह उमंग मुँह तक आते-आते गंभीर रूप धारण कर गई। चम्पा बड़ी गंभीरता से बोली– घर पर तो कोई महाजन कदाचित ही रुपया दे। शहर हो तो कुछ किराया ही आवे, पर गंवई में तो कोई सेंत में रहने वाला भी नहीं। फिर साझे की चीज़ ठहरी।

केदार डरे कि कहीं चम्पा की कठोरता से खेल बिगड़ न जाए। बोले– एक महाजन से मेरी जान-पहचान है, वह कदाचित कहने-सुनने में आ जाए।

चम्पा ने गर्दन हिलाकर इस युक्ति की सराहना की और बोली– पर दो-तीन बीसी से अधिक मिलना कठिन है।

केदार ने जान पर खेलकर कहा– अरे, बहुत दबाने से चार बीसी हो जाएँगे और क्या?

अबकी चम्पा ने तीव्र दृष्टि से केदार को देखा और अनमनी-सी होकर बोली– महाजन ऐसे अंधे नहीं होते।

माधव अपने भाई-भावज के इस गुप्त रहस्य को कुछ-कुछ समझता था। वह चकित था कि इतनी बुद्धि कहाँ से मिल गई। बोला– और रुपए कहाँ से आएंगे।

चम्पा चिढ़कर बोली– और रुपयों के लिए और फिक्र करो। सवा सौ रुपए इन दो कोठरियों के इस जन्म में कोई न देगा। चार बीसी चाहो, तो एक महाजन से दिला दूं, लिखा-पढ़ी कर लो।

माधव इन रहस्यमय बातों से सशंक हो गया। उसे भय हुआ कि यह लोग मेरे साथ कोई गहरी चाल चल रहे हैं। दृढ़ता के साथ अड़कर

बोला– और कौन-सी फिक्र करूं? गहने होते तो कहता, लाओ रख दूं। यहाँ तो कच्चा सूत भी नहीं है। जब बदनाम हुए तो क्या दस के लिए, क्या पचास के लिए, दोनों एक ही बात है। यदि घर बेचकर मेरा नाम रह जाए, तो यहाँ तक स्वीकार है; परन्तु घर भी बेचूं और उस पर प्रतिष्ठा धूल में मिले, ऐसा मैं न करूंगा केवल नाम का ध्यान है, नहीं एक बार नहीं कर जाऊँ, तो मेरा कोई क्या करेगा? और सच पूछो तो मुझे अपने नाम की कोई चिंता नहीं है। मुझे कौन जानता है? संसार तो भैया को हँसेगा।

केदार का मुँह सूख गया। चम्पा भी चकरा गई! वह बड़ी चतुर वाक् निपुण रमणी थी। उसे माधव-जैसे गंवार से ऐसी दृढ़ता की आशा न थी। उसकी ओर आदर से देखकर बोली– लालू, कभी-कभी तुम भी लड़कों की सी बातें करते हो। भला, इस झोपड़ी पर कौन सौ रुपए निकालकर देगा? तुम सवा सौ के बदले सौ ही दिलाओ, मैं आज ही अपना हिस्सा बेचती हूँ। उतनी ही मेरी भी तो है। घर पर तो तुमको वही चार बीस मिलेंगे। हाँ, और रुपयों का प्रबंध हम आप कर देंगे। इज्जत हमारी-तुम्हारी एक ही है, वह न जाने पाएगी। वह रुपया अलग खाते में चढ़ा लिया जाएगा।

माधव की इच्छाएं पूरी हुईं। उसने मैदान मार लिया! सोचने लगा कि मुझे तो रुपयों से काम है, चाहे एक नहीं, दस खाते में चढ़ा लो। रहा मक़ान, वह जीते-जी नहीं छोड़ने का। प्रसन्न होकर चला। उसके जाने के बाद केदार और चम्पा ने कपट भेष त्याग दिया और देर तक एक-दूसरे को इस सौदे का दोषी सिद्ध करते रहे। अंत में मन को इस तरह संतोष दिया कि भोजन बहुत मधुर नहीं, किन्तु भर-कठौती तो है। घर, हाँ, देखेंगे कि श्यामा रानी इस घर में कैसे राज करती हैं?

केदार के दरवाज़े पर दो बैल खड़े हैं। इनमें कितनी संघशक्ति, कितनी मित्रता और कितना प्रेम है। दोनों एक ही जुए में चलते हैं, बस इनमें इतना ही नाता है। किन्तु अभी कुछ दिन हुए, जब इनमें से एक चम्पा के मैके मंगनी गया था, तो दूसरे ने तीन दिन तक नांद में मुँह नहीं डाला। परन्तु शोक, एक गोद के खेले भाई, एक छाती से दूध पीने वाले आज इतने बेगाने हो रहे हैं कि एक घर में रहना भी नहीं चाहते।

4

प्रातःकाल था। केदार के द्वार पर गाँव के मुखिया और नंबरदार विराजमान थे। मुंशी दातादयाल अभिमान से चारपाई पर बैठे रेहन का मसविदा तैयार करने में लगे थे। बारंबार कलम बनाते और बारंबार खत रखते, पर खत की शान न सुधरती। केदार का मुखारविंद विकसित था और चम्पा फूली नहीं समाती थी। माधव कुम्हलाया और म्लान था।

मुखिया ने कहा भाई ऐसा हितू, न भाई ऐसा शत्रु। केदार ने छोटे भाई की लाज रख ली।

नंबरदार ने अनुमोदन किया– भाई हो तो ऐसा हो।

मुख्तार ने कहा– भाई, सपूतों का यही काम है।

दातादयाल ने पूछा– रेहन लिखने वाले का नाम?

बड़े भाई बोले– माधव वल्द शिवदत्त।

'और लिखवाने वाले का?'

'केदार वल्द शिवदत्त।'

माधव ने बड़े भाई की ओर चकित होकर देखा। आँखें डबडबा आईं। केदार उसकी ओर न देख सका। नम्बरदार, मुखिया और मुख्तार भी विस्मित हुए। क्या केदार खुद ही रुपया दे रहा है? बातचीत तो किसी साहूकार की थी। जब घर में ही रुपया मौजूद है, तो इस रेहननामे की आवश्यकता ही क्या थी? भाई-भाई में इतना अविश्वास! अरे, राम! राम! क्या माधव 80 रुपए को भी मंहगा है! और यदि दबा भी बैठता, तो क्या रुपए पानी में चले जाते?

सभी की आँखें सैन द्वारा परस्पर बातें करने लगीं, मानो आश्चर्य की अथाह नदी में नौकाएं डगमगाने लगीं।

श्यामा दरवाज़े की चौखट पर खड़ी थी। वह सदा केदार की प्रतिष्ठा करती थी, परन्तु आज केवल लोक-रीति ने उसे अपने जेठ को आड़े हाथों में लेने से रोका।

बूढ़ी अम्मा ने सुना, तो सूखी नदी उमड़ आई। उसने एक बार आकाश की ओर देखा और माथा ठोक लिया।

तब उसे उस दिन का स्मरण हुआ, जब ऐसा ही सुहावना सुनहरा प्रभात था और दो प्यारे-प्यारे बच्चे उसकी गोद में बैठे हुए उछल-कूदकर दूध-रोटी खाते थे। उस समय माता के नेत्रों में कितना अभिमान था, हृदय में कितनी उमंग और कितना उत्साह!

परन्तु आज, आह! आज नयनों में लज्जा है और हृदय में शोक-संताप उसने पृथ्वी की ओर देखकर कातर स्वर में कहा– हे नारायण! क्या ऐसे पुत्रों को मेरी ही कोख में जन्म लेना था!

सुहाग की साड़ी

यह कहना भूल है कि दाम्पत्य-सुख के लिए स्त्री-पुरुष के स्वभाव में मेल होना आवश्यक है। श्रीमती गौरा और श्रीमान कुंवर रतनसिंह में कोई बात न मिलती थी। गौरा उदार थी, रतनसिंह कौड़ी-कौड़ी को दांतों से पकड़ते थे। वह हँसमुख थी, रतनसिंह चिंताशील थे। वह कुल-मर्यादा पर जान देती थी, रतनसिंह इसे आडम्बर समझते थे। उनके सामाजिक व्यवहार और विचार में भी घोर अंतर था। यहाँ उदारता की बाजी रतनसिंह के हाथ थी। गौरा को सहभोज से आपत्ति थी, विधवा-विवाह से घृणा और अछूतों के प्रश्न से विरोध। रतनसिंह इन सभी व्यवस्थाओं के अनुमोदक थे। राजनीतिक विषयों में यह विभिन्नता और भी जटिल थी! गौरा वर्तमान स्थिति को अटल, अमर, अपरिहार्य समझती थी, इसलिए वह नरम-गरम, कांग्रेस, स्वराज्य, होमरूल सभी से विरक्त थी। कहती- 'ये मुट्ठी भर पढ़े-लिखे आदमी क्या बना लेंगे, चने कहीं भाड़ फोड़ सकते हैं?' रतनसिंह पक्के आशावादी थे, राजनीतिक सभा की पहली पंक्तियों में बैठने वाले, कर्मक्षेत्र में सबसे पहले कदम उठाने वाले, स्वदेशव्रतधरी और बहिष्कार के पूरे अनुयायी। इतनी विषमताओं पर भी उनका दाम्पत्य-जीवन सुखमय था। कभी-कभी उनमें मतभेद अवश्य हो जाता था, पर वे समीर के वे झोंके थे, जो स्थिर जल को हलकी-हलकी लहरों से आभूषित कर देते हैं; वे प्रचंड झोंके नहीं जिनसे सागर विप्लवक्षेत्र बन जाता है। थोड़ी-सी सदिच्छा सारी विषमताओं और मतभेदों का प्रतिकार कर देती थी।

2

विदेशी कपड़ों की होलियां जलाई जा रही थीं। स्वयंसेवकों के जत्थे भिखारियों की भांति द्वारों पर खड़े हो-होकर विलायती कपड़ों की भिक्षा मांगते थे और ऐसा कदाचित् ही कोई द्वार था जहाँ उन्हें निराश होना पड़ता हो। खद्दर और गाढ़े के दिन फिर गए थे। नयनसुख, नयनदुख, मलमल

और तनजेब तनबेध हो गए थे। रतनसिंह ने आकर गौरा से कहा- लाओ, अब सब विदेशी कपड़े संदूक से निकाल दो, दे दूं।

गौरा- अरे तो इसी घड़ी कोई साइत निकली जाती है, फिर कभी दे देना।

रतन- वाह, लोग द्वार पर खड़े कोलाहल मचा रहे हैं और तुम कहती हो, फिर कभी दे देना।

गौरा- तो यह कुंजी लो, निकाल कर दे दो। मगर यह सब है लड़कों का खेल। घर फूंकने से स्वराज्य न कभी मिला है और न मिलेगा।

रतन- मैंने कल ही तो इस विषय पर तुमसे घंटों सिरपच्ची की थी और उस समय तुम मुझसे सहमत हो गई थीं, आज तुम फिर वही शंकाएं करने लगीं?

गौरा- मैं तुम्हारे अप्रसन्न हो जाने के डर से चुप हो गई थी।

रतन- अच्छा, शंकाएं फिर कर लेना, इस समय जो करना है वह करो।

गौरा- लेकिन मेरे कपड़े तो न लोगे न?

रतन- सब देने पड़ेंगे, विलायत का एक सूत भी घर में रखना मेरे प्रण को भंग कर देगा।

इतने में रामटहल साईस ने बाहर से पुकारा- सरकार, लोग जल्दी मचा रहे हैं, कहते हैं, अभी कई मुहल्लों का चक्कर लगाना है। कोई गाढ़े का टुकड़ा हो तो मुझे भी मिल जाए, मैंने भी अपने कपड़े दे दिए।

केसर महरी कपड़ों की एक गठरी लेकर बाहर जाती हुई दिखाई दी। रतनसिंह ने पूछा- क्या तुम भी अपने कपड़े देने जाती हो?

केसर ने लजाते हुए कहा- हाँ सरकार, जब देश छोड़ रहा है तो मैं कैसे पहनूं?

रतनसिंह ने गौरा की ओर आदेशपूर्ण नेत्रों से देखा। अब वह विलम्ब न कर सकी। लज्जा से सिर झुकाये संदूक खोलकर कपड़े निकालने लगी। एक संदूक खाली हो गया तो उसने दूसरा संदूक खोला। सबसे ऊपर एक सुंदर रेशमी सूट रखा हुआ था जो कुंवर साहब ने किसी अंग्रेजी कारखाने में सिलाया था।

गौरा ने पूछा- क्या सूट भी निकाल दूं?

रतन- हाँ-हाँ, इसे किस दिन के लिए रखोगी?

गौरा- यदि मैं यह जानती कि इतनी जल्दी हवा बदलेगी तो कभी यह सूट न बनवाने देती। सारे रुपए खून हो गए।

रतनसिंह ने कुछ उत्तर न दिया। तब गौरा ने अपना संदूक खोला और जलन के मारे स्वदेशी-विदेशी सभी कपड़े निकाल-निकाल कर फेंकने लगी। वह आवेश-प्रवाह में आ गई। उनमें कितनी ही बहुमूल्य फैंसी जाकेट और साड़ियाँ थीं, जिन्हें किसी समय पहनकर वह फूली न समाती थी। बाज-बाज साड़ियों के लिए तो उसे रतनसिंह से बार-बार तकाजे करने पड़े थे। पर इस समय सब की सब आँखों में खटक रही थीं। रतनसिंह उसके भावों को ताड़ रहे थे। स्वदेशी कपड़ों का निकाला जाना उन्हें अखर रहा था, पर इस समय चुप रहने ही में कुशल समझते थे। तिस पर भी दो-एक बार वाद-विवाद की नौबत आ ही गई। एक बनारसी साड़ी के लिए तो वह झगड़ बैठे, उसे गौरा के हाथों से छीन लेना चाहा, पर गौरा ने एक न मानी, निकाल ही फेंका। सहसा संदूक में से एक केसरिया रंग की तनजेब की साड़ी निकल आई जिस पर पक्के आंचल और पल्ले टंके हुए थे। गौरा ने उसे जल्दी से लेकर अपनी गोद में छिपा लिया।

रतनसिंह ने पूछा- कैसी साड़ी है।

गौरा- कुछ नहीं, तनजेब की साड़ी है। आंचल पक्का है।

रतन- तनजेब की है तब तो जरूर ही विलायती होगी। उसे अलग क्यों रख लिया? क्या वह बनारसी साड़ियों से अच्छी है?

गौरा- अच्छी तो नहीं है, पर मैं इसे न दूंगी।

रतन- वाह, विलायती चीज़ को मैं न रखने दूंगा। लाओ इधर।

गौरा- नहीं, मेरी खातिर से इसे रहने दो।

रतन- तुमने मेरी खातिर से एक भी चीज़ न रखी, मैं क्यों तुम्हारी खातिर करूं।

गौरा- पैरों पड़ती हूँ, जिद न करो।

रतन- स्वदेशी साड़ियों में से जो चाहो रख लो, लेकिन इस विलायती चीज़ को मैं न रखने दूंगा। इसी कपड़े की बदौलत हम गुलाम बने, यह गुलामी का दाग मैं अब नहीं रख सकता। लाओ इधर।

गौरा- मैं इसे न दूंगी, एक बार नहीं हज़ार बार कहती हूँ कि न दूंगी।

रतन- मैं इसे लेकर छोड़ूंगा, इस गुलामी के पटके को, इस दासत्व के बंधन को किसी तरह न रखूंगा।

गौरा- नाहक जिद करते हो।

रतन- आखिर तुमको इससे क्यों इतना प्रेम है?

गौरा- तुम तो बाल की खाल निकालने लगते हो। इतने कपड़े थोड़े हैं? एक साड़ी रख ही ली तो क्या?

रतन- तुमने अभी तक इन होलियों का आशय ही नहीं समझा।

गौरा- खूब समझती हूँ। सब ढोंग है। चार दिन में जोश ठंडा पड़ जाएगा।

रतन- तुम केवल इतना बतला दो कि यह साड़ी तुम्हें क्यों इतनी प्यारी है, तो शायद मैं मान जाऊँ।

गौरा- यह मेरी सुहाग की साड़ी है।

रतन- (जरा देर सोचकर) तब तो मैं इसे कभी न रखूंगा। मैं विदेशी वस्त्र को यह शुभस्थान नहीं दे सकता। इस पवित्र संस्कार का यह अपवित्र स्मृति-चिह्न घर में नहीं रख सकता। मैं इसे सबसे पहले होली की भेंट करूंगा। लोग कितने हतबुद्धि हो गए थे कि ऐसे शुभ कार्यों में भी विदेशी वस्तुओं का व्यवहार करने में संकोच न करते थे। मैं इसे अवश्य होली में दूंगा।

गौरा- कैसा असगुन मुँह से निकालते हो।

रतन- ऐसी सुहाग की साड़ी का घर में रखना ही अशकुन, अमंगल, अनिष्ट और अनर्थ है।

गौरा- यों चाहे जबरदस्ती छीन ले जाओ, पर खुशी से न दूंगी।

रतन- तो फिर मैं जबरदस्ती ही करूंगा। मजबूरी है।

यह कहकर वह लपके कि गौरा के हाथों से साड़ी छीन लूं। गौरा ने उसे मजबूती से पकड़ लिया और रतन की ओर कातर नेत्रों से देखकर कहा- तुम्हें मेरे सिर की कसम।

केसर महरी बोली- बहू जी की इच्छा है तो रहने दीजिए।

रतनसिंह के बढ़े हुए हाथ रुक गए, मुख मलिन हो गया। उदास होकर बोले- मुझे अपना व्रत तोड़ना पड़ेगा। प्रतिज्ञा-पत्र पर झूठे हस्ताक्षर करने पड़ेंगे। खैर, यही सही।

3

शाम हो गई थी। द्वार पर स्वयंसेवकगण शोर मचा रहे थे, कुंवर साहब जल्दी आइए, श्रीमती जी से भी कह दीजिए, हमारी प्रार्थना स्वीकार करें। बहुत देर हो रही है। उधर रतनसिंह असमंजस में पड़े हुए थे कि प्रतिज्ञा-पत्र पर कैसे हस्ताक्षर करूं। विदेशी वस्त्र घर में रखकर स्वदेशी व्रत का पालन क्योंकर होगा? आगे कदम बढ़ा चुका हूँ, पीछे नहीं हट सकता। लेकिन प्रतिज्ञा का अक्षरशः पालन करना अभीष्ट भी तो नहीं, केवल उसके आशय पर लक्ष्य रहना चाहिए। इस विचार से मुझे प्रतिज्ञा-पत्र पर हस्ताक्षर करने का पूरा अधिकार है। त्रिया-हठ के सामने किसी की नहीं चलती। यों चाहूं तो एक ताने में काम निकल सकता है, पर उसे बहुत दुःख होगा, बड़ी भावुक है, उसके भावों का आदर करना मेरा कर्तव्य है।

गौरा भी चिंता में डूबी हुई थी। सुहाग की साड़ी सुहाग का चिह्न है, उसे आग... कितने अशकुन की बात है। ये कभी-कभी बालकों की भांति जिद करने लगते हैं, अपनी धुन में किसी की सुनते नहीं। बिगड़ते हैं तो मानो मुँह ही नहीं सीधा होता।

लेकिन वे बेचारे भी तो अपने सिद्धांतों से मजबूर हैं। झूठ से उन्हें घृणा है। प्रतिज्ञा-पत्र पर झूठी स्वीकृति लिखनी पड़ेगी, उनकी आत्मा को बड़ा दुःख होगा, घोर धर्मसंकट में पड़े होंगे, यह भी तो नहीं हो सकता कि सारे शहर में स्वदेशानुरागियों के सिरमौर बन कर उस प्रतिज्ञा-पत्र पर हस्ताक्षर करने से आनाकानी करें। कहीं मुँह दिखाने को जगह न रहेगी, लोग समझेंगे, बना हुआ है। पर शकुन की चीज़ कैसे दूं?

इतने में उसने रामटहल साईस को सिर पर कपड़ों का गट्ठर लिए बाहर जाते देखा। केसर महरी भी एक गट्ठर सिर पर रखे हुए थी। पीछे-पीछे रतनसिंह हाथ में प्रतिज्ञा-पत्र लिए जा रहे थे। उनके चेहरे पर ग्लानि की झलक थी जैसे कोई सच्चा आदमी झूठी गवाही देने जा रहा हो। गौरा को देखकर उन्होंने आँखें फेर लीं और चाहा कि उसकी निगाह बचाकर निकल जाऊँ। गौरा को ऐसा जान पड़ा कि उनकी आँखें डबडबायी हुई हैं। वह राह रोककर बोली- जरा सुनते जाओ।

रतन- जाने दो, दिक न करो; लोग बाहर खड़े हैं।

उन्होंने चाहा कि पत्र को छिपा लूं; पर गौरा ने उसे उनके हाथ से छीन लिया, उसे गौर से पढ़ा और एक क्षण चिन्तामग्न रहने के बाद बोली- वह साड़ी भी लेते जाओ।

रतन- रहने दो, अब तो मैंने झूठ लिख ही दिया।

गौरा- मैं क्या जानती थी कि तुम ऐसी कड़ी प्रतिज्ञा कर रहे हो।

रतन- यह तो मैं तुमसे पहले कह चुका था।

गौरा- मेरी भूल थी, क्षमा कर दो और इसे लेते जाओ।

रतन- जब तुम इसे देना अशकुन समझती हो तो रहने दो। तुम्हारी खातिर थोड़ा-सा झूठ बोलने में मुझे कोई आपत्ति नहीं है।

गौरा- नहीं, लेते जाओ। अमंगल के भय से तुम्हारी आत्मा का हनन नहीं करना चाहती।

यह कहकर उसने अपनी सुहाग की साड़ी उठाकर पति के हाथों में रख दी। रतन ने देखा, गौरा के चेहरे पर एक रंग आता है, एक रंग जाता है, जैसे कोई रोगी अंतरस्थ विषम वेदना को दबाने की चेष्टा कर रहा हो। उन्हें अपनी अहृदयता पर लज्जा आई। हा! केवल अपने सिद्धान्त की रक्षा के लिए, अपनी आत्मा के सम्मान के लिए, मैं इस देवी के भावों का वध कर रहा हूँ! यह अत्याचार है। साड़ी गौरा को देकर बोले- तुम इसे रख लो, मैं प्रतिज्ञा-पत्र को फाड़े डालता हूँ।

गौरा ने दृढ़ता से कहा- तुम न ले जाओगे तो मैं खुद जाकर दे आऊँगी।

रतनसिंह विवश हो गए। साड़ी ली और बाहर चले आये।

4

उसी दिन से गौरा के हृदय पर एक बोझ-सा रहने लगा। वह दिल बहलाने के लिए नाना उपाय करती; जलसों में भाग लेती, सैर करने जाती, मनोरंजक पुस्तकें पढ़ती, यहाँ तक कि कई बार नियम के विरुद्ध थियेटरों में भी गई, किसी प्रकार अमंगल कल्पना को शान्त करना चाहती थी, पर यह आशंका एक मेघमंडल की भांति उसके हृदय पर छायी रहती थी।

जब एक पूरा महीना गुजर गया और उसकी मानसिक वेदना दिनों-दिन बढ़ती ही गई तो कुंवर साहब ने उसे कुछ दिनों के लिए अपने इलाके पर ले जाने का निश्चय किया। उसका मन उन्हें उनके आदर्श-प्रेम का नित्य तिरस्कार किया करता था। वह अक्सर देहातों में प्रचार का काम करने जाया करते थे! पर अब अपने गाँवों से बाहर न जाते, या जाते तो संध्या तक जरूर लौट आते। उनकी एक दिन की देर, उनका साधारण सिर दर्द और जुकाम उसे अव्यवस्थित कर देते थे। वह बहुधा बुरे स्वप्न देखा करती। किसी अनिष्ट के काल्पनिक अस्तित्व की छाया उसे अपने चारों ओर मंडराती हुई प्रतीत होती थी।

वह तो देहात में पड़ी हुई आशंकाओं की कठपुतली बनी हुई थी। इधर उसकी सुहाग की साड़ी स्वदेश-प्रेम की वेदी पर भस्म होकर ऋद्धि-प्रदायिनी भभूत बनी हुई थी।

दूसरे महीने के अन्त में रतनसिंह उसे लेकर लौट आये।

5

गौरा को वापस आये तीन-चार दिन हो चुके थे, पर असबाब को संभालने और नियत स्थान पर रखने में वह इतनी व्यस्त रही कि घर से बाहर न निकल सकी थी। कारण यह था कि केसर महरी उसके जाने के दूसरे ही दिन छोड़कर चली गई थी और अभी उतनी चतुर दूसरी महरी मिली न थी। कुंवर साहब का साईस रामटहल भी छोड़ गया था। बेचारे कोचवान को साईस का भी काम करना पड़ता था।

संध्या का समय था। गौरा बरामदे में बैठी आकाश की ओर एकटक होकर ताक रही थी। चिन्ताग्रस्त प्राणियों का एकमात्र यही अवलम्ब है! सहसा रतनसिंह ने आकर कहा- चलो, आज तुम्हें स्वदेशी बाज़ार की सैर करा लावें। यह मेरा ही प्रस्ताव था, पर चार दिन यहाँ आये हो गए, उधर जाने का अवकाश ही न मिला।

गौरा- मेरा तो जाने को जी नहीं चाहता। यहीं बैठकर कुछ बातें करो।

रतन- नहीं, चलो देख आवें। एक घंटे में लौट आवेंगे।

अंत में गौरा राजी हो गई। इधर महीनों से बाहर न निकली थी। आज उसे चारों तरफ एक विचित्र शोभा दिखाई दी। बाज़ार कभी इतनी रौनक पर न था। वह स्वदेशी बाज़ार में पहुँची तो जुलाहों और कोरियों को अपनी-अपनी दुकानें सजाए बैठे देखा। सहसा एक वृद्ध कोरी ने आकर रतनसिंह को सलाम किया। रतनसिंह चौंककर बोले- रामटहल, तुम अब कहाँ हो?

रामटहल का चेहरा श्रीसम्पन्न था। उसके अंग-अंग से आत्म-सम्मान की आभा झलक रही थी। आँखों में गौरव-ज्योति थी। रतनसिंह को कभी अनुमान न हुआ था कि अस्तबल साफ करने वाला बुड्ढा रामटहल इतना सौम्य, इतना भद्र पुरुष है। वह बोला- सरकार, अब तो अपना कारबार करता हूँ। जबसे आपकी गुलामी छोड़ी तब से अपने काम में लग गया। आप लोगों की निगाह हम गरीबों पर हो गई हमारा भी गुजर हो रहा है, नहीं तो आप जानते ही हैं, कि किस हालत में पड़ा हुआ था। जात का कोरी हूँ, पर पापी पेट के लिए चमार बन गया था।

रतन- तो भाई, अब मुँह मीठा कराओ। यह बाज़ार लगाने की मेरी ही सलाह थी, बिक्री तो अच्छी होती है।

रामटहल- हाँ सरकार! आजकल खूब बिक्री हो रही है। माल हाथों-हाथ उड़ जाता है। यहाँ बैठते हुए एक महीना हो गया है, पर आपकी कृपा से लोगों के चार पैसे थे, वे बेबाक हो गए। भगवान की दया से रूखा-सूखा भोजन भी दोनों समय मिल जाता है और क्या चाहिए। मलकिन की सुहाग की साड़ी का होली में आना कहिए और बाज़ार का चमकना कहिए। लोगों ने कहा, जब इतने बड़े आदमी होकर ऐसे शकुन की चीज़ की परवाह नहीं करते तो फिर हम विदेशी कपड़े क्यों रखें। जिस दिन होली जली है उसके दो-तीन दिन पहले ही सरकार इलाके पर चले गए थे। उसके पहले भी सरकार कई दिनों तक घर से बहुत कम निकलते थे। मैं तो यही कहूंगा कि यह सारी माया उसी सुहाग की साड़ी की है।

इतने में एक अधेड़ स्त्री गौरा के सामने आकर बोली- बहू जी, मुझे भूल तो नहीं गईं?

गौरा ने सिर उठाया तो सामने केसर महरी खड़ी थी। वह सुंदर साड़ी पहने हुए थी, हाथ-पाँव में मामूली गहने भी थे, चेहरा खिला हुआ था। स्वाधीन जीवन का गौरव एक-एक भाव से प्रस्फुटित हो रहा था।

गौरा ने कहा- इतनी जल्दी भूल जाऊँगी? अब कहाँ हो? हमें लौटने भी न दिया, बीच में ही उड़ भागी।

केसर- क्या करूं सरकार, अपना काम चलते देखकर सबर न हो सका। जब तक रोजगार न चलता था तब तक लाचारी थी। पेट के लिए सेवा-टहल, करम-कुकरम सभी करना पड़ता था। अब आप लोगों की दया से हमारे भी दिन लौटे हैं, अब दूसरा काम नहीं किया जाता। अगर बाज़ार का यही रंग रहा तो अपनी कमाई खाये न चुकेगी। यह सब आपकी साड़ी की महिमा है। उसकी बदौलत हम गरीबों के कितने ही घर बस गए। एक महीना पहले इन दुकान वालों में से किसी को रोटियों का ठिकाना न था। कोई साईसी करता था, कोई तासे बजाता था, यहाँ तक कि कई आदमी मेहतर का काम करते थे। कितने ही भीख मांगते थे। अब सब अपने धंधे में लग गए हैं। सच पूछो तो तुम्हारी सुहाग की साड़ी ने हमें सुहागिन बना दिया, नहीं तो हम सुहागिन होते हुए भी विधवाएं थीं। सच कहती हूँ, सैंकड़ों जबानों से नित्य यही दुआ निकलती है कि आपका सुहाग अमर हो, जिसने हमारी रांड जात को सुहाग दान दिया।

रतनसिंह एक दुकान पर बैठकर कुछ कपड़े देखने लगे। गौरा का भावुक हृदय आनंद से पुलकित हो रहा था। उसकी सारी अमंगल कल्पनाएँ स्वप्नवत् विच्छिन्न होती जाती थीं। आँखें सजल हो गई थीं और सुहाग की देवी अश्रुसंचित नेत्रों के सामने खड़ी आंचल फैलाकर उसे आशीर्वाद दे रही थीं।

उसने रतनसिंह को भक्तिपूर्ण आँखों से देखकर कहा- मेरे लिए भी एक साड़ी ले लो।

6

जब गौरा यहाँ से चली तो सड़क की बिजलियां जल चुकी थीं। सड़कों पर खूब प्रकाश था। उसका हृदय भी आनंद के प्रकाश से जगमगा रहा था।

रतनसिंह ने पूछा- सीधे घर चलूं?

गौरा- नहीं, छावनी की तरफ होते चलो।

रतन- बाज़ार खूब सजा हुआ था।

गौरा- यह ज़मीन लेकर एक स्थायी बाज़ार बनवा दो। स्वदेशी कपड़ों की दुकानें हों और किसी से किराया न लिया जाए।

रतन- बहुत खर्च पड़ेगा।

गौरा- मकान बेच दो, रुपए ही रुपए हो जाएँगे।

रतन- और रहें, पेड़ तले?

गौरा- नहीं, गाँव वाले मकान में।

रतन- सोचूंगा।

गौरा- (जरा देर में) इलाके-भर में खूब कपास की खेती कराओ, जो कपास बोये उसकी बेगार माफ कर दो।

रतन- हाँ, तदबीर अच्छी है, दूनी उपज हो जाएगी।

गौरा- (कुछ देर सोचने के बाद) लकड़ी बिना दाम दो तो कैसा हो? जो चाहे, चरखे बनवाने के लिए काट ले जाए।

रतन- लूट मच जाएगी।

गौरा- ऐसी बेईमानी कोई न करेगा।

जब उसने गाड़ी से उतरकर घर में कदम रखा तो चित्त शुभ-कल्पनाओं से प्रफुल्लित हो रहा था। मानो कोई बछड़ा खूंटे से छूटकर किलोलें कर रहा हो।

माता का हृदय

माधवी की आँखों में सारा संसार अंधेरा हो रहा था। कोई अपना मददगार दिखाई न देता था। कहीं आशा की झलक न थी। उस निर्धन घर में वह अकेली पड़ी रोती थी और कोई आँसू पोंछने वाला न था। उसके पति को मरे हुए 22 वर्ष हो गए थे। घर में कोई सम्पत्ति न थी। उसने न-जाने किन तकलीफों से अपने बच्चे को पाल-पोस कर बड़ा किया था। वही जवान बेटा आज उसकी गोद से छीन लिया गया था और छीनने वाले कौन थे? अगर मृत्यु ने छीना होता तो वह सब्र कर लेती। मौत से किसी को द्वेष नहीं होता। मगर स्वार्थियों के हाथों यह अत्याचार असह्य हो रहा था। इस घोर संताप की दशा में उसका जी रह-रह कर इतना विकल हो जाता कि इसी समय चलूं और उस अत्याचारी से इसका बदला लूं जिसने उस पर निष्ठुर आघात किया है। मारूं या मर जाऊँ। दोनों में ही संतोष हो जाएगा।

कितना सुंदर, कितना होनहार बालक था! यही उसके पति की निशानी, उसके जीवन का आधार उसकी उम्र भर की कमाई थी। वही लड़का इस वक्त जेल में पड़ा न जाने क्या-क्या तकलीफें झेल रहा होगा! और उसका अपराध क्या था? कुछ नहीं। सारा मुहल्ला उस पर जान देता था। विद्यालय के अध्यापक उस पर जान देते थे। अपने-बेगाने सभी तो उसे प्यार करते थे। कभी उसकी कोई शिकायत सुनने में नहीं आई। ऐसे बालक की माता होने पर उसे बधाई देती थी। कैसा सज्जन, कैसा उदार, कैसा परमार्थी! खुद भूखों सो रहे; मगर क्या मजाल कि द्वार पर आने वाले अतिथि को रूखा जवाब दे। ऐसा बालक क्या इस योग्य था कि जेल में जाता! उसका अपराध यही था, वह कभी-कभी सुनने वालों को अपने दुखी भाइयों का दुखड़ा सुनाया करता था। अत्याचार से पीड़ित प्राणियों की मदद के लिए हमेशा तैयार रहता था। क्या यही उसका अपराध था?

दूसरों की सेवा करना भी अपराध है? किसी अतिथि को आश्रय देना भी अपराध है?

इस युवक का नाम आत्मानंद था। दुर्भाग्यवश उसमें वे सभी सद्‌गुण थे जो जेल का द्वार खोल देते हैं। वह निर्भीक था, स्पष्टवादी था, साहसी था, स्वदेश-प्रेमी था, निःस्वार्थ था, कर्तव्यपरायण था। जेल जाने के लिए इन्हीं गुणों की जरूरत है। स्वाधीन प्राणियों के लिए वे गुण स्वर्ग का द्वार खोल देते हैं, पराधीनों के लिए नरक के! आत्मानंद के सेवा-कार्य ने, उसकी वक्तृताओं ने और उसके राजनीतिक लेखों ने उसे सरकारी कर्मचारियों की नज़रों में चढ़ा दिया था। सारा पुलिस-विभाग नीचे से ऊपर तक उससे सतर्क रहता था, सबकी निगाहें उस पर लगीं रहती थीं। आखिर जिले में एक भयंकर डाके ने उन्हें इच्छित अवसर प्रदान कर दिया।

आत्मानंद के घर की तलाशी हुई, कुछ पत्र और लेख मिले, जिन्हें पुलिस ने डाके का बीजक सिद्ध किया। लगभग 20 युवकों की एक टोली फांस ली गई। आत्मानंद इसका मुखिया ठहराया गया। शहादतें हुई। इस बेकारी और गिरानी के जमाने में आत्मा सस्ती और कौन वस्तु हो सकती है। बेचने को और किसी के पास रह ही क्या गया है। नाम मात्र का प्रलोभन देकर अच्छी-से-अच्छी शहादतें मिल सकती हैं, और पुलिस के हाथ तो निकृष्ट-से-निकृष्ट गवाहियां भी देववाणी का महत्व प्राप्त कर लेती हैं। शहादतें मिल गईं, महीनें-भर तक मुकदमा क्या चला एक स्वांग चलता रहा और सारे अभियुक्तों को सजाएँ दे दी गईं। आत्मानंद को सबसे कठोर दंड मिला– 8 वर्ष का कठिन कारावास। माधवी रोज कचहरी जाती; एक कोने में बैठी सारी कार्यवाई देखा करती।

मानवी चरित्र कितना दुर्बल, कितना नीच है, इसका उसे अब तक अनुमान भी न हुआ था। जब आत्मानंद को सजा सुना दी गई और वह माता को प्रणाम करके सिपाहियों के साथ चला तो माधवी मूर्छित होकर गिर पड़ी। दो-चार सज्जनों ने उसे एक तांगे पर बैठाकर घर तक पहुँचाया। जब से वह होश में आई है उसके हृदय में शूल-सा उठ रहा है। किसी तरह धैर्य नहीं होता। उस घोर आत्म-वेदना की दशा में अब जीवन का एक लक्ष्य दिखाई देता है और वह इस अत्याचार का बदला है।

अब तक पुत्र उसके जीवन का आधार था। अब शत्रुओं से बदला लेना ही उसके जीवन का आधार होगा। जीवन में उसके लिए कोई आशा न थी। इस अत्याचार का बदला लेकर वह अपना जन्म सफल समझेगी। इस

अभागे नर-पिशाच बगची ने जिस तरह उसे रक्त के आँसू रुलाये हैं उसी भांति यह भी उसे रुलायेगी। नारी-हृदय कोमल है; लेकिन केवल अनुकूल दशा में, जिस दशा में पुरुष दूसरों को दबाता है, स्त्री शील और विनय की देवी हो जाती है। लेकिन जिसके हाथों में अपना सर्वनाश हो गया हो उसके प्रति स्त्री की पुरुष से कम घृणा और क्रोध नहीं होता। अंतर इतना ही है कि पुरुष शास्त्रों से काम लेता है, स्त्री कौशल से।

रात भीगती जाती थी और माधवी उठने का नाम न लेती थी। उसका दुःख प्रतिकार के आवेश में विलीन होता जाता था। यहाँ तक कि इसके सिवा उसे और किसी बात की याद ही न रही। उसने सोचा, कैसे यह काम होगा? कभी घर से नहीं निकली। वैधव्य के 22 साल इसी घर कट गए लेकिन अब निकलूंगी। जबरदस्ती निकलूंगी, भिखारिन बनूंगी, टहलनी बनूंगी, झूठ बोलूंगी, सब कुकर्म करूंगी। सत्कर्म के लिए संसार में स्थान नहीं। ईश्वर ने निराश होकर कदाचित् इसकी ओर से मुँह फेर लिया है। जभी तो यहाँ ऐसे-ऐसे अत्याचार होते हैं। और पापियों को दंड नहीं मिलता। अब इन्हीं हाथों से उसे दंड दूंगी।

2

संध्या का समय था। लखनऊ के एक सजे हुए बंगले में मित्रों की महफिल जमी हुई थी। गाना-बजाना हो रहा था। एक तरफ आतिशबाजियां रखी हुई थीं। दूसरे कमरे में मेजों पर खाना चुना जा रहा था। चारों तरफ पुलिस के कर्मचारी नज़र आते थे वह पुलिस के सुपरिंटेंडेंट मिस्टर बगीची का बंगला है। कई दिन हुए उन्होंने एक मार्के का मुकदमा जीता था। अफ़सरों ने खुश होकर उनकी तरक्की कर दी थी। और उसी की खुशी में यह उत्सव मनाया जा रहा था। यहाँ आये दिन ऐसे उत्सव होते रहते थे। मुफ्त के गवैये मिल जाते थे, मुफ्त की अतशबाजी; फल और मेवे और मिठाइयां आधे दामों पर बाज़ार से आ जाती थीं। और चट दावत हो जाती थी। दूसरों के जहाँ सौ लगते, वहाँ इनका दस से काम चल जाता था। दौड़-धूप करने को सिपाहियों की फौज थी ही। और यह मार्के का मुकदमा क्या था? वह जिसमें निरपराध युवकों को बनावटी शहादत से जेल में ठूंस दिया गया था।

गाना समाप्त होने पर लोग भोजन करने बैठे। बेगार के मजदूर और पल्लेदार जो बाज़ार से दावत और सजावट के सामान लाये थे, रोते या दिल में गालियाँ देते चले गए थे; पर एक बुढ़िया अभी तक द्वार पर बैठी हुई थी। और अन्य मजदूरों की तरह वह भुनभुना कर काम न करती थी। हुक्म पाते ही खुश-दिल मजदूर की तरह हुक्म बजा लाती थी। यह माधवी थी, जो इस समय मजूरनी का वेष धारण करके अपना घातक संकल्प पूरा करने आई थी।

मेहमान चले गए। महफिल उठ गई। दावत का समान समेट दिया गया। चारों ओर सन्नाटा छा गया; लेकिन माधवी अभी तक वहीं बैठी थी।

सहसा मिस्टर बागची ने पूछा– बुड्ढी तू यहाँ क्यों बैठी है? तुझे कुछ खाने को मिल गया?

माधवी– हाँ हुजूर, मिल गया।

बागची– तो जाती क्यों नहीं?

माधवी– कहाँ जाऊँ सरकार, मेरा कोई घर-द्वार थोड़े ही है। हुकुम हो तो यहीं पड़ी रहूँ। पाव-भर आटे की परवस्ती हो जाए हुजुर।

बागची– नौकरी करेगी?

माधवी– क्यों न करूंगी सरकार, यही तो चाहती हूँ।

बागची– लड़का खिला सकती है?

माधवी– हाँ हजूर, वह मेरे मन का काम है।

बगची– अच्छी बात है। तू आज ही से रह। जा घर में देख, जो काम बतायें, वह कर।

3

एक महीना गुजर गया। माधवी इतना तन-मन से काम करती है कि सारा घर उससे खुश है। बहू जी का मिजाज बहुत ही चिड़चिड़ा है। वह दिन-भर खाट पर पड़ी रहती है और बात-बात पर नौकरों पर झल्लाया करती है। लेकिन माधवी उनकी घुड़कियों को भी सहर्ष सह लेती है। अब तक मुश्किल से कोई दाई एक सप्ताह से अधिक ठहरी थी। माधवी का कलेजा है कि जली-कटी सुनकर भी मुख पर मैल नहीं आने देती।

मिस्टर बागची के कई लड़के हो चुके थे, पर यही सबसे छोटा बच्चा बच रहा था। बच्चे पैदा तो हृष्ट-पृष्ट होते, किन्तु जन्म लेते ही उन्हें एक-न-एक रोग लग जाता था और कोई दो-चार महीनें, कोई साल भर जीकर चल देता था। माँ-बाप दोनों इस शिशु पर प्राण देते थे। उसे जरा जुकाम भी हो तो दोनों विकल हो जाते। स्त्री-पुरुष दोनों शिक्षित थे, पर बच्चे की रक्षा के लिए टोना-टोटका, दुआ-ताबीज, जन्तर-मन्तर एक से भी उन्हें इंकार न था।

माधवी से यह बालक इतना हिल गया कि एक क्षण के लिए भी उसकी गोद से न उतरता। वह कहीं एक क्षण के लिए चली जाती तो रो-रोकर दुनिया सिर पर उठा लेता। वह सुलाती तो सोता, वह दूध पिलाती तो पीता, वह खिलाती तो खाता, उसी को वह अपनी माता समझता। माधवी के सिवा उसके लिए संसार में कोई अपना न था। बाप को तो वह दिन-भर में केवल दो-चार बार देखता और समझता यह कोई परदेशी आदमी है। माँ आलस्य और कमजोरी के मारे गोद में लेकर टहल न सकती थी। उसे वह अपनी रक्षा का भार संभालने के योग्य न समझता था और नौकर-चाकर उसे गोद में ले लेते तो इतनी बेदर्दी से कि उसके कोमल अंगो में पीड़ा होने लगती थी। कोई उसे ऊपर उछाल देता था, यहाँ तक कि अबोध शिशु का कलेजा मुँह को आ जाता था। उन सबों से वह डरता था। केवल माधवी थी जो उसके स्वभाव को समझती थी। वह जानती थी कि कब क्या करने से बालक प्रसन्न होगा। इसलिए बालक को भी उससे प्रेम था।

माधवी ने समझा था, यहाँ कंचन बरसता होगा; लेकिन उसे देखकर कितना विस्मय हुआ कि बड़ी मुश्किल से महीने का खर्च पूरा पड़ता है। नौकरों से एक-एक पैसे का हिसाब लिया जाता था और बहुधा आवश्यक वस्तुएँ भी टाल दी जाती थीं। एक दिन माधवी ने कहा– बच्चे के लिए कोई तेज गाड़ी क्यों नहीं मंगवा देतीं। गोद में उसकी बाढ़ मारी जाती है।

मिसेज बागची ने कुंठित होकर कहा– कहाँ से मगवां दूं? कम से कम 56-60 रुपए में आयेगी। इतने रुपए कहाँ है?

माधवी– मालकिन, आप भी ऐसा कहती हैं!

मिसेज बागची– झूठ नहीं कहती। बाबू जी की पहली स्त्री से पाँच लड़कियाँ और हैं। सब इस समय इलाहाबाद के एक स्कूल में पढ़ रही

हैं। बड़ी की उम्र 15-16 वर्ष से कम न होगी। आधा वेतन तो उधर ही चला जाता है। फिर उनकी शादी की भी तो फिक्र है। पाँचों के विवाह में कम-से-कम 25 हज़ार लगेंगे। इतने रुपए कहाँ से आयेगें। मैं चिंता के मारे मरी जाती हूँ। मुझे कोई दूसरी बीमारी नहीं है केवल चिंता का रोग है।

माधवी– घूस भी तो मिलती है।

मिसेज बागची– बूढ़ी, ऐसी कमाई में बरकत नहीं होती। यही क्यों सच पूछो तो इसी घूस ने हमारी यह दुर्गती कर रखी है। क्या जाने औरों को कैसे हजम होती है। यहाँ तो जब ऐसे रुपए आते हैं तो कोई-न-कोई नुकसान भी अवश्य हो जाता है। एक आता है तो दो लेकर जाता है। बार-बार मना करती हूँ, हराम की कौड़ी घर में न लाया करो, लेकिन मेरी कौन सुनता है।

बात यह थी कि माधवी को बालक से स्नेह होता जाता था। उसके अमंगल की कल्पना भी वह न कर सकती थी। वह अब उसी की नींद सोती और उसी की नींद जागती थी। अपने सर्वनाश की बात याद करके एक क्षण के लिए बागची पर क्रोध तो हो आता था और घाव फिर हरा हो जाता था; पर मन पर कुत्सित भावों का आधिपत्य न था। घाव भर रहा था, केवल ठेस लगने से दर्द हो जाता था। उसमें स्वयं टीस या जलन न थी। इस परिवार पर अब उसे दया आती थी। सोचती, बेचारे यह छीन-झपट न करें तो कैसे गुजर हो। लड़कियों का विवाह कहाँ से करेंगे! स्त्री को जब देखो बीमार ही रहती है। उन पर बाबू जी को एक बोतल शराब भी रोज चाहिए। यह लोग स्वयं अभागे हैं। जिसके घर में 5-5 कुंवारी कन्याएं हों, बालक हो-होकर मर जाते हों, घरनी सदा बीमार रहती हो, स्वामी शराब का तली हो, उस पर तो यों ही ईश्वर का कोप है। इनसे तो मैं अभागिन ही अच्छी!

4

दुर्बल बालकों के लिए बरसात बुरी बला है। कभी खांसी है, कभी ज्वर, कभी दस्त। जब हवा में ही शीत भरी हो तो कोई कहाँ तक बचाये। माधवी

एक दिन अपने घर चली गई थी। बच्चा रोने लगा तो माँ ने एक नौकर को दिया, इसे बाहर बहला ला। नौकर ने बाहर ले जाकर हरी-हरी घास पर बैठा दिया। पानी बरस कर निकल गया था। भूमि गीली हो रही थी। कहीं-कहीं पानी भी जमा हो गया था। बालक को पानी में छपके लगाने से ज्यादा प्यारा और कौन खेल हो सकता है। खूब प्रेम से उमंग-उमंग कर पानी में लोटने लगा। नौकर बैठा और आदमियों के साथ गप-शप करता घंटों गुजर गए। बच्चे ने खूब सर्दी खायी। घर आया तो उसकी नाक बह रही थी। रात को माधवी ने आकर देखा तो बच्चा खांस रहा था। आधी रात के करीब उसके गले से खुरखुर की आवाज़ निकलने लगी। माधवी का कलेजा सन से हो गया। स्वामिनी को जगाकर बोली– देखो तो बच्चे को क्या हो गया है। क्या सर्दी-वर्दी तो नहीं लग गई। हाँ, सर्दी ही मालूम होती है।

स्वामिनी हकबका कर उठ बैठी और बालक की खुरखराहट सुनी तो पाँव तले ज़मीन निकल गई। यह भयंकर आवाज़ उसने कई बार सुनी थी और उसे खूब पहचानती थी। व्यग्र होकर बोली– जरा आग जलाओ। थोड़ा-सा तंग आ गई। आज कहार जरा देर के लिए बाहर ले गया था, उसी ने सर्दी में छोड़ दिया होगा।

सारी रात दोनों बालक को सेंकती रहीं। किसी तरह सवेरा हुआ। मिस्टर बागची को खबर मिली तो सीधे डॉक्टर के यहाँ दौड़े। खैरियत इतनी थी कि जल्द एहतियात की गई। तीन दिन में अच्छा हो गया; लेकिन इतना दुर्बल हो गया था कि उसे देखकर डर लगता था। सच पूछो तो माधवी की तपस्या ने बालक को बचाया। माता-पिता सो जाते, किंतु माधवी की आँखों में नींद न थी। खाना-पीना तक भूल गई। देवताओं की मनौतियां करती थी, बच्चे की बलाएं लेती थी, बिल्कुल पागल हो गई थी, यह वही माधवी है जो अपने सर्वनाश का बदला लेने आई थी। अपकार की जगह उपकार कर रही थी। विष पिलाने आई थी, सुधा पिला रही थी। मनुष्य में देवता कितना प्रबल है!

प्रातःकाल का समय था। मिस्टर बागची शिशु के झूले के पास बैठे हुए थे। स्त्री के सिर में पीड़ा हो रही थी। वहीं चारपाई पर लेटी हुई थी और माधवी समीप बैठी बच्चे के लिए दूध गरम कर रही थी। सहसा

बागची ने कहा– बूढ़ी, हम जब तक जियेंगे तुम्हारा यश गायेंगे। तुमने बच्चे को जिला लिया।

स्त्री– यह देवी बनकर हमारा कष्ट निवारण करने के लिए आ गई। यह न होती तो न जाने क्या होता। बूढ़ी, तुमसे मेरी एक विनती है। यों तो मरना जीना प्रारब्ध के हाथ है, लेकिन अपना-अपना पौरा भी बड़ी चीज़ है। मैं अभागिनी हूँ। अबकी तुम्हारे ही पुण्य-प्रताप से बच्चा संभल गया। मुझे डर लग रहा है कि ईश्वर इसे हमारे हाथ से छीन न ले। सच कहतीं हूँ बूढ़ी, मुझे इसको गोद में लेते डर लगता है। इसे तुम आज से अपना बच्चा समझो। तुम्हारा होकर शायद बच जाए। हम अभागे हैं, हमारा होकर इस पर नित्य कोई-न-कोई संकट आता रहेगा। आज से तुम इसकी माता हो जाओ। तुम इसे अपने घर ले जाओ। जहाँ चाहे ले जाओ, तुम्हारी गोद में देकर मुझे फिर कोई चिंता न रहेगी। वास्तव में तुम्हीं इसकी माता हो, मैं तो राक्षसी हूँ।

माधवी– बहू जी, भगवान् सब कुशल करेंगे, क्यों जी इतना छोटा करती हो?

मिस्टर बागची– नहीं-नहीं बूढ़ी माता, इसमें कोई हरज नहीं है। मैं मस्तिष्क से तो इन बातों को ढकोसला ही समझता हूँ; लेकिन हृदय से इन्हें दूर नहीं कर सकता। मुझे स्वयं मेरी माता जी ने एक धोबिन के हाथ बेच दिया था। मेरे तीन भाई मर चुके थे। मैं जो बच गया तो माँ-बाप ने समझा, बेचने से ही इसकी जान बच गई। तुम इस शिशु को पालो-पोसो। इसे अपना पुत्र समझो। खर्च हम बराबर देते रहेंगे। इसकी कोई चिंता मत करना। कभी-कभी जब हमारा जी चाहेगा, आकर देख लिया करेंगे। हमें विश्वास है कि तुम इसकी रक्षा हम लोगों से कहीं अच्छी तरह कर सकती हो। मैं कुकर्मी हूँ। जिस पेशे में हूँ, उसमें कुकर्म किये बगैर काम नहीं चल सकता। झूठी शहादतें बनानी ही पड़ती हैं, निरपराधों को फँसाना ही पड़ता है। आत्मा इतनी दुर्बल हो गई है कि प्रलोभन में पड़ ही जाता हूँ। जानता ही हूँ कि बुराई का फल बुरा ही होता है; पर परिस्थिति से मजबूर हूँ। अगर न करूँ तो आज नालायक बनाकर निकाल दिया जाऊँ। अंग्रेज हज़ारों भूलें करें, कोई नहीं पूछता। हिन्दुस्तानी एक भूल भी कर बैठे तो सारे अफ़सर उसके सिर हो जाते हैं। हिंदुस्तानियत को दोष मिटाने के लिए

कितनी ही ऐसी बातें करनी पड़ती है जिनका अंग्रेज के दिल में कभी ख्याल ही नहीं पैदा हो सकता। तो बोलो, स्वीकार करती हो?

माधवी गद्गद् होकर बोली– बाबू जी, आपकी इच्छा है तो मुझसे भी जो कुछ बन पड़ेगा, आपकी सेवा कर दूंगी भगवान बालक को अमर करें, मेरी तो उनसे यही विनती है।

माधवी को ऐसा मालूम हो रहा था कि स्वर्ग के द्वार सामने खुले हैं और स्वर्ग की देवियां आँचल फैला-फैला कर आशीर्वाद दे रही हैं, मानो उसके अंतस्तल में प्रकाश की लहरें-सी उठ रहीं है। स्नेहमय सेवा में कितनी शांति थी।

बालक अभी तक चादर ओढ़े सो रहा था। माधवी ने दूध गरम हो जाने पर उसे झूले पर से उठाया, तो चिल्ला पड़ी। बालक की देह ठंडी हो गई थी और मुँह पर वह पीलापन आ गया था जिसे देखकर कलेजा हिल जाता है, कंठ से आह निकल आती है और आँखों से आँसू बहने लगते हैं। जिसने इसे एक बार देखा है फिर कभी नहीं भूल सकता। माधवी ने शिशु को गोद से चिपटा लिया, हालाँकि नीचे उतार देना चाहिए था।

कुहराम मच गया। माँ बच्चे को गले से लगाये रोती थी पर उसे ज़मीन पर न सुलाती थी। क्या बातें हो रही थीं और क्या हो गया। मौत को धोखा देने में आनंद आता है। वह उस वक्त कभी नहीं आती जब लोग उसकी राह देखते होते हैं। रोगी जब संभल जाता है, जब वह पथ्य लेने लगता है, उठने-बैठने लगता है, घर-भर खुशियां मनाने लगता है, सबको विश्वास हो जाता है कि संकट टल गया, उस वक्त घात में बैठी हुई मौत सिर पर आ जाती है। यही उसकी निठुर लीला है।

आशाओं के बाग लगाने में हम कितने कुशल हैं। यहाँ हम रक्त के बीज बोकर सुधा के फल खाते हैं। अग्नि से पौधों को सींचकर शीतल छांह में बैठते हैं। हा, मंद बुद्धि।

दिनभर मातम होता रहा; बाप रोता था, माँ तड़पती थी और माधवी बारी-बारी से दोनों को समझाती थी। यदि अपने प्राण देकर वह बालक को जिला सकती तो इस समय अपना धन्य भाग समझती। वह अहित का संकल्प करके यहाँ आई थी और आज जब उसकी मनोकामना पूरी हो गई

और उसे खुशी से फूला न समाना चाहिए था, उसे उससे कहीं घोर पीड़ा हो रही थी जो अपने पुत्र की जेल यात्रा में हुई थी। रुलाने आई थी और खुद रोती जा रही थी। माता का हृदय दया का आगार है। उसे जलाओ तो उसमें दया की ही सुगंध निकलती है, पीसो तो दया का ही रस निकलता है। वह देवी है। विपत्ति की क्रूर लीलाएं भी उस स्वच्छ निर्मल स्रोत को मलिन नहीं कर सकतीं।

बड़े भाई साहब

मेरे भाई साहब मुझसे पाँच साल बड़े थे, लेकिन तीन दरजे आगे। उन्होंने भी उसी उम्र में पढ़ना शुरू किया था जब मैंने शुरू किया; लेकिन तालीम जैसे महत्व के मामले में वह जल्दीबाजी से काम लेना पसंद न करते थे। इस भवन कि बुनियाद खूब मजबूत डालना चाहते थे जिस पर आलीशान महल बन सके। एक साल का काम दो साल में करते थे। कभी-कभी तीन साल भी लग जाते थे। बुनियाद ही पुख्ता न हो, तो मकान कैसे पाएदार बने।

मैं छोटा था, वह बड़े थे। मेरी उम्र नौ साल थी, वह चौदह साल के थे। उन्हें मेरी तम्बीह और निगरानी का पूरा जन्मसिद्ध अधिकार था और मेरी शालीनता इसी में थी कि उनके हुक्म को कानून समझूं।

वह स्वभाव से बड़े अध्ययनशील थे। हरदम किताब खोले बैठे रहते और शायद दिमाग को आराम देने के लिए कभी कापी पर, कभी किताब के हाशियों पर चिड़ियों, कुत्तों, बल्लियों की तस्वीरें बनाया करते थे। कभी-कभी एक ही नाम या शब्द या वाक्य दस-बीस बार लिख डालते। कभी एक शेर को बार-बार सुन्दर अक्षर से नकल करते। कभी ऐसी शब्द-रचना करते, जिसमें न कोई अर्थ होता, न कोई सामंजस्य! मसलन एक बार उनकी कापी पर मैंने यह इबारत देखी- स्पेशल, अमीना, भाइयों-भाइयों, दर-असल, भाई-भाई, राधेश्याम, श्रीयुत राधेश्याम, एक घंटे तक- इसके बाद एक आदमी का चेहरा बना हुआ था। मैंने चेष्टा की कि इस पहेली का कोई अर्थ निकालूं; लेकिन असफल रहा और उनसे पूछने का साहस न हुआ। वह नवीं जमात में थे, मैं पाँचवी में। उनकी रचनाओं को समझना मेरे लिए छोटा मुँह बड़ी बात थी।

मेरा जी पढ़ने में बिलकुल न लगता था। एक घंटा भी किताब लेकर बैठना पहाड़ था। मौका पाते ही होस्टल से निकलकर मैदान में आ जाता और कभी कंकरियां उछालता, कभी कागज की तितलियां उड़ाता, और कहीं कोई साथी मिल गया तो पूछना ही क्या। कभी चारदीवारी पर चढ़कर नीचे कूद रहे हैं, कभी फाटक पर वार, उसे आगे-पीछे चलाते

हुए मोटरकार का आनंद उठा रहे हैं। लेकिन कमरे में आते ही भाई साहब का रौद्र रूप देखकर प्राण सूख जाते। उनका पहला सवाल होता- 'कहाँ थे?' हमेशा यही सवाल, इसी ध्वनि में पूछा जाता था और इसका जवाब मेरे पास केवल मौन था। न जाने मुँह से यह बात क्यों न निकलती कि जरा बाहर खेल रहा था। मेरा मौन कह देता था कि मुझे अपना अपराध स्वीकार है और भाई साहब के लिए इसके सिवा और कोई इलाज न था कि रोष से मिले हुए शब्दों में मेरा सत्कार करें।

'इस तरह अंग्रेजी पढ़ोगे, तो जिन्दगी-भर पढ़ते रहोगे और एक हर्फ न आएगा। अंग्रेजी पढ़ना कोई हँसी-खेल नहीं है कि जो चाहे पढ़ ले, नहीं, ऐरा-गैरा नत्थू-खैरा सभी अंग्रेजी के विद्वान् हो जाते। यहाँ रात-दिन आँखे फोड़नी पड़ती हैं और खून जलाना पड़ता है, जब कहीं यह विद्या आती है। और आती क्या है, हाँ, कहने को आ जाती है। बड़े-बड़े विद्वान् भी शुद्ध अंग्रेजी नही लिख सकते, बोलना तो दूर रहा। और मैं कहता हूँ, तुम कितने घोंघा हो कि मुझे देखकर भी सबक नहीं लेते। मैं कितनी मेहनत करता हूँ, तुम अपनी आँखों देखते हो, अगर नहीं देखते, जो यह तुम्हारी आँखो का कसूर है, तुम्हारी बुद्धि का कसूर है। इतने मेले-तमाशे होते हैं, मुझे तुमने कभी देखने जाते देखा है, रोज ही क्रिकेट और हॉकी मैच होते हैं। मैं पास नहीं फटकता। हमेशा पढ़ता रहा हूँ, उस पर भी एक-एक दरजे में दो-दो, तीन-तीन साल पड़ा रहता हूँ फिर तुम कैसे आशा करते हो कि तुम यों खेल-कूद में वक्त गँवाकर पास हो जाओगे? मुझे तो दो-ही-तीन साल लगते हैं, तुम उम्र-भर इसी दरजे में पड़े सड़ते रहोगे। अगर तुम्हें इस तरह उम्र गंवानी है, तो बेहतर है, घर चले जाओ और मजे से गुल्ली-डंडा खेलो। दादा की गाढ़ी कमाई के रुपए क्यों बरबाद करते हो?'

मैं यह लताड़ सुनकर आँसू बहाने लगता। जवाब ही क्या था। अपराध तो मैंने किया, लताड़ कौन सहे? भाई साहब उपदेश की कला में निपुण थे। ऐसी-ऐसी लगती बातें कहते, ऐसे-ऐसे सूक्ति-बाण चलाते कि मेरे जिगर के टुकड़े-टुकड़े हो जाते और हिम्मत छूट जाती। इस तरह जान तोड़कर मेहनत करने की शक्ति मैं अपने में न पाता था और उस निराशा में जरा देर के लिए मैं सोचने लगता- क्यों न घर चला जाऊँ। जो काम मेरे बूते के बाहर है, उसमें हाथ डालकर क्यों अपनी जिन्दगी खराब करूँ। मुझे

अपना मूर्ख रहना मंजूर था; लेकिन उतनी मेहनत से मुझे तो चक्कर आ जाता था। लेकिन घंटे-दो घंटे बाद निराशा के बादल फट जाते और मैं इरादा करता कि आगे से खूब जी लगाकर पढ़ूंगा। चटपट एक टाइम-टेबिल बना डालता। बिना पहले से नक्शा बनाए, बिना कोई स्कीम तैयार किए काम कैसे शुरू करूं? टाइम-टेबिल में, खेल-कूद की मद बिलकुल उड़ जाती। प्रात:काल उठना, छ: बजे मुँह-हाथ धो, नाश्ता कर पढ़ने बैठ जाना। छ: से आठ तक अंग्रेजी, आठ से नौ तक हिसाब, नौ से साढ़े नौ तक इतिहास, फिर भोजन और स्कूल। साढ़े तीन बजे स्कूल से वापस होकर आधा घंटा आराम, चार से पाँच तक भूगोल, पाँच से छः तक ग्रामर, आधा घंटा होस्टल के सामने टहलना, साढ़े छः से सात तक अंग्रेजी कम्पोजीशन, फिर भोजन करके आठ से नौ तक अनुवाद, नौ से दस तक हिन्दी, दस से ग्यारह तक विविध विषय, फिर विश्राम।

मगर टाइम-टेबिल बना लेना एक बात है, उस पर अमल करना दूसरी बात। पहले ही दिन से उसकी अवहेलना शुरू हो जाती। मैदान की वह सुखद हरियाली, हवा के वह हलके-हलके झोंके, फुटबाल की उछल-कूद, कबड्डी के वह दांव-घात, वॉली-बाल की वह तेजी और फुरती मुझे अज्ञात और अनिवार्य रूप से खींच ले जाती और वहाँ जाते ही मैं सब कुछ भूल जाता। वह जान-लेवा टाइम-टेबिल, वह आँखफोड़ पुस्तकें किसी की याद न रहती और फिर भाई साहब को नसीहत और फजीहत का अवसर मिल जाता। मैं उनके साये से भागता, उनकी आँखों से दूर रहने की चेष्टा करता। कमरे में इस तरह दबे पाँव आता कि उन्हें खबर न हो। उनकी नज़र मेरी ओर उठी और मेरे प्राण निकले। हमेशा सिर पर नंगी तलवार-सी लटकती मालूम होती। फिर भी जैसे मौत और विपत्ति के बीच में भी आदमी मोह और माया के बंधन में जकड़ा रहता है, मैं फटकार और घुड़कियां खाकर भी खेल-कूद का तिरस्कार न कर सकता।

2

सालाना इम्तहान हुआ। भाई साहब फेल हो गए, मैं पास हो गया और दरजे में प्रथम आया। मेरे और उनके बीच केवल दो साल का अन्तर रह गया।

जी में आया, भाई साहब को आड़े हाथो लूँ– आपकी वह घोर तपस्या कहाँ गई? मुझे देखिए, मजे से खेलता भी रहा और दरजे में अव्वल भी हूँ। लेकिन वह इतने दुःखी और उदास थे कि मुझे उनसे दिली हमदर्दी हुई और उनके घाव पर नमक छिड़कने का विचार ही लज्जास्पद जान पड़ा। हाँ, अब मुझे अपने ऊपर कुछ अभिमान हुआ और आत्माभिमान भी बढ़ा भाई साहब का वह रोब मुझ पर न रहा। आजादी से खेल-कूद में शरीक होने लगा। दिल मजबूत था। अगर उन्होंने फिर मेरी फजीहत की, तो साफ कह दूंगा– आपने अपना खून जलाकर कौन-सा तीर मार लिया। मैं तो खेलते-कूदते दरजे में अव्वल आ गया। जबाव से यह हेकड़ी जताने का साहस न होने पर भी मेरे रंग-ढंग से साफ जाहिर होता था कि भाई साहब का वह आतंक अब मुझ पर नहीं है। भाई साहब ने इसे भांप लिया– उनकी सहज बुद्धि बड़ी तीव्र थी और एक दिन जब मैं भोर का सारा समय गुल्ली-डंडे कि भेंट करके ठीक भोजन के समय लौटा, तो भाई साहब ने मानो तलवार खींच ली और मुझ पर टूट पड़े– देखता हूँ, इस साल पास हो गए और दरजे में अव्वल आ गए, तो तुम्हें दिमाग हो गया है; मगर भाईजान, घमंड तो बड़े-बड़े का नहीं रहा, तुम्हारी क्या हस्ती है, इतिहास में रावण का हाल तो पढ़ा ही होगा। उसके चरित्र से तुमने कौन-सा उपदेश लिया? या यों ही पढ़ गए? महज इम्तहान पास कर लेना कोई चीज़ नहीं, असल चीज़ है बुद्धि का विकास। जो कुछ पढ़ो, उसका अभिप्राय समझो। रावण भूमंडल का स्वामी था। ऐसे राजा को चक्रवर्ती कहते हैं। आजकल अंग्रेजों के राज्य का विस्तार बहुत बढ़ा हुआ है, पर इन्हें चक्रवर्ती नहीं कह सकते। संसार में अनेकों राष्ट्र अंग्रेजों का आधिपत्य स्वीकार नहीं करते। बिलकुल स्वाधीन हैं। रावण चक्रवर्ती राजा था। संसार के सभी महीप उसे कर देते थे। बड़े-बड़े देवता उसकी गुलामी करते थे। आग और पानी के देवता भी उसके दास थे; मगर उसका अंत क्या हुआ, घमंड ने उसका नाम-निशान तक मिटा दिया, कोई उसे एक चिल्लू पानी देने वाला भी न बचा। आदमी जो कुकर्म चाहे करे; पर अभिमान न करे, इतराए नहीं। अभिमान किया और दीन-दुनिया से गया। शैतान का हाल भी पढ़ा ही होगा। उसे यह अनुमान हुआ था कि ईश्वर का उससे बढ़कर सच्चा भक्त कोई है ही नहीं। अन्त में यह हुआ कि

स्वर्ग से नरक में ढकेल दिया गया। शाहेरूम ने भी एक बार अहंकार किया था। भीख मांग-मांगकर मर गया। तुमने तो अभी केवल एक दरजा पास किया है और अभी से तुम्हारा सिर फिर गया, तब तो तुम आगे बढ़ चुके। यह समझ लो कि तुम अपनी मेहनत से नहीं पास हुए, अंधे के हाथ बटेर लग गई। मगर बटेर केवल एक बार हाथ लग सकती है, बार-बार नहीं। कभी-कभी गुल्ली-डंडे में भी अंधा चोट निशाना पड़ जाता है। उससे कोई सफल खिलाड़ी नहीं हो जाता। सफल खिलाड़ी वह है, जिसका कोई निशाना खाली न जाए। मेरे फेल होने पर न जाओ। मेरे दरजे में आओगे, तो दांतों पसीना आएगा। जब अलजबरा और जामेट्री के लोहे के चने चबाने पड़ेंगे और इंगलिस्तान का इतिहास पढ़ना पड़ेगा! बादशाहों के नाम याद रखना आसान नहीं। आठ-आठ हेनरी गुजरे हैं। कौन-सा कांड किस हेनरी के समय हुआ, क्या यह याद कर लेना आसान समझते हो? हेनरी सातवें की जगह हेनरी आठवां लिखा और सब नम्बर गायब! सफाचट। सिफर भी न मिलेगा, सिफर भी! हो किस ख्याल में! दरजनो तो जेम्स हुए हैं, दरजनों विलियम, कोड़ियों चार्ल्स दिमाग चक्कर खाने लगता है। आंधी रोग हो जाता है। इन अभागों को नाम भी न जुड़ते थे। एक ही नाम के पीछे दोयम, तेयम, चहारम, पंचम लगाते चले गए। मुझसे पूछते, तो दस लाख नाम बता देता।

और जामेट्री तो बस खुदा की पनाह! अ ब ज की जगह अ ज ब लिख दिया और सारे नम्बर कट गए। कोई इन निर्दयी मुमतहिनों से नहीं पूछता कि आखिर अ ब ज और अ ज ब में क्या फर्क है और व्यर्थ की बात के लिए क्यों छात्रों का खून करते हो। दाल-भात-रोटी खायी या भात-दाल-रोटी खायी, इसमें क्या रखा है; मगर इन परीक्षकों को क्या परवाह! वह तो वही देखते हैं, जो पुस्तक में लिखा है। चाहते हैं कि लड़के अक्षर-अक्षर रट डाले और इसी रटंत का नाम शिक्षा रख छोड़ा है और आखिर इन बे-सिर-पैर की बातों के पढ़ने से क्या फायदा?

इस रेखा पर वह लम्ब गिरा दो, तो आधार लम्ब से दुगना होगा। पूछिए, इससे प्रयोजन? दुगना नहीं, चौगुना हो जाए, या आधा ही रहे, मेरी बला से, लेकिन परीक्षा में पास होना है, तो यह सब खुराफात याद करनी पड़ेगी। कह दिया- 'समय की पाबंदी' पर एक निबन्ध लिखो, जो चार

पन्नों से कम न हो। अब आप कापी सामने खोले, कलम हाथ में लिए, उसके नाम को रोइए।

कौन नहीं जानता कि समय की पाबन्दी बहुत अच्छी बात है। इससे आदमी के जीवन में संयम आ जाता है, दूसरों का उस पर स्नेह होने लगता है और उसके करोबार में उन्नति होती है; जरा-सी बात पर चार पन्ने कैसे लिखे? जो बात एक वाक्य में कही जा सके, उसे चार पन्ने में लिखने की जरूरत? मैं तो इसे हिमाकत समझता हूँ। यह तो समय की किफायत नहीं, बल्कि उसका दुरुपयोग है कि व्यर्थ में किसी बात को ठूंस दिया। हम चाहते हैं, आदमी को जो कुछ कहना हो, चटपट कह दे और अपनी राह ले। मगर नहीं, आपको चार पन्ने रंगने पड़ेंगे, चाहे जैसे लिखिए और पन्ने भी पूरे फुलस्केप आकार के। यह छात्रों पर अत्याचार नहीं तो और क्या है? अनर्थ तो यह है कि कहा जाता है, संक्षेप में लिखो। समय की पाबन्दी पर संक्षेप में एक निबन्ध लिखो, जो चार पन्नों से कम न हो। ठीक! संक्षेप में चार पन्ने हुए, नहीं शायद सौ-दो सौ पन्ने लिखवाते। तेज भी दौड़िए और धीरे-धीरे भी। है उल्टी बात या नही? बालक भी इतनी-सी बात समझ सकता है, लेकिन इन अध्यापकों को इतनी तमीज भी नहीं। उस पर दावा है कि हम अध्यापक हैं। मेरे दरजे में आओगे लाला, तो ये सारे पापड़ बेलने पड़ेंगे और तब आटे-दाल का भाव मालूम होगा। इस दरज़े में अव्वल आ गए हो, तो ज़मीन पर पाँव नहीं रखते इसलिए मेरा कहना मानिए। लाख फेल हो गया हूँ, लेकिन तुमसे बड़ा हूँ, संसार का मुझे तुमसे ज्यादा अनुभव है। जो कुछ कहता हूँ, उसे गिरह बांधिए, नहीं पछताएंगे।

स्कूल का समय निकट था, नहीं ईश्वर जाने, यह उपदेश-माला कब समाप्त होती। भोजन आज मुझे निस्स्वाद-सा लग रहा था। जब पास होने पर यह तिरस्कार हो रहा है, तो फेल हो जाने पर तो शायद प्राण ही ले लिए जाएँ। भाई साहब ने अपने दरजे की पढ़ाई का जो भयंकर चित्र खींचा था; उसने मुझे भयभीत कर दिया। कैसे स्कूल छोड़कर घर नहीं भागा, यही ताज्जुब है; लेकिन इतने तिरस्कार पर भी पुस्तकों में मेरी अरुचि ज्यों-कि-त्यों बनी रही। खेल-कूद का कोई अवसर हाथ से न जाने देता। पढ़ता भी था, मगर बहुत कम। बस, इतना कि रोज का टास्क पूरा हो जाए और दरजे में जलील न होना पड़े। अपने ऊपर जो विश्वास पैदा हुआ था, वह फिर लुप्त हो गया और फिर चोरों का-सा जीवन कटने लगा।

3

फिर सालाना इम्तहान हुआ, और कुछ ऐसा संयोग हुआ कि मैं फिर पास हुआ और भाई साहब फिर फेल हो गए। मैंने बहुत मेहनत न की पर न जाने, कैसे दरजे में अव्वल आ गया। मुझे खुद अचरज हुआ। भाई साहब ने प्राणांतक परिश्रम किया था। कोर्स का एक-एक शब्द चाट गए थे; दस बजे रात तक इधर, चार बजे भोर से उधर, छः से साढ़े नौ तक स्कूल जाने के पहले। मुद्रा कांतिहीन हो गई थी, मगर बेचारे फेल हो गए। मुझे उन पर दया आती थी। नतीजा सुनाया गया, तो वह रो पड़े और मैं भी रोने लगा। अपने पास होने वाली खुशी आधी हो गई। मैं भी फेल हो गया होता, तो भाई साहब को इतना दु:ख न होता, लेकिन विधि की बात कौन टाले?

मेरे और भाई साहब के बीच में अब केवल एक दरजे का अन्तर और रह गया। मेरे मन में एक कुटिल भावना उदय हुई कि कहीं भाई साहब एक साल और फेल हो जाएँ, तो मैं उनके बराबर हो जाऊँ, फिर वह किस आधार पर मेरी फजीहत कर सकेंगे, लेकिन मैंने इस कमीने विचार को दिल से बलपूर्वक निकाल डाला। आखिर वह मुझे मेरे हित के विचार से ही तो डांटते हैं। मुझे उस वक्त अप्रिय लगता है अवश्य, मगर यह शायद उनके उपदेशों का ही असर हो कि मैं दनादन पास होता जाता हूँ और इतने अच्छे नम्बरों से।

अबकी भाई साहब बहुत-कुछ नर्म पड़ गए थे। कई बार मुझे डांटने का अवसर पाकर भी उन्होंने धीरज से काम लिया। शायद अब वह खुद समझने लगे थे कि मुझे डांटने का अधिकार उन्हें नहीं रहा; या रहा तो बहुत कम। मेरी स्वच्छंदता भी बढ़ी। मैं उनकी सहिष्णुता का अनुचित लाभ उठाने लगा। मुझे कुछ ऐसी धारणा हुई कि मैं तो पास ही हो जाऊँगा, पढ़ूं या न पढ़ूं मेरी तकदीर बलवान् है, इसलिए भाई साहब के डर से जो थोडा-बहुत पढ़ लिया करता था, वह भी बंद हुआ। मुझे कनकौए उड़ाने का नया शौक पैदा हो गया था और अब सारा समय पतंगबाजी ही की भेंट होता था, फिर भी मैं भाई साहब का अदब करता था और उनकी नज़र बचाकर कनकौए उड़ाता था। मांझा देना, कन्ने बांधना, पतंग टूर्नामेंट की तैयारियाँ आदि समस्याएं अब गुप्त रूप से हल की जाती थीं। भाई साहब

को यह संदेह न करने देना चाहता था कि उनका सम्मान और लिहाज मेरी नज़रों से कम हो गया है।

एक दिन संध्या समय होस्टल से दूर मैं एक कनकौआ लूटने बेतहाशा दौड़ा जा रहा था। आँखें आसमान की ओर थीं और मन उस आकाशगामी पथिक की ओर, जो मंद गति से झूमता पतन की ओर चला जा रहा था, मानो कोई आत्मा स्वर्ग से निकलकर विरक्त मन से नए संस्कार ग्रहण करने जा रही हो। बालकों की एक पूरी सेना लग्गे और झाड़दार बांस लिए उनका स्वागत करने को दौड़ी आ रही थी। किसी को अपने आगे-पीछे की खबर न थी। सभी मानो उस पतंग के साथ ही आकाश में उड़ रहे थे, जहाँ सब कुछ समतल है, न मोटरकारें हैं, न ट्राम, न गाड़ियाँ।

सहसा भाई साहब से मेरी मुठभेड़ हो गई, जो शायद बाज़ार से लौट रहे थे। उन्होंने वहीं मेरा हाथ पकड़ लिया और उग्रभाव से बोले- इन बाजारू लौंडों के साथ धेले के कनकौए के लिए दौड़ते तुम्हें शर्म नहीं आती? तुम्हें इसका भी कुछ लिहाज नहीं कि अब नीची जमात में नहीं हो, बल्कि आठवीं जमात में आ गए हो और मुझसे केवल एक दरजा नीचे हो। आखिर आदमी को कुछ तो अपनी पोजीशन का ख्याल करना चाहिए। एक जमाना था कि लोग आठवां दरजा पास करके नायब तहसीलदार हो जाते थे। मैं कितने ही मिडलचियों को जानता हूँ, जो आज अव्वल दरजे के डिप्टी मजिस्ट्रेट या सुपरिंटेंडेंट हैं। कितने ही आठवीं जमात वाले हमारे लीडर और समाचार-पत्रों के सम्पादक हैं। बड़े-बड़े विद्वान् उनकी मातहती में काम करते हैं और तुम उसी आठवें दरजे में आकर बाजारू लौंडों के साथ कनकौए के लिए दौड़ रहे हो। मुझे तुम्हारी इस कम अकली पर दुःख होता है। तुम जहीन हो, इसमें शक नही; लेकिन वह जेहन किस काम का, जो हमारे आत्मगौरव की हत्या कर डाले? तुम अपने दिल में समझते होगे, मैं भाई साहब से महज एक दर्जा नीचे हूँ और अब उन्हें मुझको कुछ कहने का हक नहीं है; लेकिन यह तुम्हारी गलती है। मैं तुमसे पाँच साल बड़ा हूँ और चाहे आज तुम मेरी ही जमात में आ जाओ और परीक्षकों का यही हाल है, तो निस्संदेह अगले साल तुम मेरे समकक्ष हो जाओगे और शायद एक साल बाद तुम मुझसे आगे निकल जाओ-लेकिन मुझमें और जो पाँच साल का अन्तर है, उसे तुम क्या, खुदा भी नहीं मिटा

सकता। मैं तुमसे पाँच साल बड़ा हूँ और हमेशा रहूंगा। मुझे दुनिया का और जिन्दगी का जो तजरबा है, तुम उसकी बराबरी नहीं कर सकते, चाहे तुम एम.ए., डी.फिल. और डी.लिट. ही क्यों न हो जाओ। समझ किताबें पढ़ने से नहीं आती हैं। हमारी अम्मा ने कोई दरजा पास नहीं किया और दादा भी शायद पाँचवीं जमात के आगे नहीं गए, लेकिन हम दोनों चाहे सारी दुनिया की विद्या पढ़ लें, अम्मा और दादा को हमें समझाने और सुधारने का अधिकार हमेशा रहेगा। केवल इसलिए नहीं कि वे हमारे जन्मदाता हैं, बल्कि इसलिए कि उन्हें दुनिया का हमसे ज्यादा तजुरबा है और रहेगा। अमेरिका में किस तरह की राज्य-व्यवस्था है और आठवें हेनरी ने कितने विवाह किये और आकाश में कितने नक्षत्र हैं, यह बातें चाहे उन्हें न मालूम हों, लेकिन हज़ारों ऐसी बातें हैं, जिनका ज्ञान उन्हें हमसे और तुमसे ज्यादा है।

दैव न करे, आज मैं बीमार हो जाऊँ, तो तुम्हारे हाथ-पाँव फूल जाएँगे। दादा को तार देने के सिवा तुम्हें और कुछ न सूझेगा; लेकिन तुम्हारी जगह पर दादा हों, तो किसी को तार न दें, न घबराएं, न बदहवास हों। पहले खुद मरज पहचानकर इलाज करेंगे, उसमें सफल न हुए, तो किसी डॉक्टर को बुलायेंगे। बीमारी तो खैर बड़ी चीज़ है। हम-तुम तो इतना भी नहीं जानते कि महीने-भर कैसे चले। जो कुछ दादा भेजते हैं, उसे हम बीस-बाईस तक खर्च कर डालते हैं और पैसे-पैसे को मोहताज हो जाते हैं। नाश्ता बंद हो जाता है, धोबी और नाई से मुँह चुराने लगते हैं; लेकिन जितना आज हम और तुम खर्च कर रहे हैं, उसके आधे में दादा ने अपनी उम्र का बड़ा भाग इज्जत और नेकनामी के साथ निभाया है और एक कुटुम्ब का पालन किया है, जिसमें सब मिलाकर नौ आदमी थे। अपने हेडमास्टर साहब ही को देखो। एम.ए. हैं कि नहीं और यहाँ के एम.ए. नहीं, ऑक्सफोर्ड के। एक हज़ार रुपए पाते हैं, लेकिन उनके घर इंतजाम कौन करता है? उनकी बूढ़ी माँ। हेडमास्टर साहब की डिग्री यहाँ बेकार हो गई। पहले खुद घर का इंतजाम करते थे। खर्च पूरा न पड़ता था। करजदार रहते थे। जब से उनकी माताजी ने प्रबंध अपने हाथ में ले लिया है, जैसे घर में लक्ष्मी आ गई है। तो भाईजान, यह जरूर दिल से निकाल डालो कि तुम मेरे समीप आ गए हो और अब स्वतंत्र हो। मेरे देखते तुम बेराह नहीं चल पाओगे। अगर तुम यों न मानोगे, तो मैं (थप्पड़ दिखाकर) इसका प्रयोग भी कर सकता हूँ। मैं जानता हूँ, तुम्हें मेरी बातें जहर लग रही हैं...

मैं उनकी इस नई युक्ति से नतमस्तक हो गया। मुझे आज सचमुच अपनी लघुता का अनुभव हुआ और भाई साहब के प्रति मेरे मन में श्रद्धा उत्पन्न हुई। मैंने सजल आँखों से कहा- हरगिज नहीं। आप जो कुछ फरमा रहें हैं, वह बिलकुल सच है और आपको कहने का अधिकार है।

भाई साहब ने मुझे गले लगा लिया और बोले- कनकौए उड़ाने को मना नहीं करता। मेरा जी भी ललचाता है, लेकिन क्या करूं, खुद बेराह चलूं तो तुम्हारी रक्षा कैसे करूँ? यह कर्तव्य भी तो मेरे सिर पर है।

संयोग से उसी वक्त एक कटा हुआ कनकौआ हमारे ऊपर से गुजरा। उसकी डोर लटक रही थी। लड़कों का एक गोल पीछे-पीछे दौड़ा चला आता था। भाई साहब लंबे हैं ही, उछलकर उसकी डोर पकड़ ली और बेतहाशा होटल की तरफ दौड़े। मैं पीछे-पीछे दौड़ रहा था।

ठाकुर का कुआं

जोखू ने लोटा मुँह से लगाया तो पानी में सख्त बदबू आई। गंगी से बोला- यह कैसा पानी है? मारे बास के पिया नहीं जाता। गला सूखा जा रहा है और तू सड़ा पानी पिलाए देती है!

गंगी प्रतिदिन शाम पानी भर लिया करती थी। कुआं दूर था, बार-बार जाना मुश्किल था। कल वह पानी लाई, तो उसमें बू बिलकुल न थी, आज पानी में बदबू कैसी! लोटा नाक से लगाया, तो सचमुच बदबू थी। जरूर कोई जानवर कुएं में गिरकर मर गया होगा, मगर दूसरा पानी आवे कहाँ से?

ठाकुर के कुएं पर कौन चढ़ने देगा? दूर से लोग डांट बताएंगे। साहू का कुआं गाँव के उस सिरे पर है, परन्तु वहाँ कौन पानी भरने देगा? कोई कुआं गाँव में नहीं है।

जोखू कई दिन से बीमार है। कुछ देर तक तो प्यास रोके चुप पड़ा रहा, फिर बोला- अब तो मारे प्यास के रहा नहीं जाता। ला, थोड़ा पानी नाक बंद करके पी लूं।

गंगी ने पानी न दिया। खराब पानी से बीमारी बढ़ जाएगी इतना जानती थी, परंतु यह न जानती थी कि पानी को उबाल देने से उसकी खराबी जाती रहती है। बोली- यह पानी कैसे पियोगे? न जाने कौन जानवर मरा है। कुएं से मैं दूसरा पानी लाए देती हूँ।

जोखू ने आश्चर्य से उसकी ओर देखा- पानी कहाँ से लाएगी?

ठाकुर और साहू के दो कुएं तो हैं। क्यों एक लोटा पानी न भरने देंगे?

'हाथ-पाँव तुड़वा आएगी और कुछ न होगा। बैठ चुपके से। ब्राह्मण देवता आशीर्वाद देंगे, ठाकुर लाठी मारेंगे, साहूजी एक पाँच लेंगे। गरीबी का दर्द कौन समझता है! हम तो मर भी जाते हैं, तो कोई दुआर पर झांकने नहीं आता, कंधा देना तो बड़ी बात है। ऐसे लोग कुएं से पानी भरने देंगे?'

इन शब्दों में कड़वा सत्य था। गंगी क्या जवाब देती, किन्तु उसने वह बदबूदार पानी पीने को न दिया।

2

रात के नौ बजे थे। थके-मांदे मजदूर तो सो चुके थे, ठाकुर के दरवाज़े पर दस-पाँच बेफिक्रे जमा थे मैदान में। बहादुरी का तो न जमाना रहा है, न मौका। कानूनी बहादुरी की बातें हो रही थीं। कितनी होशियारी से ठाकुर ने थानेदार को कहा एक खास मुकदमे की नकल ले आए। नाजिर और मोहतिमिम, सभी कहते थे, नकल नहीं मिल सकती। कोई पचास मांगता, कोई सौ। यहाँ बे-पैसे-कौड़ी नकल उड़ा दी। काम करने का ढंग चाहिए।

इसी समय गंगी कुएं से पानी लेने पहुँची।

कुप्पी की धुंधली रोशनी कुएं पर आ रही थी। गंगी जगत की आड़ में बैठी मौके का इंतजार करने लगी। इस कुएं का पानी सारा गाँव पीता है। किसी के लिए रोका नहीं, सिर्फ ये बदनसीब नहीं भर सकते।

गंगी का विद्रोही दिल रिवाजी पाबंदियों और मजबूरियों पर चोटें करने लगा- हम क्यों नीच हैं और ये लोग क्यों ऊँचें हैं? इसलिए कि ये लोग गले में तागा डाल लेते हैं? यहाँ तो जितने हैं, एक-से-एक छंटे हैं। चोरी ये करें, जाल-फरेब ये करें, झूठे मुकदमे ये करें। अभी इस ठाकुर ने तो उस दिन बेचारे गड़रिए की भेड़ चुरा ली थी और बाद में मारकर खा गया। इन्हीं पंडित के घर में तो बारहों मास जुआ होता है। यही साहू जी तो घी में तेल मिलाकर बेचते हैं। काम करा लेते हैं, मजूरी देते नानी मरती है। किस-किस बात में हमसे ऊँचे हैं, हम गली-गली चिल्लाते नहीं कि हम ऊँचे हैं, हम ऊँचे। कभी गाँव में आ जाती हूँ, तो रस-भरी आँख से देखने लगते हैं। जैसे सबकी छाती पर साँप लोटने लगता है, परंतु घमंड यह कि हम ऊँचे हैं!

कुएं पर किसी के आने की आहट हुई। गंगी की छाती धक्-धक् करने लगी। कहीं देख ले तो गजब हो जाए। एक लात भी तो नीचे न पड़े। उसने घड़ा और रस्सी उठा ली और झुककर चलती हुई एक वृक्ष के अंधेरे साएं में जा खड़ी हुई। कब इन लोगों को दया आती है किसी पर! बेचारे महगू को इतना मारा कि महीनों लहू थूकता रहा। इसीलिए तो कि उसने बेगार न दी थी। इस पर ये लोग ऊँचे बनते हैं?

कुएं पर स्त्रियाँ पानी भरने आई थीं। इनमें बात हो रही थीं।

'खाना खाने चले और हुक्म हुआ कि ताजा पानी भर लाओ। घड़े के लिए पैसे नहीं है।'

हम लोगों को आराम से बैठे देखकर जैरो मरदों को जलन होती है।'

'हाँ, यह तो न हुआ कि कलसिया उठाकर भर लाते। बस, हुकुम चला दिया कि ताजा पानी लाओ, जैसे हम लौंडिया ही तो हैं।'

'लौंडिया नहीं तो और क्या हो तुम? रोटी-कपड़ा नहीं पातीं? दस-पाँच रुपए भी छीन-झपटकर ले ही लेती हो। और लौंडिया कैसी होती है!'

'मत लजाओ, दीदी! छिन-भर आराम करने को जी तरसकर रह जाता है। इतना काम किसी दूसरे के घर कर देती, तो इससे कहीं आराम से रहती। ऊपर से वह एहसान मानता! यहाँ काम करते-करते मर जाओ, पर किसी का मुँह ही सीधा नहीं होता।'

दोनों पानी भरकर चली गईं, तो गंगी वृक्ष की छाया से निकली और कुएं की जगत के पास आई। बेफिक्रे चले गए थे। ठाकुर भी दरवाज़ा बंद कर अंदर आंगन में सोने जा रहे थे। गंगी ने क्षणिक सुख की सांस ली। किसी तरह मैदान तो साफ हुआ। अमृत चुरा लाने के लिए जो राजकुमार किसी जमाने में गया था, वह भी शायद इतनी सावधानी के साथ और समझ-बूझकर न गया हो। गंगी दबे पाँव कुएं की जगत पर चढ़ी, विजय का ऐसा अनुभव उसे पहले कभी न हुआ।

उसने रस्सी का फंदा घड़े में डाला। दाएं-बाएं चौकन्नी दृष्टी से देखा जैसे कोई सिपाही रात को शत्रु के किले में सुराख कर रहा हो। अगर इस समय वह पकड़ ली गई, तो फिर उसके लिए माफी या रियायत की रत्ती-भर उम्मीद नहीं। अंत में देवताओं को याद करके उसने कलेजा मजबूत किया और घड़ा कुएं में डाल दिया।

घड़े ने पानी में गोता लगाया, बहुत ही आहिस्ता। जरा-सी आवाज़ न हुई। गंगी ने दो-चार हाथ जल्दी-जल्दी मारे। घड़ा कुएं के मुँह तक आ पहुँचा। कोई बड़ा शहजोर पहलवान भी इतनी तेजी से न खींच सकता था।

गंगी झुकी कि घड़े को पकड़कर जगत पर रखे कि एकाएक ठाकुर साहब का दरवाज़ा खुल गया। शेर का मुँह इससे अधिक भयानक न होगा।

गंगी के हाथ रस्सी छूट गई। रस्सी के साथ घड़ा धड़ाम से पानी में गिरा और कई क्षण तक पानी में हिलकोरे की आवाज़ें सुनाई देती रहीं।

ठाकुर, 'कौन है, कौन है?' पुकारते हुए कुएं की तरफ जा रहे थे और गंगी जगत से कूदकर भागी जा रही थी।

घर पहुँचकर देखा कि जोखू लोटा मुँह से लगाए वही मैला-गंदा पानी पी रहा है।

मोटर के छींटे

क्या नाम कि प्रातःकाल स्नान-पूजा से निपट, तिलक लगा, पीतांबर पहन, खड़ाऊं पाँव में डाल, बगल में पत्रा दबा, हाथ में मोटा-सा शत्रु-मस्तक-भंजन ले एक जजमान के घर चला। विवाह की साइत विचारनी थी। कम से कम एक कलदार का डौल था। जलपान ऊपर से। और मेरा जलपान मामूली जलपान नहीं है। बाबुओं को तो मुझे निमन्त्रित करने की हिम्मत ही नहीं पड़ती। उनका महीने भर का नाश्ता मेरा एक दिन का जलपान है। इस विषय में तो हम सेठ साहूकारों के कायल हैं। ऐसा खिलाते हैं, ऐसा खिलाते हैं, और इतने खुले मन से कि चोला आनन्दित हो उठता है। जजमान का दिल देखकर ही मैं उनका निमन्त्रण स्वीकार करता हूँ। खिलाते समय किसी ने रोनी सूरत बनाई और मेरी क्षुधा गायब हुई। रोकर किसी ने खिलाया तो क्या? ऐसा भोजन कम से कम मुझे नहीं पचता। जजमान ऐसा चाहिए कि ललकारता जाए– लो शास्त्रीजी, एक बालूशाही और मैं कहता जाऊँ– नहीं जजमान अब नहीं!

रात खूब वर्षा हुई थी, सड़क पर जगह जगह पानी जमा था। मैं अपने विचारों में मगन चलता चला जाता था कि एक मोटर छप-छप करती हुई निकल गई। मुँह पर छींटे पड़े। जो देखता हूँ, तो धोती पर मानो किसी ने कीचड़ घोलकर डाल दिया हो। कपड़े भ्रष्ट हुए वह अलग, देह भ्रष्ट हुई वह अलग, आर्थिक क्षति हुई वह अलग। अगर मोटर वालों को पकड़ पाता, तो ऐसी मरम्मत करता कि वे भी याद करते। मन मसोसकर रह गया। इस वेश में जजमान के घर तो नहीं जा सकता था, अपना घर भी मील भर से कम न था। फिर आने जाने वाले सब मेरी ओर देखकर तालियाँ बजा रहे थे। ऐसी दुर्गति मेरी कभी नहीं हुई थी। अब क्या करोगे मन? घर जाओगे तो पंडिताइन क्या कहेंगी?

मैंने चटपट अपने कर्तव्य का निश्चय कर लिया। इधर-उधर से दस बारह पत्थर के टुकड़े बटोर लिए और दूसरी मोटर की राह देखने लगा। ब्रह्मतेज सिर पर चढ़ बैठा! अभी दस मिनट भी न गुजरे होंगे कि एक

मोटर आती दिखाई दी! ओहो वही मोटर थी। शायद स्वामी को स्टेशन से लेकर लौट रही थी। ज्योंही समीप आई, मैंने एक पत्थर चलाया, भरपूर जोर लगाकर चलाया। साहब की टोपी उड़कर सड़क के उस बाजू पर गिरी। मोटर की चाल धीमी हुई। मैंने दूसरा फायर किया। खिड़की के शीशे चूर चूर हो गए और एक टुकड़ा साहब बहादुर के गाल पर भी लगा। खून बहने लगा। मोटर रुकी और साहब उतरकर मेरी तरफ आये और घूंसा तानकर बोले– सूअर हम तुम को पुलिस में देगा। इतना सुनना था कि मैंने पोथी पत्रा ज़मीन पर फेंका साहब की कमर पकड़कर अड़ंगी लगायी, तो कीचड़ में भद से गिरे। मैंने चट सवारी गांठी और गरदन पर एक पच्चीस रद्दे ताबड़तोड़ जमाये कि साहब चौंधिया गए। इतने में उनकी पत्नी जी उतर आईं। ऊँची एड़ी का जूता, रेशमी साड़ी, गालों पर पाउडर, ओंठो पर रंग, भवों पर स्याही, मुझे छाते से गोदने लगीं। मैंने साहब को छोड़ा और डंडा संभालता हुआ बोला– देवी जी, आप मरदों के बीच में न पड़ें, कहीं चोट-चपेट आ जाएँ तो मुझे दुःख होगा।

साहब ने अवसर पाया तो सम्हल कर उठे और अपने बूटदार पैरों से मुझे एक ठोकर जमायी। मेरे घुटने में बड़ी चोट लगी। मैंने बौखला कर डंडा उठा लिया। और साहब के पाँव में जमा दिया। वह कटे पेड़ की तरह गिरे। मेम साहब छतरी तान कर दौड़ीं। मैंने धीरे से उनकी छतरी छीन कर फेंक दी। ड्राइवर अभी तक बैठा था। अब वह भी उतरा छड़ी लेकर मुझ पर पिल पड़ा। मैने एक डंडा उसके भी जमाया। लोट गया। पचासों आदमी तमाशा देखने जमा हो गए। साहब भूमि पर पड़े पड़े बोले– रेस्केल, हम तुमको पुलिस में देगा।

मैने फिर डंडा संभाला और चाहता था कि खोपड़ा पर जमाऊँ कि साहब ने हाथ जोड़कर कहा– नहीं-नहीं, बाबा, हम पुलिस में नहीं जाएगा, माफी दो।

मैने कहा– हाँ पुलिस का नाम न लेना, नहीं तो यहीं खोपड़ी रंग दूंगा। बहुत होगा छः महीने की सजा हो जाएगी, मगर तुम्हारी आदत छुड़ा दूंगा। मोटर चलाते हो तो छींटे उड़ाते चलते हो, मारे घमंड के अन्धे हो जाते हो। सामने या बगल में कौन जा रहा है, इसका कुछ ध्यान ही नहीं रखते।

एक दर्शक ने आलोचना की– अरे महाराज, मोटर वाले जान-बूझकर छींटे उड़ाते हैं और जब आदमी लथपथ हो जाता है, तो सब उसका तमाशा

देखते हैं और खूब हँसते हैं। आपने बड़ा अच्छा किया कि एक को ठीक कर दिया।

मैंने साहब को ललकार कर कहा– सुनता है कुछ, जनता क्या कहती है। साहब ने उस आदमी की ओर लाल-लाल आँखों से देखकर कहा– तुम झूठ बोलता है, बिल्कुल झूठ बोलता है।

मैंने डांटा– अभी तुम्हारी हेकड़ी कम नहीं हुई, आऊँ फिर और दूं एक सौंटा कस के?

साहब ने घिघियाकर कहा– अरे नहीं बाबा, सच बोलता है, सच बोलता है। अब तो खुश हुआ।

दूसरा दर्शक बोला– अभी जो चाहें कह दें, लेकिन ज्योंही गाड़ी पर बैठे, फिर वही हरकत शुरू कर देंगे। गाड़ी पर बैठते ही सब अपने को नवाब का नाती समझने लगते हैं।

दूसरे महाशय बोले– इससे कहिए थूक कर चाटे।

तीसरे सज्जन ने कहा– नहीं, कान पकड़कर उठाइए-बिठाइए।

चौथा बोला– अरे ड्राइवर को भी। ये सब और बदमाश होते हैं। मालदार आदमी घमण्ड करे, तो एक बात है, तुम किस बात पर अकड़ते हो। चक्कर हाथ में लिया और आँखों पर पर्दा पड़ा।

मैंने यह प्रस्ताव स्वीकार किया। ड्राइवर और मालिक दोनों ही को कान पकड़कर उठाना बैठाना चाहिए और मेम साहब गिनें। सुनो मेम साहब तुमको गिनना होगा। पूरी सौ बैठकें। एक भी कम नहीं, ज्यादा जितनी हो जाएँ।

दो आदमियों ने साहब का हाथ पकड़कर उठाया, दो ने ड्राइवर महोदय का। ड्राइवर बेचारे की टांग में चोट थी, फिर भी वह बैठकें लगाने लगा। साहब की अकड़ अभी काफी थी। आप लेट गए और ऊलजलूल बकने लगे। मैं उस समय रुद्र बना हुआ था। दिल में ठान लिया था कि इससे बिना सौ बैठकें लगाए न छोडूंगा। चार आदमियों को हुक्म दिया कि गाड़ी को ढकेल कर सड़क के नीचे गिरा दो।

हुक्म की देर थी। चार की जगह पचास आदमी लिपट गए और गाड़ी को ढकेलने लगे। वह सड़क बहुत ऊँची थी। दोनों तरफ की ज़मीन नीची।

गाड़ी नीचे गिरती और टूट-टाटकर ढेर हो जाती। गाड़ी सड़क के किनारे तक पहुँच चुकी थी, कि साहब कांख कर उठ खड़े हुए और बोले– बाबा, गाड़ी को मत तोड़ो, हम उठेगा-बैठेगा।

मैंने आदमियों को अलग हट जाने का हुक्म दिया मगर सबों को एक दिल्लगी मिल गई थी। किसी ने मेरी ओर ध्यान न दिया। लेकिन जब मैं डंडा लेकर उनकी ओर दौड़ा तब सब गाड़ी छोड़कर भागे और साहब ने आँखें बन्द करके बैठकें लगानी शुरू कीं।

मैंने दस बैठकों के बाद मेम साहब से पूछा– कितनी बैठकें हुईं?

मेम साहब ने रोब से जवाब दिया– हम नहीं गिनता।

'तो इस तरह साहब दिन-भर कांखते रहेंगे और मैं न छोड़ूंगा। अगर उनको कुशल से घर ले जाना चाहती हो, तो बैठकें गिन दो। मैं उन को रिहा कर दूंगा।'

साहब ने देखा कि बिना दंड भोगे जान न बचेगी, तो बैठकें लगाने लगे। एक, दो, तीन, चार, पाँच।

सहसा एक दूसरी मोटर आती दिखाई दी। साहब ने देखा और नाक रगड़कर बोले– पंडित जी, आप मेरा बाप है! मुझ पर दया करो, अब हम कभी मोटर पर न बैठेंगे। मुझे भी दया आ गयी। बोला– नहीं मोटर पर बैठने से मैं नहीं रोकता, इतना ही कहता हूँ कि मोटर पर बैठकर भी आदमियों को आदमी समझो।

दूसरी गाड़ी तेज चली आती थी। मैंने इशारा किया। सब आदमियों ने दो-दो पत्थर उठा लिए। उस गाड़ी का मालिक स्वयं ड्राइव कर रहा था। गाड़ी धीमी करके धीरे से सरक जाना चाहता था कि मैंने बढ़कर उसके दोनों कान पकड़े और खूब जोर से हिलाकर और दोनों गालों पर एक एक पड़ाका देकर बोला– गाड़ी से छींटा न उड़ाया करो, समझे। चुपके से चले जाओ।

यह महोदय बक-झक तो करते रहे; मगर एक सौ आदमियों को पत्थर लिए खड़ा देखा तो बिना कान-पूंछ डुलाए चलते हुए।

उनके जाने के एक ही मिनट बाद दूसरी गाड़ी आई। मैंने 50 आदमियों को राह रोक लेने का हुक्म दिया। गाड़ी रुक गई। मैंने उन्हें भी चार पड़ाके

देकर विदा किया मगर यह बेचारे भले आदमी थे। मजे से चांटे खाकर चलते हुए।

सहसा एक आदमी ने कहा– पुलिस आ रही है।

और सब-के-सब हुर्र हो गए! मैं भी सड़क के नीचे उतर गया और एक गली में घुसकर गायब हो गया!

मिस पद्मा

कानून में अच्छी सफलता प्राप्त कर लेने के बाद मिस पद्मा को एक नया अनुभव हुआ, वह था जीवन का सूनापन। विवाह को उसने एक अप्राकृतिक बंधन समझा था और निश्चय कर लिया था कि स्वतन्त्र रहकर जीवन का उपभोग करूंगी। एम.ए. की डिग्री ली, फिर कानून पास किया और प्रैक्टिस शुरू कर दी। रूपवती थी, युवती थी, मृदुभाषिणी थी और प्रतिभाशालिनी भी थी। मार्ग में कोई बाधा न थी। देखते-देखते वह अपने साथी नौजवान मर्द वकीलों को पीछे छोड़कर आगे निकल गई और अब उसकी आमदनी कभी-कभी एक हज़ार से भी ऊपर बढ़ जाती। अब उतने परिश्रम और सिर-मगजन की आवश्यकता न रही। मुकदमे अधिकतर वही होते थे, जिनका उसे पूरा अनुभव हो चुका था, उनके विषय में किसी तरह की तैयारी की उसे जरूरत न मालूम होती। अपनी शक्तियों पर कुछ विश्वास भी हो गया था। कानून में कैसे विजय मिला करती है, इसके कुछ लटके भी उसे मालूम हो गए थे। इसलिए उसे अब बहुत अवकाश मिलता था और इसे वह किस्से-कहानियाँ पढ़ने, सैर करने, सिनेमा देखने, मिलने-मिलाने में खर्च करती थी। जीवन को सुखी बनाने के लिए किसी व्यसन की जरूरत को वह खूब समझती थी। उसने फूल और पौधे लगाने का व्यसन पाल लिया था। तरह-तरह के बीज और पौधे मंगाती और उन्हें उगते-बढ़ते, फूलते-फलते देखकर खुश होती; मगर फिर भी जीवन में सूनेपन का अनुभव होता रहता था। यह बात न थी कि उसे पुरुषों से विरक्ति हो। नहीं, उसके प्रेमियों की कमी न थी।

अगर उसके पास केवल रूप और यौवन होता, तो भी उपासकों का अभाव न रहता; मगर यहाँ तो रूप और यौवन के साथ धन भी था। फिर रसिक-वृन्द क्यों चूक जाते?

पद्मा को विलास से घृणा थी नहीं, घृणा थी पराधीनता से, विवाह को जीवन का व्यवसाय बनाने से। जब स्वतन्त्र रहकर भोग-विलास का

आनन्द उड़ाया जा सकता है, तो फिर क्यों न उड़ाया जाए? भोग में उसे कोई नैतिक बाधा न थी, इसे वह केवल देह की एक भूख समझती थी। इस भूख को किसी साफ-सुथरी दुकान से भी शान्त किया जा सकता है। और पद्मा को साफ-सुथरी दुकान की हमेशा तलाश रहती थी। ग्राहक दुकान में वही चीज़ लेता है, जो उसे पसन्द आती है। पद्मा भी वही चीज़ चाहती थी। यों उसके दर्जनों आशिक थे– कई वकील, कई प्रोफेसर, कई डॉक्टर, कई रईस। मगर ये सब-के-सब ऐयाश थे बेफिक्र, केवल भौंरे की तरह रस लेकर उड़ जाने वाले। ऐसा एक भी न था, जिस पर वह विश्वास कर सकती। अब उसे मालूम हुआ कि उसका मन केवल भोग नहीं चाहता, कुछ और भी चाहता है। वह चीज़ क्या थी? पूरा आत्म-समर्पण और यह उसे न मिलती थी।

उसके प्रेमियों में एक मि. प्रसाद था बड़ा ही रूपवान और धुरन्धर विद्वान्। एक कॉलेज में प्रोफेसर था। वह भी मुक्त-भोग के आदर्श का उपासक था और पद्मा उस पर फिदा थी। चाहती थी उसे बांधकर रखे, सम्पूर्णतः अपना बना ले; लेकिन प्रसाद चंगुल में न आता था। सन्ध्या हो गई थी। पद्मा सैर करने जा रही थी कि प्रसाद आ गया। सैर करना मुल्तवी हो गया। बातचीत में सैर से कहीं ज्यादा आनन्द था और पद्मा आज प्रसाद से कुछ दिल की बात कहने वाली थी। कई दिन के सोच-विचार के बाद उसने कह डालने ही का निश्चय किया था।

उसने प्रसाद की नशीली आँखों से आँखें मिलाकर कहा– तुम यहीं मेरे बंगले में आकर क्यों नहीं रहते?

प्रसाद ने कुटिल-विनोद के साथ कहा– नतीजा यह होगा कि दो-चार महीने में यह मुलाकात भी बन्द हो जाएगी।

'मेरी समझ में नहीं आया, तुम्हारा क्या आशय है।'

'आशय वही है, जो मैं कह रहा हूँ।'

'आखिर क्यों?'

'मैं अपनी स्वतन्त्रता न खोना चाहूंगा, तुम अपनी स्वतन्त्रता न खोना चाहोगी। तुम्हारे पास तुम्हारे आशिक आयेंगे, मुझे जलन होगी। मेरे पास मेरी प्रेमिकाएं आयेंगी, तुम्हें जलन होगी। मनमुटाव होगा, फिर वैमनस्य होगा

और तुम मुझे घर से निकाल दोगी। घर तुम्हारा है ही! मुझे बुरा लगेगा ही, फिर यह मैत्री कैसे निभेगी?'

दोनों कई मिनट तक मौन रहे। प्रसाद ने परिस्थिति को इतने स्पष्ट बेलाग, लट्ठमार शब्दों में खोलकर रख दिया था कि कुछ कहने की जगह न मिलती थी! आखिर प्रसाद ही को नुकता सूझा। बोला– जब तक हम दोनों यह प्रतिज्ञा न कर लें कि आज से मैं तुम्हारा हूँ और तुम मेरी हो, तब तक एक साथ निर्वाह नहीं हो सकता।

'तुम यह प्रतिज्ञा करोगे?'

'पहले तुम बतलाओ।'

'मैं करूंगी।'

'तो मैं भी करूंगा।'

'मगर इस एक बात के सिवा मैं और सभी बातों में स्वतंत्र रहूंगी!'

'और मैं भी इस एक बात के सिवा हर बात में स्वतंत्र रहूंगा।'

'मंजूर।'

'मंजूर!'

'तो कब से?'

'जब से तुम कहो।'

'मैं तो कहती हूँ, कल से ही।'

'तय। लेकिन अगर तुमने इसके विरुद्ध आचरण किया तो?'

'और तुमने किया तो?'

'तुम मुझे घर से निकाल सकती हो; लेकिन मैं तुम्हें क्या सजा दूंगा?'

'तुम मुझे त्याग देना और क्या करोगे?'

'जी नहीं, तब इतने से चित्त को शान्ति न मिलेगी। तब मैं चाहूंगा तुम्हें जलील करना; बल्कि तुम्हारी हत्या करना।'

'तुम बड़े निर्दयी हो, प्रसाद?'

'जब तक हम दोनों स्वाधीन हैं, हमें किसी को कुछ कहने का हक नहीं, लेकिन एक बार प्रतिज्ञा में बंध जाने के बाद फिर न मैं उसकी अवज्ञा सह सकूंगा, न तुम सह सकोगी। तुम्हारे पास दण्ड का साधन है,

मेरे पास नहीं है। कानून मुझे कोई भी अधिकार नहीं देगा। मैं तो केवल अपने पशुबल से प्रतिज्ञा का पालन कराऊंगा और तुम्हारे इतने नौकरों के सामने मैं अकेला क्या कर सकूंगा?'

'तुम तो चित्र का श्याम पक्ष ही देखते हो! जब मैं तुम्हारी हो रही हूँ, तो यह मकान, नौकर-चाकर और जायदाद सबकुछ तुम्हारा है। हम-तुम दोनों जानते हैं कि ईर्ष्या से ज्यादा घृणित कोई सामाजिक पाप नहीं है। तुम्हें मुझसे प्रेम है या नहीं, मैं नहीं कह सकती; लेकिन तुम्हारे लिए मैं सबकुछ सहने, सबकुछ करने को तैयार हूँ।'

'दिल से कहती हो पद्मा?'

'सच्चे दिल से।'

'मगर न-जाने क्यों तुम्हारे ऊपर विश्वास नहीं आ रहा है?'

'मैं तो तुम्हारे ऊपर विश्वास कर रही हूँ।'

'यह समझ लो, मैं मेहमान बनकर तुम्हारे घर में न रहूंगा, स्वामी बनकर रहूंगा।'

'तुम घर के स्वामी ही नहीं, मेरे स्वामी बनकर रहोगे। मैं तुम्हारी स्वामिनी बनकर रहूंगी।'

प्रो. प्रसाद और मिस पद्मा दोनों साथ रहते हैं और प्रसन्न हैं। दोनों ही ने जीवन का जो आदर्श मन में स्थिर कर लिया था, वह सत्य बन गया है। प्रसाद को केवल दो सौ रुपए वेतन मिलता है; मगर अब वह अपनी आमदनी का दुगुना भी खर्च कर दे तो परवाह नहीं। पहले वह कभी-कभी शराब पीता था, अब रात-दिन शराब में मस्त रहता है। अब उसके लिए अलग अपनी कार है, अलग अपने नौकर हैं, तरह-तरह की बहुमूल्य चीज़ें मंगवाता रहता है और पद्मा बड़े हर्ष से उसकी सारी फिजूलखर्चियां बर्दाश्त करती है। नहीं, बर्दाश्त करने का प्रश्न नहीं। वह खुद उसे अच्छे-से-अच्छे सूट पहनाकर अच्छे-से-अच्छे ठाठ में रखकर, प्रसन्न होती है। जैसी घड़ी इस वक्त प्रो. प्रसाद के पास है, शहर के बड़े-से-बड़े रईस के पास न होगी और पद्मा जितना ही उससे दबती है, प्रसाद उतना ही उसे दबाता है। कभी-कभी उसे नागवार भी लगता है, पर किसी अज्ञात कारण से अपने को उसके वश में पाती है। प्रसाद को जरा भी उदास या चिन्तित देखकर

उसका मन चंचल हो जाता है। उस पर आवाज़ें कसी जाती हैं; फब्तियाँ चुस्त की जाती हैं। जो उसके पुराने प्रेमी थे, वे उसे जलाने और कुढ़ाने का प्रयास भी करते हैं; पर वह प्रसाद के पास आते ही सब कुछ भूल जाती है। प्रसाद ने उस पर पूरा आधिपत्य पा लिया है और उसने इसका ज्ञान पद्मा की बारीक आँखों से पढ़ा है और उसका आसन अच्छी तरह पा गया है।

मगर जैसे राजनीति के क्षेत्र में अधिकार दुरुपयोग की ओर जाता है, उसी तरह प्रेम के क्षेत्र में भी वह दुरुपयोग की ओर ही जाता है और जो कमजोर है, उसे तावान देना पड़ता है। आत्माभिमानी पद्मा अब प्रसाद की लौंडी थी और प्रसाद उसकी दुर्बलता का फायदा उठाने से क्यों चूकता? उसने कील की पतली नोक चुभा दी थी और बड़ी कुशलता से उत्तरोत्तर उसे अन्दर ठोंकता जाता था। यहाँ तक कि उसने रात को देर में घर आना शुरू किया। पद्मा को अपने साथ न ले जाता, उससे बहाना करता कि मेरे सिर में दर्द है और जब पद्मा घूमने जाती तो अपनी कार निकाल लेता और उड़ जाता। दो साल गुजर गए थे और पद्मा को गर्भ था। वह स्थूल भी हो चली थी। उसके रूप में पहले की-सी नवीनता और मादकता न रह गई थी। वह घर की मुर्गी थी, साग बराबर।

एक दिन इसी तरह पद्मा लौटकर आई, तो प्रसाद गायब थे। वह झुंझला उठी। इधर कई दिन से वह प्रसाद का रंग बदला हुआ देख रही थी।

आज उसने कुछ स्पष्ट बातें कहने का साहस बटोरा। दस बज गए, ग्यारह बज गए, बारह बज गए, पद्मा उसके इन्तजार में बैठी थी। भोजन ठण्डा हो गया, नौकर-चाकर सो गए। वह बार-बार उठती, फाटक पर जाकर नज़र दौड़ाती। एक बजे के करीब प्रसाद घर आया। पद्मा ने साहस तो बहुत बटोरा था; पर प्रसाद के सामने जाते ही उसे इतनी कमजोरी मालूम हुई। फिर भी उसने जरा कड़े स्वर में पूछा, 'आज इतनी रात तक कहाँ थे? कुछ खबर है, कितनी रात गई?' प्रसाद को वह इस वक्त असुन्दरता की मूर्ति-सी लगी। वह एक विद्यालय की छात्रा के साथ सिनेमा देखने गया था। बोला, 'तुमको आराम से सो जाना चाहिए था। तुम जिस दशा में हो, उसमें तुम्हें, जहाँ तक हो सके, आराम से रहना चाहिए।' पद्मा का साहस कुछ प्रबल हुआ, 'तुमसे मैं जो पूछती हूँ, उसका जवाब दो। मुझे जहन्नुम में भेजो!'

'तो तुम भी मुझे जहन्नुम में जाने दो।'

'तुम मेरे साथ दगा कर रहे हो, यह मैं साफ देख रही हूँ।'

'तुम्हारी आँखों की ज्योति कुछ बढ़ गई होगी!'

'मैं इधर कई दिन से तुम्हारा मिजाज कुछ बदला हुआ देख रही हूँ।'

'मैंने तुम्हारे साथ अपने को बेचा नहीं है। अगर तुम्हारा जी मुझसे भर गया हो, तो मैं आज जाने को तैयार हूँ।'

'तुम जाने की धमकी क्यों देते हो! यहाँ तुमने आकर कोई बड़ा त्याग नहीं किया है।'

'मैंने त्याग नहीं किया है? तुम यह कहने का साहस कर रही हो?'

'मैं देखता हूँ, तुम्हारा मिजाज बिगड़ रहा है। तुम समझती हो, मैंने इसे अपंग कर दिया। मगर मैं इसी वक्त तुम्हें ठोकर मारने को तैयार हूँ, इसी वक्त, इसी वक्त!' पद्मा का साहस जैसे बुझ गया था। प्रसाद अपना ट्रंक संभाल रहा था।

पद्मा ने दीन-भाव से कहा- मैंने तो ऐसी कोई बात नहीं कही, जो तुम इतना बिगड़ उठे। मैं तो केवल तुमसे पूछ रही थी, कहाँ थे। क्या मुझे इतना भी अधिकार नहीं देना चाहते? मैं कभी तुम्हारी इच्छा के विरुद्ध कोई काम नहीं करती और तुम मुझे बात-बात पर डांटते रहते हो। तुम्हें मुझ पर जरा भी दया नहीं आती! मुझे तुमसे कुछ भी तो सहानुभूति मिलनी चाहिए। मैं तुम्हारे लिए क्या कुछ करने को तैयार नहीं हूँ? और आज जो मेरी दशा हो गई है, तो तुम मुझसे आँखें फेर लेते हो... उसका कण्ठ रुंध गया और मेज पर सिर रखकर फूट-फूटकर रोने लगी। प्रसाद ने पूरी विजय पायी।

पद्मा के लिए मातृत्व अब बड़ा ही अप्रिय प्रसंग था। उस पर एक चिंता मंडराती रहती। कभी-कभी वह भय से काँप उठती और पछताती। प्रसाद की निरंकुशता दिन-दिन बढ़ती जाती थी। क्या करे, क्या न करे। गर्भ पूरा हो गया था, वह कोर्ट न जाती थी। दिन-भर अकेली बैठी रहती। प्रसाद सन्ध्या समय आता, चाय-वाय पीकर फिर उड़ जाता, तो ग्यारह-बारह बजे के पहले न लौटता। वह कहाँ जाता है, यह भी उससे छिपा न था। प्रसाद को जैसे उसकी सूरत से नफरत थी। पूर्ण गर्भ, पीला मुख, चिन्तित, सशंक, उदास। फिर भी वह प्रसाद को श्रृंगार और आभूषणों से बांधने की चेष्टा से बाज न आती थी। मगर वह जितना ही प्रयास करती, उतना ही प्रसाद

का मन उसकी ओर से फिरता था। इस अवस्था में श्रृंगार उसे और भद्दा लगता। प्रसव-वेदना हो रही थी। प्रसाद का पता नहीं। नर्स मौजूद थी, लेडी डॉक्टर मौजूद थी; मगर प्रसाद का न रहना पद्मा की प्रसव-वेदना को और भी दारुण बना रहा था। बालक को गोद में देखकर उसका कलेजा फूल उठा, मगर फिर प्रसाद को सामने न पाकर उसने बालक की ओर से मुँह फेर लिया। मीठे फल में जैसे कीड़े पड़ गए हों।

पाँच दिन सौर-गृह में काटने के बाद जैसे पद्मा जेलखाने से निकली... नंगी तलवार बनी हुई। माता बनकर वह अपने में एक अद्भुत शक्ति का अनुभव कर रही थी। उसने चपरासी को चेक देकर बैंक भेजा। प्रसव-सम्बन्धी कई बिल अदा करने थे। चपरासी खाली हाथ लौट आया।

पद्मा ने पूछा, 'रुपए?'

बैंक के बाबू ने कहा– रुपए सब प्रसाद बाबू निकाल ले गए।

पद्मा को गोली लग गई। बीस हज़ार रुपए प्राणों की तरह संचित कर रखे थे, इसी शिशु के लिए। हाय! सौर से निकलने पर मालूम हुआ, प्रसाद विद्यालय की एक बालिका को लेकर इंगलैण्ड की सैर करने चला गया।

झल्लाई हुई घर में आई, प्रसाद की तसवीर उठाकर ज़मीन पर पटक दी और उसे पैरों से कुचला। उसका जितना सामान था, उसे जमा करके दियासलाई लगा दी और उसके नाम पर थूक दिया।

एक महीना बीत गया था। पद्मा अपने बंगले के फाटक पर शिशु को गोद में लिए खड़ी थी। उसका क्रोध अब शोकमय निराशा बन चुका था। बालक पर कभी दया आती, कभी प्यार आता, कभी घृणा आती।

उसने सड़क पर देखा, एक यूरोपियन लेडी अपने पति के साथ अपने बालक को बच्चों की गाड़ी में बिठाये लिए चली जा रही थी। उसने हसरत-भरी आँखों से उस खुशनसीब जोड़े को देखा और उसकी आँखें सजल हो गईं।

अनुभव

प्रियतम को एक वर्ष की सजा हो गई। और अपराध केवल इतना था, कि तीन दिन पहले जेठ की तपती दोपहरी में उन्होंने राष्ट्र के कई सेवकों का शर्बत-पान से सत्कार किया था। मैं उस वक्त अदालत में खड़ी थी। कमरे के बाहर सारे नगर की राजनैतिक चेतना किसी बंदी पशु की भांति खड़ी चीत्कार कर रही थी। मेरे प्राणधन हथकड़ियों से जकड़े हुए लाये गए। चारों ओर सन्नाटा छा गया। मेरे भीतर हाहाकार मचा हुआ था, मानो प्राण पिघला जा रहा हो। आवेश की लहरें-सी उठ-उठकर समस्त शरीर को रोमांचित किये देती थीं। ओह इतना गर्व मुझे कभी नहीं हुआ था। वह अदालत, कुरसी पर बैठा हुआ अंग्रेज अफ़सर, लाल जरीदार पगड़ियां बांधे हुए पुलिस के कर्मचारी सब मेरी आँखो में तुच्छ जान पड़ते थे। बार-बार जी में आता था, दौड़कर जीवन-धन के चरणों में लिपट जाऊँ और उसी दशा में प्राण त्याग दूँ। कितनी शान्त, अविचलित, तेज और स्वाभिमान से प्रदीप्त मूर्ति थी। ग्लानि, विषाद या शोक की छाया भी न थी। नहीं, उन ओठों पर एक स्फूर्ति से भरी हुई मनोहारिणी, ओजस्वी मुस्कान थी। इस अपराध के लिए एक वर्ष का कठिन कारावास! वाह रे न्याय! तेरी बलिहारी है! मैं ऐसे हज़ार अपराध करने को तैयार थी। प्राणनाथ ने चलते समय एक बार मेरी ओर देखा, कुछ मुस्कुराये, फिर उनकी मुद्रा कठोर हो गई। अदालत से लौटकर मैंने पाँच रुपए की मिठाई मंगवाई और स्वयंसेवकों को बुलाकर खिलाया। और संध्या समय मैं पहली बार कांग्रेस के जलसे में शरीक हुई शरीक ही नहीं हुई, मंच पर जाकर बोली और सत्याग्रह की प्रतिज्ञा ले ली। मेरी आत्मा में इतनी शक्ति कहाँ से आ गई, नहीं कह सकती। सर्वस्व लुट जाने के बाद फिर किसकी शंका और किसका डर। विधाता का कठोर-से-कठोर आघात भी अब मेरा क्या अहित कर सकता था?

दूसरे दिन मैंने दो तार दिए। एक पिताजी को, दूसरा ससुरजी को। ससुरजी पेंशन पाते थे। पिताजी जंगल के महकमे में अच्छे पद पर थे;

पर सारा दिन गुजर गया, तार का जवाब नदारद! दूसरे दिन भी कोई जवाब नहीं। तीसरे दिन दोनों महाशयों के पत्र आये। दोनों जामे से बाहर थे। ससुरजी ने लिखा आशा थी, तुम लोग बुढ़ापे में मेरा पालन करोगे। तुमने उस आशा पर पानी फेर दिया। क्या अब चाहती हो, मैं भिक्षा मांगू। मैं सरकार से पेंशन पाता हूँ। तुम्हें आश्रय देकर मैं अपनी पेंशन से हाथ नहीं धो सकता। पिताजी के शब्द इतने कठोर न थे, पर भाव लगभग ऐसा ही था। इसी साल उन्हें ग्रेड मिलने वाला था। वह मुझे बुलायेंगे, तो सम्भव है, ग्रेड से वंचित होना पड़े। हाँ, वह मेरी सहायता मौखिक रूप से करने को तैयार थे। मैंने दोनों पत्र फाड़कर फेंक दिए और उन्हें कोई पत्र न लिखा। हा स्वार्थ! तेरी माया कितनी प्रबल है! अपना ही पिता, केवल स्वार्थ में बाधा पड़ने के भय से, लड़की की तरफ से इतना निर्दय हो जाए। अपना ससुर अपनी बहू की ओर से इतना उदासीन हो जाए! मगर अभी मेरी उम्र ही क्या है! अभी तो सारी दुनिया देखने को पड़ी है।

अब तक मैं अपने विषय में निश्चिन्त थी; लेकिन अब यह नई चिन्ता सवार हुई। इस निर्जन घर में, निराबाधार, निराश्रय कैसे रहूंगी। मगर जाऊँगी कहाँ? अगर कोई मर्द होती, तो कांग्रेस के आश्रम में चली जाती, या कोई मजूरी कर लेती। मेरे पैरों में नारीत्व की बेड़ियां पड़ी हुई थीं। अपनी रक्षा की इतनी चिन्ता न थी, जितनी अपने नारीत्व की रक्षा की। अपनी जान की फिक्र न थी; पर नारीत्व की ओर किसी की आँख भी न उठनी चाहिए। किसी की आहट पाकर मैंने नीचे देखा। दो आदमी खड़े थे। जी में आया, पूछूं तुम कौन हो। यहाँ क्यों खड़े हो? मगर फिर ख्याल आया, मुझे यह पूछने का क्या हक? आम रास्ता है। जिसका जी चाहे खड़ा हो। पर मुझे खटका हो गया। उस शंका को किसी तरह दिल से न निकाल सकती थी। वह एक चिनगारी की भांति हृदय के अन्दर समा गई थी। गरमी से देह फुंकी जाती थी; पर मैंने कमरे का द्वार भीतर से बन्द कर लिया। घर में एक बड़ा-सा चाकू था। उसे निकालकर सिरहाने रख लिया। वह शंका सामने बैठी घूरती हुई मालूम होती थी।

किसी ने पुकारा। मेरे रोयें खड़े हो गए। मैंने द्वार से कान लगाया। कोई मेरी कुण्डी खटखटा रहा था। कलेजा धक्-धक् करने लगा। वही

दोनों बदमाश होंगे। क्यों कुण्डी खटखटा रहे हैं? मुझसे क्या काम है? मुझे झुंझलाहट आ गई। मैंने द्वार खोला और छज्जे पर खड़ी होकर जोर से बोली, कौन कुण्डी खड़खड़ा रहा है? आवाज़ सुनकर मेरी शंका शांत हो गई। कितना ढाढ़स हो गया! यह बाबू ज्ञानचंद थे। मेरे पति के मित्रों में इनसे ज्यादा सज्जन दूसरा नहीं है। मैंने नीचे जाकर द्वार खोल दिया। देखा तो एक स्त्री भी थी। वह मिसेज ज्ञानचन्द थीं। यह मुझसे बड़ी थीं। पहले-पहल मेरे घर आई थीं। मैंने उनके चरण स्पर्श किए। हमारे वहाँ मित्रता मर्दों ही तक रहती है। औरतों तक नहीं जाने पाती। दोनों जने ऊपर आये! ज्ञान बाबू एक स्कूल में मास्टर हैं। बड़े ही उदार, विद्वान्, निष्कपट, पर आज मुझे मालूम हुआ कि उनकी पथ-प्रदर्शिका उनकी स्त्री हैं। वह दोहरे बदन की, प्रतिभाशाली महिला थीं। चेहरे पर ऐसा रोब था, मानो कोई रानी हों। सिर से पाँव तक गहनों से लदी हुईं। मुख सुन्दर न होने पर भी आकर्षक था। शायद मैं उन्हें कहीं और देखती; तो मुँह फेर लेती। गर्व की सजीव प्रतिमा थीं; वह बाहर जितनी कठोर, भीतर उतनी ही दयालु।

'घर कोई पत्र लिखा?' यह प्रश्न उन्होंने कुछ हिचकते हुए किया।

मैंने कहा, 'हाँ, लिखा था।'

'कोई लेने आ रहा है?'

'जी नहीं। न पिताजी अपने पास रखना चाहते हैं, न ससुरजी।'

'तो फिर?'

'फिर क्या, अभी तो यहीं पड़ी हूँ।'

'तो मेरे घर क्यों नहीं चलतीं? अकेले तो इस घर में मैं न रहने दूंगी।'

'खुफिया के दो आदमी इस वक्त भी डटे हुए हैं।'

'मैं पहले ही समझ गई थी, दोनों खुफिया के आदमी होंगे।'

ज्ञान बाबू ने पत्नी की ओर देखकर, मानो उसकी आज्ञा से कहा– तो मैं जाकर तांगा लाऊँ?

देवीजी ने इस तरह देखा, मानो कह रही हों, क्या अभी तुम यहीं खड़े हो? मास्टर साहब चुपके से द्वार की ओर चले। 'ठहरो' देवीजी बोलीं, 'कै तांगे लाओगे?'

'कै' मास्टर साहब घबड़ा गए।

'हाँ कै! एक तांगे पर तीन सवारियां ही बैठेंगी। सन्दूक, बिछावन, बरतन-भांड़े क्या मेरे सिर पर जाएँगे?'

'तो दो लेता आऊँगा।' मास्टर साहब डरते-डरते बोले।

'एक तांगे में कितना सामान भर दोगे?'

'तो तीन लेता आऊँ?'

'अरे तो जाओगे भी। जरा-सी बात के लिए घंटा भर लगा दिया।'

मैं कुछ कहने न पाई थी, कि ज्ञान बाबू चल दिए। मैंने सकुचाते हुए कहा- बहन, तुम्हें मेरे जाने से कष्ट होगा और...

देवीजी ने तीक्ष्ण स्वर में कहा- हाँ, होगा तो अवश्य। तुम दोनों जून में दो-तीन पाव भर आटा खाओगी, कमरे के एक कोने में अड्डा जमा लोगी, सिर में आने का तेल डालोगी। यह क्या थोड़ा कष्ट है!

मैंने झेंपते हुए कहा- आप तो बना रही हैं।

देवीजी ने सदय भाव से मेरा कंधा पकड़कर कहा- जब तुम्हारे बाबूजी लौट आवें; तो मुझे भी अपने घर मेहमान रख लेना। मेरा घाटा पूरा हो जाएगा। अब तो राजी हुई। चलो असबाब बांधो। खाट-वाट कल मंगवा लेंगे।

मैंने ऐसी सहृदय, उदार, मीठी बातें करने वाली स्त्री नहीं देखी। मैं उनकी छोटी बहन होती, तो भी शायद इससे अच्छी तरह न रखतीं। चिन्ता या क्रोध को तो जैसे उन्होंने जीत लिया हो। सदैव उनके मुख पर मधुर विनोद खेला करता था। कोई लड़का-बाला न था, पर मैंने उन्हें कभी दुखी नहीं देखा। ऊपर के काम के लिए लौंडा रख लिया था। भीतर का सारा काम खुद करतीं। इतना कम खाकर और इतनी मेहनत करके वह कैसे इतनी हृष्ट-पुष्ट थीं, मैं नहीं कह सकती। विश्राम तो जैसे उनके भाग्य में ही नहीं लिखा था। जेठ की दुपहरी में भी न लेटती थीं! हाँ, मुझे कुछ न करने देतीं, उस पर जब देखो कुछ खिलाने को सिर पर सवार। मुझे यहाँ बस यही एक तकलीफ थी। मगर आठ ही दिन गुजरे थे कि एक दिन मैंने उन्हीं दोनों खुफियों को नीचे बैठा देखा। मेरा माथा ठनका। यह अभागे यहाँ भी मेरे पीछे पड़े

हैं। मैंने तुरन्त बहनजी से कहा, वे दोनों बदमाश यहाँ भी मंडरा रहे हैं। उन्होंने हिकारत से कहा, कुत्ते हैं। फिरने दो। मैं चिन्तित होकर बोली, कोई स्वांग न खड़ा करें। उसी बेपरवाही से बोलीं– भूंकने के सिवा और क्या कर सकते हैं?

मैंने कहा– काट भी तो सकते हैं।

हँसकर बोलीं– इसके डर से कोई भाग तो नहीं जाता न!

मगर मेरी दाल में मक्खी पड़ गई। बार-बार छज्जे पर जाकर उन्हें टहलते देख आती। यह सब मेरे पीछे पड़े हुए हैं! आखिर मैं नौकरशाही का क्या बिगाड़ सकती हूँ। मेरी सामर्थ्य ही क्या है? क्या यह सब इस तरह से मुझे यहाँ से भगाने पर तुले हैं। इससे उन्हें क्या मिलेगा? यही तो कि मैं मारी-मारी फिरूं! कितनी नीची तबियत है? एक हफ्ता और गुजर गया। खुफिया ने पिंड न छोड़ा। मेरे प्राण सूखते जाते थे। ऐसी दशा में यहाँ रहना मुझे अनुचित मालूम होता था; पर देवीजी से कुछ कह न सकती थी। एक दिन शाम को ज्ञान बाबू आये, तो घबड़ाये हुए थे। मैं बरामदे में थी। परवल छील रही थी। ज्ञान बाबू ने कमरे में जाकर देवीजी को इशारे से बुलाया। देवीजी ने बैठे-बैठे कहा, पहले कपड़े-वपड़े उतारो, मुँह-हाथ धोओ, कुछ खाओ, फिर जो कहना हो, कह देना। ज्ञान बाबू को धैर्य कहाँ? पेट में बात की गन्ध तक न पचती थी। आग्रह से बुलाया– तुमसे उठा नहीं जाता। मेरी जान आफत में है।

देवी ने बैठे-बैठे कहा– तो कहते क्यों नहीं, क्या कहना है?

'यहाँ आओ।'

'क्या यहाँ कोई और बैठा हुआ है?'

मैं वहाँ से चली। बहन ने मेरा हाथ पकड़ लिया। मैं जोर करने पर भी न छुड़ा सकी। ज्ञान बाबू मेरे सामने न कहना चाहते थे; पर इतना सब्र भी न था कि जरा देर रुक जाते। बोले– प्रिन्सिपल से मेरी लड़ाई हो गई।

देवी ने बनावटी गम्भीरता से कहा– सच! तुमने उसे खूब पीटा न?

'तुम्हें दिल्लगी सूझती है! यहाँ नौकरी जा रही है।'

'जब यह डर था, तो लड़े क्यों?'

'मैं थोड़े ही लड़ा। उसी ने मुझे बुलाकर डांटा।'

'बेकसूर?'

'अब तुमसे क्या कहूँ।'

'फिर वही पर्दा। मैं कह चुकी, यह मेरी बहन है। मैं इससे कोई पर्दा नहीं रखना चाहती।'

'और जो इन्हीं के बारे में कोई बात हो, तो?'

देवीजी ने जैसे पहेली बूझकर कहा– अच्छा समझ गई। कुछ खुफियों का झगड़ा होगा। पुलिस ने तुम्हारे प्रिन्सिपल से शिकायत की होगी।

ज्ञान बाबू ने इतनी आसानी से अपनी पहेली का बूझा जाना स्वीकार न किया। बोले– पुलिस ने प्रिन्सिपल से नहीं, हाकिम जिला से कहा। उसने प्रिन्सिपल को बुलाकर मुझसे जवाब-तलब करने का हुक्म दिया।

देवी ने अन्दाज से कहा– समझ गई। प्रिन्सिपल ने तुमसे कहा होगा, कि उस स्त्री को घर से निकाल दो।

'हाँ, यही, समझ लो!'

'तो तुमने क्या जवाब दिया?'

'अभी कोई जवाब नहीं दिया। वहाँ खड़े-खड़े क्या कहता!'

देवीजी ने उन्हें आड़े हाथों लिया 'जिस प्रश्न का एक ही जवाब हो, उसमें सोच-विचार कैसा?'

ज्ञान बाबू सिटपिटाकर बोले, 'लेकिन कुछ सोचना तो जरूरी था।'

देवीजी की त्योरियाँ बदल गईं। आज मैंने पहली बार उनका यह रूप देखा! बोलीं– तुम उस प्रिन्सिपल से जाकर कह दो, मैं उसे किसी तरह नहीं छोड़ सकता और न माने, तो इस्तीफा दे दो। अभी जाओ। लौटकर हाथ-मुँह धोना।

मैंने रोकर कहा, 'बहन मेरे लिए...'

देवी ने डांट बतायी– तू चुप रह, नहीं कान पकड़ लूंगी। तू क्यों बीच में कूदती है! रहेंगे, तो साथ रहेंगे। मरेंगे तो साथ मरेंगे। इस मर्दुए को मैं क्या कहूं? आधी उम्र बीत गई और बात करना न आया। (पति से) खड़े सोच क्या रहे हो, तुम्हें डर लगता हो; तो मैं जाकर कह आऊँ?

ज्ञान बाबू ने खिसियाकर कहा– तो कल कह दूंगा, इस वक्त कहाँ होगा, कौन जाने।

रात-भर मुझे नींद नहीं आई। बाप और ससुर जिसका मुँह नहीं देखना चाहते, उसका यह आदर! राह की भिखारिन का यह सम्मान। देवी, तू सचमुच देवी है।

दूसरे दिन ज्ञान बाबू चले तो देवी ने फिर कहा– फैसला करके घर आना। यह न हो कि फिर सोचकर जवाब देने की जरूरत पड़े।

ज्ञान बाबू के चले जाने के बाद मैंने कहा– तुम मेरे साथ बड़ा अन्याय कर रही हो बहनजी। मैं यह कभी नहीं देख सकती कि मेरे कारण तुम्हें यह विपत्ति झेलनी पड़े।

देवी ने हास्य-भाव से कहा– कह चुकी या कुछ और कहना है।

'कह चुकी; मगर अभी बहुत कुछ कहूंगी!'

'अच्छा बता तेरे प्रियतम क्यों जेल गए? इसीलिए तो कि स्वयंसेवकों का सत्कार किया था। स्वयंसेवक कौन हैं? यह हमारी सेना के वीर हैं, जो हमारी लड़ाइयां लड़ रहे हैं। स्वयंसेवकों के भी तो बाल-बच्चे होंगे, माँ-बाप होंगे, वह भी तो कोई कारोबार करते होंगे; पर देश की लड़ाई लड़ने के लिए उन्होंने सब कुछ त्याग दिया है। ऐसे वीरों का सत्कार करने के लिए जो आदमी जेल में डाल दिया जाए, उसकी स्त्री के दर्शनों से भी आत्मा पवित्र होती है। मैं तुझ पर एहसान नहीं कर रही हूँ, तू मुझ पर एहसान कर रही है।'

मैं इस दया-सागर में डुबकियां खाने लगी। बोलती क्या। शाम को जब ज्ञान बाबू लौटे, तो उनके मुख पर विजय का आनन्द था।

देवी ने पूछा– हार कि जीत?

ज्ञान बाबू ने अकड़कर कहा– जीत! मैंने इस्तीफा दे दिया तो चक्कर में आ गया। उसी वक्त हाकिम जिला के पास गया। वहाँ न जाने मोटर पर बैठकर दोनों में क्या बातें हुईं। लौटकर मुझसे बोला आप पोलिटिकल जलसों में तो नहीं जाते।

मैंने कहा– कभी भूलकर भी नहीं।

'कांग्रेस के मेम्बर तो नहीं हैं?'

मैंने कहा– मेम्बर क्या, मेम्बर का दोस्त भी नहीं।

'कांग्रेस-फंड में चन्दा तो नहीं देते?'

मैंने कहा– कानी कौड़ी भी कभी नहीं देता।

'तो हमें आपसे कुछ नहीं कहना है। मैं आपका इस्तीफा वापस करता हूँ।'

देवीजी ने मुझे गले लगा लिया।

अन्धेर

नागपंचमी आई। साठे के जिन्दादिल नौजवानों ने रंग-बिरंगे जंघिये बनवाये। अखाड़े में ढोल की मर्दाना सदायें गूंजने लगीं। आसपास के पहलवान इकट्ठे हुए और अखाड़े पर तम्बोलियों ने अपनी दुकानें सजायीं क्योंकि आज कुश्ती और दोस्ताना मुकाबले का दिन है। औरतों ने गोबर से अपने आंगन लीपे और गाती-बजाती कटोरों में दूध-चावल लिए नाग पूजने चलीं।

साठे और पाठे दो लगे हुए मौजे थे। दोनों गंगा के किनारे। खेती में ज्यादा मशक्कत नहीं करनी पड़ती थी इसीलिए आपस में फौजदारियां खूब होती थीं। आदिकाल से उनके बीच होड़ चली आती थी। साठे वालों को यह घमण्ड था कि उन्होंने पाठे वालों को कभी सिर न उठाने दिया। उसी तरह पाठे वाले अपने प्रतिद्वंद्वियों को नीचा दिखलाना ही जिन्दगी का सबसे बड़ा काम समझते थे। उनका इतिहास विजयों की कहानियों से भरा हुआ था। पाठे के चरवाहे यह गीत गाते हुए चलते थे:

साठे वाले कायर सगरे पाठे वाले हैं सरदार

और साठे के धोबी गाते:

साठे वाले साठ हाथ के जिनके हाथ सदा तरवार।

उन लोगन के जनम नसाये जिन पाठे मान लीन अवतार।।

गरज आपसी होड़ का यह जोश बच्चों में माँ के दूध के साथ दाखिल होता था और उसके प्रदर्शन का सबसे अच्छा और ऐतिहासिक मौका यही नागपंचमी का दिन था। इस दिन के लिए साल भर तैयारियाँ होती रहती थीं। आज उनमें मार्के की कुश्ती होने वाली थी। साठे को गोपाल पर नाज था, पाठे को बलदेव का गर्रा। दोनों सूरमा अपने-अपने फरीक की दुआएं और आरजुएं लिए हुए अखाड़े में उतरे। तमाशाइयों पर चुम्बक का-सा असर हुआ। मौजें के चौकीदारों ने लट्ठ और डण्डों का यह जमघट देखा और मर्दों की अंगारे की तरह लाल आँखें तो पिछले अनुभव के आधार पर बेपता हो गए। इधर अखाड़े में दांव-पेंच होते रहे। बलदेव उलझता

था, गोपाल पैंतरे बदलता था। उसे अपनी ताकत का जोम था, इसे अपने करतब का भरोसा। कुछ देर तक अखाड़े से ताल ठोंकने की आवाज़ें आती रहीं, तब यकायक बहुत-से आदमी खुशी के नारे मार-मार उछलने लगे, कपड़े और बर्तन और पैसे और बताशे लुटाये जाने लगे। किसी ने अपना पुराना साफा फेंका, किसी ने अपनी बोसीदा टोपी हवा में उड़ा दी साठे के मनचले जवान अखाड़े में पिल पड़े। और गोपाल को गोद में उठा लाये। बलदेव और उसके साथियों ने गोपाल को लहू की आँखों से देखा और दांत पीसकर रह गए।

2

दस बजे रात का वक्त और सावन का महीना। आसमान पर काली घटाएं छाई थीं। अंधेरे का यह हाल था कि जैसे रोशनी का अस्तित्व ही नहीं रहा। कभी-कभी बिजली चमकती थी; मगर अंधेरे को और ज्यादा अंधेरा करने के लिए। मेंढकों की आवाज़ें जिन्दगी का पता देती थीं वर्ना और चारों तरफ मौत थी। खामोश, डरावने और गम्भीर साठे के झोंपड़े और मकान इस अंधेरे में बहुत गौर से देखने पर काली-काली भेड़ों की तरह नज़र आते थे। न बच्चे रोते थे, न औरतें गाती थीं। पावित्रात्मा बुड्ढे राम नाम न जपते थे।

मगर आबादी से बहुत दूर कई पुरशोर नालों और ढाक के जंगलों से गुजरकर ज्वार और बाजरे के खेत थे और उनकी मेंड़ों पर साठे के किसान जगह-जगह मड़ैया डाले खेतों की रखवाली कर रहे थे। तले ज़मीन, ऊपर अंधेरा, मीलों तक सन्नाटा छाया हुआ। कहीं जंगली सुअरों के गोल, कहीं नीलगायों के रेवड़, चिलम के सिवा कोई साथी नहीं, आग के सिवा कोई मददगार नहीं। जरा खटका हुआ और चौंके पड़े। अंधेरा भय का दूसरा नाम है, जब मिट्टी का एक ढेर, एक ठूंठा पेड़ और घास का ढेर भी जानदार चीज़ें बन जाती हैं। अंधेरा उनमें जान डाल देता है। लेकिन यह मजबूत हाथों वाले, मजबूत जिगर वाले, मजबूत इरादे वाले किसान हैं कि यह सब सख्तियत झेलते हैं ताकि अपने ज्यादा भाग्यशाली भाइयों के लिए भोग-विलास के सामान तैयार करें। इन्हीं रखवालों में आज का हीरो, साठे

का गौरव गोपाल भी है जो अपनी मड़ैया में बैठा हुआ है और नींद को भगाने के लिए धीमें सुरों में यह गीत गा रहा है:

मैं तो तोसे नैना लगाय पछतायी रे

अचानक उसे किसी के पाँव की आहट मालूम हुई। जैसे हिरन कुत्तों की आवाज़ों को कान लगाकर सुनता है उसी तरह गोपाल ने भी कान लगाकर सुना। नींद की औंघाई दूर हो गई। लट्ठ कंधे पर रक्खा और मड़ैया से बाहर निकल आया। चारों तरफ कालिमा छाई हुई थी और हल्की-हल्की बूंदें पड़ रही थीं। वह बाहर निकला ही था कि उसके सर पर लाठी का भरपूर हाथ पड़ा। वह त्योराकर गिरा और रात भर वहीं बेसुध पड़ा रहा। मालूम नहीं उस पर कितनी चोटें पड़ीं। हमला करने वालों ने तो अपनी समझ में उसका काम तमाम कर डाला। लेकिन जिन्दगी बाकी थी। यह पाठे के गैरतमन्द लोग थे जिन्होंने अंधेरे की आड़ में अपनी हार का बदला लिया था।

3

गोपाल जाति का अहीर था, न पढ़ा न लिखा, बिलकुल अक्खड़। दिमाग रौशन ही नहीं हुआ तो शरीर का दीपक क्यों घुलता। पूरे छः फुट का कद, गठा हुआ बदन, ललकान कर गाता तो सुनने वाले मील भर पर बैठे हुए उसकी तानों का मजा लेते। गाने-बजाने का आशिक, होली के दिनों में महीने भर तक गाता, सावन में मल्हार और भजन तो रोज का शगल था। निडर ऐसा कि भूत और पिशाच के अस्तित्व पर उसे विद्वानों जैसे संदेह थे। लेकिन जिस तरह शेर और चीते भी लाल लपटों से डरते हैं, उसी तरह लाल पगड़ी से उसकी रूह असाधारण बात थी; लेकिन उसका कुछ बस न था। सिपाही की वह डरावनी तस्वीर जो बचपन में उसके दिल पर खींची गई थी, पत्थर की लकीर बन गई थी। शरारतें गईं, बचपन गया, मिठाई की भूख गई लेकिन सिपाही की तस्वीर अभी तक कायम थी। आज उसके दरवाज़े पर लाल पगड़ी वालों की एक फौज जमा थी; लेकिन गोपाल जख्मों से चूर, दर्द से बेचैन होने पर भी अपने मकान के अंधेरे कोने में छिपा हुआ बैठा था। नम्बरदार और मुखिया, पटवारी और

चौकीदार रोब खाये हुए ढंग से खड़े दारोगा की खुशामद कर रहे थे। कहीं अहीर की फरियाद सुनाई देती थी, कहीं मोदी रोना-धोना, कहीं तेली की चीख-पुकार, कहीं कमाई की आँखों से लहू जारी। कलवार खड़ा अपनी किस्मत को रो रहा था। फोहश और गन्दी बातों की गर्मबाज़ारी थी। दारोगा जी निहायत कारगुजार अफ़सर थे, गालियों में बात करते थे। सुबह को चारपाई से उठते ही गालियों का वजीफा पढ़ते थे। मेहतर ने आकर फरियाद की- हुजूर, अण्डे नहीं हैं, दारोगाजी हण्टर लेकर दौड़े और उस गरीब का भुरकुस निकाल दिया। सारे गाँव में हलचल पड़ी हुई थी। कॉन्सटेबल और चौकीदार रास्तों पर यों अकड़ते चलते थे गोया, अपनी ससुराल में आये हैं। जब गाँव के सारे आदमी आ गए तो वारदात हुई और इस कम्बख्त गोपाल ने रपट तक न की।

मुखिया साहब बेंत की तरह काँपते हुए बोले- हुजूर, अब माफी दी जाए।

दारोगाजी ने खतरनाक निगाहों से उसकी तरफ देखकर कहा- यह इसकी शरारत है। दुनिया जानती है कि जुर्म को छुपाना जुर्म करने के बराबर है। मैं इस बदमाश को इसका मजा चखा दूंगा। वह अपनी ताकत के जोश में भूला हुआ है, और कोई बात नहीं। लातों के भूत बातों से नहीं मानते।

मुखिया साहब ने सिर झुकाकर कहा- हुजूर, अब माफी दी जाए।

दारोगाजी की त्योरियाँ चढ़ गईं और झुंझलाकर बोले- अरे हजूर के बच्चे, कुछ सठिया तो नहीं गया है। अगर इसी तरह माफी देनी होती तो मुझे क्या कुत्ते ने काटा था कि यहाँ तक दौड़ा आता। न कोई मामला, न मामले की बात, बस माफी की रट लगा रक्खी है। मुझे ज्यादा फुरसत नहीं है। नमाज पढ़ता हूँ, तब तक तुम अपना सलाह मशविरा कर लो और मुझे हँसी-खुशी रुखसत करो वर्ना गौस खां को जानते हो, उसका मारा पानी भी नही मांगता!

दारोगा तकवे व तहारत के बड़े पाबन्द थे पाँचों वक्त की नमाज पढ़ते और तीसों रोजे रखते, ईदों में धूमधाम से कुर्बानियां होतीं। इससे अच्छा आचरण किसी आदमी में और क्या हो सकता है!

4

मुखिया साहब दबे पाँव गुपचुप ढंग से गौरा के पास गए और बोले- यह दारोगा बड़ा काफिर है, पचास से नीचे तो बात ही नहीं करता। अब्बल दर्जे का थानेदार है। मैंने बहुत कहा, हुजूर, गरीब आदमी है, घर में कुछ सुभीता नहीं, मगर वह एक नहीं सुनता।

गौरा ने घूंघट में मुँह छिपाकर कहा- दादा, उनकी जान बच जाए, कोई तरह की आंच न आने पाए, रुपए-पैसे की कौन बात है, इसी दिन के लिए तो कमाया जाता है।

गोपाल खाट पर पड़ा सब बातें सुन रहा था। अब उससे न रहा गया। लकड़ी गांठ ही पर टूटती है। जो गुनाह किया नहीं गया, वह दबता है; मगर कुचला नहीं जा सकता। वह जोश से उठ बैठा और बोला- पचास रुपए की कौन कहे, मैं पचास कौड़ियां भी न दूंगा। कोई गदर है, मैंने कसूर क्या किया है?

मुखिया का चेहरा फक हो गया। बड़प्पन के स्वर में बोले- धीरे बोलो, कहीं सुन ले तो गजब हो जाए।

लेकिन गोपाल बिफरा हुआ था, अकड़कर बोला- मैं एक कौड़ी भी न दूंगा। देखें कौन मेरे फांसी लगा देता है।

गौरा ने बहलाने के स्वर में कहा- अच्छा, जब मैं तुमसे रुपए मांगू तो मत देना। यह कहकर गौरा ने, जो इस वक्त लौंडी के बजाय रानी बनी हुई थी, छप्पर के एक कोने में से रुपयों की एक पोटली निकाली और मुखिया के हाथ में रख दी। गोपाल दांत पीसकर उठा, लेकिन मुखिया साहब फौरन से पहले सरक गए। दारोगा जी ने गोपाल की बातें सुन ली थीं और दुआ कर रहे थे कि ऐ खुदा, इस मरदूद के दिल को पलट। इतने में मुखिया ने बाहर आकर पचीस रुपए की पोटली दिखाई। पचीस रास्ते ही में गायब हो गए थे। दारोगा जी ने खुदा का शुक्र किया। दुआ सुनी गई। रुपया जेब में रक्खा और रसद पहुँचाने वालों की भीड़ को रोते और बिलबिलाते छोड़कर हवा हो गए। मोदी का गला घुंट गया। कसाई के गले पर छुरी फिर गई। तेली पिस गया। मुखिया साहब ने गोपाल की गर्दन पर

समसामयिक लेखांकन
(Contemporary Accounting)

डॉ॰ राजीव कुमार

arjun अर्जुन पब्लिशिंग हाउस

समसामयिक लेखांकन

प्रथम संस्करण : 2011

ISBN 978-81-8330-239-5

प्रकाशक :

अर्जुन पब्लिशिंग हाऊस

4831/24, प्रह्लाद गली

अंसारी रोड, दरियागंज

नई दिल्ली–110002

फोन : 23272541, 23257835

फैक्स : 91-011-23257835

e-mail : arjunbooks2001@gmail.com

टाइपसेटिंग :

डिम्पल कम्प्यूटर्स

दिल्ली

प्रिन्टर्स :

रोशन आफसेट प्रिंटर्स

दिल्ली - 53

प्रस्तावना

व्यावसायिक गतिविधियों के विकास एवं विस्तार से लेखांकन के महत्त्व एवं क्षेत्र में नित नवीन परिवर्तन एवं स्वाभाविक प्रक्रिया है। इन परिवर्तनों के कारण लेखांकन के समसामयिक अध्ययन के सम्बन्ध में भी नवीन आयामों का जुड़ाव हुआ है।

समसामयिक लेखांकन विषय पर प्रस्तुत इस पुस्तक की विषय-सामग्री में अंशों के निर्गमन एवं ऋण पत्रों के निर्गमन, अन्तिम खाते, आयोजन एवं संचय, विभागीय एवं शाखा लेखे, प्रेषण खाते, किराया-क्रय पद्धति, विनियोग लेखे, कम्पनियों का आन्तरिक पुनर्निर्माण आदि विषयों पर महत्त्वपूर्ण जानकारी प्रस्तुत की गई है। पुस्तक लेखन में अनेक विषय विशेषज्ञों के प्रमाणिक कार्य तथा ग्रन्थों का उपयोग किया गया है। विषय की विषय-वस्तु को स्पष्ट, बोधगम्य एवं जीवनपयोगी बनाने का प्रयास किया गया है जो पाठकों हेतु अधिक उपयोगी सिद्ध होगा। इस कृति को अधिक उपयोगी बनाने में पाठकों के सुझावों तथा संशोधनों का हार्दिक स्वागत है।

डॉ॰ राजीव कुमार

विषय-सूची

1. अंशों का निर्गमन एवं हरण तथा ऋणपत्रों का निर्गमन 1

2. अन्तिम खाते 45

3. आयोजन एवं संचय 74

4. विभागीय एवं शाखा लेखे 102

5. प्रेषण खाते 151

6. किराया क्रय पद्धति 163

7 किस्त भुगतान पद्धति 218

8. विनियोग लेखे 250

9. कम्पनियों का आन्तरिक पुनर्निर्माण 268

1

अंशों का निर्गमन एवं हरण तथा ऋणपत्रों का निर्गमन

(Issue and Forefeiture of Shares and Issue of Debentures)

अभी तक अपने एकल व्यापारी, साझेदारी, संयुक्त साहस, लाभार्जन के उद्देश्य से नहीं बनाई गई संस्थाओं आदि के वित्तीय व्यवहारों के लेखांकन की रीतियों का अध्ययन किया है। एक कम्पनी क़ा संगठन स्वामित्व जो संरचना, व्यापारिक आकार, व्यवहारों की विविधता, देश के विभिनन अधिनियमों द्वारा नियन्त्रण, आदि के दृष्टिकोण से भिन्न होता है।

अधिक पूँजी नियोजन, विशाल एवं जोखिम पूर्ण उद्योगों, विवेकपूर्ण प्रबन्ध, अधिमतम सामाजिक लाभ व सेवा के लिए नये प्रकार के व्यावसायिक संगठन का प्रादुर्भाव हुआ, इसे संयुक्त पूँजी कम्पनी संगठन कहा जाता है। एक कम्पनी संगठन की मुख्य विशेषताएँ असीमित पूंजी साधन, सदस्यों का सीमित दायित्व तथा पृथक अस्तित्व हैं। इसे कृत्रिम व्यक्ति भी कहा जाता है, जिसका जन्म अधिनियम द्वारा होता है तथा जिसका अस्तित्व स्थायी होता है। सामान्यतः इसकी पूँजी हस्तान्तरणीय अंशों में विभक्त होती है तथा इसकी सार्वमुद्रा होती है। यह संगठन बहु–स्वामित्व वाली संस्था है। इसकी पूँजी निश्चित मूल्य के अंशों में विभाजित होती है।

आधुनिक युग में उद्योग एवं वाणिज्य की बढ़ती हुई आवश्यकताओं को एकल स्वामित्व एवं साझेदारी द्वारा पूर्ण नहीं किये जाने के कारण व्यवसाय के संगठन के ढाँचे में एक नवीन अवधारणा को जन्म दिया गया जिसे वर्तमान समय में कम्पनी के नाम से सम्बोधित किया जाता है। कम्पनी का अभिप्राय अनेक व्यक्तियों के एक ऐसे संगठन से है जिसके संयुक्त स्कन्ध (Joint Stock) में किसी सामूहिक उद्देश्य की पूर्ति करने हेतु वे मुद्रा या मुद्रा के तुल्य अंशदान करते हैं। इस प्रकार अभिदत्त सामूहिक स्कन्ध मुद्रा में व्यक्त किया

जाता है तथा इसे ही कम्पनी की पूँजी कहते हैं। वे व्यक्ति जो इस पूँजी में अंशदान करते हैं, अथवा जो व्यक्ति इस पूँजी के स्वामी होते हैं, कम्पनी के सदस्य (Members) कहलाते हैं तथा पूँजी का वह आनुपातिक भाग जिसका कम्पनी का प्रत्येक सदस्य स्वामी होता है, अंश (Share) कहलाता है।

कम्पनी शब्द का अर्थ ऐसे व्यक्तियों के समूह से होता है जो किसी सामान्य उद्देश्य के लिए (जैसे व्यवसाय, क्लब, धर्मार्थ प्रन्यास, स्पोर्टस एसोसिएशन, अनुसंधान संस्थान आदि) संगठित होते हैं। लेकिन व्यावसायिक क्षेत्र में कम्पनी शब्द अपना एक पृथक वैधानिक आशय व्यक्त करता है, जो सामान्यत: एक ऐसे संगठन की ओर संकेत करता है जिसका निर्माण कानून द्वारा होता है जिसके सदस्यों का दायित्व सीमित होता है, जिसका अस्तित्व उसके सदस्यों से पृथक होता है एवं जिसकी अपनी एक सार्वमुद्रा भी होती है। व्यक्तियों का संघ या संगठन कब कम्पनी के रूप में माना जाये? इसके लिए यह प्रावधान है कि वह एक कम्पनी के रूप में समामेलित हो। इससे यह निष्कर्ष निकलता है कि समामेलित संगठन या संघ को ही कम्पनी की संज्ञा दी जा सकती है। कम्पनी के रूप में किसी संगठन के समामेलित होने की अनिवार्यता इस तथ्य को स्पष्ट करती है कि कम्पनी का सदस्यों से अलग अपना निजी वैधानिक अस्तित्व होता है। इस आधार पर यह कहा गया है कि कम्पनी एक स्थायी उत्तराधिकार वाले व्यक्ति के रूप में कृत्रिम, अदृश्य एंव अमूर्त है तथा उसका अस्तित्व विधान की दृष्टि में ही विद्यमान होता है, जिसकी अपनी एक सर्वमान्य मुहर होती है।

परिभाषा

भारतीय कम्पनी अधिनियम 1956 की धारा 3 (1) (अ) के अनुसार, ''कम्पनी से आशय इस अधिनियम के अन्तर्गत निर्मित तथा रजिस्टर्ड कम्पनी से है या एक विद्यमान कम्पनी से है।'' धारा 3 (1) (ब) के अनुसार विद्यमान कम्पनी से आशय एक ऐसी कम्पनी से है जिसका निर्माण एवं रजिस्ट्रेशन किसी पूर्व के कम्पनी अधिनियम के अन्तर्गत हुआ हो।

कम्पनी की उक्त वैधानिक परिभाषा कम्पनी शब्द के लक्षणों की ओर संकेत नहीं करती। अत: कम्पनी का आशय समझने के लिए यह आवश्यक है कि विभिन्न न्यायाधीशों द्वारा दी गई परिभाषाओं का अध्ययन किया जाय।

न्यायाधीश जेम्स के अनुसार, ''कम्पनी का आशय व्यक्तियों के उस समूह से लगाया जाता है जो कि एक सामान्य उद्देश्य के लिए एकत्रित हुए हों।''

न्यायाधीश लिण्डले के अनुसार, ''कम्पनी का आशय एक ऐसे संगठन से है जिसमें बहुत से व्यक्ति धन अथवा धन में मूल्य रखने वाली सम्पत्तियाँ अंशदान करते हैं, जिनका प्रयोग किसी व्यापार में किया जाता है तथा वे व्यक्ति उस व्यापार से उत्पन्न होने वाले लाभ का आपस में विभाजन करते हैं .... कम्पनी की समस्त पूँजी निर्धारित मूल्य के अंशों में विभक्त होती है। सामान्यत: अंश हस्तान्तरणशील होते हैं और कुछ दशाओं में यह अधिकार सीमित भी होता है।''

हैने के अनुसार, ''कम्पनी राजनियम द्वारा निर्मित एक कृत्रिम व्यक्ति है जिसका पृथक् वैधानिक अस्तित्व, निरन्तर उत्तराधिकार एवं सर्वमान्य सार्वमुद्रा होती है।''

संक्षेप में, एक कम्पनी अकृत्रिम (Natural) व्यक्तियों का एक ऐच्छिक संगठन है जो उनके द्वारा दी गई पूँजी से किसी लाभ, अर्थात् सामूहिक हित, के उद्देश्य से किसी व्यवसाय को चालने के लिए निर्मित किया जाता है। इस प्रकार के संगठन को एक समामेलित निगम माना जाता है, जिसकी विशेषताएँ हैं :

(1) वैधानिक व्यक्ति जिसका अपना अलग अस्तित्व होता है,

(2) निरन्तर अस्तित्व अर्थात् जिसकी विद्यमानता अविच्छिन्न या स्थायी होती है,

(3) सीमित दायित्व अर्थात् इसके सदस्यों का दायित्व सीमित होता है,

(4) स्वामित्व का प्रन्ध से अलग होना अर्थात् इसके सदस्य, जो कम्पनी के स्वामी होते हैं, प्रबन्ध व्यवस्था से सर्वथा अलग रहते हैं, प्रबन्ध व्यवस्था उनके प्रतिनिधियों द्वारा गठित संचालक मण्डल द्वारा की जाती है।

(5) हस्ताक्षरों के स्थान पर कम्पनी के नाम की सर्वमान्य मुहर (Common Seal) का होना, जिसका अर्थ यह है कि यह मुहर ही कम्पनी को अपने सदस्यों से अलग एक कानूनी अस्तित्व प्रदान करती है, जिस आधार पर उसे अपने नाम से व्यापार करने, अभियोग चलाये जाने तथा चलाये गये अभियोग के विरूद्ध अपना बचाव करने आदि के सम्बन्ध में व्यापक अधिकार प्रप्त होते हैं।

कम्पनी अधिनियम में कम्पनी की परिभाषा

कम्पनी अधिनियम, 1956 की धारा 3(1) (अ) के अन्तर्गत कम्पनी को "इस अधिनियम के अधीन संगठित एवं पंजीकृत अथवा किसी विद्यमान कम्पनी के रूप में परिभाषित किया गया है।" विद्यमान कम्पनी से आशय किसी ऐसी कम्पनी से है जिसका निर्माण एवं पंजीयन सन् 1956 के अधिनियम के पूर्व के किसी कम्पनी अधिनियम के अधीन किया गया हो। इस प्रकार पंजीकृत एवं स्थापित संघ या संस्था को ही 'समामेलित कम्पनी' (Incorporated Company) कहते हैं।

कम्पनियों का वर्गीकरण
(Classification of Companies)

कम्पनी अधिनियम के अन्तर्गत कम्पनियों के निम्न स्वरूप हो सकते है:

1. असीमित दायित्व वाली कम्पनियाँ (Unlimited Liability Companies) – जिन कम्पनियों के सदस्यों का दायित्व फर्म के साझेदारी के दायित्व की भाँति असीमित होता है, वे कम्पनियाँ असीमित दायित्व वाली कम्पनियाँ कहलाती है।

2. गारन्टी द्वारा सीमित कम्पनियाँ (Companies Limited by Guarantee)- जिन कम्पनियों का उद्देश्य लाभ कमाना नहीं होता है तथा जिसके सदस्य कम्पनी स्थापित होत समय अंशदान नहीं करते हैं और कम्पनी के विघटन के समय ही एक निश्चित रकम देने का वचन देते हैं, ऐसे कम्पनियों को गारन्टी द्वारा सीमित कम्पनियाँ कहते हैं।

3. अंशों द्वारा सीमित दायित्व वाली कम्पनियाँ (Companies Limited by Shares)- जिन कम्पनियों में सदस्यों का दायित्व उसके द्वारा क्रय किये गये अंशों पर देय

राशि तक सीमित होता है, उन कम्पनियों को अंशों द्वारा सीमित दायित्व वाली कम्पनियाँ कहते हैं। यदि सदस्य द्वारा क्रय किये गये अंशों पर देय सम्पूर्ण राशि दे दी जाती है, तो वह वर्तमान में किसी अतिरिक्त दायित्व से मुक्त हो जाता है।

स्पष्टीकरण : समिति दायित्व वाली कम्पनी की पूँजी समान मूल्य वाले अंशों में विभक्त कर दी जाती है। प्रत्येक अंश के निर्धारित मूल्य को ही उसका अंकित या समंक मूल्य (Nominal Value or Par Value) कहते हैं। कम्पनी के अंश/अंशों को क्रय करने वाला व्यक्ति कम्पनी का सदस्य या अंशधारी माना जाता है। ऐसे प्रत्येक सदस्य का दायित्व उसके द्वारा क्रय किये गये अंशों के लिए न चुकाई गई राशि तक सीमित रहता है। अंशों के अंकित मूल्य अथवा उन पर माँगी गई राशि का पूर्ण भुगतान कर देने पर उस सदस्य का दायित्व समापत हो जाता है। उदाहरणार्थ, यदि राम ने 10 रु. वाले अंश क्रय किये हैं, तो जब तक वह 100 रु. (10 × 10 रु.) का भुगतान नहीं कर देता है तब तक उसका दायित्व 100 रु. तक बना रहेगा। यदि वह 80 रु. चुका देता है, तो उसका दायित्व 20 रु. तक ही सीमित रहेगा। जैसे ही वह शेष 20 रु. का भुगतान कर देगा, उसका दायित्व समाप्त हो जावेगा। अतः यह स्पष्ट है कि राम से 100 रु. से अधिक राशि वसूल नहीं की जायेगी।

पंजीकृत कम्पनियों के प्रकार (Types of Registered Companies)

अंशों द्वारा सीमित दायित्व वाली कम्पनियाँ भी दो प्रकार की होती है: (1) निजी (Private), तथा (2) सार्वजनिक (Public)।

1. निजी कम्पनी (Private Company : निजी कम्पनी वह है जिसकी स्थापना के लिए कम सेककम दो व्यक्तियों की आवश्यकता होती है तथा जो अपने अन्तर्नियमोंद्वारा :

(अ) अपने अंशों के हस्तान्तरण के अधिकार पर प्रतिबन्ध लगा देती है।

(ब) निम्नलिखित को छोड़कर अपने सदस्यों की संख्या 50 तक सीमित करती है:

(क) ऐसे व्यक्तियों को जो कम्पनी के कर्मचारी हैं, तथा

(ख) ऐसे व्यक्तियों को जो पहले कम्पनी के कर्मचारी होते हुए कम्पनी के सदस्य थे और अब कम्पनी के कर्मचारी न रहते हुए भी उसके सदस्य हैं।

(स) कम्पनी के अंशों अथवा ऋण पत्रों की खरीदने के लिए जनता को आमन्त्रित करने का निषेध करती है।

(2) सार्वजनिक कम्पनी (Public Company): सार्वजनिक कम्पनी का आशय किसी ऐसी कम्पनी से है जो कि निजी कम्पनी नहीं है।

स्पष्टीकरण : कम्पनी अधिनियम में सार्वजनिक कम्पनी की कोई परिभाषा नहीं दी गई है। इसके सम्बन्ध में केवल यह स्पष्ट किया गया है कि ऐसी कम्पनी की स्थापना करने के लिए कम से कम सात सदस्यों का होना आवश्यक है। अतः यह स्पष्ट है कि कोई भी कम्पनी, जिसके सदस्यों की संख्या कम से कम सात है और जो निजी कम्पनी नहीं है,

सार्वजनिक कम्पनी कहलाती है। कम्पनी अधिनियम के अन्तर्गत यह प्रावधान है कि सीमित दायित्व वाली निजी कम्पनी को अपने नाम के अन्त में 'प्राइवेट लिमिटेड' तथा सार्वजनिक कम्पनी को 'लिमिटेड' शब्द लगाना आवश्यक है।

सरकारी कम्पनी

(Government Company)

भारतीय कम्पनी अधिनियम, 1956 की धारा 617 के अनुसार 'सरकारी कम्पनी' से आशय ऐसी कम्पनी से है जिसकी प्रदत्त पूँजी (Paid-up Capital) के कम से कम 51 प्रतिशत भाग पर केन्द्रीय सरकार, किसी राज्य सरकार या राज्य सरकारों अथवा दोनों का अधिकार हो।

कम्पनी बनाना

कम्पनी बनाने का कार्य करने वाले व्यक्ति को प्रवर्तक कहते हैं। प्रवर्तक द्वारा नई कम्पनी के निर्माण की रूपरेखा तैयार की जाती है, उसके लिए आवश्यक प्रलेख तैयार किये जाते हैं, प्रथम संचालकों का चयन किया जाता है, तथा प्रारम्भिक व्यय किये जाते हैं। प्रवर्तक कम्पनी का पंजीयन कराने हेतु कम्पनी रजिस्ट्रर के कार्यालय में निम्नलिखित प्रलेख जमा कराता है:

(1) पार्षद सीमा नियम (Memorandum of Association),

(2) पार्षद अन्तर्नियम (Articles of Association),

(3) संचालकों का विवरण (Particulars of Directors),

(4) संचालकों की लिखित सहमति (Written Consent of Directors)

(5) संचालकों के साथ आवश्यक योगयता अंश खरीदने के लिए हुआ लिखित अनुबन्ध (Written Contract with Directors for Purchase of Qualifying Shares),

(6) प्रबन्ध संचालक या प्रबन्धक के साथ हुए समझौते की प्रति (Copy of Agreement with the Managing Director or Manager)

(7) सांविधिक घोषणा (Statutory Declaration)।

कम्पनी रजिस्ट्रार के पास यह घोषणा कि कम्पनी रजिस्ट्रेशन सम्बन्धी सभी वैधानिक औपचारिकताओं की पूर्ति हो गई है। इस घोषणा पर किसी एडवोकेट, चार्टर्ड अकाउन्टेन्ट, प्रस्तावित संचालक, प्रबन्धक या सचिव के हस्ताक्षर होने चाहिए।

निजी कम्पनी को सूचना (v) व (vi) देनी आवश्यक नहीं है। कम्पनी का पंजीकरण या निगमन कम्पनी रजिस्ट्रार के कार्यालय से निगमन का प्रमाण पत्र (Certificate of Incorporation) मिलने के साथ ही हो जाता है। यह कम्पनी के वैधानिक जन्म का प्रतीक है। इसी के साथ सार्वजनिक कम्पनी अंश पूँजी निर्गमित करने की कार्यवाही प्रारम्भ कर देती है।

सार्वजनिक कम्पनी की पूँजी संरचना
(Capital Structure of a Public Company)

सार्वजनिक कम्पनी अपनी अचल व चल सम्पत्तियों को प्राप्त करने के लिए वित्तीय साधन जुटाती है। वित्तीय साधनों में अंश पूँजी तथा ऋण पूँजी प्रमुख है। अंश पूँजी जनता में अंश निर्गमित करके तथा ऋण पूँजी जनता में ऋण पत्र निर्गमित करके प्राप्त की जाती है। इन दोनों का सामान्य अनुपात 2 : 1 श्रेष्ठ समझा जाता है। अंश निर्गम से प्राप्त पूँजी को स्वामित्व पूंजी (Owned Capital) तथा ऋण पत्र निर्गम से प्राप्त पूँजी के ऋण पूँजी (Debt Capital) कहते है।

पूँजी की संरचना (Capital Structure) करने से अभिप्राय अंश पूँजी व ऋण के पारस्परिक अनुपात का निर्धारण करना है। वित्तीय आयोजन में इसके अतिरिक्त पूँजीकरण तथा पूँजीकरण प्रशासन भी सम्मिलित किया जाता है। पूँजीकरण का अभिप्राय आवश्यक पूँजी की मात्रा का अनुमान लगाना है। पूँजीकरण में अंश पूँजी, ऋण, पूँजी के साथ लाभ के पुनर्विनियोजन के लिए संचित राशियों को भी सम्मिलित करते हैं। पूँजी की मात्रा आवश्यकता से अधिक होने पर अति पूँजीकरण (Over-capitalisation) व आवश्यकता से कम होने पर अब पूंजीकरण (Under-capitalisation) कहा जाता है। ये दोनों ही दशाएं व्यवसाय के लिए घातक होती हैं, अतः आदर्श मात्रा ही सर्वोत्तम है। प्रत्येक सार्वजनिक कम्पनी की पूँजी सामान्यतः दोप्रकार की होती हैं:

(1) स्वामियों की पूँजी तथा

(2) ऋणदाताओं की पूँजी। स्वामियों की पूँजी को अंश पूँजी (Share Capital) तथा उधार ली गई पूँजी को ऋण पूँजी भी कहा जाता है।

किसी भी कम्पनी के पूँजीकरण की योजना का निर्माण करते समय इस तथ्य पर विचार करना आवश्यक होता है कि व्यवसाय के संचालन के लिए कितनी धन राशि की आवश्यकता होगी तथा उसकी पूँजी संरचना में कितनी पूँजी अंश पूँजी के रूप में और कितनी ऋण पूँजी के रूप में होगी। पूँजी की आवश्यक मात्रा एवं उसके रूप को निश्चित करने के पश्चात् ही पूँजी प्राप्त करने की व्यवस्था की जाती है।

यहाँ अंश पूँजी के प्रकार (Kind of Share Capital), अंशों के प्रकार (Kinds of Share) , अंशों का निर्गम (Issue of Shares), अंशों का समपहरण (Forfeiture) आदि व्यवहारों का विश्लेषण एवं उनके लेखांकन की प्रक्रिया बताई जायगी।

अंश पूँजी अंशों के निर्गमन द्वारा ऋण पूँजी ऋण पत्रों (Debentures) के निर्गमन द्वारा प्राप्त की जाती है। एक सार्वजनिक कम्पनी ही अपने अंशों तथा ऋण पत्रों का जनता में निर्गमन कर सकती है जिसका अभिप्राय यह है कि कम्पनी जनता को अपनी अंश पूँजी तथा ऋण पूँजी में अंशदान देने के लिए आमन्त्रित करती है। जनता द्वारा अपनी आर्थिक क्षमता के अनुसार पूँजी में अंशदान दिया जा सके, इसके लिए अंश पूँजी अथवा ऋण पूँजी समान मूल्य के टुकड़ों में विभक्त कर दी जाती है, जिन्हें अंश या ऋण पत्र कहते हैं। उदाहरणार्थ, यदि कोई कम्पनी 50,000 रु. की अंश पूँजी तथा 20,000 रु. ऋण पूँजी जनता से एकत्र करना चाहती है और वह 5,000 रु. की अंश पूँजी को 10 रु. वाले समान मूल्य के टुकड़ों में तथा

20,000 रु. की ऋण पूँजी को 50 रु. के समान मूल्य वाले ऋण पत्रों में विभक्त करे तो 50,000 रु. की अंश पूँजी के 10 रु. के समान मूल्य वाले 5,000 टुकड़ों को और 20,000 रु. की अंश पूँजी के 50 रु. के समान मूल्य वाले 400 टुकड़ों को ऋण पत्र कहेंगे। कम्पनी इन अंशों एवं ऋण पत्रों के माध्यम से ही अंश पूँजी अथवा ऋण पूँजी एकत्र करेगी। इस प्रकार यह स्पष्ट है कि (अ) अंश का निर्गमन करने पर प्राप्त धन राशि को अंश पूँजी कहते है, तथा (ब) ऋण पत्रों का निर्गमन करने पर प्राप्त धन राशि को ऋण पूँजी कहते हैं। इस अध्याय में अंश पूँजी की संरचना का वर्णन किया गया है। इसके अन्तर्गत

(अ) अंश पूँजी की श्रेणियों,

(ब) उन अंशों के प्रकार जिनमें अंश पूँजी विभक्त की जा सकती है,

(स) इन अंशों तथा ऋण पत्रों के निर्गमन,

(द) दोषी अंशधारियों के अंशों के हरण सम्बन्धी व्यवहारों के लेखे करने की विधियाँ समझाई गई है।

कम्पनी अंश-पूँजी के प्रकार
(Kinds of Share Capital)

अंश पूँजी को कम्पनी अधिनियम, 1956 की छठी अनुसूची (Schedule VI) के भाग 1 में दिये गये चिट्ठे में प्रदर्शित करने के आधार पर, निम्नलिखित श्रेणियों में विभाजित किया जा सकता है:

1. अधिकृत पूँजी (Authorised Capital)- पार्षद सीमानियम में पूँजी की जो अधिकतम राशि व्यक्त की जाती है उसे ही अधिकृत पूँजी कहते हैं। इससे अधिक पूंजी का निर्गम कम्पनी नहीं कर सकती। इसी के आधार पर निगमन के समय पूंजी शुल्क लिया जाता है और कम्पनी पंजीकृत होती है इसलिए इसे पंजीकृत पूंजी भी कहते हैं। सामान्यतया इस पूंजी की मात्रा अधिक रखी जाती है और पूंजी निर्गम इससे कम राशि का करते है। यह पूँजी की वह अधिकतम राशि है जो कम्पनी अपने जीवनकाल में निर्गमन कर सकती है। इसे हम पंजीकृत पूँजी (Registered Capital) या नाममात्र की पूँजी (Nominal Capital) भी कहते हैं।

2. निर्गमित पूँजी (Issued Capital)- अधिकृत पूँजी के उस भाग को जो जनता को नकद धन या अन्य किसी प्रतिफल के बदले में निर्गमित किया जाता है, निर्गमित पूँजी कहते हैं। ऐसी पूँजी जितने अंशों में विभक्त होती है उन्हें निर्गमित अंश (Issued Shares) कहते हैं। अधिकृत पूँजी का वह शेष भाग जो निर्गमित नहीं किया जाता है, अनिर्गमित पूँजी (Unissued Capital) कहलाती हैं। जितने अंशों में निर्गमित पूँजी विभक्त रहती है, उनको अनिर्गमित अंश (Unissued Shares) कहते हैं। ये अतिरिक्त अंश पूँजी की आवश्यकता होने पर ही निर्गमित किये जाने हैं।

3. प्रार्थित या अभिदत्त पूँजी (Subscribed Capital)- निर्गमित पूँजी या अंश पूँजी के उस भाग को, जिसका अभिदान जनता द्वारा किया जाता है, अर्थात् जिसके लिए जनता द्वारा आवेदन पत्र दिये जाते हैं, प्रार्थित या अभिदत्त पूँजी कहते हैं। जिनते अंशों के

लिए आवेदन पत्र आते हैं, उतने अंशों को अभिदत्त अंश (Subscribed Shares) कहते हैं। ध्यान रहे कि कम्पनी केवल उतने अंशों का ही आवंटन कर सकती है जितने अंशों का उसने निर्गमन किया है। यदि समस्त निर्गमित पूँजी के लिए प्रार्थना पत्र प्राप्त नहीं होते हैं, तो निर्गमित पूँजी के इस भाग को न अभिदत्त की गई पूँजी (Unsubscribed Capital) कहते हैं।

चिट्ठे में दिखाई गई प्रार्थिक या अभिदत्त पूँजी का विश्लेषण दो उपवर्गों में किया जा सकता है:

(1) माँगी गई पूँजी (Called-up Capital)- कम्पनी द्वारा अंशधारियों से निर्गमित अंशों पर जितनी राशि माँगी जाती है, उसे माँगी गई पूँजी कहते हैं। माँगी गई पूँजी का जितना भाग माँगने के लिए शेष रहता है, उसे न माँगी गई पूँजी (Uncalled Capital) कहते हैं।

(2) प्रदत्त पूँजी (Paid-up Capital) - माँगी गई पूँजी का जो भाग प्राप्त हो जाता है, उसे प्रदत्त पूँजी कहते हैं। यदि माँगी गई समस्त राशि का भुगतान अंशधारियों द्वारा कर दिया जाता है, तो माँगी गई तथा प्रदत्त पूँजी एक ही होगी। परन्तु यदि माँगी गई राशि का कुछ भाग अंशधारियों द्वारा देय तिथि तक नहीं चुकाया जाता है, तो इस भाग को बकाया न दी गई माँग राशियाँ (Calls in arrear or Calls Unpaid) कहते हैं। बहुत से अंशधारी बार-बार माँगी जाने वाली राशियों का भुगतान करने की असुविधा से छुटकारा पाने के लिए अपने अंशों का पूर्ण या शेष मूल्य एक साथ दे देते हैं। जो राशि किसी माँग से पूर्व ही प्राप्त हो जाती है, उसे अग्रिम माँग (Calls in Advances) कहते हैं।

उदाहरणार्थ - एक कम्पनी का पंजीयन 25,00,000 रु. अधिकृत पूँजी के साथ हुआ जो 50 रु. मूल्य वाले अंशों में विभक्त है। इसमें से 35,000 अंशों को सर्वप्रथम जनता में क्रय करने के लिए प्रस्तुत किया गया। जनता ने 30,000 अंशों के लिए आवेदन पत्र दिये। संचालकों ने इस सभी अंशों का आवंटन कर दिया। प्रत्येक अंश पर पूरी रकम माँग ली गई। एक माह बार 2,000 अंशों को छोड़कर, जिन पर 15 रु. प्रति अश के हिसाब से अन्तिम माँग का भुगतान नहीं हुआ, शेश सभी अंशों पर समस्त माँगी गई राशि प्राप्त हो गई। कम्पनी को विभिन्न प्रकार की पूँजी राशियाँ बतलाइए।

विभिन्न प्रकार की पूँजी तथा पर प्राप्त राशियाँ

Authorised Capital (अधिकृत पूँजी)		
50,000 Shares of Rs. 50 each (50 ,000 x Rs. 50)		25,00,000
Issued Capital (निर्गमित पूँजी)		
35,000 Shares of Rs. 50 each (35,000 x Rs. 50)		17,50,000
Subscribed Capital (प्रार्थित पूँजी)		
30,000 Shares of Rs. 50	Rs.	
fully called up (30,000 x Rs. 50)	15,00,000	
Less : Calls in Arrear (2,000 x Rs. 15)	30,000	
Paid up Capital (प्रदत्त पूँजी)		14,70,000

3. संचित पूँजी (Reserve Capital)- कम्पनी को निर्गमित अंशो पर न माँगी गई राशि को अंशधारियों से कभी भी माँगने का अधिकार होता है। परन्तु कभी कभी एक सीमित दायित्व वाली कम्पनी विशेष प्रस्ताव द्वारा यह निश्चित कर देती है कि 'न माँगी गई पूँजी' का एक निश्चित भाग केवल कम्पनी के समापन के समय ही माँग जायेगा। 'न माँगी गई पूँजी' के उस भाग को जो भविष्य में समापन के समय माँगने के लिए सुरक्षित कर दिया जाता है, संचित पूँजी कहते हैं। उपर्युक्त उदाहरण में यदि कम्पनी के अंशधारियों ने विशेष प्रस्ताव पास करके 10 रु. प्रति अंश समापन के समय माँगे जाने के लिए आरक्षित कर दिया है तो 35,000 × 10 रु. = 3,50,000 रु. संचित पूँजी मानी जावेगी। इस प्रकार की व्यवस्था कम्पनी के ऋणदाताओं की सुरक्षा तथा उनमें विश्वास स्थापित करने के उद्देश्य से की जाती है। ऐसा करने से कम्पनी की साख बढ़ जाती है तथा उसे ऋण प्राप्त करने में सुविधा होती है।

अंशों के प्रकार
(Types of Shares)

एक सार्वजनिक कम्पनी दो ही प्रकार के अंश निर्गमित कर सकती है:

(1) अधिमान या पूर्वाधिकार अंश (Preference Shares), तथा

(2) सामान्य अंश (Equity Shares)।

कम्पनी अधिनियम, 1956 के लागू होने के पूर्व एक सार्वजनिक कम्पनी को उक्त दो प्रकार के अंशों के अलावा आस्थगित अंश और निर्गमित करने का अधिकार था, किन्तु अब केवल उक्त दो प्रकार के अंश ही निर्गमित करने का अधिकार है। अर्थात् अब उन्हें आस्थगित अंश निर्गमित करने का अधिकार नहीं है।

1. अधिमान अंश (Preference Shares)- अधिमान अंशों से आशय ऐसे अंशों से है जिनके धारकों को एक पूर्व निश्चित दर से लाभांश प्राप्त करने का अधिकार होता है तथा कम्पनी के समापन पर ऐसे अंशधारियों को उनके द्वारा दी गई पूँजी वापस प्राप्त करने का प्रथम अधिकार भी प्राप्त होता है। यहाँ यह ध्यान रखना चाहिए कि अधिमान अंशधारियों को लाभांश घोषित होने पर साधारण अंशधारियों से पहले प्राप्त करने का पूर्वाधिकार है। लेकिन यदि कम्पनी के द्वारा लाभांश ही घोषित नहीं किया जाय तो लाभांश प्राप्त करने का अधिकार नहीं है। पूर्वाधिकार अंशधारियों को प्राप्य लाभांश की दर पहले से ही घोषित होती है तथा अंश के नाम के साथ दी हुई होती है जैसे 8 प्रतिशत अधिमान अंश। कुछ विशेष अधिकारों के आधार पर अधिमान अंश निम्नलिखित प्रकार के हो सकते हैं:

(1) **संचयी अधिमान अंश** (Cumulative Preference Share)- यदि कम्पनी किसी वर्ष लाभ अपर्याप्त होने के कारण इन अंशों पर लाभ देने में असमर्थ रहती है, तो न दिया गया लाभांश संचित ही रहता है और जब कभी कम्पनी को लाभ होता है और लाभांश वितरित करने का निश्चय किया जाता है, तो उन लाभों में से सबसे पहले संचयी अधिमान अंशों पर पूर्वसंचित लाभांश चुकता कर देने के बाद ही उस वर्ष के लिए लाभांश दिये जाते हैं। प्राय: कम्पनी के सभी अधिमान अंश संचयी अधिमान अंश होते हैं, जब तक कि कम्पनी के अन्तर्नियमों में इसके विपरीत कुछ व्यवस्था न दी गई हो।

(2) **असंचयी अधिमान अंश** (Non-Cumulative Preference Shares)- ऐसे अधिमान अंशों को जिन पर कम्पनी के लाभांश देने में असमर्थ होने पर न दिये गये लाभांश को भविष्य के लाभ में से प्रापत नहीं किया जा सकता, असंचयी अधिमान अंश कहते हैं।

(3) **भागी अधिमान अंश** (Participating Preference Shares)- भागी अधिमान अंश के धारकों को निश्चित दर से एक लाभांश पाने का पूर्वाधिकार तो होता ही है, परन्तु इसके अतिरिक्त सामान्य अंशधारियों को निश्चित लाभ देने के बाद भी यदि लाभ शेष बचता है, तो उसमें से भी उन्हें भागीदार बनाने का अधिकार प्राप्त होता है। कम्पनी अन्तर्नियमों में इस प्रकार की व्यवस्था होने पर ही अधिमान अंश भागी अधिमान अंश माने जावेंगे अन्यथा नहीं।

(4) **गैर-भागी अधिमान अंश** (Non-participating Preference Shares)- जिन अधिमान अंशों के धारकों को एक निश्चित दर से ही लाभांश प्राप्त करने का पूर्वाधिकार होता है तथा शेष लाभ में से अतिरिक्त लाभांश प्राप्त करने का अधिकार नहीं होता है उन्हें गैर भागी अधिमान अंश कहते हैं।

(5) **शोध्य अधिमान अंश** (Redeemable Preference Shares)- वे अधिमान अंश जिनका निर्गमन एक निश्चित अवधि के लिए किया जाता है और उस अवधि के समाप्त होने पर कम्पनी के जीवनकाल में ही उनका भुगतान इनके अंशधारियों को कर दिया जाता है, शोध्य अधिमान अंश कहलाते हैं। कोई भी कम्पनी यदि उसे अपने अन्तर्नियमों द्वारा यह अधिकार प्राप्त हो, शोध्य अधिमान अंशों का निर्गमन कर सकती है। इन अंशों का शोधन (भुगतान) कम्पनी अधिनियम, 1956 की धारा 80 के अनुसार ही किया जा सकता है। इस धारा का उल्लेख इन अंशों के शोधन के सन्दर्भ में किया गया है।

(6) **अशोध्य अधिमान अंश** (Irredeemable Preference Shares)- वे अधिमान अंश जिनका शोधन अर्थात् भुगतान कम्पनी के जीवनकाल में नही होता है बल्कि कम्पनी के समापन के समय ही किया जाता है, अशोध्य अधिमान अंश कहलाते हैं।

2. सामान्य अंश (Equity Shares)- कम्पनी अधिनियम के अनुसार जो अंश अधिमान अंश नहीं हैं वे सामान्य अंश अर्थात् साधारण अंश कहलाते हैं। इन अंशों पर लाभांश की दर पूर्व निश्चित नहीं होती है तथा अधिमान अंशों के लाभांश का भुगतान हो जाने के पश्चात् ही इन्हें लाभांश दिया जाता है। यदि किसी वर्ष लाभ कम होने की स्थिति में अधिमान अंशधारियों को लाभांश देने के पश्चात् लाभ नहीं बचता तो इन्हें लाभांश नहीं दिया जाता। कम्पनी के समापन के समय भी इनकी पूँजी अधिमान अंशों का भुगतान हो जाने के बाद ही लौटाई जाती है। कम्पनी अधिनियम, 1956 के अनुसार, 'सामान्य अंश' वे अंश है जो अधिमान अंश नहीं है। ऐसे अंशों का स्वामी या धारक उसी समय लाभांश प्राप्त करने का अधिकारी होता है जब अधिमान अंशधारी अपना निश्चित लाभांश प्राप्त कर चुकते हैं। इसी प्रकार कम्पनी की समापन की दशा में ऐसे अंशों की पूँजी अधिमान अंशों की पूँजी वापस करने के पश्चात् ही लौटायी जाती है।

सार्वजनिक कम्पनी की पूँजी संरचना
(Capital Structure of a Public Company)

प्रत्येक सार्वजनिक कम्पनी की पूँजी में स्वामियों की पूँजी तथा ऋणदाताओं की पूँजी सम्मिलित होती है। व्यवसाय संचालन की योजना बनाते समय इस बात पर भी विचार करना आवश्यक होता है कि व्यवसाय संचालन के लिए कितनी धन राशि की आवश्यकता होगी तथा वह किन-किन साधनों से प्राप्त की जायेगी।

एक सार्वजनिक कम्पनी ही अपने अंशों एवं ऋण पत्रों को जनता में निर्गमन कर सकती है। वह अंशों एवं ऋणपत्रों में अंशदान करने के लिए जनता को आमंत्रित करती है। इस प्रकार अंश पूँजी निर्गमन करके अंश पूँजी प्राप्त करती है तथा ऋण पत्रों का निर्गमन करके ऋण पूँजी प्राप्त करती है।

कम्पनी की अंश पूँजी के प्रकार
(Kinds of Share Capital)

कम्पनी अधिनियम, 1956 की छठी अनुसूची (Schedule VI) के भाग 1 में दिये गये चिट्ठे के प्रारूप में प्रदर्शित अंश पूँजी के विवरण के आधार पर, अंश पूँजी को निम्नांकित श्रेणियों में विभाजित किया जा सकता है।

1. अधिकृत पूँजी (Authorised Capital) - यह पूँजी वह अधिकतम राशि है जिसे अपने जीवनकाल में निर्गमन करने का अधिकार कम्पनी को होता है। इसे हम पंजीकृत पूंजी (Registered Capital) अथवा नाम मात्र की पूंजी (Nominal Capital) भी कहते हैं। इसका विवरण पार्षद सीमा नियम में दिया जाता है।

2. निर्गमित पूँजी (Issued Capital) - अधिकृत पूँजी के जिस भाग को जनता में नकद प्रतिफल के बदले अथवा अन्य किसी प्रतिफल के बदले में निर्गमित किया जाता है, उसे निर्गमित पूँजी कहते हैं।

3. अभिदत्त पूँजी (Subscribed Capital)- कम्पनी द्वारा निर्गमित की गई पूँजी में से जिस भाग के लिए जनता द्वारा प्रार्थना पत्र दिये जाते हैं, उसे अभिदत्त पूँजी अर्थात प्रार्थित पूँजी कहते है।

अभिदत्त पूँजी में से जितनी राशि माँग ली जाती है, वह माँग गई पूँजी (Called up Capital) कहलाती है। यदि मांगी गई समस्त राशि का भुगतान अंशधारियों द्वारा नहीं किया जाता तो अंशधारियों द्वारा भुगतान की गई राशि प्रदत्त पूँजी (Paid up Capital) कहलाती है। माँगी गई राशि का जो भाग अंशधारियों द्वारा नहीं चुकाया जाता, उसे बकाया माँग राशि (Calls in Arrears) कहते है।

कभी-कभी कोई अंशधारी अपने अंशों से सम्बन्धित समस्त राशि एक साथ चुका देते हैं। जो राशि माँगी जाने से पूर्व ही चुका दी जाती है उसे अग्रिम माँग (Calls in Advance) कहते हैं। यह बिना माँगे ही प्राप्त होती है अत: अन्तर्नियमों में प्रावधान होने पर ही कम्पनी अग्रिम माँग राशि को स्वीकार कर सकती है। तालिका (Table A) के अनुसार संचालक मण्डल प्राप्त अग्रिम माँग राशि पर 6 प्रतिशत वार्षिक दर से ब्याज दे सकता है। अधिक दर से ब्याज देने के लिए साधारण सभा में प्रस्ताव पारित होना आवश्यक है।

उदाहरणार्थ – एक कम्पनी का पंजीयन 40,00,000 रु. की अधिकृत पूँजी के साथ हुआ जो 50 रु. के मूल्य वाले सामान्य अंशों में विभक्त है। इसमें से 30,000 अंशों को सर्वप्रथम जनता में क्रय करने के लिए निर्गमित किया गया। जनता ने 25,000 अंशों को क्रय करने के लिए आवेदन पत्र दिये। संचालकों ने इन सभी अंशों का आबंटन कर दिया। प्रत्येक अंश पर पूरी रकम माँग ली गई। एक अंशधारी, जिसने 500 अंशों के लिए प्रार्थना पत्र दिये थे, 10 रु. प्रति अंश के हिसाब से अन्तिम माँग का भुगतान नहीं कर पाया। कम्पनी की विभिन्न प्रकार की पूँजी की राशियाँ बतलाइए।

कम्पनी की विभिन्न पूँजी राशियाँ निम्न प्रकार की होगी :

अधिकृत पूँजी:	40,00,000 रु.
	(80,000 अंश, प्रति अंश मूल्य 50 रु.)
निर्गमित पूँजी	30,000 × 50 रु. = 15,00,000 रु.
अभिदत्त पूँजी	25,000 × 50 रु. = 12,50,000 रु.
घटाओं बकाया माँग राशि	500 × 10 रु. = 5000 रु.
प्रदत्त पूँजी	अभिदत्त पूँजी (घटाइये) बकाया माँग राशि
(12,50,000 × 5000 रु.)	= 12,45,000 रु.

अंश पूंजी का चिट्ठे में निरूपण

कम्पनी के चिट्ठे में उक्त तीनों प्रकार की अंश पूँजी को दिखाया जाता है। इसमें अधिकृत अंश पूँजी तथा निर्गमित अंश पूँजी को केवल सूचनार्थ दिखाया जाता है और चिट्ठे के जोड़ में सम्मिलित नहीं किया जाता है। उपरोक्त उदाहरण में पूँजी सम्बन्धी मदों को चिट्ठे में निम्न प्रकार से दिखाया जायेगा।

Balance Sheet as at .....

(Liabilities Side Only)

		Rs.
Authorised Capital		
80,000 Equity Shares of Rs. 50 each		40,00,000
Issued Capital		
30,000 Equity Shares of Rs. 50 each		15,00,000
Subscribed Capital		
25,000 Equity Shares of Rs. 50 each	Rs.	
fully called up	12,50,000	
Less : Calls unpaid	5,000	
Paid up Capital		12,45,0000

इस प्रकार यह स्पष्ट हो जाता है कि अधिकृत पूँजी तथा निर्गमित पूँजी की राशियों को जोड़ में सम्मिलित नहीं किया जाता। इन राशियों के नीचे एक रेखा लगाकर इन्हें अन्य मदों से अलग कर दिया जाता है।

यदि निर्गमित पँजी तथा अभिदत्त पूँजी एक हो तो दोनों को एक साथ दिया जाता है।

4. संचित पूँजी (Reserve Capital)- जो पूँजी कम्पनी द्वारा निर्गमित की जाती है, उसमें से न माँगी गई राशि को कभी भी माँगने का अधिकार कम्पनी को होता है। परन्तु एक सीमित दायित्व वाली कम्पनी विशेष प्रस्ताव पारित करके यह निश्चय कर सकती है कि न माँगी गई पूँजी का एक विशिष्ट भाग केवल कम्पनी के समापन के समय ही माँगा जायेगा। न माँगी गई पूँजी के इस भाग को जिसे कम्पनी के समापन के समय माँगने के लिए सुरक्षित कर दिया गया है, संचित पूँजी कहते हैं। उपर्युक्त उदाहरण में यदि कम्पनी के अंशधारियों ने विशेष प्रस्ताव पारित करके 5 रु. प्रति अंश समापन के समय माँगे जाने के लिए सुरक्षित कर दिया है तो 30,000 × 5 रु. = 1,50,000 रु. संचित पूँजी मानी जावेगी। इस प्रकार की व्यवस्था कम्पनी के ऋणदाताओं की सुरक्षा के उद्देश्य से की जाती है जिससे कम्पनी की साख बढ़ती है तथा उसे ऋण प्राप्त करने में सुविधा होती है। संचित पूँजी को चिट्ठे में नोट के रूप में दिखाते हैं।

अधिमान अंश पूँजी व साधारण अंश पूँजी
(Preference Share Capital and Equity Share Capital)

चूँकि एक कम्पनी दो प्रकार के अंशों का निर्गमन कर सकती है। अत: अधिमान अंशों से सम्बन्धित पूँजी अधिमान अंश पूँजी (Preference Share Capital) तथा साधारण अंशों से सम्बन्धित पूँजी साधारण अंश पूँजी (Equity Share Capital) कहलाती है। उपर्युक्त वर्णित पूँजी के प्रकार को चिट्ठे में दिखाते समय इन दोनों की पूँजियों की राशि को अलग अलग दिखाया जावेगा यथा-

Balance Sheet of a Company

	Rs.
Authorised Capital	
10,000 8% Pref. Share of Rs. 100 each	10,00,000
20,000 Equity Share of Rs. 1,000 each	2,00,00,000
Issued Capital:	
10,000 8% Pref. Shares of Rs. 100 each	10,00,000
10,000 Equity Shares of Rs. 1,000 each	1,00,00,000

अंश पूँजी प्राप्त करने की प्रक्रिया

एक सार्वजनिक कम्पनी द्वारा पूँजी एकत्र करने के सम्बन्ध में जो प्रक्रिया अपनाई जाती है, उसके अन्तर्गत निम्नलिखित कार्यवाहियों की जाती है:

1. प्रविवरण (Prospectus) का निर्गमन,
2. अंशों के लिए आवेदन पत्र प्राप्त करना,
3. अंशों का आवंटन (Allotment) करना, तथा
4. अंशों पर माँग (Calls on Shares) की राशियाँ प्राप्त करना।

प्रविवरण का निर्गमन तथा अंशों के लिए आवेदन पत्र प्राप्त करना

समामेलन का प्रमाण पत्र प्राप्त करने के पश्चात् सार्वजनिक कम्पनी अंशो को क्रय करने के लिए जनता को आमन्त्रित करती है। इसके लिए वह प्रविवरण निर्गमित करती है। प्रविवरण के अन्त मे एक छपा हुआ आवेदन पत्र नत्थी रहता है। प्रविवरण में कम्पनी के बैंक का नाम, आवेदन पत्र के साथ भेजी जाने वाली रकम (Application Money) , आवेदन पत्र भेजने की अन्तिम तिथि, आदि सूचनाएँ भी दी रहती है जिससे कि भावी अंशधारी आवेदन पत्र में आवश्यक बातें भर कर उसे आवश्यक रकम के साथ कम्पनी के बैंक के पास जमा कर दे।

प्रविवरण को पढ़ने के पश्चात् जो व्यक्ति अंश खरीदना चाहे वह प्रविवरण के साथ लगे हुए प्रार्थना पत्र के फार्म को भरकर निर्धारित प्रार्थना पत्र राशि के साथ कम्पनी के बैंकर्स को भेज देता है। इस कार्य के लिए आवेदन राशि (आवेदन पत्र सहित) कम्पनी के बैंक में एक निश्चित तिथि तक जमा करानी होती है। बैंक राशियों का विवरण एवं समस्त आवेदन पत्रों को कम्पनी के पास भेज देता है।

कम्पनी का बैंक इच्छुक विनियोजकों के आवदेन पत्र एकत्र करता है प्राप्त की गई रकमों के लिए आवेदकों को आवश्यक रसीद देता है तथा उनका लेखा अंश आवेदन खाते में तिथिवार करता है। कम्पनी के सूचनार्थ बैंक समय-समय पर पास बूक तथा प्राप्त आवेदन पत्रों की सूची आवेदन पत्रों सहित कम्पनी के प्रधान कार्यालय को भेजता रहता है। जो आवेदन पत्र आवेदन राशि सहित सीधे कम्पनी के कार्यालय को प्राप्त होते हैं, वे भी कम्पनी द्वारा बैंक को भेज दिये जाते हैं। बैंक ऐसी प्राप्तियों की प्रविष्टि भी 'अंश आवेदन खाते' में करता है तथा इन आवेदन पत्रों के साथ कम्पनी के प्रधान कार्यालय को भेज देता है।

निर्धारित अन्तिम तिथि तक जितने आवेदन पत्र प्राप्त होते हैं, कम्पनी के कार्यालय में उनकी जाँच की जाती है और यह देखा जाता है कि क्या कम्पनी द्वारा निर्गमित अंशों से अधिक के लिए आवेदन पत्र प्राप्त तो नहीं किये गये हैं। इस सम्बन्ध में ध्यान रहे कि कम्पनी प्रविवरण में उल्लिखित निर्गमित अंशों से अधिक अंश जनता को नहीं बेच सकती है। अत: यदि निर्गमित अंशों से अधिक के लिए आवेदन पत्र प्राप्त किये गये हैं, तो प्राप्त आवेदन पत्र में से अनियमित एवं अपूर्ण आवेदन पत्रों को अस्वीकृत कर दिया जाता है। इसके पश्चात् आवेदकों को नामों के वर्ग क्रम में सम्बन्धित आवेदन पत्रों से आवश्यक सूचनाएँ 'अंश आवेदन तथा आवंटन पुस्तक' (Share Application and Allotment Book) में दर्ज कर

ली जाती है। आवेदन पत्रों से इस पुस्तक में लेखा करने पर यह ज्ञात होता है कि प्रत्येक आवेदन पत्र के साथ सम्पूर्ण आवेदन राशि प्राप्त हो गयी है, या नहीं। यदि किसी आवेदन पत्र के साथ पूर्ण आवेदन राशि प्राप्त नहीं हुई है, तो आवेदक को शेष रकम भेजने के लिए आवश्यक सूचना भेजी जाती है। इन वैधानिक व्यवस्थाओं को ध्यान में रखकर विभिन्न प्रकार के अंशों के लिए अलग-अलग आवेदन एवं आवंटन पुस्तकें रखी जाती है (ऐसी पुस्तक का एक नमूना पृष्ठ 8 पर दिया गया है) इसमें अलग-अलग वर्गों के अंशों के विवरण दर्ज किये जाते हैं। इसके बाद आवेदित अंशों की संख्या के अनुसार एक सारांश सूची भी तैयार की जाती है जिस पर संचालकों द्वारा अंशों के आवंटन पर विचार किया जाता है।

अंशों आ आवंटन

(Allotment of Shares)

अंशों के आवंटन से आशय आवेदकों के हिस्से निर्धरित करने, अर्थात अंशों का आवेदकों में बँटवारा करने से है। यह कार्य संचालक मण्डल द्वारा किया जाता है। अंशों के आबंटन के लिए संचालक मण्डल की सभा में प्रस्ताव पारित किया जाता है। जिन्हें अंश आबंटित किये जाते हैं। उन्हें आबंटन पत्र भेज दिये जाते हैं। यदि किसी आवेदक का प्रार्थना पत्र किसी कारण से रद्द कर दिया जाता है तो उसे खेद पत्र (Letter of Regret) के साथ प्रार्थना पत्र राशि लौटा दी जाती है। सार्वजनिक कम्पनी द्वारा अंशों के आवंटन पर निम्नलिखित प्रतिबन्ध है:

(1) सार्वजनिक कम्पनी अपने अंशों का आवंटन उसी समय कर सकती है जबकि (अ) उसे न्यूनतम अभिदान राशि, (Minimum Subscription) जो अंशों के अंकित मूल्य के 5 प्रतिशत से कम नहीं होती है, प्राप्त हो गई हो, तथा (ब) आवेदन पर देय रकम का भुगतान कम्पनी को नगद या चैक द्वारा प्राप्त हो गया हो। न्यूनतम अभिदान की राशि प्रविवरण में स्पष्ट रूप से व्यक्त होती है। इसमें वे रकमें शामिल नहीं होती हैं जो मुद्रा के अतिरिक्त किसी अन्य रूप में कम्पनी को देय होती है।

(2) आवेदन पत्रों के साथ प्राप्त समस्त धनराशि एक अनुसूचित बैंक में उस समय तक जमा रहती है, जब तक कि कम्पनी को व्यापार आरम्भ करने का प्रमाण नहीं मिल जाता है। यदि ऐसा प्रमाण पत्र कम्पनी को पहले ही मिल चुका है, तो प्राप्त समस्त आवेदन राशि अनुसूचित बैंक में उस समय तक जमा रहेगी जब तक कि आवेदन पत्रों पर न्यूनतम अभिदान राशि प्राप्त नहीं हो जाती है।

(3) प्रविवरण के प्रथम निर्गमन की तिथि के बाद यदि 120 दिनों के भीतर आवेदन पत्रों पर न्यूनतम अभिदान की राशि प्राप्त नहीं होती है, तो आवेदकों को उनसे प्राप्त राशि बिना ब्याज के लौटा दी जायेगी। यह धन प्रविवरण निर्गमन तिथि से 130 दिन के भीतर लौटा देना चाहिए। ऐसा न करने पर 130वें दिन के बाद कम्पनी के संचालक संयुक्त एवं वैधानिक रूप से प्राप्त राशि को 6 प्रतिशत ब्याज सहित लौटाने के लिए उत्तरदायी होते हैं।

उक्त प्रतिबन्ध एवं व्यवस्थाएँ प्रथम आवंटन के बाद किसी अन्य आवंटन पर लागू नहीं होती है।

यदि अधिक अभिदान (Over Subscription) न हुआ हो तो आबंटन में प्राय: कोई कठिनाई नहीं होती। परन्तु अधिक अभिदान होने की स्थिति में संचालक मण्डल द्वारा अंशों के आबंटन के लिए एक निश्चित आधार तय करके अंशों का आबंटन किया जाता है।

संचालक मण्डल द्वारा आबंटन के सम्बन्ध में लिये गये निर्णयों के अनुसार प्रविष्टियां अंश आवेदन एवं आबंटन सूची के उचित स्थान पर कर ली जाती है। सूची के प्रत्येक पृष्ठ पर संचालक मण्डल के अध्यक्ष द्वारा हस्ताक्षर किये जाते हैं और संचालक मण्उल द्वारा सचिव को आबंटन पत्र (Allotment Letter) तथा खेद पत्र (Letter of Regret) तैयार करने के निर्देश दिये जाते हैं।

उन आवेदकों को, जिन्हें अंश आवंटित किये जाते हैं, सचिव द्वारा आवंटन पत्र भेजे जाते हैं। आबंटन पत्रों में आबंटित अंशों की क्रय संख्या लिखी रहती है तथा इस आशय की सूचना भी अंकित रहती है कि प्रत्येक अंश की एक निश्चित आबंटन राशि अमुक तिथि तक जमा करादे। आवेदकों को आबंटन पत्र भेजते ही आवेदकों तथा कम्पनी के मध्य अंशों के क्रय सम्बन्धी प्रसंविदा पूर्ण हुआ माना जाता है।

आवंटन तैयार करना : नियमित आवंटन के लिए समस्त व्यवस्थाओं की पूर्ति हो जाने पर कम्पनी के सचिव द्वारा आवंटन सूचियाँ तैयार की जाती है। इन सूचियों पर संचालक मण्डल की सभा में विचार किया जाता है तथा आवंटन प्रस्ताव पास किया जाता है । यदि निर्गमित अंशों के बराबर अथवा इनसे कम अंशों के लिए आवेदन पत्र प्राप्त हुए हों, तो अंशों के आवंटन में किसी प्रकार की कोई कठिनाई नहीं होती है। समस्त आवेदकों को उनके द्वारा आवेदित अंशों का आवंटन कर दिया जाता है। इसके विपरीत यदि निर्गमित अंशों से अधिक अंशों की आवेदकों द्वारा माँग की गई है तो संचालक मण्डल द्वारा अंशों के आवंटन के लिए एक निश्चित आधार तय करना होता है और इस आधार पर अंशों का आवंटन किया जाता है।

आवंटन प्रक्रिया - संचालक मण्डल द्वारा अंशों के आवंटन के सम्बन्ध में जो भी निर्णय लिये जाते हैं, उनकी प्रविष्टियाँ अंश आवेदन एवं आवटन सूची के उचित खातों में कर ली जाती है। उक्त सूची के प्रत्येक पृष्ठ पर संचालक मण्डल के अध्यक्ष द्वारा हस्ताक्षर किये जाते हैं और संचालक मण्डल की सभा द्वारा सचित को आवंटन पत्र (Allotment Letters) व खेद पत्र (Letter of Regret) तैयार करने के लिए आदेश दिया जाता है।

आवंटन पत्र भेजना - सचित उन आवेदकों को आवंटन पत्र भेजता है जिनको अंशों का आवंटन किया गया है। आवंटन पत्र में आवेदक या अंशधारी को आवंटित अंशों का संख्या क्रम लिखा रहता है तथा यह माँग की जाती है कि वह प्रत्येक अंश की एक निश्चित आवंटन राशि अमूक तिथि तक जमा करा दे। आवंटन पत्र भेजते ही आवेदक तथा कम्पनी के मध्य अंशों के क्रय सम्बन्धी संविदा पूर्ण हुआ माना जाता है।

रजिस्ट्रार को आवंटन रिटर्न भेजना - आवंटन कार्य समाप्त हो जाने के बाद कम्पनी को रिजस्ट्रार के पास आवंटन रिटर्न भेजना होता है जिसमें आवंटन सम्बन्धी आवश्यक सूचनाएँ दी रहती है। इस रिटर्न के साथ कम्पनी के सचिव अथवा किसी एक संचालक का इस आशय का घोषणा पत्र भी भेजा जाता है कि कम्पनी द्वारा आवंटन सम्बन्धी

समस्त वैधानिक आवश्यकताओं की पूर्ति कर ली गई है। यह रिटर्न प्रत्येक सार्वजनिक कम्पनी को कम्पनी रजिस्ट्रार के पास आवंटन के बाद 30 दिन के भीतर अथवा रजिस्ट्रार द्वारा बढ़ाई गई अवधि के भीतर प्रस्तुत करना पड़ता है।

अंश प्रमाण पत्र (Share Certificate)- अंश प्रमाण पत्र कम्पनी की सामान्य मुहर के अधीन निर्गमित एक ऐसा प्रमाण पत्र है जिसमें यह निर्दिष्ट होता है कि प्रमाण पत्र का धारक कितने अंशों का स्वामी है। वस्तुतः अंश प्रमाण पत्र उसमें निर्दिष्ट अंशों पर किसी सदस्य के अधिकार होने का मूल प्रमाण है। कम्पनी अधिनियम के अनुसार आवंटन की तिथि के 3 महीने के भीतर अंश प्रमाण पत्र सुपुर्दगी के लिए तैयार रखने चाहिए। जब अंशों के एक से अधिक व्यक्ति संयुक्त स्वामी होते हैं, तब कम्पनी एक ही प्रमाण पत्र देती है और संयुक्त स्वामियों में से किसी एक स्वामी की अंश प्रमाण पत्र की दी गई सुपुर्दगी सभी को दी गई सुपुर्दगी मानी जाती है।

अंशों पर माँग
(Calls on Shares)

आवेदन पत्र के साथ अंशों के आवंटन पर माँगी गयी राशि के बाद यदि अंशों पर देय राशि का कुछ भाग शेष रहता है, तो कम्पनियाँ इस राशि को एक या कई किस्तों में वसूल करती है। आवंटन के बाद इस प्रकार प्रत्येक किस्त की माँग को अंशों पर माँग कहते हैं। अंशों पर माँगी जाने वाली किस्तों के सम्बन्ध में कम्पनी के अन्तर्नियमों में प्रायः निम्नलिखित व्यवस्थाएँ दी गई है:

(1) अंशो पर शेष राशि माँगने का अधिकार संचालकों को ही होता है। किसी माँग को निरस्त या स्थगित करने का अधिकार संचालकों को ही है। ऐसी माँग करने के लिए संचालकों की सभा में एक प्रस्ताव स्वीकार किया जाता है जिसमें माँग की गई राशि, भुगतान की अन्तिम तिथि, भुगतान करने के स्थान, आदि का उल्लेख किया जाता है:

(2) प्रत्येक माँग की राशि अंशों के अंकित मूल्य के 25 प्रतिशत से अधिक नहीं होनी चाहिए,

(3) प्रत्येक अंशधारी को माँग सम्बन्धी आवश्यक बातों की सूचना 14 दिन पहले मिलनी चाहिए,

(4) दो लगातार माँगों के मध्य कम से कम एक महीने का अन्तर होना चाहिए,

(5) अंशो पर माँग करने के बाद यदि उनकी देय तिथि तक माँग की राशि का भुगतान नहीं किया जाता है, तो अंशों पर माँग की बकाया राशियों पर देय तिथि से भुगतान करने की तिथि तक पाँच प्रतिशत की दर से ब्याज माँगा जा सकता है। संचालक सभा ऐसे ब्याज को पूर्णतः या आंशक रूप से निरस्त कर सकती है,

(6) यदि कुछ अंशधारी भविष्य में माँगी जाने वाली रकमों का भुगतान पहले ही कर देते हैं, तो ऐसा अग्रिम में प्राप्त माँग राशि (Calls in Advance) पर संचालक मण्डल तथा सदस्यों के मध्य समझौते के अनुसार 6 प्रतिशत वार्षिक दर से ब्याज दिया जा सकता है।

माँग राशि का विवरण एक पुस्तक में, जिसे माँग पुस्तक (Calls Register) कहते हैं, दर्ज किया जाता है।

सदस्यों का रजिस्टर
(Register of Members)

प्रत्येक कम्पनी को अपने सदस्यों को पूर्ण विवरण रखने के लिए अपने सदस्यों का एक रजिस्टर रखना पड़ता है जिसमें सदस्यों द्वारा केय किये गये अंशों से सम्बन्धित समस्त विवरण दर्ज किये जाते हैं।

सदस्यों की सूची
(Index of Members)

प्रत्येक ऐसी कम्पनी को जिसके सदस्यों की संख्या 50 से अधिक होती है, अपने सदस्यों के नामों की एक सूची रखनी होती है। ये सूची कार्ड अनुक्रमिका के रूप में हो सकती है। इस सूची में प्रत्येक सदस्य के सम्बन्ध में ऐसी पर्याप्त सूचना दी रहती है जिससे कि उस सदस्य के सम्बन्ध में सदस्य रजिस्टर की प्रविष्टियों का ज्ञान प्राप्त हो जाता है।

न्यूनतम राशि का अभिदान
(Minimum Subscription)

अंश पूँजी जनता द्वारा खरीदने के लिए प्रस्तावित किये जाने पर कोई भी सार्वजनिक कम्पनी अंशों का आवंटन उस समय तक नहीं कर सकती जब तक कि निर्धारित न्यूनतम राशि का अभिदान नहीं हो जाता है। अंश पूँजी के न्यूनतम अभिदान का तात्पर्य उस न्यूनतम धन से है जिसका उल्लेख प्रविवरण में कर दिया गया है तथा जिसे संचालक व्यापार करने के लिए आवश्यक समझते हैं। कम्पनी अधिनियम की धारा 69 (1) के अनुसार कोई भी सार्वजनिक कम्पनी अंशों का आवंटन तव तक नहीं कर सकती है जब तक कि न्यूनतम राशि का अभिदान नहीं हो जाता। न्यूनतम अभिदान राशि से तात्पर्य उस राशि से है जिसे संचालक व्यापार करने के लिये आवश्यक समझते हैं तथा जिसका उल्लेख प्रविवरण में कर दिया गया है। यदि कम्पनी को इस राशि के बराबर अंकित मूल्य के अंश खरीदने के लिए आवेदन पत्र प्राप्त नहीं होते तो कम्पनी अंशों का आवंटन नहीं कर सकती।

न्यूनतम अभिदान निम्नलिखित आवश्यकताओं के लिए पर्याप्त होना चाहिए:

(1) कम्पनी द्वारा क्रय की गई अथवा क्रय की जाने वाली सम्पत्ति के क्रय मूल्य के लिए,

(2) कम्पनी द्वारा देय प्रारम्भिक व्ययों के भुगतान तथा अंशों पर कमीशन के लिए,

(3) उक्त किसी भी कार्य के लिए, यदि ऋण लिया गया हो, तो उसके शोधन के लिए,

(4) कार्यशील पूँजी के लिए, तथा

(5) किसी अन्य व्यय के सम्बन्ध में अनुमानित राशि के लिए।

प्रारम्भिक व्यय

(Preliminary Expenses)

कम्पनी के निर्माण के सम्बन्ध में प्रवर्तकों को अनेक व्यय करने पड़ते है। कम्पनी के निर्माण एवं पंजीयन के सम्बन्ध में किये गये व्यय प्रारम्भिक व्यय कहलाते हैं। इन व्ययों को निर्माण व्यय (Formation Expenses) अथवा प्रवर्तन व्यय (Promotion Expenses) भी कहा जाता है। प्रारम्भिक व्यय में निम्नलिखित व्यय सम्मिलित हैं:

(1) कम्पनी के पंजीयन सम्बन्धीन व्यय,

(2) पार्षद सीमा नियम तथा अन्तर्नियमों के तैयार कराने तथा छुपाने का व्यय,

(3) रजिस्ट्रार के यहाँ प्रस्तुत किये जाने वाले प्रलेखों पर स्टाम्प कर, उन प्रलेखों को प्रस्तुत करने की फीस तथा अधिकृत पूँजी पर स्टाम्प कर,

(4) प्रविवरण तैयार कराने, छपाने तथा प्रचार कराने पर व्यय,

(5) अंश प्रमाण पत्र, ऋण प्रमाण पत्र, आवंटन पत्र आदि छपाने का व्यय तथा कम्पनी की सर्वमान्य मुहर बनवाने के व्यय,

(6) कम्पनी के अंशों पर ऋण पत्रों के विक्रय की व्यवस्था करने वालों को दिया गया कमीशन,

(7) वैधानिक पुस्तकों को, जिनका रखना कम्पनी अधिनियम के अनुसार अनिवार्य है, क्रय करने के व्यय आदि।

इन व्ययों को प्रवर्तक अपने पास से, दूसरों से रुपया उधार लेकर, उसी समय या बाद में भी कर सकते हैं। प्रविवरण में, इन व्ययों की राशि का उल्लेख किया जाना आवश्यक होता है।

प्रारम्भिक व्यय की वास्तविक अथवा अनुमानित राशि का उल्लेख प्रविवरण में रहना आवश्यक है। ये समस्त पूँजीगत व्यय माने जाते हैं और उन्हें उस समय तक चिट्ठे में सम्पत्ति के रूप मे दिखाया जाता है जब तक कि इनकी पूरी राशि अपलिखित नहीं कर दी जाती है।

लेखा पुस्तकें

(Books of Account)

अंशों के खरीदने वाले जो अंशों को खरीद कर कम्पनी में पूँजी लगाते हैं, कम्पनी के स्वामी होते हैं इन्हें अंशधारी कहा जाता है। चूँकि कम्पनी में अंशधारियों की संख्या अधिक होती है, इसलिये वित्तीय पुस्तकों में प्रत्येक अंशधारी के लिये पूँजी खाता खोलना

सम्भव नहीं होता, बल्कि समस्त अंशधारियों को एक इकाई मानकर एक साथ अंश पूँजी खाते (Share Capital a/c) को क्रेडिट किया जाता है तथा अंशधारियों से प्राप्त हुई रकम का व्यक्तिगत विवरण सदस्य रजिस्टर में रखा जाता है। अंशों का निर्गमन निम्न में से किसी एक मूल्य के आधार पर किया जा सकता है।

कम्पनी अधिनियम के अन्तर्गत प्रत्येक कम्पनी को ऐसी लेखा पुस्तकों का रखना अनिवार्य है जो कम्पनी की आर्थिक स्थिति का सही एवं उचित चित्र प्रस्तुत करने तथा उसके व्यवहारों की व्याख्या कर सकने में सहायक हों। इन उद्देश्यों की प्राप्ति के लिए यह अपेक्षा की जाती है कि प्रत्येक कम्पनी समस्त आवश्यक लेखा पुस्तकों में दोहरा लेखा प्रणाली के आधार पर लेखा करे। यही कारण है कि कम्पनी द्वारा किये गये व्यवहारों के लेखे करने के लिए दोहरा लेखा प्रणाली ही अपनायी जाती है। कम्पनी के विभिन्न व्यवहारों में अंशों के निर्गमन सम्बन्धी व्यवहार सर्वप्रमुख है।

अंशों का निर्गमन

(Issue of Shares)

एक सार्वजनिक कम्पनी अपने अंशों का अंकित मूल्य एक साथ पूर्ण भुगतान के रूप में अथवा किस्तों में माँग सकती है। अंशों को निम्न में से किसी एक आधार पर निर्गमन किया जा सकता है:

1. अंशों का सम मूल्य पर निर्गमन (Issue of Shares at Par)- जब अंशों को उनके अंकित मूल्य (Nominal Value) पर निर्गमित किया जाता है, तो ऐसे निर्गमन को 'अंशों का सम मूल्य पर निर्गमन' कहते हैं। उदाहरणार्थ, यदि कोई कम्पनी 100 रु. अंकित मूल्य वाले 1,000 अंश निर्गमित करती है और प्रत्येक अंश पर 100 रु. की ही माँग करती है, तो अंशों के ऐसे निर्गम्न को 'सम मूल्य पर निर्गमन' कहा जायेगा। इस स्थिति में कम्पनी को 1,00,000 रु. के अंशों के लिए 1,00,000 रु. ही प्राप्त होंगे।

2. अंशों का अधिमूल्य पर निर्गमन (Issue of Shares at Premium)- यदि कम्पनी अपने अंशों को अंकित मूल्य से अधिक मूल्य पर निर्गमित करती है, तो अंशों के ऐसे निर्गमन को 'अंशों का अधिमूल्य पर निर्गमन' कहते हैं। यदि कम्पनी 100 रु. वाले 1,000 अंशों पर 110 रु. की माँग करती है तो 100 रु. के अतिरिक्त 10 रु. अधिक माँगी गई राशि को अधिमूल्य या प्रीमियम तथा अंशों के निर्गमन को 'प्रीमियम दर निर्गमन' कहा जावेगा। इस प्रकार के निर्गमन पर कम्पनी को 1,00,000 रु. अंकित मूल्य के स्थान पर 1,10,000 रु. प्राप्त होंगे।

3. अंशों का बट्टे पर निर्गमन (Issue of Shares at Discount)- यदि अंशों के निर्गमन पर अंकित मूल्य से कम राशि की माँग की जाती है, तो अंशों के ऐसे निर्गमन को अंशों का बट्टे पर निर्गमन कहते हैं। उदाहरणार्थ, यदि 100 रु. वाले 1,000 अंशों का निर्गम्न करने पर 100 रु. के स्थान पर 90 रु. की ही माँग की जाये और अंशों को पूर्णतः प्रदत्त मान लिया जाये, तो अंशों के ऐसे निर्गमन को 'अंशों का बट्टे पर निर्गमन' कहा जायेगा। इस स्थिति में कम्पनी को 1,00,000 रु. अंकित मूल्य के स्थान पर केवल 90,000 रु. ही प्राप्त होंगे तथा 15,000 रु. की छोड़ी गई राशि को अंशों के 'निर्गमन पर बट्टा' कहा जायेगा।

अंशों का अधिमूल्य तथा बट्टे पर निर्गमन कम्पनी अधिनियम की धारा 78 व 79 के अन्तर्गत दिये गये प्रावधानों को ध्यान में रखकर ही किया जाता है।

ध्यान देने योग्य बातें – लेखा पुस्तकों में अंशों के निर्गमन से सम्बन्धित प्रविष्टियाँ करते समय निम्नलिखित बातों को ध्यान में रखना आवश्यक है:

(1) कम्पनी पूँजी प्राप्त करने के लिए ही अपने अंश बेचती है। अंश खरीदने वाले कम्पनी के अंशधारी, सदस्य या स्वामी कहलाते हैं। कम्पनी का अंश ही अंश खरीदने वाले के स्वामित्व का परिचायक होता है। परन्तु यह स्वामित्व अंश प्रामण पत्र में लिखित राशि तक ही सीमित होता है।

(2) अंश खरीदने वाले के लिए अंश चल सम्पत्ति हैं। परन्तु कम्पनी अपने अंशों का विक्रय किसी माल या सम्पत्ति की तरह नहीं करती है। वह तो अंशों के माध्यम से अंश पूँजी प्राप्त करती है। अत: कम्पनी अंशों के माध्यम से प्राप्त पूँजी अंश खाते को क्रेडिट न करके अंश पूँजी खाते को क्रेडिट करती है।

(3) चूँकि अंशधारियों की संख्या बहुत अधिक होती है, अत: समस्त अंशधारियों के अलग अलग नाम के पूँजी खातों के स्थान पर एक ही पूँजी खाता खोला जाता है जैसे सामान्य अंशों के लिए Equity Share Capital Account, अधिमान अंशों के लिए (Preference Share Capital Account आदि। प्रत्येक अंशधारी से प्राप्त राशियों का पूर्ण एवं क्रमबद्ध विवरण सदस्यों के रजिस्टर में उनके व्यक्तिगत नाम से रखा जाता है।

अंशों के निर्गमन पर लेखा–

अंशों का एक साथ पूर्ण भुगतान किये जाने पर

कम्पनी द्वारा अंशो की पूर्ण राशि एक साथ माँगे जाने पर आवेदन कर्त्ता अंशों पर देय समस्त राशि प्रार्थना पत्र के साथ ही एक साथ भुगतान कर देते हैं, तो ऐसे अंशों को एक मुश्त देय अंश कहते हैं। इस स्थिति में निम्न प्रविष्टियाँ होंगी। अंशों को खरीदने के लिए प्रार्थना पत्र के साथ प्राप्त राशि के लिए:

Bank a/c	Dr.	अंश प्रार्थना पत्रों पर आवेदन कर्त्ताओं से प्राप्त वास्तविक राशि से
To Share Application a/c		
(Application Money Received.		
(on ...... Shares @ Rs. ..... per share)		

अंशों के आवंटन पर

Share Application a/c	Dr.	आवंटित अंशों पर प्रार्थना पत्र के साथ प्रापत राशि से
To Share Capital a/c		
(Share alloted and amount received on application Transferred to Share Capital a/c)		

एक मुश्त राशि पर अंशों का निर्गमन प्रीमियम अथवा बट्टे पर भी किया जा सकता है। ऐसी स्थिति में कम्पनी की पुस्तकों में लेखा निम्न प्रकार से किया जावेगा:

अंशों को प्रीमियम पर निर्गमित करने पर:

आवेदन राशि प्राप्त होने पर	Bank a/c	Dr.	अंश प्रार्थना पत्रों पर आवेदन कर्त्ताओं से प्राप्त वास्तविक राशि से
	To Share Application a/c		
आवंटन पर	Share Applicatio a/c	Dr.	(कुल राशि से)
	To Share Capital a/c		(अंशों के अंकित मूल्य से)
	To Share Premium a/c		(प्रीमियम की राशि से)

अंशों के बटटे पर निर्गमित करने पर:

आवेदन राशि प्रापत होने पर	Bank a/c	Dr.	वास्तव में प्राप्त नकद राशि से
	To Share Application a/c		
आवंटन पर	Share Application a/c	Dr.	(आवेदन पर प्राप्त राशि से)
	Discount on Issue of Shares a/c	Dr.	(बट्टे की राशि से)
	To Share Capital a/c		(अंशों के अंकित मूल्य से)

यह पर एक महत्त्वपूर्ण बात ध्यान में रखने योग्य यह है कि अंशों का निर्गमन चाहे समता मूल्य पर हो या प्रीमियम पर हो अथवा बट्टे पर हो, हर स्थिति में पूँजी खाते में निर्गमित अंशों के अंकित मूल्य के बराबर की राशि ही दिखाई जाती है।

Illustration 1.

The authorised Capital of Rs. 20,00,000 of Praveen Ltd. is divided into 2,00,000 equity shares of Rs. 10 each. Out of these shares 60,000 equity shares were issued to the public. The full nominal Value is payable on application. All the shares have been subscribed by the public and paid for.

प्रवीण लिमिटेड की 20,00,000 रु. अधिकृत पूँजी 10 रु. वाले 2,00,000 सामान्य अंशों में विभाजित है। इन अंशों में से 60,000 अंश जनता में निर्गमित किये गये। सम्पूर्ण अंकित मूल्य आवेदन पत्र के साथ देय है। जनता द्वारा सभी अंश क्रय कर लिये गये है और उन पर पूर्ण भुगतान प्राप्त हो गया।

Date	Particulars	L.F.	Amount	
			Dr.	Cr.
			Rs.	Rs.
Date of Receipt	Bank a/c Dr.		6,00,000	
	To Equity Share Application a/c			6,00,000
	(Being amoung received from sundry applicants for the purchase of 60,000 equity shares @ Rs. 10/- per share)			
Date of Allotment	Equity Share Application a/c Dr.		6,00,000	
	To Equity Share Capital a/c			6,00,000
	(60,000 equity shares alloted and application money transferred to Share Capital a/c)			

अंशों पर एक साथ पूर्ण भुगतान किये जाने पर

(Shares Payable in One Lump Sum)

यदि अंशों को अंकित मूल्य पर निर्गमित किया जाता है और सम्पूर्ण अंकित मूल्य एक साथ आवेदन पत्र के साथ ही देय होता है, तो ऐसे अंशों को एक मुश्त देय अंश कहते हैं।

अंशों का किस्तों में भुगतान किये जाने पर

(Shares Payable in Instalments)

प्राय: सार्वजनिक कम्पनियाँ निश्चित समयान्तरों पर किस्तों में भुगतान किये जाने वाले अंश ही निर्गमित करती हैं। ऐसे अंशों का सम्पूर्ण मूल्य कुछ पूर्व निश्चित किस्तों में देय होता है। अत: ऐसे अंशों को किस्तों में भुगतान किये जाने वाले अंश कहते हैं। यदि अंश का अंकित मूल्य अधिक नहीं है, तो साधारणत: सम्पूर्ण मूल्य तीन किस्तों में अर्थात् आवेदन पर, आवंटन पर तथा एक ही माँग (Call) पर देय होता है। आवेदन पत्र के साथ देय राशि को आवेदन राशि (Application Money), आवंटन पर देय राशि को आवंटन राशि (Allotment Money) , तथा माँग पर देय राशि को माँग राशि (Call Money) कहते हैं। परन्तु अंश का अंकित मूल्य अधिक होने पर, आवेदन तथा आवंटन राशियों के अतिरिक्त शेष देय राशि को दो या तीन माँगों में बाँट दिया जाता है, जिसे प्रथम माँग, द्वितीय माँग, तृतीय एवम् अन्तिम माँग कहते हैं। कम्पनी की पुस्तकों में अंशों पर किस्तों की राशि देय तथा प्राप्त होने पर उसे अलग अलग किस्त खातों में डेबिट तथा क्रेडिट किया जाता है। जैसा कि पहले स्पष्ट किया जा चुका है, ये किस्त खाते व्यक्तिगत नाम से खोले जाते हैं, जैसे (Share

Application A/c, Share Allotment A/c, Share ...... Call A/c । परन्तु अंशधारियों के स्थान पर खोले जाने के कारण ये खाते वस्तुत: व्यक्तिगत खाते ही होते हैं और इनमें लेखे व्यक्तिगत खातों में लेखे करने के नियमों के अनुसार ही किये जाते हैं।

किस्तों में भुगतान किये जाने की स्थिति में अंशों के निर्गमन पर निम्नलिखित प्रविष्टियां की जाती है:

विवरण	प्रविष्टि की तिथि	प्रविष्टि	धनराशि जिससे प्रविष्टि की जायेगी
प्रार्थना पत्रों के साथ प्राप्त होने वाली राशि के सम्बन्ध में	प्रार्थना पत्रों के साथ प्राप्त राशि की तिथि को	Bank a/c Dr. To Share Appl. a/c (Application money received on ..... shares @ Rs. ...... per share)	प्रार्थना पत्रों के साथ प्राप्त वास्तविक धनराशि से
अंशों के आवंटन पर (1) अंशों के आवंटन होने पर प्रार्थना पत्र की राशि को अंशपूंजी खाते में हस्तान्तरित करने पर	आवंटन की तिथि को	Share Appl. a/c Dr. To Share Capital a/c (Share alloted and amount received on appl. transferred to Share Capital a/c)	आवंटित अंशों पर प्रार्थना पत्र के साथ मांगी गई राशि से
(2) आवंटन राशि की माँग करने पर	आवंटन की तिथि को	Share Allot. a/c Dr. To Share Capital a/c (Amount due on allot. of........ shares @ Rs. ....)	आवंटन पर देय राशि से
आवंटन राशि प्राप्त होने पर	आवंटन राशि प्राप्त होने की तिथि को	Bank a/c Dr. To Share Allot. a/c (Allot. money received)	वास्तविक प्राप्त राशि से
प्रथम माँग देय होने पर	प्रथम माँग की तिथि को	Share First Call a/c Dr. To Share Capital a/c (Amount due in respect of first call on .... shares @ Rs. ...... per share)	आवंटित अंशो पर मागी गई प्रथम माँग की राशि से
प्रथम माँग का भुगतान प्राप्त होने पर	प्रथम माँग की राशि प्राप्त होने पर	Bank a/c Dr. To Share First Call a/c (First call money received)	वास्तविक प्राप्त राशि से

टिप्पणी : 1. अन्य माँगों की प्रविष्टियां प्रथम माँग के अनुसार ही होगी।

2. आवंटन अथवा मांगों की कोई राशि यदि बकाया रह जाती है तो उसकी अलग से कोई प्रविष्टि नहीं होती।

3. विभिन्न प्रकार के अंशों (Equity Shares or Preference Shares0 के निर्गमन पर अलग अलग अंशों के लिये प्रविष्टियाँ अलग-अलग की जायेंगी ताकि यह ज्ञात हो सके कि प्रत्येक प्रकार के अंशों पर मांगी गई राशि कितनी प्राप्त हो चुकी है तथा कितनी बकाया रह गई है।

4. व्यवहार में कम्पनियों द्वारा अंश-आवंटन का एक ही रजिस्टर रखा जाता है। अत: Share Application तथा Share Allotment दोनों के अलग अलग खाते न खोलकर संयुक्त रूप से एक ही खाता Share Application & Allotment A/c) खोला जा सकता है। ऐसा स्थिति में Share Application a/c तथा Share Allotment a/c, दो पृथक्-पृथक् खातों के स्थान पर एक ही खाता Share Application & Allotment a/c को ही डेबिट अथवा क्रेडिट किया जाता है।

बकाया माँगे

(Calls in Arrear)

कभी-कभी अंशों पर विभिन्न माँगों की पूर्ण राशि देय तिथियों को प्राप्त नहीं हो पाती है। कुछ अंश धारी इनमें से एक और कुछ कई माँगों की राशियाँ नहीं दे पाते हैं। अंशधारी द्वारा विभिन्न माँगों की देय तिथियों तक न चुकाई गई राशियों के योग को बकाया माँगे कहते हैं। यदि कम्पनी ने अपने अन्तर्नियमों में इस प्रकार की व्यवस्था की हो, तो वह बकाया माँगों की राशि पर 5 प्रतिशत वार्षिक दर से ब्याज ले सकती है। संचालक मण्डल को ब्याज की इस दर को कम करने अथवा बकाया माँगों पर ब्याज न लेने का पूर्ण अधिकार प्राप्त है।

बकाया माँगों का कोई लेखा नहीं किया जाता है। ये बकाया माँगे अंशों की अलग अलग किस्तों के लिए खोले गये खातों, जैसे अंश आवंटन खाता, अंश माँग खाता आदि के डेबिट शेष के रूप में रहती है। वर्ष के अन्त में चिट्ठे में प्रदत्त पूँजी की राशि दिखलाते समय माँगी गई पूँजी में से उक्त खातों के डेबिट शेषों (Calls in Arrear) के सम्मिलित योग को घटा दिया जाता है।

अग्रिम प्राप्त माँगे

(Calls in Advances)

कभी-कभी कोई अंशधारी भविष्य में की जाने वाली माँगों का भुगतान पहले ही कर देता है। इस प्रकार प्राप्त राशियों का भुगतान माँग देय होने के पहले ही कर देने के कारण इन्हें अग्रिम प्राप्त माँगे कहा जाता है। ऐसी स्थिति में इस प्रकार प्राप्त अग्रिम राशियों को अग्रिम प्राप्त माँग खाते में अन्तरित कर दिया जाता है।

Bank A/c Dr. (अंशों की माँग अग्रिम

To Calls in Advance A/c प्राप्त राशि से)

(Amount received on ..... shares @ Rs........

per share in anticipation of future calls)

प्राप्त की गयी अग्रिम माँग की राशि अंश पूँजी का भाग नहीं होती है। अत: इसे चिट्ठे के दायित्व पक्ष में 'Current Liabilities' शीर्षक के अन्तर्गत 'Calls in Advance' के नाम से दिखलाया जाता है। ऐसी राशि पर लाभांश नहीं दिये जो हैं। यदि अन्तर्नियमों में इस प्रकार की व्यवस्था हो, तो अग्रिम प्राप्त राशियों पर ब्याज दिया जा सकता है। जिन भावी माँगों के सम्बन्ध में अग्रिम राशि प्राप्त हो चुकी है, भविष्य में उन माँगों के देय होने पर इस राशि का समायोजन कर दिया जाता है।

अग्रिम माँग राशि खाते से सम्बन्धित माँग का भुगतान माँगने (अर्थात् देय होने) पर उसका समायोजन

जिन भावी माँगों के सम्बन्ध में अग्रिम राशि प्राप्त हो चुकी है, भविष्य में जबकि उनका भुगतान माँगा जाता है, तब सम्बन्धित माँग के लिए पहले से ही प्राप्त हा गयी राशि से देय माँग की पूर्ति कर ली जाती है। यदि 'अ' 1,000 अंशों पर भविष्य में माँगी जाने वाली 5 रु. प्रथम माँग की राशि का भुगतान पहले से ही कर देता है तो यह रकम प्राप्त होने पर Call in Advance A/c में क्रेडिट कर दी जायेगी। परन्तु जब प्रथम माँग देय होगी, तब उस अंशधारी द्वारा जिसने इस माँग की राशि अग्रिम भेज दी है, इस माँगी गयी राशि का भुगतान नहीं करना होगा, क्योंकि 'अ' इस माँग का भुगतान पहले ही कर चुका है। अत: उसके द्वारा प्रथम माँग देय राशि का समायोजन निम्न प्रविष्टि द्वारा किया जायेगा:

अग्रिम प्राप्त राशि से प्रथम माँग के देय होने पर समायोजन लेखा

		Rs.	Rs.
Calls in Advance A/c	Dr.	5,000	
To Share First Call A/c			5,000
(Calls in advance adjusted against first call)			

इस प्रकार द्वितीय तथा अन्तिम माँग की राशियों के लिए भी, यदि पहले से ही अग्रिम माँग प्राप्त हो गई हो, लेखे किये जावेंगे। इन स्थितियों में Share First Call A/c के स्थान पर Share Second Call A/c या Share Final A/c क्रेडिट किये जावेंगे।

अंशों का प्रीमियम पर निर्गमन

(Issue of Shares at Premium)

यदि कोई कम्पनी अपने अंशों का निर्गमन अंकित मूल्य से अधिक मूल्य पर करती है, तो अंशों के ऐसे निर्गमन को अंशों का प्रीमियन या अधिमूल्य पर निर्गमन करना कहते हैं। जब अंश अंकित मूल्य से अधिक राशि पर निर्गमित किये जाते हैं तो इसे प्रीमियम पर

निर्गमन करना कहा जायेगा। निर्गमित मूल्य में से अंकित मूल्य को घटा देने के पश्चात् जो राशि शेष रहती है, वह प्रीमियम कहलाती है। भारतीय कम्पनी अधिनियम की धारा 78 के अनुसार यदि अंशों का निर्गमन प्रीमियम पर किया जाता है तो प्रीमियम की राशि को एक अलग खाते Share Premium Account में हस्तान्तरित करेंगे तथा इस धारा में वर्णित उपयोग के अतिरिक्त अंश प्रीमियम राशि का अन्य कोई उपयोग करने पर पूँजी में कमी करने से सम्बन्धित अधिनियम के प्रावधान लागू होंगे। अंशों के निर्गमित मूल्य या उनके अंकित मूल्य पर जो आधिक्य होता है, वह प्रीमियम कहलाता है। यदि 100 रु. अंकित मूल्य या अंश 115 रु. में निर्गमित किया जावे, तो 15 रु. प्रीमियन होगा।

प्रीमियम की राशि का उपयोग

अंशों पर जो राशी प्रीमियम के रूप में माँगी जाती है, उसे अंश प्रीमियम खाते (Share Premium Account) में क्रेडिट कर दिया जाता है। अंशों पर प्राप्त प्रीमियम की राशि केवल निम्नलिखित कार्यों के लिए ही प्रयोग में लाई जा सकती है:

(1) सदस्यों को पूर्णदत्त बोनस अंश निर्गमित करने हेतु,

(2) प्रारम्भिक व्ययों को अपलिखित करने हेतु,

(3) अंशों या ऋण पत्रों के निर्गमन सम्बन्धी व्ययों, कमीशन अथवा बट्टे को अपलिखित करने हेतु,

(4) शोध्य अधिमान अंशों अथवा ऋण पत्रों के शोधन पर चुकाये जाने वाले प्रीमियम की व्यवस्था करने हेतु।

अंश प्रीमियम का उपयोग लाभांश के वितरण के लिए नहीं किया जा सकता। यदि अंश प्रीमियम का कोई भाग अंशधारियों को लाभांश वितरण करने के लिए प्रयोग किया जाता है, तो यह माना जावेगा कि कम्पनी अपनी प्रदत्त पूँजी के कुछ भाग का भुगतान करके अंश पूँजी कम कर रही है।

प्रीमियम सम्बन्धी लेखा प्रविष्टियाँ

प्रीमियम जिस किस्त (आवंटन या माँग) के साथ माँगा जाता है, उस किस्त के खाते में किस्त की देय राशि प्रीमियम सहित डेबिट की जाती है और शेयर प्रीमियम खाते में केवल प्रीमियम की राशि ही क्रेडिट की जाती है। यदि एक 100 रु. का अंश 115 रु. में निर्गमित किया जावे और प्रीमियम की राशि आवंटन के साथ देय हो और आवंटन की राशि प्रीमियम सहित 45 रु. हो, तो लेखा निम्न प्रकार किया जायेगा:

		Rs.	Rs.
आवंटन राशि प्रीमियम सहित देय होने पर	Share Allotment A/c Dr. To Share Capital A/c To Share Premium A/c (Allotment money due @ Rs. 45 including Premium of Rs. 15 per share)	45	 30 15
आवंटन राशि प्राप्त होने पर	Bank A/c Dr. To Share Allotment A/c (Allotment money received)	45	 45

टिप्पणी – यदि प्रश्न में यह स्पष्ट रूप से नहीं लिखा गया है कि प्रीमियम की राशि किस किस्त के साथ देय है, तो ऐसी स्थिति में प्रीमियम की राशि आवंटन के साथ माँगी गई समझी जानी चाहिए।

चिट्ठे में अंश प्रीमियम को प्रदर्शित करना

शेयर प्रीमियम खाता कम्पनी के चिट्ठे में 'संचय और आधिक्य' (Reserve and Surplus) शीर्षक के अन्तर्गत दिखाया जाता है। यदि प्रीमियम की राशि का प्रयोग उपर्युक्त वर्णित कार्यों में से किसी कार्य के लिए किया गया है, तो ऐसे उपयोग का ब्यौरा चिट्ठे में अवश्य देना चाहिए।

अंशों का बट्टे पर निर्गमन
(Issue of Shares at Discount)

यदि कम्पनी द्वारा अंशों का निर्गमन अंकित मूल्य से कम मूल्य पर किया जाता है तो इसे अंशों का बट्टे पर निर्गमन करना कहते हैं। उदाहरण के लिये यदि 10 रु. अंकित मूल्य वाले अंश 9 रु. प्रति अंश की दर से निर्गमित किये जायें तो इसे हम बट्टे पर निर्गमन कहेंगे। यहाँ पर 1 रु. प्रति अंश बट्टे की राशि है। एक विद्यमान कम्पनी निम्नलिखित शर्तों की पूर्ति करने पर ही अपने अंशों को बट्टे पर निर्गमित कर सकती है:

(1) अंश ऐसी श्रेणी के होने चाहिए जो पहले से निर्मित किये जा चुके हैं,

(2) बट्टे पर अंशों का निर्गमन कम्पनी की साधारण सभा में एक प्रस्ताव द्वारा अधिकृत होना चाहिए तथा इस सम्बन्ध में न्यायालय से स्वीकृति प्राप्त कर ली जानी चाहिए।

(3) बट्टे की अधिकतम दर प्रस्ताव में स्पष्ट रूप से वर्णित होनी चाहिए, जो 10 प्रतिशत से अधिक नहीं होनी चाहिए। उससे अधिक होने पर केन्द्रीय सरकार की अनुमति लेना आवश्यक है।

(4) कम्पनी को व्यापार आरम्भ करने का अधिकार प्राप्त होने की तिथि के एक वर्ष पश्चात् ही बट्टे पर अंशों का निर्गमन किया जा सकता है,

(5) ऐसा निर्गमन न्यायालय द्वारा अनुमोदित तिथि के 2 माह की अवधि में किया जाना चाहिए,

(6) प्रविवरण में बट्टा सम्बन्धी तथ्यों की सूचना दी होनी चाहिए।

अंशों के बट्टे पर निर्गमन के पश्चात् जब तक बट्टे को अपलिखित नहीं कर दिया जाता, तब तक प्रत्येक प्रविवरण में बट्टे का विवरण दिया जाना चाहिए। यह विवरण नहीं होने पर, प्रत्येक दोषी व्यक्ति पर 50 रु. तक का जुर्माना किया जा सकता है।

बट्टे को अपलिखित करना

(To Write off Discount on Issue of Shares)

अंशों के निर्गमन पर दिया गया बट्टा एक पूंजीगत हानि है। इसे कम्पनी के पूँजीगत लाभों अथवा संस्थापन से पूर्व के लाभों आदि में से अपलिखित किया जा सकता है। यदि कम्पनी के पास पूँजी लाभ या पूँजी संचय नहीं है, तो इसे लाभ हानि खाते से अपलिखित किया जा सकता है। अंशों पर दिया गया बट्टा एक कृत्रिम सम्पत्ति (Fictitious Asset) है और इसे जब तक अपलिखित नहीं कर दिया जाता तब तक चिट्टे में सम्पत्ति पक्ष में दिखाया जाता है।

बट्टा सम्बन्धी लेखे

अंशों को बट्टे पर निर्गमित करने के फलस्वरूप दी गई बट्टे की राशि Discount on Issue of Shares A/c में डेबिट की जाती है तथा इस राशि से अंश पूँजी खाते को क्रेडिट किया जाता है। यह लेखा सामान्यत: आवंटन के साथ किया जाता है, यदि प्रश्न में इसके विपरीत अन्य कोई सूचना न दी गई हो।

अंशों का अत्यधिक अभिदान

(Over-Subscription of Shares)

जब लोकप्रिय कम्पनियाँ अपने अंशों को जनता में निर्गमित करने हेतु प्रविवरण प्रकाशित करती हैं और निर्गमित अंशों से कहीं अधिक संख्या में अंशों के क्रय करने के लिए आवेदन पत्र प्राप्त होते हैं, तब ऐसी स्थिति को अत्यधिक अभिदान या अधि अभिदान (Over-Subscription) कहते हैं। चूँकि संचालक मण्डल निर्गमित अंशों तक ही आवंटन कर सकता है, अतएव अत्यधिक अभिदान की दशा में संचालक अग्रलिखित प्रकार से अंशों का आवंटन करते हैं।

(1) सभी आवेदकों को अंशों का आवंटन यथानुपात या आनुपातिक (pro rata) रूप से कया जा सकता है। यदि 1,000 अंश निर्गमित किये गये हैं और 3,000 अंशों के क्रय हेतु आवेदन पत्र प्राप्त हों तो 3 अंशों की माँग करने वाले प्रत्येक आवेदक को केवल 1 अंश ही आवटित किया जावेगा। इस प्रकार के आवंटन को यथानुपात या आनुपातिक आवंटन कहा जायेगा। अतिरिक्त आवंदन पत्रों पर प्राप्त आवेदन राशि लौटायी नहीं जाती है, वरन् वह आवंटित अंशों पर देय आवंटन राशि और माँग राशि के लिए रख ली जाती है।

(2) कभी कभी संचालक कुछ आवेदकों को उनके द्वारा प्रार्थित सभी अंशों का पूर्ण आवंटन कर देते हैं। कुछ आवेदकों को आंशकि रूप से आवंटन तथा कुछ आवेदकों को बिल्कुल ही मना कर दिया जाता है। ऐसी स्थिति में जिन आवेदकों को अंश आवंटित नहीं किये जाते हैं, उन्हें आवेदन राशि लौटा दी जाती है।

(3) आवेदकों द्वारा माँगे जाने वाले अंशों की एक सूची तैयार की जाती है। यदि उनमें ऐसे आवेदक हैं जिन्होंने बहुत ही कम संख्या में अंशों की माँग की है, जैसे 2, 4, 6, 10 तो अंशधारियों की अधिक संख्या से बचने की दृष्टि से उन्हें आवंटन नहीं किया जाता है। इसके विपरीत, यदि कुछ आवेदकों ने इतनी अधिक संख्या में अंशों की माँग की है कि उनके द्वारा माँगे गये अंशों का आवंटन कर दिये जाने पर कुछ ही व्यक्तियों के हाथों में अधिकांश अंश केन्द्रित हो जायेंगे, तो ऐसी स्थिति में उनके आवेदन पत्र अस्वीकृत भी कर दिये जाते हैं।

अंशों का न्यून अभिदान : कभी-कभी कम्पनी द्वारा निर्गमित अंशों से कम अंशों के लिए आवंटन पत्र प्राप्त होते हैं, ऐसी स्थिति को अंशों का न्यून अभिदान कहा जाता है। न्यून अभिदान होने की स्थिति में भी कम्पनी आवेदन किये गये अंशों का आवंटन कर देती है। इस स्थिति में किसी प्रकार के समायोजन की आवश्यकता नहीं होती।

अंशों का नकद के अतिरिक्त अन्य प्रतिफल के बदले निर्गमन : कम्पनी द्वारा अंशों का निर्गमन नकद के अतिरिक्त भी किया जाता है। कम्पनी द्वारा क्रय की गई सम्पत्ति अथवा पूरे व्यवसाय के विक्रेता को क्रय मूल्य नकद में देने के स्थान पर अपने अंश दे देती है। कम्पनी के प्रर्वतकों का पारिश्रमिक भी नकद के स्थान पर अंशों में दिया जा सकता है। इस सम्बन्ध में अंशों के निर्गमन के सम्बन्ध में प्रविष्टियाँ निम्न प्रकार की जायेगी:

स्थिति	लेखे		राशि जिससे लेखे किये जाये
1. सम्पत्ति क्रय करने पर	Assets a/c To Vendors a/c (Assets Purchased)	Dr.	वास्तविक क्रय मूल्य से
2. भुगतान करते समय	Vendors a/c To Share Capital a/c (Shares issued to vendors)	Dr.	क्रय मूल्य की राशि से अंशों के अंकित मूल्य से
3. अंश प्रीमियम पर जारी किये जाने पर	Vendor's a/c To Share Capital a/c To Share Premium a/c (Share issued at a premium of Rs..... to vendors)	Dr.	क्रय मूल्य की राशि से अंशों के अंकित मूल्य से प्रीमियम की राशि से
4. अंश बट्टे पर निर्गमित किये जाने पर	Vendor's a/c Discount on issue of shares a/c To Share Capital a/c	Dr.	क्रय मूल्य की राशि से बट्टे की राशि निर्गमित अंशों के अंकित मूल्य पर

5. प्रवर्तक को पारिश्रमिक के बदले में अंशों का निर्गमन किये जाने पर	Preliminary Expenses a/c To Share Capital a/c (Shares Issued to Promoters)	Dr.	पारिश्रमिक की राशि से अंशों के अंकित मूल्य से

निर्गमित अंशों की संख्या ज्ञात करने का सूत्र

$$\text{विक्रेता को देय अंशों की संख्या} = \frac{\text{विक्रेता को देय राशि}}{\text{प्रति अंश निर्गमित मूल्य}}$$

अंशों का हरण

(Forfeiture of Shares)

कोई अंशधारी यदि अपने अंशों पर किसी कारणवश कम्पनी द्वारा माँगी गई राशि/राशियों (आवंटन राशि, माँग राशि अथवा दोनों) का निर्धारित समय में भुगतान नहीं करता है तो कम्पनी को उसके विरूद्ध दो अधिकार प्राप्त हैं: (1) वह दोषी अंशधारियों के विरूद्ध बकाया राशि वसूल करने के लिए न्यायालय में वाद प्रस्तुत कर सकती है अथवा (2) वह अंशों को जब्त या उनका हरण कर सकती है। परन्तु अंशों का हरण करने का अधिकार कम्पनी को अन्तर्नियमों या सारणी अ के द्वारा प्राप्त होना चाहिए अन्यथा अंशों का हरण करना वैध नहीं होगा।

अधिकतर कम्पनियाँ अंशों के हरण सम्बन्धी अधिकार का प्रयोग करती है, क्योंकि प्रथम अधिकार अपव्ययी और पेचीदा होता है। अंशों के हरण से आशय है कि आवंटन को रद्द करना तथा ऐसे अंशों परप्राप्त राशि को जब्त किया हुआ समझना। अंशों का हरण केवल माँगों की राशि का भुगतान न करने पर ही किया जा सकता है जो कि वास्तव में पूँजी की कमी है तथा माँग राशि के संशोधन के अलावा अन्य किसी आधार पर किया गया अंशों का हरण अवैधानिक होता है।

अंशों के हरण सम्बन्धी सभी नियम कम्पनी के अन्तर्नियमों में वर्णित होते हैं और संचालक उन नियमों के अनुसार ही दोषी अंशधारियों के विरूद्ध आवश्यक कार्यवाही करते हैं। अंशों के हरण के पश्चात ऐसे अंशधारियों के नाम सदस्य रजिस्टर से हटा दिये जाते हैं। इन अंशधारियों की सदस्यता समाप्त हो जाने पर इन्हें अशों का प्रमाण पत्र कम्पनी को वापस करना पड़ता है। वैधानिक रूप से अंशों का हरण हो जाने पर भी दोषी अंशधारी हरण से पूर्व तक माँगी गई, किन्तु न चुकाई गई, राशियों के लिए उत्तरदायी होगा। जैसे ही कम्पनी हरण किये गये अंशों का पुन: विक्रय कर देती हैं, वैसे ही उसका उत्तरदायित्व समाप्त हो जाता है।

अंशों के हरण पर प्रविष्टियाँ

(Entries on Forfeiture of Shares)

1. सम-मूल्य पर निर्गमित अंशों का हरण

(Forfeiture of Shares issued at par):

कम्पनी द्वारा सम-मूल्य पर निर्गमित अंशों के हरण करने पर निम्नलिखित प्रविष्टि की जावेगी:

Share Capital a/c Dr. To Share Allotment a/c To .... Call a/c To Shares Forfeited a/c (... shares forfeited for non-payment of...) उपर्युक्त प्रविष्टि के स्थान पर निम्न दो प्रविष्टियाँ भी की जा सकती है: (i) Share Capital a/c Dr. To Shares Forfeited a/c (Forfeiture of ... share of Rs... each Rs.... called up)	हरण किये गये अंशों पर माँगी गई राशि से हरण किये गये अंशों पर बकाया आवंटन राशिसे हरण किये गये अंशों पर बकाया माँग राशि से हरण किये गये अंशों पर अब तक प्राप्त कुल राशि से हरण किये गये अंशों पर अब तक माँग गई राशि से
(ii) Shares Forfeited a/c Dr. To Shares Allotment a/c To Share ..... Call a/c (Unpaid calls written off	इन अशों पर बकाया माँगों के योग से इन अशों पर बकाया आवंटन राशि से इन अंशों पर बकाया माँग की राशि से

टिप्पणी : अंश पूँजी खाता हरण किये गये अंशों पर अब तक माँगी गई पूँजी की राशि से डेबिट किया जायेगा न कि इन अंशों के अंकित मूल्य से। यदि इन अंशों पर पूर्ण अंकित मूल्य का भुगतान माँगा जा चुका है, तो अंश पूँजी खाता इन अंशों पर माँगे गये पूर्ण अंकित मूल्य से डेबिट किया जायेगा।

Illustration 2.

X was holding 200 equity shares of Rs. 10 each, on which he paid Rs. 3 on application, but could not pay Rs. 3 on allotment and Rs. 2 on first call. Directors forfeited his shares. Give journal entry needed for recording the forfeiture of shares.

एक्स 10 रु. वाले अंकित मूल्य के 200 ईक्विटी अंशों का धारक है। उसने आवेदन पर 3 रु. प्रति अंश का भुगतान किया है। किन्तु आबंटन पर 3 रु. तथा प्रथम मांग पर 2 रु. प्रति अंश का भुगतान नहीं किया है। संचालकों ने उसके अंश समपहरित कर लिए। अंश समपहरण को दर्ज करने की आवश्यकता जर्नल प्रविष्टि दीजिये।

Journal

			Rs.	Rs.
	Equity Share Capital a/c Dr.		1,600	
	To Equity Share App. & Allot. a/c			600
	To Equity Share First Call a/c			400
	To Forfeited Shares a/c			600
	(Forfeiture of 200 equity shares of Rs. 10 each on which Rs. 8 per share have been called but Rs. 3 on allotment and Rs. 2 on first call have not been paid, as per Board of Directors resolution No.........dated.........)			

वैकल्पिक हल

यदि प्रविष्टि के स्थान पर प्रविष्टियां करनी हो तो उपरोक्त प्रश्न का हल निम्न प्रकार होगा:

			Rs.	Rs.
	Equity Share Capital a/c Dr		1,600	
	To Forfeited Shares a/c			1,600
	(200 equity shares forfeited)			
	Forfeited Shares a/c Dr.		1,000	
	To Equity Share Appl. & Allot. a/c			600
	To Equity Share First Call a/c			400
	(Amount of unpaid calls transferred to shares forfeited a/c)			

2. बट्टे पर निर्गमित अंशों का हरण

(Forfeiture of Shares Issued at Discount)

जब कम्पनी अंशों के बट्टे पर निर्गमित करती है तो बटटे की राशि अश बट्टा खाता (Discount on Issue of Shars a/c) डेबिट किया जाता है। ऐसे अंशों का हरण करने पर अन्य खातों (आवंटन आँर माँग खाता) की भाँति अंश बट्टा खाता भी क्रेडिट किया जाता है, भले ही उस किश्त की रकम जिसके साथ बट्टे की छूट दी जाती है, प्राप्त हो गई हो।

3. प्रीमियम पर निर्गमित अंशों का हरण

(Forfeiture of Shares Issued at Premium)

(अ) यदि प्रीमियम की सम्पूर्ण राशि प्राप्त हो गई है : यदि कम्पनी अंशों को प्रीमियम पर निर्गमित करती है तो निर्गमन के समय Share Premium a/c क्रेडिट किया जाता है। लेखा पद्धति के सिद्धान्त के अनुसार अंशों का हरण करते समय 'अंश पूँजी खाते' की भाँति 'अंश प्रीमियम खाता' भी डेबिट करना चाहिए, लेकिन कम्पनी अधिनियम की धारा 78 के अनुसार अंशों का हरण करते समय यदि इन अंशों पर प्रीमियम की राशि प्राप्त हो गई है, तो इस राशि से अंश प्रीमियम खाते को डेबिट नहीं करना चाहिए, अर्थात प्रीमियम की राशि इसी खाते में रहने दी जानी चाहिए।

(ब) यदि अंश पर प्रीमियम की राशि भी प्राप्त नहीं हुई है – यदि अंशों को प्रीमियम पर निर्गमित किया गया है और प्रीमियम की राशि भी देय किस्त के साथ (पूर्ण अथवा आंशिक) प्राप्त नहीं हुई है, तो ऐसी स्थिति में अंशों में हरण पर अंश पूँजी खाते के साथ अंश प्रीमियम खाते को भी डेबिट किया जायेगा। वे सभी माँग खाते, जिन पर राशियाँ बकाया हैं, बकाया राशि से आँर अंश हरण खाता जब्त किये अंशों पर प्राप्त राशि से क्रेडिट किये जायेगे।

व्यवहार	प्रविष्टि		राशि
अंशों के समपहरण पर प्रीमियम राशि न होने पर	Share Capital a/c	Dr.	पूँजी के रूप में माँग राशि से
	Share Premium	Dr.	अंश प्रीमियम की मांगी राशि से
	To Share Unpaid Calls a/c		जब्त किये अंशों पर बकाया राशि से
	To Forfeited Shares a/c		जब्त अंशों पर प्राप्त राशि से

हरण किये गये अंशों का पुनर्निर्गमन

(Re-Issue of Forfeited Shares)

हरण किये गये अंश कम्पनी की सम्पत्ति बन जाते हैं। कम्पनी के संचालकों को अन्तर्नियमों द्वारा इन्हें पुनः बेचने का अधिकार प्राप्त होता है। इन्हें सममूल्य, प्रीमियम अथवा बट्टे पर पुनः निर्गमित किया जा सकता है। संचालक ऐंसे हरण किय गये अंशों को बट्टे पर बेच तो सकते हैं, परन्तु यह छूट किसी भी स्थिति में जब्त किये गये अंशो पर प्राप्त राशि से अधिक नहीं होनी चाहिए। जैसे, यदि 50 रु. का एक अंश है जिस पर 20 रु. प्राप्त न होने के कारण जब्त कर लिया गया है, तो इसके पुनर्निर्गमन पर 30 रु. से अधिक बट्टा नहीं दिया जा सकता है।

पुनर्निर्गमन सम्बन्धी प्रविष्टियाँ

(Entries on Re-issue of Forfeited Shares)

1. यदि जब्त अंशों को सम मूल्य पर पुनर्निर्गमित किया जाता है:

Bank a/c	Dr.	वास्तविक प्राप्त राशि से
To Share Capital a/c		इन अंशों पर कुल देय राशि से

2. यदि ज़ब्त अंशों को प्रीमियम पर निर्गमित किया जाता है:

Bank a/c	Dr.	कुल प्राप्त राशि से
To Share Capital a/c		इन अंशों पर पूँजी के लिए माँगी गई राशि से
To Shar Premium a/c		प्रीमियम की राशि से

3. यदि जब्त अंशों को बट्टे पर निर्गमित किया जाता है:

Bank a/c	Dr.	कुल प्राप्त राशि से
Share Forfeited a/c	Dr.	इन अंशों पद दी गई बट्टे की राशि से
To Share Capital a/c		अंशां पर माँगी गई राशि से

टिप्पणी : बट्टे पर पुनर्निर्गमित किये गये अंशों के सम्बन्ध में दी गई छूट को अंश हरण खाते (Shares Forfeited a/c) में डेबिट किया जाता है।

अंशों के पुनर्निर्गमन के पश्चात् अंश हरण खाते के शेष का अन्तरण

हरण किये गये अंशों को पुनर्निर्गमित करने के पश्चात् Shares Forfeited Account में जो शेष बचा रहता है, उसको पूँजी संचय खाते (Capital Reserve A/c) में अन्तरित कर दिया जाता है। इस सम्बन्ध में निम्नलिखित प्रविष्टि की जावेगी:

Shares Forfeited a/c	Dr.	इस खाते में शेष राशि से
To Capital Reserve a/c		अंश हरण खाते में शेष रही राशि से

प्रारम्भ में बट्टे पर निर्गमित अंशों को हरण के पश्चात् पुनः निर्गमित करने पर बट्टे खाते को फिर से अभिलिखत (re-recorded) किया जायेगा। मूल बट्टे की राशि से अधिक होन से ही अंश हरण खाता (Shares Forfeited a/c) डेबिट किया जायेगा। इस सम्बन्ध में प्रविष्टि इस प्रकार होगी:

Bank a/c	Dr.	प्राप्त राशि से
Discount on issue on Shares a/c	Dr.	बट्टे की पुरानी राशि से
Forfeited Shares a/c		पुरानी राशि के आधिक्य से बट्टाराशि
To Shares Capital a/c		अंशों पर माँगी गई राशि से

हरण के पूर्व प्रीमियम की राशि प्राप्त न होने पर भी प्रारम्भ में प्रीमियम पर निर्गमित अंशों को हरण के पश्चात् प्रीमियम पर ही पुनः निर्गमन करना आवश्यक नहीं है।

अंश हरण खाते की राशि का अन्य कार्यों में प्रयोग

जब्त अंशों पर प्राप्त राशि पूँजी लाभ है। इसका प्रयोग प्रारम्भिक व्यय, ख्याति, अंशों या ऋण पत्रों के निर्गमन पर दिये गये बट्टे आदि को अपलिखित करने में किया जाता है। इस सम्बन्ध में निम्न प्रविष्टि की जावेगी:

Shares Forfeited a/c Dr.

To Preliminary Expenses a/c, or

To Goodwill a/c, or

To Discount on Issue of Shares or Debentures a/c

(Capital losses written off)

Illustration 3.

The Directors of M. Ltd. resolved on first May, 68 to forfeit 2,000 e uity shares of Rs. 10 each due to non-payment of final call of Rs. 2,50 each. What final entries will be passed on forfeited & re-issue.

(a) If all shares are re-issued at par.

(b) If all shares are re-issued at Rs. 15 per share fully paid up.

(c) If all shares are re-issued at Rs. 8 per share fully paid up.

(d) If 1,800 shares are re-issued at Rs. 8 per share fully paid up.

Re-issue in all cases is made on 10th June 1968.

1 मई, 1968 को एम लिमिटेड के संचालकों ने प्रस्ताव पारित किया कि 2,000 सामान्य अंश 10 रु. प्रति अंश वालों को अन्तिम 2.50 रु प्रति अंश न चुकाने पर जब्त कर लिया जाय। क्या जर्नल प्रविष्टियाँ की जायेगी! (समपहरण पर तथा पुनर्निर्गम पर):

(अ) यदि सभी अंश सम मूल्य पर पुनः निर्गमित कर दिये जायें।

(ब) यदि सभी अंश 15 रु. प्रति अंश पर पूर्णदत्त निर्गमित कर दिये जायें।

(स) यदि सभी अंश 8 रु. प्रति अंश की दर पर पूर्णदत्त निर्गमित कर दिये जाये।

(द) यदि 1,800 अंश 8 रु. प्रति अंश पर पूर्णदत्त निर्गमित कर दिये जायें।

पुनर्निर्गम सभी दशाओं में 10 जून, 1968 को किया जाता है।

Solution:

समपहरण पर प्रविष्टि (सभी दशाओं में)

M Limited

Journal

			Rs.	Rs.
1968 May 1	Equity Share Capital a/c	Dr.	20,000	
	To Equity Share Final Call a/c			5,000
	To Forfeited Shares a/c			15,000
	(Forfeited of 2,000 shares for non-payment of final call of Rs. 2.50 per share)			

पुनर्निर्गम पर प्रविष्टियाँ

(a)

			Rs.	Rs.
1968 June 10	Bank a/c	Dr.	20,000	
	To Equity Share Capital a/c			20,000
	(Re-issue of 2,000 shares of Rs. 10 each fully paid at par)			
"	Forfeited Shars a/c	Dr	15,000	
	To Capital Reserve a/c			15,000
	(Balance of shares forfeited a/c transferred to capital reserve)			

(b)

			Rs.	Rs.
1968 June 10	Bank a/c	Dr.	30,000	
	To Equity Share Capital a/c			20,000
	To Share Premium a/c			10,000
	(2,000 Forfeited share re-issued at a premium of Rs. 5 per share)			
""	Forfeited Shares a/c	Dr.	15,000	
	To Capital Reserve a/c			15,000
	(Balance of forfeited shares transferred to capital reserve a/c)			

(c)

			Rs.	Rs.
1968 June 10	Bank a/c	Dr.	16,000	
	Forfeited Shares a/c	Dr.	4,000	
	To Equity Share Capital a/c			20,000
	(2,000 Forfeited shares re-issued at a discount of Rs. 2 per share)			

""	Forfeited Shares a/c Dr.		11,000	
	To Capital Reserve a/c			11,000
	(Balance of forfeited shares a/c transferred to capital reserve)			

(d)

			Rs.	Rs.
	Bank a/c Dr.		14,400	
	Forfeited Shares a/c Dr.		3,600	
	To Equity Share Capital a/c			18,000
	(1,800 forfeited shares of Rs. 10 each re-issued at Rs. 8 per share)			
	Forefeited Shares a/c Dr.		9,900	
	To Capital Reserve a/c			9,900
	(Balance in Share forfeited a/c representing 1,800 shares transferred to capital reserve)			

टिप्पणी

	Rs.
Share forfeiture amount on 2,000 shares	15,000
Less Balance t be left for shares not yet issued (200 x 7.50)	1,500
Total	13,500
Less amount utilised on re-issure of shares	3,600
Balance transferred to Capital Reserve a/c	9,900

अंश पूँजी का आगे और निर्गमन अथवा अधिकार अंश

(Further Issue of Share Capital or Rights Issue)

कम्पनी अधिनियम की धारा 81 के अनुसार एक सार्वजनिक कम्पनी अपने संस्थापन के दो वर्ष पश्चात् अथवा प्रथम आवंटन के एक वर्ष पश्चात् (जो भी पहले हो) किसी भी समय अतिरिक्त अंशों को निर्गमित करके अभिदत्त पूँजी में वृद्धि करने का प्रस्ताव कर सकती है। इसके सम्बन्ध में निम्नलिखित नियम लागू होते हैं:

1. ये नये अतिरिक्त अंश (चाहे अधिमान अंश हों या सामान्य) वर्तमान सामान्य अंशधारियों में उनके द्वारा चुकायी गई अंश पूँजी के अनुपात में निर्गमित किये जाने चाहिए।
2. उपर्युक्त प्रस्ताव की सुचना 15 दिन के नोटिस द्वारा दी जानी चाहिए जिसमें प्रस्तावित अंशों की संख्या का उल्लेख भी होना चाहिए।
3. यदि अन्तर्नियम में विपरीत व्यवस्था न हो, तो सम्बन्धित व्यक्ति प्रस्तावित अंशों का पूर्ण या आंशिक रूप से अन्य व्यक्ति के पक्ष में परित्याग कर सकता है।
4. उपर्युक्त सूचना की अवधि व्यतीत होने पर अथवा अस्वीकृति की सूचना प्राप्त होने पर संचालक कम्पनी के हित में ऐसे अंशों के किसी भी पक्ष को बेच सकते हैं।

उपर्युक्त अंशों को कम्पनी अधिनियम में दिये गये अधिकारों के अन्तर्गत वर्तमान अंशधारियों को ही निर्गमित किया जाता है तथा उन्हें ही इन अंशों के क्रय करने का अधिकार होता है। अत: इन्हें अधिकारों का निर्गमन कहते हैं। यह अधिकार केवल कम्पनी के वर्तमान सामान्य अंशधारियों को ही प्राप्त होता है न कि अधिमान अंशधारियों को।

एक सार्वजनिक कम्पनी अपनी साधारण सभा में एक विशेष प्रस्ताव पास करके और केन्द्रीय सरकार की अनुमति से उक्त नियम से छुटकारा प्राप्त कर सकती है। ये अधिकार सामान्य या अधिमान अंशों को सम-मूल्य प्रीमियम या बट्टे पर क्रय करने के लिए दिये जा सकते हैं तथा इनकी लेखा प्रविष्टियाँ उसी प्रकार की जाती हैं जिस प्रकार कि सामान्य अंशों के निर्गमन पर।

आंशिक अधिकार

(Fractional Entitlement)

अधिकार अंश वर्तमान सामान्य अंशधारियों को प्रदत्त पूँजी के अनुपात में दिये जाते हैं और कम्पनी अंशों का आवंटन पूर्ण अंशों में करती है, न कि टुकड़ों में। अत: कभी कभी एक समस्या उत्पन्न हो जाती है, जैसे यदि वर्तमान 6 अंशों के धारक को एक नया अंश दिया जाता है तो 40 अंशों के एक धारक को 6 पूर्ण अंश पाने का अधिकार होगा और शेष अधिकार 4/6 अंश के रूप में होगा। ऐसी भिन्नात्मक स्थिति में कम्पनी आंशिक कूपन (Fraction Coupons) निर्गमित कर सकती है जिससे अंशधारी बाजार में इनका क्रय या विक्रय करके कूपनों को एक अंश के बराबर कर कम्पनी को भेज दें और एक अंश प्राप्त कर लें।

ऋणपत्रों का निर्गमन

ऋण पत्रों के निर्गमन करने की विधि अंशों की निर्गमन विधि के समान है। ऋण पत्र भी अंशों की भाँति सम-मूल्य, प्रीमियम अथवा बट्टे पर निर्गमित किये जाते हैं। न्यूनतम अभिदान राशि के अतिरिक्त कम्पनी अधिनियम द्वारा अंशों के आवंटन के सम्बन्ध में लगाये गये प्रतिबन्ध ऋण पत्रों के आवंटन पर भी लागू होते हैं। परन्तु ऋण पत्रों के निर्गमन पर अंशों के सदृश्य बट्टे की अधिकतम सीमा निर्धारित नहीं की गई है।

एक सार्वजनिक कम्पनी को कम्पनी अधिनियम के अनुसार व्यापार प्रारम्भ करने का प्रमाण पत्र प्राप्त करने के पहले ऋण प्राप्त करने का अधिकार नहीं है लेकिन धारा 149 के अन्तर्गत उसे अंशों का ऋणपत्रों को एक साथ निर्गमित करने का अधिकार प्राप्त है। इस प्रकार कम्पनी ऋण पत्रों को निर्गमित करके दीर्घकालीन आवश्यकता की पूर्ति के लिए ऋण पत्र जारी करती है। ऋण पत्र ऋण की स्वीकृति के प्रमाण पत्र के रूप में जारी किए जाते हैं जिन पर कम्पनी की सार्वमुद्रा लगी हुई होती है। ऋण पत्र कम्पनी (जो ऋणी होती है) और ऋणदाताओं के मध्य एक अनुबन्ध है जिसके अनुसार कम्पनी ऋण को ब्याज सहित वापिस करने का वचन देती है।

ऋण पत्रों के निर्गमन की प्रविष्टियाँ
(Entries on Issue of Debentures)

ऋण पत्रों के निर्गमन पर उसी प्रकार की प्रविष्टियाँ की जाती है जिस प्रकार अंशों के निर्गमन पर की जाती है। अंश की ही भाँति ऋण पत्र का भी एक अंकित मूल्य होता है, जैसे 10 रु. का, 100 रु. का अथवा 1,000 रु. का ऋण पत्र। ऋण पत्रों के अंकित मूल्य के आधार पर ऋण पूँजी, जिसे केवल डिबेन्च्र कहा जाता है, अलग अलग प्रकार के ऋण में विभाजित कर दी जाती है। उदाहरणार्थ, यदि एक कम्पनी 10 रु. वाले 10,000 5 प्रतिशत शोध्य ऋण पत्र तथा 100 रु. वाले 50,000 6 प्रतिशत बन्धक ऋण पत्र निर्गमित करती है तो उसकी ऋण पूँजी इस प्रकार होगी:

ऋण पूँजी की संरचना

Debentures:	Rs.	Rs.
10,000 5 % Redeemable Debentures of Rs. 10 each	1,00,000	
50,000 6% Mortgage Debentures of Rs. 100 each	50,000	
		51,00,000

टिप्पणी : ध्यान रहे कि ऋण के नाम के पूर्व व्यक्त प्रतिशत ब्याज की दर प्रदर्शित करता है, जबकि अधिमान अंश के नाम के पूर्व प्रतिशत लाभांश की दर बतलाती है।

उपर्युक्त से यह ज्ञात होता है कि अंश पूँजी तथा ऋण पूंजी प्राप्त करने की विधियों में कोई अन्तर नहीं है। जिस प्रकार अंशों के अंकित मूल्य एक साथ पूर्ण भुगतान के रूप में, अर्थात् एक मुश्त राशि में अथवा किश्तों में प्राप्त किये जा सकते हैं, उसी प्रकार ऋण पत्रों के अंकित मूल्य की भी माँग एक मुश्त राशि अथवा किस्तों में प्राप्त की जा सकती है तथा उनका पूर्ण भुगतान एक साथ अथवा किश्तों में प्राप्त किया जा सकता है। अतः ऋण पत्रों के निर्गमन की प्रविष्टियाँ अंशों के निर्गमन पर की जाने वाली प्रविष्टियों की तरह ही की जाती है। केवल अन्तर इतना है कि ऋण पत्रों के निर्गमन पर की जाने वाली प्रविष्टियों में अंश (Share) के स्थान पर डिबेन्चर (Debenture) शब्द का प्रयोग किया जाता है जैसा कि नीचे स्पष्ट किया गया है:

अंशों के निर्गमन पर	ऋण पत्रों के निर्गमन पर
... Share Application a/c	.... Debenture Application a/c
... Share Allotment a/c	.... Debenture Allotment a/c
.... Share Call a/c	..... Debenture .... Call a/c
.... Share Capital a/c	..... Debentures a/c

ऋण पत्रों से निर्मित ऋण पूँजी, अंशों से निर्मित अंश पूँजी (Share Capital) की भाँति, डिबेन्चर पूँजी (Debenture Capital) नही कही जाती है। उसे केवल 'Debentures' ही कहते हैं और कम्पनी के चिट्ठे में उसे इस नाम से भी दिखलाते हैं। उसके अन्तर्गत विभिन्न ऋण पत्रों की ब्याज की दर और उनके शोधन का समय भी लिख दिया जाता है।

यदि ऋण पत्र प्रीमियम पर निर्गमित किये गये हों, तो Debenture Account केवल उनके अंकित मूल्य से क्रेडिट की जाती है, न कि निर्गमित मूल्य से, अर्थात् प्रीमियम की राशि Debentures Premium Account में क्रेडिट की जाती है।

यदि ऋण पत्र बट्टे पर निर्गमित किये गये हैं, तो प्राप्त राशि से Bank Account तथा बट्टे की राशि से Discount on Issue of Debentures Account को डेबिट तथा ऋण पत्रों के अंकित मूल्य से Debentures Account को क्रेडिट किया जाता है।

ऋणपत्रों का रोकड़ के अतिरिक्त अन्य प्रतिफल के लिए निर्गमन

(Issue of Debentures for Consieration Other than Cash)

जब एक नव निर्मित कम्पनी कोई सम्पत्ति अथवा चालू व्यवसाय क्रय करती है तो उसके विक्रेता को क्रय मूल्य के भुगतान में कभी कभी नकद धन के अतिरिक्त ऋण पत्रों द्वारा भी आंशिक भुगतान कर देती है। ऋण पत्रों के ऐसे भुगतान को रोकड़ के अतिरिक्त अन्य प्रतिफल के लिए निर्गमित कहा जाता है। इस सम्बन्ध में निम्नलिखित प्रविष्टियाँ की जाती है:

(1) सम्पत्ति क्रय करने पर

Assets a/c Dr. सम्पत्ति के क्रय मूल्य से

To Vendor's a/c

(2) विक्रय मूल्य का आंशिक या पूर्ण भुगतान ऋण पत्रों के निर्गमन द्वारा

Vendor's a/c Dr. ऋण पत्रों के अंकित मूल्य से

To Debentures a/c

विक्रेता को क्रय मूल्य के भुगतान में निर्गमित किये जाने वाले ऋण पत्र सम मूल्य बट्टे अथवा प्रीमियम पर निर्गमित किये जा सकते हैं।

समपार्श्विक प्रतिभूतियों के रूप में निर्गमित ऋण पत्र

(Debentures Issued as Collateral Securities)

जब कोई कम्पनी बैंकों में ऋण या अधिविकर्ष (Overdraft) प्राप्त करती है, तो वह अन्य जमानतों के अलावा कुछ ऋण पत्रों को अतिरिक्त जमानत के रूप में जमा करा देती है। अतिरिक्त जमानत के रूप में ऐसे जमा किये गये ऋण पत्रों को समपार्श्विक प्रतिभूतियाँ (Collateral Securities) कहते हैं। समझौते के अनुसार यदि कम्पनी समय पर ऋण तथा ब्याज का भुगतान करने में असमर्थ रहती है, तो ऋणदाता को एक ऋण पत्रधारी के रूप में ऋण पत्रों की राशि कम्पनी से वसूल करने अथवा इन्हें बाजार में बेचकर ऋण वसूल करने का अधिकार प्राप्त होता है। इसके विपरीत, यदि कम्पनी ऋण व ब्याज का भुगतान निश्चित समय पर कर देती है, तो ऋणदाता को ऐसे ऋण पत्रों को वापस करना पड़ता है। यह ध्यान रहे कि कम्पनी समपार्श्विक प्रतिभूति के रूप में रखे गये ऋण पत्रों पर ब्याज नहीं देती है, केवल ऋण की रकम पर ब्याज दिया जाता है। इस प्रकार के व्यवहार का लेखा करने के लिए निम्न दो विधियाँ प्रचलित हैं:

प्रथम विधि : एक दृष्टिकोण यह है कि ऋण पत्रों को ऋण की प्रतिभूति के रूप में जमा कराने पर लेखा पुस्तकों में कोई प्रविष्टि न की जाय और चिट्ठे में दायित्व पक्ष में ऋण के नीचे कोष्ठक में यह लिख दिया जाये कि इन ऋण पत्रों का निर्गमन ऋण के लिए समपार्श्विक प्रतिभूतियों के रूप में किया गया है।

दूसरी (वैकल्पिक) विधि : दूसरा दृष्टिकोण यह है कि यदि समपार्श्विक प्रतिभूति के रूप में रखे गये ऋण पत्रों के विषय में कोई प्रविष्टि करनी ही है तो निम्न प्रकार से की जाये:

(1) जमानत स्वरूप ऋण पत्र जमा कराने पर:

Debentures Suspense a/c Dr. ऋण पत्रों के अंकित मूल्य से

To Debentures a/c

(... Debentures of Rs.... each issued as

collateral security against a loan of Rs....)

(2) ऋण का भुगतान करने पर

Debentures a/c Dr. ऋण पत्रों के **अंकित मूल्य से**

To Debenture Suspense a/c

(Debentures withdrawn on payment of loan)

ऋण पत्रों के निर्गमन पर Debentures Suspense a/c चिट्ठे के सम्पत्ति पक्ष में तथा ऋण पत्र खाता दायित्व पक्ष में दिखाया जाता है। परन्तु ये ऋण पत्र कम्पनी के अन्य ऋण पत्रों से अलग दिखाये जाते हैं।

ऋण पत्रों पर ब्याज

(Interest on Debentures)

निर्गमन की शर्तों के अनुसार ऋण पत्रों पर एक निश्चित दर से (जो ऋण पत्रों में वर्णित होती है) ब्याज दिया जाता है। ब्याज अर्द्ध वार्षिक अथवा वार्षिक देय होता है। यह ब्याज ऋण पत्रों के अंकित मूल्य पर दिया जाता है, न कि उनके निर्गमित मूल्य पर। ऋण पत्रों पर ब्याज कम्पनी के लाभों पर निर्भर नहीं होता है। अर्थात् चाहे कम्पनी को लाभ हो अथवा हानि, दोनों ही दशाओं में ब्याज की राशि देय होती है। प्रत्येक कम्पनी के लिए यह अनिवार्य है कि वह ऋण पत्रधारियों को ब्याज का भुगतान करते समय ब्याज की राशि में से एक निश्चित दर से आय-कर की कटौती करके उस राशि को सरकारी खजाने में जमा करा दे। कम्पनी द्वारा जमा कराई गई आय कर की राशि के प्रमाण पत्र ऋणपत्रधारियों को भेज दिये जाते हैं। ऋण पत्रों पर ब्याज के सम्बन्ध में प्रविष्टियाँ निम्न प्रकार की जाती है:

(1) ब्याज के देय होने पर	Debenture Interest a/c Dr. To Debenturesholders a/c To Income tax a/c (Debenture interest due and income tax duducted therefrom at source)	सकल ब्याज की राशि से शुद्ध ब्याज की राशि से आय कर की राशि से
(2) ब्याज का भुगतान करने पर	Debentureholders a/c Dr. To Bank a/c Interest on debentures pai)	शुद्ध ब्याज की राशि से
(3) ब्याज को लाभ हानि खाते में अन्तरित करने पर	Profit & Loss a/c Dr. To Debenture Interest a/c (Interest transferred to Profit & Loss a/c)	समस्त ब्याज की राशि से
(4) आय कर सरकारी खजाने में जमा कराने पर	Income tax a/c Dr. To Bank a/c (Amount of tax deposited)	आय कर की राशि से

प्रश्न

1. संयुक्त पूँजी कम्पनी से आपका क्या आशय है? इसके विभिन्न रूप कौन-कौन से है?

   What is a Joint Stock Company? What are its different forms?

2. अंश से आपका क्या अर्थ है? अंशों के विभिन्न वर्गों का वर्णन कीजिए जिनमें एक कम्पनी की अंश पूँजी विभाजित की जा सकती है।

   What do you mean by 'share'? Explain the different classes of shares into which the share capital of a company can be divided.

3. निम्नलिखित का अर्थ बतलाइए तथा एक कम्पनी की लेखा पुस्तकों में इनका लेखा किस प्रकार करेंगे?

   (1) अग्रिम माँग, (2) बकाया माँग राशि।

   Explain the meaning of the following and discuss how will you deal with them in the accounting books of a company.
   (i) Calls in advance, (ii) Calls in Arrear

4. अंशों के अधिअभिदान एवं न्यून अभिदान से आप क्या समझते हैं? उपयुक्त उदाहरण द्वारा इन मदों को समझाइए।

   What do you mean by over-subscription and under-subscription of shares? Explain these terms with suitable examples.

5. ऋण पत्र को परिभाषित कीजिए। विभिन्न प्रकार के ऋण पत्रों की मुख्य विशेषताएँ समझाइये। अंशधारी तथा ऋण पत्रधारी में अन्तर कीजिए।

   Define 'Debentures'. Explain the main features of different types of debentures. Distinguish between a shoareholder and a debentureholder.

□□□

2

अन्तिम खाते
(Final Accounts)

अन्य व्यापारिक संस्थाओं के सदृश प्रत्येक कम्पनी द्वारा भी लेखा वर्ष (Accounting Year) जिसे वित्तीय वर्ष (Financial Year) भी कहा जाता है, के अन्त में अपना लाभ-हानि खाता तथा चिट्टा बनाया जाता है। एकल व्यापार व साझेदारी संस्था में इस प्रकार के अन्तिम खाते बनाना वांछनीय अवश्य है परन्तु अनिवार्य नहीं है, जबकि प्रत्येक कम्पनी को कम्पनी अधिनियम, 1956 की धारा 209 के अनुसार कुछ पुस्तकें रखना अनिवार्य है- तथा धारा 210 के अन्तर्गत कम्पनी अन्तिम खाते बनाने हेतु आवश्यक निर्देश दिये गयें हैं। लाभ-हानि खाते से कम्पनी द्वारा अर्जित शुद्ध लाभ अथवा उसके द्वारा उठाई गई हानि तथा चिट्ठे में उसकी वास्तविक आर्थिक स्थिति ज्ञात हो जाती है। यदि कम्पनी लाभ अर्जित करती है, तो कम्पनी का संचालक मण्डल कम्पनी अधिनियम के प्रावधानों एवं कम्पनी के अन्तर्नियमों के अनुसार लाभों का नियोजन एवं बँटवारा करता है। इसका प्रमुख कारण यह है कि कम्पनी की आन्तरिक वित्तीय स्थिति को सुदृढ़ बनाना तथा इसे विकास और विस्तार के पक्ष पर ले जाना संचालक मण्डल का ही उत्तरदायित्व है। इस उद्देश्य को दृष्टिगत रखकर सामान्यत: संचालक मण्डल द्वारा उपलब्ध लाभों का नियोजन विभिन्न संचयों - पूँजीगत और आयगत संचयों - एवं कोषों का निर्माण करने तथा लाभांशें का भुगतान करने के लिए किया जाता है। ध्यान रहे कि संचालक मण्डल उपलब्ध लाभों में से विभिन्न संचयों एवं कोषों में आवश्यक एवं उचित धनराशियाँ स्थानान्तरण करने के बाद ही लाभांश का भुगतान करने या न करने का निर्णय लेता है। जिन उपलब्ध लाभों में से संचालक मण्डल या कम्पनी को लाभांश बाँटने का वैधानिक अधिकार होता है, उन्हें विभाजन योग्य लाभ कहते हैं। कोई भी अंशधारी संचालक मण्डल को उपलब्ध लाभों में से लाभांश देने के लिए बाध्य नहीं कर सकता। संचालक मण्डल द्वारा लाभांश का भुगतान करने की सिफारिश किये जाने पर ही अंशधारियों की वार्षिक साधारण सभा लाभांश घोषित कर सकती है। इस सभा में भी अंशधारी संचालक मण्डल की सिफारिश एवं उसके सुझाव के अनुसार प्रस्तावित लाभांश को कम करने का निर्णय ले सकते हैं, परन्तु उन्हें उसमें वृद्धि करने का अधिकार नहीं है।

लाभ या हानि ज्ञात करना

प्रत्येक कम्पनी अपने व्यापारिक लाभ या हानि को ज्ञात करने के लिए कम्पनी अधिनियम, 1956 की छठी अनुसूची (Schedule VI) के द्वितीय भाग में दी गई आवश्यकताओं को ध्यान में रखकर लाभ हानि खाता तैयार करती है। यद्यपि कम्पनी अधिनियम की छठी अनुसूची के द्वितीय भाग में लाभ-हानि खाते का कोई प्रारूप (Form) निर्धारित नहीं किया गया है, फिर भी प्रत्येक कम्पनी से यह अपेक्षा की जाती है कि वह इस खाते के अन्तर्गत सूचनाओं का विवरण इस प्रकार दे जिससे कि लाभ-हानि खाते का अवलोकन एवं अध्ययन करने से समस्त महत्त्वपूर्ण सूचनाएँ प्राप्त हो सकें। यदि गत वर्षों के सन्दर्भ में इस वर्ष कोई महत्त्वपूर्ण परिवर्तन हो, जैसे - स्टॉक के मूल्यांकन की विधि में परिवर्तन, ह्रास की तिथि में परिवर्तन आदि- स्पष्ट रूप से उल्लेखित हो। इस भाग में निर्धारित मदों को सुविधाजनक शीर्षकों के अन्तर्गत दिखलाना भी आवश्यक है। उसमें दिखलाई जाने वाली आय तथा व्यय सम्बन्धी मदें निम्नलिखित हैं:

1. आय पक्ष की मदें

(Items of Incomes or Credit Items)

(1) विक्रय राशि अथवा प्रदान की गई सेवाओं के प्रतिफल के रूप में प्राप्त कुल आय, (2) व्यापार तथा अन्य विनियोगों से प्राप्त आय, (3) विनियोगों के विक्रय पर लाभ, (4) प्राप्त ब्याज की राशि, (5) सहायक कम्पनियों से प्राप्त लाभांश, (6) विविध आय, जैसे अंश हस्तान्तरण शुल्क, (7) असामान्य लाभ : ऐसे लाभ जो असामान्य परिस्थितियों में किये गये व्यवहारों के कारण उदय या प्राप्त हुए हों, (8) कच्चे माल, निर्मित माल तथा चालू कार्य क. अन्तिम स्टॉक, (9) संचय व प्रावधानों में स्थानान्तरित की जाने वाली राशियाँ आदि।

2. व्यय पक्ष की मदें

(Items of Expenses or Debit Items)

1. कच्चे माल, निर्मित माल तथा चालू कार्य का प्रारम्भिक स्टॉक,
2. कच्चे पदार्थ अथवा निर्मित माल का क्रय।

3. अन्य व्यय

(1) स्टोर तथा पुर्जों का उपयोग, (2) शक्ति ईधन, (3) किराया, (4) भवन की मरम्मत, (5) मशीन की मरम्मत, (6) बीमा, (7) दर तथा कर (आय कर को छोड़कर), (8) विवधि व्यय।

4. कर्मचारियों के पारिश्रमिक तथा अनुलाभ

(1) वेतन, मजदूरी तथा बोनस, (2) भविष्य निधि, पेन्शन फण्ड तथा अन्य निधियों में अंशदान, (3) श्रमिकों तथा कर्मचारियों के कल्याण के लिए किया गया व्यय, तथा

5. अन्य मदें

विक्रय अभिकर्त्ता का कमीशन, दलाली तथा बिक्री पर बट्टा, ऋण पत्रों तथा अन्य स्थायी ऋणों पर ब्याज, ह्रास के लिए आयोजन, विनियोगों की बिक्री पर हानि, विशेष दायित्वों, आकस्मिक व्यय आदि के लिए किया गया आयोजन, संचय तथा आयोजन, प्रस्तावित किये गये एवं भुगतान किये गये लाभांश, अंकक्षकों की फीस का आयोजन, ऐसे व्यवहारों के सम्बन्ध में हानियाँ जो सामान्य परिस्थितियों में किये गये हों, आय कर (Income-Tax) और राजनैतिक चन्दे।

उक्त मदों को लाभ-हानि खाते में व्यवस्थित ढंग से रखने तथा सही एवं उचित लाभ अथवा हानि ज्ञात करने के लिए व्यवहार में कम्पनी के लाभ हानि खाते को प्रायः तीन भागों में तैयार किया जाता है। प्रथम भाग व्यापार खाता कहलाता है। इस भाग में प्रारम्भिक स्टॉक, क्रय, प्रत्यक्ष व्यय, विक्रय तथा अन्तिम स्टॉक आदि मदें दिखाई जाती हैं, जिनके आधार पर सकल लाभ या सकल हानि ज्ञात करते हैं। द्वितीय भाग लाभ हानि खाता कहलाता है, जिसमें सम्बन्धित वर्ष की समस्त आयगत आयों तथा व्ययों की मदों का लेखा किया जाता है। इस भाग में लाभ-हानि के प्रथम भाग, अर्थात् व्यापार खाते से ज्ञात सकल लाभ अथवा सकल हानि लाकर व्यापार का शुद्ध लाभ अथवा हानि ज्ञात की जाती है। तृतीय भाग को लाभ हानि नियोजन खाता (Profit and Loss Appropriation Account) कहते हैं, जिसमें दूसरे भाग, अर्थात् लाभ-हानि खाते का शेष शुद्ध लाभ अथवा शुद्ध हानि अन्तरित करके उसका संचय एवं कोष का निर्माण तथा लाभांश वितरण के लिए नियोजन एवं बँटवारा किया जाता है।

लाभ-हानि खाते के प्रथम दो भागों तथा प्रत्येक भाग में दिखाई जाने वाली आय व व्यय की मदों का सही ज्ञान प्राप्त करने के लिए लाभ-हानि खाता होता है। लाभ-हानि खाते के प्रत्येक पक्ष में रकम के दो खाने बनाये जाते हैं- एक खाना गत वर्ष के लिए तथा दूसरा खाना चालू वर्ष के लिए। आय व व्यय की प्रत्येक मद के सामने गत वर्ष तथा चालू वर्ष दोनों की ही रकमें लिखी जाती है जिससे कि विभिन्न वर्षों में किये गये व्ययों तथा प्राप्त आयों का तुलनात्मक अध्ययन एवं विश्लेषण किया जा सके।

Figures for the previoua year ending	Particulars	Amount Rs.	Figures for the previoua year ending	Particulars	Amount Rs.
	To Opening Stock:			By Sales	
	Finished Goods			*Less :* Return	
	Work-in Progress			Inwards	
	Raw Material			By Closing Stock:	....
	To Purchases of			Finished Goods	
	Materials			Work in Progrss	
	Less: Purchases			Ratw Material...	
	Retursn	....		By *Gross Loss c/d*	
	To Wages			(If no Gross Profit)	
	To Power and Fuel	....		By *Gross Profit b/d*	....
	To Other Direct Expenses	....		By Interest on	....
	To *Gross Profit c/d*	....		Investments	
	To *Gross Loss b/d*	....		*Add:* Accrued....	....
	(if any)	....		By Other Interests	
	To Salaries	....		By Other Interests	....
	To Depreciation:			By Miscellaneous...	
	Machinery			Receipts, Transfers	
	Building etc....			Fees etc,	
		....		Dividends received....	
				Rent received etc...	
	To Repars to Puildings			By Profit on Sale of	....
	To Repairs to Machinery	....		Investments	....
	To Insurance	....		By *Net Loss, if there*	....
	To Rent	....		*is no Net Profit*	
	To Rates & Taxes	....		*carried over to Profit*	
	To General Expenses			*& Loss Appropriation*	
	To Interest on Deb.	....		*a/c*	
	Add: Outstanding,..	....			

	To Provision for specific liabilities and contigencies e.g., Proviion for Bad and Doubtful Debts	....		
	To Contribution to Provident and Pension Fund	....		
	To Stationary, Printing and Postage	....		
	To Commission Brokerage and Discounts	....		
	To Loss on Sale of Investments	....		
	To Discount on Debentures *(Written off)*	....		
	To Auditor's Fees	....		
	To Director's Fees	....		
	To Director's Fees	....		
	To Director's Commission	....		
	To Provision for Taxation	....		
	To *Profit, carried over to Profit and Loss Appropriation a/c*	....		

लाभ-हानि खाते (अनुसूची VI के भाग II) में अतिरिक्त सूचनाओं के उल्लेख सम्बन्धी प्रावधान

1. विक्रय के सम्बन्ध में (Turnover)- कम्पनी द्वारा की गई बिक्री की कुल राशि के सम्बन्ध से उक्त समस्त वस्तुओं के प्रत्येक वर्ग के सम्बन्ध में विक्रय की राशि तथा मात्रा का उल्लेख करना होगा।

2. निर्माणी कम्पनियों की दशा में (In Case of Manufacturing Companies)- उपयोग में लाये गये प्रत्येक प्रकार के कच्चे माल का विवरण तथा उसकी मात्रा का उल्लेख करते समय समस्त महत्तवपूर्ण मूल कच्चे माल की मदों को अलग-अलग दिखाना होगा। यदि किसी वस्तु के उत्पादन या निर्माण प्रक्रिया में अन्य उत्पादकों से क्रय

किये गये माल का उपयोग किया जाता है तथा उनका अलग-अलग मूल्य कुल उपयुक्त कच्चे माल के 10 प्रतिशत से अधिक नहीं है, तो ऐसे समस्त माल की उपर्युक्त शीर्षकों के अन्तर्गत वर्गानुसार रखा जावेगा और यदि प्रत्येक ऐसे मद का मूल्य कुल उपयुक्त कच्चे माल के 10 प्रतिशत से अधिक होगा तो उनको भी अलग अलग उनकी किस्म एवं मात्रा के अनुसार ही दिखाया जावेगा।

3. प्रारम्भिक तथा अन्तिम स्टॉक (Opening and Closing Stock)- प्रत्येक प्रकार की उत्पादित वस्तु के प्रारम्भिक तथा अन्तिम स्टॉक की किस्म तथा उनकी मात्रा का उल्लेख करना भी आवश्यक होगा। निर्मित वस्तुओं का व्यापार करने वाली संस्थाओं की दशा में क्रय की गई वस्तुओं, उनके प्रारम्भिक तथा अन्तिम स्टॉक की किस्म एवं मात्रा के अनुसार दिखाना होगा। उन कम्पनियों की दशा में जो मात्रा के अनुसार सेवाएँ प्रदान करती हैं, प्रदान की गई सेवाओं अथवा सेवाओं की आपूर्ति से सकल आय का उल्लेख करना ही यथेष्ट होगा।

टिप्पणी - (1) कच्चे माल, क्रय, स्टॉक व विक्रय का परिमाणात्मक आधार (Quantitative denomination)पर सामान्यत: क्रय व विक्रय किया जाता है, अत: उन्हें अनेक परिणामों एवं मात्रा में दिखाया जावेगा।

(2) यदि कोई कम्पनी किसी वस्तु के उत्पादन हेतु कच्चे माल अथवा यदि कोई व्यापारिक संस्था निर्मित वस्तु के बेचने हेतु अलग-अलग औद्योगिक लाइसेन्स रखती है, तो प्रत्येक लाइसेन्स में वर्णित वस्तु एक अलग वर्ग की वस्तु मानी जावेगी। परन्तु यदि किसी कम्पनी के पास विभिन्न स्थानों पर एक ही वस्तु के उत्पादन के लिए अािवा अपनी अधिकृत क्षमता के लिए अलग अलग लाइसेन्स हैं तो इन सभी लाइसेन्सों ने वर्णित समस्त वस्तुओं को एक ही वर्ग में रखा जावेगा। व्यापारिक संस्थाओं की दशाओं में आयातित मदों के वर्ग आयात एवं निर्यात के प्रमुख नियन्त्रक द्वारा आयात के लिए लाइसेन्स देते समय निर्धारित वर्गीकरण के आधार पर निश्चित किये जावेंगे।

(3) ऐसे मदों, जैसे वं जिनकी सूची बहुत बड़ी है और जिनको विभिन्न श्रेणियों में उल्लेखित करना कठिन है, उनके क्रय, स्टॉक एवं विक्रय को, यदि प्रत्येक मद का मूल्य उनके कुल मूल्य के 10 प्रतिशत से अधिक है, अलग-अलग शीर्षकों में उनकी मात्रा दिखलाना आवश्यक होगा।

4. विविध व्यय के सम्बन्ध में (Miscellaneous Expenses)- इस शीर्षक के अन्तर्गत यदि किसी व्यय की मद की राशि कम्पनी की कुल आय के 1 प्रतिशत या 5,000 रु. है। (दोनों में से जो अधिक है) तो वह उपर्युक्त मद के खाते के नाम से दिखायी जावेगी और इस शीर्षक के अन्तर्गत किसी अन्य मद के साथ नहीं जोड़ी जावेगी।

5. परिमाणात्मक सूचनाएँ (Quantitative Informations)- निर्माणी कम्पनियों की दशा में, निर्मित वस्तुओं के प्रत्येक वर्ग के सम्बन्ध में लाभ-हानि खाते के सम्बन्धित वर्ष की अन्तिम तिथि को एक टिप्पणी के रूप में अग्रलिखित अतिरिक्त परिमाणात्मक सूचनायें दी जावेंगी:

(अ) लाइसेन्स द्वारा प्रदत्त क्षमता (Licensed Capacity),

(ब) संस्थापित क्षमता (Installed Capacity), तथा

(स) वास्तविक उत्पाद (Actual Production)।

वास्तविक उत्पादन के सम्बन्ध में विक्रय योग्य तैयार माल तथा ऐसे अर्द्धनिर्मित माल का, जिनका विक्रय भी कम्पनी द्वारा किया जाता है, अलग-अलग विवरण दिया जावेगा।

6. अन्य सूचनाएँ (Other Information)- लाभ-हानि खाते के अन्त में टिप्पणी के रूप में निम्नलिखित अतिरिक्त सूचनाएँ भी प्रदान की जावेंगी:

(अ) कम्पनी द्वारा वित्तीय वर्ष में आयातित कच्चे माल, पूँजीगत वस्तुओं आदि का C.I.F. आधार पर मूल्य

(ब) वित्तीय वर्ष में रॉयल्टी, तकनीकी ज्ञान, पेशे सम्बन्धी शुल्क (Professional Fees), ब्याज आदि के सम्बन्ध में विदेशी मुद्रा में किये गये व्यय,

(स) वित्तीय वर्ष में अनिवासी व्यक्तियों को विदेशी मुद्रा में भेजे गये लाभांश, ऐसे अंशधारियों के नाम, उनके द्वारा क्रय किये गये अंशों की संख्या तथा ऐसे अंशों पर जिन वर्षों से सम्बन्धित लाभांश देय है, उनका विवरण, तथा

(द) निम्नलिखित शीर्षकों के अन्तर्गत उपार्जित विदेशी विनिमय के विवरण

(1) निर्यात की गई वस्तुओं का F.O.B. आधार पर मूल्य,

(2) रॉयल्टी, तकनीकी ज्ञान आदि के लिए दिया गया शुल्क,

(3) ब्याज का लाभांश, तथा

(4) अन्य कोई आय, उसकी प्रकृति एवं उसका विवरण।

टिप्पणी - लाभ हानि खाते में उपरोक्त सूचनाओं को आवश्यकतानुसार देना इस आधार पर अनिवार्य कर दिया गया है जिससे कि अन्तिम अथवा वार्षिक खाते, जिन्हें वित्तीय विवरण (Financial Statements)भी कहते हैं, अंशधारियों, विनियोजकों, लेनदारों, वित्तीय संस्थाओं, स्टॉक एक्सचेंज, सरकार तथा अनुसंधानकर्त्ताओं को कम्पनी के व्यवसाय से सम्बन्धित अधिक से अधिक सूचनाएँ प्रदान कर सकें। कम्पनी के आन्तरिक प्रबन्ध एवं नियंत्रण, विशेषकर लागत नियन्त्रण की दृष्टि से भी लाभ-हानि खाते में अथवा उसके साथ टिप्पणी के रूप में दी जाने वाली अतिरिक्त सूचनाओं को प्रस्तुत करना आवश्यक समझा गया है, क्योंकि इनके अभाव में लागत अंकेक्षण (Cost Audit), जो एक प्रकार से कुछ निर्धारित निर्माणी कम्पनियों के लिए अनिवार्य हो गया है, सम्भव नहीं हो सकता।

उपर्युक्त कारणों से ही लाभ-हानि खाते में या उसके साथ जिन अतिरिक्त सूचनाओं को देने के लिए कम्पनी अधिनियम की अनुसूची VI में विशेष संशोधन की विशेष व्यवस्था की गई है, उसके स्पष्टीकरण में यह स्पष्ट रूप से व्यक्त कर दिया गया है कि इन सूचनाओं को देने के निर्मित अतिरिक्त नई हिसाब की पुस्तकों का रखना आवश्यक नहीं होगा, वरन् जो हिसाब किताब अब तक रखे जाते हैं उनसे ही इन अतिरिक्त सूचनाओं को एकत्र करके उन्हें वार्षिक सभा में प्रस्तुत किये जाने वाले चिट्टे एवं लाभ हानि खाते में समाविष्ट किया जाय। इन अतिरिक्त सूचनाओं का 31 दिसम्बर, 1973 को अथवा उसके बाद प्रस्तुत किये वाले वार्षिक खातों में समाविष्ट करना अनिवार्य सा हो गया है। विशेष परिस्थितियों में इस सम्बन्ध में सरकार द्वारा ही कोई छूट दी जा सकती है।

विभाजन योग्य लाभ

(Divisible Profits)

विभाजन योग्य लाभ का अर्थ

सामान्यत: विभाजन योग्य लाभों का आशय कम्पनी के उन लाभों से है जिनमें से कम्पनी को लाभांश का वितरण एवं भुगतान करने का वैधानिक अधिकार होता है। परन्तु विभाजन योग्य लाभ की यह धारणा अत्यधिक जटिल है। इस जटिलता को दूर करने के उद्देश्य से ही कम्पनी अधिनियम की धारा 205 के अन्तर्गत विभाजन योग्य लाभ पर समुचित प्रकाश डाला गया है। यह धारा इस तथ्य पर आधारित है कि लाभांश, लाभों से ही दिया जाना चाहिए, न कि पूँजी में से। इस आधार पर विभाजन योग्य लाभ का आशय लाभ की उस राशि से है जो अंशधारियों में वितरण के लिए उपलब्ध होती है ताकि पूँजी में से कोई भूगतान न हो सके। वितरण के लिए उपलब्ध लाभों का निर्धारण करने वाले सिद्धान्त अब कम्पनी अधिनियम की धारा 205 द्वारा शासित होते हैं। इन सिद्धान्तों के अन्तर्गत (अ) लाभांश के स्त्रोत (Sources of Dividend), (2) चालू मूल्य ह्रास, (3) अशोधित ह्रास, अर्थात् मूल्य ह्रास की गत वर्षों की बकाया राशि, तथा (4) पिछली हानियों का विस्तृत वर्णन है।

1. लाभांश के स्त्रोत (Sources of Dividend)- एक कम्पनी किसी वर्ष के लिए निम्न स्त्रोतों में से किसी भी एक से लाभांश घोषित कर सकती है अथवा उनका भुगतान कर सकती है। (1) उस वर्ष के लाभ में से, अथवा (2) गत वर्षों के लाभ में से, अथवा (3) उपर्युक्त (अ) और (ब) के योग में से, अथवा (4) लाभांश वितरण के लिए केन्द्रीय सरकार या किसी राज्य सरकार द्वारा दी गई गारण्टी के अन्तर्गत सरकार से प्राप्त गारण्टी राशि में से।

2. उपर्युक्त साधनों में से प्रथम तीन में से ह्रास योग सम्पत्तियों (Depreciable Assets) पर निर्धारित विधियों के अनुसार चालू वर्ष का मूल्य ह्रास तथा मूल्य ह्रास की बकाया राशि (अशोधित ह्रास) का प्रावधान करने के पश्चात ही शेष लाभ का लाभांश के रूप में वितरण किया जा सकता है। दूसरे शब्दों में, ऐसा प्रावधान न केवल चालू वर्ष के ह्रास के लिए ही करना आवश्यक है, बल्कि यदि गत वर्षों की मूल्य ह्रास की राशि बकाया है, तो उसके लिए भी प्रावधान करने के पश्चात् ही शेष लाभ लाभांश के रूप में वितरित किया जा सकता है।

3. कम्पनी (संशोधन) अधिनियम, 1960 के अनुसार 28 दिसम्बर, 1960 से पहले के वित्तीय वर्ष या वर्षों में उपार्जित लाभों को उनमें से किसी ह्रास के लिए प्रावधान किये बिना ही लाभांश के लिए प्रयोग किया जा सकता है।

4. 28 दिसम्बर, 1960 के पश्चात् यदि किसी गत वर्ष या वर्षों में से ह्रास योग्य सम्पत्तियों पर मूल्य ह्रास का प्रावधान करने के पश्चात् हानि हुई है तो उस वर्ष या उन वर्षों के बाद के वर्षों के लाभों (चालू वर्ष की ह्रास की राशि घटाने के बाद) में से गत वर्ष की हानि या गत वर्ष की ह्रास की राशि (दोनों में जो कम हो) घटाने के बाद जो शेष होगा, वही लाभांश के रूप में वितरित किया जा सकता है।

5. 28 दिसम्बर, 1960 के पश्चात् उपार्जित लाभों के सम्बन्ध में केन्द्रीय सरकार कम्पनी को ह्रास का प्रावधान किये बिना लाभांश वितरण की अनुमति दे सकती है।

स्पष्टीकरण : (1) विभाजन योग्य लाभों से आशय कम्पनी द्वारा उपार्जित ऐसे लाभों से है जिन्हें लाभांश वितरण के लिए प्रयोग करने का कम्पनी को वैधानिक अधिकार होता है।

(2) विभाजन योग्य लाभ आयगत लाभों अथवा पूँजीगत लाभों अथवा दोनों ही प्रकार के लाभों से निर्मित हो सकता है। अन्य शब्दों में, आयगत लाभों का वह भाग जो लाभांश के रूप में बाँटा जा सकता है, विभाजन योग्य लाभ कहलाता है। इसी प्रकार वे पूँजीगत लाभ जो लाभांश के रूप बाँटे जा सकते हैं, विभाजन योग्य लाभ माने जाते हैं।

(3) आयगत लाभों में से निम्न प्रावधान तथा नियोजन (Provisions and Appropriation) करने के बाद जो शेष रहता है, वह शेष ही विभाजन योग्य लाभ माना जाता है:

(अ) 28 दिसम्बर, 1960 के पश्चात् के लाभों में से ह्रास योग्य सम्पत्तियों पर चालू वर्ष के लिए मूल्य ह्रास तथा गत वर्षों की मूल्य ह्रास की बकाया के लिए प्रावधान,

(ब) 28 दिसम्बर, 1960 के पश्चात् के वर्षों के लाभों में से ह्रास योग्य सम्पत्तियों पर चालू वर्ष के लिए ह्रास की राशि घटाने के बाद, गत वर्षों की हानि की राशि अथवा मूल्य ह्रास की राशि दोनों में जो भी कम हो।

(स) संचालकों द्वारा संचयों अथवा कोषों में स्थानान्तरित राशियाँ।

कम्पनी अधिनियम द्वारा स्वीकृत ह्रास की पद्धतियाँ निम्नलिखित हैं:

(1) जिन सम्पत्तियों पर आय कर अधिनियम द्वारा ह्रास स्वीकृत है उन पर निम्नलिखित दो में से कोई सी एक रीति से ह्रास लगाया जा सकता है:

(क) क्रमागत ह्रास पद्धति, जैसा कि आय कर अधिनियम में स्वीकृत है, या

(ख) सीधी रेखा पद्धति : आय कर अधिनियम की दरों के आधार पर 'निर्धारित अवधि' में प्रति वर्ष इस प्रकार एक समान दर से अपलिखित की जाये कि निर्धारित अवधि के अन्त में सम्पत्ति की लागत का 95 प्रतिशत अपलिखित हो जाय।

(2) जिन सम्पत्तियों पर आय कर अधिनियम के अन्तर्गत ह्रास स्वीकृत नहीं है, उनके लिए केन्द्रीय सरकार द्वारा स्वीकृत अन्य कोई पद्धति जिसके द्वारा सम्पत्ति की लागत का 95 प्रतिशत भाग निर्धारित समय में अपलिखित हो जाय।

यदि कोई सम्पत्ति किसी वित्तीय वर्ष में बेची जाती है, नष्ट हो जाती है अथवा उसे उपयोग से हटा दिया जाता है तो उन सम्पत्तियों पर हुई हानि को उसी वित्तीय वर्ष के लाभ में से अपलिखित करना होगा।

लाभांश (Dividends)

लाभांश कम्पनी के लाभों का वह भाग है जो अंशधारियों में वितरित किया जाता है, अर्थात् इसका अभिप्राय लाभों के उस भाग से है जो किसी वित्तीय वर्ष के लिए कम्पनी के चालू वित्तीय वर्ष या पिछले वर्ष या वर्षों के लाभों में से चालू वर्ष के ह्रास अथवा पिछले वर्षों के बकाया ह्रास मूल्य (अशोधित ह्रास) के लिए प्रावधान करने के पश्चात् शेष बचता है। लाभ के ऐसे भाग का वितरण एवं भुगतान नकद लाभांश के अतिरिक्त अन्य रूप में नहीं किया जा सकता है। परन्तु इस प्रावधान का उद्देश्य कम्पनी द्वारा किसी अन्य प्रकार से लाभांश घोषित करने के अधिकार को प्रतिबन्धित करना नहीं है। कम्पनी यदि चाहे तो पूर्णदत्त बोनस अंश (Fully paid-up bonus shares) अथवा कम्पनी के सदस्यों द्वारा क्रय किये गये आंशिक दत्त (Partly paid-up) अंशों पर बकाया राशि की पूर्ति करने हेतु अपने लाभों या संचयों (Reserves) का पूँजीकरण (Capitalisation) कर सकती है।

लाभांश घोषणा सम्बन्धी नियम प्राय: कम्पनी के अन्यर्नियमों में दिये रहते हैं। परन्तु लाभांश का वितरण एवं भुगतान करने से सम्बन्धित नियम कम्पनी अधिनियम की धाराओं 205-208 द्वारा शासित होते हैं। इन धाराओं के अधीन तथा विभिन्न न्यायालयों के अनुसार लाभांश के वितरण एवं भुगतान से सम्बन्धित महत्त्वपूर्ण नियम निम्नलिखित हैं:

(1) लाभांश के सम्बन्ध में सबसे महत्त्वपूर्ण नियम यह है कि इसका वितरण एवं भुगतान विभाजन-योग्य लाभों में से ही किया जा सकता है। पूँजी में लाभांश का भुगतान कम्पनी के अधिकारों के बाहर माना जाता है, चाहे पार्षद सीमा-नियम अथवा अन्तर्नियम ऐसा करने की अनुमति ही क्यों न देते हों।

प्रतिबन्ध : 6 जुलाई, 1974 को कम्पनी लाभांश पर अस्थायी प्रतिबन्ध अध्यादेश (Temporary Restrictions on Dividends Act, 1974) - जारी होने के पश्चात् लाभांश की घोषणा पर प्रतिबन्ध लगा दिया गया है। इस अध्यादेश के अनुसार कोई ऐसी कम्पनी (1) जिसमें जनता का सारवान हित हो, (2) जिसकी पूँजी का कम से कम 75 प्रतिशत भाग पुण्यार्थ कार्य हेतु भारत में स्थापित किसी संस्था या कोष के पास हो, अथवा बिजली उत्पादन करना हो, (4) जो एक ऐसी भारतीय कम्पनी हो जिसकी पूँजीगत सम्पत्तियों में पलांट या मशीन का मूल्य (कार्यालय उपकरण सड़क परिवहन सम्बन्धी सम्पत्तियों को छोड़ कर) वित्तीय वर्ष के अन्त में 50 लाख रुपये या इससे अधिक हो, (5) जिसको आयकर अधिनियम की धारा 104 (3) के अन्तर्गत इसके प्रभाव से मुक्त कर दिया गया हो, 6 जुलाई, 1974 से दो वर्ष की अवधि में चालू वर्ष के लाभों में से ही लाभांश की घोषणा या भुगतान कर सकती है और ऐसे लाभांश की कुल राशि किसी भी परिस्थिति में उसके विभाजन योग्य लाभ से अधिक नहीं होगी।

इस अध्यादेश या अधिनियम के अनुसार ही:

(अ) वितरण योग्य लाभों (Divisible Profits) से आशय (1) कम्पनी के शुद्ध लाभों के एक तिहाई भाग, तथा (2) कम्पनी के अधिनियम अंशों पर देय लाभांश तथा सामान्य अंशों के अंकित मूल्य पर 12 प्रतिशत लाभांश की राशियों के योग से है: तथा

(ब) शुद्ध लाभ (Net Profit) से आशय कम्पनी अधिनियम, 1956 की धारा 349 के अनुसार ज्ञात किये गये लाभ में से (1) ऐसे लाभों पर देय आयकर व कम्पनी (लाभ) सरटैक्स, तथा (2) धारा 205 के प्रावधानों के अनुसार मूल्य ह्रास घटाने के पश्चात् शेष लाभों से है।

यदि कोई ऐसी कम्पनी, जिस पर यह अधिनियम लागू होता है। 6 जुलाई, 1974 से दो वर्ष की अवधि में अपने वितरण योग्य लाभो से अधिक लाभांश का वितरण एवं भुगतान कर देती है, तो वितरण योग्य लाभों से अधिक वितरित लाभाश विवर्जतीय माना जावेगा। कम्पनी को ऐसे अधिक वितरित लाभांश की राशि को अंशधारियों से वसूल करने का अधिकार होगा। यदि कम्पनी के लिए ऐसा करना सम्भव न हो, तो इस राशि का समायोजन अगले वित्तीय वर्ष के लिए देय लाभांशों से कर लिया जावेगा। केन्द्रीय सरकार ने 3 जुलाई, 1976 को एक सरकारी विज्ञप्ति प्रकाशित करके इन स्थायी प्रतिबन्धों को 6 जुलाईं, 1976 से हटा दिया है। अत: अब 6 जुलाई, 1976 से लाभांश की घोषणा व वितरण पर अस्थायी प्रतिबन्ध लागू नहीं होंगे।

(2) प्राय: अधिमान अंशों पर लाभांश की घोषणा एवं भुगतान करने का अधिकार संचालकों को कम्पनी के अन्तर्नियमों द्वारा प्रदान किया जाता है। परन्तु सामान्य अंशों के सम्बन्ध में लाभांश की प्रतिशत दर प्रस्तावित करने का अधिकार संचालकों को ही होता है। लाभांश की घोषणा कम्पनी अपनी वार्षिक साधारण सभा में ही कर सकती है। इस सभा में घोषित लाभांश की राशि किसी भी परिस्थिति में संचालकों द्वारा सिफारिश की गयी राशि से अधिक नहीं हो सकती, अर्थात् साधारण सभा में सदस्य एवं अंशधारी प्रस्तावित लाभांश दर से अधिक लाभांश के लिए प्रस्ताव पास नहीं कर सकते।

(3) लाभांश की सिफारिश करने से पूर्व संचालक मण्डल कम्पनी के लाभों में से निश्चित उद्देश्यों तथा स्वीकृत कार्यों की पूर्ति करने के लिए किसी भी धन को संचयों एवं कोषों में नियोजित कर सकते हैं।

(4) कपट की दशा को छोड़ कर, कम्पनी के पास पर्याप्त लाभ होते हुए भी यदि संचालक लाभांश घोषित नहीं करना चाहते हैं, तो कम्पनी के सदस्य एवं अंशधारी लाभांश का भुगतान करने के लिए बाध्य नहीं हो सकते।

(5) कम्पनी के संचालक किसी वर्ष लाभों का नियोजन किये बिना ही उन्हें लाभ हानि नियोजन खाते के शेष के रूप में आगे ले जा सकते हैं।

(6) जहाँ कुछ अंशों पर अधिक तथा कुछ अंशों पर कम राशि प्रदत्त (PAID UP) है, वहाँ कम्पनी, यदि उसके अन्तर्नियम ऐसा अधिकार प्रदान करते हों, प्रत्येक अंश पर दिये गये धन के अनुपात में लाभांश दे सकती है।

(7) लाभांश का भुगतान नकद में या चैक द्वारा किया जाना चाहिए। एक अंशधारी उसके बदले में अंश अथवा ऋण पत्र लेने के लिए बाध्य नहीं है। चैक अथवा लाभांश अधिपत्र (Dividend Warrant) अंशधारी के रजिस्टर्ड पते पर भेजना चाहिए। संयुक्त अंशधारियों की दशा में, चैक अथवा लाभांश अधिपत्र सदस्यों के रजिस्टर में जिस अंशधारी का नाम पहले दिया हुआ है, उसी के रजिस्टर्ड पते पर भेजा जाना चाहिए।

(8) लाभांश का भुगतान रजिस्टर्ड अंशधारी अथवा उसके आदेशित व्यक्ति या बैंकर को अथवा यदि अंश अधिपत्र (Share Warrant) निर्गमित किया जा चुका है, तो ऐसे अधिपत्र के वाहक को अथवा उसके बैंकर को ही किया जा सकता है, किसी अन्य को नहीं।

(9) लाभांश का भुगतान लाभांश की घोषणा की तिथि से 42 दिनों के भीतर कर देना चाहिए और इस अवधि के चैक अथवा लाभांश अधिपत्र देना आवश्यक होगा।

(10) जिस तिथि पर लाभांश घोषित किया जाता है, वह उसी तिथि से कम्पनी पर एक ऋण हो जाता है तथा कम्पनी द्वारा देय हो जाता है। एक अंशधारी कम्पनी द्वारा देय लाभांश प्राप्त करने के लिए वाद प्रस्तुत कर सकता है।

लाभांश के भुगतान करने की विधि

1. लाभांश सूची तैयार करना - लाभांश के लिए वार्षिक साधारण सभा में सदस्यों की स्वीकृति प्राप्त हो जाने के बाद लाभांश सूची तैयार की जाती है, जिसमें प्रत्येक अंशधारी के नाम के आगे उसके द्वारा उस समय धारण किये हुए अंशो की प्रविष्टि की जाती है तथा प्रत्येक को दिया जाने वाला लाभांश तथा उसमें से घटाये जाने वाले आय कर का ब्यौरा दिया जाता है।

2. लाभांश अधिपत्र भेजना (Share Warrant)- लाभांश सूची के आधार पर लाभांश सूचना पत्र तथा लाभांश अधि पत्र तैयार किये जाते हैं जो अंशधारियों के रिजस्टर्ड पते पर भेज दिये जाते हैं। इसका ऊपर का भाग अंशधारी को भेजे जाने वाले एक पत्र के रूप में होता है। जिसमें कम्पनी द्वारा देय लाभांश की धनराशि की सूचना दी जाती है। दूसरा भाग चैक के रूप में होता है जिसमें बैंक के लिए आदेश होता है कि वह उसमें लिखित धनराशि का भुगतान कर दे।

3. लाभांश का भुगतान - बैंक द्वारा लाभांश के भुगतान की व्यवस्था करने पर कम्पनी के बैंक में लाभांश घोषित करने की तिथि से 7 दिन के अन्दर एक विशेष बैंक खाता खोला (Special Bank Account) जाता है और उस खाते में लाभांश के रूप में दी जाने वाली पूरी रकम (आयकर काट कर) जमा कर दी जाती है। इस कार्य के लिए एक अलग पास बुकरखी जाती है। कम्पनी का बैंकर लाभांश अधिपत्र प्रस्तुत किये जाने पर लाभांश का भुगतान कर देता है जिसकी प्रविष्टि उक्त खाते में की जाती है। बैंक भुगतान किये गये लाभांश के सम्बन्ध में कम्पनी को समय समय पर सूचना देता रहता है।

4. न भुगतान किया गया अथवा न माँगा गया लाभांश (Unpaid and Uncalled Dividend)- यदि वर्ष के अन्त तक कुछ अंशधारियों द्वारा लाभांश बैंक से ही नहीं माँगा जाता है और इस कारण निर्गमित लाभांश अधिपत्र अदत्त रहते हैं, तो ऐसे बनाये गये अधिपत्रों की लाभांश राशि को न माँगा गया लाभांश अथवा न भुगतान किया गया लाभांश कहते हैं। ऐसे लाभांशों को चिट्ठे के दायित्व पक्ष की ओर दिखाया जाता है।

यदि कम्पनी के अन्तर्नियमों में लाभांश के दावे (Claim) के लिए कोई अवधि निश्चित कर दी जाती है और उस अवधि में लाभांश नहीं माँगा जाता है तो अवधि समाप्त होने पर इस रकम को जब्त कर लिया जाता है। यदि अन्तर्नियमों में इस सम्बन्ध में कोई

नियम नहीं दिया हुआ है तो लाभांश चूँकि कम्पनी पर ऋण है, अत: Debts Limitation Act के अन्तर्गत 6 वर्ष तक न माँगे जाने पर वह अदेय हो जाता है तथा उस पर कम्पनी का अधिकार हो जाता है। इस अवधि के समाप्त होने पर यह रकम सामान्य संचय खाते (General Reserve Account) में अन्तरित कर दी जाती है।

प्रस्तावित संशोधन

कम्पनी (संशोधन) अधिनियम, 1974 में यह व्यवस्था की गई है कि लाभांश की घोषणा करने की तिथि से 42 दिनों के अन्दर यदि अंशधारी को घोषित लाभांश का भुगतान नहीं किया हो, अथवा अंशधारियों को लाभांश अधिपत्र नहीं भेजा गया है तो कम्पनी को चाहिए कि वह इस 42 दिन की अवधि के समाप्त होने की तिथि से 7 दिन के अन्दर न भुगतान किये गये लाभांश की सम्पूर्ण रकम किसी अनुसूचित बैंक (Scheduled Bank) में एक विशेष खाते "Unpaid Dividend Account of .....Company Limited/Company (Private) Limited" में जमा करा दे। यदि किसी कम्पनी द्वारा घोषित लाभांश की पूर्ण अथवा आंशिक राशि का भुगतान छ: माह तक नहीं किया गया हो तो उसे ऐसे न भुगतान किये गये लाभांश की राशि को भी उक्त खाते में जमा कराना होगा। ऐसा न करने पर कम्पनी 12: वार्षिक की दर से ब्याज देने के उत्तरदायी होगी।

इस अधिनियम में यदि Unclaimed Dividend की राशि 'Unpaid Dividend Account of ...... Co. Limited' खाते में स्थानान्तरण हो जाने के पश्चात अंशधारी द्वारा 3 वर्ष तक नहीं माँगी जाती है तो इसे केन्द्रीय सरकार के सामान्य रेवेन्यू खाते (General Revenue Account) में स्थानाँन्तरित कराना होगा और सम्बन्धित अंशधारी को केन्द्रीय सरकार के उक्त खाते में से लाभांश कि राशि प्राप्त करने का अधिकार होगा।

कम्पनी को न भुगतान किये गये अथवा न माँगे गये लाभांश की राशि को सरकार के सामान्य रेवेन्यू खाते में आन्तरित करते समय केन्द्रीय सरकार द्वारा नियुक्त अधिकार को एक निर्धारित फॉर्म पर आन्तरित की जाने वाली राशियों के सम्बन्ध में समस्त विवरण, जैसे उनकी प्रकृति, लाभांश प्राप्त करने वाले प्रत्येक अधिकारी, अंशधारी का नाम व पता तथा उसको देय राशि एवं अन्य आवश्यक विवरण, प्रस्तुत करना होगा।

ऐसे लाभांशों की राशियों को भारत सरकार के 'सामान्य रेवेन्यू खाते' में जमा कराने पर कम्पनी को रिजर्व बैंक से एक रसीद प्राप्त होगी जो ऐसे लाभांशों के सम्बन्ध में उसके दायित्व की मुक्ति के प्रमाण पत्र का कार्य करेगी।

भारत सरकार के 'सामान्य रेवेन्यू खाते' में उक्त राशि के स्थानान्तरित हो जाने के बाद, यदि लाभांश प्राप्त करने का अधिकारी व्यक्ति प्राप्य लाभांश की राशि की माँग करने के लिए भारत सरकार को आवेदन पत्र देता है, तो कन्द्रीय सरकार, कम्पनी द्वारा उस व्यक्ति को दिये गये प्रमाण पत्र अथवा अन्य किसी प्रकार से कोई प्रतिभूति (जो वह आवश्यक समझे) लेने के बाद, उस लाभांश की राशि के भुगतान करने हेतु आदेश दे सकती है।

अन्तरिम लाभांश

(Interim Dividend)

प्राय: सभी कम्पनियों को अन्तर्नियमों द्वारा संचालकों को वर्ष के बीच में अन्तिम खाते तैयार होने से पहले ही किसी समय लाभांश देने का अधिकार होता है। इस प्रकार वर्ष के मध्य भविष्य में होने वाले लाभ की आशा में संचालकों द्वारा घोषित एवं भुगतान किये गये लाभांश को अन्तरिम लाभांश कहते हैं। इस प्रकार के लाभांशों को घोषित करने के लिए संचालकों को अंशधारियों की स्वीकृति प्राप्त करने की आवश्यकता नहीं पड़ती है। संचालकों द्वारा इस प्रकार का लाभ वितरण कम्पनी की साख तथा ख्याति स्थापित करने के लिए किया जाता है। जब संचालकों को यह विश्वास होता है कि कम्पनी का व्यापार बहुत ही सफलतापूर्वक चल रहा है और वर्ष के अन्त में पर्याप्त लाभ होगा, तब वे अन्तरिम लाभांश की घोषणा कर देते हैं। इस विषय में संचालकों का बहुत भारी उत्तरदायित्व रखा गया है। इस प्रकार के लाभांश की घोषणा करने के पूर्व संचालकों को काफी सतर्क रहना आवश्यक है, क्योंकि अन्तरिम लाभांश का वितरण करने के बाद यदि वर्ष के अन्त में यह ज्ञात होता है कि कम्पनी का लाभ इस प्रकार भुगतान किये गये अन्तरिम लाभांश से भी कम है अथवा कम्पनी को हानि हुई है, तो लाभांश का भुगतान पूँजी में से हुआ माना जायेगा जो कम्पनी अधिनियम के अन्तर्गत वर्जित है। ऐसी स्थिति में अन्तरिम लाभांश के रूप में जितनी रकम दी गई है, वह सब संचालकों को अपने पास से लौटानी पड़ेगी।

प्रतिबन्ध : 6 जुलाई 1974 को जारी किये गये कम्पनी (लाभांश अस्थायी प्रतिबन्ध) अध्यादेश 1974 द्वारा यह प्रतिबन्ध लगा दिया गया था कि कोई भी कम्पनी जिस पर यह अध्यादेश लागू होता है, केन्द्रीय सरकार की पूर्व अनुमति के बिना तथा उसके द्वारा निर्धारित शर्तों एवं मर्यादाओं के अन्तर्गत ही अन्तरिम लाभांश का भुगतान या वितरण कर सकती है। यदि किसी कम्पनी ने 6 जुलाई, 1974 के पूर्व ही अन्तरिम लाभांश का भुगतान कर दिया था अथवा घोषित कर दिया था, तो इस अन्तरिम लाभांश की राशि कुल लाभांश की राशि में सम्मिलित कर दी जावेगी। यदि अन्तरिम लाभांश की राशि वितरण योग्य लाभों से अधिक है, तो उस वित्तीय वर्ष के लिए कम्पनी द्वारा अतिरिक्त लाभांश नहीं दिये जावेगें।

प्रतिभूति लाभांश

(Scrip Dividend)

कम्पनी अधिनियम की धारा 205 बनने के पूर्व कुछ कम्पनियाँ अपने लाभांश की घोषणा करने के बाद लाभांश का वितरण दूसरी कम्पनियों के ऐसे अंशों के रूप में करती थी जिनमें इनकी धनराशि विनियोजित होती थी। ऐसे अंशों में भुगतान किये हुए लाभांश को प्रतिभूति लाभांश कहा जाता था। परन्तु अब धारा 205 के अन्तर्गत लाभांश का भुगतान केवल नकदी में या चैक द्वारा ही किया जा सकता है।

अधिमान अंशों पर लाभांश

(Dividend on Preference Shares)

अधिमान अंशधारी को निर्धारित दर पर लाभांश सामान्य अंशों (Equity Shars) पर लाभांश दिये जाने के पहले पाने का अधिकार है। परन्तु ये अंशधारी भी संचालक मण्डल

को लाभांश के लिए बाध्य नही कर सकते हैं। जब संचालक मण्डल निर्धारित दर पर लाभांश देने की सिफारिश करे तथा अंशधारियों की साधारण सभा प्रस्ताव पारित कर लाभांश घोषित करे तभी ये अंशधारी लाभांश ले सकते हैं।

असंचयी अधिमान अंश (Non-Cumulative Preference Shares) पर चालू वर्ष का लाभांश न दिया जाये तो उसे पाने का अधिकार समाप्त हो जाता है। परन्तु संचयी अधिमान अंश (Cumulative Preference Shares) पर किसी वर्ष लाभांश न दिया जाये तो निर्धारित दर पर बकाया लाभांश भविष्य में पाने का अधिकार सुरक्षित रहता है। संचयी अधिमान अंशों का बकाया लाभांश देने के बाद ही किसी चालू वर्ष का लाभांश घोषित किया जा सकता है। संचयी अधिमान अंशों पर बकाया लाभांश की कोई प्रविष्टि नहीं की जाती। इसे चिट्ठे में टिप्पणी (नोट) के तौर पर सम्भाव्य दायित्व (Contingent Liability) के रूप में दिखाया जाता है। वहाँ यह भी स्पष्ट कर दिया जाता है कि उक्त लाभांश कितने वर्षों का बकाया है। जब तक स्पष्टत: कुछ न लिखा गया हो तब तक अधिमान अंश संचयी माना जावेगा।

यदि किसी कम्पनी के अधिमान अंश (Preference Shares) 1 अप्रैल, 1960 से पूर्व के निर्गमित हैं तो अधिमान अंश (लाभांश नियन्त्रण) अधिनियम, 1960 के अन्तर्गतख उन पर देय लाभांश की राशि को निम्नलिखित प्रतिशत से बढ़ा कर लाभ हानि नियोजन खाता (Profit & Loss Appropriation Account) डेबिट किया जावेगा:

(अ) यदि अधिमान अंश कर मुक्त (Tax-free) हैं तो लाभांश की राशि को 30 प्रतिशत से बढ़ाया जावेगा।

(ब) यदि अधिमान अंश कर योग्य (Taxable) हैं तो लाभांश की राशि को 11 प्रतिशत बढ़ाया जावेगा।

लाभ हानि नियोजन खाता
(Profit & Loss Appropriation Account)

कम्पनी अधिनियम की अनूसूची VI के भाग II में लाभ हानि नियोजन खाता तैयार करने के सम्बन्ध में कोई उल्लेख नहीं है। परन्तु इस खाते का स्वयं में अपना विशेष महत्त्व होने के कारण प्रत्येक कम्पनी यह खाता तैयार करती है। इस खाते को अलग से तैयार करना इसलिए भी आवश्यक है कि बहुत सी ऐसी मदें, जिनका व्यवहार संचालन में कोई भी महत्त्व नहीं है, व्यापारिक आय व व्यय के वर्ग में नही रखी जा सकती है। यदि उन मदों को लाभ हानि खाते में दिखाया जाय, तो शुद्ध लाभ अथवा हानि सही एवं उचित नहीं होगी। वस्तुत: ये मदें शुद्ध लाभ के नियोजन (Appropriation) से सम्बन्धित होती हैं, जैसे लाभ के होने पर उसके एक भाग का सामान्य कोष या संचय या विशिष्ट कोषों अथवा संचयों में अन्तरण तथा शेष भाग में से लाभांश वितरण आदि। इन मदों के लिए आवश्यक नियोजन उपलब्ध लाभों में से ही किया जा सकता है। अत: लाभों के नियोजन को व्यक्त करने के लिए एक अन्य खाता, जिसे लाभ हानि नियोजन खाता कहते हैं, बनाना आवश्यक हो जाता है। इस प्रकार लाभ हानि नियोजन खाता (1) विभिन्न संचयों में अन्तरित राशियों, तथा (2) भुगतान किये गये लाभांशों के सम्बन्ध में आवश्यक सूचनाएँ प्रदान करता है। इन मदों में से

उपलब्ध लाभों में से आवश्यक राशियों का नियोजन एवं व्यवस्था करने के पश्चात् भी यदि इस खाते में शेष रहता है, तो उसे कम्पनी के चिट्ठे में दायित्व पक्ष में दिखलाया जाता है।

लाभ-हानि नियोजन खाते के डेबिट में आने वाली कुछ प्रमुख मदों के बारे में जानकारी आवश्यक है। अत: इन्हें संक्षेप में स्पष्ट किया गया है:

1. लाभांश समानीकरण संचय (Dividend Equalisation Fund)- संचालक वर्ग सदैव यह प्रत्यन करते हैं कि प्रत्येक वर्ष लाभांश की दर समान रहे, ताकि कम्पनी की साख पर बुरा प्रभाव न पड़े तथा अंशों में सट्टे की प्रवृत्ति को प्रोत्साहन न मिले। ऐसा करने के लिए वे जिन वर्षों में अधिक लाभ होते हैं, उन वर्षों के लाभों का कुछभाग इस कोष में हस्तान्तरित करते रहते हैं। कम लाभ होने पर आवश्यक रकम इस कोष में से लाभ व हानि नियोजन खाते के क्रेडिट पक्ष में अन्तरित करके लाभांश की दर को गिरने से रोक दिया जाता है।

2. विकास सम्बन्धी छूट संचय (Development Rebate Reserve)- ऐसी मशीनों पर जो पूर्णत: व्यवसाय में काम आती है, आय कर विधान द्वारा उनकी लागत का एक निश्चित प्रतिशत विकास छूट के नाम से कटौती के रूप में मिलता है। छूट लेने के लिए आवश्यक है कि विकास की राशि का 75 प्रतिशत भाग लाभों में से विकास सम्बन्धी छूट संचय में हस्तान्तरित कर दिया जाये। इस संचय की रकम का उपयोग, जिस वर्ष यह संचय बनाया जाये उसके अगले आठ वर्षों तक लाभांश देने के लिए नहीं किया जा सकता है। कुछ विशेष परिस्थितियों को छोड़कर अब यह छूट समाप्त कर दी गई है।

3. विनियोग सम्बन्धी छूट संचय (Investment Rebate Reserve)- आय कर अधिनियम के अन्तर्गत नये विनियोग के क्रय का 25 प्रतिशत विनियोग भत्ते के नाम से छूट दी जाती है, लेकिन यह छूट तब ही दी जावेगी जबकि वास्तविक भत्ते का 75 प्रतिशत विनियोग भत्ते कोष में हस्तान्तरित कर दिया गया हो। ध्यान रहे इस राशि का उपयोग 10 वर्ष तक केवल नई मशीन क्रय करने में ही लिया जावेगा, लाभांश देने के लिए इसका उपयोग नहीं किया जा सकता।

4. सामान्य संचय (General Reserve)- इस संचय का उद्देश्य भावी अनिश्चितता के कारण होने वाली हानियों से रक्षा करना है। इसे स्वतन्त्र संचय (Free Reserve) भी कहते हैं। इसमें से किसी भी सामान्य क्षति को पूरा किया जा सकता है तथा लाभांश वितरण के लिए भी इसे काम में लिया जा सकता है। इस संचय का एक और उद्देश्य यह भी है कि कम्पनी की आर्थिक स्थिति को सुदृढ़ बनाया जाये।

यदि अन्तर्नियमों के अन्तर्गत संचालक मण्डल को केवल सिफारिश करने का अधिकार है, तो ऐसी अवस्था में इसमें हस्तान्तरित की जाने वाली राशि का भी अनुमोदन साधारण वार्षिक सभा में अंशधारियों द्वारा किया जाना आवश्यक है।

5. ऋण पत्र शोधन कोष (Debenture Redemption Fund or Sinking Fund for Repayment of a Liability)- ऋण पत्रों का भुगतान सुविधापूर्वक करने के लिए कम्पनी लाभों में से कुछ राशि प्रति वर्ष इस संचय में हस्तान्तरित करती है। इस कोष की रकम व्यापार से बाहर विनियोजित कर दी जाती है। ऋणपत्रों के भुगतान की अवधि पर इन विनियोगों को बेचकर ऋण पत्रों का भुगतान आसानी से कर दिया जाता है।

Profit and Loss Appropriation Account

Last year's figures Rs.	Particulars	Amount Rs.	Last year's figures Rs.	Particulars	Amount Rs.
	To Balance c/f *(Dr. Balance from the last years)*			By Balance b/f *(Cr. Balance from the last year)*	....
	To Profit and Loss Account *(If loss of current year)*	....		By Profit and Loss Account *(If profit of the current year)*	....
	To Transfers to Reserves (Reserve Fund or General Reserve and other reserves or funds of general nature)			By Transfer from Reserve *(If any)*	....
	To Special Reserve: Divid. Equalisation Fund Debenture Sinking Fund	....		By Adjustments relating to past years	....
	To Investment Rebate Res.	....		*By Balance c/d (If any)*	....
	To Investment Fluctuation Fund	....			
	To Adjustment relating to past years: Arrears of Depreciation	....			
	To Interim Dividend	....			
	To Proposed Dividends	....			
	To Balance c/d (If profit, shown in the Balance Sheet of the Current Year)	....			
		....			

6. विनियोग उच्चावचन कोष (Investment Fluctuation Fund)- विनियोग की बाजार मूल्य में गिरने की सम्भावना में इसप्रकार के कोष का निर्माण कई बार कुछ कम्पनियों द्वारा कर लिया जाता है। यदि विनियोग की राशि ऐसी सम्पत्तियों में है जो स्थायी प्रकृति के हैं, तो ऐसा करने का प्रावधान पूँजीगत संचय की श्रेणी में आता है तथा लाभांश हेतु इनका उपयोग पूँजीगत कोष के नियमों के आधार पर ही हो सकता है। लेकिन ऐसे कोष का निर्माण चालू सम्पत्तियों के मूल्यों की सम्भावित कमी के लिए किया गया है और यदि ऐसी सम्पत्ति सम मूल्य अथवा अधिक मूल्य पर क्रय की गई है तो इसका उपयोग चालू लाभ के तरीके से वर्तमान लाभांश के लिए किया जाना उचित रहेगा।

7. ह्रास कोष (Depreciation Reserve)- साधारण ह्रास के आयोजन का दूसरा नाम ह्रास कोष होता है। कभी कभी कम्पनी सामान्य ह्रास के नियम के अतिरिक्त यदि ह्रास का प्रावधान करती है तो उस अतिरिक्त राशि को ह्रास कोष में अन्तरित देती है। ऐसी राशि का उपयोग भी लाभांश के वितरण के लिए किया जाना उचित नहीं है क्यों कि यह वास्तव में प्राप्त हुआ लाभ नहीं है।

8. विभाजन योग्य लाभ (Divisible Profits)- इनके अन्तर्गत अन्तरिम लाभांश, प्रस्तावित लाभांश बोनस आदि के रूप में कम्पनी के लाभों का वितरण किया जाता है।

उपर्युक्त शीर्षकों के अन्तर्गत लाभ का नियोजन करने पर लाभ व हानि नियोजन खाता (Profit and Loss Appropriation Account) पिछले पेज पर दिये गये चार्ट के अनुसार तैयार किया जावेगा

लाभ नियोजन सम्बन्धी लेखा प्रविष्टियाँ

(Accounting Entries Relating to Appropriation of Profits)

उपर्युक्त लाभ हानि नियोजन खाते में उपलब्ध लाभों में आवश्यक नियोजन करने हेतु अग्रांकित लेखा प्रविष्टियाँ की जाती है।

अन्तरिम लाभांश का भुगतान	Interim Dividend a/c To Bank a/c (Interim Dividend paid)	Dr.	वर्ष के मध्य अन्तरिम लाभांश की भुगतान की गई वास्तविक राशि से
वर्ष के अन्त में अन्तिम खाते बनाते समय	Profit and Loss Appropriation a/c To Interim Dividend a/c (Interim Dividend transferred to Profit & Loss Appropriation Account)	Dr.	कुल लाभांश की राशि से

वर्ष के अन्त में शुद्ध लाभ में से संचयों एवं कोषों में हस्तान्तरण

जब कम्पनी के अन्तर्नियमों में कम्पनी के संचालकों को यह अधिकार दे दिया जाता है कि वे चालू लेखा वर्ष के लाभ का अंश विभिन्न संचयों एवं कोषों में बिना अंशधारियों की स्वीकृति के अन्तरिम कर सकते हैं, तब विभिन्न संचयों एवं कोषों मं भी

अन्तरित रकमें उसी वर्ष के लाभ हानि नियोजन खाते में दिखलायी जावेगी। इसके लिए निम्न जर्नल प्रविष्टि की जायेगी

Profit & Loss Appropriation a/c To..... Reserve or Fund a/c (Amount Transferred to Reserves or Fund)	Dr.	संचय या कोष में अन्तरित राशि से।

यदि संचालकों को केवल सिफारिश करने का ही अधिकार हो, तो लेखा वर्ष के अन्त में संचालकों द्वारा अपनी रिपोर्ट से संचयों एवं कोषों में अन्तरित की जाने वाली रकमों के सम्बन्ध में जो सिफारिश की जाती है तथा जिसके लिए वार्षिक साधारण सभा में प्रस्ताव रखना है, उस सिफारिश या प्रस्ताव पत्र के आधार पर ही वर्ष की अन्तिम तिथि पर लाभ हानि नियोजन खाते में विभिन्न संचयों एवं कोषों में की जाने वाली प्रस्तावित वृद्धि का लेखा निम्न जर्नल प्रविष्टि द्वारा कर देना चाहिए:

Profit & Loss Appropriation a/c To Proposed Addition to Reserves a/c (Proposal made for additions to various reserves)	Dr.	विभिन्न संचयों में प्रस्तावित वृद्धि के योग से

जब प्रस्ताव पारित हो जाय तब निम्न प्रविष्टि की जायेगी:

Proposed Addition to Reserves a/c To .... Reserve a/c (Proposed addition transferred to Reserve Account on proposal being accepted)	Dr.	विभिन्न संचयों में अन्तरित राशियों के योग में प्रत्येक संचय में अन्तरित की जाने वाली राशि से

संचालक मण्डल द्वारा लाभांश की सिफारिश करने पर निम्नलिखित प्रविष्टि की जावेगी:

Profit & Loss Appropriation a/c Dr.
To Proposed Dividend a/c
(Dividend proposed by the Board of Directors)

टिप्पणी : प्रस्तावित लाभांश (Proposed Dividend) की रकम चिट्ठे 'Current Liabilities and Provisions' में शीर्षक के अन्तर्गत दिखाई जाती है।

लाभांश की घोषणा तथा भुगतान

(Declaration and Payment of Dividend)

वार्षिक साधारण सभा में लाभांश घोषित हो जाने पर निम्न प्रविष्टि की जायेगी।

Proposed Dividend a/c	Dr.	स्वीकृत लाभांश की राशि से
To ..... Dividend a/c		
(Proposal for declaration of dividend accepted)		

लाभांश समानीकरण अथवा सामान्य संचय से लाभ हानि नियोजन खाते में आवश्यक धनराशि का अन्तरण

Dividend Equalisation Reserve a/c	Dr.	(अन्तरित राशि से)
OR./and		
General Reserve a/c	Dr.	(अन्तरित राशि से)
To Profit and Loss Appropriation a/c		(अन्तरित राशियों के योग से)
(Amount transferred to Profit & Loss Appropriation Account)		

लाभांश का भुगतान (Payment of Dividend)

लाभांश के भुगतान के लिए बैंक खाता खोलने पर : लाभांश के भुगतान की व्यवस्था करने के लिए कम्पनी अपने बैंक खाते में से देय लाभांश के बराबर राशि एक अन्य खाते में, जिसे लाभांश बैंक खाता (Dividend Bank Account) कहते हैं, जमा करा देती है। ऐसा करने पर निम्न प्रविष्टि की जाती है:

Dividend Bank a/c	Dr.	आयकर काट कर शेष दी जाने वाली लाभांश की रकम से
To Bank a/c		
(Amount set aside for paying dividends)		

लाभांश का भुगतान करने पर:

.... Dividend a/c	Dr.	भुगतान किये गये लाभांश की राशि से
To Dividend Bank a/c		
(Dividend paid		

लाभांश भुगतान की निश्चित अवधि समाप्त होने पर न माँगे गये लाभांश
(Unclaimed Dividend)

निर्धारित समय के अन्दर लाभांश के न माँगे जाने पर कम्पनी ऐसे लाभांश की रकम न माँगे गये लाभांश खाते (Unclaimed Dividend Account) में अन्तरित कर देती है। अंशधारियों को यह रकम भविष्य में कुछ निर्धारित वर्षों के भीतर माँगने का अधिकार होता है। अतः कम्पनी न माँगे गये लाभांश के बराबर धनराशि लाभांश बैंक खाते से न माँगे गये लाभांश जमा खाते (Unclaimed Dividend Deposit Account) में अन्तरित कर देती है। इस सम्बन्ध में निम्न दो प्रविष्टियाँ की जाती है:

(1) समय पर न माँग गये लाभांश का अन्तरण करने पर	Dividend a/c Dr. To Unclaimed Dividend a/c	न माँगी गई लाभांश की राशि से

टिप्पणी : वर्ष के अन्त में न माँगे गये लाभांश खाते (Unclaimed Diviend) का शेष कम्पनी के चिट्ठे में चालू दायित्व एवं आयोजन (Current Liabilities and Provisions) शीर्षक के अन्तर्गत दिखलाया जावेगा।

(2) ऐसे लाभांश के बराबर राशि को लाभांश बैंक खाते में अन्तरित करने पर	Unclaimed Dividend Deposit a/c Dr. To Dividend Bank a/c	न माँगी गयी लाभांश की राशि से
(3) पिछले वर्षों में कभी न माँगे गये लाभांश की माँग की जासने पर न माँगे गये लाभांश जमा खाते से भुगतान करने पर	Unclaimed Dividend a/c Dr. To Dividend a/c (Dividend claim transferred) Dividend a/c Dr. To Unclaimed Dividend Deposit a/c (Dividend claimed and paid).	

टिप्पणी – यदि Unclaimed Dividend Deposit Account न खोला जाये तो Dividend Bank Account का शेष Bank Account में अन्तरित किया जावेगा तथा भविष्य में भुगतान भी Bank Account से ही किया जावेगा।

(4) निश्चित वर्षों के भीतर न माँगे गये लाभांश का दावा न किये जाने के कारण भुगतान न होने पर:

Unclaimed Dividend a/c Dr.
To Unpaid Dividend Account of .... Co. Ltd.
(Unclaimed dividend amount transferred to General Reserve Account of Central Government)

अधिलाभांश या बोनस (Bonus)

बोनस का अर्थ अतिरिक्त लाभांश से होता है। वास्तव में इसका तात्पर्य लाभ में से ऐसे भुगतान से है जिसकी नियमित पुनरावृत्ति की कोई गारन्टी नहीं होती है। इस आधार पर यह कहा जाता है कि बोनस अस्थायी प्रकृति का होता है, क्योंकि यह आवश्यक नहीं है कि कम्पनी को प्रत्येक वर्ष अतिरिक्त लाभ और उसे लाभांश के रूप में अंशधारियों को वितररित कर दिया जाय। कम्पनी तथा अंशधारियों का हित इसी में है कि लाभांश की दर को स्थायी रखा जावे नथा बोनस के रूप में अतिरिक्त लाभांश देकर अंशधारियों में असन्तोष की सम्भावना को दूर किया जाय। अत: यदि कम्पनी के पास वितरण के लिए लाभ अधिक होता है, तो वह उसे बोनस के रूप में वितरित करती है। बोनस निम्नलिखित में से दिया जा सकता है:

(1) चालू वर्ष के लाभ में से (Current Years' Profit)- यदि किसी वर्ष कम्पनी को अधिक लाभ होता है और संचालक उस अधिक लाभ को किसी कार्य विशेष के लिए रोकना नहीं चाहते हैं, तो वे उसे बोनस के रूप में अंशधारियों को वितरित करने की सिफारिश कर सकते हैं।

(2) संचित लाभ में से (Accumulated Profit)- प्रत्येक वर्ष विभाज्य लाभ का कुछ अंश संचालक संचित करते रहते हैं। जितना लाभ संचित कर लिया जाता है, अंशधारियों का लाभांश उतना ही कम हो जाता है। अतएव यह न्यायसंगत है कि अंशधारियों के द्वारा गत वर्ष में किये गये त्याग के बदले में लाभ का संचय आवश्यकता से अधिक हो जाने पर उसका अधिक भाग अंशधारियों में वितरित कर दिया जाय। प्राय: कम्पनियाँ अपने सामान्य संचय (General Reserve) का प्रयोग बोनस देने के लिए करती है।

(3) सिंकिंग फण्ड अथवा ऋण पत्र शोधन कोष में से (बशर्तें ऋण पत्रों का भुगतान किया जा चुका हो तथा इस खाते का शेष सामान्य संचय खाते में अन्तरित कर दिया गया हो) : जब इस खाते का शेष सामान्य संचय खाते में अन्तरित कर दिया जाता है, तब सामान्य संचय से बोनस के वितरण की व्यवस्था की जा सकती है।

(4) पूँजीगत लाभों में से, जैसे (अ) पूँजी शोधन कोष में से जिसका निर्माण शोधनीय पूर्वाधिकार अंशों के लिये लाभों मे से किया गया हो, (ब) अंश प्रीमियम खाते की रकम से, आदि। पूँजी शोधन कोष तथा अंश प्रीमियम खाते का उपयोग केवल पूर्णदत्त बोनस अंश देने के लिए ही किया जा सकता है।

पूँजीगत लाभ

(Capital Profit)

पूँजी लाभ में वे लाभ शामिल किये जाते हैं जो व्यापार के सामान्य व्यवहारों से उत्पन्न नही होते हैं, वरन् कुछ विशेष दशाओं में उदय होते हैं जैसे (अ) अंशों के निर्गमन पर प्राप्त प्रीमियम, (ब) ऋण पत्रों के निर्गमन पर प्राप्त प्रीमियम, (स) हरण किये गये अंशों को बट्टे अथवा सममूल्य पर पुनर्निर्गमन करने के बाद अंश हरण खाते का शेष, (द) व्यापार क्रय करने पर लाभ, (य) स्थायी सम्पत्तियों को बेचने पर लाभ, (र) समामेलन के पूर्व का लाभ, (ल) ऋण पत्रों के शोधन पर बट्टे के रूप में लाभ।

यदि कम्पनी अधिनियम की धारा 205 पूँजीगत लाभों में वितरण पर कोई रोक नहीं लगाती है, तथापि अन्य धाराओं के अन्तर्गत यह निर्देशित किया गया है कि निम्न पूँजी लाभ किसी भी दशा में लाभांश के रूप में वितरित नहीं किये जा सकते:

(अ) अंशों के निर्गमन पर अंश प्रीमियम खाता (Share Premium Account)- धारा 78 के अधीन अंश प्रीमियम खाते का प्रयोग लाभांशवितरण के लिए नहीं किया जा सकता है। यदि ऐसा किया जाता है, तो यह माना जायेगा कि पूँजी का वितरण करके उसे कम कर दिया गया है।

(ब) पूँजी शोधन संचय खाता (Capital Redemption Reserve Account)- शोध्य अधिमान अंशों का शोधन लाभो में से करने पर खोले

गये इस खाते का प्रयोग धारा 80 के अनुसार, लाभांश वितरण के लिए नहीं किया जा सकता है। इससे केवल बोनस अंश ही निर्गमित किये जा सकते हैं।

(स) **पूँजीगत संचय में स्थानान्तरित पूँजी लाभ** - यदि कोई पूँजीगत लाभ पूँजीगत संचय खाते में स्थानान्तरित कर दिया जाता हैं, तो उसे भी लाभांश के रूप में वितरित नहीं किया जा सकता है, जैसे हरण किये गये अंशों का पुनर्निर्गमन करने के बाद अंश हरण खाते का शेष, समामेलन के पूर्व का लाभ, तथा व्यापार क्रय करने पर लाभ। ये सभी लाभ पूँजी संचय खाते (Capital Reserve Account) में अन्तरित कर दिये जाते हैं। एक बार इन पूँजी लाभों को पूँजी संचय में अन्तरित कर देने परउनका प्रयोग लाभांश के रूप में नहीं किया जा सकता।

वैधानिक रूप से उक्त पूँजीगत लाभों को छोड़कर अन्य पूँजीगत लाभों का लाभांश वितरण के लिए प्रयोग तभी किया जा सकता है, जबकि (1) ये लाभ नकद वसूल हुए हों, (2) समस्त सम्पत्तियों का पुनर्मूल्यांकन करने के बाद आधिक्य हो, (3) कम्पनी के अन्तर्नियम इनको लाभांश के रूप में बाँटने का विरोध न करते हों उन पूँजी लाभों का, जो नकद वसूल नहीं होते हैं, प्रयोग बोनस अंशों का निर्गमन करने के लिए किया जा सकता है।

बोनस वितरण की प्रक्रिया

(Procedure for Bonus Distribution)

संचालकों द्वारा यह निश्चित करने के पश्चात् कि बोनस कौन से लाभ या कोष में से वितरित किया जावे, इस आशय का एक-एक प्रस्ताव संचालक मण्डल द्वारा साधारण सभा के समक्ष बोनस वितरण सम्बन्धी अपनी सिफारिश के साथ प्रस्तुत किया जाता है। संचालक मण्डल के प्रस्ताव की पुष्टि के पश्चात् सरकार द्वारा अनुमति प्राप्त कर बोनस की घोषणा सम्बन्धी विज्ञप्ति दे दी जाती है। प्रस्ताव में नकद बोनस, अंशों द्वारा बोनस का भुगतान अथवा माँग की राशि में बोनस की राशि के समायोजन के बारे में पूर्ण स्पष्टीकरण होता है। अंशधारियों को तत्त्वसम्बन्धी सूचना देने के प्रश्चात् आवश्यक रिजस्टरों में प्रविष्टियों दर्ज कर दी जाती है तथा नये अंश जारी करने की दशा में अंधशारियों को आवंटन पत्र भेज दिये जाते हैं। यह ध्यान देने योग्य बात है कि बोनस अंशों का निर्गमन पूँजी शोधन कोष अथवा अंश प्रीमियम खाते में से किया जावे तो ऐसे अंश पूर्ण प्रदत्त ही निर्गमित किये जावेंगे।

बोनस वितरण के सम्बन्ध में प्रस्ताव प्रस्तुत एवं पारित करने पर निम्न प्रविष्टियाँ की जावेंगी:

(1) यदि बोनस की घोषणा चालू वर्ष के लाभों में से प्रस्तावित की गई है:

(अ) बोनस सम्बन्धी प्रस्ताव प्रस्तुत करने पर:

Profit and Loss Appripriation a/c Dr.
To Proposed Bonus to Shareholders a/c (बोनस की प्रस्तावित राशि से)
(Proposal made for the declaration of Bonus)

(ब) बोनस सम्बन्धी प्रस्ताव साधारण सभा में स्वीकृति हो जाने पर:

Proposed Bonus to Shareholders Dr. (स्वीकृत बोनस की राशि से)
To Bonus to Shareholders a/c
(Proposal for Bonus to Shareholders approved as per Shareholders' resolution dated...)

(2) यदि बोनस की घोषणा के लिए प्रस्ताव संचित लाभ या सामान्य संचय में से किया गया है:

(अ) बोनस सम्बन्धी प्रस्ताव करने पर:

General Reserve a/c Dr.
To Proposed Bonus to Shareholders a/c
(Proposal made for declaration to Bonus out of General Reserve)

(ब) बोनस सम्बन्धी प्रस्ताव साधारण सभा में स्वीकृत हो जाने पर:

Proposed Bonus to Shareholders a/c Dr.
To Bonus to Shareholders a/c
(Proposal for Bonus approved by the Shareholders)

बोनस का भुगतान (Payment of Bonus)

बोनस के भुगतान करने की निम्न विधियाँ अपनायी जा सकती हैं:

(1) नकद भुगतान करके : यदि कम्पनी के पास नकद धन आवश्यकता से अधिक होता है तो बोनस का भुगतान रोकड़ में किया जा सकता है। ऐसी स्थिति में इसे नकद बोनस (Cash Bonus) कहते हैं। भुगतान नकद किये जाने पर निम्न प्रविष्टियाँ की जाती है:

बोनस का रोकड़ में भुगतान किये जाने पर:

Bonus to Shareholders a/c Dr. (बोनस के लिए वास्तविक नकद भुगतान से)
To Bank a/c
(Bonus paid in cash)

न माँगा गया बोनस (Unclaimed Bonus):

निर्धारित समय में बोनस का भुगतान न माँगे जाने पर अंशधारियों के बोनस खाते में जो शेष रहता है, उसे अदत्त (Unpaid) अथवा न माँगा गया बोनस (Unclaimed Bonus) कहा जाता है। ऐसे बोनस की राशि न माँगे गये बोनस खाते में निम्न प्रविष्टि द्वारा अन्तरित कर दी जाती है:

Bonus to Shareholders a/c Dr.
To Unclaimed Bonus a/c
(Being the transfer made)

लाभांश के नकद भुगतान के लिए जिस प्रकार लाभांश बैंक खाता (Dividend Bank a/c) खोला जाता है, उसी प्रकार बोनस के भुगतान के लिए बैंक खाते से देय बोनस के बराबर राशि बोनस बैंक खाते (Bonus Bank Account) में जमा करा दी जाती है।

(2) अंशतः प्रदत्त अंशों (Partly paid-up shares) **की पूर्णदत्त अंश** (Fully paid-up shares) **बनाकर** – जब कम्पनी अपने धन को कार्यशील पूँजी के रूप में सुरक्षित रखना चाहती है, तब वह बोनस की राशि को अंशतः प्रदत्त अंशों को पूर्णदत्त बनाने के लिए प्रयोग करती है। ऐसे बोनस को अंश बोनस (Share Bonus) कहते हैं।

अंशतः प्रदत्त अंशों को पूर्णदत्त बनाने के लिए बोनस का प्रयोग किये जाने पर सर्वप्रथम अंशतः प्रदत्त अंशों पर पहले अब तक न माँगी हुई शेष पूँजी (Uncalled Capital) की माँग की जाती है तथा माँग देय सम्बन्धी लेखा किया जाता है।

Share..... Call a/c Dr. (देय माँग की राशि प्रति अंश × अंशों की संख्या में)
To Share Capital a/c
(Share..... call money due @ Rs... per share)

बोनस की राशि काप्रयोग देय माँग की पूर्ति करने पर:

Bonus to Shareholders a/c Dr.
To Share .... Call a/c
(Bonus applied toward share ..... call)

(3) अंशधारियों को नये पूर्णदत्त अंश (Fully paid-up shares) **उनका मूल्य लिये बिना निर्गमित करके :** कम्पनी अपने कनद धन को कार्यशील पूँजी के रूप में सुरक्षित रखने के लिए बोनस का भुगतान पूर्णदत्त अथवा अंशतः प्रदत्त अंश को सममूल्य (at par) अथवा प्रीमियम (at a premium) पर निर्गमन द्वारा कर सकती है। इस प्रकार अंशों के निर्गमन द्वारा बोनस के भुगतान को भी अंश बोनस (Share Bonus) कहते हैं। इसके लिए निम्न जर्नल प्रविष्टि की जाती है:

(i) Profit or Loss a/c or General Reserve a/c Dr.
Or
Capital Redemption Reserve a/c Dr
Or
Share Premium a/c or Capital Reserve a/c Dr.
To Bonus to shareholders a/c
(Bonus declared)

(2) अंशों को सममूल्य पर निर्गमित करने पर:

Bonus to Shareholders a/c Dr.
To Share Capital a/c
(Bonus Shares issued at par in lieu of payment of bonus in cash)

अंशों के प्रीमियम पर निर्गमन करने पर

Bonus to Shareholders a/c Dr.

To Share Capital a/c

To Share Premium a/c

(Bonus Shares issued at premium of
Rs...... per share in lieu of payment of Bonus)

लाभ अथवा संचय का पूँजीकरण

बोनस के भुगतान की उपर्युक्त विधियों से स्पष्ट है कि जब अतिरिक्त लाभ अथवा सामान्य संचय में से बोनस दिया जाता है और उसका भुगतान पूर्णदत्त अथवा अंशतः प्रदत्त अंशों का निर्गमन करके अथवा अंशतः अंशों को पूर्णदत्त करके किया जाता है, तो इस क्रिया को लाभों का पूँजीकरण (Capitalisation of Profits) कहते हैं, क्योंकि व्यापारिक लाभों में से अंशों का निर्गमन करके उसे पूँजी में परिवर्तित कर दिया जाता है। कम्पनी को लाभों के पूँजीकरण से यह लाभ होता है कि कम्पनी के एकत्रित लाभों की रकम व्यापार में ही रह जाती है और इससे कम्पनी को व्यापार में वृद्धि करने में सहायता मिलती है, बोनस अंशों के निर्गमन से पूँजी में वृद्धि हो जाती है और लाभांश की दर घट जाती है। अंशधारियों को भी इससे कोई हानि नहीं होती है, क्योंकि यदि वे चाहे तो बोनस अंशों को बेचकर रोकड़ प्राप्त कर सकते हैं।

पूँजीगत बोनस के लाभ : (1) कम्पनी की सम्पत्तियों को हस्तान्तरित किये बिना ही लाभों का अंशधारियों में बाँटना सम्भव हो जाता है और कम्पनी की स्थायी तथा चल सम्पत्तियाँ अप्रभावित रहती है।

(2) यदि लाभों को स्थायी सम्पत्तियों में लगा दिया गया है, तो बोनस अंश के निर्गमन के कारण पूर्णदत्त पूँजी तथा स्थायी विनियोग के बीच की दूरी कम हो जाती है।

(3) कम्पनी की शक्ति के अनुरूप अर्जित लाभांश की दर स्थापित हो जाती है।

(4) इसके द्वारा अंशधारियों को लाभांश की दर बढ़ाये बिना अधिक लाभ मिल जाते हैं और श्र।मेक वर्ग में असन्तोष नहीं फैलता है।

पूँजीगत बोनस से हानियाँ : (1) यदि भविष्य में कम्पनी के लाभ समूचित मात्रा में नहीं बढ़तें है, तो ऐसी स्थिति में लाभांश की दर में भारी कटौती होने की आशंका रहती है और इसके परिणामस्वरूप कम्पनी की प्रतिष्ठा गिरने का भी भय बना रहता है।

(2) अंशों का बाजार मूल्य प्रायः लाभांश की दर पर निर्भर करता है। जब लाभांश दर गिरती है, तो अंशों के बाजार मूल्य में भी गिरावट आ जाती है जिसके कारण अंशधारियों में असन्तोष फैलता है।

(3) बोनस अंशों के कारण कम्पनी के अंशों मे सट्टे को प्रोत्साहन मिलता है।

वार्षिक खातों का प्रस्तुतीकरण
(Presentation of Annual Accounts)

प्रत्येक कम्पनी के संचालक मण्डल अंशधारियों की वार्षिक साधारण सभा में सम्बन्धित वित्तीय वर्ष की समाप्ति के दिन उसकी आर्थिक स्थिति व्यक्त करने वाला चिट्टा तथा उस वित्तीय वर्ष के लिए तैयार किया गया लाभ हानि खाता जिन्हें वित्तीय विवरण पत्र (Financial Statements) कहते हैं, प्रस्तुत करना पड़ता है। इन विवरण पत्रों को प्रस्तुत करने के पूर्व इनका अंकेक्षण भी करा लिया जाता है और अंकेक्षक की रिपोर्ट उनके साथ संलग्न कर दी जाती है। साथ ही में संचालक मण्डल की रिपोर्ट भी संलग्न होती है।

संचालक मण्डल की रिपोर्ट में कम्पनी की वित्तीय स्थिति को प्रभावित करने वाले उन महत्त्वपूर्ण परिवर्तनों तथा अनुबन्धों का भी, यदि कोई हों, उल्लेख किया जाा है जो वित्तीय वर्ष के अन्त तथा संचालक मण्डल के प्रतिवेदन की तिथि के मध्य किये गये हों।

संचालक मण्डल के प्रतिवेदन में एक ऐसा विवरण भी सम्मिलित किये जाने की व्यवस्था की गई है जिसमें प्रत्येक ऐसे कर्मचारी का नाम होगा, (अ) जिसने यदि गत पूरे वित्तीय वर्ष में किया है तो उसका कुल औसत वार्षिक पारिश्रमिक जो 36,000 रु. से कम नहीं था, अथवा (ब) यदि उसने गत वित्तीय वर्ष के किसी आंशिक भाग में ही कार्य किया हो, तो उसका उस आंशिक अवधि का कुल औसत पारिश्रमिक 3,000 रु. प्रति माह से कम नहीं था। इसी विवरण में जिन अन्य तथ्यों का संकेत करना भी आवश्यक होगा वे इस प्रकार हैं: (1) उक्त कोई कर्मचारी कम्पनी के किसी संचालक या प्रबन्धक का सम्बन्धी है या नहीं, और यदि हैं, तो ऐसे संचालक का नाम, तथा (2) अन्य कोई विवरण जो इस अधिनियम के अन्तर्गत निर्धारित किये गये हैं।

कम्पनी, वार्षिक खाते अपने लेखा वर्ष के सम्बनध में तैयार करती है, जिसकी अविध 12 महीने से कम या अधिक भी हो सकती है, परन्तु यह अवधि 15 महीने से अधिक नहीं हो सकती। कम्पनियों का रजिस्ट्रार विशेष परिस्थितियों में इस अवधि को 18 महीने तक बढ़ा सकता है।

कम्पनी के वार्षिक खातों को लेखा वर्ष की समाप्ति के 6 माह के भीतर ही अंशधारियों या सदस्यों की वार्षिक साधारण सभा में प्रस्तुत कर देना चाहिए। इस स्थिति में भी रजिस्ट्रार द्वारा वार्षिक साधारण सभा की 6 माह की अवधि को बढ़ा दिये जाने पर, वार्षिक खातों को प्रस्तुत करने की अवधि भी बढ़ जाती है।

वार्षिक खाते संचालकों व प्रबन्ध संचालक अथवा प्रबन्धक, अथवा सचिव द्वारा प्रामाणित किये जाते हैं तथा उन पर उनके हस्ताक्षर होते हैं। बैंकिंग कम्पनी के चिट्ठे वे लाभ हानि खाते पर तीन संचालकों के हस्ताक्षर होते हैं तथा वे उनके द्वारा ही प्रमाणित किये जाते हैं।

कम्पनी के सचिव द्वारा वार्षिक खातों तथा उसके साथ संलग्न अन्य समस्त विवरण पत्रों की प्रतियाँ वार्षिक साधारण सभा होने से कम से कम 21 दिन पूर्व प्रत्येक सदस्य, प्रत्येक रजिस्टर्ड ऋण पत्रधारी तथा अन्य सम्बन्धित व्यक्तियों को सूचनार्थ भेज दी जाती है। सर्वसाधारण की सूचना हेतु इनका समाचार पत्रों आदि में प्रकाशन भी करा लिया

जाता है। इसी कारण इन्हें प्रकाशित वार्षिक रिपोर्ट (Published Annual Reports) भी कहते हैं। कुछ कम्पनियाँ इन प्रकाशित रिपोर्टों के साथ अध्यक्षीय भाषण (Chairman's Speech) भी प्रकाशित करा देती है।

वार्षिक साधारण सभा में सदस्यों द्वारा संचालक मण्डल द्वारा प्रस्तुत किये जाने वाले वार्षिक खातों पर विचार विमर्श किया जाता है। विचार विमर्श के बाद सदस्यों द्वारा संचालक मण्डल के प्रस्ताव एवं सुझाव सामान्यत: स्वीकार कर लिये जाते हैं अथवा वार्षिक खातों को कारण सहित अस्वीकार भी किया जा सकता है।

जो वार्षिक खाते कम्पनी की वार्षिक साधारण सभा में प्रस्तुत किये जा चुके होते हैं, उनकी तीन प्रतियाँ साधारण सभा की तिथि से तीन दिन के भीतर कम्पनी रजिस्ट्रार के पास भेजना पड़ता है। यदि वार्षिक साधारण सभा में वार्षिक खातों को अस्वीकार कर दिया गया हो, तो ऐसी अस्वीकृति के कारणों एवं तथ्यों की एक प्रति भी रजिस्ट्रार को भेजना पड़ता है। रजिस्ट्रार कम्पनी से इस सम्बन्ध में कोई भी अन्य सूचना एवं स्पष्टीकरण की माँग की जा सकती है और कम्पनी को माँगी गई सूचना व स्पष्टीकरण भेजना अनिवार्य होगा।

प्रश्न

1. एक कम्पनी के वार्षिक खातों से आप क्या समझते हैं? भारतीय कम्पनी अधिनियम, 1956 के उन विभिन्न प्रावधानों का उल्लेख कीजिए, जिनके अनुसार एक कम्पनी द्वारा वार्षिक खाते तैयार तथा प्रस्तुत किये जाते हैं।

   What do you understand by 'Annual Account' of a Company? Describe in brief the various provisions of the Indian Companies Act, 1956 regarding the preparation and presentation of Annual Accounts by a company

2. लाभ एवं हानि नियोजन खाता क्या है? क्या एक कम्पनी के लिए यह खाता तैयार करना अनिवार्य है? सामान्यत: इस खाते में कोई-सी मदें दिखाई जाती है?

   What is Profit and Loss Appropriation Account? Is it compulsory for a company to prepare this account? What items are usually shown in this Account?

3. संक्षिप्त टिप्पणियाँ लिखिए

   (1) लाभांश समानीकरण कोष

   (2) कर के लिए आयोजन

   Write short notes on:

   (a) Dividend Equalisation,

   (b) Provision for Taxation.

4. एक कम्पनी के विभाजन योग्य लाभ से आप क्या समझते हैं? एक कम्पनी के शुद्ध लाभ तथा विभाजन योग्य लाभ में क्या अन्तर है?

   What do you mean by divisible profits of a company? What is the difference between net profit and divisible profit of a company?

5. कम्पनी के विभाजन योग्य लाभ क्या होते हैं? क्या पूँजीगत लाभ लाभांश के लिए उपलब्ध होते हैं? लाभांश के भुगतान सम्बन्धी मुख्य नियम बताइये।

   What are divisible profits of a company? Are capital profits available for dividends? State the broad principles regarding dividend payment.

6. विभाजन योग्य लाभ सम्बन्धी वैधानिक स्थिति क्या है? क्या अपनी सम्पत्तियों के ह्रास के लिए समुचित व्यवस्था किये बिना अपने चालू लाभ को लाभांश के रूप में बाँटने के सम्बन्ध में कम्पनी पर कोई वैधानिक प्रतिबन्ध हैं?

   What is the legal position as regards divisible profits? Is there any legal bar on a company against distribution of its current profit by way of dividends without providing for depreciation on its fixed assets?

7. क्या एक कम्पनी लाभांश घोषित कर सकती है

   (अ) पिछली हानियों को अपलिखित किये बिना चालू लाभों मे से,

   (ब) पूँजीगत लाभो में से, तथा

   (स) पिछली तथा चालू वर्ष की हानियों को अपलिखित किये बिना पिछले एकत्रित लाभों में से?

   Can a company declare dividend (a) out of current profits before writing off past losses; (b) out of Capital Profits; and (c) out of accumulated profits without making good the past losses and the loss of the current year?

□□□

3

आयोजन एवं संचय
(Provisions and Reserves)

किसी भी कुशल एवं सुव्यवस्थित व्यापारिक उपक्रम के लिए आवश्यक है कि वह वित्तीय लेखांकन सम्बन्धी सामान्य सिद्धान्तों एवं मान्य परम्पराओं का पालन करे। समस्त भावी परन्तु ज्ञात दायित्वों के लिए वर्तमान आय में से पर्याप्त व्यवस्था की जाय। पूर्वाभासित हानियों के लिए तुरन्त व्यवस्था की जाय किन्तु भावी लाभों का पुस्तकों में कोई लेखा न किया जाय, जब तक वह प्राप्त न हो जाय। भविष्य की संकटपूर्ण तथा घातक स्थितियों से निपटने एवं अनिश्चित भावी हानियों की पूर्ति करने लिए विभाज्य लाभ का कुछ अंश संचित करे रखा जाय। सम्पूर्ण लाभ को साझेदारों अथवा अंशधारियों में न बाँटा जाय। इन सभी सिद्धान्तों को ध्यान में रखकर ही एक उपक्रम आयोजन एवं संचयों का निर्माण करता है। भारतीय कम्पनी अधिनियम की अनुसूची 4 के भाग 1 तथा 2 में दिये गये चिट्ठे तथा लाभ हानि खाते के अन्तर्नियमों में प्रयुक्त प्रावधान या आयोजन तथा संचय शब्दों की व्याख्या इस अनसूची के भाग 3 में की गई है। कम्पनी अधिनियम ने प्रावधान का अर्थ बहुत ही सीमित कर दिया है क्योंकि सैद्धान्तिक दृष्टिकोण से यह लाभों पर एक प्रभार और ऐसा प्रभार केवल ज्ञात हानियों एवं दायित्वों, ह्रास आदि के लिए ही उचित है, क्योंकि चाहे लाभ हो अथवा न हो, भविष्य में होने वाली ऐसी हानियों अथवा भारी दायित्व तथा मूल्य ह्रास की पूर्ति करनी ही होगी। परन्तु किसी भावी एवं अज्ञात हानि अथवा दायित्व की पूर्ति की योजना उी समय बनाई जा सकती है, जबकि व्यावसायिक संस्था को पर्याप्त लाभ हो। इसका अर्थ यह है कि किसी भावी एवं अज्ञात हानि अथवा दायित्व की पूर्ति लाभों के होने पर ही की जा सकती है। अतः लाभों के होने तथा उनमें से ऐसी हानि या दायित्व की पूर्ति के लिए निकाली गई राशि के लिए प्रावधान के स्थान पर संचय शब्द का प्रयोग करना अधिक उपयुक्त होगा।

उस सैद्धान्तिक तथ्य को ही ध्यान में रखकर भारतीय कम्पनी अधिनियम की अनुसूची 6 के भाग 3 में प्रावधान तथा संचय शब्दों की जो व्याख्याएँ की गई हैं, वे नीचे के खण्डों में स्पष्ट की गई हैं। भारतीय कम्पनी अधिनियम 1956 की अनुसूची 6 के अनुसार भी

अन्तिम खातों से सत्य एवं उचित परिणाम प्राप्त करने के उद्देश्य से प्रत्येक कम्पनी के लिए आयोजन एवं संचय का पृथक् पृथक् लेखा किया जाना आवश्यक है।

भविष्य के सम्भावित दायित्वों तथा हानियों को दो भागों में विभाजित किया जा सकता है- (1) ज्ञात परन्तु जिसकी राशि यथातथ्य निश्चित नहीं की जा सके। (2) अज्ञात। प्रथम के लिए लाभों से रोकी गई राशि को आयोजन (Provision) कहते हैं तथा द्वितीय के लिए लाभों से रोकी गई राशि को संचय (Reserve) कह सकते हैं। आयोजन के बिना व्यवसाय की सही व उचित आर्थिक स्थिति प्रकट नहीं होगी, जब कि संचय से व्यवसाय की आर्थिक स्थिति सुदृढ़ होती है। इन दोनों का अर्थ भली प्रकार समझना आवश्यक है, क्योकि कम्पनी के चिट्ठे में संचय की मद को संचय तथा आधिक्य मे दर्शाते हैं, जब कि आयोजन को चालू दायित्व तथा आयोजन उपशीर्षक में दायित्व पक्ष में दर्शाते हैं।

क्मपनी अधिनियम की अनुसूची VI के भाग 3 के अनुच्छेद 7 में आयोजन (Provision) तथा संचय शब्द की व्याख्या दी गई है। उसे अनुसार इसका अर्थ निम्न प्रकार है-

आयोजन का अर्थ - आयोजन का आशय उस राशि से है जो (1) स्थायी या चल सम्पत्तियों के मूल्यों में कमी आने के कारण या उसके नवीनीकरण के लिए या उन पर ह्रास का प्रबन्ध करने के लिए रखी गई है, या अपलिखित कर दी गई है, अथवा (2) किसी ऐसे ज्ञात दायित्व के प्रबन्ध के लिए रखी गई है, जिसकी राशि यथा तथ्य निर्धारित नहीं की जा सकती।

स्पष्टीकरण : अधिनियम में प्रावधान शब्द की दी गई उपर्युक्त परिभाषा के अनुसार प्रावधान के अन्तर्गत

(1) स्थायी अथवा चल सम्पत्तियों के मूल्य में कमी या ह्रास तथा

(2) किसी ऐसे ज्ञात दायित्वों जिसकी राशि पर्याप्त शुद्धता के साथ ज्ञात न की जा सके, के लिए रखी गई राशियाँ ही सम्मिलित की जाती है। यदि किसी ज्ञात दायित्व की राशि का अनुमान पर्याप्त शुद्धता के साथ लगाया जा सकता है, तो उसे प्रावधान नहीं माना जायेगा, बल्कि उसे दायित्व ही कहा जायेगा।

प्रावधान के उदाहरण

प्रावधान के कुछ उदाहरण इस प्रकार है:

(1) डूबत तथा संदिग्ध ऋणों के लिए प्रावधान
(Provision for Bad and Doubtful Debts),

(2) देनदारों पर छूट के लिए प्रावधान
(Provision for Discount on Debtors),

(3) मरम्मत तथा नवीनीकरण के लिए प्रावधान
(Provision for Repairs and Renewals),

(4) मूल्य-ह्रास के लिए प्रावधान
(Provision for Depreciation),

(5) आयकर के लिए प्रावधान
(Provision for Income-Tax),

(6) विनियोगों के बाजार मूल्य में उतार चढ़ाव के लिए प्रावधान
(Provision for fluctuations in the Market Price of Investments)

एक कम्पनी को प्रत्येक वर्ष इन समस्त प्रावधानों की व्यवस्था करनी पड़ती है, चाहे उसे पर्याप्त लाभ हो अथवा न हो। इन प्रावधानों की व्यवस्था के लिए लाभ व हानि खाते को डेबिट तथा प्रत्येक प्रावधान खाते को क्रेडिट किया जाता है।

उपर्युक्त प्रावधानों मे से कुछ को चिट्ठे में सम्बन्धित सम्पत्ति में से घटाकर दिखाते हैं, जैसे चिट्ठे तैयार करने के दिन डूबत तथा संदिग्ध ऋणों के लिए प्रावधान तथा देनदारों पर छूट के लिए प्रावधान की देनदारों के शेष में से घटा दिया जाता है और बची हुई रकम ही शुद्ध देनदार के रूप में चिट्ठे में दिखाई जाती है। इसी प्रकार चिट्ठे में सम्पत्तियों के शुद्ध एवं वसूली योग्य मूल्य दिखलाने के लिए प्रत्येक सम्पत्ति को ह्रास की राशि उसमें से घटा दी जाती है। वे प्रावधान, जो ऐसे ज्ञात दायित्व के लिए किये जाते हैं तथा जिनकी राशि अनुमानित नहीं की जा सकती है, जैसे आय-कर के लिए प्रावधान, मरम्मत एवं नवीनीकरण के लिए प्रावधान तथा विनियोग के बाजार मूल्य में उतार चढ़ाव के लिए प्रावधान चिट्ठे में दायित्व पक्ष में यथास्थान दिखाये जाते हैं।

यदि किसी ज्ञात दायित्व की राशि का यथा तथ्य अनुमान लगाया जा सके तो उसे आयोजन नहीं माना जायगा, बल्कि उसे दायित्व कहा जायेगा जैसे बकाया वेतन, ब्याज आदि।

यदि आयोजन आवश्यकता से अधिक किया जाय, तो कम्पनी अधिनियम की अनुसूची 6 के अनुसार आधिक्य को संचय माना जायगा।

आयोजन की व्यवस्था लाभ हो या न ही करना आवश्यक है। आयोजन के लिए व्यवस्था करने पर लाभ हानि खाते को नाम किया जाता है तथा प्रत्येक आयोजन खाते को जमा किया जाता है।

आयोजन के उदाहरण
(Examples of Provisions)

1. अशोध्य तथा संदिग्ध ऋणों के लिये आयोजन (Provisions for Bad and Doubtful Debts) - आज के युग में अधिकतर विक्रय व्यवहार में उधार होते हैं, तथा यह आवश्यक नहीं कि सभी देनदार भुगतान कर दें। अत: चिट्ठे के दिन तैयार कि गई देनदारों की सूचित में कुछ ऐसे देनदार भी हो हैं, जिनसे या तो पूर्ण राशि के ही वसूल होने की सम्भावना नहीं है या आंशिक वसूल होने की सम्भावना है, तो न वसूल हो सकने योग्य राशि के बराबर हानि हो जायेगी। ऐसी हानि के लिए लाभों से रोकी गई राशि को अशोध्य एवं संदिग्ध ऋण आयोजन कहते हैं। इसे लाभ हानि खाते में नाम करते हैं, तथा चिट्ठे में इसे सम्पत्ति पक्ष में चालू सम्पत्ति में दर्शाये गये देनदारों की राशि से घटाकर दिखायेंगे। कोई अशोध्य ऋण हो जाने पर उसे इसी आयोजन में से अपलिखित किया जायगा।

2. देनदारों पर बट्टे के लिए आयोजन (Provision for Discount on Debtors)- देनदारों को समय से पूर्व भुगतान करने के लिए प्रेरित करने हेतु, समय से पूर्व भुगतान पर छूट या बट्टा दिया जाता है। इसके लिए लाभों से रोकी गई राशि को देनदारों पर बट्टे के लिए आयोजन कहते हैं। यह आयोजन प्राप्त होने वाली राशि पर ही किया जाता है। अर्थात् मूल देनदारों में से अशोध्य ऋण आयोजन घटा कर के जो राशि रहती है, उस पर बनाया जाता है।

3. मरम्मत तथा नवीनीकरण के लिए आयोजन (Provision for Repairs and Reneweals)- नई सम्पत्ति पर मरम्मत व नवीनीकरण व्यय कम होते हैं, परन्तु जैसे जैसे सम्पत्ति पुरानी होती जाती है, उस पर यह व्यय बढ़ते जाते हैं। अत: वास्तविक मरम्मत व नवीनीकरण व्यय, प्रतिवर्ष लाभ हानि खाते से चार्ज करे तो प्रारम्भ के वर्षों में कम भार व बाद वाले वर्षों में अधिक भार पड़ेगा जो न्यायोचित नहीं है। यदि इसका भार लाभ हानि खाते पर समान रखना चाहें, तो लाभ हानि खातों से प्रति वर्ष इसके लिए व्यवस्था जो कि जायेगी उसे मरम्मत तथा नवीनीकरण आयोजन कहेंगे। इस आयोजन की राशि निश्चित करने की प्रणाली यह होती है कि सम्पत्ति के जीवन काल की मरम्मत व नवीनीकरण राशि विशेषज्ञों से अनुमानित करली जाती है तथा सम्पत्ति के जीवन काल का भाग देने पर जो राशि आती है, उसे प्रति वर्ष लाभ हानि खाते में नाम लिखकर मरम्मत तथा नवीनीकरण आयोजन खाते को जमा करते हैं, वर्ष भर के मरम्मत व्यय को इस खाते में स्थानांतरित कर देते हैं।

4. विनियोगों के मूल्य में उच्चावचन के लिए आयोजन (Provision for Fluctuations in the Value of Investments)- व्यवसाय में रखी गई प्रतिभूतियों के मूल्य में, बाजार के भाव अनुसार, उच्चावचन होते रहते हैं। इन मूल्यों के उच्चावचन से होने वाली कमी की सुरक्षा हेतु जो आयोजन किया जाता है, उसे विनियोगों के मूल्य में उच्चावचन के लिए आयोजन कहते हैं। यह आयोजन करने पर लाभ हानि खाते को नाम करते हैं तथा इस खाते को जमा करते हैं। विनियोग बेचने पर इस खाते को नाम किया जाता है।

संचय
(Reserve)

संचय लाभ में से किया गया विनियोजन (Approvision) है। अर्थात लाभ न होने पर इसका निर्माण नहीं किया जा सकता। यह सामान्यत: अज्ञात हानियों अथवा दायित्वों को पूरा करने के लिए या व्यवसाय की आर्थिक स्थिति सुदृढ़ करने अथवा कार्यशील पँजी बढ़ाने के लिए लाभों से निर्मित किये जाते हैं तथा यह आयोजन की श्रेणी में नहीं आते हैं।

भारतीय कम्पनी अधिनियम में दी गई संचय की परिभाषा के अनुसार, ''संचय के अन्तर्गत वह राशि सम्मिलित की जाती है जो सम्पत्ति के मूल्य ह्रास, नवीनीकरण या किसी ज्ञात दायित्व के लिए प्रावधान या आयोजन न हो।'' कम्पनी अधिनियम की अनुसूची VI के भाग III में संचय की स्पष्ट परिभाषा नहीं दी है, परन्तु इसके अनुच्छेद 7 (b) के अनुसार संचय के अन्तर्गत वह राशि आती है जो सम्पत्ति के मूल्य ह्रास, नवीनीकरण, या किसी ज्ञात दायित्व के लिए आयोजन न हो। विलियम पिकिंन्स के अनुसार संचय का अभिप्राय उस राशि से है जो लाभ एवं अन्य आधिक्यों में से निकाल कर अलग रख दी जाती है और जिसका उद्देश्य चिट्ठे के दिन किसी ज्ञात दायित्व या सम्पत्ति के मूल्य में कमी के लिए व्यवस्था करना है।

लेखा-कर्म के दृष्टिकोण से भविष्य की सम्भाव्य हानियों या अज्ञात व्ययों के लिए लाभों अथवा बचत में निकाल कर अलग से रखा गया भाग ही संचय कहलाता है। परन्तु इसका उद्देश्य चिट्ठे के दिन किसी ज्ञात दायित्व की पूर्ति अथवा सम्पत्ति के मूल्य में कमी होने पर उसकी पूर्ति करने हेतु प्रावधान करना नहीं होना चाहिए। इस प्रकार लाभों में से बनाये गये संचय का उद्देश्य संस्था की आर्थिक स्थिति सुदृढ़ करना व कार्यशील पूँजी बढ़ाना भी होता है।

कम्पनी के संचालकों को सामान्यत: अन्तर्नियम द्वारा यह अधिकार दे दिया जाता है कि वे लाभों से संचय में राशि स्थानान्तरित कर सके।

आयोजन तथा संचय में अन्तर
(Difference between Provision and Researve)

अन्तर का आधार	**आयोजन** (Provision)	**संचय** (Reserve)
1. अनिवार्यता	लाभ हो या न हो, इसका निर्माण अनिवार्य है।	निर्माण करना अनिवार्य नहीं है। लाभ की दशा में ही निर्माण संचालकों की स्वेच्छा पर किया जाता है।
2. उद्देश्य	इसका सामान्य उद्देश्य किसी ज्ञात हानि के लिए जिसकी राशि पूर्ण शुद्धता से निर्धारित न की जा सके व्यवस्था करना है।	इसका सामान्य उद्देश्य व्यवसाय की आर्थिक स्थिति सुदृढ् करना तथा कार्यशील पूंजी, में वृद्धि करना है।
3. निर्माण का स्रोत	लाभ हानि खाता है। यह व्यापार संचालन की लागत है और लाभ पर प्रभार है।	लाभ हानि नियोजन खाता है। यह रोका गया लाभ है।
4. प्रयोग	इसका प्रयोग, जिस हानि की पूर्ति के लिए इसे बनाया गया है, उसी के लिये किया जाता है।	इसका प्रयोग (पूंजीगत तथा विशेष संचय को छोड़कर) किसी हानि की पूर्ति के लिए किया जा सकता है।
5. लाभांश के रूप में वितरण	इसे लाभांश वितरण में प्रयुक्त नहीं कर सकते।	इसे लाभांश वितरित करने में प्रयोग कर सकते है।
6. चिट्ठे में निरूपण	कुछ आयोजनों को जैसे ह्रास, डूबत ऋण आयोजन आदि को सम्बन्धित सम्पत्ति से घटाकर चिट्ठे में सम्पत्ति पक्ष में दर्शाते हैं। कुछ को चालू दायित्व तथा आयोजन शीर्षक दायित्व पक्ष में दर्शाते हैं जैसे कराधान आयोजन।	इन्हें संचय तथा आधिक्य उप शीर्षक में दायित्व पक्ष में दर्शाते हैं।
7. निवेश	व्यवसाय वे बाहर सामान्यतया नहीं करते है।	इनका अधिकतर व्यवसाय से बाहर निवेश करते हैं।

संचय के प्रकार

(Types of Reserve)

संचय कई प्रकार के होते है:

प्रकट संचय (Open Reserve) ऐसे सभी संचय जो चिट्ठे में विभिन्न शीर्षकों के अन्तर्गत चिट्ठे के दायित्व पक्ष में दर्शाये जाते हैं, प्रकट संचय कहलाते हैं। इन शीर्षकों से यह ज्ञात हो जाता है कि ये संचय किस प्रकार के है तथा वे किस उद्देश्य के लिए निर्मित किये गये हैं, अर्थात् उनकी प्रकृति क्या है तथा उनका प्रयोग किस प्रकार किया जा सकता है? यह संचय दो प्रकार के होते हैं- (1) पूँजीगत संचय, (2) आयगत संचय।

(1) पूँजीगत संचय (Capital Reserve)- कम्पनी विधान की छठी अनुसूची के भाग तीन के अनुसार "पूँजीगत संचय में ऐसी कोई भी राशि शामिल नहीं होगी, जिसका विवरण लाभ हानि खाते द्वारा किया जा सके। अतः पूंजीगत संचय में वे राशियाँ सम्मिलित की जाती है, जिनका वितरण लाभांश के रूप में न किया जा सकें।

लेखापालों में पूँजीगत संचय की परिभाषा के सम्बन्ध में काफी मतभेद रहा है। उनके अनुसार, "पूँजीगत संचय वह निधि है जो कानूनी तौर से अंशधारियों में लाभांश के रूप में नहीं बाँटी जा सकती है। अतः पूँजीगत संचय वह संचय है जो पूँजीगत लाभों से बनाया जाता है तथा सामान्यतः लाभांश के वितरण के लिए उपलब्ध नहीं होता है।

पूँजीगत संचय का निर्माण - पूँजीगत संचय पूँजीगत लाभों से बनाया जाता है। वे मदें जिनमें इस संचय का निर्माण होता है, निम्नलिखित हैं:

1. समामेलन से पूर्व के लाभ
2. अंश या ऋण पत्र पर प्रीमियम
3. ऋण पत्रों के प्रतिशत पर लाभ
4. पूंजी प्रतिदान संचय खाते की राशि
5. अंशों के समपहरण पर लाभ
6. स्थायी सम्पत्तियों को मूल लागत से अधिक पर बेचने का लाभ
7. स्थायी सम्पत्तियों व दायित्वों के पुनः मूल्यांकन का लाभ
8. विद्यमान व्यवसाय के क्रय पर लाभ
9. पूँजी घटौती खाते का शेष
10. ऐसे लाभ जो सामान्यतः व्यवसाय के दौरान नहीं होते जैसे - पूँजी सम्पत्ति क्रय करने के लिए सरकार से प्राप्त अनुदान, आवेदकों द्वारा अंशों का आवंटन न होने पर वापस न मांगी गयी राशि, आदि।

पूँजीगत संचय का प्रयोग - पूँजीगत संचय का प्रयोग बोनस अंशों के निर्गमन करने एवं पूँजी हानियों को अपलिखित करने अथवा कम्पनी की आर्थिक स्थिति को सुदृढ़

करने हेतु किया जाता है। इसका प्रयोग ख्याति, प्रारम्भिक व्यय, ऋणों पत्रों के निर्गमन पर बट्टा, अभिगोपन कमीशन आदि को अपलिखित करने में भी किया जा सकता है।

कुछ पूँजीगत लाभों का प्रयोग लाभांश वितरण में किया जा सकता है, क्योंकि उन्हें वितरित करने पर बन्धन नहीं है। समामेलन के पूर्व के लाभ, ऋण पत्रों पर प्राप्त प्रीमियम, ऋण पत्रों के शोधन के लाभ, स्थायी सम्पत्तियों को बेचने पर प्राप्त नकद लाभ आदि का प्रयोग लाभांश वितरण में कर सकते हैं। परन्तु कोई भी अच्छी कम्पनी इनका प्रयोग इस प्रकार नहीं करती। वैधानिक स्थिति कैसी भी हो, लेखा शास्त्रीय दृष्टिकोण में इसमें कोई संशय नहीं है, कि पँजीगत लाभों का प्रयोग लाभांश वितरण में न कर व्यवसाय की आर्थिक स्थिति सुदृढ़ करने के लिये करना चाहिये। पूँजीगत लाभ एक बार पूँजीगत संचय में स्थानान्तरित कर दिये जाय तो फिर वे लाभांश वितरण` लिये उपलब्ध नहीं रहेंगे।

आयगत संचय (Revenue Reserve)- कम्पनी अधिनियम के अनुसार आयगत संचय वह संचय है जो पूँजीगत संचय नहीं है। इन संचयों को कम्पनी लाभांश वितरण में प्रयोग कर सकती है। यह संचय भी तीन प्रकार के होते हैं -

(1) सामान्य संचय,

(2) विशिष्ट संचय, तथा

(3) संचय कोष।

(1) सामान्य संचय (General Reserve)- सामान्यतया यह कहा जाता है कि एक व्यक्ति क्षरा आमद से कम खर्च करना बुद्धिमत्ता है, ताकि आय का कुछ भाग भविष्य की अनिश्चितता से बचाव में प्रयोग किया जा सके। ठीक इसी प्रकार व्यवसाय में भी समस्त लाभ का लाभांश के रूप में वितरण न कर कुछ भाग संचय कर लिया जाता है, इसे सामान्य संचय कहते हैं।

किसी भावी आर्थिक संकट या क्षति से रक्षार्थ लाभों में से बचाये गये एक भाग को सामान्य संचय कहते हैं। इस प्रकार यह लाभ का वह भाग होता है जो वर्तमान में अंशधारियों को लाभांश के रूप में वितरित नहीं किया जाता है, ताकि उससे निकट भविष्य में आकस्मिक रूप से किसी अनिश्चित एवं अज्ञात हानि या दायित्व के उत्पन्न होने पर उसकी पूर्ति की जा सके। लाभांश वितरण के सम्बन्ध में इस पर किसी प्रकार का प्रतिबन्ध नहीं है। अत: भविष्य में सामान्य संचय में से कभी भी लाभांश का वितरण किया जा सकता है। इसीलिए इसको मुक्त संचय (Free Reserve) भी कहते है।

सामान्य संचय का निर्माण लाभों में से किया जाता है, अर्थात लाभों के होने पर ही उसका एक भाग सामान्य संचय के लिए बचा कर रख लिया जाता है। अत: यह एक प्रकार से लाभ का नियोजन (Appropriation of Profit) है, न कि लाभ-हानि खाते पर अन्य व्ययों या हानियों के रूप में एक प्रभार या चार्ज। ऐसी स्थिति में इसका निर्माण करने के लिए लाभ-हानि नियोजन खाते को डेबिट तथा संचय खाते को क्रेडिट किया जाता है। संचय चिट्ठे में दायित्व पक्ष की ओर Reserves and Surplus शीर्षक के अन्तर्गत दिखाये जाते हैं।

विभाजन योग्य लाभों से व्यवसाय की आर्थिक स्थिति सुदृढ़ करने के लिए अलग रखी गई राशियों को सामान्य संचय कहते हैं। इनमें से कभी भी लाभांश का वितरण किया जा सकता है अत: इन्हें मुक्त संचय (Free Reserve) भी कहते हैं। इनका निर्माण करने पर लाभ हानि नियोजन खाता नाम किया जाता है, तथा चिट्ठे में दायित्व पक्ष की ओर संचय तथा आधिक्य उप शीर्षक में दर्शाते हैं। इनका निर्माण ऐच्छिक होता है परन्तु प्राय: सभी कम्पनियाँ इनका निर्माण करते हैं।

सामान्य संचय निर्माण के उद्देश्य – सामान्य संचय निर्माण करने का मूल उद्देश्य व्यवसाय की आर्थिक एवं वित्तीय स्थिति को मजबूत बनाना होता है। किसी संस्था द्वारा सामान्य संचय का निर्माण किया जाय अथवा नहीं, यह उसकी इच्छा पर निर्भर करता है। यही कारण है कि इसका निर्माण ऐच्छिक होता है जो चिट्ठे में दिखाये जाने पर संस्था की सुदृढ़ आर्थिक स्थिति एवं उसके विकास एवं प्रगति के लाभों के समुचित उपयोग को प्रकट करता है। इनके निर्माण का मूल उद्देश्य व्यवसाय की आर्थिक स्थिति सुदृढ़ करना होता है। अन्य उद्देश्य निम्न होते हैं:

(1) लाभांश दर समान रखने के लिए,

(2) व्यवसाय के विकास व संवर्द्धन के लिए,

(3) किसी अज्ञात, आकस्मिक व अनिश्चित भावी संकट से व्यवसाय की रक्षा करने के लिए,

(4) किसी अधिनियम की आवश्यकता को पूरा करने के लिये, जैसे बैंकिंग कम्पनी के लिये लाभों का निश्चित प्रतिशत संचय में रखना अनिवार्य है,

(5) कार्यशील पूँजी में वृद्धि करने के लिए।

विशिष्ट संचय (Specific Reserve)– यदि भविष्य किसी कार्य विशेष को पूरा करने के लिए लाभों में से एक भाग बचाकर अलग रखा जाता है, तो ऐसे संचय को विशेष संचय कहते हैं। उदाहरणार्थ, यदि किसी कम्पनी द्वारा ऋणपत्रों का शोधन अथवा किसी भवन का निर्माण करने हेतु प्रत्येक वर्ष लाभ होने पर उसमें से कुछ भाग ऋण पत्र शोधन संचय या भवन निर्माण संचय में अन्तरित किया जाता है जिससे कि कुछ समय में इतनी पर्याप्त राशि एकत्रित हो जाय कि संस्था (कम्पनी) अपने ऋण पत्रों का शोधन अथवा भवन का निर्माण कर सके तो ऐसे संचय को विशेष संचय कहा जावेगा। ऐसा संचय आयगत प्रकृति का तो अवश्य होता है, परन्तु इसका प्रयोग उस समय तक लाभांश वितरण के लिए नहीं किया जा सकता जब तक कि उस विशेष उद्देश्य की जिसके लिए उसका निर्माण किया गया है, पूर्ति नहीं हो जाती है।

ऐसी सभी संचय जो विशिष्ट उद्देश्य के लिये बनाये जाते हैं, विशिष्ट संचय कहे जाते हैं। जैसे ऋण पत्र शोधन संचय , भवन निर्माण संचय, प्लाण्ट पुनर्स्थापना संचय (Plant Re-instatement Reserve), कर्मचारी कल्याण संचय (Labour Welfare Reserve), स्थायी सम्पत्ति पुनर्स्थापना संचय (Fixed Assets Replacement Reserve), स्थगित कराधान संचय (Deferred Taxation Reserve), विनियोग ह्रास संचय (Investment Depreciation Reserve) आदि।

यह संचय आयगत प्रकृति के अवश्य हैं परन्तु सदैव लाभांश के लिए उपलब्ध नहीं है। विशिष्ट उद्देश्य की पूर्ति हो जाने पर विशिष्ट संचय का शेष सामान्य संचय खाते में हस्तान्तरित कर दिया जाता है।

सामान्य संचय तथा विशिष्ट संचय में अन्तर

(Difference between General Reserve and Specific Reserve)

अन्तर का आधार	सामान्य संचय	विशिष्ट संचय
1. निर्माण का उद्देश्य	व्यवसाय की आर्थिक स्थिति सुदृढ़ करने तथा अनिश्चित भावी हानी को पूरा करने के लिए बनाया जाता है।	किसी विशेष उद्देश्य की पूर्ति हेतु बनाया जाता है।
2. प्रयोग	यह संचय भावी कोई भी हानि की पूर्ति में प्रयोग किया जा सकता है।	इसका प्रयोग केवल उसी कार्य में कर सकते हैं जिसके लिए बनाया गया है।
3. लाभांश वितरण	इसे लाभांश के रूप में वितरित किया जा सकता है।	विशिष्ट उद्देश्य की पूर्ति के बाद ही लाभांश वितरित में प्रयोग किया जा सकता है।
4. अनिवार्यता	बनाना ऐच्छिक है, लाभ होने की दशा में ही निर्माण कर सकते हैं।	इन्हें एक बार निर्धारित कर लेने पर लाभ हो या नहीं अवश्य निर्माण किया जाता है।
5. विनियोग	सामान्यतया व्यवसाय के बाहर विनियोग नहीं करते हैं।	इन्हें व्यवसाय के बाहर विनियोग किया जा सकता है।

(3) संचय कोष (Reserve Fund)- जब किसी सामान्य या विशेष संचय की राशि का विनियोग व्यवसाय में करने के बजाय व्यवसाय के बाहर श्रेष्ठ प्रतिभूतियों में कर दिया जाता है, तो ऐसे सामान्य या विशेष संचय को संचय कोष कहते हैं। व्यवसाय में ऐसे किसी संचय खाते की राशि विनियोजित रहने पर, उसे संचय खाता (Reserve Account) ही कहा जाता है। उदाहरण के लिए, यदि ऋण पत्र शोधन के लिए प्रति वर्ष 20,000 रु. की राशि लाभों में से निकाल कर व्यवसाय में ही रखी जाय, तो संचय को 'Debenture Redemption Reserve Account' कहा जावेगा। परन्तु यदि प्रति वर्ष इस 20,000 रु. की राशि को व्यवसाय के बाहर विनियोजित किया जाय तो ऐसे संचय को 'Debenture Redemption Fund' कहते हैं। चिट्ठे के दायित्व पक्ष में इस प्रकार का भेद करना आवश्यक है तथा जो विनियोग संचय कोष का प्रतिनिधित्व करते हैं, उनको चिट्ठे के सम्पत्ति पक्ष से स्पष्ट रूप में दिखाना आवश्यक होता है।

व्यवसाय के किसी सामान्य या विशिष्ट संचय को व्यवसाय से बाहर निवेश कर देने पर उसे संचय कोष कहते हैं। यह निवेश सरलता से वसूली योग्य सम्पत्तियों में किया जाता है। कम्पनी अधिनियम की अनुसूची 6 के भाग 3 में यह स्पष्ट सूचना दे रखी है कि

संचय शब्द के साथ कोष शब्द का प्रयोग तभी किया जाय, जब इस प्रकार के संचय की राशि स्पष्टतया सरलता से वसूली योग्य सम्पत्तियों में निवेशित हो।

पूँजीगत तथा आयगत संचय में अन्तर

(Difference between Capital Reserve and Revenue Reserve)

(1) पूँजीगत संचय का निर्माण पूँजी लाभों तथा आयगत लाभों में से किया जा सकता है जबकि आयगत संचय का निर्माण केवल आयगत लाभों से ही किया जा सकता है।

(2) पूँजीगत संचय का प्रयोग लाभांश वितरण के लिये नहीं किया जा सकता, परन्तु आयगत संचय का प्रयोग लाभांश वितरण हेतु विधान की व्यवस्थाओं को ध्यान में रखकर किया जा सकता है।

(3) पूँजीगत संचय का प्रयोग पूँजीगत हानियों को अपलिखित करने में किया जा सकता है, आयगत हानियों को अपलिखित करने में नहीं, जबकि आयगत लाभ का प्रयोग दोनों प्रकार की हानियों को अपलिखित करने में कर सकते हैं।

सामान्य संचय तथा संचय कोष में अन्तर

(Difference between General Reserve and Reserve Fund)

(1) सामान्य संचय की स्थापना किसी अज्ञात भावी संकट से व्यवसाय को बचाने के लिए अथवा व्यवसाय की आर्थिक स्थिति सुदृढ़ करने के किया जाता है, जबकि संचय कोष का निर्माण विशेष उद्देश्य के लिए किया जाता है। जैसे ऋण पत्रों के शोधन हेतु कोष, या सम्पत्ति पुनर्स्थापना हेतु कोष आदि।

(2) सामान्य संचय की राशि का प्रयोग व्यापार में ही किया जाता है जबकि संचय कोष की राशि व्यापार के बाहर सरलता से वसूली योग्य सम्पत्तियों में विनियोग की जाती है।

शोधन निधियाँ

(Sinking Funds)

किसी विशेष उद्देश्य से लाभों में से बनाये गये संचय की राशि का जब व्यवसाय के बाहर श्रेष्ठ प्रतिभूतियों में इस प्रकार विनियोग किया जाता है कि एक निश्चित तिथि को उन विनियोगों से एक निश्चित राशि उस विशेष उद्देश्य की पूर्ति के लिए प्राप्त हो सके, तो ऐसे संचय को शोधन कोष कहते हैं। ऐसे कोष की व्यवस्था एक निश्चित तिथि को किसी देय धन, विशेषकर ऋण पत्रों की राशि लोटाने अथवा किसी ह्रसित होने वाली अर्थात् क्षयशील, स्थायी सम्पत्ति के प्रतिस्थापना करने हेतु की जाती है। जब इस कोष का निर्माण किसी देय धन का भुगतान करने के लिए किया जाता है, तब इसे लाभ का नियोजन (Appropriation of Profit) माना जाता है। इसके विपरीत, जब इस प्रकार के कोष का निर्माण एक निश्चित अवधि के पश्चात् किसी क्षयशील स्थायी सम्पत्ति के प्रतिस्थापन के लिए किया जाता है, तो यह कोष प्रावधान (Provision) की प्रकृति का होता है, अर्थात् यह

लाभ का नियोजन न होकर एक अनिवार्य प्रभार माना जाता है, जिसकी व्यवस्था लाभ हानि खाते से करना अनिवार्य है, चाहे व्यवसाय में लाभ हो अथवा न हो।

किसी विशेष उद्देश्य से लाभों में से बनाये गये संचय का आयोजन की राशि, जब व्यवसाय से बाहर श्रेष्ठ प्रतिभूतियों में या सरलता से वसूली योग्य सम्पत्तियां में निवेशित कर दी जाती है, ताकि उनके विक्रय से एक निश्चित तिथि को उद्देश्य की पूर्ति हेतु निश्चित राशि प्राप्त हो सके, तो ऐसे संचय या आयोजन को शोधन निधि कहते हैं। शोधन निधि निर्माण के दो मुख्य उद्देश्य हो सकते हैं–

(1) किसी दायित्व या विशेषकर ऋण पत्रों की राशि निश्चित तिथि को लौटाने की व्यवस्था करना।

(2) किसी सम्पत्ति की प्रतिस्थापना के लिए, निश्चित तिथि को धन राशि की व्यवस्था करना।

पट्टे के नवीनीकरण के लिए भी ऐसी निधि का निर्माण किया जाता है तो यह आयोजन (Provision) कहा जाता है। तथा किसी दायित्व या ऋण पत्रों के शोधन या प्रतिदान के लिए निर्माण किया जाय तो यह विशिष्ट संचय (Specific Reserve) कहा जाता है।

इस प्रकार यह स्पष्ट है कि शोधन कोष का प्रयोग इन कार्यों के लिए किया जा सकता है: (अ) किसी ऋण का भुगतान करने या ऋण पत्रों का शोधन करने के लिए, (ब) किसी क्षयशील (हासित होने वाली) या निरन्तर घिसने वाली सम्पत्ति (Wasting Asset) के प्रतिस्थापना अथवा पुनर्स्थापना के लिए, तथा (स) पट्टे के नवकरण के लिए।

ऋण पत्रों के प्रतिदान के लिए प्रतिदान कोष निर्माण करने की रीति का वर्णन पहले किया जा चुका है। सम्पत्ति के प्रतिस्थापन सम्बन्धी लेखा प्रविष्टियाँ निम्न प्रकार की जायेगी–

व्यवहार	प्रविष्टि		राशि
प्रथम वर्ष में – (1) कोष में राशि स्थानांतरित करने पर	Profit & Loss a/c To Sinking Fund/Depreciation Fund (Annual instalment charged from P & L a/c)	Dr. Dr.	लाभ हानि खाते से चाजै की जाने वाली राशि से "
(2) राशि का निवेश करने पर	Sinking Fund Investment/Dep. Fund Investment a/c To Bank (Investment made)	Dr.	निवेशित राशि से "
(3) ब्याज प्राप्त होने पर निवेश पर	Bank a/c To Sinking Fund/Dep. Fund a/c (Interest received on Investments)	Dr.	ब्याज राशि से "

अन्य वर्षों में	यदि सिकिंग फण्ड संचयी है तो प्रत्येक वर्ष के अन्त में किस्त व ब्याज दोनों के बराबर राशि निवेश करेंगे। अत: द्वितीय प्रविष्टि की राशि प्रत्येक वर्ष अलग-अलग होगी। प्रत्येक वर्ष ब्याज राशि भिन्न होगी। अत: राशि में अन्तर तीसरी प्रविष्टि में भी होगा। पहली प्रविष्टि प्रति वर्ष एक सी ही होगी।	
अन्तिम वर्ष में	प्रथम व तृतीय प्रविष्टि ऊपर बताये अनुसार ही होगी। अन्य प्रविष्टियाँ निम्न प्रकार होगी-	
निवेश बेचने पर	Bank a/c Dr. To Sinking Fund Investment/ Depreciation Fund Investment a/c (Sale proceeds of investment received)	बिक्री राशि से ''
निवेश खाता बन्द करने पर (अ) लाभ की दशा में	Sinking Fund Investment/ Depreciation Fund Investment a/c Dr. To. S.F. a/c or Depreciation Fund a/c (Profit on Sale of Investment Transferred)	निवेश खाते में जमा शेष राशि से
(ब) हानि की दशा में	S.F.a/c or Depreciation Fund a/c Dr. To S.F. Investment/Dep. Fund Investment a/c (Loss on Sale of Investment Transferred)	निवेश खाते में नाम शेष राशि से
नई सम्पत्ति क्रय करने पर	New Asset a/c Dr. To Bank (Purchase of new asset in replacement of old)	नई सम्पत्ति के क्रय मूल्य से
पुरानी सम्पत्ति को अपलिखित करने पर	S.F. a/c/Depreciation Fund a/d Dr. To old Assets a/c (Being old Asset Written off)	पुरानी सम्पत्ति खाते के शेष से

टिप्पणी : यदि शोधन निधि में राशि पुरानी सम्पत्ति से अधिक हो, तो अन्तर को लाभ-हानि खाते में ले जायेंगे।

Illustration 1.

The following Balance stood in the books of Messrs Rajasthan Metal Corporation Ltd., Jaipur on 31st March; 1984.

31 मार्च, 1984 को राजस्थान मेटल कॉरपोरेशन की पुस्तकों में निम्नलिखित शेष थे:

Share Capital	Rs.		Rs.
20,000 Equity Shares of Rs. 10 each	2,00,000	General Reserve	50,000
7 Debentures	1,00,000	Machine	1,00,000
Sinking Fund	1,00,000	Cash at Bank	60,000
P & L Account (Cr. Balance)	50,000	Sinking Fund Investments	90,000
		Other Fixed and Current Assets	2,50,000

What difference will it make, (a) if the Sinking Fund is utilised for the redemption of 7% Debentures, or (b) if it is utilised for the replacement of the Machine which has no realisable value, Sinking Fund investment have been sold for Rs. 87,000. Write up the necessary Ledger Accounts on Ist Apr. 1, 1984 under both the circumstances and also prepare the Balance Sheet before and after the redemption of debentures and replacement of the Machine.

यदि शोधन कोष का उपयोग (अ) 7 प्रतिशत ऋण पत्रों के शोधन के लिए किया जाय, अथवा (ब) मशीन जिसका मूल्य शून्य के बराबर है, के प्रतिस्थापन के लिए किया जाय तो क्या अन्तर पड़ेगा? शोधन कोष विनियोग 87,000 रु. में बेचे गये। 1 अप्रैल, 1984 को दोनों परिस्थितियों में आवश्यक खाते बनाइये तथा ऋण पत्रों के शोधन तथा मशीन के प्रतिस्थापन के पूर्व तथा पश्चात् का चिट्ठा भी तैयार कीजिये।

Solution:

(a) In Cash of Redemption of 7% Debentures

7% Debentures Account

		Rs.			Rs.
1984 Apr. 1	To Bank a/c	1,00,000	1984 Apr. 1	By Balance b/d	1,00,000

Debenture Sinking Fund Account

		Rs.			Rs.
1984 Apr.1	To Debenture S.F.I. a/c (Loss on sale of investment)	3,0000	1984 Apr. 1	By Balance b/d	1,00,000
Apr.1	To General Reserve (Transfer)	97,000			
		1,00,000			1,00,000

Debenture Sinking Fund Investments Account

		Rs.			Rs.
1984 Apr.1	To Balance b/d	90,000	1984 Apr. 1	By Bank a/c	87,000
				By Deb. S.F. a/c (Loss transferred)	3,000

(b) In Case of Replacement of Machne

Machine Account

		Rs.			Rs.
1984 Apr.1	To Balance b/d	1,00,000	1984 Apr. 1	By Depreciation Fund a/c	1,00,000

Depreciation Fund Account

		Rs.			Rs.
1984 Apr.1	To Dep. Fund Investment a/c (Loss transferred)	5,000	1984 Apr. 1	By Balance b/d	1,00,000
Apr.1	To Machine a/c	1,00,000	Apr.1	By P & L a/c	3,000
		1,03,000			1,03,000

Depreciation Fund Investment Account

		Rs.			Rs.
1984 Apr.1	To Balance b/d	90,000	1984 Apr. 1	By Bank a/c	87,000
			Apr.1	By Dep. Fund a/c (Loss transferred)	3,000
		90,000			90,000

(a) Redemption

Balance Sheet as on 1st April, 1984

(Before and after Redemption of 7% Debenture)

Liabilities	Before Redemption Rs.	After Redemption Rs.	Assets	Before Redemption Rs.	After Redemption Rs.
Share Capital			Machine	1,00,000	1,00,000
Issued & Subscribed 20,000 Equity Share of Rs. 10 each	2,00,000	2,00,000	Other Fixed and Current Assets	2,50,000	2,50,000
			Debenture S.F. Investment	90,000	---
			Cash at Bank	60,000	47,000
Reserve & Surplus		--			
Debenture S. F.	1,00,000	1,47,000			
General Reserve	50,000	50,000			
P & L Account	50,000	---			
Secured Loan 7% Debentures	1,00,000				
	5,00,000	3,97,000		5,00,000	3,97,000

(b) Replacement of Machine

Balance Sheet as on 1st April, 1984

(Before and after Redemption of Machine)

Liabilities	Before Rede-mption Rs.	After Rede-mption Rs.	Assets	Before Rede-mption Rs.	After Redemption Rs.
Share Capital *Issued & Subscribed* 20,000 Equity Share of Rs. 10 each	2,00,000	2,00,000	Machine (old)	1,00,000	---- 1,00,000
			Machine (New)	—	
			Other Fixed and Current Assets	2,50,000	2,50,000
			Debenture S.F. Investment	90,000	—
			Cash at Bank	60,000	47,000
Reserve & Surplus General Reserve	50,000	50,000			
P & L Account	50,000	47,000			
Secured Loan 7% Debentures	1,00,000	1,00,000			
Current Liabilities and Provisions: Provision Depreciation Fund	1,00,000	---			
	5,00,000	3,97,000		5,00,000	3.97,000

सम्पत्ति के पुनर्स्थापन के लिए शोधन निधि तथा दायित्व भुगतान के लिए शोधन निधि में अन्तर

(Difference between Sinking Fund for replacement of asset and Sinking Fund for Repayment of Liability)

अन्तर का आधार	सम्पत्ति पुनर्स्थापन हेतु शोधन निधि	दायित्व भुगतान हेतु शोधन निधि
1. उद्देश्य	निश्चित अवधि के पश्चात् पुरानी सम्पत्ति बेकार हो जाने पर उसके स्थान पर नई के प्रतिस्थापन की व्यवस्था करना है।	निश्चित अवधि के पश्चात् निश्चित राशि के दायित्व के भुगतान की व्यवस्था करना है।
2. लाभ पर प्रभाव	यह शुद्ध लाभ में कमी लाता है।	यह विभाजन योग्य लाभ में कमी लाता है।
3. भार	यह लाभ हानि खाते पर प्रभार है। (Charge Against Profits)	यह लाभों का विनियोजन है। (Appropriation of Profits)
4. लेखा	इसका निर्माण लाभ हानि खाते से होता है।	इसका सृजन लाभ हानि नियोजन खाते से होता है।
5. आर्थिक स्थिति पर प्रभाव	आर्थिक स्थिति ठीक-ठीक बनी रहती है।	आर्थिक स्थिति सुदृढ़ होती है।
6. खाते बन्द करना	पुरानी सम्पत्ति खाते के शेष को शोधन निधि खाते में स्थानान्तरित कर देते हैं तथा शोधन निधि का शेष लाभ हानि खाते में ले जाते हैं। निवेशों की बिक्री से प्राप्त राशि से नई सम्पत्ति क्रय कर ली जाती है।	निवेशों को बेचकर दायित्वों का भुगतान कर देते हैं। शोधन निधि निवेश खाते का शेष शोधन निधि में स्थानातरित कर देते हैं तथा शोधन निधि का शेष सामान्य संचय खाते में ले जाते हैं।
7. चिट्ठे में दर्शाना	चालू दायित्व तथा आयोजन उप शीर्षक में दायित्व पक्ष में दर्शाते हैं, अथवा सम्पत्ति के मूल्य में से घटाकर सम्पत्ति पक्ष में दर्शाते हैं।	संचय तथा आधिक्य उप शीर्षक में दायित्व पक्ष में दर्शाते हैं।

Illustration 2.

State with reasons whether the following items are Provisions, Revenue Reserve or Capital Reserves:

(i) A sum retained to provide for loss that may arise out of the doubtful debts,

(ii) A sum set aside to provide for repayment of debentures,

(iii) The surplus arising on a professional revaluation of fixed assets,

(iv) The estimated cost of maintaining for the remaining period of guarantee of machines sold during the year,

(v) An amount transferred from Profit and Loss account equal of the reduction in taxation on account of accelerated depreciation allowances.

(vi) An amount set aside to provide for the increased cost of replacement of fixed assets,

(vii) A sum set aside from profits towards special publicity campaign which is to be started in the following years.

कारण सहित बताइये कि निम्न मदें प्रावधान हैं या आयगत संचय या पूँजीगत संचयष

(1) एक ऐसी हानि के प्रावधान के लिए रखी गयी राशि जो संदिग्ध ऋणों से हो सकती है,

(2) ऋणपत्रों के शोधन के लिए निकाली गयी राशि,

(3) स्थायी सम्पत्तियों का विशेषज्ञों से मूल्यांकन कराने पर मूल्य वृद्धि,

(4) वर्ष में बेची गयी मशीनों की मरम्मत के सम्बन्ध में दी गयी गारन्टी के कारण अनुमानित व्यय,

(5) अधिक ह्रास स्वीकृत किये जाने के फलस्वरूप कर में कमी होने पर लाभ-हानि खाते से कर से प्रावधान हेतु अधिक राशि का स्थानान्तरण,

(6) स्थायी सम्पत्ति के प्रतिस्थापन पर बढ़ी हुई लागत के लिए निकाली गयी राशि,

(7) आगे के वर्षों में प्रारम्भ किये जाने वाले विशेष प्रचार अभियान के निमित्त लाभों में से निकाली गयी राशि।

Solution:

(1) संदिग्ध ऋणों के लिए रोका गया लाभ का अंश एक प्रावधान है, क्योंकि इस राशि से भविष्य में देनदारों के मूल्य में कमी होगी।

(2) ऋण पत्रों के शोधन हेतु लाभों में से बचाई गई राशि संचय है, क्योंकि यह कोई दायित्व नहीं है, वरन् इससे संस्था की आर्थिक स्थिति सुदृढ़ होगी।

(3) स्थायी सम्पत्तियों का विशेषज्ञों से मूल्यांकन कराने पर मूल्य वृद्धि पूँजीगत संचय है, क्योंकि इसे अंशधारियों में लाभांश के रूप में वितरित नहीं किया जा सकता है।

(4) वर्ष में बेची गई मशीनों की मरम्मत के सम्बन्ध में दी गई गारन्टी के कारण अनुमानित व्ययों का प्रावधान एक ज्ञात दायित्व की पूर्ति हेतु है, जिसकी राशि पर्याप्त शुद्धता के साथ निर्धारित नहीं की जा सकती। अतः यह एक प्रावधान है।

(5) अधिक ह्रास स्वीकृत किये जाने के फलस्वरूप कर में कमी होने पर लाभ व हानि खाते से आयकर समीकरण संचय में अन्तरित राशि आयगत संचय है, क्योंकि इसका निर्माण न तो किसी सम्पत्ति के मूल्य में कमी के लिए और न ही किसी प्रकार के दायित्व के भुगतान हेतु किया गया है।

(6) स्थायी सम्पत्ति के प्रतिपादन पर बढ़ी हुई लागत के लिए निकाली गई राशि आयगत संचय है, क्योंकि उद्देश्य केवल संस्था के लाभों को संचय करके रखना है।

(7) आगे के वर्षों में प्रारम्भ किये जाने वाले विशेष प्रचार अभियान के निमित्त लाभों में से निकाली गई राशि आयगत संचय है, क्योंकि अभी तक इस अभियान हेतु किसी प्रकार का दायित्व नहीं हुआ है।

गुप्त संचय

(Secret Reserve)

गुप्त संचय का अभिप्राय ऐसे संचयों से है जो विद्यमान तो हैं, परन्तु जिसका अस्तित्व चिट्ठे पर प्रकट नहीं होता। दूसरे शब्दों में यह नहीं कहा जा सकता है कि यह एक छिपा हुआ संचय है जो चिट्ठे में स्पष्ट रूप से नजर नहीं आता है। इसका अर्थ यह है कि पूंजी और देनदारियों पर सम्पत्ति का आधिक्य छिपाकर रखा जाता है। गुप्त संचय की दशा में संस्था की वास्तविक आर्थिक स्थिति चिट्ठे द्वारा प्रकट की गई स्थिति से बहुत अच्छी होती है। यह संचय चिट्ठे में दर्शायी गई सम्पत्तियों एवं दायित्वों की ओट में छिपे रहते हैं। इन्हें आन्तरिक संचय (Internal Reserve) या छिपे हुए (Hidden) या अप्रकटित संचय (Undisclosed Reserve) भी कहते हैं।

गुप्त संचय के कारण चिट्ठा व्यवसाय की सही आर्थिक स्थिति प्रकट नहीं करता, परन्तु इसकी उपस्थिति में व्यवसाय की आर्थिक स्थिति चिट्ठे में दर्शायी गई स्थिति से अच्छी व सुदृढ़ होती है। गुप्त संचय का अभिप्राय संचय की अनुपस्थित नहीं, वरन् उपस्थिति सन्निहित है। उदाहरणार्थ, यदि किसी व्यवसाय में एक मशीन 20,000 रु. में खरीदी, तथा उसे आयगत मान उसी वर्ष के लाभ हानि खाते से अपलिखित कर दिया। इस प्रकार चिट्ठे में सम्पत्ति पक्ष में मशीन का मूल्य तथा लाभ हानि खाते में लाभ कम कर दिया गया। इस प्रकार गुप्त संचय का निर्माण कर लिया गया। चिट्ठा देखने से यह प्रकट नहीं होता अतः यह गुप्त संचय है। ध्यान रहे कि गुप्त संचय का निर्माण 20,000 रु. का नहीं हुआ। यदि इस मशीन पर ह्रास 10 प्रतिशत अपलिखित करना था तो मशीन चिट्ठे में 20,000 – (10 प्रतिशत, 20,000) = 18,000 रु. से ही दर्शानी थी तथा लाभ हानि खाते में भी 18,000 रु. का लाभ अधिक होना चाहिये था, अतः गुप्त संचय का निर्माण 18,000 रु. का ही हुआ।

गुप्त संचय निर्माण का उद्देश्य (Objects of Creating Secret Reserve)- गुप्त संचय निर्माण के निम्न उद्देश्य हो सकते हैं:

1. व्यवसाय की आन्तरिक स्थिति सुदृढ़ करना,
2. लाभ व लाभांश में स्थायित्व बनाये रखना,
3. संकट के समय रक्षा, व्यवसाय की असाधारण हानियों को इन संचयों से अपलिखित करना,
4. प्रतिद्वन्द्वियों को वास्तविक लाभ प्रकट न होने देना,
5. कार्यशील पूँजी में वृद्धि करना,
6. लाभ का छिपाव आय कर बचाने के उद्देश्य से करना आदि।

गुप्त संचय निर्माण की रीतियाँ (Methods of Creating Secret Reserve)- गुप्त संचय निम्न में से एक या अधिक रीतियों से बनाया जाता है-

(1) स्थायी सम्पत्ति पर आवश्यकता से अधिक ह्रास काटना जैसे एक मशीन पर उचित ह्रास 5,000 रु. होता है, उसके स्थान पर यदि 8,000 रु. ह्रास लाभ हानि खाते से अपलिखित किया जाय तो इससे 3,000 रु. के बराबर गुप्त संचय सृजित हो जायेगा।

(2) सम्पत्तियों को कम मूल्य पर दिखाना (Under Valuation of Assets)- सम्पत्तियों को वास्तविक मूल्य से कम पर दिखाने से, ख्याति को चिट्ठे में न दिखाकर या अपलिखित करके, किसी सम्पत्ति को बिल्कुल न दिखाकर, सम्पत्ति के मूल्य में हुई स्थायी वृद्धि को न दिखाकर, स्टॉक या विनियोगों को कम मूल्य पर दिखाकर, कुल माल की स्टॉक सूचियों को शामिल न करके गुप्त संचय सृजित करा जाता है।

(3) दायित्वों का अधिमूल्यन करना (Over Valuation of Liabilities)- जैसे सम्पत्ति के अवमूल्यन से गुप्त संचय बनते हैं वैसे ही दायित्वों का अधिमूल्यन करने से भी इनका निर्माण होता है। जैसे संदिग्ध दायित्वों को पूर्ण दायित्व मान लेना, आवश्यकता से अधिक आयोजन करना, साधारण संचय को लेनदारों में बतलाना, अप्राप्य तथा संदिग्ध ऋणों के लिए अधिक आयोजन करना आदि।

(4) पूँजीगत व्यय को आयगत व्यय मानकर (Treating Capital Expenditure as Revenue Expenditure)- जैसे एक भवन 20,000 रु. की लागत पर तैयार हुआ उसका व्यय मरम्मत खाते में डाल दिया जाय। इससे लाभ कम होकर उनकी ओट में भवन (सम्पत्ति) छिप जायेगी।

(5) पूर्वदत्त व्ययों का समायोजन न करना जैसे पूर्वदत्त बीमा प्रीमियम का समायोजन न करने से लाभ एवं सम्पत्ति दोनों ही कम ही जायेंगी।

(6) उपार्जित आय को चिट्ठे में न दर्शाना - विनियोगों पर उपार्जित ब्याज अथवा ऐसी आय न दर्शाने से लाभ कम हो जायेंगे तथा सम्पत्ति भी कम हो जायेगी।

(7) झूँठे दायित्व दिखाना (Inclusion of Fictitious Liabilities) राशि जो देनी न हो तब भी दायित्व में दिखाना।

(8) कुछ सम्पत्तियों को बिल्कुल ही लेखों में न दिखाना (Suppressing Assets),

(9) अन्य (अ) इसी वर्ष की बिक्री इसी वर्ष में न दर्शाना, (ब) अगले वर्ष के क्रय को चालू वर्ष का क्रय मान लेना।

गुप्त संचय से लाभ

गुप्त संचय रखने से संस्था को निम्नलिखित लाभ होते हैं।

(1) आन्तरिक आर्थिक स्थिति सुदृढ़ होना - गुप्त संचय से लाभों को छिपाकर अंशधारियों में बांटने से बचा लिया जाता है, इससे व्यवसाय की आन्तरिक स्थिति चिट्ठे में प्रदर्शित स्थिति में अधिक सुदृढ़ होती है, जिससे भावी संकट का मुकाबला आसानी से किया जा सकता है।

(2) संकट काल में भी ख्याति को यथावत बनाये रखना - ख्याति अधिलाभ कमाने की क्षमता होती है, अत: किसी वर्ष लाभ सीमान्त लाभ से भी कम कमाया जाय तो ख्याति को धक्का लगता है। परन्तु कम लाभ कमाये गये वर्ष में गुप्त संचय को पुस्तकों में लेकर लाभ बढ़ाकर ख्याति की रक्षा की जा सकती हैं।

(3) आकस्मिक हानि की पूर्ति में प्रयोग करना - यदि व्यवसाय में प्राकृति प्रकोप, आकस्मिक दुर्घटना, नागरिक उपद्रव, श्रमिक आन्दोलन आदि से आकस्मिक हानि किसी वर्ष में हो जाय जो उन हानियों को गुप्त संचय से अपलिखित किया जा सकता है।

(4) प्रतिद्वन्द्वियों को धोखा देना - प्रतिद्वन्द्वियों से संस्था की प्रगति छिपाकर प्रतिस्पर्द्धा के क्षेत्र को विस्तृत होने से रोका जा सकता है।

(5) कार्यशील पूँजी में वृद्धि - गुप्त संचय का प्रयोग व्यवसाय में ही होता है, इससे कार्यशील पूँजी में वृद्धि होती है।

(6) लाभांश दर समान रख जनता का विश्वास कायम रखना - गुप्त संचय से लाभ स्थिर कर लिये जाते हैं, लाभ कम होने वाले वर्ष में गुप्त संचय का प्रयोग कर लेते हैं तथा असाधारण लाभ वाले वर्ष में गुप्त संचय का सृजन कर लेते हैं, इससे लाभांश दर समान रख ली जाती है, जिससे अंशों के मूल्य में उतार चढ़ाव में रोक आती है तथा जनता को विश्वास कायम रहता है। यही कारण है कि बैंक बीमा संस्थाओं के लिए यह उपयोगी माना जाता है।

गुप्त संचय से हानियाँ

गुप्त संचय के लाभ तो है, परन्तु इससे निम्न हानियाँ भी है, जिनके कारण इन्हें सृजन करना उचित नहीं समझा जाता:

(1) सैद्धान्तिक स्थिति से अनुचित - यह लेखा शास्त्र महत्त्वपूर्ण उद्देश्य है कि व्यवसाय के खाते सही रखे जायें तथा अन्तिम खाते व्यवसाय की आर्थिक स्थिति सही व उचित है प्रकट करें। परन्तु गुप्त सृजन से इन सिद्धान्तों की अवहेलना कर दी जाती है, अतः सृजन अनुचित है।

(2) प्रबन्धकों की अकुशलता को छिपाने में प्रयोग - प्रबन्धकों को ही गुप्त संचय का ज्ञात होता है, अंशधारियों को नहीं, जो कि कम्पनी के वास्तविक स्वामी है। यह प्रबन्धक अपनी अकुशलता के कारण जिन वर्षों में लाभ कम होते हैं। गुप्त संचयों का प्रयोग कर अपनी कमियों को छिपा लेते हैं।

(3) अंशों के बाजार मूल्य पर विपरीत प्रभाव - गुप्त संचय सृजन से लाभांश की दर कम हो जाती है जिससे अंशों का बाजार मूल्य गिरता है, यद्यपि व्यवसाय की आर्थिक स्थिति सुदृढ़ हुई है। जिन अंशधारियों को ज्ञान नहीं है वह अपने अंशों को बेचने लगते हैं अतः उन्हें हानि होती है। इससे अनुचित सट्टेबाजी को प्रोत्साहन मिलता है।

(4) बीमा कम्पनी से मिलने वाली हर्जाने की राशि में कमी - गुप्त संचय से सम्पत्तियाँ कम मूल्य पर दर्शा दी जाती है, अतः अग्नि आदि से क्षति होने पर बीमा कम्पनी से हर्जाने की राशि कम प्राप्त होती है।

(5) सम्पत्तियों का गबन - गुप्त संचय से जिन सम्पत्तियों को पूर्णतया अपलिखित कर दिया जाता है, उनका गबन बड़ी आसानी से कर लिया जाता है, जिसे पकड़ना कठिन होता है।

(6) संचालकों को अनुचित कार्य करने के अवसर प्रदान करना - गुप्त संचयों का ज्ञान प्रबन्धकों तथा संचालकों को ही होने से वे अनुचित कार्य की ओर प्रेरित होते हैं। यदि संस्था निकट भविष्य में हानि में ही चलेगी या इसका समापन करना पड़ेगा, तो गुप्त संचयों का प्रयोग कर ऊँचे लाभांश देकर, अंशों का बाजार मूल्य बढ़ाकर, अपने अंशों को ऊँचे मूल्य पर बेचकर लाभ उठा लेते हैं। संचालकगण गुप्त संचयों से राजनैतिक चन्दे भी दे सकते हैं अपने स्वार्थ सिद्धि के लिए जो कि अनुचित है।

गुप्त संचय की हानियाँ लाभों की अपेक्षा अधिक घातक है। अतः इन्हें न्यायोचित नहीं माना जाता। सार्वजनिक उपयोगी संस्थायें बैंक व बीमा कम्पनियों में जो जनता के विश्वास पर चलती है गुप्त संचय सृजन न्याय संगत माना जा सकता है।

गुप्त संचय एवं कम्पनी अधिनियम

कम्पनी अधिनियम 1956 से पूर्व गुप्त संचय सृजन व उसके प्रयोग पर प्रतिबन्ध नहीं था, अतः बहुधा कम्पनियाँ इनका सृजन कर लेती थी, तथा संचालकगण मनमाने ढंग से इनका उपयोग किया करते थे, जिसका पता अंशधारियों को नहीं लगता था। इस पर रोक लगाने की दृष्टि से कम्पनी अधिनियम 1956 में निम्न व्यवस्थाएँ की गई है:

(1) कम्पनी को अपने वार्षिक खातों में सभी आयोजनों, संचयों तथा कोषों की पूर्ण सूचना देना अनिवार्य कर दिया है। गुप्त संचय कहीं भी नहीं दिखाया जाता अतः इनका संचय अर्वधानिक हो गया है।

(2) कम्पनी अधिनियम द्वारा यह आवश्यक है कि प्रत्येक कम्पनी का लाभ तथा हानि खाता, सही व उचित लाभ या हानि को प्रकट करे तथा चिट्ठा कम्पनी की सही व उचित आर्थिक स्थिति प्रकट करे। यह तभी सम्भव है जबकि सभी सम्पत्तियों तथा दायित्वों का सही मूल्यांकन किया जाय तथा किसी का भी छिपाव न किया जाय। गुप्त संचय की दशा में यह सम्भव नहीं है, अतः इनका सृजन अवैधानिक हो गया है।

कम्पनी अधिनियम 1956 की उपरोक्त व्यवस्थाओं से इनका निर्माण अवैध हो गया है, परनतु इसके निम्न अपवाद है:

(1) कुछ विशेष प्रकार की कम्पनियों के लिए छूट - कम्पनी विधान की धारा 211 ने बीमा, बैंक तथा बिजली कम्पनियों को अनुसूची VI से मुक्त किया है, जिसमें आयोजन, संचय व कोषों को चिट्टे में प्रकट करना अनिवार्य किया है। अतः यह कम्पनियाँ गुप्त संचय निर्माण के लिए मुक्त रखी गई हैं क्योंकि यह कम्पनियाँ जनता के विश्वास पर चलती है। भारत सरकार जनहित वाली अन्य कम्पनियों को भी इसके निर्माण की छूट दे सकती है।

(2) अन्य कम्पनियों को छूट - ख्याति अपलिखित करने से गुप्त संचय कासृजन अवैधानिक नहीं है। इसी प्रकार स्थाई सम्पत्तियों के मूल्यों में वृद्धि, बाजार मूल्य में वृद्धि से होती है, तो इससे स्वतः निर्मित गुप्त संचय वैध होता है।

Illustration 3.

The Directors of a limited company possessing secret reserve estimated at Rs. 1,00,000 decided to adjust the Balance Sheet so as to disclose the true position. The amount of Rs. 1,00,000 is made up as follows:

(a) Reduced the value of stock by 10% which was valued at Rs. 1,00,000, (b) profit on sale of investments used to reduced the value of the remaining investments below cost Rs. 20,000, (c) Excessive provision for Income-tax Rs. 20,000 (d) Under-valuation of Machinery resulting from excessive provision for depreciation Rs. 48,000, (e) Motor Vehicles written off Rs. 2,000.

The portion of Rs. 1,00,000 representing the extent to which revenue has been penalised in the past is to be placed to a Reserve for the equalisation of dividends. The remainder to be placed to a Pension Fund, an equivalent amount to be specifically invested in gift-edged securities so as to provide for the payment of pensions. Pass necessary Journal entries to record the operations in the books of the Company.

एक सीमित कम्पनी के संचालकों ने 1,00,000 रु. के गुप्त संचय को समायोजित कर चिट्ठे में सही स्थिति प्रदर्शित करने का निर्णय किया। 1,00,000 रु. का निर्माण निम्न प्रकार से किया गया था:

(अ) स्टॉक का मूल्य 10 प्रतिशत कम किया गया जो 1,00,000 रु. मूल्यांकित किया गया था, (ब) विनियोगों के विक्रय पर 20,000 रु. के लाभ का प्रयोग शेष विनियोगों को लागत मूल्य से कम मूल्य पर दिखाने हेतु किया गया, (स) आयकर प्रावधान 20,000 रु. अधिक किया गया, (द) मशीन का कम मूल्यांकन किया गया जो 48,000 रु. ह्रास से अधिक लगाकर किया गया, (य) मोटर 2,000 रु. से अपलिखित की गई।

1,00,000 रु. का वह भाग जिससे पहले आयगत लाभों को कम किया गया था, लाभांश क्षमता कोष में तथा शेष राशि को पेन्शन कोष में अन्तरित किया जाना है और उतनी ही राशि सरकारी प्रतिभूतियों में विनियोजित करनी है जिससे पेन्शन का भुगतान किया जा सके। कम्पनी की पुस्तकों में इन लेखों की आवश्यक प्रविष्टियाँ कीजिए:

Solution:

Journal

				Rs.	Rs.
	Stock a/c	Dr.		10,000	
	Provision for Income tax a/c	Dr.		20,000	
	Machinery a/c	Dr.		48,000	
	Motor Vehicles a/c	Dr.		2,000	
	To Dividend Equalisation Reserve a/c				80,000
	(Utilisation of secret reserves by which revenue has been penalised)				
	Investment a/c	Dr.		20,000	
	To Pension Fund a/c				20,000
	(Utilisation of the remaining secret reserves)				
	Pension Fund Investment a/c	Dr.		20,000	
	To Bank a/c				20,000
	(An amount equal to Pension Fund invested in government securities)				

Illustration 4.

From the figures given below, find out the composition of Secret Reserve :

निम्नलिखित आँकड़ों के आधार पर गुप्त संचय की रचना ज्ञात कीजिए:

Balance Sheet

Liabilities	Real Values	As shown in B/S	Assets	Real Values	As shown in B/S
	Rs	Rs.		Rs.	Rs.
B/P	6,000	6,000	Machinery	11,000	9,000
Creditors	14,000	14,000	Debtors	14,000	12,000
Capital	20,000	20,000	Stock	18,000	16,000
Profit & Loss a/c	8,000	___	Furniture	2,000	1,000
			Plant	3,000	2,000
	48,000	40,000		48,000	40,000

The Directors of the company decided to utilise Rs. 6,000 from the Secret Reserves to write off acidental loss of the company. Prepare the statement showing how the Secret Reserves have been created and utilised in the books of the company? Also prepare its revised Balance Sheet.

कम्पनी के संचालकों ने आकस्मिक हानि के 6,000 रु. को अपलिखित करने के लिये गुप्त संचय उपयोग करने का निश्चय किया। एक विवरण पत्र बनाकर समझाइये कि गुप्त संचय का निर्माण किस प्रकार किया गया है तथा कम्पनी की पुस्तकों में इसका प्रयोग किस तरीके से किया गया है? कम्पनी का परिवर्तित चिट्ठा भी बनाइये।

Solution: Statement Showing the Composition of Secret Reserves

Machinery	Rs. (11,000 - 9,000)	2,000
Debtors	Rs. (14,000 - 12,000)	2,000
Stock	Rs. (18,000 - 16,000)	2,000
Furniture	Rs. (2,000 - 1,000)	1,000
Plant	Rs. (3,000 - 2,000)	1,000
	Total	8,000

The following entry will be passed to write off accidental loss of Rs. 6,000 utilising Secret Reserves:

			Rs.	Rs.
	Machinery a/c	Dr.	2,000	
	Stock a/c	Dr.	2,000	
	Furniture a/c	Dr.	1,000	
	Plant a/c	Dr.	1,000	
	(To Accidental Loss a/c			6,000
	(Accidental loss written off)			

Revised Balance Sheet of..... Co. Ltd.

Liabilities	Rs.	Assets		Rs.
Bills Payable	6,000	Machinery		9,000
Creditors	14,000	Furniture		1,000
Capital	20,000	Plant		2,000
		Stock		16,000
		Debtors	14,000	
		Less : Provision	2,000	12,000
	40,000			40,000

टिप्पणी : यद्यपि Debtors में भी 2,000 रु. गुप्त संचय विद्यमान हैं, लेकिन इसे डूबत ऋण के लिए प्रावधान मान लिया गया है।

प्रश्न

1. निम्नलिखित का अन्तर स्पष्ट कीजिये:

   (अ) संचय तथा आयोजन

   (ब) सामान्य संचय तथा संचय कोष

   (स) आयगत संचय तथा पूँजीगत संचय

   (द) आयोजन तथा विशिष्ट संचय

   Distinguish between the following:

   (a) Provision and Reserve

   (b) General Reserve and Reserve Fund

   (c) Revenue Reserve and Capital Reserve

(d) Provision & Specific Reserve

2. निम्न शब्दों की परिभाषा दीजिए। प्रत्येक के दो उदाहरण दीजिये।

आयोजन, पूँजीगत संचय, आयगत संचय, गुप्त संचय।

Define the following terms. Give two examples of each.

Provision, Capital Reserve, Revenue Reserve and Secret Reserve.

3. शोधन विधि से आप क्या समझते हैं.

(अ) दायित्व के भुगतान के लिए निर्मित शोधन निधि कोष तथा क्षयी सम्पत्ति के पुनर्स्थापन के लिये निर्मित शोधन निधि को समझाते हुए अन्तर स्पष्ट कीजिए।

(ब) निम्नलिखि परिस्थितियों में पाँचवे वर्ष के अन्त में विभिन्न खाते खोलकर अपने उत्तर को प्रदर्शित करिये।

(1) पाँच वर्ष के अन्त में 1,00,000 रु. के ऋण पत्रों का भुगतान करने लिये शोधन कोष,

(2) पाँच वर्ष के अन्त में 1,00,000 रु. की लागत की पट्टे वाली सम्पत्ति के पुनर्स्थापन करने के लिये शोधन निधि।

Give the meaning of Sinking Fund.

(a) Explain and Illustrate the difference between Sinking Fund to repay a liability and Sinking Fund to replace an asset.

(b) Illustrate your answer by showing the operation of ledger accounts in the following cases at the end of fifth year.

(1) Sinking Fund to repay Rs. 10,000 debentures at the end of 5th years.

(2) Sinking Fund to replace lease-hold property valued at Rs. 1,00,000 at the end of 5th year.

4. गुप्त संचयों से आप क्या समझते हैं? इनका निर्माण किस प्रकार होता है? इसके गुण दोषों का विवेचन कीजिए।

What do you understand by Secret Reserve? How are such reserves created? Describe their merits and demerits.

5. 'सिकिंग फण्ड' किसे कहते हैं? किसी ह्रासित होने सम्पत्ति के प्रस्थापित करने हेतु निर्मित सिंकिग फण्ड तथा किसी दायित्व के भुगतान हेतु निर्मित सिंकिंग फण्ड में अन्तर बतलाइए।

   What do you mean by Sinking Fund? Explain the difference between a 'Sinking Fund to Replace a Wasting Asset' and a 'Sinking Fund to Repay a Liability'.

6. पूँजीगत संचय और आयगत संचय से आप क्या समझते हैं? उदाहरण दीजिए। पूँजीगत संचय का उपयोग किन कार्यों हेतु किया जा सकता है?

   What do you understand by 'Capital Reserve' and 'Revenue Reserve'? Give illustrations. For what purpose may a 'Capital Reserve' be utilized.

7. गुप्त संचय क्या है? इनका निर्माण एवं उपयोग किस प्रकार किया ज़ाता है? इस प्रकार के संचय की वांछनीयता पर अपने विचार प्रकट कीजिए।

   What are Secret Reserve? How are they created and operated? Give your views on the desirability of such reserves?

□□□

4

विभागीय एवं शाखा लेखे
(Departmental and Branch Accounts)

विभागीय लेखे
(Departmental Accounts)

बड़ें पैमाने पर फुटकर व्यापार का एक स्वरूप विभागीय भण्डार है, जिसमें एक ही भवन के अन्तर्गत कई विभाग होते हैं और प्रत्येक विभाग एक विशेष प्रकार की वस्तु का ही फुटकर विक्रय करता है। विभागीय भण्डार का आशय एक विशाल फुटकर संस्था से है, जिसमें एक ही भवन के अन्तर्गत अनेक विभाग होते हैं और प्रत्येक एक विशेष प्रकार की वस्तु में व्यवहार करता है तथा स्वयं वह एक पूर्ण इकाई है। इन विभागों का नियन्त्रण एक ही व्यक्ति अथवा संस्था के हाथ में होता है। इन सबके संचालनार्थ नीति निर्धारित करने तथा इनमें पारस्परिक ऐक्य तथा सामन्जस्य बनाये रखने हेतु ये सब विभाग जररल मैनेजर द्वारा संयुक्त होते हैं। चूँकि इन विभागों पर नियन्त्रण एक ही व्यक्ति या संस्था का होता है, अत: यह आवश्यक हो जाता है कि प्रत्येक विभाग की कार्य कुशलता के निर्धारण के लिए प्रत्येक विभाग के व्यापारिक परिणाम (लाभ-हानि) अलग-अलग ज्ञात किये जायें। विभागीय भण्डार के व्याणरिक परिणामों की गणना के लिए तैयार किये जाने वाले लेखे विभागीय लेखे (Departmental Account) कहलाते है।

विभागीय भण्डारों का मुख्य उद्देश्य छोटी से छोटी वस्तु-सुई से लेकर बड़ी से बड़ी वस्तु कार आदि तक ग्राहक को एक ही स्थान पर उपलब्ध करवाना है ताकि उसके समय एवं श्रम में बचत हो सके, साथ ही विभिन्न वस्तुओं की जानकारी एवं क्रय करने के लिए उसे दर -दर न भटकना पढ़े। व्यवसाय का मालिक इस प्रकार विभिन्न प्रकार की वस्तुओं या सेवाओं को बेचकर अधिकाधिक लाभ कमाता है और तीव्र प्रतिस्पर्धा में भी सफल हो जाता है। बड़े शहरों में आजकल इस प्रकार के विभागीय भण्डार लोकप्रिय होते जा रहे हैं और इसकी हर आकार के व्यापारिक संगठनों में साख जमती जा रही है।

विभागीय भण्डारों में प्रत्येक विभाग स्वतन्त्र रूप से अपनी वस्तुओं एवं सेवाओं का क्रय विक्रय करते हैं। अलग अलग विभाग अपनी रोकड़ तथा उधार क्रय विक्रय का ब्यौरा, विभाग में तो रखता ही है लेकिन केन्द्रीय लेखा विभाग को भी समय समय पर भेजता रहता है। वर्ष के अन्त में प्रत्येक विभाग का अलग अलग लाभ हानि खाता तथा चिट्ठा बनाया जाता है तथा सम्पूर्ण भण्डार का अलग बनाया जाता है। इस प्रकार जब एक व्यापारिक संस्था कई विभागों में बँट जाती है, तो हिसाब किताब की पुस्तकें एवं उनमें लेखांकन की प्रणाली को इस प्रकार व्यवस्थित करना पड़ता है जिससे सम्पूर्ण व्यवसाय के लाभ या हानि का ज्ञान हो सके, और साथ ही प्रत्येक विभाग की क्रियाओं का परिणाम भी अलग अलग मालूम हो सके। इस तरीके से रखे जाने वाले खातों को ही विभागीय लेखे कहते हैं।

जब व्यापार बहुत से विभागों में बाँट दिया जाता है, तो इन विभागों के सम्बन्ध में जो खाते बनाये जाते हैं उन्हें विभागीय खाते कहा जाता है। ये खाते एक निश्चित अवधि के लिए, जैसे–एक वर्ष, छः माह या तीन माह आदि के लिए बनाये जाते हैं। इनको बनाने का प्रमुख उद्देश्य प्रत्येक विभाग की लागत एवं लाभ ज्ञात करना होता है, ताकि सम्बन्धित विभाग की कार्यक्षमता का पता चल सकें।

विभागीय लेखांकन के लाभ

1. सम्पूर्ण व्यवसाय एवं विभागों के लाभ-हानि का ज्ञान – विभागीय खातों से संस्था के मालिक को समस्त व्यापारिक भवन का तथा प्रत्येक विभाग का व्यापारिक परिणाम अलग--अलग पता चल जाता है। इस प्रकार की सूचना उपयुक्त व्यापारिक नीति निर्धारित करने में और अधिकतम लाभ कमाने में बहुत सहायक होती है।

2. अन्तर्विभागीय तुलनात्मक अध्ययन – विभागीय श्रेष्ठता की जानकारी तभी सम्भव है जब संस्था में विभागीय खाते रखे गये हों। विभागीय खातों से यह सूचना प्राप्त हो जाती है कि कौनसा विभाग अधिक लाभ देता है और कौनसे विभाग कम लाभ प्रदान करते हैं या हानि में चल रहे हैं। ऐसी दशा में केवल लाभप्रद विभागों को बढ़ाना और उन पर अधिक ध्यान देना श्रेयस्कर होता है।

3. व्यापारिक नीति निर्धारित करने में सहायक – विभागीय लेखों की सहायता से व्यापार का स्वामी व्यापार की उन्नति करने के लिए उचित नीति निर्धारित कर सकता है। उदाहरणार्थ, यह सम्भव है कि एक व्यापारिक संस्था का कुल लाभ निरन्तर गिरते हुए इतना थोड़ा हो, कि उसका मालिक उसे बन्द कर देने की बात सोचने लगे। किन्तु यदि संस्था का मालिक विभागीय खाते रखता हो, तो सम्भव है कि उसे पता चले कि केवल एक विभाग में हानि हो रही है और वह अन्य विभागों के लाभों को पचा जाती है। तो ऐसी अवस्था में यह उचित होगा कि केवल हानिप्रद विभाग बन्द कर दिया जाय या उसका पुनर्संगठन कर दिया जाय एवं समस्त व्यापार को बन्द न किया जाय।

4. प्रबन्धकीय पुरस्कार देने में सुविधा – बहुत सी संस्थायें विभागों के प्रबन्धकों को लाभों के आधार पर पुरस्कार प्रदान करती है। ऐसी दशा में उनके पुरस्कार की राशि निर्धारित करने में प्रत्येक विभाग के लाभों का ज्ञान विभागीय खातों में ही सम्भव है।

5. स्वस्थ प्रतिस्पर्धा से लाभों में वृद्धि – विभागीय लेखे विभिन्न विभागों में पारस्परिक स्वस्थ प्रतिस्पर्धा को जन्म देते हैं। हर विभागीय मैनेजर यह चेष्टा करने लगता है कि उसका अपना विभाग यथासम्भव अधिकतम लाभ प्रदर्शित करे। इस स्वस्थ प्रतिस्पर्धा से संस्था के कुल लाभ में वृद्धि होना अवश्यम्भावी है।

6. विभागीय मैनेजरों की कार्य कुशलता का अध्ययन – विभागीय भण्डारों में वैसे नीतियाँ जनरल मैनेजर द्वारा निर्धारित की जाती हैं लेकिन उनको कुशलतापूर्वक लागू करना विभागीय मैनेजरों की योग्यता, क्षमता एवं कार्य कुशलता पर निर्भर करता है। किस विभाग के मैनेजर ने संस्था द्वारा निर्धारित नीतियों का कुशलतापूर्वक क्रियान्वयन किया है यह सब विभागीय लेखों के माध्यम से जनरल मैनेजर को पता लग जाता है और इसी वे वह विभागीय मैनेजरों के सापेक्षिक गुणों एवं सामर्थ्य का माप करता है।

विभागीय लेखा प्रणाली

विभागीय लेखे दो प्रकार से रखे जा सकते है:

1. स्वतन्त्र इकाई के रूप में पृथक् लेखांकन – इस रीति में प्रत्येक विभाग को एक अलग इकाई माना जाता है और प्रत्येक विभाग के लिए अलग से पुस्तकें (Separateset of Books) रखी जाती हैं जिनमें प्रत्येक विभाग के व्यवहारों का स्वतन्त्र रूप से लेखांकन किया जाता है। अर्थात् प्रत्येक विभाग की रोकड़ बही, अन्य सहायक बहियाँ एवं खाता बही अलग-अलग होती है। वर्ष के अन्त में सब विभागों के लाभों को मिलाकर पूरी संस्था का कुल लाभ मालूम किया जाता है।

इस प्रणाली का प्रयोग बड़ी संस्थाओं में किया जाता है जहाँ विभागों की संख्या बहुत अधिक (लगभग अगणित) होती हैऔर स्कम्भीय प्रथा रखना सम्भव नहीं है। छोटी संस्थाओं में जहां बहुत अधिक विभाग नही होते इस प्रणाली का प्रयोग नहीं के बराबर होता है। इस प्रणाली के निम्नलिखित दोष है–

(अ) खर्चीली – प्रत्येक विभाग के लिए अलग-अलग बहियां एवं बहुधा अलग-अलग लेखाकर या मुनीम रखने के कारण इसकी लागत बहुत अधिक पड़ती है।

(ब) श्रम व समय का अपव्यय – कुछ ऐसे खाते भी होते हैं जो दो जगह रखने पड़ते हैं। जिसके परिणामस्वरूप श्रम तथा समय का अपव्यय होता है।

(स) एक ग्राहक के सम्बन्ध में पूर्ण सूचना का अभाव – एक ही ग्राहक अलग-अलग विभागों से उधार माल खरीदता है तो इस प्रणाली में प्रत्येक भण्डार में उस देनदार का अलग-अलग खाता होगा। इस तरह व्यापारी को एक ही नजर में किसी देनदार से कितना रुपया लेना है मालूम नहीं चल सकता।

2. स्कम्भाकर लेखे (Clumnar Accounts) – इस रीति में पूरी संस्था की लेखा पुस्तकें सम्मिलित रूप में रखी जाती है। पुस्तकों का स्वरूप स्कम्भीय ढंग पर रखा जाता है। सहायक बहियों में प्रत्येक विभाग का एक अलग स्कम्भ रखने के साथ-साथ एक योग का स्कम्भ भी होता है जिससे पूरी संस्था के व्यवहारों का पता चलता है। व्यवहारों को दर्ज करते समय योग के खाने में दर्ज करने के साथ ही साथ उससे सम्बन्धित विभाग के खाते में भी

दर्ज कर दिया जाता है। इससे व्यवहारों का विभागीय विश्लेषण साथ साथ ही हो जाता है, जो विभागीय अन्तिम खाते बनाने में सहायक होता है। अन्तर्विभागीय स्थानान्तरण के लिए एक स्थानान्तरण बही अलग से रखी जाती है जो वर्ष भर में एक विभाग से दूसरे विभागों को स्थानान्तरित माल की सूचना देती है। विभागीय स्टोरों में अधिकांशत: इसी पद्धति को अपनाया जाता है। इसके निम्न गुण हैं:

(अ) कम लागत - इस पद्धति में खातों को दो स्थानों पर नहीं रखने पड़ते और इसलिए लागत कम होती है।

(ब) श्रम एवं समय की बचत - व्यवहारों को अलग-अलग जगह दर्ज नहीं करना पड़ता है बल्कि योग के कालम के साथ ही सम्बन्धित विभाग के कालम में भी लिख दिया जाता है जिससे भी सम्पूर्ण सूचना मिल जाती है। इससे समय एवं श्रम की बचत तो होती ही है त्रुटि की भी सम्भावना कम रहती है।

(स) ग्राहक की सुविधा के अनुकूल - स्कम्भीय पद्धति ग्राहकों के भी अनुकूल है। ग्राहक एक बार में कई विभागों से माल खरीदता है तथा वह यह चाहता है कि उसे केवल एक ही बीजक या अन्य प्रपत्र दिया जाय। कई बीजक या कैश मीमों मिलने मे उसे कठिनाई होती है।

(द) प्रत्येक ग्राहक की कुल आर्थिक सूचना का तुरन्त ज्ञान - प्रत्येक व्यापारिक संस्था को यह जानना जरूरी होता है कि एक ग्राहक सब विभागों को मिलाकर कितनी रकम का देनदार है। यदि प्रत्येक विभाग खाते स्वतन्त्र रूप से अलग-अलग रखता है, तो यह सम्भव है कि एक ग्राहक को उसकी सामर्थ्य से ज्यादा उधार माल दे दिया जाय। लेकिन यदि स्कम्भीय आधार पर खाते रखे जाते हैं, तो व्यापारी को यह भी मालूम चल सकता है कि वह एक फार्म के कितने रुपये का माल एक वर्ष में खरीदता है। जिससे कि वह अधिक क्रय करने पर विशेष कमीशन प्राप्त कर सके और यह मालूम होता रहता है कि किसी एक फर्म को उसे कितनी रकम भुगतान में देनी है।

स्कम्भीय पद्धति के इन गुणों के कारण ही प्राय: इसका सर्वत्र ही उपयोग होता है और इसीलिए विभागीय खातों का तात्पर्य सामान्यतया स्कम्भीय खातो से होता है। इस पुस्तक में स्कम्भीय पद्धति का ही प्रयोग करेंगे।

इस तरह अन्य सहायक बहियों - जैसे क्रय वापसी पुस्तक विक्रय वापसी पुस्तक आदि में खाने बनाये जाने हैं। इस सभी पुस्तकों में जितने विभाग होते हैं उनते ही अतिरिक्त खाने तैयार किये जाते हैं। इनमें उसी प्रकार विश्लेषण हो जाता है जिस तरह लघु रोकड़ बही में खर्चों में अलग-अलग विश्लेषण होता है।

स्कम्भीय खाता बही (Columnar Ledger)- विभागीय भण्डारों में अधिक सूचना प्राप्त करने के लिये खाता बही में भी समस्त खाते (उदाहरण के लिये - स्टाक खाता, क्रयखाता, वेतनखाता आदि) स्कम्भीय आधार पर रखे जाते हैं। दूसरे शब्दों में जमा एवं नाम दोनों ही पक्षों में राशि का पहली कालम कुल योग के लिए, तथा उसके बाद प्रत्येक विभाग के लिए अलग-अलग दिया रहता है।

विभागीय भण्डार-अन्तिम खाते

विभागीय भण्डारों में प्रत्येक भण्डार का अलग-अलग लाभ एवं पूरी संस्था का कुल लाभ एवं आर्थिक स्थिति जानने के लिए अन्तिम खाते तैयार किये जाते हैं। जिनमें व्यापार खाता, लाभ हानिखाता एवं चिट्ठा मुख्य हैं। लेकिन विभागीय स्टोरों में कभी-कभी एक सामान्य लाभ हानि खाता भी बनाया जाता है। ये सभी अन्य संस्थाओं के अन्तिम खातों की तरह ही तैयार किये जाते हैं। इनके सम्बन्ध में मुख्य बातें निम्नलिखित हैं-

(1) विभागीय व्यापार खाता (Departmental Trading Account)- वर्ष के अन्त में बनाये जाने वाला व्यापारिक खाता स्कम्भीय आधार पर तैयार किया जाता है जो अलग-अलग विभागों में सकल लाभ के साथ-साथ कुल लाभ भी प्रदर्शित करता है। व्यापार खाते में दिखाये जाने वाली मदों जैसे-स्टाक, नकद क्रय नकद विक्रय, उधार क्रय, उधार विक्रय, प्रत्यक्ष मजदूरी, क्रय एवं विक्रय वापसी एवं अन्य प्रत्यक्ष खर्चें आदि को सहायक बहियों से विभागानुसार मालूम कर लिया जाता हैं।

अन्तर्विभागीय स्थानानतरण (Inter-Departmental Transfer)- सामान्यतया एक ही संस्था में एक विभाग से दूसरे विभाग को माल एवं सेवाओं का आदान प्रदान होता रहता है जिसे अन्तर्विभागीय स्थानान्तरण के नाम से जाना जाता है। एक विभाग द्वारा अन्य विभागों को प्रदान की गई सेवाओं एवं स्थानान्तरित माल के लिये एक अलग से बही रखी जाती है जिसे स्थानान्तरण बही के नाम से जाना जाता है। इसमें प्रत्येक अन्तर्विभागीय स्थानान्तरण के प्रत्येक व्यवहार को दर्ज किया जाता है। वर्ष के अन्त में इस पुस्तक से यह तथ्य मालूम हो जाता है कि किसी एक विभाग ने वर्ष भर में अन्य विभागों को कितने मूल्य का माल या सेवायें प्रदान की। इस कुल राशि के आधार पर अन्तिम खातों के लिए एक प्रविष्टी की जाती हैं। जिसमें माल अथवा सेवा प्राप्त करने वाले विभाग को डेबिट तथा प्रदान करने वाले विभाग को क्रेडिट किया जाता है। प्रविष्टि के रूप में -

Transfer Deptt. a/c Dr.

To Transfer Deptt. a/c

Being Goods Transferred

माल या सेवाओं के ऐसे व्यवहार या तो साधारण क्रय विक्रय के समान माने जा सकते हैं या उनका एक विभाग से दूसरे विभाग को हस्तान्तरण हुआ माना जाता है। सामान्यतया ऐसा होता है कि यदि हस्तान्तरण लागत से अधिक मूल्य पर होता है, तब उसे विक्रय के रूप में माना जाता है और हस्तान्तरण करने वाला विभाग उसका लेखा इसी आधार पर करता है। विक्रय अनुपात ज्ञात करने के लिए ऐसे हस्तान्तरण को विक्रय में जोड़ा जाता है। किन्तु जब हस्तान्तरण लागत मूल्य पर होता है तो उसे विक्रय नहीं माना जाता है और विक्रय अनुपात निकालने के लिए भी ऐसे हस्तान्तरण को शामिल नहीं करते हैं।

विक्रय मूल्य पर हस्तान्तरण एवं वसूल लाभ का समायोजन - जब एक ही स्थान के एक विभाग ने दूसरे विभाग को माल विक्रय मूल्य पर भेजा है तो इसका तात्पर्य यह कि उसने अपरी ही संस्था से लाभ कमाया है। प्राप्त करने वाले विभाग का अन्तिम स्कन्ध

लेते समय इन व्यवहारों का पूर्णतया ध्यान रखना पड़ता है। वर्ष के अन्त में यह देखा जाता है कि जो माल दूसरे विभाग ने खरीदा है वह सम्पूर्ण विक्रय किया जा चुका है। यदि उसमें से कुछ भाग या सम्पूर्ण माल बच रहता है तो व्यापार खाता बनाते समय यह ध्यान रखना चाहिये कि ऐसे स्कन्ध की वास्तविक कीमत पर लिखा गया है तथा विभागीय लाभ की मद, जहाँ तक कि बिना बिके हुए माल का सम्बन्ध है, बिल्कुल ही नहीं लिखी गई है। सैद्धान्तिक दृष्टिकोण से यह गलत है कि एक संस्था स्वयं से ही लाभ कमाये। इसके लिये विक्रय मूल्य में से लाभ को घटाकर लागत दर पर स्टॉक दिखाया जाता है। या यदि स्टॉक विक्रय मूल्य पर ही अन्तिम खातों में दिखाया गया है तो फिर उसमें सम्मिलित ने वसूल हुए लाभ के लिए संचय (Reserve for Unrealized Profit)का निर्माण किया जाता है। इसके लिए निम्न प्रविष्टि की जाती है-

(Transfer) Departmental Profit & Loss a/c Dr.

To Reserve for Unrealized Profit a/c

यह प्रविष्टि बचे हुए माल पर भेजने वाले विभाग के सकल लाभ की दर से गणना की हुई राशि से की जाती है।

अगले वर्ष के प्रारम्भिक स्टाक में समायोजन करने के लिए उपरोक्त प्रविष्टि की विपरीत प्रविष्टि कर ली जाती है।

टिप्पणी - वैकल्पिक रूप में सुविधा के लिए वर्ष के प्रारम्भ में न वसूल हुए लाभ को वर्ष के अन्त में न वसूल हुए लाभ में से घटाकर शेष राशि से ही लाभ हानि खाते को डेबिट करके न वसूल हुये लाभ के संचय का निर्माण किया जा सकता है।

वर्ष के अन्त में न वसूल हुये लाभ के लिये संचय खाते के शेष का चिट्ठे में दायित्व पक्ष में दिखाया जाता है।

2. विभागीय लाभ हानि खाता (Departmental P. & L. a/c) - विभागीय व्यापार खाते द्वारा दर्शाये गये सकल लाभ में से विभिन्न खर्चों को घटाकर विभागों का एवं संस्था का शुद्ध लाभ ज्ञात किया जाता है। विभागीय भण्डारों में ये खर्चे दो प्रकार के होते हैं-

प्रत्यक्ष खर्चे - किसी विशेष विभाग के हित के लिये किये जाने वाले खर्चे प्रत्यक्ष खर्चे कहलाते हैं। विभागीय लेखों से यह आसानी से पता लग जाता है एवं सम्बन्धित विभाग के कालम में इन्हें लिख दिया जाता है। ऐसे व्ययों के उदाहरण हैं-विभागीय विशेष वेतन, विशेष प्रकार का विज्ञापन व्यय, मजदूरी आदि।

अप्रत्यक्ष खर्चे - ये ऐसे व्यय है जो एक से अधिक विभागों पर एक साथ सम्मिलित रूप से भुगतान किये गये हैं तथा जिनके सम्बन्ध में विभागानुसार सूचना उपलब्ध नहीं है। कुल लाभ तथा शुद्ध लाभ मालूम करने के लिये ऐसे व्ययों, जो सीधे ही विभागों से चार्ज नहीं किये जा सकते हैं, को उचित आधार पर सभी विभागों में बाँटा जाता है। ऐसे व्ययों का विभाजन कई आधारों पर हो सकता है जिनमें निम्न मुख्य है-

(अ) विक्रय अनुपात (Sales Ratio)- वे खर्चे जिनका सम्बन्ध बिक्री से अधिक होता है विभिन्न विभागों में बिक्री अनुपात में बाँटे जाते हैं। इनमें विक्रय कमीशन, डूबत ऋण, विज्ञापन, दिया गया बट्टा, बाहरी गाड़ी भाड़ा, आदि मुख्य हैं।

(ब) क्रय अनुपात (Purchase Ratio) - संस्था के कुछ व्यय ऐसे होते हैं जिनका क्रय से अधिक सम्बन्ध होता है जैसे - क्रय पर कमीशन, क्रय पर गाड़ी भाड़ा, प्राप्त नकद बट्टा, चुंगी आदि। ऐसे व्यय की अलग-अलग विभागों में उनके क्रय अनुपात में विभाजित किये जाते हैं।

घेरा गया क्षेत्रफल अनुपात (Occupied Area Ratio)- कुछ खर्चे ऐसे होते हैं जिनका सीधा सम्बन्ध विभिन्न विभागों द्वारा काम में लिये गये क्षेत्रफल से होता है। इनमें भवन सम्बन्धी खर्चे मुख्य है जैसे - भवन का किराया, मूल्य ह्रास, कर एवं बीमा, सफाई व्यय, मरम्मत आदि। ऐसे खर्चों को क्षेत्रफल के अनुपात में बाँट दिया जाता है।

अन्य आधार (Other Bases)- व्यावसायिक संस्थानों के कुछ खर्च ऐसे होते हैं जो उपरोक्त किसी भी आधार पर बांटना सुविधाजनक व उचित नहीं होता है। उनके लिए अन्य उचित आधारों को अपनाया जाता है। उनमें कुछ मुख्य खर्चे एवं उनका आधार निम्न प्रकार है-

(अ) स्टाक का बीमा - सम्मिलित रूप से कराये गये स्टॉक के बीमे के प्रीमियम को विभिन्न विभागों के औसत स्टॉक के अनुपात में विभाजित किया जाता है। ऑसत स्टाक की गणना प्रारम्भिक स्टाक तथा अन्तिम स्टाक दोनो की राशि को जोड़कर दो का भाग देकर की जा सकती है।

(ब) प्रकाश व्यय (Lighting Exp.)- अलग-अलग विभागों के मीटर न होने की स्थिति में बिजली व्यय को विभागों के 'वाट' अनुपात या बल्बों की संख्या के अनुपात में विभाजित किया जायगा। दोनों के ही ज्ञात न होने पर क्षेत्रफल आधार उचित रहता है।

(स) मूल्य ह्रास (Depreciation)- मूल्य ह्रास का विभाजन प्रत्येक विभाग में लगी हुई सम्पत्तियों के मूल्य के अनुपात में किया जाता है। यदि सम्पत्तियों का मूल्य दिया हुआ नहीं हो तो फिर बिक्री अनुपात का प्रयोग किया जा सकता है।

(द) शक्ति (Power)- शक्ति के व्यय का बंटवारा प्रत्येक विभाग में लगी मशीन की क्षमता हार्स पावर के अनुपात में किया जाता है।

(य) निरीक्षण एवं कर्मचारी कल्याण व्यय - इन दोनों ही प्रकार के व्ययों का बंटवारा विभागों में कर्मचारियों की संख्या के आधार पर किया जाता है।

(र) आय कर - आय कर जैसे विभिन्न विभागों में नहीं बांटा जाना चाहिये। यदि बांटने की आवश्यकता हो तो इसे प्रत्येक विभाग के आयकर चार्ज करने के पूर्व के शुद्ध लाभों के अनुपात में बांटा जाना उचित रहता है।

(ल) अन्य व्यय - यदि संस्था के उपरोक्त के अतिरिक्त कुछ व्यय है जो उपरोक्त में से किसी भी आधार पर बांटना उचित प्रतीत नहीं होता है तथा ऐसे व्ययों की सेवा प्रत्येक विभाग प्राप्त करता है तो उन्हें बराबर-बराबर बांटा जा सकता है। अन्यथा उन्हें सामान्य लाभ हानि खाता में स्थानान्तरित कर दिया जाना चाहिये।

3. सामान्य लाभ-हानि खाता (General Profit and Loss Account)- विभागीय भण्डारों में कुछ व्यय एवं आय ऐसी होती है जिनका सम्बन्ध अलग-अलग

विभागों से नही होता बल्कि वह सम्पूर्ण संस्था से सम्बन्ध रखती है। उदाहरणार्थ – ऋणपत्रों पर ब्याज, पूंजी पर ब्याज, संचालकों का पारिश्रमिक, दान, हस्तान्तरण फीस, विनियोगों पर प्राप्त ब्याज, प्राप्त ब्याज आदि। ऐसी आय एवं व्ययों का बांटना असुविधाजनक भी होता है। ऐसी दशा में संस्था का शुद्ध लाभ मालूम करने के लिये यह खाता तैयार किया जाता है। विभागीय लाभ हानि खाते से प्रत्येक विभाग का शुद्ध लाभ इसमें स्थानान्तरित किया जाता है तथा इसका शुद्ध लाभ चिट्ठे में ले जाया जाता है।

यदि किसी संस्था में ऐसे सामूहिक न बांटे जाने वाले अप्रत्यक्ष खर्चे एवं आय नहीं है तो फिर सामान्य लाभ हानि तैयार नहीं किया जाता है तथा विभागीय लाभ हानि खाते से ही पूरी संस्था का कुल लाभ चिट्ठे में ले जाया जाता है।

4. चिट्ठा तैयार करना (Balance Sheet)– विभागीय भंडारों मे पूरी संस्था का चिट्ठा एक ही तैयार किया जाता है। क्यों कि विभागीय सम्पत्ति एवं दायित्व अलग-अलग नहीं होते हैं। चिट्ठा अन्य संस्थाओं की तरह सामान्य नियमों के आधार पर ही तैयार किया जाता है।

विभागीय लाभ-हानि खाता तैयार करने के नियम

विभिन्न विभागों के अलग-अलग लाभ हानि ज्ञात करने के लिए 'विभागीय व्यापारिक एवं लाभ-हानि खाता' (Departmental Trading and P & L Account) निम्न प्रकार तैयार किया जाता है–

1. विभिन्न विभागों के लिए रकम के अलग-अलग कॉलम डेबिट एवं क्रेडिट में बनाए जाते हैं।

2. प्रश्न में जो मदें विभिन्न विभागों की अलग-अलग दी गई हों उन्हें सम्बन्धित विभाग के कॉलम में डेबिट या क्रेडिट करते हैं, जैसे – प्रो. स्टॉक, क्रय-विक्रय, अन्तिम स्टॉक, मजदूरी, प्रत्यक्ष व्यय आदि।

3. यदि प्रश्न में लाभ का प्रतिशत दिया हो और अन्तिम स्टॉक नहीं दिया हो तो व्यापार खाते के डेबिट में To सकल लाभ लिखकर डेबिट क्रेडिट का अन्तर ज्ञात करते हैं, यह अन्तर अन्तिम स्टॉक कहलाता है।

4. यदि लाभ का प्रतिशत विक्रय मूल्य पर दिया हो, तो लाभ निम्न सूत्र से ज्ञात करेंगे –

$$\frac{\text{विभाग का विक्रय} \times \text{लाभ का प्रतिशत}}{100}$$

5. यदि लभ का प्रतिशत बेचे गऐ माल की लागत पर दिया हो, तो बेचे गये माल की लागत निम्न सूत्र से ज्ञात करेंगे–

प्रो. स्टॉक + क्रय – अन्तिम स्टॉक = विक्रय लागत

6. यदि विभिन्न विभागों में परस्पर माल का हस्तान्तरण हुआ हो, तो हस्तान्तरण करने वाले विभाग के खाते में क्रेडिट में By Transfer और पाने वाले विभाग के खाते में To Transfer के रूप में रकम लिखेंगे।

7. यदि अप्रत्यक्ष व्यय विभागों की बिक्री के अनुपात में बाँटना हो तो निम्न सूत्र प्रयोग करेंगे –

(अप्रत्यख व्यय × विभाग की बिक्री, कुल बिक्री)

8. यदि प्रश्न में विभिन्न व्ययों के बँटवारे के स्पष्ट आधार दिये हों, तो ऐसी स्थिति में उन आधारों पर विभाजन करना चाहिए अन्यथा व्ययों का विभाजन निम्न आधारों पर करना चाहिए –

अप्रत्यक्ष व्यय – विक्रय के अनुपात में

विक्रय व्यय – विक्र अनुपात में

बिजली व्यय – पाइण्ट्स के आधार पर

ह्रास – सम्पत्तियों के अनुपात में

बीमा – स्टॉक के आधार पर

किराया – क्षेत्रफल के आधार पर

आयकर – शुद्ध लाभ अनुपात

वेतन एवं श्रम कल्याण – कर्मचारियों की संख्या के अनुपात में

9. यदि स्टॉक रिजर्व बनाना हो तो विभाग के अन्तिम स्टॉक के आधार पर ज्ञात के डेबिट में लिखेंगे।

उदाहरण 1. निम्नांकित विवरण से विभागीय व्यापार लेखा यह मान्यता कर बनाइए कि सकल लाभ की दर प्रत्येक विभाग में समान है:

विवरण	विभाग 'अ' इकाइयाँ	विभाग 'ब' इकाइयाँ	विभाग 'स' इकाइयाँ
क्रय (1,00,000 रुपये की (लागत पर)	1,000	2,000	2,400
स्कंध (1-1- 83)	120	80	152
विक्रय	1,020 दर 20/– प्रति इकाई	दर 22.50 प्रति इकाई	दर 25/–प्रति इकाई

हल : अंतिम स्कंध की गणना (इकाइयों में) (Calculation of Closing Stock)

Closing Stock = Opening Stock + Purchase Sale.

विभाग 'अ = 120 + 1,000 - 1,020 = 100 Units

विभाग 'ब' = 80 + 2,000 - 1,920 = 160 Units

विभाग 'स' = 152 + 2,400 - 2,496 = 56 Units

क्रय मूल्य की गणना (Calculation of Purchase Price)

क्रय की गयी सभी इकाइयों को बाजार में विक्रय करने पर कुल विक्रय मूल्य।

		Rs.
विभाग 'अ'	= 1,000 x 20 =	20,000
विभाग 'ब'	= 2,000 x 22.5=	45,000
विभाग 'स'	= 2,400 x 25.00 =	60,000
कुल विक्रय मूल्य		1,25,000

लाभ = विक्रय मूल्य – क्रय मूल्य

= 1,25,000 – 1,00,000 = 25,000 (given)

विक्रय मूल्य पर लाभ का प्रतिशत –

$$\text{लाभ का प्रतिशत} = \frac{\text{लाभ}}{\text{विक्रय मूल्य}} \times 100$$

$$\frac{25000}{125000} \times 100 = 20\%$$

प्रति इकाई क्रय मूल्य = विक्रय मूल्य – लाभ

विभाग 'अ' = 20 - (20 x 20%)

= 25 - 4 = 16 Rs.

विभाग 'ब' 22.50 - (22.5 x 20%)

= 22.5 - 4.5 = 18 Rs.

विभाग 'स' = 25 - (25 x 20%)

= 25 - 5 = 20 Rs.

Departmental Trading Account

Particulars	'अ'	'ब'	'स'	Particulars	'अ'	'ब'	'स'
To Opening Stock				By Sales			
'A' - 120 x 16				'A' 1,020 x 20			
'B' - 80 x 18				'B' 1,920 x 22.5			
'C'-152 x 20	1,920	1,440	3,040	'C' 2496 x 2	20,400	43,200	62,400
To Purchase				**By Closing Stock**			
A - 1000 x 16				'A' 100 x 16			
B - 2000 x 18				'B; 160 x 8			
C 2400 x 20	16,000	36,000	48,000	'C' 56 x 20			
To Gross Profit	4,080	8,640	12,480		1,600	2,880	1,120
	22,000	46,080	63,520		22,000	46,080	63,520

उदाहरण 2. स्वदेशी स्टोर्स की पुस्तकों में निम्नलिखित बाकियाँ ली गयी हैं:

	विभाग 'अ'	विभाग 'ब'	विभाग 'स'
क्रय	2,00,0000	3,00,000	8,00,000
बाह्य वापसी	20,000	10,000	30,000
विक्रय	6,10,000	12,20,000	18,30,000
अतिरेक वापसी	10,000	20,000	30,000
मजदूरी	40,000	60,000	80,000
रहतिया (1/1/96)	50,000	70,000	10,000
रहतिया (31/12/96)	80,000	50,000	40,000

माल हस्तान्तरण 'अ' से विभाग 'ब' 10,000 रुपये, 'अ' से 'स' विभाग 20,000 'ब' से 'अ' विभाग 5,000 रुपये, 'ब' से 'स' विभाग 10,000 रुपये, 'स' से 'अ' 7,000 रुपये, 'स' से 'ब' विभाग 9,000 रुपये।

निम्नांकित व्यय बराबर बाँटे जायेंगे:

टेलीफोन व्यय 3,000 रुपये, बीमा व्यय 6,000, कार्यालय व्यय 9,000, किराया 24,000 को स्थान के हिसाब से 'अ' 1/4 'ब' 1/4 और 'स' 1/2 के अनुपात में बाँटा गया। अन्य व्यय निम्नांकित थे:

(1) कटौती दी 18,000 रुपये, (2) कानूनी व्यय, 24,000 रुपये, (3) अप्राप्त ऋण 15,000 रुपये, (4) आयकर 63,000 रुपये।

उपर्युक्त व्ययों को उचित रीति से तीनों विभागों में बाँटते हुए विभागीय व्यापारिक एवं लाभ-हानि खाता खानेदार बनाइए। उस आधार को भी लिखिए, जिस पर इन व्ययों को 3 विभागों में बाँटा गया है।

Solution:

Departmental Trading and Profit & Loss a/c

Particulars	A	B	C	Total
To Op. Stock	50,000	70,000	10,000	1,30,000
To Purchase (Less Return)	1,80,000	2,90,000	7,70,000	12,40,000
To Wages	40,000	60,000	80,000	1,80,000
To Int. Transfer	12,000	19,000	30,000	61,000
To G.P.	4,28,000	8,26,000	9,66,000	22,20,000

	7,10,000	12,65,000	18,56,000	38,32,000
To Telephone (Exp.(1 : 1 : 1)	1,000	1,000	1,000	3,000
To Insurance	2,000	2,000	2,000	6,000
To Office Exp.	3,000	3,000	3,000	9,000
To Rent (1/4, 1/4, 1/2)	6,000	6,000	12,000	24,000
To Discount (1 : 2 : 3)	3,000	6,000	9,000	18,000
To Bad Debts (1 : 2 : 3)	2,500	5,000	7,500	15,000
To N.P.	4,10,500	8,03,000	9,31,500	21,45,000
	4,28,000	8,26,000	9,66,000	22,20,000
By Sales (less Return)	6,00,000	1,20,000	18,00,000	36,00,000
By Clos. Stock	80,000	50,000	40,000	1,70,000
By Int. Transfer	30,000	15,000	16,000	61,000
	7,10,000	12,65,000	18,56,000	38,31,000
By G.P.	4,28,000	8,26,000	8,66,000	22,20,000
	4,28,000	8,26,000	9,66,000	22,20,000

General Profit an Loss A/c

To Legal Exp.	24,000	By Gross Profit	
To Income Tax	63,000	A 4,10,500	
To Net Profit	20,58,000	B 8,03,000 C 9,31,500	21,45,000
	21,45,000		**21,45,000**

उदाहरण 3. एक व्यापारी 30 जून, 2000 को समाप्त होने वाली छमाही के लिए दो विशिष्ट विभागों 'X' तथा 'Y' का शुद्ध लाभ अलग-अलग जानना चाहता है।

उक्त तिथि पर रहतिया का मूल्यांकन करना सम्भव नहीं है, किन्तु सकल लाभ की दरें (प्रत्यक्ष व्ययों को ध्यान रखे बिना गणना करने पर) दोनों विभागों की क्रमशः बिक्री के 40 प्रतिशत तथा 30 प्रतिशत निश्चित की गयी है। कुल 6 विभाग हैं।

अप्रत्यक्ष व्ययों के 1/3 विभिन्न विभागों में समान बाँटै जाते हैं तथा शेष का वितरण विभागीय विक्रय अनुपात में होता है।

30 जून, 2000 को समाप्त होने वाली छमाही के सम्बन्ध में पुस्तकों में निम्न रूप प्राप्त हुआ=

	विभाग X (Rupees)	विभाग Y (Rupees)
रहतिया 1/1/91 को	30,000	28,000
विक्रय (Sales)	1,40,000	1,20,000
क्रय (Purchase)	90,000	90,000
प्रत्यक्ष व्यय (Direct Expenses)	18,300	28,400

6 विभागों के कुल अप्रत्यक्ष व्यय 36,000 रु. थे। अन्य विभागों की बिक्री के 1,40,000 रु. थे।

30 जून, 2000 को समाप्त होने वाले छमाही का एक स्तंभीय व्यापार तथा लाभ-हानि खाता 30 जून, 2000 को रहतिये को अनुमानित मूल्य पर 7 प्रतिशत रहतिया संचय रखते हुए बनाइए।

Solution:

Departmental Trading and Profit & Loss A/c (For the Half Year ended 30/6/2000)

	Dep.X	Dep.Y		Dep.X	Dep.Y
To Oepning Stock	30,000	28,000	By Sales	1,40,000	1,20,00
To Purchase	90,000	90,000	By Closing Stock (Bal.Figures)	36.000	34,000
To Gross Profit 40% and 30% of Sale	56,000	36,000			
	1,76,000	1,54,000		1,76,000	1,54,00
To Direct Expenses	18,300	28,400	By Gross Profit	56,000	36,000
To Indirect Exp. (1/3 of 36,000 will be dividend to 6 department in equal)	2,000	2,000	By Net Loss tran. to General P/L Account	-	3,980

To Indirect exp. (2/3 in proportion in sales)	8,400	7,200			
To Stock Reserve (7% of Closing Stock)	2,520	2,380			
To General P/L Account	24,780				
	56,000	39,980		56,000	39,980

Total Sales = 1,40,000 + 1,20,000 + 1,40,000 = 4,00,000

36,000 x 2/3 = 24,000

$$24{,}000 \times \frac{140000}{400000} = 8{,}400,\ 24{,}000 \times \frac{120000}{400000} = 7{,}200$$

उदाहरण 4. विभागीय स्टोर के संचालक A, B और C विभागों के लाभ 30 अप्रैल, 2000 को समाप्त होने वाले चार माह के लिए अलग-अलग ज्ञात करना चाहते हैं। उस समय रहतिया की गणना करना व्यावहारिक रूप में असम्भव था, लेकिन विभागीय लेखों की सन्तोषजनक प्रणाली प्रयोग में है और विभिन्न विभागों के लिए सकल लाभ की साधारण दर बिक्री पर क्रमश: 40 प्रतिशत, 30 प्रतिशत और 20 प्रतिशत हैं। अप्रत्यक्ष व्यय बिक्री के अनुपात में बाँटे जाते हैं। प्रत्येक विभाग की निम्नलिखित सूचनाएँ हैं:

	A (Rupees)	B (Rupees)	C (Rupees)
रहतिया 1/1/2000 को	6,000	7,000	3,000
विक्रय (Sales)	7,000	6,000	3,000
क्रय (Purchase)	12,000	10,000	6,000
प्रत्यक्ष व्यय (Direct Expenses)	2,020	1,450	710

अवधि के लिए कुल अप्रत्यक्ष व्यय (अन्य विभागों से सम्बन्धित व्यय को शामिल करते हुए) 84,000 रु. की कुल बिक्री पर 40,200 रु. थे। संचालक के लिए एक विवरण पत्र बनाइए और 30 अप्रैल, 2000 को अनुमानित मूल्य पर प्रत्येक विभाग के लिए 10 प्रतिशत का रहतिया संचय कीजिए।

Solution:

Departmental Trading & Profit & Loss A/c
For the year ended 31st Dec., 2000)

Particulars	A	B	C	Particulars	A	B	C
To Op. Stock	6,000	7,000	3,000	By Sales	12,000	10,000	6,000
To Purchase	7,000	6,000	4,700	By Clo. Stock (B.F.)	7,820	7,450	3,610
To Dir. Exp.	2,020	1,450	710				
To G.P. (40%, 30%,20%)							
	19,820	17,450	9,610		19,820	17,450	9,610
To Ind. Exp.	600	500	300	By G.P.	4,800	3,000	1,200
$\frac{4200}{84000}x28000$ =1400 (6 : 5 : 3)							
By Stock Res. (10%)	782	745	361				
By N.P.	3,418	1,755	539				
	4,800	3,000	1,200		4800	3,000	1,200

उदाहरण 5. रेडियो एण्ड ग्रामोफोन कम्पनी का 31 दिसम्बर, 2000 को समाप्त 6 माह का व्यापार एवं लाभ–हानि खाता निम्नलिखित रूप में आपके सामने प्रस्तुत किया जाता है:

विवरण	रु.	विवरण	रु.
क्रय रेडियो (अ)	1,40,700	विक्रय रेडियों (अ)	1,50,000
ग्रामोफोन (ब)	90,600	ग्रामोफोन (ब)	1,00,000
मरम्मत व पूर्जे (स)	64,400	मरम्मत से प्राप्त	25,000
वेतन व मजदूरी	48,000	अन्तिम स्कन्ध 31 दिसम्बर को	
किराया	10,800	रेडियो	60,100
विविध व्यय	11,000	ग्रामोफोन	20,300
लाभ	34,500	मरम्मत	44,600
योग	4,10,000	योग	4,10,000

निम्नांकित सूचनाओं को ध्यान में रखकर विभागीय व्यापार एवं लाभ-हानि खाता तैयार कीजिए:

(1) रेडियों और ग्रमोफोन शोरूम में बेचे जाते हैं और सफाई तथा मरम्मत कारखाने में की जाती है। (2) वेतन तथा मजदूरी निम्न प्रकार समाविष्ट है - शोरूम 3/4, कारखाना 1/4 और ए तथा बी विभागों के बीच शोरूम के वेतन तथा मजदूरी का विभाजन 1 : 2 के अनुपात में करना है। (3) कारखाने का किराया 500 रु. प्रतिमाह है और शोरूम के किराये का विभाजन बराबर करना है। (4) विविध व्ययों का विभाजन बिक्री के आधार पर करना है।

Solution:

Departmental Trading & Profit & Loss A/c
(For the Year ended 31st Dec., 2000)

Dr. **Cr.**

Particulars	'अ'	'ब'	'स'	Particulars	'अ'	'ब'	'स'
To Purch.	1,40,700	90,600	64,400	By Sales	1,50,000	1,00,000	25,000
To G.P.	69,400	29,700	5,200	By Clo. Stock	60,100	20,300	44,600
	2,10,100	1,20,300	69,600		2,10,100	1,20,300	69,600
To Salary & Wages	12,000	24,000	12,000	By G.P.	69,400	29,700	5,200
To Rent	3,900	3,900	3,000	By Net Loss	-	2,200	10,800
To S. Exp.	6,000	4,000	1,000				
To N.P.	47,500	-	-				
	69,400	31,900	16,000		69,400	31,900	16,000

व्ययों का विभाजन

1. वेतन व मजदूरी	2. किराया	3. विविध व्यय
1. शोरूम 48,00 x $\frac{3}{4}$ = 36,000 Rs.	कारखाना 500 x 6 = 3,000 Rs.	(अ) 11,000 x $\frac{150000}{275000}$ = 6,000 Rs.
2. कारखाना 48,000 x $\frac{1}{4}$ = 12,000 Rs.	(अ) 7,800 x $\frac{1}{2}$ = 3,900 Rs.	(ब) 11,000 x $\frac{100000}{275000}$ = 4,000 Rs.

अ : ब = 1 : 2 (अ) $36000 \times \frac{1}{3}$ = 12,000 Rs. (ब) $36000 \times \frac{2}{3}$ = 24000 Rs. (स) 12,000	(ब) $7,800 \times \frac{1}{2}$ = 3,900 Rs.	(स) $11,000 \times \frac{25000}{275000}$ = 1,000 Rs.

उदाहरण 6. निम्न सूचना से 31-12-2000 को समाप्त वर्ष के लिए विभागीय व्यापार एवं लाभ-हानि खाता तथा चिट्ठा बनाइए।

विवरण	विकलन राशि	समाकलन राशि
	रु.	रु.
पूँजी	–	3,00,000
भूमि व भवन	1,25,000	
फर्नीचर	25,000	
प्रारम्भिक स्टॉक		
विभाग A	30,000	–
विभाग B	40,000	–
क्रय विभाग A	10,00,000	–
विभाग B	15,00,000	
विक्रय विभाग A	–	20,00,000
विभाग B	–	32,00,000
सामान्य व्यय	14,00,000	–
देनदार	2,00,000	–
लेनदार	–	1,00,000
आहरण	2,80,000	
बैंक में रोकड़	10,00,000	–
	56,00,000	56,00,000

अन्य जानकारियाँ

(1) A विभाग का अन्तिम स्टॉक 1,30,000 रु. है, जिसमें 40,000 रु. का B विभाग का स्टॉक भी शामिल है, जो A विभाग को लागत पर भेजा गया था। (2) B विभाग का अन्तिम स्टॉक 2,60,000 रु. है, जिसमें 90,000 रु. का A विभाग का स्टॉक भी शामिल है जो B विभाग को लागत पर भेजा गया था। (3) A की बिक्री में 2,00,000 रु. का माल भी शामिल है, जो B विभाग को हस्तान्तरित किया गया था। B विभाग की बिक्री में 3,00,000 रु. का माल भी शामिल है, जो A विभाग को हस्तान्तरित किया गया था। दोनों हस्तान्तरण बाजार मूल्य पर किये गये थे। (4) A विभाग के अन्तिम स्टॉक में 10,000 रु. का माल B विभाग से लागत पर प्राप्त हुआ शामिल है तथा B विभाग के अन्तिम स्टॉक में 15,000 रु. का माल A विभाग से लागत पर प्राप्त हुआ शामिल है। (5) भूमि तथा भवन पर 5 प्रतिशत तथा 10 प्रतिशत की दर से ह्रास लगाना है।

Solution :

Departmental Trading A/c

Dr. (For the yer ended 31st Dec., 2000) Cr.

Particulars	A	B	C	Particulars	A	B	C
To Op. Stock	30,000	40,000	70,000	By Sales	1,80,000	2,00,000	47,00,000
To Purchase	7,00,000	13,00,000	20,00,000	By Transfer	2,00,000	3,00,000	5,00,000
To Transfer	3,00,000	2,00,000	5,00,000	By Clo. Stock	1,30,000	2,60,000	3,90,000
	21,30,000	34,60,000	55,90,000		21,30,000	34,60,000	55,90,000

General Profit and Loss A/c

(For the year ended 31st Dec. 2000)

To Gen. Exp.	14,00,000	By G.P.	
To Dep. on Land & Buil.	6,250	A = 11,00,000	
To Dep. on Furniture	2,500	B = 19,20,000	30,20,000
To Stock Reserve A/c:			
A	49,500		
B	24,000		
To N.P.	15,37,750		
	30,20,000		30,20,000

अन्तिम स्कंध के आयोजन की गणना

$$\text{विभाग A} = 90{,}000 \times \frac{1100000}{2000000} = 49{,}500 \text{ Rs.}$$

$$B\ 40000 \times \frac{1920000}{3200000} = 24{,}000 \text{ Rs.}$$

Balance Sheet

(For the Year Ended 31st Dec., 2000)

Liabilities		Amount	Assets		Amount
Capital	3,00,000		Land & Building	1,25,000	
(+) Net Profit	15,37,750		(-) Depre.	6,250	1,18,750
	18,37,750		Furniture	25,000	
(+) Drawings	2,80,000	15,57,000	(-) Depre.	2,500	22,500
			Stock	3,90,000	
Creditors		1,00,000	(-) Reserve		
			(49500 + 24000)	73,500	3,16,500
			Debtors		2,00,000
			Bank		10,00,000
		16,57,750			16,57,750

विभागीय लेखांकन समस्यायें एवं समाधान

विभागीय भंडार फुटकर व्यापार का क वृहद स्तर है। इसकी प्रकृति के अनुसार इसकी जटिल व्यवस्था लेखांकन में भी कई प्रकार की कठिनाइयां उत्पन्न करती हैं जिनका उचित समाधान आवश्यक है। कुछ प्रमुख कठिनाइयां निम्न है :

1. पुस्तपालन के स्वरूप निर्धारण की समस्या - विभागी भंडार का स्वामी प्रत्येक विभाग की पृथक् पृथक सूचना के साथ पूरी संस्था के बार में भी लगातार जानकारी प्राप्त करना चाहता है। प्रत्येक विभाग लाभ-हानि, पृथक पृथक् खर्चे, कार्यकलाप आदि सभी सूचनायें प्राप्त करते रहने के लिए लेखा पुस्तकों का स्वरूप निर्धारण करना भी एक समस्या है।

इस प्रकार की समस्या के समाधान के लिए स्कम्भीय बही खाता प्रणाली प्रयोग में लायी जानी चाहिए। सभी सहायक बहियों में विभागों के लिए अतिरिक्त खाना बनाने से विभागानुसार विश्लेषण सम्भव हो जाता है और सभी प्रकार की सूचनाएं बिना अधिक मेहनत से प्राप्त हो जाती है।

2. अप्रत्यक्ष व्ययों का विभागीकरण - विभागीय भण्डारों में बहुत से व्यय सभी विभागों के लिए सामूहिक रूप से किये जाते हैं। प्रत्येक विभाग का अलग-अलग लाभ या हानि मालूम करने के लिए इस प्रकार के सामूहिक व्ययों का बंटवारा आवश्यक है। व्ययों का ऐसा विभागीकरण किस आधार पर किया जाय लेखापाल के लिए यह एक समस्या है क्योंकि बहुत से खर्चे ऐसे हैं जिनको बांटने के कई आधार हो सकते हैं और गलत आधार का चयन कर लिया जाय तो परिणाम भ्रामक हो जाते हैं।

इस प्रकार की कठिनाई से निपटने के लिए लेखापाल को अपने अनुभव एवं तर्कसंगतता के आधार पर खर्चों का विभागीयकरण करना चाहिए। तथा विभिन्न आधारों में से अधिक उपयुक्त आधार का प्रयोग करना चाहिए। फिर भी यदि किसी विशेष प्रकार के व्यय को बांटना सम्भव न हो या तो उसे बराबर बराबर बांटा जा सकता है अन्यथा सामान्य लाभ हानि खाते में लिख दिया जाना चाहिए।

3. अप्रत्यक्ष व्यय या सामूहिक आय (Common Income) **का बंटवारा** - अप्रत्यक्ष व्ययों की तरह ही एक व्यवसाय में कुछ आय ऐसी भी होती है जिनका सम्बन्ध किसी विशेष विभाग से नही होता। विभागीय शुद्ध लाभ मालूम करने के लिए ऐसी सामूहिक आय का बंटवारा भी आवश्यक है। इस समस्या का उपयुक्त समाधान यही है कि ऐसी आय को संस्था के सामान्य लाभ हानि खाते में ले जाया जाय। लेकिन कोई संस्था सामान्य लाभ हानि खाता तैयार नहीं करती है तो ऐसी दशा में इसे सभी विभागों में बराबर बराबर बांट दियाजाना चाहिए।

4. अन्तर्विभागीय स्थानान्तरण (Inter Department Transfer) - विभागी लेखांकन की एक प्रमुख समस्या एक ही संस्था में एक विभाग में भेजे जाने वाले माल का उचित लेखांकन किया जाना है। इसके लिए लेखापाल को माल प्राप्त करने वाले विभाग को डेबिट करके माल भेजने वाले विभाग को क्रेडिट किया जाना चाहिए तथा व्यापार खाते में इस प्रविष्टि को दिखाया जाना चाहिए।

यदि माल एक विभाग से दूसरे विभाग को लागत मूल्य पर न भेजकर बिक्री मूल्य पर भेजा गया है तो इस बात का भी ध्यान रखना चाहिए कि ऐसे हस्तान्तरण वाले मालें से प्राप्त करने वाले विभाग के अन्तिम स्टॉक में कितना माल शामिल हे। इसे न बेचे माल पर न वसूल हुए लाभ के लिए संचय (Reserve for Unrealised Profit) का निर्माण किया जाना चाहिए।

शाखा लेखा
(Branch Accounts)

शाखायें वृहत् आकार पर व्यापार का परिणाम हैं। यह व्यापार की एक ऐसी पद्धति है जिसमें बहुत सी फुटकर दुकाने, एक ही प्रबन्ध के अन्तर्गत, एक ही शहर के विभिन्न स्थानों अथवा विभिन्न शहरों में, विभिन्न स्थानों पर समान प्रकार की वस्तुओं का विक्रय करती है। विलियम पिकल्स के अनुसार शाखा "व्यापार का वह भाग है जो प्रधान भाग से भौतिक रूप में विलग कर दिया जाता है।" प्रो. एल. सी. कापर ने तो शाखाओं को दूर पर कार्य करने वाले विभाग के नाम से परिभाषित किया है। शाखाओं में सामान्यतया एक सी

सजावट, एक सी किस्म तथा समान मूल्य एवं समान व्यवस्था पाई जाती है। भारत में इसका सर्वश्रेष्ठ उदाहरण - बाटा शू कम्पनी है। शाखा व्यापार के अन्य उदाहरणों में बोम्बे डाइंग, उषा मशीन एवं पंखे, देहली क्लाथ मिल्स आदि भी प्रमुख है।

व्यापार के प्रमुख स्थान से दूर शाखायें भिन्न शहरों, देश व विदेशों में खोली जाती है। सभी शाखाओं के लिए समान नीति निर्धारण करने, नियन्त्रण करने एवं निर्देश देने के लिए व्यापार का एक केन्द्रीय स्थान होता है। जिसे प्रधान कार्यालय (Head Office) के नाम से पुकारा जाता है। शाखा के सम्बन्ध में पूर्ण जानकारी के लिए तथा उसकी कार्यक्षमता में वृद्धि करने के लिए प्रधान कार्यालय शाखा लेखे रखता है। शाखाओं का मुख्य उद्देश्य मध्यस्थों को समाप्त कर उपभोक्ता से प्रत्यक्ष सम्बन्ध स्थापित करना होता है।

विभागीय संगठनों तथा शाखाओं में अन्तर है। विभाग सामान्यतया उस ही भवन (Under the Same Roof) में होते हैं जिसमें प्रधान कार्यालय एवं अन्य विभाग स्थापित होती है। जबकि शाखा उसी शहर में कहीं और या किसी अन्य शहर में स्थापित होती है। प्रधान कार्यालय या जनरल मैनेजर का विभागों पर नियन्त्रण काफी निकट एवं सख्त होता है जबकि उसका शाखाओं पर नियन्त्रण परिस्थितियों के अनुसार कम या अधिक होता रहता है।

प्रधान कार्यालय तथा उसकी विभिन्न शाखाओं से सम्बन्धित लेखों को शाखा लेखों (Branch Account) के नाम से जानते हैं। शाखाओं को माल तथा रोकड़ की व्यवस्था करने, उन पर नियन्त्रण करने, उनको लाभ हानि की जानकारी करने तथा कार्यक्षमता में वृद्धि करने के लिए प्रधान कार्यालय विभिन्न शाखाओं से सम्बन्धित लेखे अपनी पुस्तकों में रखता है। प्रधान कार्यालय प्रत्येक शाखा का खाता अपनी पुस्तकों में रखता है। इन खातों से प्रधान कार्यालय को शाखाओं के सम्बन्ध में कुल लेन-देन, माल का प्रेषण एवं वापसी, रोकड़ का आदान-प्रदान, शाखा द्वारा किये गये व्यय, शाखा के पास स्टॉक एवं शाखा के लाभ हानि आदि के सम्बन्ध में महत्त्वपूर्ण जानकारी मिलती है। प्रधान कार्यालय विभिन्न शाखाओं के खाते उनके स्थान के नाम पर अपनी पुस्तकों में खोलता है जैसे जयपुर के महेश एण्ड कम्पनी की देहली एवं आगरा में शाखा है तो महेश एण्ड कम्पनी अपनी पुस्तकों में इन शाखाओं के खातों को देहली शाखा खाता केनाम से खोलेगी।

प्रधान कार्यालय की तरह शाखायें भी अपनी पुस्तकों में प्रधान कार्यालय से किये गये व्यवहारों का लेखा करती है जिससे उन्हें प्रधान कार्यालय से किये गये कुल लेन-देन आदि की जानक़ारी रहती है।

शाखा खातों में प्रयोग की जाने वाली लेखा विधि शाखा के आकार, उसकी प्रकृति एवं प्रधान कार्यालय द्वारा नियन्त्रण के स्तर पर निर्भर करती है। अध्ययन की सुविधा के दृष्टिकोण से इन्हें दो भागों में विभाजित किया जा सकता है-

(1) आश्रित शाखा या शाखा जो पूर्ण खाते नहीं रखती (Dependent Branch or Branch not Keeping full System of Accounting)।

(2) स्वतन्त्र शाखा या शाखा जो पूर्ण खाते रखती है (Independent Branch or Branch Keeping full System of Accounting)- ऐसी शाखा भी दो तरह की हो सकती है। (अ) देशी शाखा, (ब) विदेशी शाखा।

आश्रित शाखायें या शाखायें जो पूर्ण खाते नहीं रखती

(Dependent Branches or Branches Not Keeping Full System of Accounting)

आश्रित शाखायें सीमित अधिकार वाली शाखायें होती है। सामान्यतया ये शाखायें समस्त माल प्रधान कार्यालय से प्राप्त करती है, स्वतन्त्र रूप से बाजार से माल खरीदने का अधिकार इनको नहीं होता है। इनके द्वारा माल का विक्रय प्रधान कार्यालय द्वारा निर्धारित मूल्य पर किया जाता है। प्राय: माल का विक्रय नकद ही किया जाता है लेकिन समझौते एवं परिस्थितियों के आधार पर इन्हें उधार विक्रय का अधिकार भी प्रदार कर दिया जाता है। शाखा द्वारा बिक्री तथा लेनदारों से एकत्रित राशि उसी दिन प्रधान कार्यालय को भेज दी जाती है या स्थानीय बैंक में खुले हुए प्रधान कार्यालय के चालू खाते में जमा करा दी जाती है। शाखा के सभी प्रमुख खर्चों का भुगतान प्रधान कार्यालय द्वारा नकद या चैक द्वारा किया जाता है। इस प्रकार शाखायें अपने यहां किस प्रकार के खाते तैयार नहीं करती है। इनके लाभ हानि की जानकारी करने के लिए इनके सम्बन्ध में लेखे प्रधान कार्यालय द्वारा रखे जाते हैं।

शाखाओं में लेखा पुस्तकें (Accounting Books at the Branches)- इस प्रकार की शाखायें व्यवहारों को दर्ज करने के लिए न तो पूर्ण खाता बहियां रखती है और न ही दोहरा लेखा प्रणाली पर प्रविष्टियां करती है। ये याददास्त के लिए कुछ बहियां रखती है। उनमें विक्रय बही, रोकड़ बही, स्टाक रजिस्टर, लघु रोकड़ बही आदि प्रमुख हैं। उधार बिक्री का अधिकार होने पर ये शाखायें देनदारों की बही भी रखती है। इन स्मणार्थ पुस्तकों के आधार पर शाखा निश्चित समय पर सामान्यतया प्रति सप्ताह या सुविधानुसार प्रति दिन की बिक्री, भेजी या जमा की जाने वाली राशि, प्रधान कार्यालय से प्राप्त माल एवं नकद आदि की सूचना रखती है। इन्हीं सूचनाओं के आधार पर प्रधान कार्यालय की पुस्तकों में प्रविष्टियां की जाती है।

प्रधान कार्यालय की पुस्तकें (Accounting Books At The Head Office)- शाखाओं से सम्बन्धित व्यवहारों को दर्ज करने के लिए प्रधान कार्यालय अपनी पुस्तकों में प्रत्येक शाखा का पृथक खाता रखता है जैसे देहली शाखा खाता, बम्बई शाखा खाता आदि। एक निश्चित अवधि के पश्चात प्रत्येक शाखा का खाता इस शाखा के लाभ या हानि को प्रदर्शित करता है। प्रधान कार्यालय की पुस्तकों में शाखा सम्बन्धी व्यवहारों का लेखांकन शाखा के आकार एवं उसकी प्रकृति पर निर्भर करता है। इस सम्बन्धम में निम्न कई तरह की पद्धतियां काम में लायी जा सकती है-

(1) प्रधान कार्यालय द्वारा माल को लागत मूल्य पर भेजना एवं शाखा द्वारा इसका नकद विक्रय करना।

(2) प्रधान कार्यालय द्वारा माल को लागत मूल्य पर भेजना एवं शाखा द्वारा नकद एवं उधर विक्रय किया जाना।

(3) प्रधान कार्यालय द्वारा शाखा को माल बीजक मूल्य पर भेजना।

(4) स्टाक एवं देनदार पद्धति का प्रयोग।

नकद विक्रय करने वाली शाखाओं के व्यवहारों की प्रविष्टियां - प्रधान कार्यालय की बहियों में ऐसी शाखाओं से किये गये व्यवहारों की निम्न प्रविष्टियां की जाती है-

(1) प्रधान कार्यालय द्वारा समय-समय पर शाखा को माल भेजन पर

Branch a/c Dr.

To Goods Sent to Branch a/c

(Being Goods Sent to Branch)

(2) शाखा का फुटकर व्ययों के लिये राशि भेजते समय

Branch a/c Dr.

To Petty Cash a/c

(Being amount sent to Branch for petty Expenses)

(3) शाखा को व्ययों का भुगतान करने के लिए रोकड़ भेजते समय या शाखा के व्ययों का प्रधान कार्यालय द्वारा नकद में भुगतान करने परझ

Branch a/c Dr.

To Cash a/c

or

To Bank a/c

(Being cash sent to Branch for Expenses)

(4) शाखा द्वारा माल वापिस करने पर

Goods Sent to Branch a/c Dr.

To Branch a/c

(Being goods returned by Branch)

(5) शाखा से नकद राशि प्राप्त होने पर

Cash a/c Dr.

To Branch a/c

(Being Cash received from Branch)

(6) वर्ष के अन्त में शाखा के पास बचे हुए माल की तथा फुटकर रोकड़ की सूचना मिलने पर

Branch Stock a/c Dr.

Branch Petty Cash a/d Dr.

To Branch a/c

(Being Closing Balances of Branch)

(7) उपर्युक्त प्रविष्टियों के बाद यदि प्रधान कार्यालय में शाखा खाते का जमा (Credit) शेष हो तो यह शाखा का लाभ होगा और नाम (Debit) शेष होने पर शाखा की हानि होगी जिसे प्रधान कार्यालय द्वारा निम्न प्रविष्टियों द्वारा सामान्य लाभ हानि खाते (General profit & Loss A/c) में हस्तान्तरित किया जाता है-

लाभ होने पर -

Branch a/c Dr.

To General Profit & Loss a/c

(Being Branch Profit Transferred)

अथवा

हानि होने पर-

General Profit & Loss a/c Dr.

To Branch a/c

(Being Branch Loss Transferred)

वर्ष के अन्त में, प्रधान कार्यालय द्वारा शाखा को भेजे गये माल का खाता बन्द करने के लिए इसकी बाकी को व्यापारिक खाते में निम्न प्रविष्टि द्वारा हस्तान्तरित किया जाता है-

Goods Sent to Branch a/c Dr.

To Trading a/c

(Being Balance of Goods Transferred)

वर्ष के अन्त में शाखा का स्टाक व फुटकर रोकड़ अगले वर्ष में शाखा खाते के लिए प्रारम्भिक स्टाक तथा प्रारम्भिक फुटकर रोकड़ होगी अतः वर्ष के प्रारम्भ में इनको पुस्तकों में दिखाने पर-

Branch a/c Dr.

To Branch Stock a/c

To Branch Petty Cash a/c

(Being opening Balances of Branch)

प्रधान कार्यालय द्वारा शाखा का माल लागत मूल्य पर भेजना तथा शाखा द्वारा नकद तथा उधार विक्रय किया जाना

जब शाखा नकद एवं उधार दोनों तरह की बिक्री करती है तो उसे रोकड़ बही, स्टॉक बही आदि के अलावा उधार सौदों को दर्ज करने के लिये बिक्री बही एवं देनदारों की

खाता बही भी रखनी पड़ती है। इन सब बहियों के आधार पर शाखा प्रधान कार्यालय को विभिन्न विवरण पत्रों के माध्यम से सभी प्रकार की सूचनायें भेजती रहती है। यथा माल के आने की, बिक्री करने की तथा बचे हुये माल की सुचना माल विवरण पत्र बनाकर एवं रोकड़ विवरण पत्र के माध्यम से, नकद बिक्री तथा ग्राहकों से प्राप्त राशि का विवरण भेजा जाता है। चूंकि शाखा उधार बिक्री भी करती है अत: नकद राशि के साथ-साथ वह देनदारों के प्रारम्भिक एवं अन्तिम शेष पर वर्ष में उधार बिक्री, देनदारों को दिया गया बट्टा, कमीशन, डूबत ऋण आदि की सूचना भी प्रधान कार्यालय को भेजती है।

इस प्रकार की शाखाओं के लिये प्रधान कार्यालय में वही लेखे किये जाते हैं जो केवल नकद बिक्री करने वाली शाखाओं के सम्बन्ध में होते हैं। लेकिन इनके अतिरिक्त शाखा द्वारा देनदारों आदि के सम्बन्ध में भेजी गयी सूचनाओं के आधार पर निम्न प्रविष्टियां और की जायेगी-

(1) देनदारों का प्रारम्भिक शेष होने पर

Branch a/c Dr.

To Branch Debetors a/c

(Being opening balance of Debtors)

(2) शाखा द्वारा देनदारों से प्राप्त रोकड़ प्रधान कार्यालय को भेजने पर

Cash/Bank a/c Dr.

To Branch a/c

(Being cash received from Branch)

(3) देनदारों का अन्तिम शेष की सूची प्राप्त होने पर

Branch Debtors a/c Dr.

To Branch a/c

(Being closing Balance of debtors)

निम्नलिखित सूचनाओं के सम्बन्ध में प्रधान कार्यालय अपने यहां खाता बनाते समय कोई लेखा नहीं करता है-

(अ) शाखा द्वारा उधार बिक्री (Credit Sales by Branch)

(ब) ग्राहकों से शाखा को वापिस प्राप्त माल (Goods Returned by Branch Debtors to Branch),

(स) शाखा द्वारा देनदारों को स्वीकृत कमीशन बट्टा आदि (Discount & Commission allowed to Branch Debtors)।

(द) शाखा के देनदारों से सम्बन्धित डूबत ऋण (Bad Debts)।

कभी-कभी शाखा देनदारों के प्रारम्भिक या अन्तिम शेष नहीं दिये होने पर ये मदें कुल देनदारों का खाता बनाकर शेष ज्ञात करने के काम आती है।

देनदारों के खाते में मदों को निम्न प्रकार लिख कर अज्ञात मद ज्ञात कर ली जाती है–

Total Debtors Account

	Rs.			Rs.
To Balance b/d			By Cash	
To Credit Sales			By Returns	
To B/R Dishonoured			By Discount	
			By Bad Debts	
			By B/R	
			By Balance c/	

यहां ध्यान रखने योग्य बात यह है कि माल वापसी की वही राशि कुल देनदारों के खाते में जमा पक्ष में लिखी जायेगी जो ग्राहकों द्वारा शाखा को वापिस प्राप्त हुआ है। शाखा द्वारा प्रधान कार्यालय को लौटाये गये माल की प्रविष्टि इस खाते में नहीं की जाती है।

प्रधान कार्यालय द्वारा शाखा को माल बीजक मूल्य पर भेजना

शाखा प्रधान कार्यालय का एक अंग है और प्रधान कार्यालय द्वारा शाखा को माल उसी मूल्य पर भेजा जाना चाहिए जिस पर प्रधान कार्यालय ने उसे प्राप्त किया है। लेकिन अकसर इस नीति का प्रयोग नहीं किया जाता है। प्रधान कार्यालय माल के लागत मूल्य में एक निश्चित प्रतिशत लाभ जोड़कर या भार (Load) डालकर बीजक भेजता है जिसे अंकित मूल्य या बीजक मूल्य भी कहते हैं। इस पद्धति से यह लाभ होता है कि शाखा के कर्मचारियों को माल की वास्तविक लागत एवं व्यापार को उससे होने वाले वास्तविक लाभ का ज्ञान नहीं हो पाता जिससे न तो वे अधिक वेतन एवं बोनस की माँग करते हैं और न ही वे प्रतिस्पर्धी संगठन की स्थापना करने का प्रयास करते हैं। इस रीति से शाखा स्टॉक एवं रोकड़ पर प्रधान कार्यालय का पूर्ण नियन्त्रण रहता है क्योंकि शाखा को भेजा गया माल शाखा के पास उपस्थित रोकड़ एवं स्टॉक तथा देनदार के बराबर होना चाहिए–

शाखा के लेखा - शाखा के लेखों में इस का कोई फर्क नहीं पड़ता कि माल लागत मूल्य पर प्राप्त होता है या बीजक मूल्य पर। लेखे दोनों ही दशाओं में समान प्रकार से किये जाते हैं।

प्रधान कार्यालय की पुस्तकों में लेखा - शाखा को बीजक मूल्य पर माल भेजने की रीति का प्रधान कार्यालय की लेखा पुस्तकों पर प्रभाव पड़ता है। शाखा का वास्तविक लाभ मालूम करने के लिए यह आवश्यक है कि शाखा खाता बनाते समय शाखा को भेजा गया माल व शाखा के पास बचा स्टाक लागत मूल्य पर ही दिखाये जाये क्योंकि प्रधान

कार्यालय द्वारा शाखा को भेजा गया माल विक्रय नहीं बल्कि एक ही व्यवसाय में स्थान परिवर्तन या हस्तान्तरण है। निम्न चार मदों के सम्बन्ध में समायोजन की आवश्यकता पड़ती है क्योंकि इनमें प्रधान कार्यालय का लाभ जुड़ा रहता है–

(1) शाखा का प्रारम्भिक स्टाक (2) शाखा को भेजा गया माल (3) शाखा से माल को वापसी तथा (4) शाखा के पास अन्तिम स्टाक। अत: शाखा का शुद्ध लाभ ज्ञात करने के लिए इन मदों में से लाभ को अलग करना आवश्यक है। इसके लिए अधिकांशत: निम्न दो रीतियाँ प्रचिलित है जिनमें से किसी भी रीति का प्रयोग किया जा सकता है–

(1) लागत मूल्य रीति या शुद्ध शेष रीति - इस रीति के अन्तर्गत प्रधान कार्यालय शाखा खाते में उपर्युक्त चारों मदों का लेखा लागत पर ही करता है। अर्थात् बीजक मूल्य में से लाभ या भार की राशि को घटाकर लेखे करता है, हालांकि माल का प्रेषण बीजक मूल्य पर ही होता है।

बीजक मूल्य रीति - इस रीति के अन्तर्गत प्रधान कार्यालय शाखा खाते में उक्त चारों मदों को बीजक मूल्य पर ही दिखाता है लेकिन वास्तविक लाभ ज्ञात करने के लिए इन चारों मदों के सम्बन्ध में बढ़े हुए लाभ के लिए उपर्युक्त बीजक मूल्य एवं लागत मूल्य के अन्तर से निम्न समायोजन प्रविष्टि करता है–

(1) शाखा के प्रारम्भिक स्टाक के सम्बन्ध में–

Branch Stock Adjustment a/c Dr.

To Branch a/c

(Being the adjustment of excess price of the opening Stock at Branch)

(2) शाखा को भेजे गये माल के सम्बन्ध में–

Good sent to Branch a/c Dr.

To Branch a/c

(Being adjustment of excess price of goods sent to Branch)

(3) शाखा से माल वापसी के सम्बन्ध में

Branch a/c Dr.

To Goods Sent to Branch a/c

(Being the adjustment of excess price of goods returned by Branch)

(4) शाखा के अन्तिम स्टाक के सम्बन्ध में

Branch a/c Dr.

To Branch Stock Adjustment a/c

(Being the adjustment of excess price of the closing stock at Branch)

उपरोक्त दोनों रीतियों के अतिरिक्त कुछ शाखायें दोनों रीतियों के मिश्रित रूप का भी प्रयोग करती हैं जिसमें शाखा खाते के एक खाने में लागत मूल्य तथा दूसरे खाने में

बीजक मूल्य प्रदर्शित किये जाते हैं। इसी तरह कभी-कभी कुछ संस्थायें बीजक मूल्य पर शाखा खाता तैयार करके समायोजन प्रविष्टियाँ एक अलग खाते में दिखाती है। पद्धति चाहे कोई सी भी अपनायी जाय लेकिन इस बात का ध्यान प्रधान कार्यालय को अवश्य रखना चाहिए कि कहीं बीजक मूल्य पर लेखा करने का उद्देश्य ही समाप्त न हो जाय अर्थात् कर्मचारियों से एवं शाखा प्रबन्धक से वास्तविक लाभ छिपाने का जो उद्देश्य ही समाप्त न हो जाय अर्थात् कर्मचारियों से एवं शाखा प्रबन्धक से वास्तविक लाभ छिपाने का जो उद्देश्य बनाया गया है वह असफल नहीं हो जाय। इसके लिए प्रधान कार्यालय को निम्न दो बातों का ध्यान रखना चाहिए-

(1) बीजक मूल्य एवं लागत मूल्य के अन्तर से की जाने वाली समायोजन प्रविष्टियां उस गोपनीय खाता बही (Private Ledger) में लिखी जानी चाहिए जिस तक शाखा के कर्मचारियों की पहुंच न हो।

(2) शाखा का स्टाक चिट्ठे में अलग से न दिखाकर प्रधान कार्यालय के स्टाक में सम्मिलित कर प्रदर्शित किया जाना चाहिए।

टिप्पणी - व्यावहारिक प्रश्नों को हल करते समय बीजक मूल्य एवं लागत मूल्य का अन्तर ज्ञात करने के लिए विद्यार्थियों को कभी कभी भ्रम हो जाता है कि अन्तर किस प्रकार ज्ञात किया जाय। इस सम्बन्ध में निम्न रीति से अन्तर ज्ञात कर प्रविष्टि करना सुविधाजनक हो सकता है-

(1) जब लाभ की प्रतिशत लागत पर दे रखी हो-

$$\text{Difference (Invoice Price - Cost Price)} = \text{Invoice Price} \times \frac{\text{Percentage of Profit on Cost}}{100 + \text{Percentage}}$$

जैसे राम एण्ड कम्पनी ने लागत पर 20 प्रतिशत जोड़कर 4,800 रु. का माल दिल्ली शाखा को भेजा तो अन्तर की प्रविष्टि $4800 \times \frac{20}{100+20}$ - $4,800 \times \frac{20}{120} = 800$ रु. से होगी। अर्थात् विक्रय मूल्य एवं लागत मूल्य का यह अन्तर 800 रु. लाभ है और यदि इसे बीजक मूल्य 4,800 रु. मे से घटा दिया जाय तो 4,000 रु. भेजे गये माल की लागत होगी।

(2) यदि लाभ का प्रतिशत बीजक मूल्य या विक्रय मूल्य पर दे रखा हो तो-

$$\text{Difference} = \text{Invoice price} \times \frac{\text{Fercentage of Profit}}{100}$$

उपरोक्त उदाहरण में यदि माल बीजक मूल्य लागत मूल्य पर 20 प्रतिशत जोड़कर भेजा गया हो तो प्रविष्टि $4800 \times \frac{20}{100}$ Rs. 960 से की जायगी। अर्थात् लाभ 960 रु. होगा और यदि इसे बीजक मूल्य 4,800 में से घटा दिया जाय तो 3,840 रु. भेजे गये माल की लागत होगी।

शाखा लेखांकन की वैकल्पिक रीति : स्टॉक एवं देनदार रीति

(Alternative Method of Branch Accounts : Stock and Debtors Method)

प्राय: छोटे आकार की शाखाओं में अर्थात् अधिक लेनदेन न करने वाली शाखाओं में प्रधान कार्यालय शाखा से सम्बन्धित व्यवहारों को एक ही खाते में दर्ज करता है। शाखा के

प्रारम्भिक एवं अन्तिम देनदारों को भी उसी प्रकार शाखा खाते में दिखाया जाता है जिस तरह शाखा का प्रारम्भिक एवं अन्तिम स्टाक। लेकिन यदि शाखा का आकार बड़ा हो, उसकी नकद एवं उधार बिक्री वृहत् पैमाने पर होती ही तो प्रधान कार्यालय की पुस्तकों में एक विस्तृत पद्धति की आवश्यकता होने लगती है। शाखा लेखांकन की एक शाखा खाता पद्धति का ही एक वैकल्पिक रूप है-स्टॉक एवं देनदार पद्धति। इस पद्धति में एक शाखा खाता खोलने के स्थान पर कई शाखा खाते खोले जाते हैं। वृहत् स्तर की शाखाओं के सम्बन्ध में इस पद्धति से लेखा करने से प्रधान कार्यालय को शाखा के बारे में विस्तृत सूचनाएं उपलब्ध होती हैं जो शाखा के सम्बन्ध में नीति निर्धारण के लिये उपयोगी होती है।

स्टॉक एवं देनदार पद्धति में भी शाखा के व्यवहारों का लेखांकन लागत मूल्य या बीजक मूल्य दोनों में से किसी आधार पर किया जा सकता है। इस रीति में शाखा खाता नहीं खोला जाता है। इसके स्थान पर विभिन्न खाते खोले जाते हैं। प्रधान कार्यालय की पुस्तकों में शाखा के व्यवहारों को लागत मूल्य पर दर्ज करने के लिये निम्नलिखित खाते खोले जाते हैं-

1. शाखा स्टॉक खाता (Branch Stock Account),
2. शाखा देनदार खाता (Branch Debtors Account),
3. शाखा खर्च खाता (Branch Expenses Account),
4. शाखा लाभ-हानि खाता (Branch Profit & Loss Account),
5. शाखा को भेजा गया माल खाता (Goods sent to Branch Account),
6. शाखा खुदरा रोकड़ खाता (Branch Petty Cash Account),
7. शाखा की अन्य सम्पत्तियों के खाते (Branch Other Assets Account)।

1. शाखा स्टॉक खाता (Branch Stock Account)- लागत मूल्य पर शाखा के व्यवहारों को दर्ज करने पर शाखा स्टॉक खाता शाखा व्यापार खाते के समान होता है जो सम्बन्धित शाखा का सकल लाभ प्रदर्शित करता है। इस खाते में शाख के माल सम्बन्धी समस्त सौदो को लिखा जाता है। इसके डेबिट पक्ष में शाखा के पास माल का प्रारम्भिक स्टॉक, प्रधान कार्यालय द्वारा शाखा को भेजा गया माल (Goods sent to Branch) शाखा के देनदारों द्वारा शाखा को लौटाया गया माल (Goods returned by Debtors) आदि से सम्बन्धित सौदे से लिखे जाते हैं। दूसरी और क्रेडिट पक्ष में शाखा द्वारा नकद एवं उधार बिक्री, शाखा द्वारा प्रधान कार्यालय को लौटाया गया माल (Goods returned by Branch to its Head Office), नष्ट या क्षतिग्रस्त माल एवं अन्तिम स्टॉक को दिखाया जाता है। इस खाते के दोनों पक्षों का अन्तर शाखा का सकल लाभ या हानि होता है जो शाखा लाभ-हानि खते में ले जाया जाता है।

2. शाखा देनदार खाता (Branch Debtors Account)- उधार व्यापार करने वाली शाखायें अपने ग्राहकों की एक बही रखती है। जिसमें ग्राहकों के समस्त व्यवहार दर्ज किये जाते हैं। समय-समय पर ये शाखायें प्रधान कार्यालय को इन देनदारों की सूचना इकट्ठी भेजती रहती है। प्रधान कार्यालय इन सूचनाओं के आधार पर अपने यहां शाखा देनदार खाता तैयार करता है।

इस खाते के डेबिट पक्ष में देनदारों का प्रारम्भिक शेष, उनको उधार बिक्री आदि लिखी जाती है तथा क्रेडिट पक्ष में देनदारों से प्राप्त रकम, प्राप्य विपत्र उनके द्वारा वापिस

किया गया माल, उनको दिया गया नकद बट्टा, छूट, डूबत ऋण आदि लिखे जाते हैं। वर्ष के अन्त में दोनों पक्षों का अन्तर देनदारों के अन्तिम शेष को प्रकट करता है।

3. शाखा खर्च खाता (Branch Expenses Account)- शाखा के समस्त व्ययों को इस खाते में दर्ज किया जाता है। चाहे वे प्रधान कार्यालय द्वारा चुकाये गये हों या शाखा द्वारा अपनी खुदरा रोकड़ में से भुगतान किये हों। शाखा देनदारों को दी गई छूट, बट्टा एवं डूबत ऋण आदि खर्चें भी इसी खाते में नाम पक्ष में लिखे जाते हैं। वर्ष के अन्त में इस खाते का शेष शाखा लाभ-हानि खाते में स्थानान्तरित कर दिया जाता है। इस खाते का सबसे बड़ा लाभ यह है कि शांखा के समस्त व्यय एक ही स्थान पर ज्ञात हो जाते हैं।

4. शाखा लाभ हानि खाता (Branch Profit & Loss Account)- शाखा का शुद्ध लाभ या हानि ज्ञात करने के लिए यह खाता बनाया जाता है। शाखा स्टॉक खाते द्वारा प्रदर्शित सकल लाभ या हानि को इस खाते में स्थानान्तरित किया जाता है। तथा शाखा खर्च खाते का शेष भी इस खाते के नाम पक्ष में लिखा जाता है। इस खाते के दोनों पक्षों का अन्तर शाखा का शुद्ध लाभ या हानि होगा जिसे सामान्य लाभ-हानि खाते में स्थानान्तरित कर दिया जायगा।

5. शाखा को भेजा गया माल खाता (Goodsent to Branch Account)- प्रधान कार्यालय द्वारा शाखा को जब-जब भी माल भेजा जाता है तो शाखा स्टॉक खाता डेबिट करके इस खाते को क्रेडिट किया जाता है और शाखा द्वारा जब-जब भी माल लौटाया जाता है तब-तब इसकी विपरीत प्रविष्टि की जाती है। वर्ष के अन्त में यह खाता शाखा को भेजे गये कुल माल का मूल्य प्रदर्शित करता है जिसे सामान्य व्यापार खाते में स्थानान्तरित कर दिया जाता है।

6. शाखा खुदरा रोकड़ खाता (Branch Petty Cash Account)- प्रधान कार्यालय की पुस्तकों में प्रत्येक शाखा के लिए एक फुटकर रोकड़ खाता रखा जाता है। इस खाते के डेबिट पक्ष में शाखा के पास वर्ष की प्रारम्भिक रोकड़ तथा प्रधान कार्यालय द्वारा समय-समय पर शाखा को भेजी गई रोकड़ का लेखा किया जाता है तथा इसके क्रेडिट पक्ष में शाखा द्वारा फुटकर रोकड़ में से चुकाये गये खर्चों की राशि दिखायी जाती है। वर्ष के अन्त में इस खाते का शेष शाखा के पास हस्तस्थ रोकड़ प्रदर्शित करेगा जिसे चिट्टे में दिखाया जायेगा।

7. शाखा की अन्य सम्पत्तियों (Branch Other Assets Account)- प्रधान कार्यालय शाखा की प्रत्येक सम्पत्ति के लिए अलग खाता खोलता है, जैसे, शाखा फर्नीचर खाता, शाखा मशीनरी खाता आदि। ये खाते सामान्य नियमों के आधार पर ही तैयार किये जाते हैं।

स्टॉक एवं देनदार रीति एवं शाखा व्यवहारों का बीजक मूल्य पर लंखकन

जब प्रधान कार्यालय शाखा को बीजक मूल्य पर माल भेजता है तथा स्टॉक एवं देनदार रीति से व्यवहारों की दर्ज करता है तो प्राय: वही खाते रखे जाते हैं जो लागत मूल्य पर लेखा करने पर रखे जाते हैं जैसे - शाखा स्टाक खाता, शाखा देनदार खाता, शाखा व्यय खाता, शाखा खुदरा रोकड़ खाता आदि। लेकिन बीजक मूल्य पर लेखांकन में कुछ खातों की प्रकृति एवं नाम बदल जाते हैं तथा कुछ नये खाते खोले जाते हैं। ये नये खाते निम्न हैं :

1. शाखा स्टॉक खाता (Branch Stock Account)- बीजक मूल्य पर व्यवहारों को दर्ज करने पर शाखा स्टाक खाते की प्रकृति व्यापार खाते की नही रहती और यह शाखा का सकल लाभ प्रदर्शित नहीं करता है। इसके डेबिट पक्ष पर प्रारम्भिक स्टाक, शाखा को भेजा गया माल तथा शाखा के पास ग्राहकों से लौटा हुआ माल लिखा जाता है तथा क्रेडिट पक्ष पर शाखा द्वारा नकद उधार बिक्री, प्रधान कार्यालय को लौटाया गया माल एवं अन्तिम स्टाक प्रदर्शित किये जाते हैं। चूंकि प्राय: शाखायें माल का विक्रय बीजक मूल्य पर ही करती हैं अत: इस खाते का शेष बीजक मूल्य पर अन्तिम स्टाक प्रदर्शित करता है अर्थात् अन्तिम स्टाक लिखे जाने के बाद इस खाते का योग बराबर होता है। यदि योग बराबर नहीं हैं एवं डेबिट पक्ष अधिक है तो इसका तात्पर्य वर्ष के दौरान माल का खो जाना, चोरी चले जाना या नष्ट हो जाना है। माल की ऐसी कमी को शाखा समायोजन खाते में ले जाया जाता है। यदि शाखा स्टाक खाते का क्रेडिट पक्ष अधिक है तो यह माल के आधिक्य को प्रकट करता है जिसे भी शाखा समायोजन खाते में ले जाया जाता है।

शाखा समायोजन खाता

(Branch Adjustment Account)

शाखा समायोजन खाता लाभ हानि खाते का परिवर्तित नाम है। यह शाखा का शुद्ध लाभ या हानि बतलाता है। इसके डेबिट पक्ष में शाखा अन्तिम स्टाक का संचय, शाखा में माल की कमी तथा शाखा व्यय खाते का योग लिखा जाता है तथा क्रेडिट पक्ष में प्रारम्भिक स्टाक का संचय तथा शाखा को भेजे गये माल खाते का समायोजन एवं शाखा में माल का अधिक्य (यदि कोई हो) लिखा जाता है। इस खाते के दोनों पक्षों का अन्तर शाखा का शुद्ध लाभ या हानि प्रकट करता है जिसे सामान्य लाभ हानि खाते में स्थानान्तरित कर दिया जाता है।

स्टॉक संचय खाता (Stock Reserve Account)- प्रधान कार्यालय द्वारा शाखा को माल की लागत में एक निश्चित प्रतिशत जोड़कर बीजक मूल्य पर भेजे गये माल में से शाखा के पास बचे अन्तिम स्टॉक में सम्मिलित 'न वसूल हुआ लाभ' संचय कहलाता है। अन्तिम स्टॉक में बीजक मूल्य एवं लागत मूल्य के अन्तर को स्टॉक संचय खाते को क्रेडिट करके शाखा समायोजन खाते को डेबिट किया जाता है और अगले वर्ष के प्रारम्भ में स्टाक संचय खाते की राशि को शाखा समायोजन खाते में क्रेडिट कर दिया जाता है -

शाखा को भेजा गया माल खाता

(Goods sent to Branch Account)

प्रधान कार्यालय द्वारा शाखा को माल बीजक मूल्य पर भेजा जाता है अत: इस खाते के शेष को लागत मूल्य पर लाने के लिए निम्न समायोजन प्रविष्टि करते हैं-

Goods Sent to Branch a/c Dr.

To Branch Adjustment a/c

(Being adjustment made for the difference between invoice price and cost price)

यदि शाखा ने प्रधान कार्यालय को माल लौटाया है तो उसमें समायोजन करने के लिए भी उपरोक्त की विपरीत प्रविष्टि की जायेगी। सामान्यत: शाखा द्वारा लौटाये गये माल को

शाखा को भेजे गये माल में से घटाकर ही शेष राशि में सम्मिलित लाभ के लिए ही उपरोक्त प्रविष्टि की जाती है। उपरोक्त समायोजन प्रविष्टि करने के बाद 'शाखा को भेजे गये माल खाते' का शेष व्यापार खाते में स्थानान्तरित कर दिया जाता है।

स्वतन्त्र शाखायें

(Independend Branches)

स्वतन्त्र शाखाये ऐसी शाखायें होती है जो प्रधान कार्यालय के स्वामित्व के अन्तर्गत उसके द्वारा निर्धारित नीतियों की अनुपालना करते हुए एक स्वतन्त्र व्यापारि इकाई की तरह कार्य करती हैं। शाखाओं की लाभ या हानि पर प्रधान कार्यालय का अधिकार होता है। प्राय: ऐसी शाखायें बड़े पैमाने पर माल का क्रय, विक्रय, उत्पादन एवे वितरण आदि करती है। प्रधान कार्यालय द्वारा शाखाओं को व्यापार चलाने के पूरे अधिकार दिये जाते हैं। व्यापार के संचालन में स्वतन्त्र शाखा हर बात का स्वयं निर्णय करती है। ऐसी शाखायें माल का क्रय विक्रय उधार एवं नकद दोनों प्रकार से करती हैं। माल का क्रय खुले रूप में बाजार से भी हो सकता है तथा आवश्यकता पड़ने पर प्रधान कार्यालय से भी माल मंगवाया जा सकता है। विक्रय पर भी इनका अपना अधिकार होता है प्रधान कार्यालय का हस्तक्षेप नहीं। ऐसी शाखाओं को बिक्री एवं ग्राहकों से जो राशि प्राप्त होती है प्राय: उसे प्रधान कार्यालय को नहीं भेजी जाती बल्कि स्वयं के नाम में ही बैंक में जमा करायी जाती है। लेकिन आवश्यकता पड़ने पर प्रधान कार्यालय से राशि मंगावायी जा सकती है अथवा वहाँ भेजी जा सकती है। अपने दैनिक व्यय का भुगतान प्राय: ये शाखायें अपने पास से ही करती है।

लेखांकन के दृष्टिकोण से भी ऐसी शाखायें स्वतन्त्र होती हैं। इनमें दोहरा लेखा पद्धति के अनुसार सम्पूर्ण लेखा पुस्तकें रखी जाती हैं और इनके लेनदेन का विवरण प्रधान कार्यालय की पुस्तकें में नहीं रखा जाता है। वर्ष भर की क्रियाओं का परिणाम जानने के लिए ये शाखायें अपना स्वतन्त्र तलपट तथा व्यापार एवं लाभ हानि खाता तैयार करती हैं तथा इसे प्रधान कार्यालय को उसकी पुस्तकों में शामिल करने के लिए भेज देती हैं। इस प्रकार स्वतन्त्र शाखायें अपने व्यवहारों को दर्ज करने के लिए पूर्णलेखा पुस्तकें रखती है। अत: इन्हें पूर्ण खाते रखने वाली शाखायें भी कहते हैं।

शाखा की पुस्तकों में लेखे

(Accounting Record in Branch Books)

शाखाओं पर प्रधान कार्यालय का स्वामित्व होता हैं। उनको चलाने के लिए आवश्यक पूंजी नकद एवं माल के रूप में समय-समय पर प्रधान कार्यालय द्वारा उपलब्ध करायी जाती है। और शाखायें भी प्रधान कार्यालय को समय समय पर माल आदि का भुगतान करती रहती हैं। इस प्रकार प्रधान कार्यालय एवं शाखा के मध्य वर्ष भर लेनदेन होते रहते हैं। इनका लेखा करने के लिए शाखा अपने यहाँ 'प्रधान कार्यालय का खाता' (Head Office Account) खोलती है। यह खाता साधारण व्यवसाय में पूँजी खाते की तरह होता है। प्रधान कार्यालय का यह खाता शाखा एवं प्रधान कार्यालय के मध्य लेनदारी एवं देनदारी को प्रकट करता है। प्रधान कार्यालय खाते को ही प्रधान कार्यालय चालू खाता (Head Office Current Account), प्रधान कार्यालय समायोजन खाता (Head Office Adjustment Account) आदि अन्य नामों से भी पुकारा जाता है।

शाखा की पुस्तकों में प्रधान कार्यालय के साथ होने वाले लेनदेनों की निम्न प्रविष्टियाँ होती है-

1. प्रधान कार्यालय से माल प्राप्त होने परे

Goods from Head Office a/c Dr.
To Head Office a/c
(Being goods received from Head Office)

2. प्रधान कार्यालय से धनराशि प्राप्त होने पर

Cash/Bank a/c Dr.
To Head Office a/c
(Being the cash received from Head Office)

3. प्रधान कार्यालय को शाखा द्वारा माल वापिस करने पर

Head Office a/c Dr.
To Goods from Head Office a/c
(Being the goods returned to H.O.)

4. प्रधान कार्यालय को शाखा द्वारा धनराशि भेजने पर

Head Office a/c Dr.
To Cash/Bank a/c
(Being Cash/Cheque sent to Head Office)

5. प्रधान कार्यालय द्वारा शाखा के लिए खर्चा करने पर

Sundry Expenses a/c Dr.
To Head Office a/d
(Being Expenses incurred for the Branch by H.O.)

6. शाखा द्वारा प्रधान कार्यालय के लिए धन एकत्र करने पर

Cash a/c Dr.
To Head Office a/c
(Being amount collected for H.O.)

7. शाखा द्वारा प्रधान कार्यालय के खर्चों का भुगतान करने पर

Head Office a/c Dr.
To Cash a/c
(Being Payment to H.O. creditors made)

8. शाखा द्वारा किये गये व्यापार से लाभ होने पर

Profit & Loss a/c Dr.
To Head Office a/c
(Being profit transferred)

हानि होने पर विपरीत प्रविष्टि की जायेगी।

इस प्रकार प्रधान कार्यालय के साथ किये गये लेनदेन तथा अन्य सौदों के लेखांकन के पश्चात शाखा वर्ष के अन्त में तलपट तैयार करती है। अपने तलपट की एक प्रतिलिपि शाखा द्वारा प्रधान कार्यालय को भेजी जाती है जिसका प्रधान कार्यालय द्वारा अपनी पुस्तकों में समामेलन (Incorporation) किया जाता है।

तलपट के आधार पर शाखा स्वयं ही अपने लाभ हानि खाते का निर्माण करती है जिससे उसे खर्च भर की क्रियाओं के परिणामों की जानकारी हो जाती है।

प्रधान कार्यालय की पुस्तकों में लेखे

(Accounting Records in Head Office)

जिस प्रकार प्रत्येक शाखा प्रधान कार्यालय से हुए सौदों को दर्ज करने के लिए अपनी पुस्तकों में प्रधान कार्यालय का खाता खोलती है ठीक उसी प्रकार प्रधान कार्यालय स्वयं के द्वारा शाखाओं से किए जाने वाले व्यवहारों को दर्ज करने के लिए अपनी पुस्तकों में प्रत्येक शाखा का पृथक पृथक खाता खोलता है। प्रधान कार्यालय द्वारा शाखा को माल या रोकड़ भेजने पर शाखा खाता डेबिट किया जाता है। वर्ष के अन्त में प्रत्येक शाखा के खाते का शेष प्रधान कार्यालय के लिए देनदारी या लेनदारी प्रकट करता है। चूंकि प्रधान कार्यालय की पुस्तकों में शाखा खाता तथा शाखा की पुस्तकों में प्रधान कार्यालय का खाता खोला जाता है। अत: यदि एक का डेबिट शेष होगा तो दूसरे का उतनी ही रकम से क्रेडिट शेष होगा।

प्रधान कार्यालय एवं शाखा के आपसी लेनदेनों के अलावा शाखा द्वारा अपना तलपट प्रधान कार्यालय को भेजा जाता है जिसको प्रधान कार्यालय अपनी पुस्तकों में शामिल करता है तथा उसके पश्चात् शाखा का शुद्ध लाभ, सम्पूर्ण व्यापार का कुल लाभ मालूम करता है तथा एकीकृत चिट्ठा तैयार करता है।

शाखा के तलपट का प्रधान कार्यालय की पुस्तकों में समामेलन

(Incorporation of Branch Trial Balance in the Books of Head Office)

हिसाबी अवधि के अन्त में शाखा अपनी लेखा पुस्तकों से तलपट तैयार करके उसकी एक नकल प्रधान कार्यालय को भेजती है। पूरी संस्था का लाभ या हानि मालूम करने तथा चिट्ठा तैयार करने के लिए आवश्यक है कि संस्था के समस्त लेनदेनों का ब्यौरा प्रधान कार्यालय की पुस्तकों में एक ही स्थान पर हो। शाखा के तलपट में उसके द्वारा वर्ष भर किये गये व्यापार का परिणाम निहित होता है अत: प्रधान कार्यालय शाखा का तलपट प्राप्त करने के पश्चात् उसकी मदों का अपनी पुस्तकों में लेखा करता है जिसे तलपट का समामेलन करना कहते हैं। इसका अर्थ है शाखा के वर्ष भर के व्यापार का परिणाम प्रधान कार्यालय की पुस्तकों में आ जाना

शाखा से तलपट प्राप्त हो जाने के पश्चात् प्रधान कार्यालय उसे निम्न रीतियों में से किसी भी एक रीति से अपनी पुस्तकों में समामेलित कर सकता है–

1. शाखा के तलपट की समस्त मदों का समामेलन
2. शाखा के अन्तिम खातों की समस्त मदों का समामेलन
3. शाखा के केवल शुद्ध लाभ हानि तथा समस्त सम्पत्तियों एवं दायित्वों का समामेलन

इन तीनों ही रीतियों को उदाहरण द्वारा निम्न प्रकार स्पष्ट किया जा सकता है–

प्रथम रीति शाखा के तलपट की समस्त मदों का समामेलन

प्रधान कार्यालय की पुस्तकों में शाखा तलपट की प्रत्येक मद का समामेलन करने के लिए तलपट की समस्त मदों के खाते प्रधान की बहियों में खोल जाते हैं। इसके लिए एक प्रविष्टि की जाती है। जिसमें तलपट की डेबिट पक्ष की प्रत्येक मद की उसकी दी हुई राशि के अनुसार डेबिट किया जाता है तथा इनके कुल योग की राशि से 'शाखा खाता' क्रेडिट किया जाता है। इसी तरह शाखा के तलपट की क्रेडिट पक्ष की प्रत्येक मद को प्रधान कार्यालय की बहियों में क्रेडिट किया जाता है तथा समस्त क्रेडिट मदों की राशियों के योग से शाखा खाता डेबिट किया जाता है। लेकिन इस प्रकार की प्रविष्टियों के समय शाखा के तलपट में दिखाये हुए प्रधान कार्यालय खाते की मद का समामेलन नहीं किया जाता है। इसे छोड़ दिया जाता है। इसका कारण यह है कि जिस प्रकार शाखा की पुस्तकों में प्रधान कार्यालय का खाता खुला हुआ रहता है। उसी प्रकार प्रधान कार्यालय की पुस्तकों में भी शाखा खाता खुला हुआ रहता है।

उपरोक्त समामेलन प्रविष्टि का परिणाम यह होगा कि शाखा से सम्बन्धित सभी खाते प्रधान कार्यालय की पुस्तकों में खुल जायेंगे तथा पहले से ही खुला हुआ शाखा खाता बन्द हो जायगा। इस प्रकार शाखा के तलपट की मदों का समामेलन करने के पश्चात् इनमें से समस्त आयगत मदें व्यापार एवं लाभ हानि खाते में अन्तिम प्रविष्टि द्वारा ले जायी जायेगी तथा इनके आधार पर व्यापारिक एवं लाभ हानि खाता बनाकर शाखा का शुद्ध लाभ मालूम किया जायगा। शेष बची सम्पत्तियों एवं दायित्वों के शेषों की चिट्ठे में प्रदर्शित किया जाता है।

शाखा के अन्तिम खातों की समस्त मदों का समामेलन —शाखा के तलपट को प्रधान कार्यालय की पुस्तकों में समामेलन करने की इस रीति में तलपट की प्रत्येक मन्द को प्रविष्टि द्वारा समामेलित नहीं किया जाता है। इसके स्थान पर इस रीति में सर्वप्रथम तलपट की सभी मदों को दो भागों में आयगत एवं पूंजीगत में, बांट लिया जाता है। सभी आयगत मदों को योगरूप में व्यापार एवं लाभ हानि खाते के माध्यम से समामेलित किया जाता है तथा सभी पूंजीगत मदों को सामान्य जर्नल प्रविष्टि द्वारा समामेलित किया जाता है।

आयगत मदों को शामिल करने के लिए निम्न प्रविष्टियां की जाती है –

(1) शाखा व्यापार खाते के डेबिट पक्ष में जाने वाली मदों के समामेलन हेतु–

Branch Trading a/c Dr.

To Branch a/c

(Being the incorporation of Branch Opening Stock, Purchases... etc.)

यह प्रविष्टि सामान्यतया प्रारम्भिक स्टाक, क्रय, मजूदरी, प्रधान कार्यालय से प्राप्त माल, विक्रय वापसी आवक गाड़ी भाड़ा मदों के योग से की जाती है। मदों को उनके नाम से डेबिट न करके केवल विवरण में लिखा जाता है।

(2) शाखा व्यापार खाते के क्रेडिट पक्ष पर जाने वाली मदों के समामेलन हेतु–

Branch a/c Dr.

To Branch Trading a/c

(Being the incorporation of Branch Sales, Closing Stock...etc.)

यह प्रविष्टि, सामान्यतया, विक्रय, क्रय वापसी, अन्तिम स्टॉक आदि के योग से की जाती है।

(3) शाखा व्यापार खाते के बन्द करने हेतु–

Branch Trading Account Dr.

To Branch Profit & Loss Account

(Being the Gross Profit of Branch Transferred)

यदि शाखा को सकल लाभ के स्थान पर हानि होती है तो उपरोक्त प्रविष्टि से विपरीत प्रविष्टि की जायेगी।

(4) शाखा लाभ हानि खाते के डेबिट पक्ष से सम्बन्धित मदों के समामेलन के लिए–

Branch Profit & Loss Account Dr.

To Branch Account

(Being the incorporation of Branch Expenses)

सामान्यतया यह प्रविष्टि सभी खर्चों के योग से की जाती है। जैसे वेतन, किराया, डूबत ऋण, ह्रास आदि।

(5) शाखा लाभ हानि खाते के क्रेडिट पक्ष से सम्बन्धित मदों के समामेलन के लिए–

Branch Account Dr.

To Branch Profit & Loss a/c

(Being the incorporation of Branch Miscellaneous Incomes)

यह प्रविष्टि साधारणतया प्राप्त बट्टा प्राप्त ब्याज, आदि विविध आयों के योग से की जाती है।

(6) शाखा लाभ हानि खाते को बन्द करने के लिए–

Branch Profit & Loss Account Dr.

To General Profit & Loss Account

(Being the Net Profit of Branch Transferred)

यदि शाखा को शुद्ध लाभ के स्थान पर हानि हो तो इस प्रविष्टि के स्थान पर विपरीत प्रविष्टि करनी होगी।

पूंजीगत मदों के समामेलन के लिए निम्न प्रविष्टियाँ की जायगी–

(7) शाखा की विविध सम्पत्तियों के समामेलन के लिए–

Branch Assets (Individually) a/c Dr.

To Branch Account

(Being the incorporation of Branch Assets)

(8) शाखा के विभिन्न दायित्वों के समामेलन के लिए-

Branch Account Dr.

To Branch Liabilities (Individually) a/c

(Being the incorporation of Branch Liabilities)

टिप्पणी : (अ) पूंजीगत मदों का समामेलन करने के लिए ये दोनों प्रविष्टियां योग रूप में न करके अलग अलग सम्पत्ति या दायित्वों के नाम से डेबिट या क्रेडिट की जायेगी।

(ब) इन दोनों प्रविष्टियों में प्रधान कार्यालय खाता (Head Office Account) शामिल नहीं किया जाता है। अर्थात् प्रधान कार्यालय के खाते की समामेलन प्रविष्टि नहीं की जाती है।

समामेलन तृतीय रीति : शाखा के केवल शुद्ध लाभ या हानि एवं सम्पत्तियों एवं दायित्वों का समामेलन : समामेलन की यह एक संक्षिप्त रीति है। इस रीति में शाखा के केवल शुद्ध लाभ या हानि एवं सम्पत्तियों एवं दायित्वों के समामेलन के लिये ही प्रविष्टि की जाती है। यह रीति अधिकांशतः उस समय अपनायी जाती है जब शाखा प्रधान कार्यालय को अपना व्यापार एवं लाभ-हानि खाता बनाकर शुद्ध लाभ की सूचना भेजती है तलपट नहीं। वैसे शाखा द्वारा तलपट बनाकर भेजने पर इस रीति का प्रयोग किया जा सकता है लेकिन ऐसी दशा में प्रधान कार्यालय शाखा का शुद्ध लाभ या हानि ज्ञात करने के लिए शाखा का स्मरणार्थ व्यापार एवं लाभ हानि खाता तैयार करता है। इस रीति में समामेलन के लिए निम्न प्रविष्टियां की जाती हैं -

(1) शाखा के शुद्ध लाभ के समामेलन के लिए -

Branch a/c Dr.

To General Profit & Loss a/c

(Being the Net Profit of Branch Incorporated)

शाखा में हानि होने पर इसकी विपरीत प्रविष्टि होगी।

(2) शाखा की सम्पत्तियों के समामेलन के लिए-

Branch Assets (Individually) a/c Dr.

To Branch a/c

(Being the incorporation of Branch Assets)

(3) शाखा के दायित्वों के समामेलन के लिए-

Branch a/c Dr.

To Branch Liabilities a/c

(Being the incorporation of Branch Liabilities)

प्रधान कार्यालय तथा शाखा के बीच विशिष्ट व्यवहारों का समायोजन

प्रधान कार्यालय तथा शाखा के बीच होने वाले लेनदेनों की प्रविष्टियां दोनों ही स्थानों पर होती रहती है। अतः प्रधान कार्यालय की पुस्तकों में खुले हुये शाखा खाते का शेष वही होना चाहिए जो शाखा की पुस्तकों में खुले हुये प्रधान कार्यालय खाते का हो यदि ऐसा

है तो इसका तात्पय्र होगा कि किसी भी खाते में ऐसा कोई व्यवहार नहीं हैं जिसकी प्रविष्टि नहीं हुई है। लेकिन कभी-कभी दोनों खातों के शेषों में अन्तर आ जाता है। इसके कारण कुछ एक लेनदेन ऐसे हो सकते हैं जिनकी प्रविष्टि शाखा की पुस्तकों में तो हो चुकी हो, लेकिन प्रधान कार्यालय की पुस्तकों में नहीं हुई और कुछ ऐसे व्यवहार भी हो सकते हैं जिनकी प्रविष्टि प्रधान कार्यालय की बहियों में हो चुकी हो लेकिन शाखा की पुस्तकों में नहीं। उदाहरणार्थ, मार्ग में रोकड़, मार्ग में माल आदि। समामेलन हेतु इन सब कारणों को ढूंढ़कर उनके सम्बन्ध समायोजन कर लिया जाना आवश्यक है ताकि दोनों ही खातों के शेषों का मिलान किया जा सके। इस हेतु निम्नलिखित समायोजन लेखे किये जाते हैं-

1. मार्गस्थ रोकड़ (Cash in Transit)- मार्गस्थ रोकड़ का तात्पर्य ऐसी धनराशि से है जो प्रधान कार्यालय द्वारा शाखा को या शाखा द्वारा प्रधान कार्यालय को भेजी गई है लेकिन जो हिसाबी वर्ष की अन्तिम तिथि तक सम्बन्धित पक्ष तक नहीं पहुंची है। सामान्यतया जब प्रधान कार्यालय द्वारा या शाखा द्वारा वर्ष के अन्तिम दिनों में कोई राशि दूसरे पक्ष को भेजी जाती है तो वह वर्ष की अन्तिम तिथि को रास्ते में होती है और हिसाबी वर्ष समाप्ति के बाद कुछ दिनों में ही पहुँचती है। जैसे, 27 दिसम्बर को प्रेषित राशि आगामी 4 जनवरी तक नियत स्थान पर पहुँचे और यदि 31 दिसम्बर को हिसाबी वर्ष समाप्त हो तो ऐसी राशि 31 दिसम्बर को मार्ग में रोकड़ होगी।

मार्ग में रोकड़ का प्रभाव यह होता है कि भेजने वाले पक्ष द्वारा तुरन्त प्राप्तकर्त्ता को डेबिट तथा रोकड़ खाते को क्रेडिट कर दिया जाता है लेकिन प्राप्तकर्त्ता अन्तिम तिथि तक इस राशि की कोई प्रविष्टि नही करता जिससे दोनों पक्षों के खातों (प्रधान कार्यालय की पुस्तकों में शाखा खाता तथा शाखा की पुस्तकों में प्रधान कार्यालय का खाता) के शेषों में अनतर हो जाता है। अत: इसके लिए समायोजन प्रविष्टि का किया जाना आवश्यक है। शाखा खातों में समायोजन प्रविष्टि ऐसी राशि भेजने वाले पक्ष द्वारा की जाती है। मार्गस्थ रोकड़ की समायोजन प्रविष्टि निम्न होगी-

In the Books of Head Office

Cash in Transit a/c Dr.

To Branch a/c

(Being cash in transit taken into books)

In the Books of Branch

Cash in Transit a/c Dr.

To Head Office a/c

(Being cash in transit taken into books)

प्रधान कार्यालय द्वारा तैयार किये जाने वाले चिट्ठे में मार्ग में रोकड़ सम्पत्ति पक्ष में दिखाई जायगी। आगामी वर्ष की प्रारम्भिक तिथि को इसकी विपरीत प्रविष्टि की जायेगी।

2. मार्ग में माल (Goods in Transit)- मार्ग में माल का तात्पर्य ऐसे माल से है जो प्रधान कार्यालय द्वारा शाखा को या शाखा द्वारा प्रधान कार्यालय को प्रेषित किया गया है लेकिन हिसाबी वर्ष की अन्तिम तिथि तक वह सम्बन्धित पक्ष के पास नहीं पहुंचा है। मार्ग में रोकड़ की ही तरह मार्ग में माल की स्थिति भी उस समय उपस्थित होती है जब एक पक्ष के

अन्तिम दिनों में दूसरे पक्ष को माल भेजता है और वह अन्तिम तिथि के बाद सम्बन्धित पक्ष को प्राप्त होता है। उदाहरणत: 5,000 रु. का माल जयपुर शाखा द्वारा 27 दिसम्बर, 1979 को पूना शाखा को भेजा गया और वह 2 जनवरी 1980 को पूना शाखा को प्राप्त हुआ हो तो 31 दिसम्बर, 1979 समाप्त वर्ष की अन्तिम तिथि को ऐसा माल मार्ग में माल होगा।

मार्गस्थ माल के कारण प्रधान कार्यालय खाता तथा शाखा खाते में अन्तर होना स्वाभाविक है जिसके लिए भेजने वाले पक्ष द्वारा निम्न समायोजन प्रविष्टि की जाती है।

In the Books of Head Office

Goods in Transit a/c Dr.

To Branch a/c

(Being goods in transit taken into books)

In the Books of Branch

Goods in Transit a/c Dr.

To Head Office a/c

(Being goods in transit taken into books)

मार्गस्थ माल प्रधान कार्यालय द्वारा तैयार किये जाने वाले चिट्ठे में सम्पत्ति पक्ष में दिखाया जायगा। आगामी वर्ष की प्रारम्भिक तिथि को उपरोक्त प्रविष्टि की विपरीत प्रविष्टि की जावगी।

टिप्पणीयाँ

1. वैसे मार्गस्थ माल एवं मार्गस्थ रोकड़ की प्रविष्टियां भेजने वाले पक्ष द्वारा ही की जानी चाहिए लेकिन प्रश्न को हल करने में विद्यार्थियों को प्रधान कार्यालय की पुस्तकों में शाखा का तलपट समामेलित करना पड़ता है अत: उन्हें उपरोक्त बतायी गई प्रविष्टियां प्रधान कार्यालय की ही पुस्तकों में करनी चाहिए चाहे माल या रोकड़ प्रधान कार्यालय द्वारा शाखा को भेजी गई हो या शाखा द्वारा प्रधान कार्यालय को। अथार्त्

Cash in Transit a/c Dr.

or/and

Goods in Transit a/c Dr.

To Branch a/c

2. कभी-कभी मार्गस्थ रोकड़ एवं मार्गस्थ माल की स्पष्ट सूचना प्रश्न में दी हुई नहीं होती है। ऐसी दशा में विद्यार्थियों को मार्ग में क्या है इसको जानने के लिए निम्न प्रक्रिया अपनानी चाहिए-

(अ) सर्वप्रथम उन्हें प्रधान कार्यालय खाते तथा शाखा खाते का मिलान कर उनका अन्तर जानना चाहिए। यह कुल अन्तर मार्गस्थ माल तथा मार्गस्थ रोकड़ दोनों के योग के बराबर होता है।

(ब) इसी तरह प्रधान कार्यालय तलपट में प्रदर्शित शाखा खाते का मिलान कर उनका अन्तर जानना चाहिए। यह कुल अन्तर मार्गस्थ माल तथा मार्गस्थ रोकड़ दोनों के योग के बराबर होता है।

(स) उपरोक्त (i) में ज्ञात किये कुल अन्तर में से

(ii) में ज्ञात किये गये अन्तर अर्थात् मार्गस्थल माल की राशि को घटाने पर जो शेष बचेगा वह मार्गस्थ रोकड़ होगी।

3. स्थायी सम्पत्तियों के खाते

(Accounts of Fixed Assets)

शाखा जिन स्थायी सम्पत्तियों को प्रयोग में लाती है उनके खाते सामान्यतया प्रधान कार्यालय द्वारा ही रखे जाते हैं चाहे इनका क्रय एवं भुगतान शाखा द्वारा किया गया हो या प्रधान कार्यालय द्वारा। मुख्यत: शाखा द्वारा प्रयोग की जाने वाली ऐसी सम्पत्तियों में भवन, मशीनरी, फर्नीचर आदि के खाते होते हैं। सम्पत्तियों के क्रय करने पर प्रविष्टियाँ निम्न प्रकार की जाती है-

(1) प्रधान कार्यालय द्वारा शाखा के लिए सम्पत्ति का क्रय करने पर प्रधान कार्यालय की पुस्तकों में

Branch Assets a/c Dr.

To Cash/Bank/Vendor a/c

(Being asset purchased for the branch)

(2) शाखा द्वारा प्रधान कार्यालय के लिए सम्पत्ति का क्रय करने पर शाखा की पुस्तकों में-

Head Office a/c Dr.

To Cash/Bank/Vendor a/c

(Being assets purchased for H.O.)

प्रधान कार्यालय की पुस्तकों मे -

Assets a/c Dr.

To Branch a/c

(Being assets purchased for H.O. by Branch)

4. शाखा की स्थायी सम्पत्तियों पर ह्रास

(Depriciation of Branch Fixed Assets)

प्राय: शाखा की स्थायी सम्पत्तियों के खाते प्रधान कार्यालय की पुस्तकों में रखे जाते हैं। शाखा का शुद्ध लाभ या हानि ज्ञात करने के लिए इन पर ह्रास का लेखा किया जाना आवश्यक है। अत: वर्ष के अन्त में इन सम्पत्तियों पर ह्रास सम्बन्धी प्रविष्टियां निम्न प्रकार होगी।

प्रधान कार्यालय की पुस्तकों में

Branch a/c Dr.

To Branch Fixed Assets a/c

(Being depreciation provided on Branch Assets)

शाखा की पुस्तकों में –

Depreciation a/c Dr.

To Head Office a/d

(Being depreciation written off on Branch Assets)

यद्यपि प्रधान कार्यालय की पुस्तकों में शाखा की सम्पत्तियों पर ह्रास की राशि से शाखा खाता डेबिट किया जाता है फिर भी शाखा का लाभ हानि खाता बनाते समय इसे डेबिट पक्ष में दिखाया जायगा तथा चिट्ठे में सम्बन्धित सम्पत्ति के मूल्य में भी ह्रास को घटाकर दिखाया जायेगा।

5. अन्तर शाखा व्यवहार

(Inter-Branch Transactions)

जब किसी प्रधान कार्यालय की अनेक शाखायें होती हैं तो उन शाखाओं में आपस में माल एवं रोकड़ का पारस्परिक हस्तान्तरण होता रहता है। ऐसे पारस्परिक सौदों को ही अन्तर शाखा व्यवहार के नाम से जाना जाता है। ऐसे व्यवहार या तो प्रधान कार्यालय के निर्देश पर हो सकते हैं या दो शाखाओं के मध्य स्वतन्त्र रूप से। यदि कोई शाखा बिना प्रधान कार्यालय को सूचित किये दूसरी शाखा को माल आदि भेजती है तो इसका लेखांकन शाखाओं की पुस्तकों में सम्बन्धित शाखा का चालू खाता खेलकर होगा। और वर्ष के अन्त में इन शाखाओं के चालू खातों का जमा एवं नाम कोई भी शेष हो सकता है जिसे यथास्थिति चिट्ठे में प्रदर्शित किया जायगा। लेकिन प्रधान कार्यालय के पास जब समस्त शाखाओं के तलपटों का समामेलन होता है। तो उस समय ये खाते स्वत: ही समाप्त हो जाते हैं।

सामान्यतया अन्तर शाखा व्यवहार प्रधान कार्यालय के निर्देश पर होते हैं ऐसी दशा में इन व्यवहारों की प्रविष्टियाँ भी प्रधान कार्यालय खाते के माध्यम से ही होगी। इसमें प्राप्त करनी वाली शाखा यह मानकर लेखा करती है कि उसने माल प्रधान कार्यालय से प्राप्त किया है और भेजने वाली शाखा यह मानकर लेखा करती है कि उसने काल प्रधान कार्यालय को भेजा है।

विदेशी शाखाएँ

बहुत से व्यापार ऐसे भी होते हैं जिनकी स्वतन्त्र शाखाएँ विदेशों में कार्य करती है। विदेशों में स्थित एवं कार्य कर रही शाखाएँ उन द्वारा किये गये वित्तीय व्यवहारों के अभिलेख उसी मुद्रा में रखती है जो उस देश की मुद्रा होती है जिसमें सम्बन्धित शाखा स्थित हैं। एक स्वतन्त्र व्यापारिक इकाई की तरह ऐसी शाखाएँ अपनी लेखा पुस्तकें रखती है तथा प्रत्येक व्यापारिक अवधि के अन्त में वे अपना अपना तलपट मुख्य कार्यालय को भेजती है। यदि किसी भारतीय कम्पनी की कोई शाखा न्यूयार्क में है तो उसकी न्यूयार्क शाखा अपने वहां की मुद्रा यू. एस. एस. डालर्स में रखे गये लेखों से प्रत्येक वर्ष के अन्त में अपना तलपट, जिसमें सभी राशियां डालर्स में अभिव्यक्त होगी, भारत में स्थित अपने मुख्य कार्यालय को भेजेगी। इस प्रकार यदि भिन्न भिन्न देशों में शाखाएँ हो तो शाखाओं द्वारा भेजे गये तलपट भिन्न भिन्न मुद्राओं में बनाये गये होंगे। ऐसी स्थिति में मुख्य कार्यालय द्वारा पूरे व्यापार, सभी शाखाओं को सम्मिलित करते हुए, के वित्तीय विवरण तैयार करने के लिए यह आवश्यक होगा कि विभिन्न मुद्राओं में अभिव्यक्त सभी राशियों को मुख्य कार्यालय की मुद्रा में परिवर्तित किया

जाय। विदेशी शाखाओं के लेखों में विचार करने की मुख्य समस्या यही है कि तलपट की विभिन्न मदों को मुख्य कार्यालय की मुद्रा में कैसे परिवर्तित किया जाय। क्या सभी मदों को एक ही दर से परिवर्तित कर दिया जाय? मुद्राओं के स्वयं के मूल्यों में होने वाले परिवर्तनों का जो प्रभाव विनिमय की दर पर और मदों के मूल्यों पर पड़ेगा उसे कैसे समायोजित किया जाय?

दो से अधिक देशों में प्रचलित विभिन्न मुद्राओं की विनिमय दरों में प्राय: परिवर्तन होता रहता है। इन विनिमय दरों में होने वाले परिवर्तन कभी तो कम होते हैं, कभी बहुत अधिक होते हैं, कभी नगण्य होते हैं और कभी-कभी अवमूल्यन या पुनमूर्ल्यन के कारणी स्थाई होते हैं। प्रत्येक परिस्थिति में एक व्यापार की किसी विदेश में चल रही शाखा के लेखों का अपने देश में प्रधान कार्यालय के लेखों में समामेलन करने के लिए भिन्न प्रकार से परिवर्तन करना पड़ता है।

मर्यादत उच्चावचन
(Moderate Fluctuations)

सामान्यतया मुद्राओं की विभिन्न दरों में होने वाले परिवर्तन मर्यादित होते हैं अर्थात् उनमें उच्चावचन इतने अधिक नहीं होते कि वास्तविक व्यवहारों पर उनका दूरगामी अथवा स्थाई प्रभाव पड़े। ऐसी परिस्थिति में शाखा के तलपट में सम्मिलित विभिन्न शेषों को प्रधान कार्यालय की पुस्तकों में समामेलित करने हेतु परिवर्तन के निम्न सामान्य नियम लागू होते हैं:

1. स्थायी सम्पत्तियाँ : शाखा के तलपट में दिखाई गयी स्थायी सम्पत्तियाँ उनके (अ) अधिग्रहण की तिथि, (ब) प्रसंविदे की तिथि या (स) भुगतान की तिथि में से किसी भी एक तिथि को प्रचलित विनिमय दर परिवर्तित करना चाहिए। एक सम्पत्ति के लिए एक ही दर को अपना लिया जाता है और सदैव उस सम्पत्ति के सम्बन्ध में उसी का प्रयोग किया जाता है।

2. स्थायी या दीर्घकालीन दायित्व - इनका परिवर्तन या तो दायित्वों के उदय की तिथि या उनके भुगतान प्राप्ति की तिथि पर प्रचलित दर पर किया जाना चाहिए। इसी दर का प्रयोग निरन्तर बाद में भी करते रहना चाहिए। जब उनके प्रतिदान या शोधन की तिथि निकट आ जाय तो परिवर्तन उस समय प्रचलित दर पर किया जा सकता है।

3. चल परिसम्पत्तियाँ एवं दायित्व - इनको लेखांकन अवधि की अन्तिम तिथि को प्रचलित दर पर परिवर्तित किया जाना चाहिए।

4. आयगत या हान लाभ सम्बन्धि मदें - इन्हें माध्य (औसत) दर पर परिवर्तित किया जाना चाहिए। माध्य दर का परिकलन अवधि के आरम्भ की दरों और अन्त की दरों का माध्य निकाल कर करना चाहिए। किन्तु सभी प्रकार के प्रारम्भिक स्कन्ध प्रारम्भ की दर पर परिवर्तित किये जाने चाहिए। उसी प्रकार अन्तिम स्कन्ध अन्तिम समय की दर पर परिवर्तित किये जाने चाहिए। अवक्षयण (Depreciation) सम्बन्धित स्थायी सम्पत्ति के लिए प्रयुक्त दर पर परिवर्तित करना चाहिए।

लाभ हानि सम्बन्धित मदो को विशेष परिस्थितियों में माध्य दर से नहीं परिवर्तित करना चाहिए यथा (अ) जब वे व्यापारिक अवधि में लगातार एक ही दर से प्राप्त नहीं किये गये हों, जैसे, मौसमी व्यापार में, (ब) जब लेखांकन अवधि में विनिमय दरों में अप्रत्याशित

परिवर्तन हुए हों, (स) जब लाभ या हानि सम्बन्धित भुगतान सामान्य से बहुत ऊंची या नीची दर पर किया गया हो। ऐसी परिस्थितियों में दरों की भारित माध्य का प्रयोग अधिक उपयुक्त रहेगा।

5. शाखा से प्रेषित राशियाँ - इन्हें प्रधान कार्यालय की पुस्तकों में दिखाई गयी तत्सम्बन्धी राशियों के बराबर मानना चाहिए। इसके लिए किसी भी दर से परिकलन करके परिवर्तन नहीं किया जाता। इसी प्रकार शाखा की पुस्तकों में प्रधान कार्यालय खाता और अन्य सम्बन्धित खाते प्रधान कार्यालय में रखे गये शाखा खाते या अन्य सम्बन्धित खाते के अंकों के बराबर परिवर्तित किये जाने चाहिए।

6. तलपटका अन्तर (Difference in Trial Balance)- इस प्रकार विभिन्न दरों पर परिवर्तित तलपट के दोनों पक्षों का योग नहीं मिलेगा। उनमें हुए अन्तर को कमी वाले पक्ष में लाभ हानि खाते को 'Difference in Exchange' के नाम से दिखाना चाहिए।

यदि तलपट का अन्तर बहुत अधिक डेबिट हो तो उसका स्थगित आयगत व्यय की तरह लेखा जोखा किया जा सकता है एवं बहुत अधिक क्रेडिट होने पर उसे एक संचय में स्थानान्तरित किया जा सकता है। कई विदेशी शाखाएँ होने पर नियमित रूप से 'Exchange Equalization Reserve' रखा जा सकता है।

यहाँ यह भी बताना आवश्यक है कि कई बार विभिन्न सम्पत्तियों या दायित्वों के प्राप्ति या उदय की तिथियों की विनिमय दरें ज्ञात नहीं होती है। ऐसी परिस्थिति में अन्य कोई उपयुक्त दर ज्ञात नहीं होने पर वर्ष के प्रारम्भ की दर को उनके परिवर्तन के लिए अपना लिया जाता है।

इस प्रकार किसी भी शाखा के जीवन में कई विनिमय दरों का प्रयोग तलपट के परिवर्तन हेतु किया जाता है। भिन्न भिन्न सम्पत्तियों के भिन्न भिन्न समय प्राप्त करने पर प्रत्येक के लिए भिन्न भिन्न दरों का प्रयोग सदैव होता रहेगा। माध्य दर की गणना करना भी सरल नहीं है। अतएव ऊपर दिये गये सामान्य नियम दर परिस्थिति में यथारूप लागू नहीं होते और इनमें प्रत्येक लेखापाल के अमुक दर प्रयुक्त करने के लिए स्वतन्त्र निश्चय की गुंजाइश है।

स्थिर विनिमय दर (Stable Exchange Rate) - जब प्रधान कार्यालय और शाखा वाले देशों की मुद्राओं की विनिमय दर में तनिक भी उच्चावचन नहीं होते हैं शाखा के तलपट का रूपान्तरण सदैव उसी एक दर पर किया जाता है। प्रधान कार्यालय के खाते का और प्रधान कार्यालय को भेजी गयी राशियों का रूपान्तरण प्रधान कार्यालय की पुस्तकों में दिखाई गई सम्बन्धित राशियों के बराबर होगा। इस प्रकार से रूपान्तरित शाखा के तलपट में बहुत थोड़ा सा अन्तर आयेगा और ऐसे अन्तर को विनिमय में अन्तर (Difference in Exchange) के नाम से लाभ हानि खाते में दिखाया जाना चाहिए। वर्तमान में ऐसी स्थिर विनिमय दरें किन्हीं भी दो देशों की मुद्राओं के बीच परिलक्षित नहीं होती है और व्यवहार में इस प्रकार का रूपान्तरण नहीं हो पाता है।

बहुत अधिक परिवर्तनशील विनिमय दरें (Heavily Fluctuating Exchange Rates)- यदि प्रधान कार्यालय और शाखा वाले देशों के मध्य मुद्राओं की विनिमय दरों में बहुत अधिक परिवर्तन होते रहते हैं तो रूपानतरण के सामान्य नियम सही परिणाम नहीं देते हैं। ऐसी अवस्था में नकद प्राप्तियाँ और भुगतानों को छोड़कर सभी रूपान्तरण एक प्रमाणित

दर पर किये जाने चाहिए। इस रीति से रूपान्तरण होने पर भी तलपट में अधिक अन्तर आने की सम्भावना नहीं है।

अवमूल्यन (Devaluation)- यदि रूपान्तरण से प्रभावित होने वाली किसी भी देश की मुद्रा का अवमूल्यन कर दिया जाता है, तो सम्बन्धित अवधि के लिए विदेशी शाखा के तलपट के रूपान्तरण हेतु इन्स्टि्यूट ऑफ चार्टर्ड अकाउन्टैंट्स ऑफ इण्डिया ने निम्न सिफारिशें की हैं-

1. स्थाई परिसम्पत्तियों को उनके क्रय के दिन की दर पर स्थानान्तरित किया जाना चाहिए। जहाँ सम्बन्धित देश से प्राप्त मुद्रा से अवमूल्यन के कुछ पूर्व ही परिसम्पत्तियाँ क्रय की गई हों वहाँ ऐसी परिसम्पत्तियों को नई विनिमय दर के अनुसार पुनः बताना अधिक उपयुक्त होगा और उसी प्रकार का समायोजन परिसम्पत्तयों को खरीदने के लिये गये ऋण के मूल्य में भी करना चाहिए।

2. स्कन्ध का मूल्यांकन पूरी कम्पनी के लिए उसकी लागत के अनुसार करना चाहिए। इसलिए यदि किसी भारतीय कम्पनी द्वारा उसकी विदेशी शाखा को माल भेजा गया है तो उसके मूल्यांकन पर अवमूल्यन का कोई प्रभाव नहीं होगा सिवाय लागत के उन तत्त्वों के जो विदेशी मुद्रा में चुकाये गये हों जैसे बीमा, ढुलाई भाड़ा, विदेश में हुआ स्थानीय परिवहन व्यय आदि।

3. स्कन्ध के अतिरिक्त नकद, देनदार, आदि अन्य चल परिसम्पत्तियों को चिट्ठा बनाने की तिथि की अन्तिम विनिमय दर पर परिवर्तित करना चाहिए। यदि शाखा द्वारा प्रधान कार्यालय को भेजी गई कोई राशि पुरानी दर` हुए भावी प्रसंविदें में सम्मिलित है तो उसके परिवर्तन में उसी दर को अपनाना चाहिए।

4. वे चालू दायित्व जिनका शोधन विदेशी मुद्रा में किया जाना है अन्तिम तिथि पर प्रचलित दर से परिवर्तित किये जाने चाहिए।

5. शाखा द्वारा विदेशी मुद्रा के लिए गये दीर्घकालीन ऋण या दायित्वों को अन्तिम दर पर परिवर्तित न करके उस दर पर करना चाहिए जो ऋण लेने के समय लागू थी। अवमूल्यन के कुछ पहले ही स्थायी सम्पत्ति क्रय करने के लिए लिये गये ऋण का परिवर्तन नई विनिमय दर के अनुसार किया जाता है। किन्ही विशेष परिस्थितियों में, विशेषकर दूसरे देश की मुद्रा की स्थिरता को ध्यान में रखते हुए दीर्घकालीन दायित्वों को नई दर पर परिवर्तित करना उपयुक्त हो सकता है।

6. विनिमय के दर में बड़ा या भारी परिवर्तन होने पर सारे वर्ष या व्यापारिक अवधि के आगम व्यवहारों को नई विनिमय दर पर दिखाना अधिक उपयुक्त होगा। इस प्रक्रिया से लिपिकिय कार्य सरल हो जायेगा तथा शाखा के लाभ का अधिक उचित चित्र प्रतिबिम्बित होगा।

अभी लेखांकन में प्रत्येक परिस्थिति अनुसार एक विशेष विनिमय दर का प्रयोग ही शाखा के लेखों या तलपट के परिवर्तन हेतु प्रयुक्त कने के बारे में कोई अन्तिम मतैक्यता नहीं है। प्रयुक्त की जाने वाली दरों के निश्चयन के सम्बन्ध में बहुश शोध की आवश्यकता है।

प्रश्न

1. विभागीय खातों से आप क्या समझते हैं? शाखा खातों तथा विभागीय खातों में क्या अन्तर हैं। विभागीय खातों के लाभ बताइये।

   Explain what in meant by "Departmental Accounts"? What are the points of difference between Departmental Accounts and Branch Accounts? Discuss the advantages of Departmental Accounts.

2. "जब विभागीय व्यापार तथा लाभ हानि खाता तैयार किया जाता है तो अप्रत्यक्ष खर्चों का विभाजन आवश्यक है।" ऐसे खर्चों का वर्णन कीजिये तथा उन आधारों को बतलाइये जिन पर उनका विभाजन किया जाता है।

   "While preparing Departmental Trading and Profit and Loss Account the apportionment of indirect expenses in necessary." Describe such expenses and the bases on which their appointment is made.

3. विभागीय भण्डार खाते बनाने के उद्देश्यों की विवेचना कीजिये। विभागीय लेखांकन में किस प्रकार की समस्याएँ उत्पन्न होती है तथा उनका समाधान कैसे किया जाता है?

   Discuss the objects of preparing Department Accounts. What types of problems arise in departmental accounting and how are they solved?

4. शाखा खाते से आप क्या समझते हैं? शाखायें कितनी प्रकार की होती हैं और उनकी लेखापद्धति में क्या अन्तर होते हैं?

   What do you mean by 'Branch Account'? Distinguish between the different types of branches and point out the difference in their accounting methods?

5. यदि प्रधान कार्यालय शाखा को 'बिक्री मूल्य' या 'बीजक मूल्य' पर माल भेजता है, तो उससे क्या लाभ होते हैं तथा इससे लेखांकन में कौनसी कठिनाइयाँ उत्पन्न होती हैं एवं उनका किस प्रकार समाधान किया जाता है? समझाइये।

   What are the advantages when goods are supplied by the Head Office to the Branch at Invoice Price or Selling Price and what problems would arise in accounting due to it and how these can be solved? Explain.

6. एक ही देश में स्थित एक स्वतन्त्र शाखा के लेखे प्रधान कार्यालय की पुस्तकों में किस प्रकार सम्मिलित किये जाते हैं? उसके लिए आवश्यक जनर्ल प्रविष्टियाँ दीजिये।

How are the accounts of an independent branch situated in the same country incorporated in the head office books? Give necessary journal entries for the same.

7. विदेशी शाखा के तलपट को प्रधान कार्यालय की मुद्रा में परिवर्तित करने के क्या प्रमुख नियम हैं?

What are the important rules for converting Foreign Branch's Trial Balance into Head OfficeCurrency?

8. विभागीय स्टोर लि. के संचालक A, B और C विभागों के लाभ 30 अप्रैल, 1978 को समाप्त होने वाले चार माह के लिए अलग-अलग ज्ञात करना चाहते हैं। उस समय रहतिया की गणना करना व्यावहारिक रूप में असम्भव था लेकिन विभागीय लेखों की सन्तोषजनक प्रणाली प्रयोग में है और विभिन्न विभागों के लिए सकल लाभ की साधारण दर बिक्री पर क्रमश40 प्रतिशत, 30 प्रतिशत और 20 प्रतिशत है। अप्रत्यक्ष व्यय विभागीय बिक्री के अनुपात में बाँटे जाते हैं। प्रत्येक विभाग की निम्नलिखित सूचनाएँ हैं:

The directors of Departmental Stores Ltd., wish to ascertain approximately, the net profit of the A, B, and C departments separately for the four months ended 30th April, 1978. It is found impracticable actually to take stock on that date but an adequate system of departmental accounting is in use and the normal rates of gross profit for the departments concerned are 40%, 30% and 20% on turnover, respectively. Indirect expenses are charged in proportion to departmental turnover. The following are the figures for each department:

	A	B	C
	Rs.	Rs.	Rs.
रहतिया 1-1-1978 (Stock 1-1-1978	6,000	7,000	3,000
क्रय Purchases	7,000	6,500	4,700
बिक्री Sales	12,000	10,000	6,000
प्रत्यक्ष ब्याज Direct Expenses	2,020	1,450	710

अवधि के लिए कुल अप्रत्यक्ष व्यय (अन्य विभागों से सम्बन्धित व्ययों को शामिल करते हुए) 84,000 रु. की कुल बिक्री पर 4,200 रु. थे। संचालकों के लिए एक विवरण-पत्र बनाइए और 30 अप्रैल, 1978 को अनुमानित मूल्य पर अनेक प्रत्येक विभाग के लिए 10 प्रतिशत का रहतिया संचय कीजिये।

To total indirect expenses for the period (including those relating to other departments) were Rs. 4,200 on total sales of Rs. 84,000. Prepare a statement for the directors, making a stock reserve of 10 per cent for each department, on the estimated value on 30th April, 1978.

Ans. Net Profit A Deptt., Rs. 1,600; Net Profit B. Deptt., Rs. 400; Net Loss C Deptt., 100.

9. बैरामजी और जमशेदजी अपना व्यवसाय चार विभागों A, B, C, D, और E में करते हैं। व्यापारिक अवधि में निम्नांकित सम्बन्धित राशियाँ थी:

Byramji and Jamshedji carry on their business as merchants in four departments viz., A, B, C, C. During a trading period the requisite figures are as follows:

	A	B	C	D
	Rs.	Rs.	Rs.	Rs.
प्रारम्भिक रहतिया (Opening Stock)	5,000	12,000	3,000	8,000
क्रय (Purchases)	45,000	18,000	7,000	18,000
बिक्री (Sales)	48,000	21,000	9,500	20,000
अन्तिम रहतिया (Closing Stock)	12,000	14,000	2,000	4,500

व्यापारिक अवधि के व्यय जो उस विभाग से बिक्री के अनुपात में बाँटे जाते हैं निम्न हैं: किराया और कर 2,500 रु. विविध व्यय 1,800 रु. वेतन आदि 10,500 रु.।

उपर्युक्त व्ययों को प्रयोग करने के बाद आये हुए प्रत्येक विभाग के लाभ पर प्रत्येक विभाग के प्रबन्धक को 12.5 प्रतिशत कमीशन मिलता है। व्यापारिक लाभ-हानि खाता बनाइए और प्रत्येक विभाग की बिक्री पर लाभ की प्रतिशत प्रकट करिए।

The expenses for the trading period which are to be charged to each department in proportion to the sales of that department were as follows:

Rent and Rates Rs. 2,500; Sundry Expenses Rs. 1,800; Salaries etc., Rs. 10,500.

In addition, the manager of each department was entitled to a commission of 12.5% on the profits of his department after charging the foregoing expenses. Prepare a tabulated Trading and Profit and Loss Account showing the final result and the percentage thereof on sales in each department, together with the total result and percentage.

Ans. Profit Deptt. A. Rs. 2,439.50; B. Rs. 1,614.38, C. Rs. 63; Loss in Deptt. D. Rs. 4.505.

10. एक कम्पनी अपना व्यापार 5 विभागों A, B, C, D, और E के द्वारा करती है। 31 दिसम्बर, 1977 को निम्नांकित तलपट थे:

To Co. carries on its business through the departments A, B C, D and E. Trial Balance as at 31st Dec., 1977 was as under:

	A	B	C	D	E
	Rs.	Rs.	Rs.	Rs.	Rs.
प्रारम्भिक रहतिया (Opening Stock)	5,000	3,000	2,500	4,000	4,500
क्रय (Purchases)	50,000	30,000	10,000	26,000	34,000
बिक्री (Sales)	48,000	21,000	9,500	23,000	30,000
अन्तिम रहतिया (Closing Stock)	6,000	4,000	3,500	5,000	5,500

प्रारम्भिक और अन्तिम रहतिये का मूल्यांकन लागत मूल्य पर किया जाता है। जो व्यय प्रत्येक विभाग में ले जाये जाते हैं उन्हें बिके हुए माल की लागत मूल्य के अनुपात में ले जाया जाता है, ये व्यय निम्न प्रकार हैं: वेतन और कमीशन 5,510 रु., किराया और कर 1,450 रु., विविध व्यय 1,305 रु., बीमा 508 रु.। अन्तिम फल प्रकट करिए और प्रत्येक विभाग में बिक्री के ऊपर इसका प्रतिशत निकालिए और बिक्री की प्रतिशत के आधार पर संयुक्त फल निकालिए।

The Opening and closing stocks have been valued at cost. The expenses, which are to be charged to each department in proportion to the cost of goods sold in the respective departments are as follows: Salaries and Commission Rs. 5,510, Rent and Rates Rs. 1,450, Miscellaneous Expenses Rs. 1,305, Insurance Rs. 508. Show the final result and the percentage on sales in each department and also the combination result with percentage on sales.

Ans. Net Loss: A Rs. 3989, B. Rs. 9,769, C. Rs. 49, D. Rs. 3,525, E. Rs. 5,013 Percentage of Net Loss on Sales : A 8.3%, B. 46.5%, C. 0.5%, D. 15.3%, E. 16.7%, Percentage of Total Net with Total Sales 17%.

□□□

5

प्रेषण खाते
(Consignment Account)

आशय
(Meaning)

वर्तमान युग में औद्योगिक एवं व्यापारिक विकास के कारण बड़े पैमाने पर उत्पादन कार्य किया जाता है। निर्माण अथवा थोक व्यापारी अपने माल की बिक्री बढ़ाने पर प्रचार प्रसार करने, ग्राहकों से निरन्तर सम्पर्क बनाये रखने आदि के लिए विभिन्न स्थानों पर जिन व्यक्तियों को यह कार्य करने का उत्तरदायित्व सौंपता है, उनहें एजेण्ट या प्रतिनिधि कहते हैं और इनकी नियुक्ति करने वाला व्यक्ति प्रधान कहलाता है।

प्रधान की ओर से जब माल बिक्री या वापसी की शर्त पर भेजा जाता है तो उसे प्रेषण कहते हैं।

प्रतिनिधि द्वारा प्रधान की ओर से माल बेचने, खरीदने एवं रुपया वसूल करने के लिए किये जाने वाले कार्य को प्रेषण व्यवहार कहते हैं। इन व्यवहारों में प्रतिनिधि प्रधान के आदेशानुसार कार्य सम्पन्न करता है। वह प्रधान की ओर से किये जाने वाले क्रय-विक्रय सम्बन्धी कार्यों में प्रधान का प्रतिनिधित्व करता है, इन कार्यों को करने के लिए उसे जा पुरस्कार दिया जाता है, उसे कमीशन कहते हैं।

प्रेषण की विशेषताएँ
(Essentials)

(1) प्रेषण एजेण्ट के पास बचे हुए माल पर प्रधान का स्वामित्व रहता है।

(2) प्रतिनिधियों को सेवाओं के बदले कमीशन दिया जाता है।

(3) प्रेषण व्यवहार में लाभ-हानि का उत्तरदायित्व प्रधान का रहता है।

(4) समय-समय पर प्रतिनिधि प्रधान को विक्रय विवरण भेजता रहता है।

(5) प्रधान के आदेशानुार एजेण्ट को कार्य करना अनिवार्य होता है।

प्रेषण एवं बिक्री में अन्तर
(Difference)

आधार	प्रेषण	बिक्री
1. स्वामित्व	प्रेषण में भेजे गये माल पर अधिकार (स्वामित्व) प्रेषक का होता है प्रेषणी केवल माल का रक्षक होता है।	बिक्री की स्थिति में माल का स्वामित्व विक्रेता से बदलकर क्रेता के पास चला जाता है।
2. जोखिम का हस्तान्तरण	प्रेषण में सभी प्रकार के माल की जोखिम या क्षति के लिए प्रधान या प्रेषक उत्तरदायी होता है।	विक्रय की स्थिति में माल सम्बन्धी होने वाली सभी जोखिम या क्षति के लिए क्रेता उत्तरदायी रहता है।
3. माल की वापसी	प्रेषण पर भेजे गये माल में से बिना बिका माल प्रेषक को वापिस लौटाया जा सकता है।	माल के विक्रय होने पर क्रेता द्वारा माल विक्रेता को वापिस नहीं लौटाया जा सकता है। विक्रेता द्वारा माल बेचने पर, बिका हुआ माल वापस नहीं लिया जाता है।
4. सम्बन्ध	प्रेषण व्यवहार के अन्तर्गत आपसी सम्बन्ध प्रेषक के द्वारा भेजे गेय माल को बेचने पर ही देनदार होता है। माल पाते ही वह देनदार नहीं हो जाता है।	बिक्री की दशा में माल बिकते ही क्रेता देनदार एवं विक्रेता लेनदार हो जाता है।
5. विक्रय सम्बन्धी छूट	प्रेषण की स्थिति में प्रेषक द्वारा प्रेषणी को किसी प्रकार का बट्टा या छूट नहीं दी जाती हे, क्योंकि इसमें माल के स्वामित्व का हस्तांन्तरण नहीं होता है।	बिक्री की दशा में विक्रेता द्वारा क्रेता को व्यापारिक छूट या बट्टा दिया जा सकता है।
6. लाभ/हानि	प्रेषणी द्वारा प्रेषक का माल बेचने पर होने वाले लाभ या हानि के लिए प्रेषक उत्तरदायी होता है।	बिक्री में क्रेता माल खरीदकर यदि पुनः विक्रय करता है तो इसमें होने वाले लाभ पर क्रेता का अधिकार होता है।

7. डूबत राशि	प्रेषणी डूबत राशि के लिए उत्तरदायी नहीं होता है, किन्तु परिशोध प्रतिनिधि होने पर उसे डूबत राशि का भार वहन करना पड़ता है।	क्रेता को माल का स्वामी बन जाने के कारण सभी डूबत राशि का भार विक्रेता वहन करता है।
8. पारिश्रमिक	प्रेषणी को माल की बिक्री पर निश्चित दर से पारिश्रमिक के रूप में कमीशन प्राप्त होता है।	क्रेता को इस प्रकार का पारिश्रमिक प्राप्त नहीं होता है।
9. प्रेषण व्यय	प्रेषित माल को प्राप्त करने एवं विक्रय करने से सम्बन्धित प्रेषणी द्वारा किये गये समस्त व्यय प्रेषक से वसूल किये जाते हैं।	माल की बिक्री के बाद सभी व्यय क्रेता को वहन करना पड़ते हैं।
10. बिक्री विवरण	प्रेषणी को, माल विक्रय करने के बाद बिक्री विवरण बनाकर प्रेषक को भेजना पड़ता है।	क्रेता माल खरीदने के बाद विक्रेता को ऐसा कोई विवरण बनाकर नहीं भेजता है।
11. बीजक	प्रेषण पर भेजे गये माल का कच्चा बीजक बनाया जाता है।	माल के बेचने पर पक्का बीजक बनाया जाता है।

लेखा करने की विधि

1. प्रेषक की पुस्तकों में (In the Books of Consigner)

प्रविष्टि का आधार	Entry	प्रविष्टि
1. माल भेजने पर (लागत मूल्य पर)	Consignment A/c Dr. To goods sent on consignment A/c (Goods sent on consignment)	प्रेषण खाता नाम प्रेषित माल खाते में (प्रेषण पर माल भेजा)
2. प्रेषक द्वारा व्यय करने पर	Consignment A/c Dr. To Cash A/c (Expenses paid by Consigner)	प्रेषण खाता नाम रोकड़ खाते में (प्रेषक ने प्रेषण व्यय का भुगतान किया)
3. अग्रिम राशि प्राप्त होने पर	Cash/B/R/Bank A/c Dr. To Consignee (Personal A/c) (Advance or B/R received)	रोकड़/प्रा/वि/बैंक खाता नाम प्रेषण (के व्यक्तिगत खाते) से (अग्रिम राशि/स्वीकृति प्राप्त)

4. प्रेषणी द्वारा किये गये व्यय	Consignment a/c Dr. To Consignee (Personal a/c) (Expensespaid by Agent)	प्रेषण खाता नाम प्रेषणी(के व्यक्तिगत खाते) से (प्रेषणी द्वारा व्ययों का भुगतान किया)
5. माल की बिक्री पर	Consignee (Personal A/c) Dr. To Consignment A/c (Consignment goods sold by Agent)	प्रेषणी (व्यक्तिगत खात) नाम प्रेषण खाते से (प्रेषण वस्तुएँ एजेन्ट ने बेची)
6. देय कमीशन हेतु	Consignment A/c Dr. To Consignee (personal A/c) (Commission charged by agent)	प्रेषण खाता नाम प्रेषणी (व्यक्तिगत खाते) से (एजेन्ट ने कमीशन लगाया)
7. प्रेषण स्कंध हेतु	Stock with Agent A/c Dr. To Consignment A/c (Unsold stock with Agent)	प्रेषण स्कंध खाता नाम प्रेषण खाते से (प्रेषणी के पास अनबिके माल के लिए)
8. बीमित माल के रास्ते में गुम होने पर	Insurance Co./Cash A/c Dr. To Cosnignment A/c (Claims accepted/cash received for Loss in Transit)	बीमा कं. खाता/रोकड़ खाता नाम प्रेषण खाते से (बीमा कं. ने दावा स्वीकार किया/रोकड़ क्षतिपूर्ति की)
9. प्रेषण पर लाभ होने पर या हानि होने पर	Consignment A/c Dr. To Profit & Loss A/c (Profit transferred to P&L A/c) Profit & Loss A/c Dr. To Consignment A/c (Loss Transferred)	प्रेषण खाता नाम लाभ-हानि खाते से (लाभ अन्तरित किया) लाभ-हानि खाता नाम प्रेषण खाते से (हानि अन्तरित की)
10. शेष राशि की प्राप्ति पर	Cash/Bank A/c Dr. To Consignee (Balance received)	रोकड़ बैंक खाता नाम प्रेषणी खाते से (शेष रकम प्राप्त की)

11. व्यापार खाते में अन्तरण	Goods sent on Consignment A/c Dr. To Trading A/c (Transfer of former A/c to trading A/c)	प्रेषित माल खाता नाम व्यापार खाते से (प्रेषित माल खाते से व्यापार खाते में अन्तरण)
12. बिल को बट्टे पर भुनाना	Bank A/c/Cash A/c Dr. Discount/Consignment Dr. To B/R/ A/c (Bill discounted with Bank)	बैंक खाता नाम बट्टा खात (प्रेषण खाता) नाम प्रा/वि खाते से (विपत्र को बट्टे पर बैंक से भुनाया
13. डूबत ऋण (परिशोध कमीशन न देने पर)	Consignment A/c Dr. To Customer A/c (Entry for Bad Debts)	प्रेषण खाता नाम ग्राहक के खाते से (डूबत ऋण लेखा)

2. प्रेषणी की पुस्तकों में (In the Books of Consignee)

1. प्रेषण पर माल प्राप्ति पर	No Entry	कोई प्रविष्टि नहीं होगी (केवल स्मरण हेतु) में लिखी जायेगी)
2. अग्रिम रकम या विपत्र की स्वीकृति पर	Consignor's personal A/c Dr. To Cash/Bank/B/P A/c (Cash given in advance)	प्रेषक का व्यक्तिगत खाता नाम रोकड़/बैंक/देय विपत्र खाते से (अग्रिम राशि दी/विपत्र स्वीकार किया)
3. व्यय करने पर	Consignor's Personal A/c Dr. To Cash A/c (Expenses paid on Consignment)	प्रेषक का व्यक्तिगत खाता नाम रोकड़ खाते से (प्रेषण व्यय चुकाये)
4. (अ) माल की नकद बिक्री पर	Cash A/c Dr. To Consignor's personal A/c (Amount of sale proceeds received)	रोकड़ खाता नाम प्रेषक के व्यक्तिगत खाते से (विक्रय राशि प्राप्त)
(ब) उधार बिक्री पर	Customer's Personal A/c Dr. To Consignor's personal A/c (Consignment goods sold on credit)	ग्राहक का व्यक्तिगत खाता नाम प्रेषण के व्यक्तिगत खाते से (प्रेषण माल का उधार विक्रय)

5. कमीशन के लिए	Consignor's personal A/c Dr. To Commission A/c (Commission charged on sale)	प्रेषण का व्यक्तिगत खाता नाम कमीशन खाते से (विक्रय पर कमीशन)
6. परिशोध उत्तरदायित्व में उधारी प्राप्त नह होने पर	Commission A/c Dr. To Customer's personal A/c (Money not realised from debtos)	कमीशन खाना नाम ग्राहक के व्यक्तिगत खाते से (देनदार से रुपया वसूल नहीं हो पाया)
7. शेष रकम भेजने पर	Consignor's personal A/c Dr. To Cash A/c (Balance of the amount remitted)	प्रेषण का व्यक्तिगत खाता नाम रोकड़ खाते से (शेष राशि का भुगतान किया)
8. कमीशन खाते स्थानान्तरण	Commission A/c Dr. To P & L A/c (Balance of commission A/c transferred to P/L A/c)	कमीशन खाता नाम लाभ-हानि खाते से (कमीशन खाते के शेष को लाभ हानि खाते में स्थानान्तरित किया)
9. प्रेषित माल का एजेन्ट द्वारा स्वयं के लिए क्रय	Purchase A/c Dr. To Consignor's personal A/c (Goods received on consignment has been purchased by the agent)	क्रय खाता नाम प्रधान के व्यक्तिगत खाते से (प्रेषण पर प्राप्त माल का स्वयं क्रय किया)
10. क्षतिपूर्ति की प्राप्ति	Cash A/c Dr. To Consignor's personal A/c (Amount of claim received from Insurance Company)	रोकड़ खाता नाम प्रेषक के व्यक्तिगत खाते से (बीमा कम्पनी से क्षतिपूर्ति की राशि प्राप्त हुई)

प्रेषण खाता तथा व्यापार एवं लाभ-हानि खाते में अन्तर

आधार	प्रेषण खाता	व्यापार एवं लाभ-हानि खाता
1. उद्देश्य	प्रेषण खाते का उद्देश्य एजेन्सी का लाभ-हानि ज्ञात करना होता है।	व्यापार एवं लाभ-हानि खाता सम्पूर्ण व्यापार की लाभ-हानि जानने के लिए बनाया जाता है।
2. तैयारकर्त्ता	यह प्रधान या स्वामी द्वारा बनाया जाता है।	यह व्यापार के स्वामी द्वारा बनाया जाता है।
3. व्यक्तिगत खाते	इसमें व्यक्तिगत खाते की मदें नहीं लिखी जाती है।	इसमें भी व्यक्तिगत खाते की मदें नहीं लिखी जाती है।
4. व्यय	इसमें प्रत्यक्ष एवं अप्रत्यक्ष व्यय दोनों ही एक साथ लिखे जाते हैं।	प्रत्यक्ष व्यय व्यापार खाते में तथा अप्रत्यक्ष व्यय लाभ-हानि खाते में लिखे जाते हैं।
5. व्यय के पक्ष	प्रेषण सम्बन्धी व्यय प्रेषक एवं प्रेषणी के द्वारा किये जाते हैं, अतः इसमें अलग-अलग शीर्षक देकर दोनों के व्यय दर्शाये जाते हैं।	व्यापारिक व्यय केवल व्यापार के स्वामी द्वारा ही किये जाने से इन्हीं व्ययों को लिखा जाता है।
6. शीर्षक	इसका शीर्षक प्रेषण खाता रहता है।	इसका शीर्षक व्यापार एवं लाभ हानि खाता लिखा जाता है।
7. रूप	यह सिर्फ एजेन्सी का ही लाभ दर्शाता है, इस कारण व्यापार एवं लाभ-हानि खाते का छोटा रूप है।	यह सम्पूर्ण व्यवसाय का लाभ हानि दर्शाता है, इस कारण यह वृहद् रूप से बनया जाता है।
8. माल	एजेन्सी को माल क्रय करने का अधिकार न होने से के स्थान पर लिखा जाता है।	व्यापार में माल क्रय करते हैं, इस कारण इस खाते में क्रय लिखा जाता है।
9. व्यय	इसमें केवल एजेन्सी सम्बन्धी प्रेषक एवं प्रेषणी के व्यय ही लिखे जाते हैं।	इसमें सम्पूर्ण व्यापार सम्बन्धित व्ययों का लेखा किया जाता है।
10. स्टॉक	इसमें बचे हुए माल को के नाम से जमा की तरफ लिखा जाता है।	इसमें अन्तिम बहतिया के नाम से जमा की तरफ लिखा जाता है।
11. आनुपातिक व्यय	स्टॉक में किये गये आनुपातिक व्यय जोड़ जाते हैं।	इसमें आनुपातिक व्यय नहीं जोड़ जाते हैं।

12. लाभ	लाभ को लाभ-हानि खाते में स्थानान्तरित कर दिया जाता है।	सकल लाभ को व्यापार खाते में एवं शुद्ध लाभ को पूँजी खाते में स्थानान्तरित कर दिया जाता है।
13. चिट्ठा	इसके साथ चिट्ठा नहीं बनाया जाता है।	व्यापार एवं लाभ-हानि खाते से चिट्ठा बनाया जाता है।

(1) अधिभावी कमीशन

(Over-riding Commission)

प्रेषक सदैव यह चाहता है कि उसका माल अधिक से अधिक कीमत पर बेचा जाये। जब प्रैषक यह चाहता है कि उसके द्वारा निर्धारित मूल्य से अधिक मूल्य पर प्रेषणी द्वारा माल बेचा जाये तो वह बिक्री के साधारण कमीशन के अतिरिक्त एक और अन्य कमीशन प्रेषणी को देता है। इस कमीशन को अधिभावी कमीशन कहा जाता है। कभी-कभी यह कमीशन माल के प्रचार करने के लिए भी दिया जाता है। इस कमीशन के सम्बन्ध में कोई वैधानिक नियम नहीं है वरन् यह प्रेषक और प्रेषणी के आपसी समझौते द्वारा तय किया जाता है।

(2) परिशोध कमीशन

(Del Creder Commission)

प्रेषण पर भेजे गये माल को बिक्री बढ़ाने के उद्देश्य से प्रेषणी प्रेषक की अनुमति लेकर नकद एवं उधार दोनों प्रकार से बेचता रहता है। प्रेषक का इस सम्बन्ध में होने वाले लाभ पर सम्पूर्ण रूप से एकाधिकार रहता है। अतः प्रेषणी द्वारा उधार माल बेचने पर भी यदि किसी ग्राहक से रकम वसूल नहीं होती है, तो उसका उत्तरदायी भी प्रेषक ही रहता है।

कभी-कभी प्रेषक इस उधार माल के विक्रय की जोखिम कम करने के उद्देश्य से प्रेषणी को उधार रकम की वसूली का उत्तरदायित्व सौंप देता है। इसके अतिरिक्त कार्य एवं जोखिम के पुरस्कार स्वरूप जो कमीशन दिया जाता है, उसे परिशोध कमीशन कहते हैं। ऐसी स्थिति में यदि किसी ग्राहक से उधार बिक्री का रुपया वसूल नहीं होता है या डूबत ऋण की हानि होती है, तो उसका उत्तरदायी प्रेषणी ही रहता है और उसके कमीशन में से यह हानि की राशि काट ली जाती है।

अतः संक्षेप में परिशोध कमीशन प्रेषक द्वारा प्रेषणी को दिया जाने वाला वह पुरस्कार है, जो डूबत ऋण की हानि के जोखिम का भार वहन करने के उपलक्ष में दिया जाता है।

परिशोध कमीशन के तत्त्व

(Elements)

(1) यह सामान्य कमीशन के साथ अतिरिक्त कमीशन है।

(2) उधार बिक्री की रकम को वसूली के उपलक्ष में दिया जाता है।

(3) उधार बिक्री की रकम डूबने से होने वाली हानि के लिए प्रेषणी उत्तरदायी होता है।

(4) यह अन्य हानियाँ जैसे माल की चोरी, माल का जलना आदि के लिए परिशोध एजेन्ट उत्तरदायी नहीं होता है।

(5) इस हानि को प्रेषण खाते में नहीं लिखा जाता है।

परिशोध कमीशन के प्रकार

(Types)

परिशोध कमीशन दो प्रकार का होता है –

1. कुल बिक्री पर परिशोध कमीशन – साधारणतया परिशोध कमीशन की गणना कुल बिक्री पर की जाती है। स्पष्ट निर्देश के अभाव में कुल बिक्री पर ही परिशोध कमीशन देने की प्रथा प्रचलित है।

उदाहरणार्थ – प्रेषणी द्वारा की गई कुल बिक्री पर 10 प्रतिशत सामान्य एवं 2 प्रतिशत परिशोध कमीशन दिया जाता है। कुल बिक्री पर 12 प्रतिशत की गणना करना पड़ेगी।

2. उधार बिक्री पर परिशोध कमीशन – इसमें कुल बिक्री पर सामान्य कमीशन एवं उधार बिक्री पर परिशोध कमीशन दिया जाता है।

उदाहरणार्थ – प्रेषणी को कुल बिक्री पर 10 प्रतिशत कमीशन और उधार बिक्री पर 2 प्रतिशत परिशोध कमीशन देय होगा।

प्रेषण पर भेजी गई वस्तु को बेचने के लिए प्रेषक द्वारा एक कच्चा बीजक (Proforma Invoice) बनाया जाता है जिसमें प्रेषणी को एक निर्धारित मूल्य पर वस्तु बेचने का निर्देश दिया जाता है। इस बीजक मूल्य पर उसे सामान्य कमीशन प्राप्त होता है किन्तु कभी-कभी बीजक मूल्य से अधिक मूल्य पर वस्तु बेचने हेतु प्रोत्साहन देने के लिए बीजक मूल्य से अधिक लिए जाने वाले अधिक मूल्य पर एक ऊँची दर पर कमीशन दिया जाता है, उसे अधिक मूल्य कमीशन कहते हैं।

विक्रय मूल्य एवं प्रस्तावित विक्रय मूल्य के अन्तर को अधिमूल्य कहते हैं।
Selling Price - Proforma Invoice Price = Overriding price

(3) दर्शनार्थ बीजक

(Proforma Invoice)

सर्वप्रथम प्रधान द्वारा अपने एजेन्ट को बिक्री के लिए प्रेषण पर माल भेजा जाता है। वह इस माल के साथ एक बीजक बनाकर भी भेजता है, जिसे दर्शनार्थ बीजक कहते हैं। इसमें माल की किस्म, मात्रा एवं मूल्य का वर्णन दिया जाता है। यह बीजक वास्तविक मूल्य से अधिक मूल्य पर बनाया जाता है तथा प्रेषणी को सूचित किया जाता है कि दर्शनार्थ बीजक में दर्शाये मूल्य से कम मूल्य पर प्रेषणी वस्तुएँ न बेचे। इसलिए प्रेषक लागत मूल्य से अधिक मूल्य दर्शाता है। इसमें प्रेषक द्वारा लागत मूल्य से अधिक दर्शाये मूल्य को बीजक मूल्य कहा जाता है।

उद्देश्य

(Objects)

(1) एजेन्ट को माल का विक्रय मूल्य निर्धारण करने में सहायता मिलती है।

(2) यह चुंगी, ऑक्ट्राय सीमा शुल्क, स्थानीय कर आदि का भुगतान करने एवं मतभेद दूर करने में सहायक होता है।

(3) प्रेषणी से माल का वास्तविक मूल्य गुप्त रखा जा सकता है।

(4) आवश्यकता के समय ग्राहकों को बीजक दिखाकर उचित मूल्य की सन्तुष्टि कराई जा सकती है।

(5) माल प्राप्त होते ही इस बीजक से माल का मिलान किया जा सकता है।

माल को प्रेषण पर भेजने के बाद कच्चा बीजक प्रेषणी के पास रेल्वे रसीद या जहाजी बिल्टी, बीमा पत्र आदि के साथ भेज दिया जाता है।

(4) बिक्री विवरण

(Account Sale)

एजेन्ट अपने प्रधान द्वारा प्रेषण पर भेजे गये माल को सुविधानुसार उचित मूल्य पर धीरे-धीरे बेचता रहता है और इस बिक्री का हिसाब पूर्व निर्धारित समयानुसार प्रति सप्ताह, प्रतिमाह या प्रतिवर्ष प्रेषक को भेजता रहता है। इसे ही बिक्री विवरण कहते हैं।

परिभाषा, ''प्रेषणी द्वारा प्रेषण पर प्राप्त माल को बेचकर जो बिक्री का हिसाब भेजा जाता है, जिसमें बेचे गये माल की मात्रा, बिक्री से प्राप्त रकम, माल के प्राप्त करने, बेचने में होने वाले व्यय एवं अग्रिम दी गई राशि को विक्रय राशि में से घटाकर शेष देय राशि का जिस विवरण में उल्लेख होता है, उसे बिक्री विवरण कहते हैं।''

बिक्री विवरण के लाभ

(Advantages)

(1) बेचे गये माल की जानकारी प्राप्त हो जाती है।

(2) शेष देय राशि का पता लग जाता है।

(3) बचे हुए माल को अन्य स्थानों पर भेजकर माल की खपत बढ़ाई जा सकती है।

(4) व्ययों पर नियन्त्रण रखा जा सकता है।

(5) प्रेषण स्कंध का मूल्यांकन

(Valuation of Consignment Stock)

एजेन्ट के पास बचे हुए माल के मूल्यांकन का सामान्य नियम यह है कि बाजार मूल्य और लागत मूल्य में से जो मूल्य कम हो उस पर बिना बिके माल का मूल्यांकन करना चाहिए। प्रेषण के सम्बन्ध में लागत-मूल्य की गणना करते समय उन सब 'व्ययों का आनुपातिक हिस्सा लागत मूल्य में जोड़ देना चाहिए जो माल को प्रेषक के गोदाम से एजेण्ट के गोदाम तक पहुँचाने में हुए हैं।' एजेन्ट के गोदाम में माल के पहुँच जाने के बाद के व्ययों को लागत में नहीं जोड़ना चाहिए। यहाँ यह स्मरण रखना चाहिए कि व्यय चाहे एजेण्ट द्वारा

किये गये हों अथवा प्रधान द्वारा, दोनों का आनुपातिक हिस्सा बचे हुए माल की लागत में जोड़ना चाहिए। यदि आनुपातिक व्यय जोड़ने के बाद बचे हुए माल का मूल्य बाजार मूल्य से अधिक हो जाता है तो फिर बाजार मूल्य पर माल का मूल्यांकन करना चाहिए। बचे हुए माल का मूल्यांकन करते समय जितना माल शेष है केवल उसी का मूल्य निकालना चाहिए। जो माल नष्ट हो गया हो, खो गया हो, खराब हो गया हो या छीज गया हो, उसका नहीं। नीचे दी गई तालिका में उन व्ययों का विभागीकरण किया है जो लागत-मूल्य में जोड़े जाने चाहिए-

बचे हुए माल (स्टॉक) का मूल्यांकन कैसे करें?

साधारण दशा में

1. सर्वप्रथम स्टॉक का लागत मूल्य ज्ञात करें
2. प्रधान एवं एजेन्ट द्वारा किये गये व्ययों का आनुपातिक भाग जोड़ें।

क्षति होने पर

असामान्य हानि की दशा में (चोरी आग लगना आदि)

1. स्टॉक का लागत-मूल्य ज्ञात करें।
2. क्षति होने के पहले के व्ययों को जोड़कर स्टॉक पर आनुपातिक व्ययों की गणना करें और उन्हें स्टॉक के लागत-मूल्य में जोड़ दें।

$$\frac{\text{क्षतिपूर्व के व्यय}}{\text{प्रेषित माल}} \times \frac{\text{स्टॉक}}{1}$$

3. क्षति होने के पश्चात् किये गये व्ययों की गणना करें और उन्हें भी स्टॉक के लागत मूल्य में जोड़ दें।

$$\frac{\text{क्षति पश्चात व्यय}}{\text{क्षतिपश्चात् प्रेषण}} \times \frac{\text{स्टॉक}}{1}$$

सामान्य या प्रत्याशित हानि की दशा में (सुखने, उड़ने, छिजन आदि से)

1. कुल प्रेषित माल में से सामान्य हानि की मात्रा घटा देवें और शेष माल ज्ञात करें।
2. कुल प्रेषित माल का मूल्य ही प्राप्त शेष माल का मूल्य मानकर स्टॉक का आनुपातिक मूल्य ज्ञात करें।

लागत मूल्य में जोड़ने योग्य व्यय	नहीं जोडने योग्य व्यय
1. रेल-भाड़ा या जहाज किराया	1. गोदाम किराया
2. मार्ग का बीमा व्यय	2. गोदाम में रखे माल का अग्नि या चोरी का बीमा व्यय
3. पैंकिग व्यय	3. दलाली
4. ऑक्ट्राय व अन्य कर	4. एजेण्ट का कमीशन
5. गाड़ी-भाड़ा (गोदाम तक का)	5. अन्य विक्रय व्यय, जैसे विज्ञापन
6. प्रवेश-शुल्क	6. सेल्समैन की तनख्वाह
7. द्वार देय	
8. गोदाम तक का गाड़ी भाड़ा	
9. आयात कर	
10. निर्यात कर	

प्रश्न

1. प्रेषण खाते से आप क्या समझते है? प्रेषण की प्रमुख विशेषताएँ बतलाइये।

   What do you mean by Consignment Account. What are the essential features of a Consignment.

2. प्रेषण तथा बिक्री में प्रमुख अन्तर स्पष्ट कीजिये।

   What are difference between consignment and sales.

3. प्रेषक तथा प्रेषणी की पुस्तकों में विभिन्न प्रविष्टियों की विवेचना कीजिये।

   Give various accounting entries in consigner and consignee books

□□□

6

किराया क्रय पद्धति
(Hire Purchase System)

आशय
(Meaning)

देश, समाज, क्रेता व विक्रेता आदि सभी की दृष्टि से लाभदायक होने के कारण व्यापारिक जगत में वस्तुओं का क्रय-विक्रय अधिकांशत: किराये क्रय पद्धति के आधार पर होने लगा है। वस्तुओं की उधार से क्रय विक्रय करने की इस पद्धति की निरन्तर बढ़ती हुई लोकप्रियता ने इसके क्षेत्र को बहुत अधिक विस्तृत व व्यापक बना दिया हँ। जिसके कारण आज छोटी से छोटी कम मूल्य की वस्तुएँ भी किराया क्रय पद्धति पर खरीदी जाने लगी है। ऐसी स्थिति में इस पद्धति के अन्तर्गत किये जाने वाले क्रय विक्रय को नियमित व नियम बद्ध करने हेतु हमारे देश में किराया क्रय अधिनियम 1972 बनाया गया है जो 1 सितम्बर, 1973 से प्रभावी है। किराया-क्रय वस्तु विक्रय की एक पद्धति है जिसमें किराया और क्रय दोनों की विशेषताएँ रहती हैं। वस्तुत: इस पद्धति में माल किराये पर बेचा जाता है परन्तु क्रेता को यह सुविधा दी जाती है कि वह चाहे तो माल को खरीद भी सकता है। इस पद्धति में माल का मूल्य किस्तों में धीरे-धीरे चुकाया जाता है और समस्त किस्तों को चुका देने पर इसे 'क्रय' माना जाता है और क्रेता वस्तु का स्वामी हो जाता है। परन्तु यदि वह कुछ किस्तों को चुकाने के बाद किस्त चुकाने से माना कर देता है तो तब तक दी गई किस्तें 'किराया' मानी जाती है और विक्रेता क्रेता से अपना माल वापिस ले लेता हैं।

अत: किराया क्रय पद्धति माल के उधार क्रय करने की एक ऐसी पद्धति है जिसके अन्तर्गत क्रेता को माल की सुपुर्दगी व उसको उपयोग करने का अधिकार इस शर्त पर दिये जाते हैं कि निर्धारित सम्पूर्ण किस्तों की राशि चुका देने पर ही वह उस वसतु का स्वामी माना जावेगा। अन्तिम किस्तों का भुगतान होने से पूर्व तक प्राप्त किस्तें उस वस्तु के उपयोग का किराया मानी जाती है। अत: इस पद्धति में क्रेता को यह विकल्प होता है कि वह चाहे तो

सम्पूर्ण किस्तों का निर्धारित समय व तरीके से भुगतान करके उस सम्पत्ति पर स्वामित्व प्राप्त कर ले अथवा अन्तिम किस्त चुकाने से पूर्व माल को विक्रेता को लौटा दे।

किराया क्रय पद्धति के उपर्युक्त आशय को विभिन्न विद्वानों द्वारा निम्न प्रकार से व्यक्त किया गया है:

1. जे. आर. बाटलीबॉय के अनुसार, ''किराया-क्रय पद्धति में माल एक ऐसे व्यक्ति को दिया जाता है जो माल की कीमत इसके स्वामी को बराबर सामयिक किस्तों द्वारा भुगतान करने का समझौता करता है। ये किस्तें उस समय तक माल के किराये की तरह समझी जाती हैं जब तक कि माल की पूरी राशि का भुगतान न कर दिया जाय और तभी वह माल क्रेता की सम्पत्ति हो जाता है।

2. एल. सी. क्रॉपर के अनुसार, 'किराया-क्रय पद्धति अनुबन्ध की विशेषता यह है कि माल का स्वामित्व विक्रेता पर रहता है, लेकिन किरायेदार बहुत से स्वीकृत भुगतानों में से प्रथम भुगतान देने पर उसको प्रयोग करने का अधिकार प्राप्त कर लेता है। अन्तिम किस्त के भुगतान करने के बाद किरायेदार माल का कानूनी अधिकारी बन जाता है और फिर पहले वाले मालिक का इसमें कोई हित नहीं रहता है।

3. कार्टर के अनुसार, ''किराया-क्रय पद्धति एक ऐसी पद्धति है जिसमें माल की कीमत सामयिक किस्तों द्वारा माल को क्रय करने के उद्देश्य से भुगतान की जाती है। अन्तिम किस्त के भुगतान के समय तक प्रत्येक भुगतान को किराया माना जाता है और का स्वामित्व क्रेता को तभी मिलता है जबकि उसके द्वारा सभी किस्तों का भुगतान कर दिया जाता है।

किराया क्रय अधिनियम

जैसा कि पहले ही स्पष्ट किया जा चुका है कि किराया क्रय के व्यवहारों को नियन्त्रित करने के उद्देंश्य से हमारे देश में किराया क्रय अधिनियम 1972 लागू किया गया है। इस अधिनियम में 31 धाराएँ है जो 6 अध्यायों में बंटी हुई है। इस अधिनियम में भी किराया क्रय समझौते तथा अन्य प्रयुक्त शब्दों का आशय निम्न प्रकार से प्रकट किया गया है:

1. किराया क्रय समझौता - किराया क्रय समझौते का आशय एक ऐसे समझौते से हैं जिसके अन्तर्गत माल किराये पर दिया जाता है और जिसके अन्तर्गत किराया क्रेता को शर्तों के अनुसार उस को को क्रय करने का विकल्प होता है। इसमें ऐसा समझौता भी शामिल किया जाता है जिसके अन्तर्गत

(अ) माल के स्वामी द्वारा माल का अधिग्रहण किराया क्रेता को इस शर्त पर दिया जाता है कि वह समझौता राशि सामयिक किस्तों में चुकायेगा, तथा

(ब) उसको (किराया क्रेता को) माल का स्वामित्व अन्तिम किस्त का भुगतान करने पर हस्तान्तरित होगा, तथा

(स) उसको (किराया क्रेता को) माल का स्वामित्व हस्तान्तरित होने से पूर्व कभी भी समझौते को समाप्त करने का अधिकार होगा:

2. किराया - किराये से तात्पर्य उस राशि से है जो किराया क्रय समझौते के अन्तर्गत किराया क्रेता द्वारा देय हो।

3. किराया क्रेता – किराया क्रेता से आशय उस व्यक्ति से है जो किराया क्रय समझौते के अन्तर्गत माल के स्वामी से माल का अधिकार प्राप्त करता है अथवा प्राप्त कर चुका है और इसमें ऐसा व्यक्ति भी शामिल किया जाता है जिसको समझौते के अन्तर्गत कानून की प्रक्रिया द्वारा अथवा हस्तांकन द्वारा किराया क्रय क्रेता के अधिकार व दायित्व प्राप्त हो गये हैं।

4. स्वामी – स्वामी का आशय ऐसे व्यक्ति से है जो किराया क्रय समझौते के अन्तर्गत किराया क्रेता को माल किराये पर देता है अथवा दे चुका है अथवा माल की सुपुर्दगी देता है या दे चुका है। इसमें ऐसा व्यक्ति भी सम्मिलित है जिसको कानून की प्रक्रिया अथवा हस्तांकन द्वारा समझौते के अन्तर्गत माल का स्वामित्व या इसके अधिकार और दायित्व हस्तान्तरित हो गये हैं।

5. जमा – जमा से तात्पर्य उस राशि से है जो किराया क्रय समझौते के अन्तर्गत किराया क्रेता द्वारा जमा अथवा प्रारम्भिक भुगतान के रूप में देय होती है तथा जिसको भुगतान किया जा चुका है।

6. रोकड़ मूल्य – नकद मूल्य से आशय उस मूल्य से है जिस पर किराया क्रेता द्वारा नकद में वह माल खरीदा जा सकता है।

7. किराया क्रय मूल्य – किराया क्रय मूल्य से आशय उस कुल राशि है जो किराया क्रय समझौते के अन्तर्गत समझौते से सम्बन्धित माल का क्रय पूर्ण करने अथवा उसका स्वामित्व प्राप्त करने के लिये किराया क्रेता द्वारा देय होती है। इसमें वह राशि भी शामिल है जो किराया क्रेता द्वारा किराया क्रय समझौते के अन्तर्गत जमा अथवा अन्य प्रारम्भिक भुगतान के रूप में देय है, लेकिन इसमें समझौता भंग करने के कारण देय दण्ड, हर्जाना अथवा क्षति की राशि सम्मिलित नहीं होती है।

संक्षेप में किराया क्रय मूल्य में निम्नलिखित राशियों को सम्मिलित किया जाता है – (1) रोकड़ी मूल्य (2) रोकड़ी मूल्य की अदत्त किस्तों पर देय ब्याज, (3) किराया क्रेता द्वारा माल लौटाने पर जोखिम का भार, (4) किस्तों के भुगतान में त्रुटि करने की जोखिम भार। चूंकि जोखिम के भार को मापना सम्भव नहीं होता है इसलिये विक्रेता उपर्युक्त (3) व (4) में वर्णित जोखिम की पूर्ति ब्याज की दर बढ़ाकर कर लेता है। अतः किराया क्रय मूल्य का आशय रोकड़ मूल्य + रोकड़ मूल्य की अदत्त राशि पर ब्याज से होता है।

8. किराया क्रय समझौते के अन्तर्लेख – किराया क्रय अधिनियम की धारा 3 के अनुसार प्रत्येक किराया क्रय समझौता अनिवार्य रूप से लिखित में तथा सभी सम्बन्धित पक्षों द्वारा हस्ताक्षरित होना चाहिये। अधिनियम की धारा 4 के अनुसार इसमें निम्नलिखित विषयों का उल्लेख करना अनिवार्य है:

(1) माल का किराया क्रय मूल्य।

(2) माल का रोकड़ी मूल्य।

(3) समझौते के प्रभावी होने की तिथि।

(4)(अ) किराया क्रय मूल्य भुगतान करने की किस्तों की संख्या,

(ब) प्रत्येक किस्त की राशि,

(स) वह तारीख या उस तारीख को निर्धारित करने की विधि जिस पर किस्त की राशि देय होगी,

(द) उस व्यक्ति का नाम जिसे किस्त की राशि का भुगतान किया जावेगा, तथा

(य) उस स्थान का नाम जहाँ पर किस्त की राशि का भुगतान किया जावेगा।

(5) समझौते से सम्बन्धित माल का पर्याप्त विवरण जिससे उस माल को आसानी से पहचाना जा सके।

(6) यदि किराया क्रय मूल्य का कोई भाग नकदी या चैक के अतिरिक्त अन्य प्रकार से भुगतान किया जाना है तो उसका भी समझौते में वर्णन होना चाहिये।

यदि उपर्युक्त वर्णित धारा 4 के प्रावधानों का अनुपालन नहीं किया जाता है तो किराया क्रेता इस समझौते को समाप्त करने के लिये दावा कर सकता है। यदि न्यायालय को यह विश्वास हो जावे कि किराया क्रेता को इससे हानि हुई है तो वह समझौते को समाप्त कर सकता है या जैसा आदेश उचित समझे, दे सकता है।

अधिनियम की धारा 6 के अनुसार वस्तु विक्रय से सम्बन्धित शर्तें तथा आश्वासन के प्रावधान किराया क्रय समझौतों के सम्बन्ध में भी लागू होते है।

विशेषताएँ (Characteristics)

किराया-क्रय पद्धति को भली भाँति समझने के लिए निम्न विशेषताएँ ध्यान देने योग्य हैं-

1. माल की उधार बिक्री होना - इस पद्धति में क्रय करते समय माल की पूरी कीमत का भुगतान नहीं किया जाता है, इसलिए इस प्रणाली के अन्तर्गत माल की उधार बिक्री होती है।

2. किस्तों आदि के भुगतान का निर्णय आपसी ठहराव से होना - इस प्रणाली के अन्तर्गत क्रय किये गये माल का भुगतान इकट्ठा नहीं किया जाता है वरन् किस्तों में किया जाता है। इन किस्तों की कितनी रकम होनी चाहिए और इसका भुगतान कब-कब करना चाहिए, ये विषय क्रेता और विक्रेता आपसी ठहराव द्वारा तय कर लेते हैं। अधिकतर किस्तों का भुगतान तिमाही, छमाही या वार्षिक किया जाता है। किस्तों के अतिरिक्त अन्य शर्तों का भी ठहराव होता है जैसे त्रुटि की दशा में क्या स्थिति होगी? आदि।

3. माल के प्रयोग का अधिकार क्रेता को होना - जैसे ही माल की प्रथम किस्त क्रेता द्वारा भुगतान कर दी जाती है, उसी समय से माल क्रेता को सौंप दिया जाता है और उसे उसके प्रयोग करने का अधिकार हो जाता है। यदि क्रेता किस्तों के भुगतान में त्रुटि न करे तो उसका यह अधिकार बराबर चलता रहता है।

4. अन्तिम किस्त के भुगतान तक माल पर विक्रेता का स्वामित्व होना - यद्यपि इस प्रकार के अनुबन्ध में माल के प्रयोग करने का अधिकार क्रेता को प्राप्त हो जाता है

परन्तु इस पर स्वामित्व उस समय तक विक्रेता का ही रहता है जब तक कि अन्तिम किस्त का भुगतान क्रेता द्वारा न कर दिया जाय।

5. अन्तिम किस्त के भुगतान करने के बाद माल पर क्रेता का स्वामित्व होना - जब क्रेता द्वारा अन्तिम किस्त का भुगतान किया जाता है तो माल का स्वामित्व भी उसके पास आ जाता है।

6. क्रय क्रेता की इच्छा (Option) **पर होना** - किराया-क्रय अधिनियम, 1972 के अनुसार किराया-क्रय क्रेता यदि चाहे तो क्रय करने के लिए उसको अनिवार्य रूप से बाध्य नहीं किया जा सकता है। यही कारण है कि किराया-क्रय पद्धति में अन्तिम किस्त भुगतान के पूर्व किसी भी समय किराया क्रय ठहराव समाप्त करने का अधिकार क्रेता एवं विक्रेता दोनों को है। इसका विस्तृत वर्णन आगे यथास्थान किया गया है।

7. अन्तिम किस्त के भुगतान तक माल को अच्छी स्थिति में रखने का उत्तरदायित्व क्रेता पर होना - चूँकि अन्तिम किस्त के भुगतान तक माल का स्वामित्व विक्रेता पर रहता है अत: विक्रेता का माल अपने पास रखते समय क्रेता का यह उत्तरदायित्व है कि वह माल को सावधानी के साथ रखे। उसे सदैव यह ध्यान में रखना चाहिए कि वह अभी इसका स्वामी नहीं है अत: उसे इसकी उतनी ही देखभाल करनी चाहिए जितनी उस प्रकार की परिस्थितियों में एक साधारण व्यक्ति द्वारा की जाती है। ऐसा न करने पर उसे क्षतिपूर्ति के लिए उत्तरदायी ठहराया जा सकता है।

8. अन्तिम किस्त के भुगतान तक मरम्मत करने का उत्तरदायित्व विक्रेता पर होना - अन्तिम किस्त के भुगतान तक यदि क्रेता ने किराया-क्रय पद्धति पर ली हुई वस्तु की पूरी परवाह रखी है और फिर भी वस्तु में टूट - फूट हो गयी है तो इसकी मरम्मत का उत्तरदायित्व विक्रेता पर होगा।

9. अन्तिम किस्त के भुगतान तक क्रेता द्वारा बिक्री करने पर दूसरे क्रेता का श्रेष्ठ स्वत्वाधिकार न होना - किराया क्रय-पद्धति के अनुसार माल क्रय करने पर यदि कोई भी क्रेता अन्तिम किस्त के भुगतान के पहले किसी समय इस माल को बेचता है तो दूसरा क्रेता इस माल पर श्रेष्ठ स्वत्वाधिकार प्राप्त नहीं करता है क्योंकि विक्रेता स्वयं माल का स्वामी नहीं होता है।

किराया क्रय पद्धति के लाभ
(Advantages)

किराया क्रय पद्धति से होने वाले लाभों को तीन भागों में बाँटा जा सकता है-

(अ) क्रेता को लाभ
(Advantages to the Buyer)

1. मूल्यवान वस्तुओं का प्रयोग सम्भव - ऐसे व्यक्ति जिनके पास धन कम होता है और जो मूल्यवान वस्तुओं का प्रयोग करने की इच्छा को उस समय तक के लिए टालने की क्षमता नहीं रखते हैं जब तक कि उस वस्तु के क्रय करने के लिए उनके पास आवश्यक धन एकत्र हो जाय, इस प्रथा से उन वस्तुओं के प्रयोग द्वारा लाभ प्राप्त कर सकते हैं।

2. मितव्ययिता की भावना होना - जब इस प्रथा के अन्तर्गत माल क्रय कर लिया जाता है तो किस्तों के भुगतान करने के लिए खर्चीले व्यक्ति को भी बचत करनी पड़ती है ताकि वह निर्धारित समय पर किस्त की राशि का पूरा भुगतान कर सके क्योंकि उसे यह डर लगा रहता है कि यदि निर्धारित समय पर किस्त का भुगतान न किया गया तो विक्रेता वस्तु को वापस ले सकता है। इस पद्धति का यही डर लोगों को मितव्ययिता करने पर बाध्य करता है।

3. भुगतान में सरलता होना - इस पद्धति में माल का मूल्य देने में क्रेता को कठिनाई अनुभव नहीं करनी पड़ती है क्योंकि माल की सारी कीमत इकट्ठी न देकर किस्तों में दी जाती है।

4. मुफ्त मरम्मत की सुविधा - यदि क्रेता ने इस पद्धति के अन्तर्गत माल क्रय करने के बाद अन्तिम भुगतान की तिथि तक माल उतनी सावधानी से रखा है जितनी सावधानी से रखे जाने की उससे आशा की जाती थी और फिर भी माल में टूट-फूट हो जाती है तो इस मरम्मत का व्यय विक्रेता उठाता है। यही कारण है कि क्रेता को मुफ्त मरम्मत करवाने का लाभ प्राप्त होता है।

5. क्रेताओं द्वारा लिये जाने वाले ऋणों में कमी - इस पद्धति के अभाव में बहुत-से अवसरों पर क्रेताओं को वस्तुएँ क्रय करने के लिए परिस्थितिवश ऋण लेना पड़ता था परन्तु अब इस प्रथा के कारण थोड़ा भुगतान करके भी वस्तु प्राप्त हो सकती है तथा शेष भुगतान किस्तों में किया जा सकता है। अत: क्रेताओं द्वारा लिये जाने वाले ऋणों में कमी हो गयी है।

(ब) विक्रेता को लाभ

(Advantages to the Seller)

1. बिक्री में वृद्धि होना - चूँकि क्रेताओं को मूल्य किस्तों में भुगतान करना पड़ता है, अत: बहुत से ऐसे व्यक्ति भी माल क्रय कर लेते हैं जो कि वास्तव में इस पद्धति के अभाव में ही साथ कमजोर स्थिति वाले व्यक्ति भी माल क्रय करने लगते हैं। इसका प्रभाव यह होता है कि माल की बिक्री बढ़ जाती है।

2. किस्त की राशि एकत्र करने में कठिनाई न होना - माल छीने जाने के डर से प्रत्येक क्रेता अपनी किस्त समय पर देता है और विक्रेता को इनको वसूल करने में, यदि अन्य बातें समान रहें, कोई कठिनाई नहीं उठानी पड़ती है।

3. कम ब्याज पर पूँजी मिलने की सुविधा - आवश्यकता पड़ने पर विक्रेता किराया क्रय अनुबन्धों के आधार पर अन्य व्यक्तियों से कम ब्याज पर पूँजी प्राप्त कर सकता है। पूँजी देने वाले को सबसे बड़ा लाभ यह है कि उसे भुगतान की राशि किराया-पद्धति के अन्तर्गत क्रय किये हुए माल के क्रेताओं से किस्तों के रूप में निश्चित समायान्तर पर मिलने लगती है।

4. क्रेताओं के साथ घनिष्ठ सम्बन्ध होना - नकद क्रय विक्रय में क्रेता और विक्रेता का सम्पर्क केवल उसी समय होता है जबकि माल क्रय विक्रय किया जाता है, परन्तु

इस विधि में प्रत्येक क्रय विक्रय के लिए किस्तों में भुगतान किये जाने के कारण क्रेता और विक्रेता का सम्पर्क बहुत बार होता है। ऐसा करने से विक्रेता क्रेता के मन में अपने प्रति विश्वास पैदा कर सकता है। यह कहना सर्वथा उचित है कि क्रेता और विक्रेता में जितना घनिष्ठ सम्बन्ध होता है उतना ही भविष्य की बिक्री पर अच्छा प्रभाव पड़ता है।

5. अन्य वस्तुओं के बिकने की सम्भावना – क्रेता के बार-बार आते रहने से अन्य वस्तुओं पर क्रेता की दृष्टि पड़ती है और उन्हें बार-बार देखे जाने के कारण उनकी बिक्री की सम्भावना भी बढ़ जाती है।

(स) अन्य लाभ

(Other Advantages)

1. उत्पत्ति बढ़ाना – इस पद्धति के अन्तर्गत बिक्री बढ़ती है, यह अभी समझाया जा चुका है। बिक्री बढ़ने से माल की माँग बढ़ती है। बढ़ी हुई माँग पूरा करने के लिए उत्पादन बढ़ता है। उत्पादन बढ़ने से देश को बहुत-से लाभ प्राप्त होते हैं, जैसे-रोजगार का बढ़ना, यातायात के साधनों का बढ़ना, उत्पादित वस्तु का मूल्य कम होना, आदि।

2. समाज के मध्यम वर्ग को धन्धे की सुविधा – समाज के मध्यम वर्ग के लोगों के लिए यह प्रणाली इसलिए लाभदायक है कि इसके द्वारा वे अपनी जीविका उपार्जन करने के लिए किसी मशीन, आदि को क्रय कर सकते हैं जिसके द्वारा वे अपना कुछ धन्धा चला सकते हैं।

3. देश का जीवन-स्तर ऊँचा प्रतीत होना – इस पद्धति के द्वारा देशवासी अपनी आवश्यकता से अधिक वस्तुएँ प्राप्त कर सकते हैं, इसलिए उनका जीवन स्तर अधिक ऊँचा प्रतीत होता है।

किराया क्रय पद्धति से हानियाँ

(Disadvantages)

किराया क्रय पद्धति से केवल लाभ ही लाभ नहीं है बल्कि इससे कुछ महत्त्वपूर्ण हानियाँ भी हैं।

इस पद्धति के अन्तर्गत क्रेताओं को सामान्य मूल्य से काफी अधिक मूल्य देना पड़ता है। परिस्थितिवश समय पर किस्त न चुका पावे तो माल के छिनने का डर रहता है जिससे क्रेता की परेशानियाँ बढ़ जाती है। सामर्थ्य से अधिक वस्तुओं के क्रय कर लेने के कारण उन्हें कभी कभी आवश्यकता की वस्तुओं के क्रय को भी टालना पड़ जाता है जिससे पारिवारिक संकट उत्पन्न हो जाता है। इस पद्धति के अन्तर्गत क्रेता की स्थिति सम्पत्ति के उपयोगकर्त्ता व सुरक्षाकर्ता की रहती है, स्वामी की नहीं। अत: संकट के समय वह न तो सम्पत्ति को गिरवी ही रख सकता है और न ही बेच सकता है।

विक्रेता को भी इस पद्धति के अन्तर्गत माल बेचने के लिये अधिक पूँजी की आवश्यकता पड़ती है जो आसानी से उपलब्ध नहीं होती है। विक्रेता को इस प्रकार से माल बेचने में बहुत अधिक जोखिम भी उठानी पड़ती है। लेखाकर्म न केवल बढ़ ही जाता है बल्कि लेखाकर्म पर अधिक व्यय होने लग जाता है।

अत्यधिक क्रय की स्थिति सदैव हानिकारक होती है तथा यह अन्त में देश के लिये हानिप्रद बन जाती है। किराया क्रय पद्धति से होने वाली हानियों को तीन भागों में बाँटा जा सकता है–

(अ) क्रेता को हानियाँ

(Disadvantages to the Buyer)

1. अधिक मूल्य दिया जाना – क्रेताओं को उस मूल्य से अधिक मूल्य इस पद्धति में देना पड़ता है जो उन्हें वस्तु के नकद क्रय करने में देना पड़ता है। अतः क्रेताओं पर आकि भार पड़ता है।

2. वस्तु छिन जाने का डर – यदि परिस्थितिवश क्रेता द्वारा किसी वस्तु का भुगतान रूक जाता है तो विक्रेता द्वारा माल वापस लिया जा सकता है।

3. आवश्यकता से अधिक वस्तुओं के क्रय करने का लालच होना – इस पद्धति के कारण क्रेता बहुधा आवश्यकता से अधिक वस्तुएँ क्रय कर लेते हैं जिसका प्रभाव यह पड़ता है कि उनकी किस्त का भुगतान करने के लिए इन्हें बहुत अधिक मितव्ययिता करनी पड़ती है, यहाँ तक कि वे कभी–कभी बहुत आवश्यक वस्तुओं को भी क्रय नहीं कर पाते हैं जिनके अभाव में उनकी कार्यक्षमता कम हो जाती है।

4. वस्तुओं को बेचने तथा गिरवी रखने का अधिकार न होना – जब तक अन्तिम किस्त का भुगतान न हो जाय, क्रेता न तो इस वस्तु को बेच सकता है और न गिरवी रख सकता है और यदि वह ऐसा करता है तो इससे सम्बन्धित अन्य व्यक्तियों को अच्छा अधिकार प्राप्त नहीं होता है।

(ब) विक्रेता को हानियाँ

(Disadvantages to the Seller)

1. अधिक पूँजी की आवश्यकता होना – इस पद्धति के अनुसार माल बेचने के लिए विक्रेताओं को बहुत अधिक पूँजी की आवश्यकता पड़ती है जो कि बहुत से विक्रेताओं के लिए सम्भव नहीं है।

2. माल के वापस होने में कठिनाई होना – किसी भी किस्त के भुगतान न होने पर यह कहना आसान है कि विक्रेता माल वापस ले सकता है, परन्तु वास्तव में उसे क्रियात्मक रूप देना अत्यन्त कठिन है, और ऐसा करने में बेकार की मुकदमेंबाजी शुरू हो जाती है।

3. माल की कीमत वसूल करने में कठिनाई होना – माल की कीमत वसूल करने में विक्रेताओं को काफी कठिनाइयों का सामना करना पड़ता है।

4. माल के ह्रास की क्षति का सहन करना – जब किसी किस्त के भुगतान न होने पर विक्रता अपने माल को क्रेता से वापस लेता है तो इसके प्रयोग द्वारा जो इसमें ह्रास हो जाता है उसकी क्षतिपूर्ति उसे नहीं हो पाती है।

5. लेखाकर्म पर अधिक व्यय होना – जो भी विक्रेता इस पद्धति को अपनाते हैं उनकी लेखाकर्म की प्रविष्टियाँ बढ़ जाती है और उन्हें पत्र व्यवहार में बहुत सा रुपया खर्च करना पड़ता है।

(स) अन्य हानियाँ
(Other Disadvantages)

अत्यन्त क्रय की स्थिति होना – यह एक साधारण नियम है कि अत्यधिक क्रय की स्थिति सदैव हानिकारक होती है। जिस देश में यह पद्धति प्रगति पर होती है उसमें उपभोक्ताओं द्वारा अत्यधिक क्रय किये जाते हैं जो देश के लिए अन्त में हानिप्रद होते हैं।

''किराया क्रय पद्धति'' और ''उधार बिक्री में अन्तर''
(Difference between Hire Purchase System and Credit Sale)

अन्तर का आधार	किराया क्रय पद्धति (Hire Purchase System)	उधार बिक्री (Credit Sale)
1. स्वामित्व का हस्तान्तरण	स्वामित्व का हस्तान्तरण अन्तिम किस्त के चुकाने के बाद क्रेता को होता।	इसमें स्वामित्व का हस्तान्तरण माल को क्रय करने का समझौता करते ही क्रेता को हो जाता है।
2. माल वापसी का अधिकार	किराया क्रय समझौता में नियमानुसार क्रेता को पूर्ण भुगतान करके माल को खरीदने अथवा अन्तिम किस्त के भुगतान से पहले माल को लौटाने व समझौता समाप्त करने का विकल्प रहता है।	क्रेता को माल वापस लौटाने व समझौता भंग करने का विकल्प नहीं होता है।
3. विक्रेता के अधिकार	किराया क्रय पद्धति के अन्तर्गत क्रेता से किस्त का भुगतान करने में चूक हो जाने पर विक्रेता को क्रेता से माल वापस लेने का अधिकार है।	यदि क्रेता ने क्रय मूल्य या इसके किसी अंश का भुगतान नहीं किया है तो विक्रेता को क्रेता से माल वापस लेने का अधिकार नहीं है। विक्रेता क्रेता पर अदत्त राशि के लिये दावा कर सकता है।

4. श्रेष्ठ स्वत्वाधिकार	किराया क्रय पद्धति के अन्तर्गत क्रय किये गये माल को क्रेता द्वारा यदि अन्तिम किस्त का भुगतान करने से पहले, किसी अन्य व्यक्ति को बेच दिया जाता है या गिरवी रख दिया जाता है तो इस दूसरे व्यक्ति को इसपर श्रेष्ठ स्वतत्वाधिकार प्राप्त नही होता है, चाहे इसने सद्‌विश्वास में माल को खरीदा हो या गिरवी रखा हो। किस्तों का भुगतान करने में चूकने पर दूसरे क्रेता को माल लौटाना ही पड़ेगा।	इसमें क्रेता यदि माल का पूर्ण भुगतान करने के पहले किसी अन्य व्यक्ति को माल बेच देता है या गिरवी रख देता है तो इस अन्य व्यक्ति को इस माल पर श्रेष्ठ स्वत्वाधिकार प्राप्त हो जाता है, यदि इसने सद्‌विश्वास में माल को खरीदा या गिरवी रखा हो। प्रथम क्रेता द्वारा भुगतान में चूक करने पर भी दूसरे क्रेता को माल नहीं लौटाना पड़ेगा।
5. मूल्य भुगतान की विधि	इसमें मूल्य का भुगतान निर्धारित किस्तों द्वारा किया जाता है।	साधारणतया मूल्य भुगतान इकट्ठी राशि में किया जाता है अथवा आपसी समझौते के द्वारा अन्य प्रकार से भी भुगतान किया जा सकता है।
6. मूल्य भुगतान का समय	किराया क्रय समझौता करते समय ही किस्तों की संख्या और उनका भुगतान का समय निर्धारित कर दिया जाता है जो सामान्यतया तिमाही, छमाही अथवा वार्षिक होता है।	मूल्य भुगतान समझौते के अनुसार कभी भी किया जा सकता है।
7. विधान	किराया क्रय समझौता किराया क्रय अधिनियम 1972 के प्रावधानों के अनुसार किया जाता है।	भारतीय वस्तु विक्रय अधिनियम यहाँ पर लागू होता है तथा उसके प्रावधानों के अनुसार क्रय समझौता किया जाता है।

8. समझौते का रूप	किराया क्रय अधिनियम के अनुसार किराया क्रय समझौते का लिखित में होना आवश्यक है।	समझौता मौखिम भी हो सकता है।
9. किस्तों का जब्त करना	माल न खरीदने पर क्रेता द्वारा दी गई किस्तों की राशि को किराया राशि मान कर विक्रेता द्वारा जब्त किया जा सकता है।	इसमें क्रेता द्वारा दी गई रकम को विक्रेता कभी भी जब्त नहीं कर सकता है।

किराया क्रय मूल्य का विश्लेषण
(Analysis of Hire Purchase Price)

जैसा कि पहले बताया जा चुका है कि किराया क्रय मूल्य में रोकड़ी मूल्य की अदत्त किस्तों पर देय ब्याज व जोखिम का भार आदि तत्त्व जुड़े हुए होते हैं और इसलिए किराया क्रय मूल्य रोकड़ी मूल्य से हमेशा अधिक होता है। इस आधिक्य को ही हम ब्याज कहते हैं। इस प्रकार किराया क्रय मूल्य में दो तत्त्व शामिल होते हैं - रोकड़ी मूल्य तथा रोकड़ी मूल्य की अदत्त राशि पर ब्याज। लेखांकन की दृष्टि से ब्याज आयकत है जबकि रोकड़ी मूल्य पूंजीगत होता है। इसलिये लेखा करने के लिये ब्याज तथा मूलधन को अलग अलग करने हेतु विश्लेषण करना आवश्यक होता है। किराया क्रय अधिनियम के अनुसार भी किराया क्रय समझौते में रोकड़ मूल्य व किराया क्रय मूल्य, दोनों का उल्लेख करना अनिवार्य है। इसलिये लेखा करने से पूर्ण ब्याज तथा मूलधन अलग-अलग करने हेतु विश्लेषण करना आवश्यक होता है।

विभिन्न परिस्थितियाँ जिनमें ब्याज व मूलधन को अलग-अलग करना है, निम्न प्रकार से है:

1. जब ब्याज दर, कुल रोकड़ी मूल्य और किस्तों की संख्या व राशि दी हुई हो।

2. जब ब्याज दर और किस्तें दी हुई हों परन्तु रोकड़ी मूल्य न दिया गया हो।

3. जब कुल रोकड़ी मूल्य और किस्तें दी गई हों परन्तु ब्याज की दर न दी गई हो।

4. जब ब्याज दर, किस्तें और वार्षिक वृद्धि सारणी का सन्दर्भ दिया गया हो परन्तु कुल रोकड़ मूल्य न दिया गया हो।

5. अन्य स्थितियाँ।

जब ब्याज दर, रोकड़ी मूल्य और किस्तें दी गई हों

कुल ब्याज = किराया क्रय मूल्य - रोकड़ी मूल्य। यदि ब्याज की दर ज्ञात हैं तो विश्लेषण तालिका बनाकर प्रत्येक किशत में सम्मिलित पूँजीगत मूल्य एवं ब्याज की राशि ज्ञात करली जाती है। ब्याज की गणना सदैव अदत्त रोकड़ी मूल्य पर की जाती है। इस स्थिति में ब्याज की गणना कुल अदत्त किस्तों की राशि पर नहीं की जाती है।

प्रत्येक किश्त की राशि में से ब्याज की राशि को घटाने के बाद बची शेष राशि रोकड़ी मूल्य का भाग होती है जिसको शेष रोकड़ी मूल्य मे से घटा दिया जाता है।

चूंकि तुरन्त जमा की राशि का भुगतान सौदा होते ही कर दिया जाता है इसलिए तुरन्त जमा की राशि को पूँजीगत मूल्य या रोकड़ी मूल्य का भुगतान ही माना जाता है। अतः तुरन्त जमा की राशि में ब्याज सम्मिलित नहीं होता है।

अन्तिम किश्त के समय ब्याज की राशि की गणना नहीं की जाती है बल्कि शेष बचे रोकड़ी मूल्य को किश्त की राशि में से घटाने पर जो शेष बचता है, उसे ही ब्याज मान लिया जाता है। क्योंकि ऐसा करने से पूर्व में किये गये समायोजन जैसे ब्याज को केवल रुपये में दिखाने व पैसों को छोड़ देने आदि का यहाँ समायोजन हो जाता है जिससे कुल ब्याज व कुल रोकड़ मूल्य पर कोई प्रभाव नहीं पड़ता है।

Illustration 1.

On 1st January 1986 M/s Ghiya & Co. Ltd. took delivery from Sharma Ltd. of five sewing machines on hire purchase system. Rs. 200 being paid on delivery and the balance in five instalments of Rs. 300 each, payable annually on 31st December. The Vender charges 5% p.a. interest on yearly balances. The cash value of the five sewing machines was Rs. 1500. Calculate the amount of interest included in each instalment of payment and the cash price.

1 जनवरी, 1986 को मैसर्स घीया एण्ड कं. लिमिटेड ने शर्मा लिमिटेड से 5 सिलाई की मशनों की सुपुर्दगी किराया क्रय पद्धति पर ली। सुपुर्दगी पर 200 रु. दिये तथा शेष राशि 300 रु. वाली 5 वार्षिक किस्तों में प्रत्येक वर्ष 31 दिसम्बर को देय है। विक्रेता वार्षिक शेषों पर 5 प्रतिशत प्रतिवर्ष की दर से ब्याज वसूल करता है। पांचों सिलाई की मशीनों का रोकड़ी मूल्य 1500 रु. था। भुगतान की प्रत्येक किश्त में सम्मिलित ब्याज व रोकड़ी मूल्य की राशि की गणना करिये।

Solution:

विश्लेषण तालिका (Analytical Table)

किस्त संख्या	रोकड़ी मूल्य का प्रारम्भिक शेष	भुगतान की जा रही कुल राशि	ब्याज	रोकड़ी या पूँजीगत मूल्य	शेष रोकड़ी मूल्य जो देना है।
	रु.	रु.	रु.	रु.	रु.
तुरन्त जमा	1,500	200	-	200	1,300
प्रथम किस्त	1,300	300	$\frac{1300 \times 5}{100} = 65$	235	1,065

द्वितीय किस्त	1,065	300	$\frac{1065 \times 5}{100} = 53$	247	818
तृतीय किस्त	818	300	$\frac{818 \times 5}{100} = 41$	259	559
चतुर्थ किस्त	559	300	$\frac{559 \times 5}{100} = 28$	272	287
अन्तिम किस्त	287	300	13[1]	287	-

1. गणना निकटतम रुपयों तक की गई है। अत: अन्तिम किश्त की राशि के ब्याज में 1.35 रु. का समायोजन किया गया है।

उपर्युक्त विश्लेषण तालिका से यह भी स्पष्ट हो जाता है ज्यों ज्यों किश्तों का भुगतान किया जाता है ब्याज की राशि कम होती जाती है तथा प्रत्येक किश्त में सम्मिलित रोकड़ी मूल्य की रांशि बढ़ती जाती हैं।

जब ब्याज दर और किश्तें दी हुई हो परन्तु रोकड़ी मूल्य न दिया गया हो।

ऐसी परिस्थिति में जबकि कुल रोकड़ी मूल्य नही दिया गया हो तो ब्याज की गणना अन्तिम किश्त के वर्ष से की जाती है। जैसे यदि कुल 4 किश्त देय हों तो ब्याज की गणना सर्वप्रथम चौथे वर्ष की किश्त में की जावेगी, फिर तीसरे वर्ष की किश्त में फिर दूसरे वर्ष की किश्त में और फिर प्रथम वर्ष की किश्त में। ब्याज की इस प्रकार गणना करने की विधि को ''पीछे कार्य पद्धति'' (Work Back Method) कहते हैं।

चूँकि प्रत्येक किस्त की राशि में ब्याज की राशि सम्मिलित रहती है और दी हुई ब्याज की दर रोकड़ी मूल्य पर होती है इसलिये ब्याज की दर में बदल देना चाहिये–

मानलो बकाया रोकड़ी मूल्य 100 रु. है।

चूँकि 5 प्रतिशत की दर से 100 रु. पर 1 साल का ब्याज = 5 रु.

अत: साल के अन्त में देय किस्त राशि होगी 105 रु.

चूँकि किस्त राशि पर ब्याज दर होगी =

$$\frac{\text{ब्याजज़्दर} \times 100}{100 + \text{ब्याज दर}} = \frac{5 \times 100}{105} = \frac{100}{21} = 4.76 \text{ प्रतिशत}$$

अन्तिम वर्ष के रोकड़ी मूल्य को उससे पहले वाले वर्ष की किस्त राशि में जोड़कर फिर ब्याज की गणना करनी चाहिये जैसे चौथे वर्ष के रोकड़ी मूल्य को तीसरे वर्ष की किस्त राशि में आदि। इसे क्रमागत वृद्धि प्रणाली कहते हैं। इस प्रणाली में ब्याज ज्ञात करने हेतु किराया क्रय मूल्य को आधार माना जाता है।

Illustration 2.

X Purchased a radiogram on hire-purchase system. As per terms, he is required to pay Rs. 800 down Rs. 400 at the end of first year, Rs. 300

at the end of second year and Rs. 700 at the end of third year. Interest is charged at 5% p.a. you are required to calculate the total cash price of radiogram and interest paid with each instalment.

एक्स ने एक रेडियोग्राम किराया क्रय पद्धति पर खरीदा। समझौता शर्तों के अनुसार उसे 800 रु. तुरन्त, 400 रु. प्रथम वर्ष के अन्त में, 300 रु. द्वितीय वर्ष के अन्त में और 700 रु. तीसरे वर्ष के अन्त में चुकाने हैं। ब्याज 5 प्रतिशत की दर से वसूल किया जाता है। रेडियोग्राम के कुल रोकड़ी मूल्य को ज्ञात करिये तथा प्रत्येक किस्त में सम्मिलित ब्याज की राशि की गणना करिये।

Solution :

Calculation of Cash Price

वर्ष	किस्त राशि	ब्याज	रोकड़ी मूल्य (किस्त की राशि–ब्याज)
प्रथम वर्ष तुरन्त भुगतान	रु. 800	तुरन्त भुगतान करने के कारण ब्याज नहीं	(800 - Nil) = 800रु.
प्रथम वर्ष के अन्त में	400	$(667 + 254 + 400) \times \frac{5}{105} =$ 63 रु. तुतीय स्टेज	(400 - 63) = 337रु.
द्वितीय वर्ष के अन्त में	300	$(667 + 300) \times \frac{5}{105} = 46$रु. द्वितीय स्टेज	(300 - 46) = 254रु.
तृतीय वर्ष के अन्त में	700	$\frac{700 \times 5}{105} = 33$रु. तृतीय स्टेज	(700 - 33) = 667रु.
			कुल रोकड़ी मूल्य 2058 रु.

जब कुल रोकड़ी मूल्य और किस्त दे रखी हों परन्तु ब्याज की दर न दी गई हो

(1) जब किस्त की रकम तथा समय अन्तर सभी किस्तों में एक समान हो तो कुल ब्याज की बकाया किस्तों की संख्या के अनुपात में बांटेगे।

Illustration 3.

Hire purchase price Rs. 2000, cash price 1800 payment on delivery 400 and the balance is payable in four quarterly instalment. Calculate the amount of interest and principal money in each instalment of payment.

किराया क्रय मूल्य 2000 रु. रोकड़ मूल्य 1800 रु. सुपुर्दगी पर देय रकम 400 रु., शेष राशि 4 समान तिमाही किस्तों में देय है। प्रत्येक किस्त में ब्याज व मूलधन राशि ज्ञात कीजिये।

कुल ब्याज = किराया क्रय मूल्य - रोकड़ी मूल्य
= 2000 - 1800 = 200 रु.

किस्त संख्या	बकाया किस्त संख्या	ब्याज	मूलधन (किस्त - ब्याज)
1	4	$\frac{4}{10}$ x 200 = 80 Rs.	400 - 80 =320 Rs.
2	3	$\frac{3}{10}$ x 200 = 60 Rs.	400 - 60 = 340 Rs.
3	2	$\frac{2}{10}$ x 200 = 40 Rs.	400 - 40 = 360 Rs.
4	1	$\frac{1}{10}$ x 200 = 20 Rs.	400 - 20 = 380 Rs.

(2) जब किस्त की रकम असमान हो परन्तु समय अन्तर मसन हो तो कुल ब्याज को बकाया किराया क्रय मूल के अनुपात में बाँटकर प्रत्येक किस्त में सम्मिलित ब्याज की राशि की गणना करेंगे।

Illustration 4.

Suppose the payments made in the above illustration are Rs. 600, Rs. 400, Rs. 400 and Rs. 200 respectively in the 4 quarterly instalments, calculate the amount of interest and principal money in each instalment.

मानलों उपर्युक्त उदाहरण में भुगतान 600, 400, 400, और 200 रु. की चार तिमाही किस्तों में किया गया, तो प्रत्येक किस्त में ब्याज व मूलधन की राशि ज्ञात करिये।

Solution:

किस्त संख्या	बकाया किस्त संख्या	ब्याज	मूलधन (किस्त - ब्याज)
1	1600	$\frac{1600}{3400}$ x 200 = 94 Rs.	600 - 94 = 506 Rs.
2	1000	$\frac{1000}{3400}$ x 200 = 59 Rs.	400 - 59 = 341 Rs.
3	600	$\frac{600}{3400}$ x 200 = 35 Rs.	400 - 35 = 365 Rs.
4	200	$\frac{200}{3400}$ x 200 = 12 Rs.	200 - 12 = 188 Rs.
	3400	(गणना निकटतम रुपये तक की, की गई है)	

(3) जब प्रत्येक किस्त की रकम अलग-अलग हो तो भुगतान का समय अन्तर भी प्रत्येक किस्त में भिन्न भिन्न हो तो गुणनफल के अनुपात की रीति से ब्याज व मूलधन की राशि ज्ञात की जाती है।

Illustration 5.

Cash price of a machine is Rs. 10,000. Its hire purchase price is Rs. 12,000. The payments are to be made as follows:

Rs. 3,000 at the end of 6 months, Rs. 2,000 at the end of one year, Rs. 5,000 at the end of 2 years and the balance at the end of 2.5 years. Calculate the amount of interest included in each instalment.

एक मशीन का रोकड़ी मूल्य 10,000 रु. है। इसका किराया क्रय मूल्य 12,000 रु. है। भुगतान निम्न प्रकार से करना है-

3,000 रु. 6 माह के अन्त में 2,000 रु. एक वर्ष के अन्त में, 5,000 रु. दो वर्ष के अन्त में तथा शेष राशि 2.5 वर्ष के अन्त में।

प्रत्येक किस्त में सम्मिलित ब्याज की राशि ज्ञात कीजिये।

कुल ब्याज = 12,000 - 10,000 = 2,000 रु.

Solution:

ब्याज की राशि की गणना

किस्त 1	अदत्त किराया क्रय मूल्य 2	अवधि 3	गुणनफल (क्रय मूल्य × वर्ष) 4	ब्याज की राशि 5
1	12,000	6 माह	6,000	$2000 \times \frac{6000}{18500} = 649$ Rs.
2	9,000	6 माह	4,500	$2,000 \times \frac{4520}{18500} = 486$ Rs.
3	7,000	1 वर्ष	7,000	$2,000 \times \frac{1000}{18500} = 757$ Rs.
4	2,000	6 माह	10,000	$2,000 \times \frac{1000}{18500} = 108$
		कुल गुणनफल	18,500	

वार्षिकी तालिकाओं द्वारा रोकड़ी मूल्य ज्ञात करना

वार्षिक तालिका एक निर्धारित ब्याज दर पर निश्चित वर्षों के लिये दी गई वार्षिकी का वर्तमान मूल्य दिखाती है। यह वर्तमान मूल्य कुल किस्त राशि के बराबर होता है। अतः दी गई कुल किस्तों की रोकड़ राशि इससे ज्ञात की जा सकती है।

Illustration 6.

A company purchases a machine on hire purchase system over a period of five years. Payable by annual instalments of Rs 5,000. The vendor charges interest at the rate of 5% per annum on the yearly balances. The cash value of the machine may be taken as the present value of an annuity of Rs. 5,000 for 5 years at 5 per cent. Reference to the table shows that the present value of an annuity of Re 1. for 5 years at 5 per cent is Rs. 4.329477. Calculate the cash price of the machine.

एक कम्पनी किराया क्रय पद्धति पर 5 साल की अवधि पर एक मशीन खरीदती है। जिसका भुगतान 5,000 रु. प्रतिवर्ष की किस्त द्वारा किया जावेगा। विक्रेता वार्षिक शेषों पर 5 प्रतिशत प्रतिवर्ष की दर से ब्याज वसूल करता है। मशीन का रोकड़ी मूल्य 5,000 रु. की वार्षिकी पर 5 वर्ष के लिये 5 प्रतिशत ब्याज दर पर वार्षिकी के वर्तमान मूल्य पर ज्ञात किया जाना है। वार्षिकी तालिका से ज्ञात होता है कि 5 वर्ष के लिये 5 प्रतिशत की दर पर 1 रु. का वर्तमान मूल्य 4.329477 रु. है। मशीन का रोकड़ी मूल्य ज्ञात करिये।

Solution;

$$\text{Total Cash Price} = \frac{4.329477}{5} \times 2500$$

Rs 21647.38

अन्य

Illustration 7.

M/s. India Motors Ltd. sells scooters on the hire purchase price plan. The terms of payment for the sale of scooter are Rs. 1000 on delivery Rs. 1040 at the end of the first year, Rs. 960 at the end of the second year and Rs. 880 at the end of the third year, inclusive of finance charges. Calculate interest.

मैसर्स इण्डिया मोटर्स लिमिटेड किराया क्रय पद्धति पर स्कूटर बेचते हैं। स्कूटर बिक्री पर भुगतान की शर्तें है– 1,000 रु. सुपुर्दगी पर, 1040 रु. प्रथम वर्ष के अन्त में, 960 रु. द्वितीय वर्ष के अन्त में और 880 रु. तृतीय वर्ष के अन्त में, इसमें आर्थिक प्रभार शामिल है। ब्याज की गणना करिये।

Solution:

चूँकि इस प्रश्न में न तो रोकड़ी मूल्य ही दिया गया है और न ही ब्याज की दर दी गई है। अत: यह माना जा सकता है कि सुपुर्दगी भुगतान के अतिरिक्त देय अन्य किस्तों में अन्तर का कारण केवल ब्याज की राशि ही है तथा सभी किस्तों में रोकड़ी मूल्य की राशि समान है। ब्याज की दर भी इनमें समान ही है। अत: ऐसी स्थिति में सर्व प्रथम प्रत्येक किस्त में सम्मिलित रोकड़ मूल्य की गणना निम्न प्रकार से करेंगे–

मानलो प्रत्येक किस्त में रोकड़ी मूल्य × रुपये है तथा y ब्याज है।

इसलिये तृतीय किस्त $= x + y = 880$ (i)

द्वितीय किस्त $= x + 2y = 960$ (ii)

प्रथम किस्त $= x + 3y = 1{,}040$ (iii)

समीकरण (i) + (ii) $= 2x + 3y = 1840$ (iv)

समीकरण (iv) में से

समीकरण (iii) को घटाने पर $x = 800$

इसलिये प्रत्येक किस्त में सम्मिलित रोकड़ी मूल्य की राशि 800 रु. है।

ब्याज की गणना

किस्त देय तिथि 1	किस्त की राशि 2	रोकड़ी मूल्य 3	ब्याज (2–3) 4
सुपुर्दगी भुगतान	1,000	1,000	–
प्रथम वर्ष के अन्त में	1,040	800	240
द्वितीय वर्ष के अन्त में	960	800	160
तृतीय वर्ष के अन्त में	880	800	80
कुल योग	3,880	3,400	480

किराया क्रय क्रेता की पुस्तकों में लेखे

यह विधि उन किराया क्रय क्रेताओं द्वारा अपनायी जाती है जो समझते हैं कि यद्यपि यह सौदा किराया क्रय का है पर सम्पूर्ण सम्पत्ति उनके यहाँ आ गयी है और वे इसे प्रयोग भी करते हैं अतः वे इसे पूर्ण क्रय मान लेते हैं और सम्पत्ति खाते को क्रय के लिदन ही इसके सम्पूर्ण नकद मूल्य में डेबिट कर देते हैं। चूँकि इस विधि में सम्पत्ति खाते को क्रेता की पुस्तकों में अनुबन्ध के समय ही इसके सम्पूर्ण रोकड़ी मूल्य (Total Cash Price) से डेबिट किया जाता है। अतः इस विधि को सम्पूर्ण नकद मूल्य विधि भी कहा जा सकता है। इस विधि को यहाँ समझाया गया है। निम्नांकित लेखे इस विधि के अनुसार क्रेता की पुस्तकों में किये जाते हैं:

1. सम्पत्ति के नकद मूल्य का लिखना – किराया क्रय प्रसंविदा के समय क्रय की हुई सम्पत्ति को रोकड़ मूल्य से डेबिट किया जाता है और विक्रेता खाता क्रेडिट किया जाता है।

Asset A/c Dr.

To Hire Vendor A/c

(Being the purchase of Assets on Hire-purchase System)

2. प्रसंविदा के समय भुगतान का लेखा - यदि किराया क्रय प्रसंविदा के समय क्रेता द्वारा कोई राशि नकद दी गयी है तो इस विधि पर निम्नांकित लेखा किया जायेगा:

Hire Vendor A/c Dr.
To Cash A/c
(Being payment of Instalment made)

3. ब्याज का लेखा - ब्याज की राशि उन्हीं नियमों के अनुसार निकाली जाती है जिन्हें प्रथम विधि में समझाया जा चुका है। इसका लेखा करने के लिए ब्याज खाता डेबिट किया जाता है और विक्रेता खाता क्रेडिट किया जाता है।

Interest A/c Dr.
To Hire Vendor A/c
(Being interest becoming due)

4. किस्त भुगतान का लेखा - पूरी किस्त की राशि से विक्रेता खाते को डेबिट किया जाता है और रोकड़ खाता को क्रेडिट किया जाता है।

Hire Vendor A./ Dr.
To Cash A/c
(Being payment of Instalment)

5. अन्य किस्तों के लेखे - अन्य किस्तों के लेखे उसी प्रकार किये जायेंगे जिस प्रकार के लेखे उक्त विवरण में (3) व (4) शीर्षकों के अन्तर्गत किये गये हैं।

6. ह्रास का लेखा - वर्ष के अन्त में ह्रास की राशि उसी प्रकार निकाली जायेगी जिस प्रकार की प्रथम विधि में निकाली जाती है और इसका लेखा करने के लिए ह्रास खाता डेबिट किया जाता है तथा सम्पत्ति खाता क्रेडिट किया जाता है।

Depreciation A/c Dr.
To Assets A/c
(Being Depreciation on....)

7. ब्याज का लाभ हानि खाते में हस्तान्तरण - वर्ष के अन्त में ब्याज की राशि को लाभ हानि खाते में हस्तान्तरित किया जाता है।

Profit and Loss A/c Dr.
To Interest A/c
(Being interest transferred to Profit and Loss A/c)

8. ह्रास की राशि का लाभ हानि खाते में हस्तानतरण - ह्रास की राशि को वर्ष के अन्त में लाभ हानि खाते में हस्तान्तरण करने के लिए लाभ हानि खाता डेबिट और हास खाता क्रेडिट किया जाता है।

Profit and Loss A/c Dr.

To Depreciation A/c

(Being the amount of depreciation transferred to P and L A/c)

ऊपर (7) और (8) में वर्णित जर्नल लेखों के स्थान पर एक संयुक्त जर्नल लेखा किया जा सकता है।

Profit and Loss A/c Dr.

To Interest A/c

To Depreciation A/c

(Being the amount of interest and Dep. transferred to P. & L. A/c)

किराया विक्रेता की पुस्तकों में लेखा

विक्रेता अपनी पुस्तकों में किराया क्रय पद्धति के अन्तर्गत माल की बिक्री के लिए निम्नांकित लेखे करता है–

1. बिक्री के नकद मूल्य का लेखा – बिक्री वाले माल के नकद मूल्य से क्रेता खाता डेबिट और विक्रय खाता (Sale Amount) क्रेडिट किया जाता है।

Hire-purchaser A/c Dr.

To Hire Sales A/c

(Being cash price of the goods sold on Hire-purchase System)

बिक्री खाते की बिक्री को वर्ष के अन्त में व्यापारिक खाते (Trading Account) में हस्तान्तरित करने के लिए बिक्री खाता डेबिट और व्यापारिक खाता क्रेडिट किया जाता है।

Hire Sales A/c Dr.

To Trading A/c

(Being transfer to Balance of Sales Account to Trading A/c)

2. प्रसंविदा के समय नकद प्राप्ति का लेखा – जो रकम किराया क्रय प्रसंविदा के अन्तर्गत माल की बिक्री करने से प्रसंविदा के समय प्राप्त होती है, उससे रोकड़ खाता डेबिट और क्रेता खाता क्रेडिट किया जाता है।

Cash A/c Dr.

To Hire purchaser A/c

(Being the amount received on signing of the agreement)

3. ब्याज का लेखा – किस्त की देय तिथि पर ब्याज की राशि से क्रेता खाता डेबिट और ब्याज खाता क्रेडिट किया जाता है। ब्याज की राशि उस विधि से निकाली जायेगी

जिस विधि से क्रेता की पुस्तकों में लेखा करते समय निकाली जाती है। दोनों की पुस्तकों में प्रति वर्ष ब्याज की राशि समान होगी।

Hire-purchaser A/c Dr.

To Interest A/c

(Being interest on unpaid balance)

4. किस्त की देय तिथि पर प्राप्त राशि – किस्त की देय तिथि पर प्राप्त होने वाली राशि से रोकड़ खाता डेबिट और क्रेता खाता क्रेडिट किया जाता है।

Cash A/c Dr.

To Hire-purchaser A/c

(Being the amount of instalment received)

5. अन्य किस्तों का लेखा – अन्य किस्तों के ब्याज व किस्त भुगतान का लेखा उसी प्रकार किया जायेगा जैसा कि पीछे (3) और (4) के अन्तर्गत समझाया गया है।

6. ब्याज की रकम का लाभ हानि खाते में हस्तान्तरण – प्रत्येक वर्ष के अन्त में ब्याज खाते की रकम को लाभ-हानि खाते में हस्तान्तरित किया जायेगा और प्रश्न में किसी अन्य अवधि के बाद ब्याज के लाभ हानि खाते में हस्तान्तरण की सूचना दी गयी हो तो उसी अवधि के बाद हस्तान्तरित किया जायेगा। इस प्रकार ब्याज खाता बन्द हो जायेगा। ब्याज खाता बन्द करने के लिए ब्याज खाता डेबिट और लाभ हानि खाता क्रेडिट किया जाता है।

Interest A/c Dr.

To Profit and Loss A/c

(Being transfer of balance of Interest A/c to Profit and Loss A/c)

Illustration 6.

The Madras Transport Co. purchased motor lorries from the Bombay Motor Co. on a hire purchase agreement on 1st January, 1983 paying cash Rs. 10,000 and agreeing to pay three further instalments of Rs. 10,000 each on 31st December, of every year. The cash price of the lorries is Rs. 37,250 and the Motor Company charges interest at 5% per annum. The Transport Co. writes off 10% Depreciation every year on the cash value of the lorries on the reducing balance method. Give necessary journal entries and ledger accounts in the books of both of the parties.

मद्रास ट्रान्सपोर्ट कम्पनी ने बम्बई मोटर कम्पनी से 1 जनवरी, 1983 को किराया क्रय पद्धति पर 10,000 रु. का नकद भुगतान करके मोटर लॉरी खरीदी तथा दस-दस हजार रु. की तीन किस्त प्रत्येक वर्ष में 31 दिसम्बर को देने के समझौता किया। लॉरी का रोकड़ी मूल्य 37,250 रु. है और मोटर कम्पनी 5 प्रतिशत प्रति वर्ष की दर से ब्याज वसूल करती है।

ट्रान्सपोर्ट कम्पनी प्रति वर्ष क्रमागत ह्रास प्रणाली के आधार पर लॉरी के रोकड़ मूल्य पर 10 प्रतिशत वर्ष ह्रास काटती है। दोनों पक्षों की पुस्तकों में आवश्यक जर्नल प्रवि.ष्टयाँ तथा खाते दीजिये।

Solution:

विश्लेषण तालिका (Analytical Table

किस्त संख्या	रोकड़ी मूल्य का प्रारम्भिक शेष	भुगतान की जा रही कुल राशि	ब्याज	रोकड़ी या पूँजीगत मूल्य	शेष रोकड़ी मूल्य जो देना है।
	रु.	रु.	रु.	रु.	रु.
तुरन्त जमा	37,250	10,000	—	10,000	27250
प्रथम किस्त	27,250	10,000	$\frac{27250 \times 5}{100}$ = 1362.50	8,637.50	18612.50
द्वितीय किस्त	18,612.50	10,000	$\frac{18612.50 \times 5}{100}$ = 930.63	9,060.37	9,543.13
तृतीय किस्त	9,543.13	10,000	$\frac{9543.13}{100}$ = 456.87	9,543.13	—

टिप्पणी : अन्तिम वर्ष में रोकड़ी मूल्य 9,543.13 रु. है, अत: ब्याज की राशि किस्त की राशि अर्थात् 10,000 रु. में से रोकड़ी मूल्य को घटाने के पश्चात् ज्ञात की घटाने के पश्चात् ज्ञात की गई है।

Journal of Madras Transport Company (Hire Purchaser)

(Accrual Method)

			Rs.	Rs.
1983 Jan.1	Motor Lorries a/c	Dr.	10,000	
	To Bank			10,000
	(Payment made on the date of agreement)			
Dec. 31	Motor Lorries a/c	Dr.	8637.50	
	Interest a/c	Dr.	1,362.50	
	To Bombay Motor Co.			10,000
	(First instalment money due)			

Dec. 31	Bombay Motor Co.'s a/c	Dr.	10,000	
	To Bank a/c			10,000
	(Payment of first instalment)			
Dec. 31	Depreciation a/c	Dr.	3,725	
	To Motor Lorries a/c			3,725
	(Depreciation charged)			
Dec. 31	Profit and Loss a/c	Dr.	5,087.50	
	To Interest a/c			1,362.50
	To Depreciation a/c			3,725.00
	(Balance of the accounts transferred to P.&L. a/c)			
1984 Dec. 31	Motor Lorries a/c	Dr.	9,069.37	
	Interest a/c		930.63	
	To Bombay Motor Co.			10,000
	(Second instalment due)			
Dec. 31	Bombay Motor Co.'s a/c	Dr.	10,000	
	To Bank			10,000
	(Payment of second instalment)			
Dec. 31	Depreciation a/c	Dr.	3,352.50	
	To Motor Lorries a/c			3,352.50
	(Depreciation charged)			
Dec. 31	Profit and Loss a/c	Dr.	4,283.13	
	To Interest a/c			930.63
	To Depreciation a/c			3,352.50
	(Balance of the accounts transferred to P.&L. a/c)			
1985 Dec. 31	Motor Lorries a/c	Dr.	9,543.13	
	Interest a/c	Dr.	456.87	
	To Bombay Motor Co.			10,000
	(Third instalment due)			
Dec. 31	Bombay Motor Co.	Dr.	10,000	
	(To Bank			10,000
	(Amount of third instalment)			

Dec. 31	Depreciatio a/c To Motor Lorries a/c (Depreciation charged)	Dr.	3,017.25	3,017.25
Dec. 31	Profit and Loss a/c To Interest a/c To Depreciation a/c (Balance of accounts transferred to P.&L. a/c)	Dr.	3,474.12	456.87 3,017.25

Motor Lorries Account

		Rs.			Rs.
1983 Jan.1 Dec. 31	To Bank a/c To Bombay Motor Co.	10,000 8,637.50	1983 Dec.31 Dec. 31	By Dep. a/c By Balance c/d	3,725.00 14,912.00
		18,637.50			18,637.00
1984 Jan.1 Dec.31	To Balance b/d To Bombay Motor Co.	14,912.50 9,069.37	1984 Dec. 31 Dec. 31	By Dep. a/c By Balance c/d	3352.50 20629.37
		23,981.87			23,981.87
1985 Jan.1 Dec.31	To Balance a/c To Bombay Motor Co.	20,629.37 9,543.13	1985 Dec.31 Dec.31	By Dep. a/c By Balance c/d	3,017.25 27,155.25
		30,172.50			30,172.50

Bombay Motor Company

		Rs.			Rs.
1983 Dec. 31	To Bank a/c	10,000	1983 Dec.31 Dec. 31	By Motor Lorries a/c By Interest a/c	8,637.50 1,362.50
		10,000			10,000.00
1984 Dec.31	To Bank a/c	10,000.00	1984 Dec. 31 Dec.31	By Motor Lorries a/c By Interest a/c	9,069.37 930.63
		10,000.00			10,000.00

1985 Dec. 31	To Bank a/c	10,000.00	1985 Dec. 31 Dec. 31	By Motor Lorries a/c By Interest a/c	 9,543.13 456.87
		10,000.00			10,000.00

Interest Account

		Rs.			Rs.
1983 Dec. 31	To Bombay Motor Co.	1,362.50	1983 Dec.31	By P.&L. a/c	1,362.50
1984 Dec.31	To Bombay Motor Co.	930.63	1984 Dec. 31	By P.&L. a/c	930.63
1985 Dec. 31	To Bombay Motor Co.	456.87	1985 Dec. 31	By P.&L.a/c	456.87

Depreciation Account

		Rs.			Rs.
1983 Dec. 31	To Motor Lorries a/c	3,725.00	1983 Dec.31	By P.&L. a/c	3,725.00
1984 Dec.31	To Motor Lorries a/c	3,352.50	1984 Dec. 31	By P.&L. a/c	3,352.50
1985 Dec. 31	To Motor Lorries a/c	3,017.25	1985 Dec. 31	By P.&L.a/c	3017.25

Journal of Bombay Motor Company (Vendor)

			Rs.	Rs.
1983 Jan.1	Madras Transport Co. To Hire Sales a/c (Sales of Lorries under Hire Purchase System)	Dr.	37,250	 37,250
Jan. 1	Cash a/c To Madras Transport Co. (Amount received on signing of the agreement)	Dr.	10,000	 10,000

Dec. 31	Madras Transport Co. Dr. To Interest (Interest due)	1,362.50	1,362.50
Dec. 31	Cash a/c Dr. To Madras Transport Co. (First instalment money received)	10,000	10,000
Dec. 31	Interest a/c Dr. To Profit and Loss a/c (Balance of the account transferred to P & L a/c)	1,362.50	1,362.50
Dec. 31	Hire Sales a/c Dr. To Trading a/c (Balance of Hire Sales a/c transferred to Trading a/c)	37,250	37,250
1984 Dec. 31	Madras Transport Co. Dr. To Interest a/c (Interest due)	930.63	930.63
Dec. 31	Cash a/c Dr. To Madras Transport Co. (Second Instalment money received)	10,000	10,000
Dec. 31	Interest a/c Dr. To Profit & Loss a/c (Balance of the account transferred to P & L a/c)	930.63	930.63
1985 Dec. 31	Madras Transport Co. Dr. To Interest a/c (Interest due)	456.87	456.87
Dec. 31	Cash a/c Dr. To Madras Transport Co. (Third instalment money received)	10,000	10,000
Dec. 31	Interest a/c Dr. To Profit & Loss a/c (Balance of account transferred to P & L a/c)	456.87	456.87

Ledger of Bombay Motor Company

Madras Transport Company's Account

		Rs.			Rs.
1983 Jan.1 Dec.31	To Hire Sales a/c To Interest a/c	37,250.00 1,362.50	1983 Jan.1 Dec. 31 Dec.31	By Cash a/c By Cash a/c By Balance c/d	10,000.00 10,000.00 18,612.50
		38,612.50			38,612.50
1984 Jan.1 Dec. 31	To Balance b/d To Interest a/c	18,612.50 930.63	1984 Dec. 31 Dec. 31	By Cash a/c By Balance c/d	10,000.00 9,543.13
		19,543.13			19,543.13
1985 Jan.1 Dec. 31	To Balance b/d To Interest a/c	9,543.13 456.87	1985 Dec. 31	By Cash a/c	10,000.00
		10,000.00			10,000.00

Hire Sales Acount

		Rs.			Rs.
1983 Dec. 31	To Trading a/c	3,7250.00	1983 Jan.1	By Madras Transport Co.	3,7250.00

Interest Account

		Rs.			Rs.
1983 Dec. 31	To P.&L. a/c	1,362.50	1983 Dec.31	By Madras Transport Co.	1,362.50
1984 Dec. 31	To P.& L. a/c	930.63	1984 Dec. 31	By Madras Transport Co.	930.63
1985 Dec. 31	To P. & L. a/c	456.87	1985 Dec. 31	By Madras Transport Co.	456.87

Illustration 7.

Solve illustration no 6 according to Credit purchase method in the books of the purchaser and show them in the Balance Sheet also.

क्रेता की पुस्तकों में उदाहरण संख्या 6 को उधार क्रय विधि से हल करिये तथा चिट्ठे में भी दिखाइये।

Solution:

In the Books of Madras Transport Company

			Rs.	Rs.
1983 Jan.1	Motor Lorries a/c To Bombay Motor Co. (Purchases of Motor Lorries on Hire Purchase System)	Dr.	37,250	37,250
Jan. 1	Bombay Motor Co. To Bank a/c (Payment made on delivery of Lorries)	Dr.	10,000	10,000
Dec. 31	Interest a/c To Bombay Motor Co. (Interest due)	Dr.	1,362.50	1,362.50
Dec. 31	Bombay Motor Co. To Bank a/c (Depreciation charged)		10,000	10,000
Dec. 31	Depreciation a/c To Motor Lorries a/c (Depreciation charged)	Dr.	3,725	3,725
Dec. 31	Profit & Loss a/c To Interest a/c To Depreciation a/c (Balance of accounts transferred to P&L a/c)	Dr.	5,087.50	1,362.50 3,725.00
1984 Dec. 31	Interest a/c To Bombay Motor Co. (Interest due)	Dr.	930.63	930.63
Dec. 31	Bombay Motor Co. To Bank (Payment of second instalment)	Dr.	10,000	10,000
Dec. 31	Depreciation a/c To Motor Lorries a/c (Depreciation charged)	Dr.	3,352.50	3.352.50

Dec. 31	Profit & Loss a/c To Interest a/c To Depreciation a/c (Balance of accounts transferred to P & L a/c)	Dr.	4,283.13	 930.63 3,352.50
1985 Dec. 31	Interest a/c To Bombay Motor Co. (Interest due)	Dr.	456.87	 456.87
Dec. 31	Bombay Motor Co. To Cash a/c (Payment of third instalment)	Dr.	10,000	 10,000
Dec. 31	Depreciation a/c To Motor Lorries a/c (Depreciation charged)	Dr.	3,017.25	 3,017.25
Dec. 31	Profit & Loss a/c To Interest a/c To Depreciation a/c (Balance of accounts transferred to P&L a/c)	Dr.	3474.12	 456/87 3,017.25

Motor Lorries Account

		Rs.			Rs.
1983 Jan. 1	To Bombay Motor Co.	37,250	1983 Dec. 31 Dec. 31	By Dep. a/c By Balance c/d	3,725 33,525
		37,250			37,250
1984 Jan. 1	To Balance b/d	33,525	1984 Dec. 31 Dec. 31	By Dep. a/c By Balance c/d	3,352.50 30,172.50
		33,525			33,525.00
1985 Jan. 1	To Balance b/d	30,172.50	1985 Dec. 31 Dec. 31	By Dep. a/c By Balance c/d	3,017.25 27,155.25
1986 Jan. 1	To Balance b/d	27,155			

Bombay Motor Company's Account

		Rs.			Rs.
1983 Jan. 1 Dec. 31 Dec. 31	To Bank a/c To Bank a/c To Balance c/d	10,000.00 10,000.00 18,612.50	1983 Jan.1 Dec. 31	By Motor Lorries Co. By Interest a/c	 37,250 1,362.50
		38,612.50			38,612.50
1984 Dec. 31 Dec. 31	To Bank a/c To Balance c/d	10,000.00 9,543.13	1984 Jan. 1 Dec. 31	By Balance b/d By Interest a/c	18,612.50 930.63
		19,543.13			19,543.13
1985 Dec. 31	To Bank	10,000.00	1985 Jan. 1 Dec. 31	By Balance b/d By Interest a/c	9,543.13 456.87
		10,000.00			10,000.00

Interest Account

		Rs.			Rs.
1983 Dec. 31	To Bombay Motor Co.	1,362.50	1983 Dec. 31	By P&L a/c	1,362.50
1984 Dec. 31	To Bombay Motor Co.	930.63	1984 Dec.31	By P&L a/c	930.63
1985 Dec. 31	To Bombay Motor Co.	456.87	1985 Dec. 31	By P&L a/c	456.87

Depreciation Account

		Rs.			Rs.
1983 Dec. 31	To Motor Lorries a/c	3,725	1983 Dec. 31	By P&L a/c	3,725
1984 Dec. 31	To Motor Lorries a/c	3,352.50	1984 Dec. 31	By P&L a/c	3,352.50
1985 Dec. 31	To Motor Lorries a/c	3,017.25	1985 Dec. 31	By P&L a/c	3,017.25

Balance Sheet as on 31st December

Libilities	Rs.	Assets		Rs.
		1983		
		Motor Lorries		
		(Cash Price)	37,250.00	
		Less Depreciation	3,725.00	33,525.00
		Less Due to		
		Hire Vendor	18,612.50	14,912.50
		1984		
		Motor Lorries	33,525.00	
		Less Depreciation	3,352.50	30,172.50
		Less Due to Vendor	9,543.13	20,629.37
		1985		
		Motor Lorries	30,172.50	
		Less Depreciation	3,017.25	27,155.25

किराया विक्रेता की पुस्तकों में न वसूल हुए लाभ के सम्बन्ध में आयोजन

(Provision for Unrealised Profit in the Books of Hire-Vendor)

किराया क्रय अधिनियम की व्यवस्था के अन्तर्गत क्रेता को अधिकार है कि वह चाहे तो अन्तिम किस्त को चुकाने से पहले माल को विक्रेता को लौटा दे। ऐसी स्थिति में यदि विक्रेता किराया-क्रय पद्धति पर की गई बिक्री को साधारण उधार बिक्री मानकर उस पर होने वाले सम्पूर्ण लाभ को लाभ हानि खाते में सम्मिलित कर लेता है तो लेखांकन की दृष्टि से यह उचित नहीं है। सम्पूर्ण लाभों को एक ही वर्ष के लाभ हानि खाते में दिखाने से अन्तिम खाते सही व वास्तविक स्थिति को नहीं दिखाते हैं। अतः बिक्री के वर्ष तथा आगामी वर्षों के लाभ-हानि खाते में सही लाभ दिखाने हेतु न वसूल हुये लाभ के सम्बन्ध में आयोजन करना आवश्यक हो जाता है।

प्रत्येक वर्ष के अन्त में आयोजन की राशि को अदेय रोकड़ी मूल्य (Cash Price Not Yet Due)पर निम्न सूत्र से ज्ञात किया जा सकता है।

$$\frac{\text{Cash Price not yet due}}{\text{Cash Price}} \times \text{Total Profit}$$

= न वसूल हुये लाभों के आयोजन की राशि

स्पष्टीकरण - (1) कुल लाभ = Cash Price - Cost Price होते हैं।

(2) Cash Price not yet due अदत्त किस्तों (Unpaid instalments) की राशि को शामिल नहीं करते हैं। क्योंकि अदत्त किस्तों की राशि तो देय अथवा प्राप्य हो चुकी

है। अतः Cash Price not yet due का तात्पर्य उस राशि से है जिसे प्राप्त करने का अधिकार ही उत्पन्न न हुआ हो।

इस प्रकार का आयोजन करने के लिये यह आवश्यक है कि प्रश्न में विक्रेता के यहाँ इस वस्तु की लागत मूल्य अथवा क्रय मूल्य दिया गया हो। अन्यथा कुल लाभ को ज्ञात करना सम्भव नहीं होता है।

Illustration 8.

On 1st January, 1984, Sharma Trading Company, purchased a car on hire-purchase system. According to the agreement Rs. 10,000 were paid immediately and balance is payable in four half yearly instalments of Rs. 10,000 each. The first instalment falls due on 30th June, 1984. The Vendor charges interest at 5% p.a. The seller purchased the car for Rs. 45,000 and the cash price was 47,620.

Prepare the Ledger accounts in the books of the Vendor. The provision for unrealised profit is also to be made. Assuming that the Vendor Closes the books on 30th June every year, show the items in the Balance Sheet as on 30th June, 1984 and 1985.

1 जनवरी, 1984 को शर्मा ट्रेडिंग कम्पनी ने किराया क्रय पद्धति पर एक कार खरीदी। समझौते के अनुसार, 10,000 रु. तुरन्त देने थे तथा शेष राशि 10,000 रु. वाली चार अर्द्ध-वार्षिक किस्तों में देय थी। प्रथम किस्त 30 जून, 1984 को देय थी। विक्रेता 5 प्रतिशत प्रतिवर्ष की दर से ब्याज वसूल करता है। विक्रेता ने यह कार 45,000 रु. में खरीदी थी तथा रोकड़ी मूल्य 47,620 था।

विक्रेता की खाताबही में खाते बनाइये। न वसूल हुये लाभों के लिये आयोजन भी करिये। यह मानते हुये कि विक्रेता पुस्तकें हर वर्ष 30 जून को बन्द करता है, 30 जून, 1984 व 1985 के चिट्ठे में इन मदों को दिखलाइये।

Solution :

Sharma Trading Company's Account

		Rs.			Rs.
1984	To Hire Sales a/c	47,620	1984	By Bank a/c	10,000
Jan. 1	To Interest a/c	941	Jan.1	By Bank a/c	10,000
June 30			June 30	By Balance c/d	28,561
			June 30		
		48,561			48,561

1984			1984		
July 1	To Balance b/d	28,561	Dec. 31	By Bank	10,000
Dec. 31	To Interest a/c	714	1985		
1985			June 30	By Bank	10,000
June 30	To Interest a/c	482	June 30	By Balance c/d	9,757
		29,757			29,757
1985			1985		
July 1	To Balance b/d	9,757	Dec. 31	By Bank a/c	10,000
Dec 31	To Interest a/c	243			
		10,000			10,000

Interest Account

		Rs.			Rs.
1984 June 30	To P&L a/c	941	1984 June 30	By Sharma Trading Co	941
1985 June 30	To P&L a/c	1,196	1984 Dec. 31	By Sharma Trading Co.	724
			1985 June 30	By Sharma Trading Co.	482
		1,196			1,196
1986 June 30	To P&L a/c	243	1985 Dec. 31	By Sharma Trading Co.	243

Hire Purchase Sales Account

		Rs.			Rs.
1984 June	To Trading a/c	47,620	1985 Jan. 1	By Sharma Trading Co.	47,620

Provision for Unrealised Profit Account

		Rs.			Rs.
1984 June 30	To Balance c/d	1,571	1984 June 30	By P & L a/c	1,571

1985			1984		
June 30	To P&L a/c	1,035	July 1	By Balance b/d	1,571
June 30	To Balance c/d	536			
		1,571			1,571
1986			1985		
June 30	To P&L a/c	536	July 1	By Balance b/d	536

Balance Sheet as on 30th June 1984

	Customers for goods sold on hire purchase	28,561	
	Less Provision for Unrealised Profit	1,571	**26,990**

Balance Sheet as on 30th June, 1985

	Customers for goods sold on hire purchase	9,757	
	Less Provision for Unrealised Profit	536	9,221

Provision for unrealised Profits की गणना निम्न प्रकार से की गई है-

चूँकि कार का रोकड़ी मूल्य = 47,520

और कार का विक्रेता के यहाँ क्रय मूल्य = 45,000

चूँकि कार पर कुल लाभ = (47,620 - 45,000) = 2620 रु.

(1) चूंकि 30 जून 1984 को 28561 रु. की किस्तें देय नहीं हुई थी, इसलिये इस राशि में सम्मिलित लाभ न वसूल हुआ लाभ है।

चूँकि न वसूल हुआ लाभ (30 जून 1984 को) = $\frac{28561}{47620} \times 2620 = 1{,}571$ रु.

(2) 30 जून 1985 को 9,757 की किस्तें देय नहीं हुई। अत: इन किस्तों में सम्मिलित न वसूल हुआ लाभ = \f(9,757,47620) x 2,620 = 536रु.

चूंकि 1 जुलाई, 1984 को न वसूल हुये लाभ के आयोजन खाते का शेष 1,571 रु. था और अब 30 जून, 1985 को हमें 536 रु. के आयोजन खाते की आवश्यकता है इसलिये आयोजन खाते का शेष 536 रु. रखकर शेष राशि 30 जून 1985 को लाभ हानि खाते में हस्तान्तरित की गई है।

31 दिसम्बर 1985 को अन्तिम किस्त के प्राप्त हो जाने से आयोजन की आवश्यकता नहीं रही। अत: वर्ष की समाप्ति पर 30 जून 1986 को आयोजन खाते का शेष लाभ हानि खाते में हस्तानतरित कर दिया जायेगा।

किस्त में ब्याज सम्मिलित नहीं होना

(Instalment not Including Interest)

कभी-कभी निर्धारित की गई किस्तों में ब्याज की राशि सम्मिलित नहीं होती है। ऐसी स्थिति में किस्त की राशि में ब्याज की राशि जोड़कर ही कुल किस्त राशि का भुगतान किया जाता है।

Illustration 8.

The Cash price of a Scooter, which is purchased on hire purchase system, is Rs. 14,000. An amount of Rs. 2,000 is paid immediately and the balance is payable in three annual instalments of Rs. 4000 each. In addition 5% per annum is charged annually on the balance. Hire-purchaser agrees to pay an insurance premium of one per cent per annum on the outstanding balances. All the amounts have been paid on due dates.

Open Hire Vendor's Account in the books of Hire-Purchaser.

किराया क्रय पद्धति पर खरीदे गये एक स्कूटर का रोकड़ी मूल्य 14,000 रु. है। 2,000 रु. की राशि का तुरन्त भुगतान कर दिया गया तथा शेष राशि प्रत्येक 4,000 रु. वाली तीन वार्षिक किस्तों में देय है। इसके अतिरिक्त 5 प्रतिशत प्रति वर्ष की दर से शेष राशियों पर ब्याज देय है। प्रत्येक वर्ष की बाकियों पर किराया क्रेता 1 प्रतिशत वर्ष की दर से बीमा प्रीमियम देना स्वीकार करता है। समस्त राशियों का भुगतान निर्धारित तिथियों पर किया गया है।

किराया क्रेता की पुस्तकों में किराया क्रेता का खाता बनाइये।

Calculation of Interest

किस्त	रोकड़ी मूल्य	ब्याज	कुल किस्त राशि रोकड़ी मूल्य + ब्याज
	रु.	रु.	रु.
तुरन्त भुगतान	2,000	—	
प्रथम किस्त	4,000	$\frac{12000 \times 5}{100} = 600$	4,000 + 600 = 4,600
द्वितीय किस्त	4,000	$\frac{8000 \times 5}{100} = 400$	4,000 + 400 = 4,400
तृतीय किस्त	4,000	$\frac{4000 \times 5}{100} = 200$	4,000 + 200 = 4,200

Calculation of Premium

वर्ष	रोकड़ी शेष रु.	बीमा प्रीमियम रु.
प्रथम वर्ष	12,000	$\frac{12000 \times 1}{100} = 120$
द्वितीय वर्ष	8,000	$\frac{8000 \times 1}{100} = 80$
तृतीय वर्ष	4,000	$\frac{4000 \times 1}{100} = 40$

Hire Vendor's Account

		Rs.			Rs.
I Year	To Cash a/c	2,000	I Year	By Scootera/c	14,000
	To Cash a/c			By Interest a/c	600
	(4000+600+120)	4,720		By Insurance	
	To Balance c/d	8,000		Premium a/c	120
		14,720			14,720
II Year	To Cas a/c		II Year	By Balance b/d	8,000
	(4000+400+80)	4,480		By Interest a/c	400
	To Balance c/d	4,000		By Insurance	
				Premium a/c	40
		8,480			8,480
III Year	To Cash a/c		III Year	By Balance b/d	4,000
	(4000+200+40)	4,240		By Interest a/c	200
				By Insurance	
				Premium a/c	40
		4,240			4,240

विक्रेता द्वारा मरम्मत व्यय वहन करना

(Repairs to be borne by Hire Vendor)

कभी-कभी किराया क्रय पद्धति के अन्तर्गत बेचे गये माल की टूट-फुट व मरम्मत आदि का एक निश्चित अवधि तक भार वहन करने का दायित्व विक्रेता अपने ऊपर ले लेता है। विक्रेता इस निर्धारित अवधि में माल की मरम्मत नि:शुल्क करता है। विक्रेता इस सेवा के अनुमानित मूल्य को पहले से ही किराया क्रय मूल्य में शामिल कर लेता है परन्तु क्रेता को इसकी जानकारी नहीं होती है। अत: विक्रेता इन मरम्मत आदि सेवाओं के लिये पुस्तकों में

एक खाता खोलता है जिसे मरम्मत संचय खाता (Repairs Reserve Account) या अनुरक्षण उचन्ती खाता (Maintenance Suspense Account) कहते है। मरम्मत व्यय सम्बन्धी राशि चूंकि विक्रय मूल्य में पहले से ही विक्रेता द्वारा शामिल कर ली जाती है इसलिये विक्रेता विक्रय राशि में सम्मिलित अनुरक्षण राशि को विक्रय खाते से अनुरक्षण उचन्ती खाते में हस्तान्तरित कर देता है। इस खाते के डेबिट पक्ष में मरम्मत आदि पर वास्तव में खर्च की गई राशि को दिखाते हैं।

यदि किसी वर्ष में वास्तविक अनुरक्षण व्यय उस वर्ष से सम्बन्धित अनुमानित रकम से अधिक हो तो आधिक्य को लाभ-हानि खाते से अपलिखित करना चाहिये। यदि अनुमान से कम व्यय हो तो बचत को उसी वर्ष लाभ-हानि खाते में हस्तान्तरित नहीं करना चाहिये। नि:शुल्क सेवा व मरम्मत की अवधि की समाप्ति पर अनुरक्षण उचन्ति खाते में बचे शेष को लाभ-हानि खाते में हस्तान्तरित कर देना चाहिये। अनुरक्षण उचन्ती खाते के सम्बन्ध में निम्नलिखित बातों को ध्यान में रखना चाहिये:

(1) अनुरक्षण उचन्ती खाता विक्रेता की पुस्तकों में ही खोला जाता है।

(2) किराया क्रय पद्धति पर बेचे गये माल पर ब्याज की गणना नि:शुल्क सेवा व्यय को घटाये बिना पूरे रोकड़ी मूल्य पर की जावेगी।

Illustration 9.

The cash price of a machine is Rs. 30,000 and hire purchase price is Rs. 40,000. This machine is sold on hire purchase system on 1 January, 1984 and payment is made in four six monthly instalments of Rs 10,000 each. It was agreed that the machine will be maintained free of charge for a period of two years. The actual expenses of maintenance were Rs. 1,000 and Rs. 2,500 for first and second years respectively though past experience showed that they are Rs. 5,000 of which 700 are for the first year. Pass the necessary Journal entries in the books of hire Vendor and open the Maintenance Suspense Account.

एक मशीन का नकद मूल्य 30,000 रु. और किराया क्रय मूल्य 40,000 रु. था। यह मशीन 1 जनवरी, 1984 को किराया क्रय पद्धति पर बेची गई और इसका भुगतान 10,000 रु. वाली चार छमाही किस्तों में किया गया यह तय किया गया कि दो वर्ष तक मशीन की मरम्मत नि:शुल्क की जावेगी। प्रथम व द्वितीय वर्षों में मरम्मत के वास्तविक व्यय 1,000 रु. व 2,500 रु. हुये, यद्यपि पुराने तजुर्बे से यह प्रकट हुआ कि ये 5,000 रु. होंगें जिसमें से 700 रु. प्रथम वर्ष के होंगे। किराया विक्रेता की पुस्तकों में आवश्यक जर्नल प्रविष्टियाँ दीजिये और अनुरक्षण उचन्ती खाता खोलिये:

Solution:

कुल ब्याज = 40,000 − 30,000 = 10,000 रु.

ब्याज की किस्तानुसार गणना

किस्त संख्या	बकाया किस्तों की संख्या	दर	ब्याज
I	4	4/10	$\frac{10000 \times 4}{10}$ = 4,000 Rs.
II	3	3/10	$\frac{10000 \times 3}{10}$ = 3,000 Rs.
III	2	2/10	$\frac{10000 \times 2}{10}$ = 2,000 Rs.
IV	1/10	1/10	$\frac{10000 \times 1}{10}$ =1,000 Rs.

Books of Hire Ventor

			Rs.	Rs.
1986 Dec. 31	Hire Purchaser's a/c To Hire Sales a/c (Machine sold on hire purchase)	Dr.	30,000	 30,000
Jan. 1	Hire Sales a/c To Maintenance Suspense a/c (Transfer from Hire Purchase Sales a/c to Maintenance Suspense a/c)	Dr.	5,000	 5,000
June 30	Hire Purchase's a/c To Interest a/c (Interest due for six months)	Dr.	4,000	 4,000
June 30	Bank a/c To Hire Purchaser's a/c (Receipt of first instalment)	Dr.	10,000	 10,000
Dec. 31	Hire Purchaser's a/c To Interest a/c (Interest due for six months)	Dr.	3,000	 3,000
Dec. 31	Bank a/c To Hire Purchaser's a/c (Second instalment received)	Dr.	10,000	 10,000

Dec. 31	Maintenance Suspense a/c Dr. To Cash a/c (Actual expenses insurred on maintenance)		1,000	1,000
Dec. 31	Profit & Loss a/c Dr. To Maintenance Suspense a/c (Excess of actual maintenance expenses over estimates charged to P & L a/c)		300	300
Dec. 31	Interest a/c Dr. To Profit & Loss a/c (Balance of Interest a/c Transferred to Profit and Loss a/c)		7,000	7,000
Dec. 31	Hire Sales a/c Dr. To Trading a/c (Balance of Hire Sales a/c Transferred to Tradig a/c)		25,000	25,000
1985 June 30	Hire-Purchaser's a/c Dr. To Interest a/c (Interest for half year due)		2,000	2,000
June 30	Bank a/c Dr. To Hire-Purchaser's a/c (Receipt of third instalment money)		10,000	10,000
Dec. 31	Hire Purchaser's a/c Dr. To Interest a/c (Interest due)		1,000	1,000
Dec. 31	Bank a/c Dr. To Hire Purchaser's a/c (Fourth and last instalment money received)		10,000	10,000
Dec. 31	Maintenance Suspense a/c Dr. To Cash (Payment of actual maintenance Expense)		2,500	2,500

Dec. 31	Maintenance Suspenses a/c Dr. To Profit & Loss a/c (Transfer of maintenance Suspense a/c Balance to P and L a/c)		1,800	1,800
Dec. 31	Interest a/c Dr. To Profit & Loss a/c (Transfer of Interest a/c Balance)		3,000	3,000

Maintenance Suspense Account

		Rs.			Rs.
1984 Dec. 31 Dec. 31	To Cash a/c To Balance c/d	1,000 4,300	1984 Jan. 1 Dec. 31	By Hire Sales a/c By P&L. a/c	5,000 300
1985 Dec. 31 Dec. 31	To Cash a/c To P&L a/c	2,500 1,800	1985 Jan. 1	By Balance b/d	4,300
		4,300			4,300

किराया क्रय अधिनियम 1972 के कुछ अन्य प्रावधान

1. शुद्ध नकद मूल्य – शुद्ध नकद मूल्य से आशय उस राशि से है जो माल के नकद मूल्य में से जमा की राशि को घटाने पर शेष रहती है।

2. नकद मूल्य किस्त – नकद मूल्य किस्त से आशय उस राशि से है जिसका शुद्ध नकद मूल्य से वही अनुपात है जो किराया क्रय किस्त का कुल किराया क्रय मूल्य से अनुपात है।

3. शुद्ध किराया क्रय मूल्य – शुद्ध किराया क्रय मूल्य से आशय उस राशि से है जो किराया क्रय मूल्य में से निम्नलिखित मदें घटाने पर शेष रहती है–

(1) माल की सुपुर्दगी पर होने वाले खर्चे जिनको समझौते के अन्तर्गत किराया क्रय मूल्य में सम्मिलित कर लिया गया है।

(2) ऐसी कोई राशि जा कि किसी कानून के अन्तर्गत इस माल के अथवा समझौते के अथवा दोनों के पंजीयन से सम्बन्धित है तथा जिसे किराया क्रय मूल्य में सम्मिलित कर लिया गया है।

(3) बीमा की राशि, तृतीय पक्ष बीमा के अलावा, जो इस माल के सम्बन्ध में देय है तथा जिसे समझौते के अन्तर्गत किराया क्रय मूल्य में सम्मिलित कर लिया गया है।

4. शुद्ध किराया क्रय प्रभार – शुद्ध किराया क्रय मूल्य तथा शुद्ध नकद मूल्य के अन्तर को शुद्ध किराया क्रय प्रभार कहते हैं।

5. वैधानिक प्रभार – निम्नलिखित सूत्र द्वारा ज्ञात की गई राशि को वैधानिक प्रभार कहते हैं।

$$\text{वैधानिक प्रभार} = \frac{\text{रोकड़ीज़ मूल्य की किस्त} \times \text{दर} \times \text{समय}}{100}$$

इस सूत्र में

दर = निर्धारित दर 1 प्रत्येक प्रकार की वस्तु के सम्बन्ध में केन्द्रीय सरकार द्वारा रिजर्व बैंक की सलाह से दर का निर्धारण कर राजपत्र में घोषित किया जावेगा। इस अधिनियम में यह दर 30 प्रतिशत वार्षिक निर्धारित की गई है परन्तु केन्द्रीय सरकार इसे 10 प्रतिशत से कम नहीं कर सकती है। अर्थात यह दर 10 प्रतिशत से 30 प्रतिशत होगी।

समय = समय का आशय उस अवधि से है जो समझौते की तारीख से उस तारीख के बीच आती हो जिसको किराया किस्त का भुगतान देय है।

किराया क्रेता द्वारा भुगतान की जाने वाली प्रत्येक किस्त में सम्मिलित वैधानिक प्रभार की गणना उपर्युक्त सूत्र द्वारा की जाती है फिर उनका योग कर लिया जाता है।

किराया क्रेता के अधिकार

(Rights of Hirer)

किराया क्रय अधिनियम के अन्तर्गत किराया क्रेता को निम्नलिखित अधिकार प्राप्त है:

1. शुद्ध किराया क्रय प्रभार अधिक होने पर किराया क्रेता के अधिकार।
2. किराया क्रेता द्वारा रिबेट पर क्रय करने का अधिकार।
3. किराया क्रेता को समझौता समाप्त करने का अधिकार।
4. किराया क्रेता को अपने अधिकार को हस्तांकन करने का अधिकार।
5. स्वामी द्वारा माल जब्त करने पर किराया क्रेता के अधिकार।

शुद्ध किराया क्रय प्रभार अधिक होने पर किराया क्रेता के अधिकार

यदि शुद्ध किराया क्रय प्रभार की राशि (Net Hire Purchase Charge) वैधानिक प्रभार की राशि से अधिक है तो किराया क्रेता को अधिकार है कि:

(1) वह स्वामी को लिखित नोटिस देकर अनुबन्ध को समाप्त कर सकता है तथा सम्पत्ति लौटाकर अपना रुपया वापिस ले सकता है, अथवा

(2) वह अनुबन्ध को चालू रख सकता है तथा आधिक्य को किराया विक्रेता से वसूल कर सकता है या किस्तों में समायोजित कर सकता है।

एक उदाहरण द्वारा उपर्युक्त प्रावधान को निम्न प्रकार से स्पष्ट किया जा सकता है:

1. जनवरी, 1986 को एक रेडियो 3,000 रु. में किराया क्रय पद्धति पर बेचा गया। 500 रु. तुरन्त जमा कराये गये तथा शेष राशि प्रत्येक 500 रु. वाली पाँच वार्षिक किस्तों में

देने का अनुबन्ध किया गया। रोकड़ी मूल्य 2,600 रु. है। किराया क्रय मूल्य में सुपुर्दगी व पंजीकरण के 100 रु. शामिल हैं। 10 प्रतिशत की दर मानते हुए यह बतलाइये कि शुद्ध किराया क्रय प्रभार उचित है या नहीं। यदि उचित नहीं है तो किराया क्रेता को क्या अधिकार है

Solution : (1) शुद्ध किराया क्रय मूल्य

(2) शुद्ध रोकड़ी मूल्य = 3,000 - 100 = 2,900 Rs.

(3) शुद्ध किराया क्रय प्रभार = 2,600 - 500 = 2,100 Rs.

(4) रोकड़ी मूल्य की किस्त = 2,900 - 2,100 = 800 Rs.

(5) वैधानिक प्रभार = $\frac{\text{रोकड़ी मूल्य की किस्त} \times \text{दर} \times \text{समय}}{100}$

पहली किस्त = $\frac{420 \times 10 \times 1}{100} = 42$ Rs.

दूसरी किस्त = $\frac{420 \times 10 \times 2}{100} = 84$ Rs.

तीसरी किस्त = $\frac{420 \times 10 \times 3}{100} = 126$ Rs.

चौथी किस्त = $\frac{420 \times 10 \times 4}{100} = 168$ Rs.

पाँचवी किस्त = $\frac{420 \times 10 \times 5}{100} = 210$ Rs.

कुल वैधानिक प्रभार = 42 + 84 +126 + 168 +210 = 630 रु.

शुद्ध किराया क्रय प्रभार वैधानिक प्रभार से 800 – 630 = 170 रु. अधिक है अत: किराया क्रेता को अधिकार है कि

(1) वह अनुबन्ध को व्यर्थ (void) मानकर अपना रुपया वापिस ले ले तथा सम्पत्ति को वापिस लौटा दे या

(2) अनुबन्ध को चालू रखे तथा आधिक्य 170 रु. को किराया क्रेता से वसूल करले अथवा किस्तों में समायोजित कर लेवे।

रिबेट पर क्रय करने का अधिकार

किराया क्रेता को यह अधिकार है कि वह किराया क्रय समझौते की अवधि में किसी भी समय विक्रेता को कम से कम 14 दिन का लिखित नोटिस देकर माल के क्रय को पूर्ण कर सकता है अर्थात् किराया क्रय मूल्य की शेष राशि में से रिबेट काट कर उसका भुगतान कर दे और पूर्ण स्वामित्व को प्राप्त कर ले। समय से पूर्व शेष सम्पूर्ण राशि को चुकाने पर क्रेता को जो छूट या रियायत मिलती है, उसे रिबेट कहते हैं।

रिबेट की राशि निम्नलिखित राशियों में जो अधिक होगी, छूट के योग्य होगी:

1. समझौते में वर्णित छूट (रिबेट) की राशि, अथवा

2. निम्नलिखित सूत्र द्वारा गणना की गई रिबेट की राशि

$$\text{रिबेट} = \frac{2}{3} \times \frac{\text{शुद्ध किराया क्रय प्रभार}}{\text{किराया क्रय मूल्य}} \times \text{अदेय किराया मूल्य}$$

किराया क्रेता द्वारा समझौता समाप्त करना

किराया क्रेता को यह अधिकार है कि अन्तिम किस्त का भुगतान करने से पूर्व वह किराया विक्रेता को कम से कम 14 दिन का लिखित नोटिस देकर तथा माल को वापिस लौटाकर किराया क्रय समझौते को समाप्त कर सकता है। इस स्थिति में किराया क्रेता को उन सब किस्तों का भी विक्रेता को भुगतान करना पड़ेगा जो देय हो चुकी है तथा अभी तक अदत्त है।

यदि किराया क्रय समझौते की शर्तों के अनुसार अनुबन्ध समाप्त करने पर किराया क्रेता द्वारा विक्रेता को कोई अतिरिक्त राशि चुकाने की भी शर्तें हैं तो क्रेता को यह राशि भी चुकानी पड़ेगी। परन्तु इस अतिरिक्त राशि के भुगतान पर निम्नलिखित दो वैधानिक प्रतिबन्ध भी है।

1. यदि समझौते की समाप्ति तक चुकाई गई राशि व देय परन्तु अदत्त राशि का योग किराया क्रय मूल्य के आधे से कम नही है तो अतिरिक्त राशि चुकाने का कोई दायित्व नहीं होगा।

2. समझौते की समाप्ति तक चुकाई गई और देय परन्तु अदत्त राशि का योग किराया क्रय मूल्य के आधे से कम हो तो इस कमी की रकम अथवा समझौते में वर्णित अतिरिक्त रकम दोनों में से जो भी कम हो वह चुकानी पड़ेगी।

Illustration 10.

Cash Price Rs. 3000. Hire Purchase price Rs. 3600. Payment on delivery Rs. 900 and the balance is payable in three equal annual instalments of Rs. 900 each. Date of agreement on January 1, 1985. The buyer decides to terminate the agreement on January 1, 1986 after paying one instalment. Calculate the additional amount payable. (i) When the agreement provides Rs. 300 as additional amount to be payable in the event of permature termination and (ii) when the agreement is silent on this part.

रोकड़ी मूल्य 3000 रु. किराया क्रय मूल्य 3600 रु. सुपुर्दगी पर भुगतान 900 रु. और शेष राशि बराबर की 900 रु. वाली तीन वार्षिक किस्तों में देय है। समझौते की तारीख जनवरी 1, 1985 है। एक किस्त चुकाने के बाद क्रेता 1 जनवरी, 1986 को समझौता समाप्त करने का निश्चय करता है। अतिरिक्त देय राशि ज्ञात करिये–

(1) जबकि समझौते में समय से पूर्व समझौता समाप्त करने पर 300 रु. की अतिरिक्त राशि चुकाने का प्रावधान है, और

(2) जबकि समझौता इस सम्बन्ध में मौन है।

Solution:

(1) किराया क्रय अधिनियम के अनुसार अतिरिक्त राशि तभी देय होती है जबकि समझौते में अतिरिक्त राशि का उल्लेख हो तथा सम्पत्ति के स्वामी को समझौते की समाप्ति तक चुकायी गई तथा देय, किन्तु न चुकायी गयी राशि का योग किराया क्रय मूल्य के आधे से कम हो। इस प्रश्न में स्वामी को 900 रु. सुपुर्दगी तथा 900 रु. प्रथम किस्त के अर्थात् कुल 1,800 रु. प्राप्त हो चुके हैं। चूँकि विक्रेता को किराया क्रय मूल्य की आधी राशि प्राप्त हो चुकी है, इसलिये उसे कोई अतिरिक्त राशि का भुगतान नहीं किया जावेगा।

(2) यदि किराया क्रय समझौते में अतिरिक्त राशि देने के लिये कोई प्रावधान नहीं है, अर्थात् समझौता अतिरिक्त राशि के भुगतान के लिये मौन है तो किसी भी स्थिति में अतिरिक्त राशि चुकाने का प्रश्न उत्पन्न ही नहीं होता है।

किराया क्रेता द्वारा अधिकार का हस्तांकन
(Assignment of Right by Hire Purchaser)

किराया क्रय अधिनियम की धारा 12 के अनुसार किराया क्रेता अपने अधिकार, स्वत्व तथा हित का विक्रेता की सहमति से हस्ताकंन कर सकता है। यदि स्वामी अनुचित ढंग से स्वीकृति को रोक लेता है तो उसकी स्वीकृति के बिना भी हस्तांकन किया जा सकता है। यदि माल का स्वामी स्वीकृति के बदले में कोई रकम माँगता है तो इसे स्वीकृति को अनुचित ढंग से रोकना माना जावेगा।

स्वीकृति देने से पूर्व मूल विक्रेता किराया क्रय क्रेता को किये गये दोषों को दूर करने के लिये, हस्ताकंन समझौता तैयार करने, उसे मूल विक्रेता को देने आदि के लिये कह सकता है। इस स्थिति में अन्य पक्षकार को वे ही अधिकार प्राप्त होते हैं जो किराया क्रेता को प्राप्त थे। हस्ताकंन करने के प्रतिफल स्वरूप किराया क्रेता अन्य पक्षकार से एक निश्चित रकम भी प्राप्त कर सकता है।

किराया क्रेता की मृत्यु हो जाने पर किराया क्रेता को जो अधिकार, स्वत्व तथा हित प्राप्त थे, वे कानून की प्रक्रिया के द्वारा उसके वैधानिक उत्तराधिकारी को हस्तांतरित हो जाते हैं। ऐसी स्थिति में उत्तराधिकारी का समझौते की शर्तों को पूरा करने का भी दायित्व होगा।

स्वामी द्वारा माल जब्त करने पर किराया क्रेता के अधिकार

किराया क्रय अधिनियम 1972 की धारा 17(3) के अनुसार यदि माल का स्वामी माल को जब्त कर लेता है और माल का किराया क्रय मूल्य निम्नलिखित राशियों के जोड़ से कम होता है तो इस कमी की राशि को किराया क्रेता स्वामी से वसूल कर सकता है।

(अ) जब्त करने की तारीख तक किराया क्रय मूल्य के सम्बन्ध में चुकाई गई राशि, तथा

(ब) जब्त करने की तारीख को माल का मूल्य।

''जब्त करने की तारीख को माल का मूल्य'' से तात्पर्य उस अधिकतम राशि से है जो इस दिन बेचने पर उचित तौर पर प्राप्त की जा सकती है तथा इसमें निम्नलिखित राशियाँ घटा दी जायेगी-

1. माल को जब्त करने में स्वामी द्वारा किये गये उचित खर्चे,

2. स्वामी द्वारा माल के भण्डारन, मरम्मत तथा रख-रखाव पर किया गया उचित खर्चा,

3. माल को बेचने पर किये गये अथवा किये जाने वाले उचित खर्चे,

4. माल के सम्बनध में बकाया कर तथा अन्य राशियाँ जिनके लिये किराया क्रेता दायी था और जो माल के स्वामी द्वारा चुकाये जाते हैं।

यदि माल का स्वामी उपरोक्त राशियाँ काटने के पश्चात् शेष राशि किराया क्रेता को वापस नहीं करता है तो किराया क्रेता द्वारा भुगतान के लिये दिये गये नोटिस के तीस दिन बाद में इस राशि पर 12 प्रतिशत वार्षिक ब्याज देने का स्वामी का दायित्व होगा।

उदाहरण

1 जनवरी, 1983 को श्याम ने क्रेडिट कार्पोरेशन से किराया क्रय पद्धति पर एक रेडियों ग्राम 4,500 रु. में खरीदा। मूल्य का भुगतान तीन समान राशि की वार्षिक किस्तों में करना था। द्वितीय किस्त के भुगतान में चूक करने के कारण विक्रेता ने माल को जब्त कर लिया। माल के जब्त करने पर क्रेता द्वारा स्वामी से वसूल की जाने वाली राशि ज्ञात करिये यदि जब्त करने की तिथि को माल का मूल्यांकन (1) 2,250 रु. पर किया जाये अथवा (2) 4,000 रु. किया जाये।

(1) यदि माल का मूल्यांकन 2,250 रु. किया जायेः

(अ) क्रेता द्वारा माल के जब्त होने की तिथि तक भुगतान	1,500 रु.
(ब) माल जब्त होने की तिथि को उसका मूल्यांकन	2,250 रु.
योग	3,750 रु.

इन देना राशियो के योग (3,750 रु.) से किराया क्रय मूल्य 4,500 रु. अधिक है अतः किराया क्रेता, स्वामी से माल जब्त करने पर कोई राशि वसूल नहीं कर सकता है।

(2) यदि माल का मूल्यांकन 4,000 रु. पर किया जायेः

(अ) किराया क्रेता द्वारा माल के जब्त होने की तिथि तक भुगतान	1,500 रु.
(ब) माल जब्त होने की तिथि को माल का मूल्यांकन	4,000 रु.
योग	5,500 रु.

दोनो राशियों के योग (5,500) से किराया क्रय मूल्य (4,500 रु.) कम है। अतः कमी की राशि 5,500 - 4,500 = 1,000 रु. की राशि को किराया क्रेता माल के स्वामी से वसूल कर सकता है।

किराया क्रेता के कर्त्तव्य व दायित्व

1. किराया क्रेता का कर्त्तव्य है कि किराया क्रय समझौते की शर्तों के अनुसार किराये का भुगतान करता रहे तथा अन्य शर्तों का पालन करे।

2. एक सामान्य बुद्धि वाला व्यक्ति अपने स्वयं के माल की जिस प्रकार हिफाजत और सुरक्षा करता है वैसे ही क्रेता भी इस माल की हिफाजत व सुरक्षा करेगा।

3. यदि माल का प्रयोग, समझौते की शर्तें के अनुसार न करके अन्य प्रकार से किया जाता है या अन्य कार्यों के लिये किया जाता है तो इस प्रकार के प्रयोग से होने वाली किसी भी प्रकार की क्षति की पूर्ति करने के लिये वह दायी होगा।

4. विक्रेता द्वारा पूछे जाने पर माल की मौजूदगी का स्थान बताना किराया क्रेता का कर्त्तव्य है। यदि वह इस प्रकार के निवेदन के 14 दिन के अन्दर उत्तर नहीं देता है तो क्रेता पर 200 रु. तक का आर्थिक दण्ड लगाया जा सकता है।

स्वामी के अधिकार
(Rights of Owner)

समझौता समाप्त करने का अधिकार
(Rights to terminte the agreement)

किराया क्रय अधिनियम, 1972 की धारा 18 माल के स्वामी को निम्नलिखित परिस्थितियों में किराया क्रय समझौते को समाप्त करने का अधिकार देती है:

1. किराया क्रेता द्वारा भुगतान में दोष किये जाने पर, अथवा

2. समझौते की शर्तों के विपरीत किराया क्रेता द्वारा माल के सम्बन्ध में कोई अनाधिकृत कार्य करने पर, अथवा

3. समझौते की किसी स्पष्ट शर्त (express condition) का उल्लंघन करने पर।

(अ) किराया क्रेता द्वारा भुगतान में दोष

अधिनियम की व्यवस्था के अनुसार केवल एक बार भुगतान में चूक हो जाने पर समझौता समाप्त करने का अधिकार स्वामी को नहीं है। इसलिये किराया क्रेता में एक से अधिक बार दोष करता है तो माल का स्वामी उसे लिखित में सूचना देकर समझौता समाप्त कर सकता है।

यदि किराये के भुगतान की व्यवस्था एक सप्ताह या उससे कम अवधि के अन्तर से है तो स्वामी द्वारा एक सप्ताह की लिखित सूचना दी जायेगी परन्तु किराये के भुगतान की अवधि एक सप्ताह से अधिक के अन्तर की है तो लिखित सूचना दो सप्ताह की दी जायेगी। यदि सूचना की अवधि (एक सप्ताह या दो सप्ताह, जैसी भी परिस्थिति) समाप्त होने से पूर्व किराया क्रेता अपनी बकाया राशि ब्याज सहित स्वामी को भुगतान कर देता है तो स्वामी समझौते को समाप्त नहीं कर सकता है।

(ब) समझौते की शर्तों के विपरीत किराया क्रेता द्वारा माल के सम्बन्ध में कोई अनाधिकृत कार्य करना:

समझौते के किसी भी शर्त के विपरीत माल के सम्बन्ध में क्रेता द्वारा अनाधिकृत कार्य करने पर माल का स्वामी किराया क्रेता को लिखित सूचना देकर समझौते को समाप्त कर सकता है।

(स) किराया क्रेता द्वारा समझौते को किसी स्पष्ट शर्त का उल्लंघन करना

यदि समझौते में इस प्रकार का प्रावधान है कि किसी शर्त विशेष के उल्लंघन होने पर माल के स्वामी को समझौता समाप्त करने का अधिकार होगा तो किराया क्रेता द्वारा उस शर्त का उल्लंघन करने पर माल का स्वामि लिखित सूचना देकर समझौता समाप्त कर सकता है।

समझौते की समाप्ति पर स्वामी के अधिकार

1. स्वामी को जो किराया प्राप्त हो चुका है, उसको जब्त करने का अधिकार तथा जो किराया देय हो चुका है, परन्तु प्राप्त नहीं हुआ है उसको वसूल करने का अधिकार मिल जाता है।

2. यदि समझौता अनुमति दे तो जमा राशि (Deposit) को भी जब्त करने का अधिकार होगा।

3. माल को जब्त करने हेतु या अपने अधिकार में लेने हेतु किराया क्रेता के भवन में प्रवेश करने का अधिकार है।

4. न्यायालय में आवेदन देकर अथवा मुकद्दमा चलाकर माल के अधिग्रहण (Possession) को पुनः प्राप्त करना।

5. समझौते की समाप्ति कर देने पर भी यदि किराया क्रेता ने माल को सुपुर्दगी नहीं दी है अथवा देने में देर की है तो स्वामी को उसमें हजार्ना वसूल करने का अधिकार होगा।

यदि किराया क्रेता अथवा उसके प्रतिभू (Surety) ने माल के किराया मूल्य का वैधानिक अनुपात का भुगतान कर दिया है तो स्वामी भवन में प्रवेश कर माल को जब्त नहीं कर सकता है परन्तु वह न्यायालय में माल के पुनः अधिग्रहण के लिये आवेदन कर सकता है:

वैधानिक अनुपात (Statutory Portion)

अधिनियम की धारा 20(1) के अनुसार वैधानिक अनुपात का आशय निम्न प्रकार से है।

किराया क्रय मूल्य	**वैधानिक अनुपात**
1. यदि किराया क्रय मूल्य 15,000 रु. से कम हो	किराया क्रय मूल्य का 1/2 भाग
2. यदि किराया क्रय मूल्य 15,000 रु. या इससे अधिक हो	किराया क्रय मूल्य का 3/4 भाग

3. मोटर व्हीकल्स अधिनियम में वर्णित परिभाषा के अन्तर्गत वाली मौटर गाड़ियों के सम्बन्ध में:

(अ) यदि मोटर गाड़ी का किराया क्रय मूल्य 5,000 रु. से कम है।	किराया क्रय मूल्य का 1/2 भाग
(ब) यदि किराया क्रय मूल्य 5,000 रु. या इससे अधिक है परन्तु 15,000 रु. से कम है।	किराया क्रय मूल्य का 3/4 भाग
(स) यदि मोटर गाड़ी का किराया क्रय मूल्य 15,000 रु. या इससे अधिक है तो	किराया क्रय मूल्य का 3/4 भाग अथवा ऐसा ऊँचा भाग जो 9/10 भाग से अधिक नहीं होना चाहिये तथा जिसे केन्द्रिय सरकार द्वारा गजट में सूचना प्रकाशित करके निर्धारित किया जावे।

यदि स्वामी उपर्युक्त धारा 20(1) के प्रावधानों का उल्लंघन करके माल को जब्त करता है तो किराया क्रय समझौता माना जावेगा और:

(1) किराया क्रेता समझौते के अन्तर्गत अपने समस्त दायित्वों से मुक्त समझा जावेगा तथा उसने समझौते के अन्तर्गत स्वामी को जो भी भुगतान किये हैं उन्हें स्वामी से वसूल करने का उसे अधिकार होगा।

(2) किराया-क्रेता के प्रतिभू ने यदि स्वामी को गारन्टी के समझौते के अन्तर्गत कोई भुगतान किया है तो उन्हें स्वामी से वसूल करने का अधिकार होगा।

यदि माल का स्वामी माल को अपने कब्जे में लेने के लिये न्यायालय में मुकद्दमा चाहता है तो मुकद्दमे या आवेदन की सुनवाई के समय यदि किराया क्रेता किराये की बकाया राशि, समझौते में उल्लेखित दर से उस पर ब्याज तथा स्वामी द्वारा मुकद्दमें पर किया गया खर्च चुका देता है तथा न्यायालय द्वारा लगाई गई शर्तों को पूरा कर देता है तो न्यायालय स्वामी द्वारा समझौते की समाप्ति के आवेदन को रद्द कर सकता है तथा किराया क्रेता को माल का अधिग्रहण बनाये रखने की अनुमति दे सकता है।

माल पुनः कब्जे में लेने पर लेखा प्रविष्टि

(Accounting Entries on Repossession of Goods)

किराया विक्रेता की पुस्तकों में लेखा

माल को पुनः कब्जे में लेने की तिथि को किराया क्रेता के खाते में 'अदत्त किस्तों' (Instalments Overdue) की रकम के सम्बन्ध में कोई लेखा नहीं करेंगे। यह राशि उसके खाते में शेष के रूप में रहेगी और न देने पर न्यायालय की मदद से वसूल की जा सकेगी। यदि वसूल नहीं हो सके तो इसे डूबत ऋण खाता (Bad Debts Account) में हस्तान्तरित कर देंगे।

किराया क्रेता के खाते में अब जो शेष रहेगा उससे निम्नलिखित लेखा स्वामी अपनी पुस्तकों में करेगा:

Returned Stock a/c Dr.

To Hire Purchaser's a/c

यदि माल को पुनः अधिग्रहण करने की तिथि को उसका बाजार मूल्य या पुर्नमूल्यांकन खाते में दिखाये गये शेष से कम पर होता है तो इसे हानि माना जायेगा। ऐसी स्थिति में माल के पुनः अधिग्रहण करने पर निम्नलिखित लेखा करेंगे।

Returned Stock a/c Dr.(पुनर्मूल्यांकन राशि)

Loss on Repossession of stock a/c Dr.(हानि की रकम)

To Hire Purchaser's a/c (उस समय तक जो किस्ते बकाया नहीं हुई, उनके रोकड़ी मूल्य से)

यदि पुनः अधिग्रहण की तिथि को कब्जे में ले जाने वाली सम्पत्ति का बाजार मूल्य अथवा पुर्नमूल्यांकन मूल्य उसके उस समय तक बकाया न हुये रोकड़ी मूल्य से अधिक है तो आधिक्य पर कोई ध्यान नहीं देंगे। यदि अधिक मूल्यांकन पर लेखा करेंगे तो यह बिना कमाया लाभ पुस्तकों में प्रवेश करेगा जो लेखांकन नियमों के विरूद्ध है। इसलिये सम्पत्ति के अधिग्रहण करने पर स्वामी द्वारा लेखा उसके शेष पुस्तक रोकड़ी मूल्य अथवा बाजार मूल्य दोनों में से जो भी कम होगा, पर किया जायेगा।

यदि माल को ठीक कराने, मरम्मत कराने या पुनः बिक्री योग्य बनाने पर कोई खर्चा स्वामी द्वारा किया जाता है तो निम्न प्रविष्टि करेंगे:

Returned Stock a/c Dr.

To Cash a/c

(Expenses incurred on repairs of repossessed goods)

माल को पुनः बेचने पर

Purchaser's a/c/Cash/Bank a/c Dr.(विक्रय राशि से)

To Returned Stock a/c

(Repossessed goods sold for cash or on credit)

ऐसे माल की बिक्री करने पर 'वापस आये माल खाते' में यदि कोई शेष बचता है तो वह लाभ/हानि को प्रदर्शित करता है जिसे लाभ हानि खाते में हस्तान्तरित कर देगे।

पुनः कब्जे में लिये गये माल पर यदि अधिग्रहण करते समय हानि हुई है तो इसको भी वर्ष के अन्त में लाभ-हानि में हस्तान्तरित कर दिया जाता है-

Profit and Loss a/c Dr.

To Loss on repossession of stock a/c

(Loss on repossessed goods transferred)

यदि पुनः अधिग्रहण किया गया माल वर्ष के अन्त तक नही बिक पाता है तो इसका मूल्य अन्तिम रहतिया के मूल्य में शामिल नहीं करेंगे क्योंकि यह माल चिट्ठे में के नाम से ही दिखाया जायेगा।

किराया क्रेता की पुस्तकों में लेखा

स्वामी द्वारा माल का पुनः अधिग्रहण कर लिये जाने पर अधिग्रहण करने की तिथि तक देय परन्तु अदत्त किस्तों का स्वामी को भुगतान करना पड़ेगा। अतः अदत्त किस्तों की राशि के शेष को विक्रेता के खाते में शेष के रूप में छोड़ते हुये विकेता के खाते से अन्तर की राशि को सम्पत्ति खाते में हस्तान्तरित कर दिया जायेगा ।

Hire Vendor's a/c	Dr.	(उस समय तक जो किस्तें
To Assets a/c		बकाया नही हुई, उनके रोकड़ी
(Assets returned)		मूल्य से)

ध्यान देने योग्य बिन्दू

1. स्वामी द्वारा सम्पत्ति कोपुनः अपने कब्जे में लेने की तिथि को सम्पत्ति का जो बाजार मूल्य होगा उस पर कोई ध्यान नहीं दिया जायेगा ।

2. सम्पत्ति के पुनः अधिग्रहण करने की तिथि तक के ह्रस का लेखा क्रेता द्वारा सम्पत्ति खाते में किया जायेगा।

3. उपर्युक्त ह्रस तथा सम्पत्ति हस्तान्तरण का लेखा करने के पश्चात् सम्पत्ति खाते में यदि कोई शेष बचता है तो उसे सम्पत्ति खाते से लाभ-हानि खाते में हस्तान्तरित कर दिया जायेगा:

Assets a/c	Dr.	P & L a/c	Dr.
To P&L a/c		To Assets a/c	
(Profit on returned stock transferred)		(Loss on returned stock transferred)	

4. यदि किराया क्रेता ने सम्पत्ति अर्जित विधि से किराया क्रय पद्धति पर खरीदी गई सम्पत्ति का लेखा किया है तो माल लौटाने की कोई प्रविष्टि क्रेता की पुस्तकों में नहीं की जायेगी। सम्पत्ति खाते में लौटाने की तिथि तक का ह्रास काटने के बाद जो शेष रहेगा, उस लाभ हानि खाते में हस्तान्तरण कर दिया जायेगा।

स्वामी के कर्त्तव्य

स्वामी का यह कर्त्तव्य है कि किराया क्रय समझौते की सही प्रतिलिपि किराया क्रेता को तथा प्रतिभू को समझौता प्रारम्भ होने की तुरन्त बाद दे। स्वामी का यह भी कर्त्तव्य है कि किराया क्रेता के लिखित में निवेदन करने पर निवेदन प्राप्ति की तिथि के 14 दिन के अन्दर क्रेता को एक विवरण बनाकर दे जिसमें निम्नलिखित विवरण होना चाहिए-

1. किराया क्रेता अथवा उसकी तरफ से किये गये भुगतान।

2. समझौते के अन्तर्गत जो भुगतान देय हो गये हैं, किन्तु भुगतान नहीं किये गये हैं, ऐसी प्रत्येक किस्त की राशि तथा उसके देय होने की तिथि।

3. समझौते के अन्तर्गत वह राशि जो अभी देय होना बाकी है। ऐसी प्रत्येक किस्त की राशि तथा उसके भविष्य में देय होने की तिथि भी देनी चाहिये।

यदि स्वामी उपर्युक्त कर्त्तव्यों का पालन न करे तो उसे किराया क्रेता से समझौते अथवा गारण्टी को लागू करने का अधिकार न हीं रहेगा। यदि स्वामी द्वारा यह उल्लंघन दो महिने की अवधि तक चालू रहता है तो स्वामी पर 200 रु. आर्थिक दण्ड किया जा सकता है।

कम कीमत के माल

(Goods of Small Value)

किराया क्रय पद्धति पर जब कम मूल्य की वस्तुएँ बड़ी संख्या में भिन्न भिन्न व्यक्तियों को बेची जाती है तो उनका लेखा पूर्व वर्णित विधियों से करने पर विक्रेता को काफी दिक्कतों का सामना करना पड़ता है। ऐसी दशा में किराया क्रय पद्धति पर बेचे गये कम मूल्य के माल पर हानि लाभ निकालने के लिये स्टॉक पद्धति प्रयोग में लेते हैं। इस पद्धति के अन्तर्गत किराया क्रय पद्धति पर बेचे गये माल को स्टॉक मान लेते हैं। इस पद्धति के अन्तर्गत वित्तीय पुस्तकों के अतिरिक्त कई स्मरण पुस्तके (Memorandum Books) रखी जाती है। लाभ हानि जानने के लिये किराया क्रय व्यापार खाता (Hire Purchase Trading Account) बनाया जाता है। यह खाता प्रेषण खाते (Consignment Account) की तरह ही बनाया जाता है।

प्रश्न

1. किराया क्रय पद्धति क्या है? इसके लाभ एवं हानियाँ बताइये।

   What is Hire Purchase System? Give its merits and demerits.

2. निम्नलिखित में अन्तर बतलाइये।

   Distinguish between the following:

   (अ) किराया-क्रय विक्रय तथा उधार विक्रय (Hire Purchaser Sales and Credit Sales),

   (ब) किराया क्रय पद्धति तथा किशत भुगतान पद्धति (Hire Purchase System and Instalment Payment System)।

3. किराया क्रय अनुबन्ध के अन्तर्गत क्रेता द्वारा किस्त का भुगतान न करने की स्थिति में विक्रेता के क्या अधिकार हैं? एक उपयुक्त उदाहरण देकर समझाइये।

   What are the rights of a vendor under hire purchaser agreement in case instalments remain unpaid by the hire-purchaser? Explain by giving a suitable example.

4. किराया क्रय अधिनियम, 1972 के प्रावधानों के अनुसार निम्नलिखित मदों का लेखा व्यवहार विस्तार से समझाइये।

(1) विक्रेता द्वारा सम्पूर्ण माल का पुन: अधिग्रहण कर लेना,

(2) विक्रेता द्वारा आंशिक माल पर पुन: अधिग्रहण करना,

(3) किराया क्रेता द्वारा तीसरे पक्ष को अपने अधिकारों का हस्तांकन करना,

(4) अन्तिम किस्त के देय होने से पूर्व ही किराया क्रेता द्वारा सम्पूर्ण राशि का भुगतान कर देना।

Explain in detail the accounting treatment of the following items according the to provisions of Hire Purchase Act, 1972-

(1) Repossession of all the goods by the Vendor;

(2) Partial repossession of goods by hire Vendor;

(3) Assignment of his rights by the hire purchaser in favour of the third party;

(4) Full payment is made by the hire-purchaser before the last instalment becomes due.

5. जब वस्तुयें किराया क्रय पद्धति पर बेची जाती हैं तो किराया क्रेता तथा किराया विक्रेता की जर्नल में क्या प्रविष्टियाँ की जाती हैं?

What Journal entries are made in the books of hire-purchaser and hire-vendor when goods are sold on hire-purchase system?

6. निम्नलिखित पर संक्षिप्त टिप्पणियाँ लिखिए:

Write short notes on the following:

(1) किराया क्रय व्यापारिक खाता (Hire Purchase Trading Accounts)

(2) किराया क्रेता के अधिकार (Rights of Hire Purchaser),

(3) सम्पत्ति अर्जित रीति (Asset Accrual Method),

(4) वैधनिक अनुपात (Statutory Proportion),

(5) अनुरक्षण उचन्ती खाता (Maintenance Suspense Account)।

7. 1 जनवरी, 1983 को गोपाल ने जयपुर मोटर्स लिमिटेड से एक कार किराया क्रय पद्धति पर खरीदी, जिसका रोकड़ी मूल्य 27,925 रु. था। अनुबन्ध के समय 7,50 रु. का तुरन्त भुगतान किया गया तथा शेष राशि 7,500 रु. वाली तीन समान वार्षिक किस्तों में प्रतिवर्ष 31 दिसम्बर को देय थी। किस्तों पर 5 प्रतिशत वार्षिक की दर से ब्याज वसूल किया गया। कार की मूल लागत पर 10 प्रतिशत वार्षिक की दर से मूल्य ह्रास अपलिखित किया गया।

उपर्युक्त व्यवहारों को गोपाल के जर्नल में प्रविष्टि कीजिए। वे अपनी पुस्तके प्रतिवर्ष 31 दिसम्बर को बन्द करते हैं। 31 दिसम्बर, 1985 को चिट्ठे में मदों को किस प्रकार दिखाया जायेगा।

On 1st January, 1983, Gopal purchased a Car from Jaipur Motors Ltd. on hire purchase basis, the price being 27,925. Rs. 7500 were paid on signing of the contract and the balance in three annual instalments of Rs. 7500 each on 31st Dec. every year. Interest is charged at 5% p.a.. Depreciation was written off at the rate of 10% p.a. on the original cost of the asset.

Enter the above transactions in the Jaurnal of Gopal, whose accounting year ends on 31st December each year. How the items would appear in the Balance Sheet on 31st December, 1985.

Ans. Interst Rs. 1,021, 697 and 357; B/S Rs. 19,546.

8. राजस्थान ट्रांसपोर्ट कम्पनी ने 1 जनवरी, 1982 को किराया क्रय पद्धति पर मैसर्स अजमेर मोटर कम्पनी से मोटर लारियां क्रय की। उसने 30,000 रु. नकद दिये तथा 30,000 रु. प्रत्येक की तीन किस्तें प्रतिवर्ष 31 दिसम्बर को देने का ठहराव किया। लारियों का रोकड़ी मूल्य 1,11,750 रु. था। राजस्थान ट्रांसपोर्ट कम्पनी लारियों के रोकड़ी मूल्य पर क्रमागत ह्रास विधि से 15 प्रतिशत राशि अपलिखित करती है।

यदि खाते सम्पत्ति अर्जित विधि के अनुसार रखे गये हों तो राजस्थान ट्रांसपोर्ट कम्पनी की पुस्तकों में आवश्यक खाते तैयार कीजिये तथा जर्नल प्रविष्टियाँ भी दीजिये।

The Rajasthan Transport Co. purchased motor lorries from M/s Ajmer Motor Co. on hire purchase system on 1st January, 1982 paying cash Rs. 30,000 and agreeing to pay three further instalments of Rs. 30,000 each on 31st December each year. The cash price of the lorries was Rs. 1,11,750. The Rajasthan Transport Co. writes off Depreciation at 15% every year on the cash value of the lorries on the reducing instalment system. Prepare ledger accounts in the books of Rajasthan Transport Co. if the accounts are kept on Asset Accrual basis. Also give necessary journal entries.

Ans. Interest 4,125; 2,750; 1,375.

9. ए ने 1 जनवरी, 1986 को किराया क्रय समझौते के अन्तर्गत एक मशीन खरीदी। समझौते में 5 अर्द्धवार्षिक प्रत्येक 6,000 रु. की किस्तें देने की

व्यवस्था है, प्रथम किस्त 1 जुलाई, 1986 को देय है। यह मानते हुए कि इस पर निर्धारित ब्याज दर 10 प्रतिशत है, मशीन का रोकड़ी मूल्य ज्ञात करिये।

A acquired on 1st January, 1986 a machine under a hire purchase agreement which provides for 5 half-yearly instalments of Rs. 6,000 each, the first instalment being due on 1st July, 1986. Assuming that the applicable rate of interest in 10%. Calculate the cash value of the machine.

Ans Cash value of the machine Rs. 25,227.

10. एक कोलरी कम्पनी किराया क्रय पद्धति पर 5 साल की अवधि पर एक मशीन खरीदती है जिसका भुगतान 600 रु. प्रतिवर्ष की किस्त द्वारा किया जावेगा। मशीन कम्पनी वार्षिक शेषों पर 5 प्रतिशत प्रतिवर्ष की दर से ब्याज वसूल करती है। क्रेता की पुस्तकों में खाते बनाइये। ह्रास 10 प्रतिशत प्रतिवर्ष की दर से अपलिखित करना है। मशीन का रोकड़ी मूल्य 600 रु. की वार्षिकी पर 5 वर्ष के लिए 5 प्रतिशत ब्याज दर पर वार्षिकी के वर्तमान मूल्य पर ज्ञात किया गया माना जावेगा। वार्षिकी तालिका से ज्ञात होता है कि 5 वर्ष के लिए 5 प्रतिशत की दर पर 1 रु. का वर्तमान मूल्य 4.329577 रु. है।

A coliery company purchases machine on the hire purchase system over a period of five years payable by annual instalments of Rs 600. The machine company charges interest at the rate of 5% p.a. on the yearly balances. Show the accounts in the books of the buyer. Depreciation to be charged at 10% p.a. The cash value of the machine may be taken as the present value of an annuity of Rs. 600 for 5 years at 5% interest. Reference to the annuity table shows that the present value of an annuity of Rs. 1 for 5 years at 5% p.a. is Rs. 4.329477.

Ans. Total Cash Value Rs. 2,597.69 or say Rs. 2,598; Interest Rs. 130; Rs. 106; Rs 82; Rs. 56; Rs.28.

11. सुधीर ने एक मशीन जिसका नकद मूल्य 45,000 रु. है, किराया क्रय के अन्तर्गत 1 जनवरी, 1985 को क्रय की। इसका भुगतान 4 अर्द्ध वार्षिक किसतों में करना है। प्रत्येक किस्त 12,500 रु. की है। ब्याज की दर 8 प्रतिशत प्रतिवर्ष है। 1 जनवरी, 1986 को मशीन दुर्घटना में नष्ट हो गई और बीमा कम्पनी से 35,000 रु. प्राप्त हुए। ह्रास की दर 10 प्रतिशत प्रतिवर्ष स्थायी ह्रास पद्धति से है। सुधीर अपनी पुस्तकें प्रतिवर्ष 31 मार्च को बन्द करता है। सुधीर की पुस्तकों में आवश्यकत खाते बनाइये।

Sudhir purchased a machine whose cash price is Rs. 45,000 on 1st January, 1985 on hire-purhase system Its payment is to be made in 4 half yearly instalments of Rs. 12,500 each Rate of interest is 8% p.a. Machine was destroyed by an accident on 1st January, 1986 and Sudhir received Rs. 35,000 from Insurance Company. Depreciation is to be charged 10% p.a. It is calculated on fixed instalment method. Sudhir closes his books every year on 31st March. Open necessary accounts in the books of Sudhir.

Ans. Accrued interest a/c Balances Iyr. Rs. 914.67, IIyr. Rs. 600.67, Loss Rs. 1,000.

□□□

7

किस्त भुगतान पद्धति
(Instalment Payment System)

आशय
(Meaning)

किराया क्रय पद्धति उपभोक्ता की सेवा के उठाया गया एक सार्थक कदम है। यह पद्धति माल के क्रय विक्रय की एक विशेष प्रणाली है। इस प्रणाली के अनुसार क्रय-विक्रय का कार्य एक अनुबन्ध के माध्यम से सम्पन्न होता है। इस अनुबन्ध के अनुसार एक पक्षकार (क्रेता) दूसरे पक्षकार (विक्रेता) को माल की कीमत का भुगतान किस्तों में करने का वचन देता है। ये किस्तें एक निर्धारित अवधि की होती हैं जिसके भीतर इन किसतों का भुगतान करने की शर्त होती है। किराया क्रय अनुबन्ध एक प्रकार का निक्षेप अनुबन्ध है। इस अनुबन्ध के अनुसार माल क्रेता को सुपूर्द कर दिया जाता है किन्तु इस पर स्वामित्व विक्रेता क ही बना रहता है चूँकि माल क्रेता को मिल जाता है, इसलिए क्रेता माल का प्रयोग (उपभोग) करने का अधिकारी हो जाता है और जब तक वह इस माल की अन्तिम किस्त नहीं चुका देता, वह माल का वास्तविक स्वामी नहीं बन सकता है। यदि क्रेता माल की किस्त का भुगतान नहीं कर पाता तो विक्रेता को माल को वापस लेने का अधिकार होता है। क्रेता के द्वारा अब तक चुकायी गयी किस्तें माल के प्रयोग करने का किराया मान ली जाती है, इसीलिए इस पद्धति को किराया क्रय पद्धति कहा जाता है। किराया क्रय पद्धति में मिलती जुलती माल बेचने की एक अन्य पद्धति भी है जो कि किस्त भुगतान पद्धति के नाम से प्रसिद्ध है। इस पद्धति में क्रेता को माल की पूरी रकम का भुगतान एक साथ नहीं करना पड़ता है वरन् किस्तों द्वारा करना पड़ता है, किन्तु माल का स्वामित्व क्रेता पर तुरन्त हस्तान्तरित हो जाता है।

परिभाषायें

विषय-वस्तु के अध्ययन की सुविधा के लिए किराया क्रय पद्धति की परिभाषाओं को निम्नांकित तीन शीर्षकों में विभाजित किया जाता है:

1. किराया क्रय अधिनियम, 1972 के अनुसार, 2. भारतीय लॉ कमीशन के अनुसार, 3. विभिन्न विद्वानों के अनुसार।

1. किराया क्रय अधिनियम, 1972 के अनुसार

किराया क्रय सम्बन्धी व्यवहारों को नियमित एवं नियन्त्रित करने के लिए किराया क्रय अधिनियम, 1972 भारत की संसद में 31 मई, 1972 को पारित हुआ एवं 8 जून, 1972 से समूचे देश में किराया क्रय अधिनियम, 1972 के नाम से लागू किया गया है।

किराया क्रय अनुबन्ध अधिनियम, 1972 की धारा 2 (C) के अनुसार, ''किराया क्रय अनुबन्ध से आशय एक ऐसे अनुबन्ध से है जिसके अन्तर्गत माल किराये पर दिया जाता है और किरायेदार को अनुबन्ध की शर्तों के अनुसार माल क्रय करने का विकल्प रहता है तथा अनुबन्ध में यह शामिल रहता है–

(1) माल के स्वामी द्वारा माल की सुपुर्दगी क्रेता को इस शर्त पर दी जाती है कि वह (क्रेता) अनुबन्धित राशि का भुगतान सामयिक किस्तों में करेगा।

(2) माल के स्वामित्व का हस्तान्तरण ऐसे व्यक्ति (क्रेता) को अन्तिम किस्त के भुगतान पर प्राप्त होगा।

(3) ऐसे व्यक्ति (क्रेता) को माल के स्वामित्व के हस्तान्तरण से पूर्व अनुबन्ध भंग करने का अधिकार होगा।''

2. भारतीय लॉ कमीशन के अनुसार

भारतीय लॉ कमीशन के अनुसार, ''किराया क्रय ठहराव एक प्रकार का निक्षेप है, किरायेदार को कुछ शर्तों पर माल क्रय करने का अधिकार दिया जाता है, क्रय करना उसकी इच्छा पर निर्भर करता है, उसका उत्तरदायित्व नहीं होता, यदि वह क्रय पर ठहराव की शर्तें पूरी करता है तो माल पर स्वामित्व प्राप्त कर लेता है, यदि वह ठहराव की शर्तो पूरी नहीं करता तो उसे ठहराव की शर्तों के अनुसार लौटाना होता है और ठहराव समाप्त हो जाता है।''

3. विभिन्न विद्वानों के अनुसार

प्रो. विलियम पिकिल्स के अनुसार, ''किराया क्रय पद्धति से आशय उस पद्धति से है जिसमें सम्पत्ति की प्राप्ति किस्तों में भुगतान द्वारा होती है, किस्तों की अवधि में सम्पत्ति पर स्वामित्व विक्रेता का होता है, अन्तिम किस्त भुगतान से पूर्व प्राप्त होने वाले भुगतान किराया स्वरूप माने जाते हैं तथा सम्पत्ति का स्वामित्व क्रेता को तब तक प्राप्त नहीं होता, जब तक कि अन्तिम किसत का भुगतान न कर दिया जाय।''

एल. सी. कॉपर के अनुसार, ''विक्रेता के दृष्टिकोण से इस पद्धति के अन्तर्गत स्टॉक को ऐसे देनदारों में बदलना है जो किस्तों द्वारा भुगतान करें। क्रेता के दृष्टिकोण से इस विधि के अन्तर्गत एक ऐसी सम्पत्ति प्राप्त होती है जिसका क्रय मूल्य उसके ऊपर एक ऋण की तरह है जिसका उसे भुगतान करना है।''

कार्टर के अनुसार, "किस्त भुगतान पद्धति के अन्तर्गत माल का स्वामित्व तुरन्त क्रेता पर हस्तान्तरित हो जाता है अथवा माल पर उसका वास्तविक स्वामित्व हो जाता है, यद्यपि उसे उस पर भुगतान कई वर्षों में करना पड़ता है। यदि क्रेता द्वारा किस्त का भुगतान नहीं किया जाता है तो विक्रेता माल को वापस नहीं ले सकता है, यह केवल बाकी रकम के लिए दावा कर सकता है।"

जे. आर. बाटलीबॉय के अनुसार, "किस्त भुगतान पद्धति के अन्तर्गत माल क्रय किये जाने में माल क्रेता की सम्पत्ति उसी समय हो जाती है जबकि उसे माल की सुपुर्दगी मिलती है।"

उपरोक्त विद्वानों की परिभाषाओं के अध्ययन से यह पता चलता है कि, "किराया क्रय पद्धति क्रय विक्रय की एक विशेष प्रणाली है जिसका जन्म अनुबन्ध से होता है। अनुबन्ध के अनुसार क्रेता विक्रेता को माल का भुगतान निर्धारित सामयिक किस्तों में करने का वचन देकर माल के प्रयोग करने का अधिकार प्राप्त कर लेता है और अन्तिम किस्त के भुगतान के साथ माल पर स्वामित्व भी प्राप्त कर लेता है किन्तु यदि वह किस्त भुगतान करने में असमर्थ रहता है तो उसके द्वारा भुगतान की गयी सभी किस्तें माल के प्रयोग करने का किराया मान ली जाती है और माल भी उससे विक्रेता द्वारा वापस ले लिया जाता है। इसीलिए इस पद्धति को किराया क्रय पद्धति कहकर पुकारा जाता है।

किस्त भुगतान पद्धति की विशेषताएँ
(Characteristics)

किस्त भुगतान पद्धति की निम्नांकित विशेषताएँ हैं-

1. उधार बिक्री होना - क्रेता को साख सुविधा उपलब्ध कराने की दृष्टि से किराया क्रय पद्धति का जन्म हुआ है। माल क्रय करते समय माल की पूरी कीमत का भुगतान नहीं किया जाता बल्कि भुगतान किस्तों में किया जाता है। इस प्रथा के अन्तर्गत माल की बिक्री तो होती है और इसकी सुपुर्दगी क्रेता को दी जाती है, परन्तु इसका पूर्ण भुगतान बिक्री के समय नहीं होता है, इसलिए यह बिक्री उधार बिक्री है।

2. भुगतान किस्तों में होना - इस प्रणाली में क्रेता को सबसे अधिक सुविधा यही है कि उसे माल की कीमत किस्तों में भुगतान करनी पड़ती है। माल क्रय करते समय माल की पूरी कीमत का भुगतान नहीं किया जाता बल्कि भुगतान किस्तों में किया जाता है। अनुबन्ध की शर्तों के अनुसार किस्त की राशि एवं अवधि निर्धारित कर दी जाती है। किस्तों की राशि तथा इसके भुगतान का समय क्रेता व विक्रेता के आपसी ठहराव द्वारा तय किया जाता है।

3. माल की सुपुर्दगी क्रेता को होना - बिक्री प्रसंविदा होते ही माल की सुपुर्दगी क्रेता को हो जाती है। किराया क्रय अनुबन्ध के अन्तर्गत जैसे ही क्रेता द्वारा पहली किस्त का भुगतान विक्रेता को कर दिया जाता है, विक्रेता उसे माल सुपुर्द कर देता है और क्रेता को माल के प्रयोग का अधिकार प्राप्त हो जाता है। यह अधिकार तब तक बना रहता है जब तक कि क्रेता द्वारा भुगतान में किसी प्रकार की त्रुटि या अनियमितता न की जाय।

4. सौदा होते ही स्वामित्व का हस्तान्तरण - क्रेता को बिक्री प्रसंविदा के बाद ही तुरन्त माल का स्वामित्व प्राप्त हो जाता है।

माल की अन्तिम किस्त के भुगतान के साथ ही माल पर क्रेता को स्वामित्व प्राप्त होता है। यही कारण है कि विधानतः उसे माल के अनुचित प्रयोग का अधिकार नहीं होता। यथोचित प्रयोग के प्रवाह में यदि माल की टूट-फुट होती हैं तो मरम्मत का दायित्व विधानतः विक्रेता का रहता है। यदि पूरी किस्त चुकाये बिना ही माल क्रेता द्वारा अन्य पक्ष को बेच दिया जाये तो अन्य पक्ष को माल पर श्रेष्ठ स्वत्वाधिकार प्राप्त नहीं होता।

5. किस्त के भुगतान में त्रुटि होने पर विक्रेता को दावा करने का अधिकार होना - क्रेता द्वारा किसी भी किस्त का भुगतान न किये जाने पर विक्रेता उसके ऊपर दावा कर सकता है। माल के किराया क्रय क्रेता द्वारा यदि नियत देय तिथि पर किस्त का भुगतान करने में लापरवाही की जाती है तो ऐसी दशा में विक्रेता को माल वापस लेने का अधिकार होता है क्योंकि विधानतः माल पर स्वामित्व अन्तिम किस्त के भुगतान के पूर्व तक विक्रेता का ही बना रहता है।

6. किस्त के भुगतान में त्रुटि होने पर भुगतान की हुई किस्तों का विक्रेता द्वारा जब्त न करना - यदि क्रेता ने किसी भी किस्त के भुगतान करने की त्रुटि की है तो विक्रेता को यह अधिकार नहीं है कि वह क्रेता द्वारा उस समय तक भुगतान की हुई किसतों को जब्त कर ले और पूरे मूल्य के लिए क्रेता पर दावा करे। वह पूरे मूल्य में से इस भुगतान की हुई किस्तों की राशि काटकर शेष किस्तों के लिए दावा कर सकता है। ऐसा इसलिए है कि माल का स्वामित्व क्रेता पर हस्तान्तरित हो जाता है।

7. विक्रेता द्वारा बिक्री करने या गिरवीं रखने पर दूसरे व्यक्ति को श्रेष्ठ स्वत्वाधिकार प्राप्त होना - यदि क्रेता इसके अन्तर्गत माल क्रय करने के बाद किसी अन्य व्यक्ति को माल बेचता है या गिरवी रखता है तो इस अन्य व्यक्ति को श्रेष्ठ स्वत्वाधिकार प्राप्त होता है।

8. किस्तों का विक्रेता द्वारा हरण करना - क्रेता द्वारा देय तिथि पर निर्धारित किस्तों के भुगतान में त्रुटि किये जाने की दशा में विक्रेता को न केवल माल वापस पाने का अधिकार होता है वरन् उसे क्रेता द्वारा अब तक दत्त सभी किस्तें, माल के प्रयोग का किराया मानते हुए जब्त करने का भी अनुबन्धतः अधिकार होता है।

9. प्रत्याभूति-दाता से राशि का वसूल किया जाना - किराया क्रय अनुबन्ध में क्रेता के पक्ष में यदि कोई प्रतिभूत है जिसने क्रेता के द्वारा किये गये भुगतान का उत्तरदायित्व लिया है और किस्तों का भुगतान समय पर नहीं हुआ है एवं रकम वसूल करने की सभी कार्यवाही असफल हो गयी है, तब विक्रेता इस रकम को प्रत्याभूति-दाता से वसूल करने का अधिकारी होता है।

किराया क्रय पद्धति से लाभ

किराया क्रय पद्धति से लाभों को सुविधानुसार तीन भागों में विभक्त कर स्पष्ट किया जा सकता है:

1. क्रेता को लाभ, 2. विक्रेता को लाभ, 3. अन्य लाभ।

1. क्रेता को लाभ

इस पद्धति से क्रेता को प्राप्त लाभ निम्नानुसार हैं:

1. इस पद्धति में वस्तुओं का मूल्य सुविधानुार किस्तों में चुकाना सम्भव होता है जिससे क्रेता मूल्यवान वस्तुओं का उपयोग सरलतापूर्वक कर पाता है।

2. इस पद्धति में क्रेता वस्तु की उपयोगिता कम होने पर अगली किस्त के भुगतान के पूर्व वस्तु विक्रेता को वापस कर अनुबन्ध रद्द कर सकता है।

3. अन्तिम किस्त के भुगतान के पूर्व वस्तु पर स्वामित्व विक्रेता का होता है अत: क्रेता को सामान्य टूट-फुट होने पर नि:शुल्क मरम्मत की सुविधा प्राप्त होती है।

4. इस पद्धति में वस्तु का पूरा मूल्य एक साथ नहीं चुकाया जाता वरन् क्रेता एवं विक्रेता के मध्य हुए समझौते के अनुसार किस्तों में चुकाया जाता है। फलस्वरूप क्रेता के लिए भुगतान सुविधाजनक होता है।

5. इस पद्धति में अन्तिम किस्त के भुगतान के पूर्व वस्तु वापस पाने का अधिकार विक्रेता का होता है। वस्तु वापस जाने का डर क्रेता में मितव्ययिता को बढ़ावा देता है तथा वह किस्त भुगतान के लिए अधिक से अधिक बचत पर ध्यान देता है।

6. कभी-कभी परिस्थितिवश क्रेता के लिए वस्तु का क्रय आवश्यक हो जाता है। क्रय मूल्य का भुगतान एक साथ आवश्यक न होने के कारण उसे अन्य व्यक्तियों से तत्काल ऋण लेने की आवश्यकता नही होती।

2. विक्रेता को लाभ

इस पद्धति से विक्रेता को प्राप्त लाभ निम्नानुसार हैं:

1. इस पद्धति में वस्तु के मूल्य का भुगतान किस्तों में सम्भव होने के कारण ऐसे व्यक्ति भी वस्तु का क्रय कर पाने में सफल हो जाते हैं जिनके पास धन का अभाव हो। अधिक व्यक्तियों द्वारा क्रय सम्भव होने से विक्रय में वृद्धि होती है।

2. वस्तु वापस ले जाने के भय से क्रेता किस्तों का भुगतान नियमित रूप से करते हैं अत: विक्रेता को किस्त की राशि एकत्रित करने में कठिनाई नही होती।

3. इस पद्धति में विक्रेता को वस्तु के नकद मूल्य के साथ ही ब्याज के रूप में अतिरिक्त राशि प्राप्त होती है।

4. किस्त भुगतान के लिए क्रेता के बार-बार आने से उसकी दृष्टि विक्रेता की अन्य वस्तुओं पर पड़ती है जिसने अन्य वस्तुओं के विक्रय की सम्भावना बढ़ जाती है।

5. बार-बार क्रेता एवं विक्रेता का सम्पर्क दोनों पक्षकारों में विश्वास उत्पन्न कर मधुर सम्बन्ध बढ़ाता है जिससे भविष्य में अन्य वस्तुओं के विक्रय की सम्भावना बढ़ जाती है।

3. अन्य लाभ

1. अधिक वस्तुओं का क्रय एवं उपयोग सम्भव होने के कारण यह पद्धति समाज में व्यक्तियों के जीवन स्तर को बढ़ाने में सहायक होती है।

2. इस पद्धति से विक्रय में वृद्धि होती है परिणामस्वरूप उत्पादन वृद्धि को बढ़ावा मिलता है। उत्पादन में वृद्धि से रोजगार के अवसरों में वृद्धि होती है।

3. यह पद्धति समाज के मध्यमवर्गीय परिवारों को जीविका का साधन उपलब्ध कराने में सहायता पहुँचाती है जिससे उन व्यक्तियों के रोजगार एवं आय में वृद्धि होती है, जैसे - सिलाई मशीन, कम्प्यूटर्स आदि का क्रय।

किराया क्रय पद्धति से हानियाँ

किराया क्रय पद्धति से हानियों को निम्न तीन भागों में विभक्त कर स्पष्ट किया जा सकता है:

1. क्रेता को हानियाँ, 2. विक्रेता को हानियाँ, 3. अन्य हानियाँ

1. क्रेता को हानियाँ

1. इस पद्धति में क्रेता को वस्तु के नकद मूल्य के साथ ही साथ ब्याज की राशि का भुगतान करना पड़ता है। अतः उसे वस्तु का अधिक मूल्य चुकाना होता है।

2. इस पद्धति में अन्तिम किस्त के भुगतान के पूर्व वस्तु पर स्वामित्व विक्रेता का होता है। स्वामित्व के अभाव में क्रेता वस्तु बेचने अथवा गिरवीं रखने के अधिकार का प्रयोग नहीं कर पाता।

3. इस पद्धति में किस्त भुगतान में त्रुटि करने पर वस्तु विक्रेता को वापस प्राप्त करने पर वस्तु की वापसी तथा किस्त की राशि जब्त हो जाने का भय बना रहता है।

4. सुविधानुसार भुगतान की सुविधा कभी-कभी क्रेता को अनावश्यक वस्तुएँ क्रय करने में प्रोत्साहन प्रदान करती है जिससे उसकी आर्थिक स्थिति एवं कार्यक्षमता प्रभावित होती है।

2. विक्रेता को हानियाँ

1. वस्तु के क्रय मूल्य का भुगतान तत्काल करने तथा विक्रय मूल्य किस्तों में प्राप्त होने से इस पद्धति में विक्रेता को अधिक पूँजी की आवश्यकता होती है जो सभी विक्रेताओं के लिए सम्भव नहीं हो पाता।

2. वस्तु के क्रेता से समय-समय पर किस्त की राशि प्राप्त करने में कठिनाई होती है तथा क्रेता से अनावश्यक विवाद का सामना करना पड़ता है।

3. सैद्धान्तिक रूप से किस्त का भुगतान प्राप्त न होने पर विक्रेता को वस्तु वापस लेने का अधिकार होता है किन्तु व्यवहार में क्रेता से वस्तु सरलतापूर्वक प्राप्त नहीं हो पाती।

4. क्रेता से वस्तु वापस लेने पर अवक्षयण की क्षति विक्रेता को वहन करनी पड़ती है।

5. इस पद्धति में अन्तिम किस्त के भुगतान तक वस्तु की मरम्मत का दायित्व विक्रेता पर होता है। कभी-कभी क्रेता द्वारा वस्तु के गलत प्रयोग से हुई क्षति की राशि विक्रेता को वहन करनी पड़ती है तथा मरम्मत न करने पर अनावश्यक विवाद को बढ़ावा मिलता है।

6. इस पद्धति में लेखांकन प्रविष्टियाँ एवं पत्र व्यवहारों की संख्या अधिक होती है, अत: खर्चीली पद्धति है।

3. अन्य हानियाँ

1. यह पद्धति शीघ्र नाश्वान वस्तुओं के लिए अनुपयुक्त है। अन्तिम किस्त के भुगतान तक वस्तु का अस्तित्व में होना आवश्यक है।

2. क्रेता द्वारा समय पर किस्तों का भुगतान न करने से सामाजिक अशांति को बढ़ावा मिलता है।

3. यह पद्धति अनावश्यक मुकद्दमेंबाजी को प्रोत्साहित करती है।

किराया क्रय पद्धति और किस्त भुगतान पद्धति में अन्तर

अन्तर का आधार	किराया-क्रय पद्धति	किस्त भुगतान पद्धति
1. प्रसंविदे का स्वभाव	इस प्रसंविदे का स्वभाव एक किराया प्रसंविदे की तरह है, यद्यपि यह बाद में बिक्री हो जाता है।	इस प्रसंविदे का स्वभाव प्रारम्भ से ही एक बिक्री का प्रसंविदा है।
2. स्वामित्व का हस्तान्तरण	इस प्रसंविदे मे अन्तिम किस्त के भुगतान होने पर स्वामित्व का हस्तान्तरण क्रेता पर हो जाता है अर्थात् स्वामित्व का हस्तान्तरण अन्त में होता है।	इसमें क्रेता पर स्वामित्व का हस्तान्तरण क्रेता और विक्रेता के आपसी समझौते द्वारा बिक्री के समय ही हो जाता है, अर्थात् स्वामित्व का हस्तान्तरण प्रारम्भ से ही होता है।
3. माल की वापसी	क्रेता द्वारा किस्त के भुगतान न किये जाने पर विक्रेता को कुछ विशेष दशाओं में माल वापस लेने का अधिकार होता है।	क्रेता द्वारा किस्त का भुगतान न करने पर विक्रेता को माल वापस लेने का अधिकार नहीं होता है।
4. वादा करने का अधिकार	क्रेता द्वारा किस्त के भुगतान न किये जाने पर विक्रेता उपर्युक्त अधिकार के अतिरिक्त न चुकायी हुई किस्त के लिए दावा कर सकता है।	क्रेता द्वारा किस्त का भुगतान न करने पर विक्रेता शेष राशि के लिए दावा कर सकता है। यदि प्रसंविदे में कोई भिन्न शर्त न दी हुई हो।

5. श्रेष्ठ स्वत्वाधिकार	अन्तिम किस्त भुगतान करने के पहले यदि किसी भी समय क्रेता द्वारा माल गिरवी रखा जाता है या बेचा जाता है तो यह दूसरा व्यक्ति इस माल पर श्रेष्ठ स्वत्वाधिकार नहीं पाता है।	इसमें, इस दशा में, दूसरा व्यक्ति श्रेष्ठ स्वत्वाधिकार पाता है।
6. माल की मरम्मत का दायित्व	अन्तिम किस्त के भुगतान के पहले तक का दायित्व यदि क्रेता ने माल को सावधानी के साथ रखा है और फिर भी उसमें कुछ टूट फूट हो जाती है तो इसकी मरम्मत का उत्तरदायित्व विक्रेता पर रहता है क्योंकि वही इसका इस अवधि में असली मालिक होता है।	इसमें विक्रेता पर मरम्मत आदि का कोई उत्तरदायित्व नहीं होता है।
7. निक्षेप	क्रेता निक्षेपगृहीता होता है।	क्रेता निक्षेपगृहीता नहीं होता है।
8. जोखिम	अन्तिम भुगतान तक जोखिम विक्रेता पर रहती है।	जोखिम सदैव क्रेता पर रहती है।
9. क्रेता की पुस्तकों में लेखा	क्रेता की पुस्तकों में सम्पत्ति अर्जित विधि या ऋण उधार क्रय विधि में से किसी एक विधि के अनुसार लेखे किये जा सकते है।	यहाँ केवल उधार क्रय विधि के अनुरूप ही क्रेता की पुस्तकों में लेखे किये जाते है।
10. अदेय राशि	विक्रेता की पुस्तकों में अदेय राशि को किराये पर बाहर जमा माल की तरह माना जाता है।	इस विधि में अदेय राशि को विक्रेता की पुस्तकों में पुस्तकीय ऋण माना जाता है।
11. अशोध्य ऋण के लिए प्रावधान	यहाँ अशोध्य ऋण के लिए प्रावधान करने की प्राय: आवश्यकता नहीं होती है क्योंकि विक्रेता को माल वापस लेने का अधिकार होता है।	यहाँ अशोध्य ऋण के लिए प्रावधान करने की आवश्यकता होती है।

12. ब्याज उचन्त खाता	यहाँ ब्याज उचन्त खाता नहीं बनाया जाता है।	यहाँ ब्याज उचन्त खाता बनाया जाता है।
13. विक्रेता का शेष या देय राशि	सम्पत्ति की ओर सम्पत्ति से घटाकर दिखाया जाता है।	विक्रेता को देय राशि दायित्व की ओर ब्याज उचन्त खाते की बाकी घटाकर प्रकट की जाती है।
14. चिट्ठा	क्रेता की पुस्तकों में सम्पत्ति की ओर सम्पत्ति में से ह्रास घटाकर आने वाली राशि से विक्रेता को देय राशि घटायी जाती है।	क्रेता की पुस्तकों में क्रय की गयी सम्पत्ति को चिट्ठे में सम्पत्ति की ओर ह्रास घटकर दिखाया जाता है।
15. ब्याज का खाता	इसमें क्रेता व विक्रेता दोनो की पुस्तकों में ब्याज खाता अवश्य खोला जाता है।	इसमें कभी-कभी कुछ लोग प्रतिवर्ष की ब्याज की राशि के लिए ब्याज खाता नहीं खोलते हैं वरन् ब्याज उचन्त खाते से इसे सीधा लाभ हानि खाते में हस्तान्तरित कर देते हैं। परन्तु बहुधा ब्याज खाता यहाँ भी खोला जाता है।

किश्त भुगतान प्रणाली में लेखा करने की रीति

किश्त प्रणाली पर माल बेचने पर क्रेता व विक्रेता की लेखा पुस्तकों में की जाने वाली प्रविष्टियाँ उसी प्रकार होगी जैसे उधार माल बेचने पर की जाती है। अन्तर केवल इतना है कि किस्त प्रणाली में न चुकाये गये मूल्य पर ब्याज की प्रविष्टि भी करनी होती है। चूँकि किस्त में कभी कभी ब्याज सम्मिलित होता है इसलिये विश्लेषण तालिका (Analysis Table) बनाकर ब्याज व मूलधन को पृथक्-पृथक् कर लेना चाहिये। अगर किस्त में ब्याज सम्मिलित नहीं है तो ब्याज की गणना कर उसे किस्त की राशि के अतिरिक्त देना चाहिये।

क्रेता की पुस्तकों में लेखा

किस्त भुगतान पद्धति के अन्तर्गत क्रेता की पुस्तकों में लेखा करते समय निम्नलिखित महत्त्वपूर्ण बिन्दुओं को ध्यान में रखना आवश्यक है:

1. क्रेता समझौते अथवा प्रसंविदे की तिथ से ही सम्पत्ति का स्वामी हो जाता है। अत: वह उस तिथि से ही विक्रेता को अपनी ऋणी मान लेता है।

2. क्रेता सम्पत्ति खाते को सम्पत्ति के रोकड़ी मूल्य से ही डेब्रिट करेगा क्योंकि सम्पत्ति का सही व वास्तविक मूल्य उसका रोकड़ी मूल्य ही होता है।

3. समस्त किस्तों पर देय कुल राशि तथा रोकड़ी मूल्य का अन्तर ही कुल ब्याज की राशि होता है। यह कुल ब्याज की राशि प्रसंविदा तिथि को देय नहीं होती बल्कि यह कई वर्षों में देय होती है अतः सम्पूर्ण ब्याज की राशि को प्रसंविदे की तिथि को ही ब्याज उचित खाते में डेबिट कर देते हैं। विभिन्न किस्तों पर देय होने वाली ब्याज की राशि को उस समय विक्रेता के खाते में क्रेडिट न करके ब्याज उचंति खाते को क्रेडिट कर देते हैं।

4. किस्त भुगतान पद्धति में माल को वापस करने या लेने का विकल्प नहीं होता है इसलिए समस्त किस्तें चुकानी ही पड़ती है। अतः विक्रेता के खाते को कुल बिक्री की राशि (रोकड़ी मूल्य + कुल ब्याज) से क्रेडिट किया जावेगा।

निम्नलिखित विवेचन में किस्त प्रणाली पर किये गये सौदों को क्रेता व विक्रेता की पुस्तकों में लिखने की विधि को विस्तार से समझाया गया है।

क्रेता की पुस्तकों में पंजी प्रविष्टियाँ

(Journal Entries in the Books of Buyer)

किस्त भुगतान प्रणाली के अन्तर्गत क्रेता में निम्न पंजी प्रविष्टियाँ करना चाहिये-

सौदे की प्रकृति	पंजी प्रविष्टियाँ	Journal Entries
1. किस्त प्रणाली पर विक्रय का सौदा होने पर	सम्पत्ति खाता डे. ब्याज संदे खाता डे. विक्रेता खाता से (किस्त प्रणाली पर सम्पत्ति क्रय की)	Assets A/c Dr. Interest suspense A/c Dr. To Seller A/c (Asset purchsed on instament System)
2. अनुबन्ध की तिथि को भुगतान करने पर	विक्रेता खाता डे. रोकड़ या बैंक खाता से (माल की सुपुर्दगी के समय नकद/चैक दिया)	Seller A/c Dr. To Cash/Bank (Cash paid on delivery)
3. ब्याज देय होने पर वर्ष के अन्त में बकाया रकम पर	ब्याज खाता डे. विक्रेता खाते से या ब्याज या संदेह खाता से (शेष राशि पर ब्याज)	Interest A/c Dr. To Seller A/c or To Interest suspense A/c (Interest due on balance)
4. किस्त का भुगतान करने पर	विक्रेता खाता डे. रोकड़ या बैंक खाता से (किस्त का भुगतान किया)	Seller A/c Dr. To Cash/Bank A/c (Instalment paid)

5. सम्पत्ति पर घटौती लगाने पर	घटौती खाता डे. सम्पत्ति खाते से (घटौती अपलिखित किया)	Depreciation A/c Dr. To Assets A/c (Depreciation written off)
6. ब्याज व घटौती के अन्तरण के लिए ब्याज व घटोती का अन्तरण	लाभ-हानि खाता डे. ब्याज खाता से घटोती खाता से (ब्याज व घटौती का अन्तरण)	P & L. A/c Dr. To Interest A/c To Depreciation A/c (Transfer of interest)

ध्यान दें - प्रविष्टि क्रमांक 1 व 2 सौदा होने की तिथि पर की जायेगी। जबकि प्रविष्टि क्रमांक 3, 4, 5 और 6 प्रत्येक वर्ष के अन्त में की जायेगी।

चिट्ठें में निरूपण

1. क्रेता के चिट्ठे में प्रथम वर्ष में खरीदी गई सम्पत्ति को क्रय मूल्य (रोकड़ी मूल्य) पर सम्पत्ति पक्ष की ओर मूल्य ह्रास को हटाकर दिखाया जायेगा। इसके पश्चात् प्रत्येक अगले वर्ष के अन्त में सम्पत्ति को अपलिखित मूल्य में से ह्रास घटाकर दिखाया जायेगा।

2. विक्रेता को देय रकम चिट्ठे में दायित्व पक्ष की ओर दिखाई जायेगी।

3. ब्याज उचन्ती खाते के शेष को सम्पत्ति पक्ष की ओर दिखाया जायेगा।

क्रेता की खाता बही में खाते (Ledger Accounts)

क्रेता की खाता बही में किस्त भुगतान के सौदों के सम्बन्ध में निम्नलिखित खाते खोलना चाहिये-

(अ) सम्पत्ति खाता (जैसे मशीन खाता, रेफ्रीजिरेटर खाता आदि) (Asset Account)

(ब) ब्याज सन्देह खाता (Interest Suspense Account)

(स) विक्रेता का खात (Seller's Account)

(द) ब्याज खाता (Interest Account)

क्रेता के चिट्ठे में किस्त भुगतान सौदों से सम्बन्धित खातों को दिखाना

क्रेता के चिट्ठे में किस्त प्रणाली के अन्तर्गत क्रय की गई सम्पत्ति खाते को और अन्य खातों इस प्रकार दर्शाया जायेगा-

क्रेता का चिट्ठा (Balance Sheet)

देयता (Liabilities)	Rs.	**सम्पत्ति** (Assets	Rs.
लेनदार (Creditors) (किस्त प्रणाली पर माल के विक्रय के खाते का शेष)		मशीनरी खाता (क्रय मूल्य) (Assets A/c) घटाइये : घटौती (Depreciation) ब्याज सन्देह खात (Interest Suspense A/c) (इस खाते की शेष राशि से)	

विक्रेता की पुस्तकों में पंजी प्रविष्टियाँ

(Journal Entries in the Books of Seller)

इस पद्धति के अन्तर्गत विक्रेता की पुस्तकों में लेखा करते समय निम्न बिन्दुओं को ध्यान में रखना है:

1. इस पद्धति में क्रेता से सम्पत्ति का रोकड़ मूल्य ही नहीं बल्कि कुल मूल्य (रोकड़ी मूल्य + कुल ब्याज) लिया जाता है। अत: क्रेता के खाते को कुल मूल्य से डेबिट करेगें।

2. विक्रय खाते को रोकड़ी मूल्य से क्रेडिट करेंगे, क्योंकि यह वास्तविक विक्रय राशि है।

3. क्रेता की तरह ही विक्रेता भी सम्पूर्ण ब्याज की राशि को ब्याज उचन्ती खाते में क्रेडिट करेगा क्योंकि सम्पूर्ण ब्याज एक वर्ष का न होकर कई वर्षों के लिये हैं।

प्रत्येक वर्ष के अन्त में प्राप्य ब्याज की रकम का ब्याज उचन्ती खाते से ब्याज खाते में स्थानान्तरण कर दिया जाता है।

किस्त भुगतान प्रणाली के अन्तर्गत बेचे गये माल की विक्रेता की पंजी में निम्नलिखित प्रविष्टियाँ करना चाहिये–

सौदे की प्रकृति	**पंजी प्रवृष्टि**	**Journal Entry**
1. किस्त प्रणाली पर विक्रय का अनुबन्ध होने पर	क्रेता खाता डे. सम्पत्ति खाते से/विक्रय खाते से ब्याज संन्देह खाता से (किस्त प्रणाली पर सम्पत्ति बेची)	Purchaser A/c Dr. To Assets A/c/Sales A/c To Interest suspense A/c (Asset sold on instalment basis)

2. अनुबन्ध की तिथि पर भुगतान प्राप्त होने पर	बैंक खाता/रोकड़ खाता डे. क्रेता खाते से (माल की सुपुर्दगी पर प्राप्त राशि)	Bank A/c Dr. To Purchaser (Cash received on delivery)
3. ब्याज प्राप्य होने पर (वर्ष के अन्त में)	क्रेता खाता या डे. ब्याज सन्देह खाता डे. ब्याज खाता से (शेष देय राशि पर अर्जित ब्याज)	Purchaser A/c or Dr. Interest Suspense A/c Dr. To Interest A/c (Interest accured on balance due)
4. किस्त की राशि प्राप्त होने पर (वर्ष के अन्त में)	रोकड़/बैंक खाता डे. क्रेता खाते से (प्रथम किस्त प्राप्त)	Cash/Bank A/c Dr. To Purchaser A/c (First Instalment Received)
5. ब्याज की राशि लाभ-हानि खाते को अन्तरित करने पर	ब्याज खाता डे. लाभ-हानि खाते से (अर्जित ब्याज लाभ-हानि खाते को अन्तरित)	Interest A/c Dr. To P & L. A/c (Transfer of Interest Earned to P & L. A/c)
6. विक्रय खाते को ब्याजपार खाते में अन्तरित करने हेतु	विक्रय खाता डे. व्यापार खाते से (विक्रय खाते का व्यापार खाते में अन्तरण)	Sales A/c Dr. To Trading A/c (Transfer of sales account)

नोट : प्रविष्टि क्रमांक 1, 2, व 6 केवल प्रथम वर्ष में की जावेंगी। शेष प्रविष्टियाँ वर्ष के अन्त में की जायेगी।

विक्रेता की पुस्तकों में खाते (Ledger Accounts)

विक्रेता की खाता-बही में किस्त भुगतान प्रणाली से बेचे गये माल का लेखा करने के लिये निम्नलिखित खाते खोले जायेगे-

(1) विक्रय खाता (Sales Account)

(2) क्रेता का खाता (Purchaser's Account)

(3) ब्याज सन्देह खाता (Interest Suspense Account)

(4) ब्याज खाता (Interest Account)

विक्रेता के चिट्टे में किस्त भुगतान से सम्बन्धित खातों को दिखाना

विक्रेता के चिट्ठे में किस्त भुगतान प्रणाली के अन्तर्गत बेची गई सम्पत्ति से सम्बन्धित खातो को इस प्रकार दर्शाया जायेगा-

विक्रेता का चिट्ठा (Balance Sheet of Seller)

देयता (Liabilities)	Rs.	**सम्पत्ति** (Asset)	Rs.
ब्याज सन्देह खाता (Interest Suspense Account) इस खाते की शेष राशि से		देनदान (Debtors) (किश्त प्रणाली पर बेचे गये माल के क्रेता के खाते का शेष	

Illustration 1.

The Mopeds Limited sold a motor cycle on instalment payment system to Electrical Limited. The Cash Price was Rs. 7,450. Rs. 2,000 were to be paid on delivery and the balance in three instalments of Rs. 2,000 each at the end of each year The Mopeds Limited charge interest at the rate of 5% per annum.

Write up the journal entries in the books of the buyer and the seller. Open necessary accounts in the books of both the parties. Buyer depreciates the assets at 10% per annum on the reducing instalment basis.

मापेड्स लिमिटेड ने किस्त भुगतान पद्धति पर इलेक्ट्रिकल्स लिमिटेड को एक मोटर साईकिल का विक्रय किया। रोकड़ी मूल्य 7,450 रु. था। सुपुर्दगी पर 2,000 रु. की राशि देय थी तथा शेष तीन किस्तों में 2,000 रु. प्रति किस्त की दर से प्रत्येक वर्ष के अन्त में देय थी। मोपेड्स लिमिटेड 5 प्रतिशत प्रति वर्ष की दर से ब्याज वसूल करती है।

क्रेता और विक्रेता की पुस्तकों में जर्नल प्रविष्टियाँ कीजिए। दोनों ही पक्षों की पुस्तकों में आवश्यक खाते खोलिये। क्रेता प्रति वर्ष क्रमागत ह्रास पद्धति के आधार पर 10 प्रतिशत प्रति वर्ष की दर से सम्पत्ति पर ह्रास अपलिखित करता है।

Solution:

विश्लेषण तालिका (Analytical Table)

किस्त संख्या 1	रोकड़ी मूल्य का शेष 2	भुगतान की जा रही कुल रकम 3	ब्याज 4	पूँजीगत मूल्य (3 – 4) 5	शेष रोकड़ी मूल्य जो देना है। (2 – 5) 6
	रु.	रु.	रु.	रु.	रु.
रोकड़ी मूल्य तुरन्त जमा	7,450.00 2,000.00	2,000	—	2,000	5,450.00
	5,450.00				

प्रथम किस्त	1,727.50	2,000	272.50	1,727.50	3,722.50
	3,722.50				
द्वितीय किस्त	1,813.87	2,000	186.13	1,813.87	1908.63
	1,908.63				
तृतीय किस्त	1,908,64	2000	91.37	1,908.63	—
	Nil	8,000	550.00	7,450.00	

1. 4 रु. 06 पैसे का ब्याज में समायोजन है।

Journal Entries in the Books of Electricals Limited

			Rs.	Rs.
Ist Year Date of Agreement	Motor Cycle a/c	Dr.	7,450.00	
	Interest Suspense a/c		550.00	
	To Mopeds Limited			8,000.00
	(Motor Cycle purchased on Instalment payment system)			
Down Payment	Mopeds Limited's a/c	Dr.	2,000.00	
	To Bank a/c			2,000.00
	(Immediate deposit paid)			
End of the Year	Interest a/c	Dr.	272.50	
	To Interest Suspense a/c			272.50
	(Interest due)			
	Depreciation a/c	Dr.	745.00	
	To Motor Cycle a/c			745.00
	(Depreciation charged)			
	Profit and Loss a/c	Dr.	1,017.50	
	To Interest a/c			272.50
	To Depreciation a/c			745.00
	(Balances transferred)			
	Mopeds Limited's a/c		2,000,00	
	To Bank			2,000.00
	(First Instalment paid)			
End of 2nd Year	Interest a/c	Dr.	186.13	
	To Interest Suspense a/c			186.13
	(Interest due)			

	Depreciation a/c	Dr.	670.50	
	To Motor Cycle a/c			670.50
	(Depreciation charged)			
	Profit and Loss a/c	Dr.	856.63	
	To Interest a/c			18613
	To Depreciation a/c			670.50
	(Balance transferred)			
	Mopeds Limited's a/c	Dr.	2,000.00	
	To Bank			2,000.00
	(Second instalment paid)			
End of 3rd Year	Interest a/c	Dr.	91.37	
	To Interest Suspense a/c			91.37
	(Interest due)			
	Depreciation a/c	Dr.	603.45	
	To Motor Cycle a/c			603.45
	(Depreciation charged)			
	Profit & Loss a/c	Dr.	694.82	
	To Interest a/c			91.37
	To Depreciation a/c			603.45
	(Balance transferred)			
	Mopeds Limited's a/c	Dr.	2,000.00	
	To Bank			2,000.00
	(Last instalment paid)			

Ledger Accounts: **Motor Cycle Account**

		Rs.			Rs.
1st Year	To Mopeds Ltd	7,450.00	End of 1st Year	By Dep. a/c By Balance c/d	745.00 6,705.00
		7,450.00			7,450.00
2nd year	To Balance b/d	6,705.00	End of 2nd year	By Dep. a/c By Balance c/d	670.50 6,034.50
		6,705.00			6,705.00

3rd Year	To Balance b/d	6.034.50	End of 3rd Year	By Dep. a/c By Balance c/d	603.45 5,431.05
		6,034.50			6,034.50

Interest Suspense Account

		Rs.			Rs.
1st Year	To Mopeds Ltd	550.00	End of 1st Year	By Interest a/c By Balance c/d	272.50 27750
		550.00			550.00
2nd year	To Balance b/d	277.50	End of 2nd year	By Interest a/c By Balance c/d	186.13 91.37
		277.50			277.50
3rd Year	To Balance b/d	91.37	End of 3rd Year	By Interest a/c	91.37
		91.37			91.37

Mopeds Limited's Account

		Rs.			Rs.
Down Payment	To Bank	2,000.00	1st Year	By Motor Cycle a.c	7,450.00
End of 1st year	To Bank To Balance c/d	2,000.00 4,000.00		By Interest Suspense a/c	550.00
		8,000.00			8,000.00
End 2nd year	To Bank To Balance c/d	2,000.00 2,000.00	2nd year	By Balance b/d	4,000.00
		4,000.00			4,000.00
End 3rd Year	To Bank	2,000.00	3rd Year	By Balance b/d	4,000.00
		2,000.00			2,000.00

Interest Account

		Rs.			Rs.
End of 1st year	To Interest Suspense a/c	272.50	End of 1st year	By P & L a/c	272.50
2nd Year	To Interest Suspense a/c	186.13	2nd year	By P & L a/c	186.13
3rd Year	To Internest Suspense a/c	91.37	3rd year	By P & L a/c	91.37

Depreciation Account

		Rs.			Rs.
End of 1st year	To Motor Cycle a/c	745.50	End of 1st year	By P & L a/c	745.50
2nd Year	To Motor Cycle a/c	670.50	2nd year	By P & L a/c	670.50
3rd Year	To Motor Cycle a/c	603.45	3rd year	By P & L a/c	603.45

In the Books of Mopeds Limited Journal Entries

			Rs.	Rs.
Ist Year Date of Agreement	Electricals Limited	Dr	8,000.00	
	To Sales a/c			7,450.00
	To Interest Suspense a/c			550.00
	(Sales on Instalment Payment System)			
	Bank a/c	Dr.	2,000.00	
	To Electricals Limited			2,000.00
	(Immediate deposit money received)			
End of 1st Year	Interest Suspense a/c	Dr.	272.50	
	To Interest a/c			272.50
	(Interest due)			
	Bank a/c	Dr	2,000.00	
	To Electricals Limited			2,000.00
	(First Instlament received)			

	Sales a/c Dr. To Trading a/c (Balance transferred)		7,450.00	7,450.00
	Interest a/c Dr. To Profit & Loss a/c (Balance transferred)		272.50	272.50
End of 2nd Year	Interest Suspense a/c Dr. To Interest a/c (Interest due)		186.13	186.13
	Bank a/c Dr. To Electricals Limited (Second instalment received)		2,000.00	2,000.00
	Interest a/c Dr. To Profit & Loss a/c (Balance transferred)		186.13	186.13
End of 3rd year	Interest Suspense a/c Dr. To Interest a/c (Interest due)		91.37	91.37
	Bank a/c Dr. To Electricals Limited (Third instalment received)		2,000.00	2,000.00
	Interest a/c Dr. To Profit & Loss a/c (Balance transferred)		91.37	91.37

Ledger Accounts:

Electricals Limited's Account

		Rs.			Rs.
1st year	To Sales a/c To Interest Suspense a/c	7,450.00 550.00	End of 1st year	By Bank a/c By Bank a/c By Balance c/d	2,000.00 2,000.00 4,000.00
		8,000.00			8,000.00

2nd year	To Balance c/d	4,000.00	End of 2nd year	By Bank a/c By Balance c/d	2,000.00 2,000.00
		4,000.00			4,000.00
3rd year	To Balance b/d	4,000.00	End of 3rd year	By Bank a/c	2,000.00

Interest Suspense Account

		Rs.			Rs.
End of 1st year	To Interest a/c To Balance c/d	272.50 277.50	Ist year	By Electrical Ltd.	550.00
		550.00			550.00
End of 2nd year	To Interest a/c To Balance c/d	186.13 91.37	2nd year	By Balance b/d	277.50
		277.50			277.50
End of 3rd year	To Interest a/c	91.37	3rd year	By Balance b/d	91.38

Sales Account

		Rs.			Rs.
End of 1st year	To Trading a/c	7.450	Ist year	By Electricals Ltd.	7.450

Interest Account

		Rs.			Rs.
End of 1st year	To P & L a/c	277.50	End of 1st year	By Interest Suspense a/c	277.50
2nd year	To P & L a/c	186.13	2nd Year	By Interest Suspense a/c	186.13
3rd Year	To P & L a/c	91.37	3rd year	By Interest Suspense a/c	91.37

Illustration 2.

X acquired a motor car on instalments payment system from the A.B.C. Motors Ltd. on 1st January 1985. The car can be purchased by cash for Rs. 10,050 or by instalments as follows: - Rs. 2,000 on delivery, Rs. 3,000 after 3 months Rs. 4,000 after six months and Rs. 2,000 after 12 months.

Make the necessary accounts in the books of X, after ascertaining the rate of interest per annum which the company is charging on selling the car on the above system.

1 जनवरी, 1985 को एक्स ने ए बी सी मोटर्स लिमिटेड से एक मोटर कार किस्त भुगतान पद्धति पर खरीदी। इस कार को 10,050 रु. नकद देकर अथवा निम्न प्रकार से किस्तों का भुगतान करके खरीदा जा सकता है:

सुपुर्दगी पर 2,000 रु., 3 माह बाद 3,000 रु., 6 माह बाद 4,000 रु. तथा 12 माह बाद 2,000 रु.।

उपर्युक्त विधि से कार को बेचने पर कम्पनी द्वारा वसूल की जाने वाली प्रति वर्ष ब्याज की दर को ज्ञात करने के पश्चात् एक्स की पुस्तकों में आवश्यक खाते बनाइये।

Solution:

कुल ब्याज = कुल किस्तों की राशि – रोकड़ी मूल्य

= 11,000 – 10,050 रु.

= 950 रु.

प्रत्येक किस्त में सम्मिलित ब्याज की राशि की गणना क्रमागत वृद्धि प्रणाली (Progression Method) द्वारा निम्न प्रकार से की जा सकती है=

किस्त संख्या	अदेय किराया क्रय मूल्य रु.	कितने माह तक	गुणनफल	ब्याज रु.
सुपुर्दगी पर	11,000	0	0	0
प्रथम किस्त	9,000	3	27,000	$\frac{27000 \times 950.}{57000} = 450$
द्वितीय किस्त	6,000	3	18,000	$\frac{18000 \times 950}{57000} = 300$
तृतीय किस्त	2,000	6	12,000	12000 x 950,57000) = 200
योग			57,000	

प्रत्येक किस्त में सम्मिलित ब्याज की राशि ज्ञात कर लेने के पश्चात् अग्रांकित प्रकार से यह ज्ञात किया जावेगा कि विभिन्न भुगतानों के समय ब्याज की दर क्या रही:

किस समय पर बकाया	बकाया रोकड़ी मूल्य	ब्याज की राशि	अवधि जिसके लिये ब्याज लगाया गया	ब्याज की दर प्रतिवर्ष
तुरन्त जमा के समय	रु. 10,050	कुछ नही	–	–
प्रथम भुगतान के समय	8,050	450	3 माह	$\frac{450 \times 100 \times 12}{8050 \times 3} = 22.36\%$
द्वितीय भुगतान के समय	5,500	300	3 माह	$\frac{300 \times 100 \times 12}{5500 \times 3} = 21.82\%$
तृतीय भुगतान के समय	1,800	200	6 माह	$\frac{200 \times 100 \times 12}{1800 \times 6} = 22.22\%$

उपर्युक्त गणना की गई तीनों दरों का औसत लेने पर (22.36 + 21.82 + 22.22/3) = 22.13 प्रतिशत वार्षिक दर आती है। अतः कम्पनी ने किस्त भुगतान पद्धति पर 22.13 प्रतिशत प्रति वर्ष की दर से ब्याज वसूल किया है।

Books of X **Motor Car Account**

		Rs.			Rs.
1985 Jan.1	To ABC Motor Ltd.	10,050	1985 Dec.31	By Balance c/d	10,50

Interest Suspense Account

		Rs.			Rs.
1985 Jan.1	To ABC Motor Ltd.	950	1985 Mar.31	By Interest a/c	450
				By Interest a/c	300
				By Interest a/c	200
		950			950

ABC Motors Ltd.'s Account

		Rs.			Rs.
1985			1985	By Motor Car a/c	10,050
Jan.1	To Bank a/c	2,000	Jan. 1	By Interest Suspense a/c	950
Mar.31	To Bank a/c	3,000			
June 30	To Bank a/c	4,000			
De. 31	To Bank a/c	2,000			
		11,000			11,000

नोट : प्रथम भुगतान के समय बकाया रोकड़ी मूल्य = 10,050 – 2,000 = 8,050 रु.

द्वितीय भुगतान के समय बकाया रोकड़ी मूल्य = 8,050 – 2,550 रु. = 5,500 रु.

तृतीय भुगतान के समय बकाया रोकड़ी मूल्य = 5,500 – 3,700 = 1,800 रु.

Illustration 3.

On 1st January, 1983 Ram purchased a machine from Prem at a cash price of Rs. 2,00,000 on instalment payment system. The cash price is payable as to Rs. 32,000 immediately and the balance in three yearly instalments of Rs. 56,000 eac. The instalment due on 31st December, each year is paid on 1st January of the next year. Prem charges interest @ 10% and insurance premium at 1% in addition to cash price instalment. The Vendor creates a provision for doubtful debts at 5% on debtors.

Prepare necessary accounts in the books of Ram and Prem.

1 जनवरी, 1983 को राम ने प्रेम से 2,00,000 के रोकड़ी मूल्य पर एक मशीन किस्त भुगतान पद्धति पर खरीद। रोकड़ी मूल्य में से 32,000 रु. तुरन्त देय हैं तथा शेष राशि 56,000 रु. वाली तीन वार्षिक किस्तों में चुकानी है। प्रति वर्ष 31 दिसम्बर को देय किस्त का भुगतान अगले वर्ष 1 जनवरी को दिया जाता है। प्रेम रोकड़ी मूल्य सम्बन्धी किस्त के अतिरिक्त 10 प्रतिशत की दर पर ब्याज तथा 1 प्रतिशत की दर पर बीमा प्रीमियम वसूल करता है। विक्रेता लेनदारों पर 5 प्रतिशत की दर पर संदिग्ध ऋण के लिये आयोजन करता है।

राम और प्रेम की पुस्तकों में तीन वर्ष के लिये आवश्यक खाते खोलिये।

Solution:

Ledger of Ram

Machine Account

		Rs.			Rs.
1985 Jan.1	To Prem	2,00,000	1983 Dec.31	By Balance c/d	2,00,000
1984 Jan.1	To Balance b/d	2,00,000	1984 Dec.31	By Balance c/d	2,00,000
1985 Jan.1	To Balance b/d	2,00,000	1985 Dec.31	By Balance c/d	2,00,000

Prem's Account

		Rs.			Rs.
1983			1983	By Machine a/c	2,00,000
Jan.1	To Bank	32,000	Jan.1	By Interest a/c	16,800
Dec.31	To Balance c/d	1,86,480	Dec.31	By Insurance	
			Dec.31	Charges a/c	1,680
		2,18,480			2,18,480
1984	To Bank		1984		
Jan.1	(56000 +		Jan.1	By Balance b/d	1,86,480
	16800+1680)	74,480	Dec.31	By Interest a/c	11,200
Dec.31	To Balance c/d	1,24,320	Dec.31	To Insurane	
				Charges a/c	1,120
		1,98,800			1,98,800
1985	To Bank		1985	By Balance b/d	1,24,320
Jan.1	(56000+11200		Jan.1	By Interest a/c	5,600
	+1120)	68320	Dec.31	By Insurance	
Dec.31	To Balance c/d	62,160	Dec.31	Charges a/c	560
		1,30,480			1,30,480
1986	To Bank		1986	By Balance b/d	62,160
Jan.1	(56000+5600+		Jan.1		
	560)	62,160			

Interest Account

		Rs.			Rs.
1983 Dec.31	To Prem's a/c	16,800	1983 Dec.31	By P & L a/c	16,800
1984 Dec.31	To Prem'sa/c	11,200	1984 Dec.31	By P & L a/c	11,200
1985 Dec.31	To Prem's a/c	5600	1985 Dec.31	By P & L a/c	5600

Insurance Charges Account

		Rs.			Rs.
1983 Dec.31	To Prem	1,680	1983 Dec.31	By P & L a/c	1,680
1984 Dec.31	To Prem	1,120	1984 Dec.31	By P & L a/c	1,120
1985 Dec.31	To Prem	560	1985 Dec.31	By P & L a/c	560

Ledger's of Prem:

Ram's Account

		Rs.			Rs.
1983			1983		
Jan.1	Tto Sales	2,00,000	Jan.1	By Bank	32,000
Dec.31	To Insurance a/c	16,800	Dec.31	By Balance c/d	1,86,480
Dec.31	To Insurance premium a/c	1,680			
		2,18,480			2,18,480
1984			1984		
Jan.1	To Balance c/d	1,86,480	Jan.1	By Banka/c	74,480
Dec.31	To Interest a/c	11,200	Dec.31	By Balance c/d	1,24,320
Dec.31	To Insurance premium a/c	1,120			
		1,98,800			1,98,800
1985			1985		
Jan.1	To Balance b/d	1,24,320	Jan.1	By Bank a/c	68,320
Dec.31	To Interest a/c	5,600	Dec.31	By Balance c/d	62,160
Dec.31	To Insurance Premium a/c	560			
		1,30,480			1,30,480
1986 Jan.1	To Balance b/d	62,160	1986 Jan.1	By Bank a/c	62,160

Sales Account

		Rs.			Rs.
1983 Dec.31	To Trading a/c	2,00,000	1983 Jan.1	By Ram's a/c	2,00,000

Interest Account

		Rs.			Rs.
1983 Dec.31	To P & L a/c	16,800	1983 Dec.31	By Ram's a/c	16,800
1984 Dec.31	To P & L a/c	11,200	1984 Dec.31	By Ram's a/c	11,200
1985 Dec. 31	To P & L a/c	5,600	1985 Dec.31	By Ram's a/c	5,600

Provision for Doubtful Debts Account

		Rs.			Rs.
1983 Dec.31	To Balance c/d	9,324	1983 Dec.31	By P & L a/c (5% of 1,86,480)	9,324
		9,324			9,324
1984 Dec.31 Dec.31	To P & L a/c To Balance c/d (5% of 1,24,320)	3,108 6,216	1984 Jan.1	By Balance b/d	9,324
1985 Dec.31 Dec.31	To P & L a/c To Balance c/d	3,108 3,108	1985 Jan.1	By Balance b/d	6,216
		6,216			6,216
1986 Dec.31	To P & L a/c	3,108	1986 Jan.1	By Balance b/d	3,108

नोट : Insurance Premium a/cपूर्ण सूचना के अभाव में नहीं बनाया गया।

Illustration 4.

K. Ltd.acquired a tractor for Rs. 1,10,000 on 1st January, 1983. The Rajasthan Finance Corporation financed the purchase. K. Ltd, pays them Rs. 20,000 on 1st January, 1983 and instalments (inclusive of interest) of Rs. 30,000 at the end of each year. On 1st Jan., 1985, the tractor was sold for Rs. 50,000 only. The debt of Rajasthan Finance Corporation was discharged on that date. Show the Tractor Account and the Account of Rajasthan Finance Corporation in the Ledger of K Ltd. Allow depreciation at the rate of 10 per cent per annum on the diminishing balance method and assume interest @ 5% per annum.

के लि. ने एक ट्रेक्टर 1 जनवरी, 1983 को 1,10,000 रु. में खरीदा। राजस्थान फाइनेन्स कॉर्पोरेशन ने इस क्रय के लिये वित्त प्रदान किया। के लि. ने उनको 20,000 रु. 1 जनवरी, 1983 को दिए और प्रत्येक वर्ष के अन्त में 30,000 रु. की किस्तें (ब्याज सहित) दी। 1 जनवरी, 1985 को ट्रेक्टर 50,000 रु. में बेच दिया गया। उसी तिथि को राजस्थान फाइनेन्स कॉर्पोरेशन का भुगतान कर दिया गया। के लि. की पुस्तकों में ट्रेक्टर खाता और राजस्थान फाइनेन्स का खाता खोलिये। ह्रास, क्रमागत ह्रास पद्धति से 10 प्रतिशत प्रतिवर्ष की दर से लगाना है तथा ब्याज दर 5 प्रतिशत मान ली जावे।

Solution:

Calculation of Interest

Cash Price Rs.	Interest	Cash Price in Instalment Rs.
1,10,00 - 20,000		
90,000 - 25,500	$90,000 \times \frac{5}{100} = 4,500$	30,000 4,500
64,500	$\frac{64500 \times 5}{100}$ = Rs. 3,225	25,500

In the Books of K Limited

Tractor Account

		Rs.			Rs.
1983 Jan.1	To Rajasthan Finance Corporation Ltd.	1,10,000	1983 Dec.31 Dec.31	By Dep. a/c By Balance c/d	11,000 99,000
		1,10,000			1,10,000

1984 Jan.1	To Balance b/d	99,000	1984 Dec.31 Dec.31	 By Dep. a/c By Balance c/d	 9,900 89,100
		99,000			99,000
1985 Jan.1	To Balance b/d	89,100	1985 Jan.1 Dec.31	 By Bank By P & L a/c	 50,000 38,100
		89,100			89,100

Rajasthan Finance Corporation's Account

		Rs.			Rs.
1983 Jan.1 Dec.31 Dec.31	 To Bank a/c To Bank a/c To Balance c/d	 20,000 30,000 64,500	1983 Jan.1 Dec.31	 By Tractor a/c By Interest a/c	 1,10,000 4,500
		1,14,500			1,14,500
1984 Dec.31 Dec.31	 To Bank a/c To Balance c/d	 30,000 37,725	1984 Jan.1 Dec.31	 By Balance b/d By Interest a/c	 64,500 3,225
		67,725			67,725
1985 Jan.1	 To Bank a/c	 37,725	1985 Jan.1	 By Balance b/d	 37,725

ब्याज निलम्बित खाता (या) ब्याज सन्देह खाता (या) ब्याज उचन्त खाता

(Interest Suspense Account)

जब माल किस्त प्रणाली पर बेचा जाता है तो क्रेता वस्तु का मूल्य धीरे धीरे किश्तों में भुगतान करता हैं। परिणामस्वरूप वस्तु के मूल्य का एक बड़ा भाग अदत्त रह जाता है। विक्रेता इस अदत्त मूल्य पर ब्याज वसूल करता है और इस ब्याज का लेखा करने की दो विधियाँ हैं-

(1) पहली विधि के अनुसार क्रेता से विभिन्न वर्षों में प्राप्त होने वाले ब्याज को अनुबन्ध के समय ही ब्याज उचन्त खाते (Interest Suspense Account) के क्रेडिट पक्ष में लिखकर क्रेता के खाते को डेबिट कर देते हैं। जब प्रत्येक किस्त का ब्याज देय होता है तो उस समय उस वर्ष ब्याज की राशि से ब्याज उचन्त खाते को डेबिट और ब्याज खाते को

क्रेडिट करते हैं। इस प्रकार अन्तिम किस्त के भुगतान की तिथि को ब्याज उचन्त खाता बन्द हो जाता है।

क्रेता भी शेष क्रय मूल्य पर ब्याज का लेखा करने के लिये जअ अपनी लेखा - पुस्तकों में ब्याज उचन्त खाता खोलकर सभी वर्षों में देय ब्याज की राशि से विक्रेता के खाते को क्रेडिट ब्याज उच्न्त खाते को डेबिट करेगा। बाद में जब प्रत्येक किश्त का ब्याज देय होता तब ब्याज की राशि में ब्याज खाते को डेबिट और ब्याज उचन्त खाते को क्रेडिट करना चाहिये। इस प्रकार अन्तिम किश्त की तिथि को ब्याज उचन्त खाता बन्द हो जाता है।

(2) दूसरी विधि के अनुसार समस्त किश्तों पर ब्याज का लेखा अनुबन्ध के समय नहीं किया जाता है। बल्कि जब प्रत्येक किश्त के साथ अदत्त राशि पर ब्याज देय होता है तो क्रेता की पुस्तकों में उस वर्ष देय ब्याज की राशि से ब्याज खाता डेबिट और विक्रेता का खाता क्रेडिट किया जाता है। जब ब्याज का भुगतान किया जाता है तो विक्रेता खाता डेबिट और रोकड़ या बैंक खाता क्रेडिट किया जाता है। ऐसी प्रविष्टियाँ प्रत्येक किस्त के समय की जाती है। वर्ष के अन्त में ब्याज खाते का शेष लाभ-हानि खाते को अन्तरित करके ब्याज खाता बन्द कर दिया जाता है।

विक्रेता भी अपनी लेखा-पुस्तकों में किस्त के साथ अदत्त राशि पर देय ब्याज की रकम से क्रेता का खाता डेबिट और ब्याज खाता क्रेडिट करता है। जब ब्याज की रकम प्राप्त होती है तब रोकड़ या बैंक खाता डेबिट और क्रेता का खाता क्रेडिट करता है। ऐसी प्रविष्टियाँ प्रत्येक किस्त के समय की जाती हैं। ब्याज खाते का शेष लाभ-हानि खाते को अन्तरित करके ब्याज खाता बन्द कर दिया जाता है।

प्रश्न

1. (अ) किस्त भुगतान पद्धति क्या है? पूर्णरूप से समझाइये।

   (ब) किराया क्रय पद्धति और किस्त भुगतान पद्धति में क्या अन्तर है?

   (a) What is Instalment Payment System? Explain fully.

   (b) What is the difference between Hire-Purchase System and Instalment Payment System?

2. क्रेता और विक्रेता की पुस्तकों में कौन-सी जर्नल प्रविष्टियाँ की जाती हैं जबकि माल किस्त भुगतान पद्धति के आधार पर बेचा जाता है?

   What journal entries are made in the books of buyer and seller when goods are sold on Instalment Payment System?

3. 1 जनवरी, 1983 को हरीश एण्ड सन्स ने 5 पंखे किस्त भुगतान पद्धति पर खरीदे। एक पंखे का रोकड़ी मूल्य 149 रु. था। समझौते पर हस्ताक्षर करते समय उन्होंने 200 रु. दिये तथा शेष राशि 200 रु. वाली तीन वार्षिक किस्तों में प्रत्येक वर्ष के अन्त में देय थी। विक्रेता 5 प्रतिशत प्रतिवर्ष की दर से ब्याज वसूल करता है। क्रेता ने क्रमागत ह्रास पद्धति के आधार पर 10

प्रतिशत प्रतिवर्ष की दर से मूल्य ह्रास काटने का निश्चय किया है। दोनों पक्षों की पुस्तक में जर्नल प्रविष्टियाँ दीजिये तथा आवश्यक खाते खोलिये।

On 1st January, 1983, Harish & Sons purchased five fans on the Instalment Payment System. The cash price of a fan was Rs. 149. Rs. 200 were paid on signing of the agreement and the balance in 3 instalment of Rs. 200 each at the end of each year. Interest is charged at 5% p.a. by the seller. The purchaser has decided to charge depreciation at the rate of 10% annually on the diminishing balance method. Make the entries and open the necessary accounts in the books of both the parties.

Ans. Interest Rs. 27.25, Rs. 18.61 and Rs. 9.14, Balance of Fans a/c on 31st Dec. 85 Rs. 543.11.

4. 1 जनवरी, 1984 को एक्स कुछ माल दो वर्ष की अवधि में 1,600 रु. की छमाही किस्तों के द्वारा चुकाने का प्रबन्ध करते हुए क्रय करता है। माल देने वाली कम्पनी 6 प्रतिशत वार्षिक ब्याज लगाती है। माल का वर्तमान रोकड़ी मूल्य 5,948 रु. है। एक्स की पुस्तकों में खाते बनाइये।

X Purchases on 1st January 1984 some goods arranging to pay for the same over a period of two years by half-yearly instalments of Rs. 1600. The company supplying the goods charges interest at the rate of 6% per annum and the present cash value of the goods is Rs. 5,948. Prepare the ledger accounts in the books of X.

Ans. Interest Rs. 178.44, Rs. 135.79, Rs. 91.87 and Rs. 45.90, Interest Suspense Rs. 452.

5. गणेशन ने 1 जनवरी, 1982 को एक प्लान्ट किस्त भुगतान पद्धति पर क्रय किया। इसका रोकड़ी का मूल्य 25,000 रु. है। 10,000 रु. तुरन्त दिये गये। शेष राशि 5,000 रु. वाली तीन वार्षिक किस्तों में भुगतान करनी है। प्रतिवर्ष 31 दिसम्बर को देय किस्त का भुगतान अगले वर्ष की 1 जनवरी को किया जाता है। शंकर किश्त राशि के अतिरिक्त 10 प्रतिशत की दर से ब्याज और 2 प्रतिशत की दर से बीमा प्रीमियम गणेश से लेता है। शंकर देनदारों पर 10 प्रतिशत की दर से डूबत एवं संदिग्ध ऋण के लिए प्रावधान करता है। शंकर की पुस्तकों में आवश्यक खाते बनाइये।

Ganesh purcased a plant from Shanker on Instalment Payment System on 1st Jan., 1982. Its cash price is Rs. 25,000. Rs. 10,000 were paid immediately. Balance of the amount was payable in three yearly instalments of Rs. 5,000 each. The instalment due on 31st December each year is paid on 1st January of the next yer. Shanker charges interest at 10% per annuam and insurance premium @ 2% p.a. in addition to the amount of instalment from Ganesh. Shanker makes a provision of 10% for bad & doubtful debts. Prepare necessary accounts in the books of Shanker.

Ans. Insurance Premium Rs. 300, Rs. 200 and Rs. 100 Balance of Provision, for Bad & Doubtful Debts, Rs. 1,680, Rs. 1,120 and Rs. 560.

6. मैसर्स लोहिया मशीनस लिमिटेड किस्त भुगतान पद्धति पर एक स्कूटर गोविन्द को बेचते हैं। भुगतान की शर्तें निम्न प्रकार से है – 2,000 रु. सुपुर्दगी पर, 2080 रु. प्रथम वर्ष के अन्त में 1,920 रु. द्वितीय वर्ष के अन्त में तथा 1,760 रु. तीसरे वर्ष के अन्त में, इनमें ब्याज शामिल है। विक्रेता की पुस्तकों में आवश्यक जर्नल प्रविष्टियाँ दीजिए।

M/s Lohia Machines Ltd., sells one scooter to Govind on the Instalment payment basis. The terms of payment are Rs. 2,000 on delivery,Rs. 2,080 at the end of the first year, Rs. 1,920 the end of the second year and Rs. 1,760 at the end of the third year, including interest. Give necessary journal entries in the books of the seller.

Ans. Cash Price Rs. 6,800, Interest in each instalment of Rs. 480, Rs. 320 and 160 respectively.

7. 1 जनवरी 1983 को अ एक ट्रेक्टर ब को किस्त भुगतान पद्धति पर निम्नलिखित शर्तों पर बेचता है:

(अ) ट्रैक्टर का रोकड़ी मूल्य 2,00,000 हैं।

(ब) यह राशि अ को चार बराबर की वार्षिक किस्तों में अदत्त बाकी पर 12 प्रतिशत प्रति वर्ष ब्याज के साथ देय है। प्रथम किस्त बिक्री की तिथि पर देय है।

(स) ब 1 जनवरी 1983 से 6,000 रु. मासिक किराये पर अ को ट्रेक्टर किराये पर देगा। किराये की राशि प्रत्येक वर्ष के अन्त में उस राशि से समायोजित की जावेगी जो कि अ को मूलधन और ब्याज के रूप में देय होती है। ऐसा करने से यदि कोई बाकी बचती है तो इसका भुगतान नकदी में अगले वर्ष की प्रथम तारीख को किया जावेगा।

ब प्रतिवर्ष ट्रैक्टर पर क्रमागत ह्रास पद्धति से 20 प्रतिात ह्रास काटता है। सभी भुगतान समझौते के अनुसार कर दिये जाते हैं। 1 जनवरी, 1986 को ब 30,000 रु. में ट्रैक्टर नकद से अ को बेच देता है।

ब की पुस्तकों में ट्रैक्टर खाता, ब्याज उचन्ती खाता, ब्याज खाता और किराया चार्जेज खाता बनाइये।

On 1st January, 1983, A sells a Tractor to B on the instalment payment system on the following conditions:

(a) Cash price of the Tractor is Rs. 2,00,000.

(b) The amount is payable to A in four equal annual instalments along with 12% interest per annum on the outstanding balance, the first instalment being payable on the date of sale.

(c) B, in turn hires out the tractor to A on a hire of Rs. 6,000 per month from 1st January, 1983. The hire charges are to be adjusted at the end of each year, against the amount due to A on account of Principal and interest, any difference being settled in cash on the first day of the next year.

B charges 20% depreciation on written down value method on the tractor. All payments are made as per the agreement. On 1st January 1986, the tractor is sold by B to A for Rs. 30,000 in cash.

Show in B's books the tractor Account, A's Account, Interest Suspense Account, Interest Account and Hire Charges Account.

Ans. Loss on sale of tractor to B 72,400, Cash received by B from A in the years 1984, 1985 and 1986 Rs. 4,000, Rs. 10,000 and Rs. 46,000 respectively.

□□□

8

विनियोग लेखे
(Investment Accounts)

आशय
(Meaning)

जिन व्यक्तियों या संस्थाओं के पास अपनी आवश्यकता से अधिक धन होता है, वे लोग उस ज्यादा सम्पत्ति से किसी व्यवसाय या संस्थाओं के अंश या ऋण पत्र क्रय कर लेते हैं और कुछ लोग सरकारी बॉण्ड, ऋण पत्र या प्रतिभूतियों के क्रय में धन लगा देते हैं। इस प्रकार जो धन उद्योग में पूँजी के रूप में या बॉण्ड के रूप में अथवा सरकार को या सरकारी संस्था को ऋण के रूप में दिया जाता है, विनियोग कहलाता है। विनियोग करने वाले को विनियोजक या विनियोगकर्त्ता कहते हैं। विनियोजक को विनियोग के प्रमाण में जो प्रपत्र मिलते हैं, उन्हें प्रतिभूतियाँ कहा जाता है। विनियोग सम्बन्धी व्यवहारों के सम्बन्ध में रखे गये लेखे विनियोग लेखे कहलाते हैं।

अन्य शब्दों में, अंश, ऋण पत्र, बॉण्ड आदि में लगाया गया धन या रकम विनियोग कहलाता है। धन लगाने वाले व्यक्ति को विनियोजक कहते हैं। इस रकम के लगाने के सबूत के रूप में मिलने वाले प्रमाण या प्रपत्रों को प्रतिभूतियाँ (Securities) कहा जाता है और जिस लेखा में इन सभी में लगाए गए धन को दर्शाया जाता है या लिखा जाता है, उसे विनियोग खाता कहते हैं।

विनियोग के प्रकार
(Kinds of Types of Investment)

विनियोग अनेक आधार पर वर्गीकृत किये जा सकते हैं। प्रमुख वर्गीकरण निम्नानुसार हैं:

(क) प्रकृति के आधार पर

(On the Basis of Nature)

(1) स्थायी विनियोग (Fixed Investment)- इस प्रकार के विनियोग में विनियोजक का उद्देश्य ब्याज से लाभ या आय प्राप्त करना होता है। बाजार मूल्य में उतार-चढ़ाव होने पर विनियोग बेचकर लाभ कमाना उसका उद्देश्य कतई नहीं होता है। प्राय: बैंक और बीमा प्रमण्डल इस प्रकार का विनियोग करते हैं।

(2) अस्थायी विनियोग (Floating Investment)- प्रतिभूतियों के बाजार मूल्य में उतार चढ़ाव का लाभ उठाने के लिए जब विनियोग किया जाता है तो ऐसा विनियोग अस्थायी कहलाता है। विनियोगकर्त्ता के पास प्रतिभूतियाँ चल सम्पत्ति के रूप में रहती हैं जो कि बाजार मूल्य के कम होने पर खरीदी और बढ़ जाने पर बेच दी जाती है।

(ख) संस्थाओं के आधार पर

(On the Basis of Institutions)

(1) केन्द्रीय सरकार की प्रतिभूतियाँ (Central Government Securities)- जिन प्रतिभूतियों का निर्गमन केन्द्रीय सरकार द्वारा किया जाता है, उन्हें केन्द्रीय सरकार की प्रतिभूतियाँ कहते हैं। सार्वजनिक योजनाओं और आर्थिक कल्याण के कार्यक्रमों को पूरा करने के लिए इन प्रतिभूतियों को जारी किया जाता है। इन्हें सुरक्षित विनियोग माना जाता है।

(2) राज्य सरकार की प्रतिभूतियाँ (State Government Securities)- राज्य सरकार सार्वजनिक योजना अथवा कार्यक्रम को पूरा करने के उद्देश्य से प्रतिभूतियाँ जारी करती है, इन्हें राज्य सरकार की प्रतिभूतियाँ कहते हैं। इन्हें भी सुरक्षित विनियोग माना जाता है।

(3) अर्द्ध-सरकारी प्रतिभूतियाँ (Semi-Government Securities)- नगरपालिका, महापालिका, जिला मण्डल या बोर्ड आदि द्वारा जब प्रतिभूतियाँ निर्गमित की जाती हैं तो ऐसी प्रतिभूतियाँ अर्द्ध-सरकारी प्रतिभूतियाँ कहलाती हैं। इन प्रतिभूतियों को कम श्रेष्ठ माना जाता है।

सरकारी प्रतिभूतियों में सामान्यत: ऋण की रकम, ऋण की अवधि, ऋण वापस करने की तिथि, ब्याज की दर आदि बातों का उल्लेख रहता है। इसके अतिरिक्त, तीनों स्तर की सरकार प्रत्येक प्रकार के ऋण के लिए अलग-अलग रिकॉर्ड रखती है जिसमें ऋणदाता का नाम व पता अंकित रहता है, ताकि समय-समय पर ब्याज का और अन्त में मूलधन का सम्बन्धित ऋणदाता को आसानी से भुगतान किया जा सके।

(4) गैर-सरकारी प्रतिभूतियाँ या औद्योगिक एवं वाणिज्यिक प्रतिभूतियाँ (Non-Government Securities or Industrial and Commercial Securities)- उपर्युक्त तीनों संस्थाओं के अतिरिक्त जिन गैर-सरकारी संस्थाओं द्वारा प्रतिभूतियों का निर्गमन किया जाता है, वे गैर-सरकारी प्रतिभूतियाँ कहलाती हैं। औद्योगिक कम्पनियों, वाणिज्यिक तथा अधिकोषण कम्पनियों, वित्तीय निगम एवं संस्थाओं आदि द्वारा जारी प्रतिभूतियाँ इसके अन्तर्गत शामिल की जाती हैं।

(ग) आय के आधार पर

(On the Basis of Income)

(1) निर्धारित या निश्चित ब्याज वाली प्रतिभूतियाँ (Fixed Interest Securities)- इस प्रकार की प्रतिभूतियाँ पर ब्याज (वृद्धि) की राशि पूर्व घोषित होती है। ब्याज भुगतान की अवधि सामान्यतया वार्षिक या अर्द्ध वार्षिक होती है। केन्द्रीय, राज्य एवं स्थानीय सरकार द्वारा जारी प्रतिभूतियाँ और कम्पनियों द्वारा जारी ऋणपत्र श्रेणी में रखो जा सकते हैं।

(2) निश्चित ब्याज दर या लाभांश वाली प्रतिभूतियाँ, जिन पर ब्याज या लाभांश का भुगतान देय तिथि के पूर्व निश्चित नहीं (Fixed Rate of Interest or Divident Securities)- इस प्रकार की प्रतिभूतियों पर ब्याज या लाभांश की राशि देय तिथि के पूर्व ज्ञात नहीं रहती है। जब कम्पनी द्वारा ब्याज या लाभांश की घोषणा की जाती है, तभी विनियोजक को प्राप्त होने वाली आय की जानकारी हो पाती है, जैसे प्रमण्डलों के पूर्वाधिकारी अंशों पर लाभांश की दर तो पूर्व निश्चित होती है, किन्तु लाभांश का भुगतान प्रमण्डल द्वारा लाभ अर्जित करने के बाद ही होता है।

(3) अनिश्चित आय या लाभांश वाली प्रतिभूतियाँ (Uncertained Income or Dividend)- कुछ प्रतिभूतियाँ ऐसी होती है जिनके सम्बन्ध में न तो लाभांश दर निश्चित रहती है और न ही भुगतान विधि जैसे, प्रमण्डलों के समता अंशों में विनियोजन।

कम्पनियों द्वारा समता अंशों पर लाभांश दिया जाता है, उसकी दर एवं शोधन तिथि कम्पनियों के लाभ देय क्षमता तथा घोषणा पर निर्भर होती है।

(घ) अवधि के आधार पर

(On the Basis of Period)

(1) निश्चित अवधि वाली प्रतिभूतियाँ (Fixed Period Securities)- इस प्रकार की प्रतिभूतियों की वापसी भुगतान तिथि निर्गमन के समय ही घोषित कर दी जाती है। विनियोजक को अपना धन विनियोजक करते समय ही ज्ञात रहता है कि विनियोजित धन कब वापस मिलेगा। प्राय: सरकारी प्रतिभूतियाँ इसी श्रेणी में आती हैं, जैसे, 6 वर्षीय राष्ट्रीय बचत पत्र में धन विनियोग करने वाले को शुरु से ज्ञात रहता है कि उसके धन की वापसी ब्याज सहित 6 वर्ष बाद होगी।

(2) अनिश्चित अवधि वाली प्रतिभूतियाँ (Uncertain Period Securities)- इस प्रकार के प्रतिभूतियों की वापसी भुगतान तिथि निश्चित नहीं होती, जैसे, प्रमण्डलों के अंश

(ङ) आय की प्रकृति के आधार पर

(On the Basis of Nature of Income)

(1) स्थिर आय प्रतिभूतियाँ (Fixed Yield Securities)- हमेशा एक जैसी आय, ब्याज या लाभांश प्रदान करने वाली प्रतिभूतियाँ स्थिर आय प्रतिभूतियाँ कहलाती हैं। जैसे, सरकारी या औद्योगिक कम्पनियों के ऋणपत्र।

(2) परिवर्तनशील आय प्रतिभूतियाँ (Variable Yield Securities)- इस प्रकार की प्रतिभूतियों में आय या लाभांश हमेशा एक जैसा प्राप्त नहीं होता है, वरन् लाभार्जन क्षमता पर निर्भर होता है। कम्पनियों के समता अंशों को इस वर्ग में रखा जा सकता है।

(च) अन्य आधार पर

(On Other Basis)

(1) वाहक प्रतिभूतियाँ (Bearer Securities)- वाहक प्रतिभूतियों का स्वामी इसका धारक होता है। इस प्रकार की प्रतिभूतियों का हस्तान्तरण सुपुर्दगी द्वारा पूर्ण हो जाता है। इन प्रतिभूतियों पर ब्याज या लाभांश पाने का अधिकार इसके धारक को होता है।

(2) पंजीकृत प्रतिभूतियाँ (Registered Securities)- प्रतिभूति निर्गमित करने वाली संस्था जब क्रेताओं नाम, पता आदि का रिकार्ड रखती है तो ऐसी प्रतिभूतियाँ पंजीकृत प्रतिभूतियाँ कहलाती हैं। इन प्रतिभूतियों पर ब्याज या लाभांश उसी व्यक्ति को प्राप्त होता है जिसका नाम संस्था के रजिस्टर में लिखा होता है। पंजीकृत प्रतिभूतियों का हस्तान्तरण तभी पूर्ण होता है, जब निर्धारित नियमों और विधियों द्वारा विक्रेता का नाम संस्था के रजिस्टर से हटाकर नवीन क्रेता का नाम लिखा जाता है।

प्रतिभूतियों का क्रय

(Purchase of Securities)

प्रतिभूतियों का क्रय निम्नलिखित दो विधियों से किया जा सकता है:

(1) निर्गमित करने वाली संस्था से निर्गमन के समय प्रत्यक्ष क्रय (Direct Purchase from Institution at the Time of Issue)- जब केन्द्रीय व राज्य सरकार, अर्द्ध-सरकारी संस्था या व्यापारिक प्रमण्डल प्रतिभूति निर्गमित करते हैं तो जनता, व्यवसायी, वित्तीय संस्थाएँ या अन्य विनियोजक इनसे प्रतिभूतियाँ अपने नाम से क्रय करके निर्गमित करा लेते हैं। इन प्रतिभूतियों का वास्तविक क्रय-मूल्य प्रायः वही होता है जिस पर ये प्रतिभूतियाँ सम्बन्धित संस्था द्वारा निर्गमित की गयी हैं। वर्तमान में इस प्रकार का निर्गमन बैंक के माध्यम से होता है।

(2) प्रतिभूति का बाजार के क्रय (Purchase from Market)- प्रतिभूतियों के निर्गमन के समय जब कोई व्यक्ति, संस्था या अन्य विनियोजक इन्हें नहीं खरीद पाता है तो वह इनको स्कन्ध विपणि में खरीद सकता है, जहाँ इन प्रतिभूतियों का क्रय-विक्रय दलालों (अभिकर्त्ताओं) के माध्यम से होता है। ये दलाल एक निश्चित दर पर अपनी दलाली प्रतिभूति के क्रेता और विक्रेता से वसूल करते हैं। प्रतिभूतियों का क्रय विक्रय अधिकांशतः इसी विधि द्वारा किया जाता है।

सामान्यतः अंशों पर लाभांश वर्ष में एक बार ऋण पत्रों, बॉण्ड्स आदि पर ब्याज वर्ष में दो बार (प्रत्येक छः माह समाप्त होने पर) दिया जाता है। उनमें रकम लगाने के साथ उनका खरीद विक्रय करना भी काफी महत्त्व रखता है। ब्याज अथवा लाभांश के अधिकार के आधार पर प्रतिभूतियों के क्रय-विक्रय के दो मुख्य स्वरूप हैं-

1. लाभांश/ब्याज सहित (Cum-Dividend or Cum-Interest)
2. लाभांश/ब्याज रहित (Ex-Dividend or Ex-Interest)

(1) ब्याज सहित – इस प्रकार के क्रय विक्रय में प्रतिभूतियों पर आगामी तिथि पर मिलने वाले ब्याज अथवा लाभांश प्राप्त करने का अधिकार क्रेता को रहता है। पिछले ब्याज या लाभांश की देय तिथि से प्रतिभूति क्रय करने की तिथि तक के ब्याज की राशि प्रतिभूतियों के मूल्य में जुड़ी रहती है। अतः प्रतिभूतियों का वास्तविक मूल्य ज्ञात करने के लिये ब्याज को राशि से घटा देना चाहिये।

इस प्रकार ब्याज सहित मूल्यों में दो बातें शामिल रहती हैं – (1) विनियोगों का वास्तविक मूल्य, (2) विक्रेता के हिस्से का ब्याज।

वास्तविक मूल्य निम्न सूत्र के आधार पर ज्ञात करते हैं–

वास्तविक क्रय मूल्य = क्रय मूल्य + क्रय पर व्यय – विक्रेता के हिस्से का ब्याज।

वास्तविक विक्रय मूल्य = विक्रय मूल्य – विक्रय पर व्यय + विक्रेता के हिस्से का ब्याज।

उदाहरण सहित लेखा पर प्रभाव – यदि किसी व्यक्ति द्वारा 1 मार्च, 1993 को ब्याज सहित प्रतिभूति क्रय की जाती है और प्रतिभूति पर वर्ष में 2 बार 30 सितम्बर व 31 मार्च को अर्द्ध-वार्षिक ब्याज देय होता है, तो एक माह बाद अर्थात् 31 मार्च, 1993 को ब्याज पाने का अधिकार उस क्रेता का होगा, भले ही विक्रेता के पास प्रतिभूति 5 माह की अवधि तक रही है। 100 रु. वाली 100 प्रतिभूतियाँ 6 प्रतिशत ब्याज सहित 102 रु. में खरीदी जाती हैं। ब्याज 1 अप्रैल तथा 1 अक्टूब को देय है:

क्रेता के लेखा पर प्रभाव

क्रय पर:

विनियोग लेखा	वि. 10,000	
ब्याज लेखा	वि. 200	
बैंक लेखा द्वारा		10,200

ब्याज पाने पर :

बैंक लेखा	वि. 300	
ब्याज लेखा द्वारा		300

$$\left(10000 \times \frac{6}{100} \times \frac{6}{12}\right)$$

विक्रेता के यहाँ:

बैंक लेखा	वि. 10,200	
विनियोग लेखा द्वारा		10,000
ब्याज लेखा द्वारा		200

2. ब्याज रहित दरें – जब प्रतिभूति को ब्याज रहित किया जाता है, तो इसका अर्थ यह होता है कि अगली तिथि को मिलने वाला ब्याज विक्रेता को मिलेगा। इस शर्त के अनुसार विक्रेता विनियोग के वास्तविक विक्रय मूल्य में से क्रेता के हिस्से का ब्याज घटा देता है। इस प्रकार क्रेता को अपने हिस्से का ब्याज अप्रत्यख रूप से प्राप्त हो जाता है और विक्रेता को कुल ब्याज पाने का अधिकार हो जाता ह। अर्थात् ब्याज रहित शर्त के अनुसार विक्रय मूल्य वास्तविक मूल्य से कम होता है। इससे क्रेता के हिस्से का ब्याज जोड़ने से वास्तविक मूल्य ज्ञात हो जाता है।

वास्तविक क्रय मूल्य = क्रय मूल्य + क्रय पर व्यय + क्रेता के हिस्से का ब्याज।

ब्याज रहित दरें

वास्तविक विक्रय मूल्य = विक्रय मूल्य + विक्रय पर व्यय + क्रेता के हिस्से का ब्याज

उदाहरण – 31 जनवरी, 1994 को 100 रु. के ऋण पत्र, ब्याज रहित 99 रु. की दर से खरीदे जाते हैं। ऋण पत्र पर ब्याज 1 अप्रैल तथा 1 अक्टूबर को देय हैं। ऐसी स्थिति में 31 जनवरी, 1994 को क्रेता द्वारा विक्रेता को निम्नानुसार कुल 10,100 का भुगतान करना होगा:

(1) ऋण पत्रों का ब्याज रहित मूल्य	99 × 100 = 9,900
(2) 1 अक्टूबर, 1993 से 1 जनवरी, 1994 तक ब्याज	200

$$10{,}000 \times \frac{6}{100} \times \frac{4}{12}$$

क्रेता की पुस्तक में:

क्रय पर:

विनियोग लेखा	वि.	9,900	
ब्याज लेखा	वि.	200	
बैंक लेखा द्वारा			10,100

ब्याज पाने पर :

बैंक लेखा	वि.	300	
ब्याज लेखा द्वारा			300

$$\left(10000 \times \frac{6}{100} \times \frac{6}{12}\right)$$

विक्रेता के यहाँ:

बैंक लेखा	वि.	10,100	
विनियोग लेखा द्वारा			9,900
ब्याज लेखा द्वारा			200

उपरोक्त प्रकार से ब्याज सहित व ब्याज रहित विनियोगों, लेखा पुस्तकों को प्रभावित करता है और क्रय मूल्य व विक्रय मूल्य की गणना की जाती है।

लेखा विधि
(Accounting Method)

विनियोगकर्त्ता की पुस्तकों में पंजी

(Journal Entries in the Books of Investor/Purchaser)

क्रेता द्वारा प्रतिभूतियों का क्रय आदि ब्याज सहित मूल्य पर किया जाता है तो क्रेता की पुस्तकों में पंजी करने के लिए निम्नानुसार प्रक्रिया करनी होती है:

(1) क्रय की गयी प्रतिभूति का कुल बाजार मूल्य ज्ञात किया जाता है।

(2) ज्ञात बाजार मूल्य में क्रय पर व्यय (दलाली व अन्य व्यय जोड़ दिये जाते हैं।

(3) ब्याज की गत देय तिथि से सौदा होने की तिथि तक का ब्याज (विक्रेता के हिस्से का ब्याज) निकाला जाता है।

(4) (क्रय मूल्य + क्रय पर व्यय) – विक्रेता के हिस्से का ब्याज, यह सूत्र लगाकर वास्तविक क्रय मूल्य (विनियोग का पूँजीगत व्यय) ज्ञात किया जाता है।

सरल शब्दों में, ब्याज सहित प्रतिभूतियों के विक्रय मूल्य में विक्रेता के हिस्से की ब्याज की राशि चूँकि सम्मिलित रहती हैं, अत: क्रेता की पुस्तकों में उक्त ब्याज घटाकर प्रतिभूतियों का पूँजीगत मूल्य निकाल लेना चाहिए।

(5) उपर्युक्त ज्ञात किये गये तथ्यों (मदों) से निम्नलिखित पंजी प्रविष्टि की जाती है:

विनियोग लेखा (वास्तविक क्रय मूल्य से)	विक.	Investment a/c	Dr.
ब्याज लेखा (विक्रेता के हिस्से के ब्याज से)	विक.	Interest a/c	Dr.
रोक/अधिकोष लेखा से (चुकायी गयी कुल राशि से)		To Cash/Bank a/c	

देय तिथि पर विनियोग पर लगला प्रथम ब्याज प्राप्त होने पर निम्नलिखित पंजी प्रविष्टि की जाती है:

रोक/अधिकोष लेखा	विक.	Cash/Bank a/c	Dr.
ब्याज लेखा से		To Interest a/c	

उपार्जित ब्याज लेखा

(Accrued Interest)

लेखा वर्ष बन्द करने की तिथि को उपार्जित ब्याज सम्बन्धी लेखांकन (Accounting relating to Accrued Interest on the Closing Date of Accounts)- उपार्जित ब्याज, लाभांश या आय वह है जिसका उपार्जन लेखांकन वर्ष में किया जा चुका है, लेकिन अन्तिम खाते बनाते समय तक प्राप्त नहीं हुई है। लेखांकन वर्ष की समाप्ति पर जब सभी पुस्तकें बन्द की जाती हैं, तब इस प्रकार का उपार्जित किन्तु अप्राप्त ब्याज का लेखा किया जाना आवश्यक होता है।

जैसे, किसी व्यापारी ने एक कम्पनी के ऋणपत्र क्रय किये जिन पर 30 जून और 31 दिसम्बर को ब्याज देय है। व्यापारी का लेखांकन वर्ष 31 मार्च को समाप्त होता है। अत: ऐसी देशा में 3 माह (1 जनवरी से 31 मार्च) का ब्याज अर्जित हो जायेगा। इस अर्जित किन्तु अप्राप्त ब्याज का लेखा चालू वर्ष के अन्त में किया जाना आवश्यक होता है।

लेखांकन वर्ष की समाप्ति तिथि पर अर्जित किन्तु अप्राप्त ब्याज के सम्बन्ध में निम्नलिखित प्रविष्टि की जाती है:

ब्याज लेखा	विक.	Accrued Interest a/c	Dr.
ब्याज लेखा से		To Interest a/c	

ब्याज लेखा का आधिक्य लाभ-हानि लेखा में हस्तान्तरित कर दिया जाता है। उपार्जित ब्याज लेखा के समाकलन पार्श्व में आधिक्य लिखकर लेखा बन्द कर देते हैं।

ब्याज लेखा	विक.	Interest a/c	Dr.
लाभ-हानि लेखा से		To Profit & Loss a/c	

अगले लेखांकन वर्ष में प्रथम दिन उपार्जित ब्याज लेखा में आधिक्य विकलन पार्श्व की ओर लिखा जाता है और निम्नलिखित विपरीत पंजी प्रविष्टि कर ब्याज लेखा बराबर कर दिया जाता है:

ब्याज लेखा	विक.	Interest a/c	Dr.
उपार्जित ब्याज लेखा से		To Accrued Interest a/c	

इस प्रकार 'ब्याज सहित' प्रतिभूतियों के क्रय की दशा में की जाने वाली पंजी प्रविष्टियों को निम्न तालिका से एक दृष्टि में समझा जा सकता है:

Journal Entries for 'Purchase of Securities' Cum-Interest at a Glance

क्रेता की पंजी पुस्त	*Journal Book of Purchaser (Investor)*
1. **प्रतिभूति क्रय करने पर:** विशिष्ट प्रतिभूति का लेखा विक. ब्याज लेखा विक. अधिकोष लेखा से	(1) **On the Purchase of Securities:** Particular Security a/c DR. Interest a/c To Bank a/c
2. **क्रय के बाद प्रथम ब्याज प्राप्त होने पर:** अधिकोष लेखा विक. ब्याज लेखा से	(2) **On receiving First Interest:** Bank a/c Dr. To Interest a/c
3. **उसी लेखा वर्ष में पुनः ब्याज प्राप्त होने पर:** अधिकोष लेखा विक. ब्याज लेखा से	(3) **Receiving the subsequent** interest in the same accounting year: Bank a/c Dr. To Interest a/c
4. **उपार्जित ब्याज की दशा में:** उपार्जित ब्याज लेख विक. ब्याज लेखा से	(4) **When Interest is accrued**: Accrued Interest a/c Dr. To Interest a/c
5. **लेखा-वर्ष के अन्त में ब्याज लेखा के आधिक्य को लाभ-हानि लेखा में हस्तान्तरित करने पर:** ब्याज लेखा विक. लाभ-हानि लेखा से	(5) **Balance of Interest a/c transfered to Profit & Loss a/c at the end of financial year:** Interest a/c Dr. To Profit & Loss a/c

नोट : पिछली ब्याज की तारीख से सौदे की तारीख तक का ब्याज अर्थात विक्रेता के हिस्से का ब्याज वास्तविक क्रय-मूल्य की गणना में घटाया जाता है।

विनियोग विक्रेता की पुस्तकों में पंजी प्रविष्टियाँ

विक्रेता द्वारा यदि विनियोग का विक्रय ब्याज सहित मूल्य पर किया जाता है तो विनियोग का वास्तविक विक्रय मूल्य और विक्रेता के हिस्से का ब्याज ज्ञात किया जाता है क्योंकि ब्याज सहित प्रतिभूतियों के विक्रय मूल्य में से उपार्जित ब्याज की राशि सम्मिलित रहती है। अत: विक्रेता की पुस्तकों में विक्रय मूल्य में से उपार्जित ब्याज घटाकर प्रतिभूतियों का पूँजीगत मूल्य निकाल लेते हैं। फिर निम्नलिखित पंजी प्रविष्टि की जाती है:

रोक/अधिकोष लेखा (प्राप्त हुई राशि से) विक.	Cash/Bank a/c	Dr.
विनियोग लेखा से (वास्तविक विक्रय मूल्य से)	To Investment a/c	
ब्याज लेखा से (विक्रेता के अंश के ब्याज से)	To Interest a/c	

देय तिथि पर विनियोग पर अगला प्रथम ब्याज चूँकि क्रेता को प्राप्त होता है इसलिए ब्याज की विक्रेता के यहाँ कोई पंजी प्रविष्टि नहीं होगी।

यदि सकल विनियोग बिक गया है तो आधिक्य ज्ञात करके अन्तर, लाभ हानि खाते में हस्तान्तरित कर दिया है। इस प्रकार विक्रेता के यहाँ विनियोग खाता बन्द हो जाता है।

लाभ की दशा में अर्थात् लागत से विक्रय मूल्य अधिक होने पर:

विशिष्ट विनियोग लेखा (अन्तर या आधिक्य की राशि) विक.	Specific (Particular) Investment a/c	Dr.
लाभ-हानि लेखा से	To Profit & Loss a/c	

हानि की दशा में अर्थात् लागत से विक्रय मूल्य कम होने पर:

लाभ-हानि लेखा विक.	Profit & Loss a/c	Dr.
(अन्तर या आधिक्य की राशि से) विशिष्ट विनियोग लेखा से	To Specific (Particular) Investment a/c	

लेखा वर्ष के अन्त में ब्याज लेखा का आधिक्य भी लाभ-हानि लेखा में हस्तान्तरित कर दिया जायेगा।

ब्याज लेखा विक.	Interest a/c	Dr.
लाभ-हानि लेखा से	To Profit & Loss a/c	

इस प्रकार 'ब्याज सहित' प्रतिभूतियों के विक्रय की दशा में की जाने वाली पंजी प्रविष्टियों को निम्न तालिका से एक दृष्टि में समझा जा सकता है:

Journal Entries for 'Sale of Securities' Cum-Interest at a Glance

क्रेता की पंजी पुस्त	*Journal Book of Seller*
1. **प्रतिभूति विक्रय करने पर:** अधिकोष लेखा से विक. विशिष्ट प्रतिभूति का लेखा ब्याज लेखा	(1) **On the Sale of Securities:** Bank a/c Dr. To Specific (Particular) Security a/c To Interest a/c
2. **लेखा वर्ष के अन्त में ब्याज लेखा का आधिक्य लाभ-हानि लेखा में हस्तान्तरित करने पर:** ब्याज लेखा से विक. लाभ-हानि लेखा से	(2) **Balance of Interest a/c transferred to P. & L. a/c at the end of financial year:** Interest a/c Dr. To Profit & Loss a/c
3. **प्रतिभूति के विक्रय पर लाभ होने की दशा में:** विशिष्ट प्रतिभूति लेखा विक. लाभ-हानि लेखा से	(3) **Profit on the sale of Securities:** Specific (Particular) Securicy a/c Dr. To Profit & Loss a/c
4. **प्रतिभूति के विक्रय पर हानि होने की दशा में:** लाभ-हानि लेखा विक. विशिष्ट प्रतिभूति लेखा से	(4) **Loss on the Sale of Securities:** Profit & Loss a/c Dr. To Specific (Particular) Security a/c

नोट : पिछली ब्याज की तारीख से सौदे की तारीख तक का ब्याज अर्थात् विक्रेता के हिस्से का ब्याज वास्तविक विक्रय मूल्य की गणना में घटाया जाता है।

ब्याज रहित मूल्य

(Ex-Interest Price)

प्रतिभूतियों के ब्याज रहित मूल्य के सम्बन्ध में दो अलग-अलग विचारधाराएँ पचलित हैं जो भारतीय तथा इंगलैण्ड विचाराधारा के नाम से जानी जाती है। वर्तमान में भारत में 'इन्स्टीट्यूट ऑफ चार्टर्ड एकाउण्टेण्ट्स ऑफ इण्डिया' ने भारतीय विचारधारा को मान्यता प्रदान की है। इसलिए हम केवल भारतीय विचारधारा के अनुसार ही ब्याज रहित मूल्य की व्याख्या करेंगे।

भारत में प्रतिभूतियों के ब्याज-रहित मूल्य से आशय यह है कि इस मूल्य में, विक्रेता को गत प्राप्त ब्याज की तिथि से व्यवहार की तिथि तक का, ब्याज सम्मिलित नहीं है। दूसरे शब्दों में, क्रेता द्वारा प्रतिभूति के मूल्य के अतिरिक्त गत प्राप्त ब्याज की तिथि से व्यवहार की तिथि का ब्याज अलग से विक्रेता को नकद देना होता है।

क्रेता की पुस्तकों में

(In the Books of Purchaser)

भारतीय विचारधारा के अनुसार 'ब्याज-रहित मूल्य' पर प्रतिभूति के क्रय की गणना एवं प्रविष्टियाँ निम्नानुसार की जाती हैं:

(1) प्रतिभूति के क्रय मूल्य में क्रय व्यय को जोड़कर वास्तविक क्रय मूल्य ज्ञात किया जाता है जो कि पूँजीगत व्यय होता है।

वास्तविक क्रय मूल्य = क्रय मूल्य + क्रय पर व्यय

(Actual Purchase Price = Purchase Price + Purchasing Expenses)

(2) ब्याज की देय तिथि से सौदे की तिथि तक का ब्याज ज्ञात किया जाता है और यह ज्ञात की गई ब्याज की राशि प्रतिभूति के विक्रेता को अलग से शोधन की जाती है जो कि आगम व्यय होता है।

पंजी प्रविष्टियाँ

(1) प्रतिभूति 'ब्याज रहित' क्रय करने पर

विशिष्ट प्रतिभूति लेखा	विक.	Specific (Particular)	
अधिकोष लेखा से		Investment a/c	Dr.
		To Bank a/c	

(2) विक्रेता को ब्याज की राशि (विक्रेता के हिस्से की) अलग से शोधन करने पर

ब्याज लेखा	विक.	Interest a/c	Dr.
अधिकोष लेखा से		To Bank a/c	

इन दोनों प्रविष्टियों के स्थान पर निम्नलिखित एक पंजी प्रविष्टि की जा सकती है:

विशिष्ट प्रतिभूति लेखा	विक.	Specific (Particular)	
ब्याज लेखा	विक.	Invetment a/c	Dr.
अधिकोष लेखा से		To Bank a/c	

(3) लेखा वर्ष में ब्याज की राशि प्राप्त होने पर

अधिकोष लेखा से	विक.	Bank a/c	Dr.
ब्याज लेखा से		To Interest a/c	

(4) उपार्जित ब्याज का लेखांकन (यदि कोई हो)

उपार्जित ब्याज लेखा	विक.	Accrued Interest a/c	Dr.
ब्याज लेखा से		To Interst a/c	

(5) लेखा वर्ष के अन्त में ब्याज लेखा का आधिक्य लाभ-हानि लेखा से हस्तान्तरित करने पर

ब्याज लेखा	विक.	Interest a/c	Dr.
लाभ-हानि लेखा से		To Profit & Loss a/c	

इस प्रकार 'ब्याज रहित' प्रतिभूतियों के क्रय की दशा में भारतीय सन्दर्भ में की जाने वाली पंजी प्रविष्टियों को अग्र चार्ट से एक दृष्टि से समझा जा सकता है:

Journal Entries for Purchase of Securities Ex-Interest at a Glance

क्रेता की पंजी पुस्त	*Journal Book of Purchaser (Investor)*
1. **प्रतिभूति क्रय करने पर:** विशिष्ट प्रतिभूति का लेखा विक. अधिकोष लेखा से	(1) **On Purchase of Securities:** Specific (Particular) Security a/c Dr. To Bank a/c
2. **ब्याज की राशि अलग से शोधन करने पर:** ब्याज लेखा विक. अधिकोष लेखा से उपरोक्त दोनों प्रविष्टियों के स्थान पर निम्नलिखित एक पंजी प्रविष्टि की जा सकती है: विशिष्ट प्रतिभूति लेखा विक. ब्याज लेखा विक. अधिकोष लेखा से	(2) **When Interest is to be paid separately:** Interest a/c Dr. To Bank a/c There may be passied one entry in place of above two entries: Specific (Particular) Security a/c Dr. Interest a/c Dr. To Bank a/c
3. **क्रय वर्ष में ब्याज की राशि प्राप्त होने पर:** अधिकोष लेखा विक. ब्याज लेखा से	(3) **On receiving of Interest in the same year of Purchase of Security:** Bank a/c Dr. To Interest a/c
4. **उपार्जित ब्याज (यदि कोई हो):** उपार्जित ब्याज लेखा विक. ब्याज लेखा से	(4) **Record of Accrued Interest (if any):** Accrued Interest a/c Dr. To Interest a/c
5. **लेखा-वर्ष के अन्त में ब्याज लेखा का आधिक्य को लाभ-हानि लेखा में हस्तान्तरित करने पर:** ब्याज लेखा विक. लाभ-हानि लेखा से	(5) **Transfer of balance of Interest a/c to Profit & Loss a/c at the end of the year:** Interest a/c Dr. To Profit & Loss a/c

प्रश्न

1. विनियोग क्या है? विभिन्न प्रकार की प्रतिभूतियों को समझाइए।

   What is Investment? Explain the different types of securities.

2. विनियोग लेखे क्या हैं? विनियोग लेखा रखने की पद्धतियों का वर्णन कीजिए।

   What are investment accounts? Describe the methods of maintaining investment accounts.

3. विनियोग लेखे से आप क्या समझते हैं? 'ब्याज सहित' और 'ब्याज रहित' शब्दों को उदाहरण सहित समझाइए।

   What do you understand by Investment Account? Explain the term 'Cum-interest' and 'Ex-interest' with examples.

4. 'लाभांश सहित' और 'लाभांश रहित' शब्दों का अर्थ उदाहरण देकर समझाइये। विनियोग लेखों पर इनका प्रभाव बताइए।

   Illustrate the meaning of 'Cum-divided' and 'Ex-Dividend' and give their effect on investment accounts.

5. विनियोग लेखा क्या है? लाभांश रहित और लाभांश सहित में अन्तर कीजिये। इनका विनियोग लेखों पर क्या प्रभाव पड़ते हैं?

   What is Investment Account? Differentiate between Ex-dividend and Cum-dividend. What effect to they make in Investment Account?

6. विभिन्न प्रकार के विनियोग का वर्णन कीजिये। ब्याज सहित एवं ब्याज रहित विनियोगों को सविस्तार समझाइए।

   Describe the dfferent types of investments. Explain Cum-interest and Ex-interest investments in detail.

7. 1 मई, 1997 को अ ने ब से 15, 100 रु. वाले 12 प्रतिशत ऋणपत्र 110 रु. की दर से ब्याज सहित मूल्य पर खरीदे। इन ऋणपत्रों पर ब्याज 1 मार्च और 1 सितम्बर को देय है। क्रेता ने मुद्रांक (स्टाम्प), दलाली और हस्तान्तरण शुल्क के 80 रु. पटाये।

उपर्युक्त व्यवहारों की अ की पुस्तकों में पंजी प्रविष्टियाँ दीजिये और आवश्यक लेखे तैयार कीजिये। क्रेता 'अ' अपनी पुस्तके 31 मार्च को बन्द करता है।

On 1st May, 1997 A purchased 15, 12% debentures of Rs. 100 each at Rs. 110 each Cum-interest from B Interest is payable on these debentures on 1st March and 1st September. Purchase paid Rs. 80 for stamp, commission and transfer fee.

Pass Journal entries and prepare necessary accounts in the books of A. Purchaser 'A' closes his books of account on 31st March.

उत्तर वास्तविक क्रय मूल्य 1,700 रु. विक्रेता के हिस्से का ब्याज 30 रु., उपार्जित ब्याज 15 रु. है

8. किशोर 31 जुलाई, 1997 को 10 रु. वाले 1,000, 15 प्रतिशत ऋणपत्र 11 रु. की दर पर ब्याज सहित खरीदता है। ब्याज 1 अप्रैल और 1 अक्टूबर को देय हैं। इन ऋणपत्रों को 31 अक्टूबर, 1997 को 10.25 रु. की दर से ब्याज सहित बेच दिया जाता है। दोनों बार 20-20 रु. दलाली दी जाती है।

किशोर की पुस्तकों में पंजी प्रविष्टियाँ दीजिये और विनियोग लेखा बनाइये।

On 31st July, 1997 Kishor purchases 1,000, 15%debentures of Rs 10 each at Rs. 11 Cum-interest. Interest is payable on 1st April and 1st October. On 31st October, 1997, these debentures are sold @ Rs. 10.25 Cum-interest. Commission was paid Rs. 20 in each condition.

Pass Journal Entries and prepare Investment Account in the books of Kishor.

उत्तर वास्तविक क्रय मूल्य 10,520 रु., वास्तविक विक्रय मूल्य 10,105 रु., हानि 415 रु.।

9. 1 मई, 1997 को A ने B से लिमिटेड के 100 रु. वाले 40, 6 प्रतिशत ऋणपत्र 110.50 रु. सलाभ मूल्य पर खरीदे। ब्याज 1 मार्च और 1 सितम्बर को देय है। प्रत्येक पक्ष द्वारा दिया गया बैंक- कमीशन 10 रु. है। वर्ष 1997-98 के लिए A एवं B की खाताबहियों में इन व्यवहारों को लिखिये। पुस्तकें 31 मार्च को बन्द की जाती है।

On 1st May, 1997 A purchased from B 40, 6% debentures of Rs. 100 each of X Ltd., at Rs. 110.50 Cum-dividend. Interest is payable on 1st March and 1st September. Bank commission paid by each party was Rs. 10. Post these transactions in the ledger of A and B for the year 1997-98. Books are closed on 31st March.

उत्तर वास्तविक क्रय मूल्य 4,390 रु., वास्तविक विक्रय मूल्य 4,370 रु., विक्रेता के हिस्से का ब्याज 40 रु., उपार्जित ब्याज 20 रु.।

10. अतुल ने 31 मई, 1997 को मफतलाल कम्पनी के 100 रु. वाले 600, 12 प्रतिशत ऋण पत्र 98 रु. की दर से ब्याज सहित मूल्य पर क्रय किये। ब्याज 31 मार्च और 30 सितम्बर को देय है। क्रय पर विविध व्यय 200 रु. हुए। 31 मार्च, 1998 को 300 ऋणपत्र 95 रु. की दर से बेच दिया गये। विक्रय व्यय 110 रु. हुआ।

अतुल की पुस्तकों में आवश्यक खाते बनाइये। वह 31 मार्च को अपनी लेखा पुस्तकें बन्द करता है।

On 31st May, 1997 Atul purchased 600, 12% debentures of Mafatlal Company of Rs. 100 each at Rs. 98 Cum-interest. Interest is payable on 31st March and 30th September. Sundry expenses on purchases were Rs. 200. On 31st March, 1998, 300 debentures were sold at Rs. 95 each. Selling expenses were Rs. 110.

Prepare necessary accounts in the books of Atual. He closes his books of account on 31st March.

उत्तर वास्तविक क्रय मूल्य 57,800 रु., विक्रेता के हिस्से का ब्याज 1,200 रु., वास्तविक विक्रय मूल्य 28,390 रु., ऋणपत्र लेखे का आधिक्य 28,900 रु., लाभ-हानि लेखे में हस्तान्तरित 510 रु. (हानि)।

11. 15 जून, 1997 को X लिमिटेड ने 10, 6 प्रतिशत ऋणपत्र 100 रु. वाले 120 रु. की दर से ब्याज सहित खरीदे। 15 सितम्बर को X लिमिटेड ने 5 ऋणपत्र 118 रु. दर से ब्याज सहित बेचे। ब्याज 31 मार्च और 30 सितम्बर को दिया जाता है। विनियोग खाता तथा ब्याज खाता बनाइये। लेखे 31 मार्च को बन्द किये जाते हैं।

On 15th June, 1997 X Ltd. purchased 10, 6% debentures of Rs. 100 each at Rs. 120 each Cum-interest. On 15th September X Ltd., sold 5 debentures at Rs.118 each Cum-interest. Interest is paid on 31st March and 30th September. Prepare Investment Account and Interest Account. Accounts are closed on 31st Marc.

उत्तर वास्तविक क्रय मूल्य 1,187.50 रु., वास्तविक विक्रय मूल्य 576.25 रु., विक्रय पर हानि 17.50 रु. ब्याज लेखे का आधिक्य लाभ-हानि लेखे में हस्तान्तरित 31.25 रु.।

12. 'अ' ने रुपये वाले 50, 5 प्रतिशत सरकारी बाण्ड्स ब्याज सहित 105 रुपये प्रति बॉण्डस की दर से 30 अप्रैल, 2000 को क्रय किये। 1 सितम्बर, 2000 को उसने 25, 5 प्रतिशत सरकारी बाण्डस 106 रुपये प्रति बॉण्डस की दर से बेच दिये। इन बॉण्डस पर ब्याज प्रति वर्ष 31 जुलाई व 31 जनवरी को दिया जाता है। 'अ' की पुस्तकों में जनरल के आवश्यक लेखे कीजिए।

13. एक लिमिटेड कम्पनी जिसका वित्त वर्ष 31 दिसम्बर को समाप्त होता है, ने 1 जनवरी, 2000 को 100, 3 प्रतिशत म्यूनिसिपल बॉण्ड प्रत्येक 100 रुपये वाले 8,725 रुपये में क्रय किये, इन ऋणपत्रों पर ब्याज 1 फरवरी और 1 अगस्त को दिया जाता है। कम्पनी ने आधे ऋणपत्र 1 अप्रैल, 2000 को प्रत्येक 85.25 रुपये की दर से बेचे। इन पर 25 पैसे प्रतिशत की दर से बैंक कमीशन दिया गया। विनियोग खाता और ब्याज खाता बनाइये।

14. 1 जनवरी, 2000 को X फाइनेन्स लिमिटेड के पास 1,00,000 रुपये के 3.5 प्रतिशत सरकारी ऋण 95,000 रुपये की लागत पर था। इन पर तीन महीनों का ब्याज अर्जित हो चुका था। 31 मई को कम्पनी ने 40,000 रुपये का उक्त ऋण ब्याज सहित 96 रुपये (शुद्ध) की दर से और क्रय किया। 31 अगस्त को 30,000 रुपये का उक्त ऋण पत्र ब्याज सहित 96 रुपये (शुद्ध) की दर पर बेचा गया। उक्त ऋण पर ब्याज प्रति वर्ष 31 मार्च और 30 सितम्बर को चुकाया जाता है। 31 दिसम्बर, 2000 को उक्त ऋण का मूल्य 96 रुपये की दर से ब्याज रहित पर उद्धृत किया गया।

वर्ष 2000 के लिए X की पुस्तकों में विनियोग खाता, ब्याज खाता और उपार्जित ब्याज खाता बनाइए।

15. 15 अप्रैल 2000 को सुधीर ने 4,500 रुपये 5 प्रतिशत ऋण पत्र 105 रुपये प्रति की दर से ब्याज रहित क्रय किये। इस क्रय में स्टॉम्प आदि के व्यय 40 रुपये हुये। उसने 30 सितम्बर, 2000 को 1,500 रुपये 5 प्रतिशत ऋणपत्र

107 रुपये प्रति की दर से ब्याज रहित बेचे। ब्याज प्रतिवर्ष 30 अप्रैल और 13 अक्टूबर को दिया जाता है। क्रय एवं विक्रय पर 1/8 प्रतिशत दलाली दी जाती है। सुधीर की पुस्तकों में आवश्यक खाते बनाइये। सुधीर अपने खाते प्रतिवर्ष 31 दिसम्बर को बन्द करता है।

16. 1 मई, 2000 को सुशील ने 25,000 रुपये 7 प्रतिशत ऋणपत्र 100 रुपये वाले 103 रुपये प्रति ऋणपत्र की दर से ब्याज सहित क्रय किये। इस पर दलाली 1/8 प्रतिशत और अन्य व्यय 20 रुपये भुगतान किये। 1 नवम्बर, 2000 में उसके 100, 7 प्रतिशत ऋणपत्र 106 रुपये प्रति ऋणपत्र की दर से ब्याज सहित बेचे, इन पर दलाली 1/8 प्रतिशत की दर से दी। ब्याज प्रतिवर्ष 1 जून और 1 दिसम्बर को दिया जाता है। सुशील अपनी पुस्तकों को प्रतिवर्ष 31 दिसम्बर को बन्द करता है। उनकी पुस्तकों में आवश्यक खाते बनाइये।

17. अशोक विनियोग कम्पनी के पास 1 जनवरी, 1999 को 1,00,000 रु. का 3.5 म.प्र. शासन ऋण (2000) 95,000 रु. की लागत पर था। 31 मई में कम्पनी ने 40,000 रु. का उक्त ऋण 96 रु. ब्याज सहित की दर से और क्रय किया। 31 जुलाई को 30,000 रु. का ऋण 94 रु. ब्याज रहित बेच दिया। 30 नवम्बर को 20,000 रु. का ऋण पुनः 96 रु. की दर से ब्याज सहित बेचा। ऋण पर ब्याज प्रति वर्ष 31 मार्च तथा 30 सितम्बर को प्राप्त होता है। 31 दिसम्बर को उक्त ऋण का बाजार मूल्य 96 रु. था। कम्पनी की पुस्तकों से विनियोग खाता और ब्याज खाते तैयार कीजिए।

□□□

9

कम्पनियों का आन्तरिक पुनर्निर्माण
(Internal Reconstruction of Companies)

'पुनर्निर्माण' एक व्यापक शब्द है जिसके बारे में लेखा शास्त्रियों में मतभेद है। कुछ लेखा शास्त्री जिनमें विल्सन, आर्थर कोल्स (H.A.R.J. Wilson, Arthur Coles) मुख्य है, पुनर्निर्माण शब्द का प्रयोग विस्तृत अर्थ में करते हैं। जबकि कुछ अन्य लेखा शास्त्री जिनमें मुख्य कार्टर (Carter) हैं, इस शब्द का प्रयोग संकुचित अर्थ में करते हैं। विस्तृत अर्थ में पुनर्निर्माण के अन्तर्गत निम्नलिखित बातें आती है -

(1) पुन: पूंजीकरण तथा पुनर्संगठन (Rearrangement of Share Capital and Reorganisation),

(2) पूंजी में कमी करना (Reduction in Share Capital),

(3) मिलती जुलती नाम की एक नई कम्पनी को व्यापार बेचने के उद्देश्य से पुरानी कम्पनी का समापन।

उपर्युक्त में से प्रथम दो परिस्थितियों को आन्तरिक पुनर्निर्माण (Internal Reconstruction) तथा तृतीय परिस्थिति को बाह्य पुनर्निर्माण (External Reconstruction) जिसका विवेचन अगले अध्याय में किया गया है, की संज्ञा दी जाती है।

आन्तरिक पुनर्निर्माण एक ऐसी योजना है जिसके अन्तर्गत कम्पनी का अस्तित्व बना रहता है अर्थात कम्पनी का समापन नहीं होता बल्कि कम्पनी की पूंजी संरचना में आवश्यक परिवर्तन करके उसे लाभ की दिशा में आगे बढ़ाने के प्रयास किये जाते हैं। कोहलर ने आन्तरिक पुनर्निर्माण की अर्द्ध पुनर्गठन की संज्ञा दी है। इसके विपरीत बाह्य पुनर्निर्माण के अन्तर्गत वर्तमान कम्पनी का समापन करके उससे मिलते जुलते नाम से एक नई कम्पनी की स्थापना की जाती है और यह नई कम्पनी वर्तमान कम्पनी के व्यवसाय को

क्रय कर लेती है। इस प्रकार आन्तरिक पुनर्निर्माण कम्पनी को समापन से बचाने का एक विकल्प है।

आन्तरिक पुनर्निर्माण की आवश्यकता - किसी कम्पनी के आन्तरिक पुनर्निर्माण या पुनर्गठन की आवश्यकता निम्नलिखित परिस्थितियों में होती है -

(1) क्लिष्ट पूंजी संरचना - यदि कम्पनी की पूंजी संरचना क्लिष्ट (Typical) है जिससे विनियोजक उस कम्पनी के अंश क्रय न करते हों या उसकी ओर आकर्षित न होते हों। ऐसी स्थिति में पूंजी संरचना को सरल एवं सुविधाजनक बनाने के लिए आन्तरिक पुनर्निर्माण की आवश्यकता होती है।

(2) अति पूंजीकरण (Over Capitalisation)- एक कम्पनी अति पूंजीकृत तब कही जाती है जब कम्पनी के चिट्ठे में प्रदर्शित सम्पत्तियां इसकी पूंजी का पूर्ण रूप से प्रतिनिधित्व न करती हो तथा चिट्ठे में सम्पत्तियों को उनके उचित बाजार मूल्य से अधिक पर दिखाया गया हो। इन सम्पत्तियों को उचित मूल्य पर लाने के लिए पूंजी का पुनर्गठन किया जाता है।

(3) अत्यधिक हानियां - कम्पनी की पिछले वर्षों की एकत्रित हानियां अत्यधिक हों तथा उन्हें बिना अपलिखित किये भविष्य में पूर्ति करना सम्भव प्रतीत न होता हों तव पुनर्निर्माण की आवश्यकता होती है ताकि भविष्य में कम्पनी लाभांश घोषित कर सके व ऋण पत्रधारियों को समय पर ब्याज का भुगतान किया जा सके।

(4) अनुचित पूँजी दन्ति अनुपात - किसी कम्पनी की समता अंश पूंजी व स्थिर लागत वाली पूंजी (अधिमान अंश एवं ऋणपत्र) के मध्य अनुपात दन्ति अनुपात (Gearing Ratio) कहलाता है। इस अनुपात के अनुचित होने पर इसे सुधारने हेतु आन्तरिक पुनर्निर्माण की कार्यवाही की जाती है।

इस प्रकार आन्तरिक पुनर्निर्माण का उद्देश्य पुनः पूंजीकरण द्वारा वर्तमान कम्पनी की पूंजी संरचना में सुधार लाना तथा उसको पुनर्गठित करना है। पूंजी संरचना में ऐसा पुनर्गठन निम्नलिखित तरीकों से किया जा सकता है।

(अ) अंश पूंजी में परिवर्तन द्वारा,

(ब) अंश पूंजी में कमी करके, तथा

(स) कम्पनी के अंशधारियों, ऋण पत्रधारियों एवं लेनदारों के साथ अनुविन्यासन की योजना का कार्यान्वयन करके।

अंश पूंजी में परिवर्तन

(Alternation in Share Capital)

कम्पनी अधिनियम, 1956 की धारा 94, 95 व 97 के अनुसार एक कम्पनी अपने अन्तर्नियमों द्वारा अधिकृत होने पर न्यायालय की अनुमति लिये बिना ही केवल साधारण सभा में एक प्रस्ताव पारित करके अपनी अंश पूँजी में परिवर्तन कर सकती है। ऐसा परिवर्तन निम्न प्रकार से किया जा सकता है।

(अ) नये अंशों के निर्गमन द्वारा पूंजी में वृद्धि,

(ब) कम मूल्य वाले अंशों का अधिक मूल्य वाले अंशों में समामेकन,

(स) अंशों का स्टॉक में अथवा स्टाक का अंशों में परिवर्तन,

(द) विद्यमान अंशों का कम मूल्य वाले अंशों में उप-विभाजन,

(य) अनिर्गमित अंशों को रद्द करके।

(1) नये अंशों के निर्गमन द्वारा पूँजी में वृद्धि

(Increase in Capital by Issue of New Shares)

यदि कम्पनी नये अंशों के निर्गमन द्वारा पूंजी बढ़ाना चाहती है तो कम्पनी अंशधारियों की साधारण सभा में एक प्रस्ताव पारित कर ऐसा कर सकती है। प्रस्ताव पारित होने के बाद कम्पनी अपने पार्षद सीमा नियम (Memorandum of Association) और अन्तर्नियमों में परिवर्तन कर प्रस्ताव की एक प्रति के साथ कम्पनी रजिस्ट्रार के कार्यालय में आवश्यक परिवर्तन करने के लिए प्रस्तुत कर देनी चाहिए। प्रस्ताव में कितनी पूंजी में वृद्धि की जावेगी वह राशि अवश्य लिखी होनी चाहिए। यदि आवश्यक हो तो पूंजी निर्गमन नियन्त्रक (Controller of Capital Issues) की अनुमति भी ले लेनी चाहिए।

कम्पनी अधिनियम की धारा 81 के अनुसार नये अंश सर्वप्रथम वर्तमान समता अंशधारियों को प्रस्तावित किये जाते हैं। यदि वर्तमान समता अंशधारी अंश लेना स्वीकार नहीं करते हैं तो इन्हें अन्य व्यक्तियों को बेचा जा सकता है। नये अंशों के क्रय के बारे में निर्णय लेने के लिए समता अंशधारियों को कम से कम 15 दिन की अवधि देनी चाहिये। यदि वह खरीदने में असमर्थ रहता है तो संचालकगण उन अंशों के लिए स्वतन्त्र होते हैं।

नये अंशों के निर्गमन की लेखा प्रविष्टि ठीक उसी प्रकार से होती है जैसे कम्पनी अपनी लेखा पुस्तकों में मूल अंशों के लिए करती है।

(2) कम मूल्य वाले अंशों का अधिक मूल्य वाले अंशों में समामेकन

(Consolidation of Shares)

एक सीमित दायित्व वाली कम्पनी को यह अधिकार है कि वह अपने कम मूल्य वाले अंशों का अधिक मूल्य वाले अंशों में समामेकन कर दें। इस प्रकार की प्रक्रिया से कम्पनी की प्रदत्त पूँजी (Paid up Capital) की राशि मं कोई परिवर्तन नहीं होता है परन्तु अंशधारियों की संख्या में कमी आ जाती है। उदाहरण के लिए एक कम्पनी ने 10 रु. वाले 50,000 समता अंशों का निर्गमन किया हुआ है तथा अब कम्पनी यह निश्चय करती है कि इन अंशों का 100 रु. वाले 500 समता अंशों में समामेकन किया जावे तथा 16 समता अंश के धारक को एक अंश दे दिया जावे तो यह प्रक्रिया अंशों का समामेकन तथा वितरण कहलायेगी।

यदि समामेकन किये जाने वाले अंशत: प्रदत्त (Partly Paid up) हो तो समामेकित करते समय इस बात का ध्यान रखा जाये कि समामेकन के बाद चुकता मूल्य

(Paid up Value) तथा अंकित मूल्य (Face Value) का वही अनुपात रहे जो समामेकन से पहले था।

(3) अंशों को स्टाक में अथवा स्टाक को अंशों में परिवर्तित करना

(Conversion of Shares into Stock and Stock into Shares)

एक कम्पनी अपने समस्त पूर्णदत्त अंशों को या उनमें से कुछ को स्टाक में बदल सकती है अथवा स्टाक को भी कम्पनी किसी भी मूल्य वर्ग के अंशों में बदल सकती है। जब अंशों को स्टाक में बदल दिया जाता है तब सदस्यों के पास स्टाक पूंजी का एक निश्चित भाग होता है न कि अंशों की निश्चित संख्या। अंशों को स्टाक में बदल दिये जाने पर किसी भी मूल्य के स्टाक को अन्य व्यक्तियों को हस्तान्तरित किया जा सकता है। इस परिवर्तन की सूचना एक माह के भीतर रजिस्ट्रार को दे देनी चाहिए। सदस्यों के रजिस्टर में भी उस सदस्य के नाम के आगे अंशों की संख्या पर स्टाक की राशि दर्ज कर दी जाती है। इसकी लेखा प्रविष्टि अग्रांकित प्रकार से होती है।

Equity Share Capital A/c Dr.
    To Equity Stock A/c
(Fully paid equity shares Converted into equity Stock)

यदि स्टाक को अंशों में परिवर्तन करना हो तो इसकी प्रविष्ट निम्न प्रकार होगी-

Equity Stock A/c Dr.
    To Equity Share Capital A/c
(Equity Stock converted into Equity Share Capital)

(4) विद्यमान अंशों का कम मूल्य वाले अंशों में उपविभाजन

(Sub-Division of Shares)

एक कम्पनी अपने सभी अंशों को या उनमें से कुछ अंशों को कम मूल्य वाले अंशों में उपविभाजित कर सकती है। इसका उद्देश्य छोटे विनियोजकों को आकर्षित करना है। यदि कम्पनी ने आंशिक दत्त अंशों का उपविभाजन किया है तो नये अंशों का चुकता मूल्य (Paid up Value) तथा अंकित मूल्य (Nominal Value) का वही अनुपात होगा जो उपविभाजन से पूर्व था।

(5) अनिर्गमित अंशो को रद्द करके

(By Cancellation of Unissued Shares)

एक सीमित कम्पनी उन सभी अंशों को जिनका अभी तक किसी भी व्यक्ति को निर्गमन नहीं हुआ है, रद्द कर सकती है। इस प्रकार कम्पनी अपनी अंश पूँजी में कमी कर देगी। यह परिवर्तन केवल चिट्ठे में दायित्व पक्ष में अंश पूंजी की मद के अन्तर्गत अंशों की संख्या में किया जावेगा। इन अंशों को रद्द करने पर कम्पनी की पुस्तकों में कोई लेखा प्रविष्टि नही होगी।

अंश पूंजी की कमी

(Reduction in Share Capital)

कम्पनी अधिनियम की धारा 100 से 105 में उन प्रावधानों का उल्लेख है जिनके अन्तर्गत एक कम्पनी अपनी पूंजी में कमी कर सकती है। इनमें से कुछ महत्त्वपूर्ण प्रावधान निम्न प्रकार हैं –

(1) पूंजी में कमी करने के लिए अन्तर्नियमों द्वारा अधिकृत हो तथा एक विशेष प्रस्ताव द्वारा पूँजी की इस कमी का न्यायालय द्वारा अनुमोदन कर दिया गया हो।

(2) पूंजी से अभिप्राय अधिकृत पूंजी से है चाहे वह निर्गमित हो या अनिर्गमित। यदि निर्गमित हो तो चाहे पूर्णदत्त हो या नहीं। अंश में स्टाक भी सम्मिलित है जिससे कम्पनी अपने स्टाक में कमी कर सकती है।

(3) जब कम्पनी अपनी साधारण सभा में अंश पूंजी में कमी करने का विशेष प्रस्ताव पारित कर देती है तो पूंजी में कमी न्यायालय द्वारा अनुमोदित होनी चाहिए।

(4) अंश पूंजी मं कमी के परिणामस्वरूप कम्पनी के अंशधारी की देयता में कमी आती है तो न्यायालय कम्पनी के नाम के पीछे कम की हुई (And Reduced) शब्दों को लगाने का आदेश दे सकती है।

(5) कम्पनी अपनी अंश पूंजी में कमी निम्न प्रकार से कर सकती है–

(अ) अदत्त पूँजी सम्बन्धी दायित्व (Uncalled Capital Liability) को कम करके या समाप्त करके अथवा,

(ब) आवश्यकता से अधिक पूँजी अंशधारियों को लौटा कर, अथवा

(स) प्रदत्त पूंजी में कटौती अर्थात् प्रदत्त पूंजी के उस भाग को जो हानिग्रस्त हो गया है, अथवा उपलब्ध सम्पत्तियों द्वारा प्रतिनिधित्व विहीन हो गया है, रद्द करके।

(1) अदत्त पूँजी सम्बन्धी दायित्व को कम करके या समाप्त करके

(Reucing or Extinguishing the Liability on account of Uncalled Capital)

जब अंश पूंजी की अदत्त राशि को कम या अपलिखित किया जाता है तो अंशधारियों को भविष्य में चुकाई जाने वाली राशि नहीं चुकानी पड़ती है और उन्हें लाभ होता है। इसके अतिरिक्त उतनी ही राशि से लेनदारों की प्रतिभूति कम हो जाती है। यदि अंशों पर अदत्त राशि के दायित्व को पूर्णत: समाप्त कर दिया जाता है तो अंशत: प्रदत्त अंश ओ जाते हैं तथा कम्पनी की पुस्तकों में निम्न प्रविष्टियाँ की जाती है –

(Old) Share Capital A/c Dr.
  To (New) Share Capital A/c
(Uncalled Capital @ Rs..... per share cancelled)

(2) अधिक पूंजी लौटाकर

(By Return of Excess Capital)

आवश्यकता से अधिक पूंजी भी कम्पनी में कई प्रकार की समस्याओं को जन्म देती है। अत: कम्पनी अधिनियम की औपचारिकताओं का पालन करते हुए उसे लौटा देना चाहिए। यह स्थिति तब आती है जब कम्पनी का व्यवसाय बहुत कम हो जावे, अथवा उसका कुछ विभाग बन्द हो जाये अथवा अन्य आर्थिक कारणों की वजह से।

जब अशधारियों को पूंजी नकद में लौटाई जाती है तो उससे लेनदारों की प्रतिभूति में कमी आती है और वे इस योजना का विरोध कर सकते हैं, अत: यह योजना तभी क्रियान्वित की जा सकती है जब वे पूर्णतः सन्तुष्ट हो। अंश पूंजी में इस प्रकार की कमी के लिए अग्रलिखित जर्नल प्रविष्टियाँ की जाती है –

(अ) जब अंशो के अंकित मूल्य में परिवर्तन किया जाय –

(i) (Old Denomination) Share Capital A/c	Dr.	(पुरानी प्रदत्त पूंजी की कुल जमा राशियां)
To (New Denomination) Share Capital A/c		(नये पूंजी खाते में क्रेडिट की जाने वाली समस्त राशियां)
To Sundry Shareholders A/c	Dr.	अंशधारियों को लौटाई जाने वाली राशियाँ)
(ii) Sundry Shareholders A/c	Dr.	
To Bank A/c		

(ब) जब अंशों के अंकित मूल्य में परिवर्तन न किया जाय–

(i) Share Capital A./c	Dr.	अंशधारियों को लौटाई जाने वाली राशि से
To Sundry Shareholders A/c		
(ii) Sundry Shareholders A/c	Dr.	अंशधारियों को भुगतान की गई राशि से
To Bank A/c		

प्रदत्त अंश पूंजी में कटौती करके

(Reducing or Writing off the Paid up Share Capital)

यदि किसी कम्पनी में गलत विनियोग नीति के कारण निरन्तर हानि हो रही है, चिट्ठे के सम्पत्ति पक्ष में लिखी गई प्रारम्भिक व्यय, अंशों व ऋण पत्रों के निर्गमन पर बट्टा आदि को अपलिखित नहीं कर पा रही हो, कम्पनी की ख्याति वास्तव में समाप्त हो चुकी हो किन्तु फिर भी चिट्ठे में दर्शायी जा रही हो, सम्पत्तियों को उचित मूल्य से अधिक मूल्य पर दिखाया जा रहा हो तो ऐसा माना जाता है कि कम्पनी की पूंजी उसकी सम्पत्तियों का उचित प्रतिनिधित्व नहीं करती है। दूसरे शब्दों में संचित हानियों, स्थगित व्ययों एवं सम्पत्तियों के पुस्तक मूल्यों में कमी की सीमा तक ऐसी पूंजी डूब चुकी है या नष्ट हो गई है। अत: ऐसी

डूबी हुई पूँजी को अपलिखित करने के लिये ''पूंजी में कटौती की योजना'' (Capital Reduction Programme) लागू की जाती है। इस योजना में समता व अधिमान अंशधारियों द्वारा त्याग की जाने वाली राशि का उल्लेख होता है। यदि हानियों की मात्रा अधिक हो तो ऋणपत्रधारियों एवं लेनदारों द्वारा भी त्याग किया जाता है। इस त्याग की राशि से संचित हानियों को अपलिखित किया जाता है। इस योजना को कार्यान्वित करने के लिये कम्पनी की पुस्तकों में एक पूंजी कटौती खाता (Capital Reduction Account) या पूंजी पुनर्निर्माण खाता (Capital Reconstruction Account) खोला जाता है जिसके माध्यम से निम्नलिखित प्रविष्टियाँ की जाती है।

(1) अंशधारियों द्वारा किये गये त्याग के लिए-

(अ) जब अंशों का अंकित मूल्य घटा दिया जावे -

(Old Denominaiton) Share Capital A/c Dr. (पुराने पूंजी खाते में जमा राशि से)

To (New Denomination) Share Capital A/c (नये पूंजी खाते की राशि से)

To Capital Reduction A./c (कमी की राशि से)

(ब) अंशों के अंकित मूल्य को न घटाया जावे, केवल प्रदत्त राशि घटायी जावे

Share Capital A/c Dr. कमी की राशि से

To Capital Reduction A/c

(2) ऋण पत्रधारियों एवं लेनदारों द्वारा अपने दावों में से त्याग करने पर-

Debentures A/c Dr.

Creditors A/c Dr.

To Capital Reconstruction A/c

(3) कम्पनी की पुस्तकों में सामान्य संचय पूंजीगत संचय या अन्य किसी संचय खाते में शेष होने की दशा में उसका हस्तान्तरण करने पर -

General Reserve A/c Dr.

Capital Reserve A/c Dr.

(Particular) Reserve A/c Dr.

To Capital Reduction A/c

(4) किसी सम्पत्ति के पुनर्मुल्यांकन के फलस्वरूप उसके मूल्य में वृद्धि होने पर-

(Particular) Asset A/c Dr.

To Capital Reduction A/c

इसी प्रकार कम्पनी को यदि अन्य कोई लाभ उत्पन्न हो तो लाभ की उक्त राशि को 'पूंजी कमी खाते' में क्रेडिट कर देना चाहिए।

(5) संचित हानियों, विशेष हानियों, ख्याति की राशि, कृत्रिम सम्पत्तियों तथा सम्पत्तियों के मूल्यों में हुई कमी एवं दायित्वों के मूल्यों में वृद्धि को अपलिखित करने पर-

Capital Reduction A/c Dr.
To Profit and Loss A/c
To Preliminary Expenses A/c
To Discount of Issue of Share A/c
To Goodwill A/c
To Patents A/c
To Other Assets A/c

(6) विभिन्न हानियों को अपलिखित करने के उपरान्त 'पूंजी कमी खाते' में कोई शेष हो तो उसे 'पूंजी संचय खाते' में निम्न प्रविष्टि द्वारा हस्तान्तरित कर देना चाहिए-

Capital Reduction A/c Dr.
To Capital Reserve A/c

(7) 'पूंजी में कटौती योजना' के अन्तर्गत अन्य व्यवहारों जैसे नये अंशों का निर्गमन, पुराने अंशों से मांग राशि मंगवाना, नई सम्पत्तियों का क्रय, दायित्वों का भुगतान आदि के सम्बनध में लेखा प्रविष्टियाँ सामान्य नियमों के ही अनुसार ही की जायेगी।

पुनर्निर्माण के पश्चात् कम्पनी का चिट्ठा
(Balance Sheet of the Company after Reconstruction)

पुनर्निर्माण के पश्चात् कम्पनी का चिट्ठा तैयार करते समय निम्न बातों का ध्यान रखना आवश्यक है -

(1) यदि न्यायालय आदेश देता है तो कम्पनी के नाम के आगे शब्द का प्रयोग किया जायेगा।

(2) स्थायी सम्पत्तियों के सम्बनध में पुनर्निर्माण योजना के अन्तर्गत अपलिखित की गई राशि को पांच वर्षों तक दर्शाया जाना चाहिए।

संचयी अधिमान अंशों पर बकाया लाभांश
(Arrears of Dividend on Cumulative Preference Shares)

संचयी अधिमान अंशों पर एक या अधिक वर्षों का बकाया लाभांश हो तो इसे चिट्ठे में 'संदिग्ध दायित्व' के अन्तर्गत दिखाया जाता है। पूँजी कटौती योजना के अन्तर्गत इसका लेखा निम्न प्रकार किया जाता है-

(अ) यदि अधिमान अंशधारी अपने लाभांश की सम्पूर्ण बकाया राशि का त्याग करने को सहमत हो जाते हैं तो लाभांश के सम्बनध में कोई लेखांकन प्रविष्टि नहीं होगी क्योंकि बकाया लाभांश संदिग्ध दायित्व है जिसका पुस्तकों में कोई लेखा किया हुआ नहीं है।

(ब) यदि अधिमान अंशधारियों को बकाया लाभांश पूर्ण या आंशिक रूप में देना तय होता है तब त्याग की गई राशि का तो कोई लेखा नहीं होगा किन्तु जितनी राशि का भुगतान करता है, उसके लिए निम्न प्रविष्टि की जायेगी–

(i) Capital Reduction A/c Dr.
To Preference Share Dividend A/c
(Preference share dividend to be paid)

(ii) Preference Share Dividend A/c Dr.
To Bank A/c
To Share Capital A/c
To Debentures A/d
(Preference share Dividend paid)

(स) यदि अधिमान अंशों पर लाभांश की घोषणा हो चुकी हो किन्तु उसका भुगतान नहीं किया हो तो ऐसी दशा में 'अधिमान अंश लाभांश खाता' कम्पनी की पुस्तकों में खुला होगा तथा चिट्ठे में दायित्व पक्ष में दिखाया गया होगा। पूँजी कटौती योजना के अन्तर्गत यदि ऐसे लाभांश मं से अंशधारियों द्वारा कुछ त्याग किया गया हो तो इसके लिए निम्नलिखित प्रविष्टि की जायेगी।

Preference Share Dividend A/c Dr.
To Capital Reduction A/c
(Claim of Preference Share Dividend sacrificed and transferred to Capital Reduction A/c)

कम्पनी के अंशधारियों, ऋणपत्र धारियों व लेनदारों के साथ अनुविन्यासन की योजना

(Scheme of Arrangement with Shareholders, Debenture holders and Creditors)

कभी-कभी कम्पनी में लगातार हानि होने के कारण उसकी आर्थिक स्थिति इतनी दयनीय हो चुकी होती है कि कम्पनी की अधिकांश पूंजी डूब चुकी होती है, ऐसी स्थिति में अंशधारियों को भुगतान हो ही नही सकता है बल्कि लेनदारों और ऋणपत्र धारियों को भी भुगतान करने में बड़ी कठिनाई होती है क्योंकि उन्हें उनके हिस्से की पूर्ण राशि प्रास नहीं होगी। ऐसी दशा में यदि कम्पनी के अंशधारी, ऋणपत्रधारी व लेनदार आपस में मिलकर हानियों को अपलिखित करने और नए सिरे से पूँजी की व्यवस्था करने का विचार करे तो कम्पनी को फिर से सुचारू रूप से चलाया जा सकता है। इससे कम्पनी भविष्य में लाभ

अर्जित करने में समर्थ हो सकेगी। इस योजना के अन्तर्गत अंशधारी, ऋणपत्रधारी व लेनदार अपने हितों अर्थात दावे का उतना भाग त्याग करेंगे जितनी हानि अपलिखित करनी है। इसके बाद कम्पनी को सुचारू रूप से चलाने के लिए जितनी पूंजी की आवश्यकता होगी उसका प्रबन्ध करेंगे।

इस योजना के अन्तर्गत लेखा प्रविष्टियां सामान्यत: पूंजी में कमी योजना के अन्तर्गत की जाने वाली प्रविष्टियों के आधार पर ही की जायेगी।

अंशों के समर्पण द्वारा पुनर्गठन

(Reorganisation through Surrender of Shares)

कभी-कभी कम्पनी अपने पुनर्गठन की योजना वर्तमान अंशों को कम मूल्य वाले अंशों में विभाजित करके भी करती है। उसके बाद अंशधारी अपने अंशों में से कुछ अंश कम्पनी को समर्पण कर देते हैं। ऐसे समर्पित अंशों की राशि का प्रयोग कम्पनी अपने लेनदारों एवं ऋणपत्रों आदि के पूर्ण या आंशिक रूप से भुगतान करने में करती है। ऐसे समर्पित अंश जिनका पुनर्निर्गमन नहीं किया गया है उस राशि को पूंजी कमी खाते (Capital Reduction A/c) में स्थानान्तरित कर दिया जाता है जिसका प्रयोग हानियों आदि को अपलिखित करने में किया जाता है। अंशों के समर्पण की दिशा में निम्नलिखित प्रविष्टियाँ की जायेगी-

(1) अंशों का समर्पण करने पर -

Share Capital A/c Dr.
To Surrendered Shares A/c

(2) समर्पित अंशों का पुन: निर्गमन करने पर -

Surrendered Shares A/c Dr.
To Shares Capital A/c

(3) समर्पित अंशों को निरस्त करने पर -

Surrendered Shares A/d Dr.
To Share Capital A/c

यहाँ पर यह ध्यान रखना होगा कि किसी विशेष लेनदार द्वारा किये गये त्याग की राशि की गणना करने के लिए लेनदारों के मूल शेष (original balance) की तुलना पुनर्निर्माण की योजना कार्यान्वित करने के पश्चात उसके क्रेडिट शेष से करनी चाहिए। ऐसे लेनदार को समर्पित अंशों में से निर्गमित किये गये अंशों की राशि पूंजी कमी खाते में स्थानान्तरित की जाने वाली राशि को प्रभावित नहीं करेगी। उदहारणार्थ यदि 1,00,000 रु. का लेनदार अपने दावे को 60,000 रु. तक कम करने को सहमत हो जाता है तथा कम्पनी इस त्याग के बदले समर्पित अंशों में से 20,000 रु. के अंश उसे निर्गमित करती है तो पूंजी कमी खाता 40,000 रु. से क्रेडिट करके लेनदार का खाता डेबिट किया जायेगा। यद्यपि

उसका शुद्ध त्याग 20,000 रु. ही है। इस उदाहरण में लेनदार के खाते का शेष 60,000 रु. रहेगा।

अंश पूँजी में बिना कमी किये पुनर्गठन योजना

(Re-organisation Scheme without Reduction of Share Capital)

किसी भी कम्पनी में आन्तरिक पुनर्निर्माण के लिए यह जरूरी नहीं है कि अंश पूंजी को हमेशा घटाया ही जावे। बिना अंश पूँजी में कमी किये भी आन्तरिक पुनर्निर्माण की योजना लागू की जा सकती है। कम्पनी अपनी विस्तार योजनाओं की क्रियान्विति करने के लिए अंश पूँजी में वृद्धि करने की योजनाएँ बना सकती है। आर्थिक रूप से स्वावलम्बी कम्पनी भी अपनी आन्तरिक पुनर्निर्माँण की योजनाएँ लागू करती हैं। इन परिस्थितियों में इस प्रकार के आन्तरिक पुनर्निर्माण के लिए क्या-क्या लेखा प्रविष्टियाँ की जावें यह योजना के उद्देश्यों पर निर्भर करती है।

प्रश्न

1. कम्पनी के आन्तरिक पुनर्निर्माण से क्या तात्पर्य है? उन परिस्थितियों को बतायें जब आन्तरिक पुनर्निर्माण वांछनीय हो जाता है।

   What is meant by internal reconstruction of a company? Give conditions when internal reconstruction becomes desirable.

2. कम्पनी अधिनियम की धारा 94 के अन्तर्गत अंश पूँजी परिवर्तन की कौन-कौन सी विधियाँ है। उनमें से प्रत्येक के लिए वैधानिक एवं लेखांकन प्रक्रिया का वर्णन कीजिए।

   What are different methods of alternations of share capital as provided under section 94 of the Companies Act, 1956? Discuss the legal and accounting procedure for each of them.

3. पूँजी कटौती खाता किये कहते हैं? इसे कब, क्यों और कैसे तैयार किया जाता है।

   What is Capital Reduction Account? When, why and how is it prepared.

4. आन्तरिक पुनर्निर्माण क्या है? पूँजी में कमी योजना अपनाने वाली एक कम्पनी की लेखा पुस्तकों में जर्नल प्रविष्टियाँ दीजिए।

   What is internal reconstruction? Give journal entries in the books of a company adopting Capital Reduction Scheme.